플루토스 장편소설

플루토스 장편소설

초판 1쇄 찍은 날 | 2017년 12월 20일
초판 15쇄 펴낸 날 | 2023년 5월 19일

지은이 | 플루토스
펴낸이 | 권태완 우천제

편집책임 | 박은정
편집 | 김효주 천희진
편집 디자인 | 이즈플러스

펴낸곳 | (주)케이더블유북스
등록번호 | 제25100-2015-43호
등록일자 | 2015. 5. 4
WFN | 제3-024호

주소 | 구로구 디지털로31길 38-9 에이스테크노타워 1차 401호
전화 | 02-867-4626 팩스 | 02-866-4627
E-mail | cl_production@naver.com

ISBN 979-11-293-0712-5
      979-11-293-0710-1 (set)

플루토스 장편소설

Contents

제8장
특보! 검은 탑의 마법사가 나타났다!

클로드는 오늘도 아주 피곤해 보였다. 그래도 한동안은 괜찮나 싶더니 또다시 사람이 시들시들한 파김치처럼 초주검이 되어 있었다.

"아빠, 잠깐이라도 눈 좀 붙이셔야 하는 거 아니에요?"

나는 오늘도 내내 집무실에 처박혀 있었다는 클로드를 보러 왔다가 깜짝 놀랐다. 눈 밑이 거뭇거뭇한 게 아무래도 그에게는 휴식이 절실히 필요해 보였다. 필릭스가 나를 여기로 데려온 이유가 있었네. 내 방문을 핑계 삼아 겸사겸사 클로드를 쉬게 하려는 게 분명했다.

"공주님 말씀이 맞습니다. 밤새 집무실에만 계시지 않았습니까. 잠깐이라도 쉬시지요."

그, 그런데 이상하다. 원래 밤새 일하고 그랬으면 사람이 좀 후줄근해 보이고 그래야 하는 거 아닌가. 이 와중에도 오히려 퇴폐미가 잘잘 흐르는 게…… 뭐, 뭔가 지금 아주 위험한 페로몬을 마구마구 흩뿌리고 있는 것 같은데?

"금방 끝나니 앉아 있거라."

그래도 기다리라고 하는 걸 보니 하던 것만 마무리하려나 보다. 오늘만이 아니라 어제도 집무실, 그제도 집무실, 내내 집무실에 있었다고 들었는데 이러다가 과로사 하는 거 아니야? 여긴 근로기준법 같은 것도 없습니까? 주5일 근무제 도입이 시급합니다!

나는 피로가 가득한 클로드의 얼굴을 보다가 나도 모르게 입을 열었다.

"그냥 필릭스한테 시켜 버리시지."

내 말에 필릭스가 마치 배신당한 사람처럼 나를 쳐다보았다. 하지만 나는 그런 그를 못 본 척해 버렸다. 얼굴이 까칠해져서 퇴폐한 매력을 내뿜는 클로드와는 달리 얼굴에 자르르 윤기가 흐르는 필릭스를 보니 아무래도 그에게는 노동이 좀 필요한 것 같았다.

내가 작게 중얼거리는 소리를 들었는지 클로드가 코웃음 쳤다.

"영 부실해서 좀처럼 뭘 맡길 수가 있어야지."

"이상하다. 필릭스가 평소에 공부를 얼마나 열심히 하는데요. 시키면 뭐든 잘할 것 같은데?"

"헛똑똑이란 건 저런 걸 두고 말하는 거지. 너는 저런 어른이 되면 안 된다."

"전 아빠 같은 어른이 될 거예요!"

우리 두 사람의 대화를 구슬프게 듣고 있던 필릭스가 이내 쓸쓸히 중얼거렸다.

"이제 보니 폐하와 공주님은 참 많이 닮으셨군요……."

"당연한 소리 그만하고 나가라. 방해된다."

핑. 필릭스는 집무실에서 그대로 퇴출당했다.

나는 클로드가 미간을 구기고 서류를 보는 동안 소파에 앉아서 기다렸다. 으흑. 그런데 자꾸만 눈길이 탁자 위에 있는 까만 해태 돌하르방에 꽂힌다. 처음 이것의 정체를 알게 된 이후로도 계속 이 자리에 있는 걸 보니 역시나 옥새 취급이 너무나 하찮은 것……. 주르륵. 힘내라,

해태야. 그래도 너는 이 나라의 단 하나뿐인 소중한 옥새니까!

탁.

잠시 후, 클로드가 하던 일을 끝마쳤는지 들고 있던 펜을 책상 위에 내려놓았다. 두통이 이는지 손으로 미간 사이를 주무르는 것이 영 안되어 보여서 나는 그를 향해 다가갔다.

"아빠, 과로는 안 좋아요."

지난번 그랬던 것처럼 어깨를 주물주물하자 손끝에 닿은 근육이 딱딱하게 뭉친 것이 느껴졌다. 쯧. 황제란 것도 할 게 못 되네. 이렇게 허구한 날 일만 해야 하고. 역시 돈 많은 백수가 짱인 것이다. 내 장래 희망은 이제까지 그랬듯 앞으로도 가늘고 길게, 그리고 내 새로운 보석 예쁜이들이랑 오순도순 사는 걸로……

"어제 다과회는 어땠지?"

그런데 바로 그때, 가만히 내 안마를 받고 있던 클로드가 입을 열었다.

제니트와 단둘이 이야기를 나누었던 때 이후로 내 궁에는 서너 번 더 다과회가 열렸다. 그때마다 클로드는 지나가듯이 즐거웠냐고 물어봤고, 나는 그랬노라고 대답했다.

"신경 써 주신 덕분에 재미있었어요."

으, 음. 물론 모일 때마다 시공간이 오그라드는 것 같은 얘기는 항상 나왔지만요. 그래도 해맑은 여자애들과 함께 이런 식으로 노는 게 처음이라 그런지 나름대로 재미있기도 했다.

"잘되었구나."

사실 클로드와 릴리가 엄선하는 영애들에는 별다른 조건 같은 것이 없었다. 있다면 단 하나, 나와 같이 데뷔탕트를 치렀던 동갑의 여자아이들이라는 것이었다. 거기에는 어떤 정치적인 색도 신분 고하의 차별도 없었다. 그러니 이쯤 되면 나도 깨달을 수밖에 없었다. 이 사람은 그저 나한테 친구를 만들어주고 싶은 거구나. 어릴 때부터 흰둥이 아저씨의 강력한 어필도 무시하고 필릭스의 간언도 모르쇠로 일관했던 클로드의 마음이 왜 변한 건지는 모르겠지만 말이다. 어쩌면 내가 전보다 컸기 때문일 수도 있었다. 일단 데뷔탕트도 치른 나이이니 언제까지나 예전처럼 있을 수 없다고 생각했을지도 모르지. 쓰읍. 그럼 궁밖으로도 좀 내보내 주면 안 되겠습니까?

"저도 초대를 많이 받았는데 수락하는 답장을 보내도 될까요?"

"궁으로 부르면 되는데 뭐 하러 굳이."

하지만 클로드는 오늘도 칼 같았다.

"정히 적적하다면 에메랄드궁에서 더 자주 다과회를 열도록 해라."

딱히 내 외출을 결사반대한다기보다는 그냥 그럴 필요성을 느끼지 못하겠다는 어투였다.

"그렇게까지 할 건 없고요. 다과회보다 아빠랑 같이 있는 시간이 훨씬 더 좋아요."

어휴. 가뜩이나 피곤해 보이는 사람 붙잡고 또 입씨름하기 싫어서 그냥 내가 그만둔다. 이건 다 당신의 그 힘세고 강력한 다크서클 때문이니 고마워하라고!

"계속 앉아만 있으면 더 피곤해요. 같이 나가요, 아빠."

나는 어두침침한 방구석에서 아까운 인생을 낭비 중인 불쌍한 중생을 구제하고자 살살 웃으며 클로드를 집무실 밖으로 데리고 나갔다.

아무래도 내가 요즘 좀 게을러진 것 같다.

"아, 하기 싫다."

나는 한 시간 전부터 혼자 공부 중이던 「100년 외교의 시대」 책 위에 엎드리며 중얼거렸다. 얼마 전까지는 그래도 좀 더 필사적으로 공부했던 것 같은데 이제는 책을 읽는 것도 귀찮았다. 내가 언제부터 이랬더라. 아무래도 데뷔탕트 후부터인 것 같은데. 귀여운 여자애들하고 같이 어느 집 자제가 잘생겼네, 어느 가게 드레스랑 리본이 예쁘네, 이번 생일 때 가족들하고 어디로 놀러가기로 했네, 하면서 하하 호호 놀다 보니 나도 모르는 새 느슨해진 걸까? 어흑. 이래서 인간의 나태함이란. 아니면 그냥 단순히 공부하는 게 질린 것일 수도 있겠다. 하긴, 그럴 만도 하지. 코흘리개 어린애일 때부터 내가 책을 좀 많이 봤던가. 나한테 딸린 가정 교사만 해도 한둘이 아니고 말이야.

지금까지 내가 한 일이라고는 주구장창 공부하고 공부하고 또 하고……. 그러면서 틈틈이 클로드한테 점수도 따고. 와아, 생각해 보니 나 엄청나게 알찬 14년을 보냈던 거였어. 체감 시간으로 치면 14년이 아니라 140년이라도 된 것 같네요. 으아앙.

"책상에 머리 박고 뭐 해?"

"아, 깜짝이야!"

으악! 심장 떨어지는 줄 알았네!

책상에 엎드려 있는데 갑자기 머리 위에서 목소리가 들려서 깜짝 놀랐다. 내가 진저리 치며 고개를 들자 어느덧 내 책상 위에 걸터앉아 있던 루카스가 그런 나를 비웃었다.

"심심해서 와 봤는데 너도 만만찮게 심심한가 봐?"

그런데 왠지 말투가 날 빈둥거리는 백수 취급하는 것 같아서 기분이 좀 별로다.

"아니거든. 나 스케줄 엄청 빡빡하거든?"

"넌 여왕이 될 것도 아니라면서 주구장창 공부, 공부, 공부. 지겹지도 않아?"

그, 그건 그렇지만. 솔직히 나도 방금 전까지 공부하는 거 재미없다고 생각하고 있었지만 말이야.

"그러는 넌 탑에 있다가 온 것 같은 행색인데 이렇게 빈둥거려도 돼?"

"아, 맞아. 너희 아빠한테 걔네들 월급 좀 줄이라고 해. 밥값도 못 하는 것들이 허구한 날 거지 같은 연구나 하고 앉았어, 그냥."

그렇게 말한 뒤 루카스는 생각만 해도 짜증 난다는 듯이 쯧 혀를 찼다. 아무리 그래도 그렇지 황궁 마법사들을 이렇게 무시하는 건 루카스 너밖에 없을 거다. 오벨리아는 그래도 마법사들의 수준이 전 세계 상위권에 든다고 배웠는데 말이지. 오죽하면 황궁 내에 있는 마법사들의 탑 이름도 검은 탑이라고 다 지었을까. 웬만한 자부심 가지고는 안 될 일이지. 물론 그 작명 센스는 솔직히 좀 구리지만 말이야. 크흑.

"걔네들이 맨날 귀찮게 오라 가라 해서 나까지 우중충한 탑에 처박혀 있어야 하잖아."

하지만 지금 루카스가 투덜거리는 것도 이해가 되었다. 확실히…….

"밖에 놀러 나가고 싶은 날씨네."

나는 창밖을 보다가 나도 모르게 중얼거렸다. 구름 한 점 없는 새파란 하늘이 맑기도 했다. 확실히 루카스의 말처럼 어두컴컴한 탑에나 짱박혀 있기에는 아까운 날씨였다.

나는 책상 위에 팔을 뻗고 엎드려서 애꿎은 책장을 팔락팔락 넘겼다. 열린 창문 틈으로 새어 들어온 바람에 길게 늘어뜨려진 머리카락이 살랑살랑 흔들렸다.

"그런데 뭐, 나가서 할 것도 없고. 황궁 안은 맨날 거기가 거긴데."

오늘따라 그 당연한 사실이 지극히 따분하게 느껴졌다.

"너 여기가 지겨워?"

그, 그렇다고 뭘 또 그렇게까지 말하십니까. 지겹다니요.

"하긴, 그럴 만도 하네. 너도 벌써 여기 말뚝 박은 게 몇 년째야."

아니, 땡전 한 푼 안 내고 이렇게 등 따시고 배부를 수 있는 데가 또 어디 있다고. 그냥 맨날 똑같은 일상만 보내다 보니까 살짝 지루한 감이 있는 거지. 이를 테면 권태기라고 할까.

나는 루카스에게 짐짓 젠체하며 말했다.

"그냥 어른의 배부른 투정이란다. 매일 꽃등심만 먹다 보니 가끔은 삼겹살이 먹고 싶어지는 이치랄까."

"뭔 소리야."

이곳에는 꽃등심과 삼겹살이라는 명칭이 없어서 그런지 루카스는 내 말이 무슨 의미인지 이해하지 못한 듯했다. 하지만 지금 내가 그를 어린애 대하듯 하고 있다는 것만큼은 눈치챈 것처럼 곧 그가 짜증스레 눈살을 찌푸렸다.

"아무튼 황궁 안에 처박혀 있기 싫다는 거 아니야?"

나와 마찬가지로 하릴없이 책상에 걸터앉아 있던 루카스가 쓸데없이 뭐 그리 말을 꼬아서 하냐는 듯 툭 말을 던졌다.

"그 말을 뭐 그렇게 장황하게 해. 나가고 싶으면 나가면 될걸."

이놈이 지금 남 일이라고 쉽게 말하네!

"내가 황궁에서 나가는 게 그렇게 간단한 일인 줄 알아?"

"간단한데? 그것도 엄청."

나는 허탈할 정도로 가볍게 말하는 루카스를 보고 혹시나 싶어져서 목소리를 낮추고 물었다.

"혹시 너 개구멍 같은 거라도 찾은 거야?"

"없어 보이게 개구멍이 뭐야, 개구멍이."

루카스가 불쌍한 중생 보듯 내게 측은한 눈빛을 보내며 쯧쯧 혀를 찼다. 아니, 그런데 이놈이! 저 기분 나쁜 눈빛은 도대체 뭐지? 손가락으로 확! 저 눈을 그냥 막!

"내가 말했지. 넌 가끔 날 너무 무시한다고."

따악!

나는 발끈해서 책상에 기대 있던 상체를 일으켰다. 그리고 바로 그 순간이었다. 루카스가 손가락을 튕기는 것과 동시에 내 눈앞에는 어느 덧 내가 이제껏 몰랐던 세상이 펼쳐져 있었다.

웅성웅성.

"어이, 거기! 그 물건은 조심해서 내려놔야 돼!"

"어서 오세요, 손님! 둘이 먹다 하나가 죽어도 모를 환상의 맛!"

"오늘 밤 여러분의 눈과 귀를 현혹할 미녀 마술사와 그 조수입니다! 많은 관심 부탁드려요."

"에이, 이건 너무 비싸다! 조금만 깎아주세요. 여기 흠집도 나 있는데."

"팜킨 사세요, 팜킨! 오늘만 특가!"

왁자지껄. 시끄러운 소음이 일제히 내 고막을 뚫고 달려들었다. 분주하게 거리를 오가는 사람들이 내 시야 가득 들어찼다. 내가 서 있는 곳은 커다란 시장의 어느 골목 같기도 하고 활성화된 상업 도시의 어느 구석진 자리 같기도 했다. 그런 장소 특유의 활기 같은 것이 훅 다가와 정신을 차릴 수가 없었다.

나는 갑작스럽게 터져 나온 소음과 눈앞에 인산인해를 이룬 군중들의 모습에 약간 얼이 빠진 채 서 있었다. 루카스와 내가 서 있는 곳은 어두컴컴한 골목길이었는데, 저 많은 사람 중 누구도 그늘 속에 있는 우리에게 시선 한 번 던지지 않았다.

내가 처음 보는 황궁 밖의 풍경에 넋이 나가 있는 사이, 옆에 있던 루카스가 나를 위아래로 한번 쫙 훑어보는가 싶었다.

"그러고 보니 옷 꼴이 영."

따악!

이번에도 루카스의 손짓 한 번에 내가 입고 있던 옷이 바뀌었다. 어디로 보나 비싸고 화려해 보이는 드레스의 밑단에 하얀 물거품이 일기 시작했다. 아니, 자세히 보니 물거품이 아니라 자글거리는 하얀빛 같기도 했다. 아무튼 내가 입고 있는 옷이 마치 허물을 벗듯 치마 밑단에서부터 모습을 변화해 가는 모습은 신기했다.

"그 정도면 쏘다닐 만하겠네."

몇 초의 시간이 지난 뒤 나는 원래 입고 있던 레이스 달린 화려한 노란 드레스 대신 하늘색의 수수한 원피스를 입고 있었다. 어느덧 루카스의 옷도 황궁 마법사의 복장이 아닌 평상복으로 바뀐 상태였다. 신데렐라에 나오는 요정 할머니처럼 신통방통하기도 하지! 물론 지금 이 녀석은 내 옷차림을 상향 조정해 준 게 아니라 하향 조정해 버렸지만!

"루카스!"

나는 그제야 정신을 차리고 루카스에게 소리를 질렀다.

"너! 왜 그동안 이런 방법으로 황궁을 나올 수 있다고 말 안 했어?"

그동안 내가 클로드한테 외출 금지를 받을 때마다 얼마나 구슬퍼 했는지 다 알면서! 이렇게 순식간에 나올 수 있었으면서 왜 말을 안 해주고! 그런데 루카스가 대꾸한 말에 나는 꿀 먹은 벙어리가 되고 말았다.

"왜 이래. 너 내가 순간 이동 쓸 수 있는 거 알잖아. 예전에 네가 흰둥이네 집에 갔던 건 뭔데."

"그, 그건."

세, 세상에. 루카스 말이 맞았다.

그때도 분명히 루카스의 순간 이동으로 흰둥이 아저씨네 집까지 이동했었지. 아니, 그런데 난 왜 그동안 이런 생각을 못 했지? 루카스한테 밖으로 데리고 나가 달라고 했으면 쉽고 빠르고 간단했을 텐데!

"좀 웃기긴 하더라."

그런 생각에 내가 할 말을 잃은 걸 아는지, 루카스가 나를 향해 얄밉게 웃어 보였다.

"이렇게 쉽고 확실한 방법이 있는데 그동안 혼자서 끙끙거리는 거 보니까. 눈앞에 일 등급 황금 거위 알이 있는데도 장님처럼 그걸 못 알아보고, 우리 공주님은 참 재미있으셔?"

이익! 내가 바보 같았던 건 맞지만 얄미워! 얄미워! 결국 내가 혼자 삽질하는 게 재미있어서 그냥 지켜보기만 했다는 거잖아!

"너 진짜 성격 나쁜 거 알아?"

"응. 넌 진짜 바보 같고."

악! 진짜 한 마디를 안 져요! 이 나쁜 놈! 대머리나 돼라!

그렇게 내가 속으로 마구 저주를 날리고 있는데, 불현듯 루카스가 그런 나를 향해 웃었다. 물론 그건 놈의 새까만 머리를 잡아 뜯어주고 싶을 만큼 참으로 밉살맞은 미소였지만 다음 순간 내 손을 잡아끄는 힘에 나는 더 이상 화를 내지 못하고 말았다.

"빨리 와. 시간 없어."

나는 그의 손길에 이끌려 엉겁결에 앞으로 한 발짝 내디뎠다. 그러자 웅성거리는 소리가 한결 더 도드라지게 울렸다.

"가자."

내 손을 붙잡은 채 이제 막 골목 밖으로 나선 루카스의 얼굴 위로 눈부신 햇볕이 내리쬐었다.

✦◈✦

"야, 촌티 나니까 그만 좀 두리번거려."

루카스가 또 나를 구박했다. 하지만 나는 굴하지 않았다! 여기저기 신기한 것투성인데 나보고 어떻게 우아 떨고 있으라고!

"너야말로 자꾸 야야 하지 마."

나는 흠흠 헛기침을 한 뒤 그에게 말했다.

"여기서 내 이름은 아티야. 알겠어?"

"그거 네 애칭이잖아."

그러자 루카스가 기가 차다는 듯이 웃었다.

"밖에서 쓰는 이름까지 아예 따로 정하시고, 아주 본격적이신데?"

하지만 루카스의 이죽거림조차도 내 기분을 하락시키지는 못했다. 그가 나를 데리고 온 곳은 오벨리아의 제도에서 가장 활성화된 상업 거리로, 전국 방방곡곡의 사람들이 모여드는 상업의 중심지라고 했다. 그래서인지 상당히 볼거리도 많고…….

"거기, 예쁜 아가씨. 이거 하나 잡숴 봐요."

먹거리도 많았다!

"이게 뭐예요?"

"내가 직접 키운 토종닭을 양념해서 꼬챙이에 끼워 구운 거야."

"헉. 설마 닭 꼬치!"

"그렇지!"

나는 아저씨가 주는 꼬치를 냉큼 받아서 냠 한 입 물어뜯었다. 이, 이것은!

"맛있지?"

조미료의 맛! 크흑. 나는 감격해서 고개를 마구 끄덕거렸다. 몸에는 나쁠 것 같지만 묘한 중독성이 있는 익숙한 그 맛이 아닌가! 그동안 황성에서 온갖 산해진미만 먹어서 그런지 너무 오랫동안 이 맛을 잊고 있었어!

"동화로 두 개만 주면 되우."

앗. 그런데 내가 빠른 속도로 꼬치를 먹어 치우는 걸 싱글벙글 웃으며 보고 있던 아저씨가 내게 돈을 요구했다. 이, 이제 보니 이 아저씨. 멀쩡히 지나가던 사람한테 한번 먹어 보라면서 다짜고짜 꼬치를 내밀지 않나, 다 먹는 걸 지켜보고 난 뒤에야 금전을 요구하지를 않나. 왠지 상술에 넘어간 것 같은데? 그럴 거면 내가 먹는 걸 보면서 아빠 미소는 왜 지었어!

닭 꼬치 장수 아저씨의 푸근하게 웃는 낯을 보고 있노라니 나는 약간 허탈해졌다. 와, 와아. 나도 다 죽었구나. 하긴 세상에 공짜가 어디 있어.

먹었으면 돈을 내는 게 당연하지. 예전 같으면 이런 술수에 절대 넘어갈 리가 없는데, 그동안 황궁 생활만 하다 보니 감이 다 죽었나 봐. 크흑.

그리고 결정적으로 나는 돈이 없었다. 가진 돈도 없으면서 남의 가게에서 닭 꼬치를 덥석 주워 먹다니. 예전의 나였다면 절대 하지 않았을 짓이었다.

어쩔 수 없지. 나는 내 이동하는 ATM을 적극 활용하기로 했다.

"루카스."

내가 슥 고개를 돌리자 옆에서 묘한 얼굴로 나를 쳐다보던 루카스가 왜 부르냐는 듯한 표정을 지어 보였다. 나는 그에게 당당하게 요구했다.

"돈 줘."

그러자 루카스는 내 행태가 상당히 웃기다는 듯이 반문했다.

"나한테 돈 맡겨 놨어?"

"나 한 푼도 없단 말이야."

"그래서?"

"네가 데리고 나왔으니까 네가 책임을 져야지!"

그럼, 그럼! 내가 말했지만 맞는 말 같아서 나는 혼자 고개를 끄덕끄덕거렸다. 그러자 닭 꼬치 집 아저씨도 그런 나를 따라 루카스에게 꼬치 값을 치르기를 종용했다.

"그럼! 데리고 나온 사람이 책임을 져야지! 더도 덜도 말고 동화로 두 개라네."

뭔지는 잘 모르겠지만 나는 땡전 한 푼 없다고 하니 아무래도 돈을 가지고 있는 듯한 루카스를 공략하기로 결정한 것 같았다. 이 아저씨 이제 보니 뭔가 나랑 통하는 구석이 있잖아? 결국 루카스는 황당한 얼굴로 내가 먹은 닭 꼬치의 값을 치렀다. 쩝. 그런데 하나 먹은 걸로는 간에 기별도 안 가네.

"나 꼬치 하나 더 먹고 싶어."

나는 옆에 있는 루카스의 옆구리를 쿡쿡 찔렀다.

"하나 더 줄까?"

작게 속닥거린다고 한 거였는데 그 말을 들었는지 아저씨가 냉큼 내 손에 꼬치를 하나 들려 주었다.

"동화 두 개."

그리고 역시나 돈을 요구했다.

"아주 죽이 척척 맞으셔들."

루카스는 상당히 어이가 없는 눈치였지만 순순히 돈을 내주었다.

"자, 이건 서비스. 여자 친구가 예뻐서 주는 거야."

"안 먹어. 그리고 누가 여자 친구……."

"헤헤. 아저씨 고맙습니다!"

나는 루카스의 옆구리를 팔꿈치로 확 찌른 뒤 아저씨가 내민 꼬치를 대신 받아 들었다. 그리고 루카스를 질질 끌고 닭 꼬치 노점상을 벗어났다.

"공짜로 준다고 하면 넙죽 받을 것이지 뭘 또 거절하고 앉았어?"

"그러는 넌 이런 게 상당히 익숙해 보이는데. 아주 그냥 이 시장 바닥에 뼈를 묻었다고 해도 믿겠어."

쿨럭! 이, 이런 쓸데없이 예리한 자식. 나는 두 눈을 가늘게 뜬 채 나를 보는 루카스를 외면하며 앞장서 걸었다.

"크흠. 이거 너 안 먹을 거면 내가 먹을래."

그리고 양손에 닭 꼬치를 들고 걷던 중 문득 잊고 있던 것이 생각났다.

아, 맞아!

"릴리가 나 없어진 거 알았을 텐데!"

내가 화들짝 놀라서 뒤돌아보자 루카스가 그런 나를 보며 퍽이나 일찍 기억해 냈다는 듯이 답했다.

"모를걸. 너랑 똑같이 생긴 인형 만들어 두고 나왔으니까."

"인형? 지난번 거 같은 종이 인형?"

도대체 언제 그런 걸 만들어 두고 나왔대? 이 주도면밀한 자식!

"그건 제일 후진 거고. 특별히 말도 하고 걷기도 하는 최신식으로 만들어줬으니까 고마운 줄 알아."

루카스가 거들먹거리듯 말했다. 아니, 그런데 이거 봐. 이 자식 역시 사람 같은 인형도 만들 줄 알잖아! 그런데 왜 내 댄스 연습 때만 그따위 종이 인형을 만들어준 건데!

"빨리 먹어. 여기 사람 한번 더럽게 많네."

그때 지나가던 어떤 사람이 나를 툭 치고 가자 루카스가 꼬치를 들고 있는 내 한쪽 팔을 붙잡아 약간 가까이 끌어당겼다. 그러고는 내 꼬치 한 개를 스틸해 갔다.

"안 먹는다며?"

"그거 다 먹으면 너 돼지 될 거 같아서."

콧방귀를 뀌며 내 닭 꼬치를 한 입 물어뜯는 루카스의 모습은 얄미웠지만 오늘의 나는 기분이 좋았기 때문에 그냥 조용히 먹던 거나 먹으면서 길을 가기로 했다.

쉴 새 없이 밀려드는 인파에 길을 잃을 것 같아 나는 꼬치를 들고 있지 않은 손으로 루카스를 붙잡았다.

"와, 저기 봐. 새 시장인가 봐."

어디서 새들이 지저귀는 소리가 들려 목을 빼고 보니 저 멀리 줄에 주렁주렁 매달려 있는 새장들이 보였다.

"저기 가 보자."

나는 꼬치를 우물거리며 루카스의 손을 잡아당겼다. 그런데 어째서인지 이놈이 제자리에서 꿈쩍도 안 하는 것이었다.

"왜 그래?"

의아하게 고개를 돌려 보니 루카스가 오묘한 표정을 지은 채 내가 붙잡은 손을 내려다보고 있는 것이 눈에 들어왔다. 뭐지? 허락 없이 막 붙잡아서 기분 나빴나? 아니, 무슨 내외하는 것도 아니고, 손에 금칠을 한 것도 아니면서 내가 좀 붙잡으면 어때서!

"저긴 아직 정리 중이라 지금 가 봤자 볼 것도 없어. 가려면 이따가 가."

그래도 정 기분 나쁘다면 옷이나 붙잡아야지, 하고 생각하는데 이번에는 루카스가 내 손을 잡아끌었다.

"그래? 그럼 나 저거 사 줘."

나는 막 다 먹은 닭 꼬치의 막대를 쓰레기통에 던져 버린 뒤 가까이에 보이는 솜사탕을 손가락질했다. 크읍. 이러니까 꼭 엄마한테 조르는 애 같다. 하지만 마성의 짠단 법칙이라고 아나! 맵고 짠 걸 먹었으니 이제 단 걸 먹어줘야지! 그리하여 루카스와 나는 그대로 노점상을 순회하며 먹방을 찍기로 했다. 금강산도 식후경이라고 했으니까!

"아, 맛있었다."

잠시 후 나는 부른 배를 두드리며 만족스럽게 중얼거렸다.

"솔직히 말해봐. 네 위에 경량화 마법 걸려 있지?"

루카스도 내 맞은편에 앉으며 질렸다는 듯이 말했다. 나나 저나 다 비슷하게 먹은 것 같은데 왜 나한테만 이래.

"여기 파르페가 맛있대."

나는 이 앞을 지날 때 지나가던 사람들이 했던 말을 떠올리고 두근두근하게 메뉴판을 펼쳤다.

"아주 그냥 이 동네가 너네 집 같아, 응?"

나는 루카스의 말을 흘려들으며 메뉴를 고르기 시작했다.

"다 맛있어 보이는데, 뭐 먹지?"

루카스와 내가 지금 앉아 있는 곳은 노천카페로, 듣자 하니 이 거리에서 꽤나 유명한 집이라고 했다. 그래서 그런지 가게 안은 만석이었고, 우리는 점원의 안내에 따라 겨우 마지막으로 남아 있던 한 자리를 차지할 수 있었다. 그런데 여긴 고급 찻집 같은 느낌이라 메뉴들도 다

비쌀 것 같다. 아니나 다를까 메뉴판을 보니 방금 전 루카스와 내가 빠져나왔던 시장통과 달리 이곳에서 파는 음식들의 가격은 기본이 동화가 아닌 은화였다.

나는 루카스를 향해 슬쩍 소리 죽여 속닥거렸다.

"여기 좀 비싼 거 같은데 어떡하지?"

"비싸 봤자 얼마나 비싸다고. 먹고 싶은 거 다 시켜."

순간 루카스의 등 뒤로 후광이 비쳐 보였다. 이, 이 녀석. 전에 돈 많다고 한 거 진짜였구나! 난 그것도 모르고 막 비웃고!

"어차피 동화든 은화든 1초면 만드니까."

허세라고 생각…… 응? 그런데 지금 뭐랬니. 만들어? 뭘?

투둑. 챙그랑!

바로 그 순간이었다. 루카스가 탁자를 손가락으로 두어 번 두드리자 갑자기 그 앞에 은색의 동전들이 생겨났다.

"그런데 너 먹는 양을 보니까 금화도 필요하겠는데."

투둑. 챙그랑!

이번에는 금색의 동전이 뿅 하고 나타났다. 그 광경을 보고 나는 그만 입을 쩌억 벌리고 말았다. 이, 이것은 위조 동전!

"설마 아까부터 이런 식으로 만들어서 돈 낸 거야?"

"그럼 내가 그 많은 동전을 다 챙겨 들고 다녔을까?"

그놈은 멋있었다…… 가 아니라 그놈은 뻔뻔했다. 엄마! 저 지금 불법 화폐 제조 현장을 목격하고 말았어요!

"너 이거 불법이야!"

"그래? 그럼 너도 공범이네."

뜨헉! 맞는 말이었다. 그동안 공부한 오벨리아 법전에 의하면 불법 화폐 제조를 한 자는 한쪽 손을 자르고 그로 인해 금전적 이익을 취한 자는 사유 재산 모두를 국가에 귀속시킨 다음 그들 모두를 30년 노동형에 처하도록 규정하고 있다. 나는 탁자 위에 있는 돈과 루카스의 생글거리는 낯을 번갈아 쳐다보았다. 그리고 녀석과 눈이 마주치는 순간, 암묵적인 협상을 맺었다. 조, 좋아. 이 일은 무덤까지 가져가는 거야!

"이거 시간 지나면 없어져?"

나는 예전에 보았던 모 유명 마법사 등장하는 영화를 떠올리며 물었다.

"그건 허접한 애들이 만든 거나 그렇고."

한마디로 난 그런 허접한 애들과 다르니 이건 영구적인 돈이라는 의미였다. 이 자식. 이런 식으로 언제든 돈을 만들어 낼 수 있으니 부자라는 거였어! 이제 보니 루카스 애, 완전히 황금 알 낳는 거위, 살아 있는 현금 자동 출금 기계잖아? 그럼 사양 않고!

"이거랑 이거랑 이거 먹자. 아, 이것도. 이건 이 가게에서 제일 유명해서 안 먹으면 후회한댔어!"

나는 '루카스 찬스'를 마음껏 이용하기로 했다. 루카스는 그런 내 행태를 퍽 웃겨 하는 것 같았지만 그래도 내가 주문하는 걸 막지는 않았다.

가게 안은 바깥보다 조용했지만 여기저기서 두런두런 들리는 말소리들이 정겨웠다. 이렇게 사람들 틈에서 부대끼고 있는 게 몇 년 만이더라? 그동안 클로드한테서 살아남는 데만 온 신경이 쏠려 있던 탓인지 너무 오랫동안 이런 사람 사는 풍경을 잊고 있었다는 생각이 들었다. 으흑. 새삼스럽게 짠내가.

"제니트, 시간이 오래 지체되었으니 이만 그만 돌아가는 게 좋겠어."

그런데 바로 그때, 착각인지 내 귀에 익숙한 목소리와 익숙한 이름이 들려왔다. 어라? 왜 지금 이제키엘 목소리를 들은 것 같지?

나는 반사적으로 고개를 돌렸고, 이내 시야에 들어온 인물들에 흠칫 놀라 두 눈을 부릅뜨고 말았다.

"하지만 이제키엘. 아직 주변을 다 둘러보지도 못했잖아요."

헉. 이제키엘과 제니트였다! 나는 그들을 발견하자마자 후다닥 창가

쪽으로 엉덩이를 이동시켰다. 흐. 혹시 날 본 건 아니겠지?

"흰둥이 아들이잖아?"

루카스도 그를 본 모양이었다. 이제키엘과 제니트는 우리가 앉아 있는 곳의 대각선 방향에 앉아 있었다. 세상에. 이렇게 가까이 있었는데 왜 지금까지 몰랐지? 앞에 찻잔을 하나씩 놓고 있는 걸 보니까 우리보다 빨리 온 것 같은데?

"짜증 나는데 치워 버릴까?"

바로 그때 루카스가 음산하게 웃으며 중얼거렸다.

아, 아니요! 네가 말하니까 왠지 그 치워 준다는 말 앞에 '영원히', '다시는 이 세상에 발붙일 수 없게' 뭐 그런 수식어가 붙어야 할 것 같아서 무서워!

"저쪽은 금방 나갈 것 같은데 그냥 조용히 있자."

나는 머리카락으로 얼굴을 반쯤 가리며 루카스에게 소곤거렸다. 와, 그런데 가는 날이 장날이라더니, 하필 저 두 사람이 여기에 있을 게 뭐람.

"아직 둘러볼 곳이 남았던가?"

"잘 기억해 보세요. 가장 중요한 걸 아직 못 샀어요."

나는 머리카락을 양쪽에서 끌어모아 코 밑에 복면처럼 가져다 댄 후 두 사람을 힐끔 쳐다보았다. 이제키엘과 제니트는 과연 이 구역의 선남선녀였다. 극상의 미모를 지닌 둘이 함께 있으니 시너지 효과라도 받는 건지 어째 평소보다 더 멋지고 예뻐 보인다. 아. 가만히 보니 찻집 안에 있는 사람들도 저 두 사람에게서 좀처럼 시선을 떼지 못하고 있잖아?

"이제키엘이 웬일이에요? 나오기 전부터 제가 몇 번이나 강조해 말했었는데 그걸 다 잊고."

제니트가 투정 부리듯 말하자 이제키엘이 난처한 낯빛을 보이나 싶었다. 듣자 하니 뭔가를 사러 나온 모양인데 이제키엘이 그 사실을 잊은 모양이었다. 그런데 소리가 너무 작아서 잘 안 들린다. 아, 아니. 그렇다고 내가 뭐 굳이 저 두 사람의 대화를 엿듣고 싶은 건 아니지만!

"뭐라는 거야. 왠지 재미있을 것 같은데 좀 더 들어 볼까."

그런데 다음 순간 루카스가 그렇게 중얼거리며 손가락을 따악 튕겼다.

"오늘 하루 종일 그랬어요. 같이 다니는 내내 다른 데 정신이 팔린 것처럼."

앗! 소리가 엄청 선명하게 잘 들린다! 루카스 이 녀석, 넌 정말 훌륭한 범죄의 싹이야. 으흑.

"내가 그랬던가."

제니트가 토라진 듯 말했지만 이제키엘은 휩쓸리지 않았다. 그는 앞에 놓인 찻잔을 들어 올리며 담담히 대답했다.

"그저 누구와 닮은 사람을 봐서."

"공주님이요?"

그 말에 이제키엘도 나도 멈칫했다. 지, 지금 뭐라고 했니? 혹시 아까 전에 내가 꼬치 먹으면서 돌아다니는 걸 본 거야? 그런 거야?

"어떻게 알았냐는 표정이네요."

제니트는 후 웃으며 앞에 놓인 찻잔에 설탕을 한 스푼 넣고 그것을 휘휘 저었다.

"그야, 이제키엘은 내가 공주님 얘기를 할 때 가장 생기 있는 얼굴을 하잖아요. 설마 그걸 모를 거라고 생각했어요?"

"제니트."

"지금도 마찬가지예요. 공주님에 관한 일이 아니고서야 이제키엘이 그렇게 정신을 다른 데 둘 리가 있나요."

제니트가 찻잔을 향해 고개를 살짝 숙이자 갈색 머리카락이 차양처럼 그녀의 옆얼굴로 드리워졌다. 그래서 그녀가 무슨 표정을 짓고 있는지는 보이지 않았다.

"그만 나가자."

하지만 제니트의 맞은편에 앉은 이제키엘은 잠시 그녀의 얼굴을 들여다보더니 이내 들고 있던 찻잔을 다시 앞에 내려놓았다.

"오늘은 네가 아버지께 청해 간만에 외출을 허락받은 날이니 둘러보고 싶은 곳이 있다면 더 늦기 전에 가 봐야지. 공단 리본을 취급하는 곳이 이 주위에 있다고 들었어."

그렇게 말한 뒤 이제키엘이 먼저 자리에서 몸을 일으켰다. 그리고 그는 제니트의 옆으로 다가가 그녀에게 손을 내밀었다.

"네. 나가요."

나는 아까보다 목소리가 밝아진 제니트가 자신의 앞으로 내밀어진 손을 붙잡는 모습을 지켜보았다.

"가게에 가면 저와 같이 리본을 골라 주세요. 하나는 그분께 선물로 드릴 것이니 이제키엘도 마냥 지루하지만은 않을 거예요."

헉, 이쪽으로 온다! 나는 머리카락을 최대한 많이 끌어모아 얼굴을 가렸다. 다행히도 두 사람은 나를 발견하지 못한 채 그대로 옆을 스쳐 지나갔다.

"으어. 들키는 줄 알았네."

"대화가 영 뜨뜻미지근한 게 재미없네."

두 사람이 자리를 떠나자 루카스도 흥이 식었다는 듯이 혼잣말했다. 나는 이제키엘과 제니트가 사라진 방향으로 슬쩍 눈길을 미끄러뜨렸다. 하지만 내 관심사가 다른 곳으로 옮겨지기까지는 잠깐의 시간밖에 걸리지 않았다.

"주문하신 메뉴 나왔습니다. 나폴리아 슈퍼 초코퍼지, 내 마음속에 두근두근 퐁당 퐁듀, 블루벨벳 시크릿 캬라멜, 아가사 딸기 쇼트케이크, 구름에 빠진 몽블랑, 슈가슈가 달콤상콤 파르페와 코코아에 빠진 진한 시그니처 초콜릿입니다."

우와아앙! 드디어 나왔다!

"작명 센스하고는. 근데 설탕 덩어리를 뭐 이렇게 많이 주문했어. 너

이거 다 먹을 수 있어?"

"당연한 거 아냐?"

나는 루카스를 향해 흥 콧방귀를 뀌며 대꾸했다. 그러는 너는 뭐. 저 초코 음료는 네가 시킨 거잖아? 코코아…… 뭐였더라. 점원 언니가 주문을 읊는 느낌이었는데. 아무튼 알고 보면 루카스 얘도 단 거 꽤나 좋아한단 말이지. 그러고 보니 예전부터 릴리가 만들어주는 간식들을 항상 게 눈 감추듯 먹곤 했었어! 봐, 지금 디저트들을 눈앞에 둔 네 눈빛도 평소보다 반짝반짝하고 있잖아!

나는 앞에 놓인 디저트를 향해 전투적으로 포크를 들어 올렸다.

"먹자!"

루카스와 내가 테이블 위의 간식을 전부 싹쓸이하고 부른 배를 만족스럽게 두드린 것은 그로부터 그리 길지 않은 시간이 지난 후였다.

"이제 어디 가지?"

"그렇게 먹고 또 뭘 먹게?"

아니, 먹는 건 이제 되었다는. 여기서 더 먹으면 집까지 굴러가야 할지도 몰라.

"아! 새 시장! 아까 거기 가자!"

마침 아까 가 보고 싶었던 새 시장이 떠올라서 소화도 시킬 겸 다시 그곳에 가 보기로 했다.

"빨리 와, 루카스!"

나는 신이 나서 루카스를 앞질러 뛰다시피 걸었다. 루카스는 뒤에서 그런 나를 대단하다는 듯이 쳐다보고 있었다. 밖으로 나오기 전까지만 해도 무기력하게 책상에 엎어져 있던 내가 이렇게 지치지도 않고 생생하게 뛰어다는 게 퍽 신기한 모양이었다.

나는 루카스보다 한발 먼저 새 시장에 도착했다.

"와아."

머리 위에서부터 층층이 걸려 내려오는 줄에는 저마다 크고 작은 새장들이 매달려 있었다. 그리고 그 안에는 또 색색의 예쁜 새들이 들어가 있었는데, 그 모습이 아주 장관이었다.

"예쁘다."

찌르르, 새들이 떼 지어 지저귀는 소리가 시끄러울 만도 한데 신기하게도 마치 화음을 넣은 노랫소리처럼 곱고 예쁘게만 들렸다. 나는 홀린 것처럼 새장 사이를 걷다가 문득 눈에 들어온 푸른 깃을 가진 새의 앞에서 걸음을 멈추었다.

"청조랍니다. 잘 길들이면 전서구 역할도 하지요."

새들의 주인인 듯한 남자는 내게 그렇게 말한 뒤 다른 손님의 부름을 받고 곧 옆에서 자리를 비웠다. 와아, 이렇게 예쁜 파란색은 처음 봐서 그런지 자꾸만 새장 속으로 눈길이 간다. 나는 나도 모르게 눈앞에 있는 흰 새장에 손을 가져다 댔다.

"설마…… 공주님?"

등 뒤에서 작게 속삭이는 목소리가 들려온 것은 바로 그때였다. 믿을 수 없다는 듯 읊조려진 소리에 나는 새장에 손을 댄 그대로 굳어버리고 말았다. 그러자 익숙한 음성이 무언가를 확인하듯 다시 한번 내게 속삭여졌다.

"혹시 제가 아는 분이 아니십니까?"

으악! 뒤돌아볼 필요도 없이 이건 이제키엘의 목소리였다! 리본 사러 간다고 하지 않았나? 벌써 다 고르고 밖으로 나온 거야? 아니, 그런데 넌 지금 내 뒤통수만 보고 나인 걸 어떻게 아는 건데?

"이제키엘! 거기서 뭐 해요?"

악, 제니트 목소리까지 들린다. 안 돼, 이쪽으로 오지 마! 에잇! 결국 나는 도주를 감행했다.

"잠깐……!"

"이제키엘?"

지금 내 옷차림이 가벼운 원피스에 굽 낮은 플랫슈즈라서 다행이었다. 나는 이제키엘과 제니트를 피해 발바닥에 땀이 나도록 뛰었다. 색색의 깃을 가진 새들이 내 옆을 휙휙 스쳐 지나갔다.

"잠시만 기다려 주세요!"

으아아, 그런데 너 왜 쫓아오는 거니! 나는 뒤에서 들려오는 목소리를 무시하고 새장 사이를 요리조리 누비며 달렸다. 그러던 어느 순간 내 눈앞에 루카스가 나타났다.

"루카스!"

그런데 넌 뭐 하고 있어? 왜 새랑 눈싸움을 하고 있는 거야?

"뭐야, 새 구경한다더니 갑자기 왜 헐레벌떡 뛰어와."

루카스는 붉은 깃의 맹금류와 쓸데없이 눈싸움을 하다가 나를 발견하고 의문을 표했다.

"이제키엘이 뒤에서 쫓아와!"

급박한 외침에 그의 붉은 눈동자가 내 등 뒤로 미끄러졌다. 다음 순간 루카스의 눈매가 슬쩍 찡그려지는가 싶더니 곧 그가 쯧 혀를 찼다.

"내 손 잡아."

순간 이동 쓰려고 그러나? 아무튼 나는 루카스가 내민 손을 냉큼 붙잡았다.

"으어!"

그런데 이거 뭐야?! 왜 내 발이 허공에 붕 뜨는 거야?!

"엄마야! 뭐야, 뭐야! 이게 뭐야!"

나는 어느덧 루카스와 함께 땅을 박차 오르고 있었다. 옆에 있던 사람들도, 줄에 매달려 있던 크고 작은 새장들도 순식간에 시야에서 멀어져 갔다. 내가 기겁하며 소리 지르자 루카스가 고막이 아프다는 듯한쪽 눈매를 찡그렸다.

"아, 귀 따가워. 하늘 처음 날아 봐?"

그럼 처음이지, 이 자식아! 내가 또 언제 하늘을 날아 봤겠냐! 기껏해야 네가 예전에 알퍼어스 공작가로 날 날려 보낼 때 위에서 떨어졌던 게 다인데! 으헉. 갑자기 그때가 생각나서 더 무서워졌다.

"이, 이러다가 갑자기 나 떨어뜨리는 거 아니지?"

"떨어뜨리긴 왜 떨어뜨려."

하지만 난 믿을 수가 없어서 루카스를 생명줄 삼아 온 힘을 다해 매달렸다. 그러자 그런 나를 보고 루카스가 재미있다는 듯이 픽 웃었다. 잠깐. 내가 쫄아서 매달리는 게 웃기냐? 웃겨?

"너 안 떨어져. 앞에 밟아."

바, 밟긴 뭘 밟아요? 여기 발 디딜 데라고는 눈을 씻고 찾아봐도 안 보이는데요?

"손 놓는다."

내가 시키는 대로 하지 않자 루카스가 사악하게 나를 협박해 왔다. 아니, 밟을 게 있어야 밟지! 어흐흑. 이제는 이런 말도 안 되는 일로 협박이나 하구요. 아아, 알았어! 알았다고! 손 놓지 마! 으앙! 나는 두 눈을 딱 감고 루카스가 하라는 대로 발을 뻗었다. 아니, 그렇다 한들 발밑에 뭐가 있을 리가…… 있네?

"헐, 이게 뭐람."

나는 어안이 벙벙해서 밑을 내려다보고는 대차게 후회했다. 으어어, 아무것도 없잖아!

그런데 루카스는 분명히 나를 옆구리에 대롱대롱 매단 채로 계단을 밟듯이 발을 움직이고 있었다. 루카스가 한 번 발을 박찰 때마다 몸이 놀이 기구 타듯 위로 부웅 떠올랐다.

"왜 이렇게 쫄아. 이게 무서워?"

"당연히 무섭지!"

루카스는 내 꼴이 퍽 웃긴 모양이었다. 그러고 보니 이거 꼭 그거 같은데? 왜 있잖은가. 일본의 유명 애니메이션에 나왔던, 마법사랑 소녀랑 같이 공중을 산책하는 장면.

"이상하네. 이게 왜 무섭지."

진심으로 이해가 안 된다는 듯이 읊조리는 말에 약간 자존심이 상했다. 나는 또 눈을 질끈 감고 루카스를 따라 허공에 발을 디뎌 보았다. 그러자 쑤욱 몸이 위로 떠올랐다. 그, 그런데 몇 번 하다 보니 의외로 재미있는 것 같기도 하고.

"아무튼 따라오던 놈 따돌렸어. 나 잘했지?"

이놈이? 루카스가 칭찬해 달라는 듯이 나를 쳐다봤지만 나는 어이가 없어지고 말았다. 아무리 이제키엘을 따돌리려고 그런 거라지만 이 짓을 해놓고 잘하긴 뭘 잘해?

"그냥 순간 이동 쓰면 됐잖아!"

"뭐? 혼자 걷고 싶으니까 손 놔 달라고?"

"아니요. 루카스 님의 선택은 신의 한 수였습니다!"

으앙! 그래요, 한 번 또라이는 영원한 또라이. 어릴 적 또라이가 여든까지 가는 법이지요. 어흐흐흑. 그나저나, 지금 갑자기 생각난 건데 루카스 이 자식!

"나 치마 입었는데!"

"악, 내 팔!"

나는 다시 지상으로 내려올 때까지 비매너 루카스의 팔을 사정없이 꼬집어주었다.

"이제 집으로 가자."

아, 오늘 재미있었다. 비록 마지막은 좀 구렸지만.

날아오면서 봤던 시계탑의 긴 바늘이 5와 6 사이에 걸려 있었으니 슬슬 돌아가면 시간이 딱 맞을 것 같았다. 루카스는 내가 꼬집은 팔뚝이 아픈지 얼굴을 구기며 팔을 매만지고 있었다.

"이번에는 순간 이동할 거지?"

우리가 착지한 곳은 사람이 없는 널따란 들판이었다. 억새 같기도 하고 갈대 같기도 한 황색 풀이 허리 높이까지 올라와서 바람에 산들산들 흔들리고 있었다. 나는 당연히 루카스가 순간 이동을 할 것이라고 생각해 먼저 팔을 뻗어 그의 손을 붙잡았다. 그런데 불현듯 루카스의 눈매가 움찔 찌푸려지는 것이었다.

"야, 너는 무슨 손을 그렇게 덥석덥석……."

아까도 그렇고 내가 손을 잡는 게 퍽 불만인 모양이었다.

"아, 하긴 안 잡아도 순간 이동됐던가?"

생각해 보면 오늘 궁 밖으로 나올 때도 그랬고 예전에 알피어스 공작가에 갔을 때도 굳이 손을 붙잡지는 않았던 것 같다.

에이, 퉤퉤. 그럼 놓지, 뭐. 치사해서 안 잡아, 안 잡아. 그깟 손 한 번 붙잡았다고 얼굴까지 찌푸리고 말이야.

"됐어. 이제 간다."

그런데 내가 손을 놓으려고 하자 이번에는 루카스가 먼저 내 손을 붙잡았다. 아니, 너 내가 네 몸에 손대는 게 싫은 거 아니었니? 갑자기 마음이 변한 이유는 모르지만 하여간 변덕 하고는. 게다가 웬일로 이제부터 순간 이동할 거라고 친절히 경고해 주기까지!

따악.

루카스가 손가락을 튕기자마자 노란 풀이 흔들리던 고즈넉한 들판에서 안락함이 느껴지는 방으로 풍경이 바뀌었다.

"오셨어요?"

헉! 그런데 뭐야. 방 안에는 나랑 똑같이 생긴 사람이 있었다! 거울 속에서 보던 것과 똑같은 모습의 내가 곱게 웃으며 나와 루카스를 향해 인사를 건네는 모습에 온몸에 소름이 돋았다.

"도플갱어!"

"뭔 소리야. 인형이라고 말했잖아."

앗차, 그랬지. 나는 약간 민망한 기분으로 인형을 삿대질하고 있던 손을 내렸다. 아니, 그런데 말이야.

"이거 진짜 인형 맞아? 내 쌍둥이라고 해도 믿겠는데?"

"하. 내 실력이 너무 뛰어난 탓이지. 난 대충 만들어도 이래."

내가 가만히 서 있는 인형을 요리조리 뜯어보며 감탄하자 루카스가 한껏 잘난 척하며 거들먹거렸다. 인형은 내가 이 방을 나설 때 입던 것과 같은 화려한 드레스 차림을 하고 있었다. 머리를 뒤로 조금 끌어모아 반 묶음을 하고 있는 것도, 거기에 진주가 박힌 머리 장식을 하고 있는 것도 나와 똑같았다. 오밀조밀한 이목구비도 거울에서 보던 것과 동일했지만 이런 식으로 나 자신을 타자화해 관찰하는 것은 처음이라 그런지 무척 신기한 기분이었다.

"실컷 뜯어보던지. 어디를 봐도 너랑 똑같을걸."

"진짜? 진짜 똑같아?"

"당연하지. 누가 만들었는데."

"내가 이렇게 예뻐?"

"당연하……."

자신의 눈썰미를 자랑하듯 말하던 루카스가 내 물음에 무심코 대답해 놓고 멈칫했다. 그러더니 별안간 내 유도신문에 넘어갈 뻔했다는 사실을 깨닫고 어이가 없다는 듯이 나를 흘겨보았다.

에, 에잇. 넘어올 줄 알았는데 아깝네.

"에헷. 역시 루카스 님은 대단하십니다. 아니, 이렇게 실물하고 똑

닮은 인형을 다 만드시고."

내가 루카스를 마구 찬양해 주는 동안에도 인형은 그림처럼 미소 지은 채 자리에 얌전히 서 있었다. 이 인형은 참 얌전하기도 하네. 나답지 않게 너무 요조숙녀 콘셉트인데? 그런데 인형의 모습을 보고 있던 루카스가 불현듯 슬쩍 눈살을 찌푸리는 것이었다.

"똑같은데 안 똑같아서 마음에 안 들어."

따악!

엥, 그건 또 무슨 궤변입니까? 하지만 루카스는 내가 미처 의문을 표하기도 전에 손가락을 튕겨 내 눈앞에 있는 인형을 흔적도 없이 사라지게 만들어버렸다.

"아직 덜 구경했는데 왜 벌써 치워?"

"징그러워서."

"뭐!"

너 지금 나랑 똑같이 생긴 인형이 징그럽다고 했냐? 지금 내 면전에서 날 디스한 거야? 그런 거야?

"왜 흥분해? 내가 언제 네 욕했어?"

"나랑 똑같이 생긴 인형이 징그럽다며!"

"똑같기는 개뿔. 하나도 안 똑같아."

루카스는 역시 이상한 놈이었다. 방금 전까지만 해도 자기 실력이 너무 뛰어나서 대충 만들어도 이렇게 똑같은 인형이 된다며 잔뜩 잘난 척하더니. 그런데 이제는 또 날 본떠서 만든 인형이 나랑 하나도 안 똑같단다. 내가 황당해하고 있는 사이 루카스는 다시 한번 손가락을 튕겨 내 옷차림을 다시 처음으로 되돌려 주고는 이내 만족스러운 표정을 지어 보였다.

"역시 좀 못생겼어도 가짜보다는 진짜가 낫네."

저기요? 너 지금 또 나 욕한 거죠? 그래 놓고 지금 웃음이 나옵니까? 네?

"금방 네 시녀 들어올 거야. 나 간다."

"안 잡아! 가든지, 말든지!"

내가 성질이 나서 소리 지르든 말든, 루카스는 마지막까지 만족스럽게 웃는 얼굴로 자리를 떠났다.

"공주님, 들어갈게요."

과연 루카스의 말대로, 내가 혼자서 씩씩거리고 있는 동안 밖에서 릴리가 노크를 해왔다.

"어머. 자리에서 일어나 계셨네요. 오늘따라 너무 열심히 공부에 매진 중이셔서 아까도 말을 못 붙이고 그냥 나왔는데."

"그, 그랬어?"

"네. 곧 만찬 시간이에요. 슬슬 준비하셔야죠."

"으응, 그래야지."

나는 애써 태연한 얼굴을 보이며 릴리를 향해 하하 웃었다. 곧 있을 클로드와의 만찬 시간에 늦지 않아서 다행이다. 그렇게 안도하며 나는 릴리 몰래 가슴을 쓸어내렸다. 음? 그런데 이상하네. 왜인지 밖이 다소 시끄러운 것 같기도 하고.

똑똑!

"공주님, 들어가도 될까요?"

바로 그때 문밖에서 한나가 노크를 해왔다.

"들어와."

내가 허락하자 한나는 곧장 문을 열고 안으로 들어왔는데, 어째서인지 그런 그녀의 얼굴이 약간 발갛게 상기되어 있었다. 오호라. 이건 분명 나한테 무언가를 말하고 싶어서 입이 근질거리는 표정이었다. 뒤따라 들어온 세스가 어쩔 수 없는 사람을 보듯이 한나를 향해 고개를 절레절레 젓고 있는 것만 봐도 그랬다.

"한나, 밖에 무슨 일 있어?"

"네, 공주님도 들으면 무척 놀라실 거예요!"

나는 호기심에 물었다. 그리고 다음 순간 한나가 흥분해 외친 소리에 그만 깜짝 놀라 입을 벌리고 말았다.

"몇백 년간 은둔하고 있던 검은 탑의 마법사가 지금 폐하를 배알하고 있대요!"

⚜

"세상에! 호수가 정말 예뻐요!"

영애들이 눈앞에 펼쳐진 호수를 보며 감탄하는 모습을 나는 아련한 눈빛으로 바라보고 있었다. 그래, 이렇게 그냥 보면 참 예쁘지. 나도 처음에는 그렇게 생각했었지. 하. 설마 이 속에 촉수 괴물이 살고 있을 줄이야. 수면 아래에 그런 끔찍한 걸 숨겨 두다니!

"꼭 공주님의 눈동자 같아요."

흠칫.

한창 호수의 표리부동함에 대해 불평하고 있던 나는 어떤 영애의 말에 그만 움찔거리고 말았다.

"물론 신안이라고까지 불리는 보석안의 아름다움과 비견할 건 아무것도 없겠지만요. 실은 데뷔탕트 날에도 너무 황홀해서 눈을 뗄 수가 없었답니다."

"맞아요, 맞아!"

아, 칭찬이었구나. 나는 한순간이나마 욕인 줄 알고 흠칫했던 게 머쓱해서 칭찬을 다시 되돌려 주었다.

"코린트 양의 눈도 무척 예뻐요. 꼭 이제 갓 싹이 튼 새순처럼 아주 싱그럽고 예쁜 녹색이죠."

내가 생긋 웃으며 말하자 내 보석안을 칭찬해 주었던 영애가 어머,

소리 내며 발그레 뺨을 붉혔다. 허허. 반응이 참 귀엽구나. 평소 이제키엘의 열렬한 팬으로서 앞장서 그의 치명적인 매력을 설파하는 데 힘쓰던 것과는 사뭇 다른 모습인걸?

"정말 멋지네요. 황궁에서 이렇게 뱃놀이까지 즐길 수 있고."

과연 그 말처럼 나도 처음에는 황궁 부지 내에서 뱃놀이를 할 수 있다는 사실에 놀랐으니 그녀들의 감탄이 이해되기도 했다.

"호수 안에서만 즐길 수 있는 경치가 아주 장관이랍니다."

물론 여기에서 촉수 연꽃에게 호되게 당한 적 있는 나는 두 번 다시 이쪽으로 고개도 돌리기 싫었다. 하지만 이야기를 듣자 하니, 클로드가 지난번 사건 이후로 이곳에 있는 촉수 괴물의 씨를 모조리 말려 버렸다고 한다. 나로서는 좋은 일이기는 한데…… 기, 기분이 다소 미묘한 건 왜지? 거의 몇 세대 동안 이 호수에 터를 잡고 있던 촉수 괴물을 그렇게 한순간에 전부 박멸해 버릴 정도로 내가 그날 그렇게 흉하게 야단법석을 떨었나? 으흑. 왠지 그게 맞는 것 같다. 클로드가 그런 식으로 당황하는 모습은 나도 처음이었으니까.

아무튼, 그래서 나는 그 말에 안심하고 오늘 영애들과 함께 뱃놀이를 즐길 수 있었다.

"모두 조심해서 올라오세요."

음. 내가 주최자이기도 하고 아무래도 황궁 뱃놀이의 경험자이기도 하니까 먼저 배에 올라타는 게 맞겠지. 그래도 이 배는 마력이 깃든 배라 그런지 누가 올라타도 기우뚱거리거나 하지 않아 안전했다. 그래서 딱히 누가 팔을 잡아주거나 할 필요도 없었다. 하지만 아무래도 공주의 체면이 있었기 때문에 나는 필릭스의 손을 잡고 걸음을 뗐다.

이얍. 나는 발걸음도 가볍게 배 위에 사뿐히 올라탔다. 응? 그런데 어째서인지 그 후 아무도 자리에서 움직이지 않았다. 왜 저렇게 망부석처럼 가만히 서 있는 거지? 뭔가 서로 눈치를 보고 있는 것 같기도 하고. 혹시 뱃놀이가 처음이라 무서운 건가? 옆에 있는 기사들에게는 영애들을 잡아주라고 말해놨는데. 그래서 지금도 대기 중이고. 앗. 호, 혹시 이 호수에 살고 있던 괴물 연꽃에 대해 들은 건 아니겠지?

"무서워 말고 이리 와요. 제가 손을 잡아줄게요."

나는 잠시 그들을 의아하게 쳐다보다가 이내 웃는 낯으로 손을 내밀었다.

그런데 바로 그 직후, 놀라운 일이 벌어졌다.

"공주님 옆에는 제가!"

"아니에요, 제가 타겠어요!"

"무슨 소리세요? 공주님은 방금 전 제게 말씀하신 거라고요."

"앗, 아까부터 뒤에서 옷 잡아당기지 말아요! 반칙이잖아요!"

알고 보니 그녀들은 내가 탄 배에 아무도 먼저 올라타지 못하게 뒤에서 서로의 옷이나 팔을 잡아당기고 있었다.

나는 당황했다. 서, 설마 지금 나랑 같은 배에 올라타겠다고 이런 난투극을 벌이는 거야? 지금 내가 감동해야 하는 건지 웃어야 하는 건지 알 수가 없었다. 허흑. 그래도 다들 나랑 같이 뱃놀이하기 싫어서 피하는 것보다는 나으니까 고마워해야 하는 거겠지. 흑흑. 그동안 같이 사대천왕 이야기도 하고 릴리의 특제 디저트도 같이 나눠 먹은 보람이 있네.

"그만 출발할까요?"

엥?

그때 갑자기 맞은편에서 산보를 나온 듯 평온한 목소리가 들려서 나는 약간 놀랐다. 그것은 다른 영애들도 마찬가지인 모양이었다. 그녀들은 소리가 들려온 쪽을 향해 반사적으로 고개를 돌린 직후 이내 발견한 것에 놀라 입을 쩌억 벌렸다.

"여기는 이제 자리가 다 찬 것 같으니 여러분은 다른 배를 이용해 주셔야겠어요."

방금 전까지 아무도 없던 내 맞은편 자리에 어느덧 우아하게 양산을 들고 선 제니트가 다른 영애들을 향해 곱게 웃었다.

와, 와아. 제니트에게 이런 기술이? 다른 영애들이 저들끼리 씨름하는 동안 그 속을 유유히 빠져나와 이렇게 감쪽같이 배에 올라타 있다니?

"공주님, 먼저 앉으세요."

제니트는 나를 향해 웃는 낯으로 먼저 자리에 착석할 것을 권했다.

"마, 마그리타 양. 도대체 언제?"

"앗, 치사해요! 그 자리는 제 것이었는데!"

"아니, 분명 마그리타 양은 방금 전까지만 해도 제 뒤에 있었는데?"

다른 영애들이 느끼는 황당함이 나한테까지 전해졌다. 나도 당황스러운 건 마찬가지였지만 천연덕스럽게 서 있는 제니트를 보니 이상하게도 한순간 입술을 비집고 웃음이 나올 것 같았다. 아, 아니. 지금 상황이 좀 웃기지 않습니까.

"자리가 다 차 버렸으니 어쩔 수 없네요. 뒤에 다른 배가 있으니 조심해서 올라타세요."

결국 나도 웃는 낯으로 다른 영애들을 다른 배에 보내 버렸다. 그녀들은 허탈한 표정이었지만 이미 제니트가 내 앞자리를 차지해 버렸기 때문에 하는 수 없었다. 내가 먼저 자리에 앉고 그 후 제니트가 착석하자마자 배가 미끄러지듯 수면 위를 움직였다. 호숫가에 망연자실하게 서 있던 영애들이 멀어지기 무섭게 나는 더 참지 못하고 그만 소리 내 웃어버렸다.

"마그리타 양, 그동안 미처 몰랐는데 발이 무척 빠르네요?"

"그런 소리 종종 들어요."

제니트도 나를 따라 밝게 웃었다. 몇 달 전에만 해도 상상할 수 없었지만, 그녀와 함께 보내는 시간은 생각 외로 즐거웠다. 다과회를 여는 동안 나름대로 정이 들어서 그런가. 이상하게도 이렇게 제니트와 얼굴을 맞대고 있으면 나 홀로 가지고 있던 그녀와의 심적 거리감이 대폭 줄어드는 느낌이었다.

"공주님 말씀처럼 경치가 정말 멋지네요."

감탄 어린 목소리가 실바람을 타고 흘러들었다.

제니트의 눈동자는 호수보다도 짙은 푸른색을 띠고 있었다. 문득 어릴 때 알피어스 공작저에서 보았던 그녀의 보석안이 떠올랐다. 그러고 보니 외출할 때마다 마법으로 눈을 숨기려면 많이 번거롭겠네. 알피어스 공작가에 소속된 마법사가 도와주고 있는 거겠지? 앗. 내가 너무 빤히 쳐다봤나 보다. 주위의 경치를 구경하고 있던 제니트가 잠시 후 내 시선을 느꼈는지 고개를 돌려 왔다.

나는 약간 머쓱해졌지만 내색하지 않고 그녀를 향해 방긋 웃었다. 아흑, 이제는 이미지 관리용 미소가 거의 자동화되었다니까요.

"지금 공주님 눈동자가 호수 같은 짙은 청색으로 보여요."

"그래요?"

"네. 지금 제 눈과 비슷한 색이요."

제니트가 한 말에 나는 한순간 멈칫했다. 나와 시선을 맞대고 있는 제니트는 또 예쁘게 웃고 있었다. 그녀의 눈동자에서 엿보이는 친근감에 약간 마음이 술렁거렸다.

"데뷔탕트 날 폐하와 공주님을 처음으로 직접 뵈었었죠."

만약 지금의 내가 아무것도 모르는 아타나시아였다면 나는 그녀가 내게 보이는 친근감을 우정에 기반을 쌓은 호의의 표시로 여겼을 것이다.

"함께 서 계신 두 분의 모습이 너무 다정하고 화목해 보여서 저도 모르게 눈길로 좇고 말았어요."

그러나 제니트는 이미 나를 그녀의 자매라 여기고 이와 같은 호의를 내게 보이는 것이었다. 그 점은 처음부터 이미 명백했지만 막상 이런 눈빛으로 나를 바라보는 그녀를 마주하자니 마음에 동요가 일었다.

나는 손에 쥔 양산을 고쳐 잡으며 입을 열었다.

"제니트도 알피어스 공작가와 돈독한 모습이 참으로 보기 좋던걸요."

"네, 맞아요. 제게는 가족 같은 분들이죠."

제니트는 내 말에 쑥스럽다는 듯이 그저 웃었다. 나는 무어라 다른 말을 더 꺼내려다가 그냥 그만두었다. 모든 걸 다 알면서 모르는 척 이런 식으로 그녀를 떠보는 것이 기만처럼 느껴졌기 때문이다.

나는 새삼스러운 기분으로 눈앞에 있는 소녀를 바라보았다. 햇살을 담뿍 머금은 레이스 양산 아래로 부드러운 다갈색의 머리카락이 살랑살랑 흔들리고 있었다. 나를 바라보는 동그란 눈동자는 티 한 점 없이 푸르기만 했다. 연한 분홍색의 드레스를 입은 제니트는 그 자체로 굉장히 사랑스럽고 순진무구한 어린 소녀로 보였다. 그리고 실제로도 그녀는 이제 열넷밖에 되지 않은 어린 소녀였다.

"아. 어쩌면 이리도 아름다울까요."

책 속의 사랑스러운 공주님, 제니트는 눈부시게 반짝이는 호수에 꿈꾸는 듯한 시선을 둔 채로 이윽고 달콤하게 속삭였다.

"저는 살면서 지금처럼 행복했던 적이 없는 것 같아요, 공주님."

"맞아, 그 소문 들으셨어요? 검은 탑의 마법사요."

뱃놀이 후 우리는 다 같이 전망 좋은 호숫가에 자리를 깔고 앉았다. 나는 필릭스에게 들었던 대로 호수에 연꽃 괴물이 출몰하지 않아 남몰래 가슴을 쓸어내리고 있다가 어떤 영애의 말에 고개를 돌렸다.

"앗, 저도 들었어요!"

"저도요!"

와아. 벌써 소문이 다 퍼졌구나. 하긴, 그 많은 궁인 입을 어떻게 단

속했겠어. 나도 소문이 돌기 시작한 바로 그 첫날부터 한나에게 소식을 들었는데.

"그런데 검은 탑의 마법사가 나타났다는 게 정말인가요, 공주님?"

역시 영애들은 내게서 소문의 진위를 알아내고 싶어 했다. 하기야, 내가 그들이어도 황궁에 아는 사람이 있으면 제일 먼저 달려가 묻고 싶었을 테니 나한테 저런 초롱초롱한 눈빛을 보내는 것도 이해가 된다. 아, 이것 참. 간만에 또 엄마 미소가 나오려고 하잖아. 흠흠.

나는 잠시 표정 관리를 한 뒤 아기 새들처럼 나를 오매불망 바라보고 있는 영애들에게 답해 주었다.

"네. 검은 탑의 마법사를 자칭하는 이가 얼마 전 아바마마를 배알했다고 해요."

"세상에!"

내 확답에 영애들이 기다렸다는 듯이 호들갑을 떨어 댔다. 아니, 그런데 잠깐만요. 난 '검은 탑의 마법사를 자칭하는 이'라고 했지, '검은 탑의 마법사'라고는 하지 않았어!

"그렇다면 정말, 정말 대단하잖아요!"

"와아, 살아생전 검은 탑의 마법사의 재림을 보게 될 줄이야!"

"저도 보고 싶어요, 그런 엄청난 대마법사님이라니!"

확실히 검은 탑의 마법사가 대단하긴 대단한 모양이었다. 그도 그럴 것이, 거의 전설처럼 여겨지던 존재가 아니던가. 나는 전생의 기억 때문인지 그를 거의 신화 속의 인물로만 생각했지만 원래부터 이 세계에 속한 사람인 영애들은 그렇지도 않은 모양이었다. 와, 이 아가씨들이 이렇게까지 흥분하는 건 오벨리아 사대천왕들 이야기를 할 때 빼고 처음 보는 것 같네.

"어쩜 좋아요. 그럼, 그럼 혹시 지금 황궁에 계신 거예요?"

그녀들은 두 눈을 반짝반짝 빛내며 기대감 어린 표정을 감추지 못했다. 그 모습을 보자 나는 기분이 착잡해졌다.

"아니요. 지금 황궁에 머무르고 있지는 않아요."

크흡. 이렇게 기대했다가 나중에 그 사람이 가짜인 걸 알게 되면 얼마나 크게 상심할까?

나는 얼마 전 클로드와의 만찬 시간에 있었던 일을 회상했다.

"아빠, 오늘 검은 탑의 마법사를 만나셨다는 게 진짜예요?"

루카스와 함께 몰래 궁 밖으로 외출했던 날, 나는 귀가 후 한나에게서 검은 탑의 마법사에 대한 이야기를 들은 참이었다. 나는 '설마 진짜겠어?' 하는 의심 반, '그래도 혹시나?' 하는 기대 반으로 클로드의 대답을 기다렸다.

"벌써 소문이 거기까지 닿았나."

아마도 그때의 내 눈빛은 지금의 영애들과 비슷했을 것이다. 하, 하지만 어쩔 수 없잖아. 다른 누구도 아닌 그 검은 탑의 마법사라는데! 크흐, 아타나시아로서의 외로웠던 내 어린 시절을 함께한 마음의 벗이여.

"그건 가짜다."

하지만 클로드가 아무렇지도 않게 툭 내뱉은 말에 나의 환상은 와장창 깨져 버렸다.

"네? 가짜요?"

"제법 흥미가 돌아 한동안은 그 웃기는 작태를 좀 더 두고 볼까 싶긴 하다만,

그래 봤자 검은 탑의 마법사를 사칭하는 놈일 뿐이니 너도 관심 두지 말아라."

회상 끝!

나는 그날 보았던 클로드의 얼굴을 떠올리며 황궁 밖 어딘가에 있을 가짜 검은 탑의 마법사를 향해 조용히 묵념했다. 응. 흥미가 생겨서 놔 둔다고는 했지만 그 흥미란 게 절대 긍정적인 의미는 아닌 것 같았지. 그건 마치 발밑에서 지렁이가 꿈틀거리는 걸 같잖게 바라보는 듯한 눈 빛이었어!

"그런데 검은 탑의 마법사님은 지금 연세가 어떻게 되실까요?"

"어머. 그러고 보니 지금쯤 백발이 성성하고도 남으시겠네요."

"아니에요! 대마법사들은 신체 노화가 일반인들보다 느려서 젊음이 오래 유지된다고 하던걸요? 그러니 위대한 마도왕이셨던 아에테르니 타스 황제께서도 그렇게 치세를 오래 이어 가셨죠."

휘익.

다시 한번 대답을 갈구하는 눈빛이 내게로 쏘아 보내졌다. 아니, 그러 니까 당신들 나중에 그 사람이 가짜인 거 알면 실망할 거라구요. 엉엉.

나는 측은함을 숨긴 채 내가 아는 대로 대답해 주었다.

"음. 젊은 청년의 모습이었다고 들었어요."

올레!

영애들은 마치 계라도 탄 듯이 기뻐했다.

"검은 탑의 마법사는 굉장히 자유분방한 성품이라고 서적에서 본 기 억이 있는데, 은둔 생활에서 벗어나자마자 가장 먼저 폐하를 배알하기 위해 황궁에 오다니. 그만큼 폐하의 위명이 높다는 이야기겠죠. 역시 대단하세요."

제니트도 흥미로운 얼굴로 영애들의 대화에 동참했다.

"저희가 검은 탑의 마법사님을 직접 뵐 수 있다면 영광이겠지만 그런 기회는 쉽게 오지 않겠죠. 아, 정말 아쉽네요."

으아아! 제니트, 너마저! 나는 카이사르의 심정으로 속으로 절규했다. 검은 탑의 마법사는 진짜가 아니야! 진짜인 척하는 가짜라고! 아니, 물론 클로드가 말한 바에 의하면. 하지만 다른 사람도 아니고 클로드가 한 말이니까 사실이겠지, 뭐. 왜인지 근거 없는 믿음 같았지만 그럼에도 정보의 출처가 클로드라는 것만으로도 신빙성 있게 느껴졌다.

"공주님."

그리고 오늘의 다과회가 파할 무렵, 제니트가 조용히 나를 부르며 다가왔다.

나는 그녀에게 웃는 얼굴로 인사를 건넸다.

"마그리타 양, 오늘도 즐거웠어요. 다과회가 열릴 때마다 선뜻 참석해 줘서 고마워요."

그런데 어찌 된 일인지 제니트가 무슨 말인가를 할 듯 말 듯 입술을 우물거리면서 망설이는 것이었다. 키혁. 그런데 우물쭈물하는 모습이 이렇게 귀여울 필요가 있는 건가?

"저어. 혹시 괜찮으시면 이걸 받아주시겠어요?"

마침내 주저함을 떨치고 내게 무언가를 내밀기에 봤더니 예쁘게 포장된 작은 상자였다.

"공단 리본이에요."

바로 그 순간 내 머릿속에 얼마 전 황궁 밖에서의 일이 떠올랐다.

"아직 둘러볼 곳이 남았던가?"

"잘 기억해 보세요. 가장 중요한 걸 아직 못 샀어요."

"데뷔탕트 때 전해드렸던 리본의 끝이 조금 상해 있던 게 생각나기도 하고…… 댄스홀에서 주울 때 얼룩이 져 있기에 공주님께 드리기 전에 제가 털어 낸다고 털었는데도 말끔해지지 않아서 계속 마음이 쓰였거든요."

"이제키엘이 웬일이에요? 나오기 전부터 제가 몇 번이나 강조해 말했었는데 그걸 다 잊고."

"그런데 마침 일전에 외출했을 때, 우연히 공주님께 어울릴 것 같은 리본을 발견했지 뭐예요."
제니트는 손에 들고 있는 상자를 내려다보며 수줍게 웃었다.
"그래서 도저히 이걸 두고는 가게를 빠져나올 수가 없었어요."
나는 그녀의 말을 듣는 동안 점차적으로 마음에 동요가 이는 것을 느껴야만 했다. 제니트는 우연히 내게 어울리는 리본을 발견해 이것을 구입했노라고 말하고 있었지만 그날 황궁 밖의 카페에서 내가 들었던 내용은 그와 달랐다.

"가게에 가면 저와 같이 리본을 골라 주세요. 하나는 그분께 선물로 드릴 것이니 이제키엘도 마냥 지루하지만은 않을 거예요."

"아, 하지만 정말 그리 대단한 선물은 못 되고…… 또 공주님의 마음에는 들지 않을지도 모르니 그냥 가지고 계셔 주시기만 해도 기쁠 거예요."
내가 상자를 가만히 바라보고만 있자 제니트가 자신감이 다소 결여된 목소리로 덧붙였다. 그 모습을 보며 나는 그만 동공을 흔들고 말았다. 이, 이러면 내가 미안해지는데? 데뷔탕트 때 주워 줬던 리본, 심지어 얼룩이 묻은 걸 닦아주기까지 한 거였어? 그날 제니트한테 리본을 받자마자 클로드가 그걸 날려 버려서 미처 몰랐다. 그래서 클로드도 그 리본보고 더럽다고 한 거였나?

아무튼. 게다가 그걸 내내 신경 쓰고 있다가 나한테 새 리본을 선물로 주기까지 하다니! 그리고 방금 전 한 말처럼 그냥 길 가다가 우연히 마음에 드는 리본을 발견해서 산 것도 아니고 애초에 나한테 줄 선물을 사러 외출한 거였잖아? 그날 내가 다 들었는데. 그럼 차라리 나한테 선물하려고 고심해서 고른 거라고 생색이라도 내지, 왜 저렇게 나한테 내쳐지기라도 할까 봐 두려운 것처럼…….

나는 왜인지 마음이 짠해져서 마주한 얼굴이 실망으로 물들기 전에 상자를 받았다.

"선물 정말 고마워요."

내 말에 제니트가 고개를 들어 나와 눈을 마주했다. 그녀의 눈동자에 웃고 있는 내 얼굴이 담겼다.

"다음 다과회 때 꼭 착용하고 나올게요. 기대되네요. 마그리타 양이 직접 나를 생각하며 고른 리본이라니."

그리고 제니트는 아까 전 호수 위에서 그랬던 것처럼 더없이 행복한 표정을 지으며 나를 향해 눈꼬리를 예쁘게 접어 웃었다.

"그래 주시면 더 바랄 게 없을 거예요."

"공주님, 친구가 생기셨군요."

영애들을 보내고 에메랄드궁으로 들어가는 길에 필릭스가 내게 말했다. 나는 고개를 들어 그런 그를 슬쩍 올려다보았다. 그러자 내가 아니라 자기에게 친구가 생기기라도 한 듯 해사하게 웃고 있는 얼굴이 시야에 비쳤다.

친구. 친구라. 어쩐지 좀 낯설게 느껴지는 단어에 나는 미묘한 표정을 짓다가 다시 고개를 내렸다.

"끙!"

"앗, 까망이 님!"

바로 그때, 내 인기척을 느꼈는지 저 멀리서 까망이가 꼬리를 흔들며 달려왔다. 까망이에게 밥을 주고 있는 듯했던 한나는 이제 포기한 듯 제자리에 서서 그런 까망이를 바라보고 있었다.

"까망아, 잘 놀고 있었어?"

"끼잉!"

나는 한달음에 달려와 매달리는 까망이의 복슬복슬한 털을 쓰다듬으며 하하 웃었다. 우리 까망이는 뭘 먹고 매일 이렇게 애교가 늘어나나? 아구. 귀엽기도 하지. 앗! 또 정전기. 요즘 날씨가 많이 건조하나?

"공주님, 까망이 님은 이리 주시고 들어가서 쉬세요."

"까망이 밥 내가 주면 안 돼?"

"마법사님이 까망이 님하고 자주 붙어 있지 말라고 했잖아요. 자아, 까망이 님 식사는 제가 챙겨 드릴게요."

나도, 나도 우리 까망이 복슬복슬한 털 만지면서 맘마 챙겨 주고 싶은데! 크흑. 비록 맘마라고 하기에는 우리 까망이가 이미 너무 많이 커 버리긴 했지만.

나는 얼마 전 까망이와 함께 있는 시간을 더 줄이라고 엄포를 놓았던 루카스를 생각하며 입술을 삐죽거렸다. 내가 자기 말을 안 듣는 걸 아니까 이제는 아예 릴리를 통해서 날 좌지우지하려고 한단 말이야? 우리 까망이가 비록 요즘 폭풍 성장을 하고 있기는 하지만 그래도 사이즈가 나날이 커지는 것 말고는 특이 사항도 없는데.

"끙끙!"

"옳지. 많이 드세요, 까망이 님."

으으음. 그런데 까망이는 나한테서 떨어져 나온 마력이라고 했잖아. 그럼 이렇게 자라다가 나중에는 나한테 흡수돼서 사라지는 건가? 그건 싫은데……. 나는 접시에 코를 박고 있는 까망이를 보다가 나중에 루카스를 보면 방법을 물어봐야겠다고 생각하며 에메랄드궁으로 발길을 옮겼다. 기회는 바로 그날 밤 찾아왔다.

"루카스, 까망이가 나한테 흡수 안 되게 하는 방법 없어?"

루카스는 내 탁자 위에 있는 말린 과일을 주워 먹다가 내 물음에 시큰둥하게 반문했다.

"대마법사, 대마법사 어릴 때부터 그렇게 노래를 불러 대더니 왜. 마법 쓰기 싫어?"

크흑. 이 자식, 그렇게 말하니까 좀 가슴이 아프잖아.

"그건 아닌데 나한테 흡수되면 까망이가 없어지잖아."

그런데 루카스는 내 말을 듣고 소파에 길게 몸을 늘이더니 이내 무미건조한 목소리를 흘려보냈다.

"애완동물처럼 기르고 있다고 해서 신수가 진짜 네 강아지라도 되는 것 같아?"

나는 카펫 위에 앉아 스트레칭을 하던 자세 그대로 멈칫했다.

"관둬. 그건 진짜 생명체도 아니고 그냥 마력의 총집합체일 뿐이니까."

고개를 들자 무감정한 눈동자로 나를 응시하고 있는 루카스가 보였다. 이따금 그가 다른 사람들처럼 피와 살로 이루어진 인간이 아닌 듯이 느껴지게 만드는, 바로 그 삭막하고 매정한 눈빛이었다.

"멀쩡한 신수를 똥강아지 취급하다 보니 네가 착각하는 모양인데 그건 '살아 있는' 게 아니라 그냥 그 자리에 '존재하는' 것뿐이야."

나는 가만히 루카스가 하는 말을 듣다가 이내 손끝에 닿는 것을 붙잡았다.

"그러니까 쓸데없이 정 주지 마. 어차피 그래 봤자 나중에는 뼛가루 하나 안 남을……."

퍼억!

내 손을 떠난 쿠션이 루카스의 얼굴로 날아갔다. 하지만 얄밉게도 그는 머리를 살짝 숙이는 것만으로 타격의 범위에서 간단히 벗어나 버렸다.

"맞아 봤자 얼마나 아프다고 그걸 피해?"

루카스는 고개를 약간 숙인 자세 그대로 시선만 움직여 나를 쳐다보았다. 그의 붉은 눈동자가 가만히 내 얼굴을 훑는 것이 느껴졌다. 하지만 나는 그런 그를 무시한 채로 스트레칭하는 데 쓰던 쿠션을 다시 가져오기 위해 자리에서 일어나 걸음을 옮겼다. 쿠션은 루카스가 있는 소파의 등받이에 맞고 튕겨 나가 바닥에 떨어져 있었다. 내가 허리 숙여 루카스의 앞에 떨어진 쿠션을 주우려 할 때 그가 입을 열었다.

"화났어?"

나는 아무 말도 하지 않았다.

"화났네."

"치워."

루카스의 손이 내가 막 주워 올린 쿠션의 끝을 붙잡아서 나는 쌀쌀맞게 말했다.

"네가 왜 기분 나빠하는지 알아. 그런데 난 틀린 말 한 적 없어. 이미 끝이 정해져 있는데 괜히 정 주고 미련 남겨 봤자 나중에 후회하는 건 너야."

다음 순간 귓가에 박힌 음성에 나는 빠직했다.

"그래, 너 잘났어!"

나는 루카스의 손에서 홱 쿠션을 빼낸 다음 그를 향해 마구 팔을 휘둘렀다.

"난 바보라서 진짜 살아 있지도 않은 마력 덩어리에 정 붙이고 오늘 사라질까 내일 사라질까 이렇게 쓸데없이 전전긍긍하고 있다, 왜!"

쿠션에 맞는 내내 루카스는 눈가를 찡그리고 있었지만 그래도 이번에는 내 손을 피하지 않았다. 그래, 좀 맞아주면 어때서. 어차피 아프지도 않을 텐데.

"그래. 네 말이 맞을지도 몰라. 그래도 좀 돌려 말하면 어디가 덧나? 꼭 그런 식으로 재수 없게 말해야 해? 응? 정말 그게 최선이야?"

나는 쿠션으로 루카스를 마구 내려치다가 이내 제풀에 지쳐 팔을 내렸다.

"이제 다 했어?"

"아니!"

퍽!

나는 마지막으로 루카스의 얼굴에 쿠션을 집어 던졌다. 방금 전에 미처 성공시키지 못했던 일의 연장선이었다.

툭, 쿠션이 떨어져 내리자 한껏 미간을 좁히고 있는 루카스의 얼굴이 눈에 들어왔다. 흥. 뭐, 왜, 뭐! 그렇게 쳐다보면 어쩔 건데! 나는 그를 향해 흥! 하고 콧방귀를 껴 주었다. 그리고 루카스의 얼굴을 맞고 떨어진 쿠션을 다시 집어 들고 그대로 그를 지나쳐서 내가 원래 있던 자리로 돌아가려 했다.

"으악!"

억, 그런데 이 치사한 놈이 다리를 뻗어서 나한테 발을 걸었다! 나는 균형을 잃고 휘청거리다가 인위적인 힘에 이끌려 그래도 바닥이 아닌 소파 위로 풀썩 넘어져 버렸다.

"조심 좀 하시지. 왜 가만히 있는 남의 다리에 걸려 넘어지고 그러시나?"

이, 이 자식. 지금 복수전이야? 내가 쿠션으로 좀 때렸다고 지금 이러는 거야? 그래 놓고 마지막에 팔은 왜 잡아줘? 나는 머리가 산발이 된 채로 확 고개를 들어 루카스를 찌릿 노려보았다.

"이리 와."

그러자 그런 나를 약간 찡그린 얼굴로 바라보던 루카스가 이내 작게 혀를 차더니 나를 불렀다. 아니, 그런데 이놈이? 내가 똥개냐? 똥개야? 오라고 하면 오고 가라고 하면 가고 그런 사람으로 보여, 내가?

"볼일 있으면 네가 와."

루카스와 내 사이의 거리가 불과 1미터도 되지 않는 것을 고려하자면 상당히 웃긴 상황이었다. 내 말에 그는 가지가지 한다는 듯이 하, 하고 소리 냈다. 하지만 결국 루카스는 오늘만 져 주겠다는 듯이 먼저 나한테 손을 뻗었다.

"못생겨 가지고."

크아아! 화해의 제스처가 아니라 또 다른 시비였냐! 내가 다시금 포악을 떨려고 할 때, 루카스가 손으로 내 이마를 툭 치듯이 덮었다.

"진짜 이걸 그냥 내버려 둘 수도 없고."

"치, 누가 AS 해달래?"

루카스가 이런 식으로 나한테 접촉하는 것에는 이제 익숙했기 때문에 이번에도 그가 내 안에 있는 마력을 정리해 주기 위해 이러는 것임을 알았다. 하지만 나는 방금 전의 일로 루카스에게 앙금이 남아서 그를 향해 투덜거렸다. 방금 전까지만 해도 싸워 놓고 또 언제 그랬냐는 양 나한테 붙어 앉아서 보수 작업을 해주는 루카스도 웃겼고, 또 그걸 가만히 앉아서 받고 있는 나도 웃겼다.

원래도 이 녀석과 티격태격하는 건 그리 오래가지를 못했다.

"너랑 이렇게 한가하게 얼굴 맞대고 있는 것도 오늘까지니까 너무 열 내지 마."

그리고 바로 그 순간 앞에서 울리는 목소리에 나는 무의식중에 숨을 멈추고 말았다.

"나 한동안 멀리 떠나 있을 거야."

루카스가 담담한 얼굴로 내게 통보했다.

제9장
잠시만 안녕

"우와! 이것 좀 보세요, 공주님!"

우리는 내 앞으로 보내져 온 선물들을 모아 놓는 방에 있었다.

한나가 소란을 떠는 소리에 저 구석에서 초대장을 정리하던 릴리도 이쪽으로 눈길을 돌렸다. 하지만 나는 한나의 부름이 있기 전부터 이미 눈앞에 보이는 것에 동요하고 있던 참이다.

"어머나. 예쁜 새네요."

천이 걷히고 드러난 것은 하얀 새장이었다. 여러 가지 섬세한 문양을 넣어 정교하게 제작된 둥근 새장은 한눈에 봐도 무척이나 고급스러워 보였는데, 나를 동요하게 만든 것은 그 안에 있는 푸른 깃털의 새였다.

찌르릉.

횃대에 얌전히 앉아 있던 새가 우리의 시선을 느꼈는지 푸드득 작게 날갯짓을 했다.

그, 그런데 기분 탓일까. 왜 이 새를 제가 어디선가 본 것만 같죠? 이 깜찍한 누런 부리 하며, 동글동글 까만 눈동자 하며, 뒤쪽으로 우아하게 뻗은 꼬리 깃털 하며. 왜인지 루카스랑 외출했을 때 새 시장에서 봤던 청조라는 새랑 엄청 엄청 똑같아 보이는데? 기, 기분 탓이겠지? 그냥 비슷해 보이는 다른 새겠지?

"더군다나 선물한 사람이 누구인지 아시면 깜짝 놀라실걸요?"

한나는 내 반응이 기대된다는 표정으로 작은 카드를 내밀었다. 나는 매우 찜찜한 기분으로 그것을 받아들었다. 그리고 고상한 금박 무늬가 박힌 종이를 펼치자 그 안에는…….

[일전의 짧은 만남을 추억하며 그리움을 담아 보냅니다.

-이제키엘 알피어스.]

으어어어억!

카드의 내용을 확인하자마자 나는 속으로 비명을 내질러 버렸다.

"바로 그 알피어스 공자예요! 이런 선물을 보낸 걸 보니 역시 데뷔탕트 날 공주님께 홀딱 반한 게 틀림없어요!"

내 마음도 모르고 한나는 흥분해서 그런 얼토당토않은 말이나 해댔다.

아냐! 이건 그런 의미가 아니야!

이제키엘은 그때 새 시장에서 봤던 사람이 나라고 생각하는 것이 분명했다. 그, 그래 봤자 어차피 뒷모습밖에 못 봤을 텐데 어떻게 나인 걸 확신한 거지? 게다가 그때는 옷차림도 평소랑 달랐는데! 그럼 이 새는, 말하자면 '나는 네가 그날 한 일을 알고 있다!' 뭐 그런 의미인 건가!

"한나, 공주님 앞에서 말을 가려 하렴."

"하지만 사실이잖아요. 공주님이 이렇게 예쁘고 사랑스러우신데 알피어스 공자라고 해서 마음을 빼앗기지 않을 수 있겠어요?"

"뭐, 물론 그건 그렇지."

릴리마저 한나의 말에 은근슬쩍 동의하며 내심 흐뭇한 기색을 내비쳤다. 앗, 저건 오래간만에 보는 릴리의 엄마 미소! 예쁘게 잘 자라 준 딸을 보는 듯한 그 푸근한 눈빛에 나는 엄마에게 일탈을 숨기는 딸이 된 것만 같은 기묘한 죄책감에 사로잡혔다.

"크흠. 저기, 알피어스 공자가 나한테 선물을 보냈다는 건 비밀로 했으면 좋겠어."

"공주님께서 원하신다면요."

릴리는 선뜻 웃으며 답했지만 어째서인지 바로 그 순간 한나가 난처한 낯빛을 띠었다. 릴리와 내가 그것을 보고 수상한 눈빛을 보내자 그녀가 급히 입을 열었다.

"절대로 제가 말한 건 아니에요, 공주님. 저어, 하지만 실은 아까 전에 새장을 옮기다가 함께 있던 카드를 떨어뜨렸는데 지나가던 시녀들이 그때 카드 겉면에 있는 서명을 보았던지라……."

제, 젠장. 그렇다면 이제키엘이 나한테 선물을 보낸 걸 다른 시녀들도 이미 안다는 의미였다.

"한나, 공주님 앞으로 보내진 물건을 그렇게 조심성 없이 다루다니!"

"죄송합니다."

"앞으로는 정리 담당을 다른 아이로 바꿔야겠구나."

"아앗!"

릴리가 한나를 혼냈지만 이미 벌어진 일은 벌어진 일이었다. 궁인들 사이에 소문이 파다하게 퍼지는 것도 순식간이겠네. 그럼 다음 다과회쯤에는 영애들도 이 소식을 다 알게 되겠지. 어흑. 하지만 나는 그때까지만 해도 이 소문이 흘러들게 되었을 때 가장 나를 곤란하게 할 복병이 누구인지를 잊고 있었다.

"알피어스의 애송이가 네게 선물을 보냈다지?"

커헉.

나는 내 눈앞에 있는 사람이 지나가듯 흘린 물음에 그만 마시고 있던 찻물을 뿜을 뻔하고 말았다. 테이블을 사이에 두고 마주 앉은 얼굴을 보니 이미 궁 안에 파다한 소문이 진짜란 사실을 알고 있는 게 분명했다.

클로드는 손에 들고 있는 찻잔을 기울이며 싸늘히 입꼬리를 들어 올렸다.

"머리에 피도 안 마른 것이 하는 행동 하나하나가 방자하기 짝이 없구나. 아무래도 아를란타에서 나쁜 버릇만 들어 온 모양이군."

부, 분명히 웃고 있는데 왜 이렇게 무서운 거죠? 온몸에서 한기를 폴폴 날리고 있는 걸 보니 지금 여기가 햇빛 포근한 정원인지, 눈보라 날리는 설원인지 구분이 안 되는데요? 설마 지금 이제키엘한테 고작 선물 하나 받았다고 이렇게 질색하는 거야?

나는 기분이 저조해 보이는 클로드를 향해 약간 어색하게 웃어 보였다.

"음. 하지만 다른 영식들이나 영애들처럼 친교의 의미로 보낸 선물일 뿐, 다른 의미는 없으니까요."

도서관에서 봤던 것도 그렇고, 밖에 몰래 나가서 우연히 마주쳤던 것까지 알면 정말 큰일이 나겠어. 주, 죽는 날까지 숨기자.

"그 능구렁이의 아들답게 주제넘은 생각을 품은 게지."

그런데 클로드는 끝까지 신랄했다. 그가 코웃음 치며 하는 말에 나는 또 한 번 흠칫하고 말았다.

"네 데뷔탕트 때 고작 한 번 함께 춤을 춘 일로 그 애송이가 착각을 하는 것이 분명하다."

쿠, 쿨럭. 아니, 그 일을 왜 지금 갑자기 입에 담는 거랍니까? 벌써 반년이나 지난 일이잖아요? 그리고 지금 당신이 한 말 그대로 고작 딱

한 번 같이 춤췄을 뿐이잖아? 그런데 왜 그걸로 착각을 하니, 주제넘은 생각을 품었느니, 그런 말이 나오나요? 그, 그러고 보니 이제키엘하고 춤을 출 때도 무서운 눈으로 쳐다보고 있었지. 역시 당신은 흰둥이 아저씨와 쌍으로 그 아들인 이제키엘도 싫어하고 있는 거였어!

"게다가 감히 실수를 가장해 네 개인 서고에까지 발을 들이다니. 참으로 간 큰 놈이라고 할 수밖에."

"흐억!"

나는 깜짝 놀라 두 눈을 동그랗게 떴다. 그걸, 그걸 알고 있었단 말이야! 지금까지 계속 조용하기에 난 문지기 아저씨들이 혼나기 무서워서 숨긴 줄 알았는데! 루카스도 굳이 클로드한테 그런 걸 일러바칠 위인은 아니고, 또 나도 아무 말 안 했으니까 당연히 모를 줄 알고! 그, 그럼 그 일이 있고 얼마 후 내 도서관 문지기 기사들이 싹 다 한꺼번에 갈아 치워진 게⋯⋯!

"기껏 아량을 베풀어 살려 놓았더니 또 네게 그따위 간교한 수작질을 부리다니."

클로드의 눈빛이 너무나도 살벌해서 나는 좌불안석이 되었다. 이, 이러다가 내일 송장 치르는 거 아닌가요? 이거 지금 매우 위험한 상황인 것 같은데 제 착각이 아니죠?

"공주님의 미모가 다이아나 님을 닮아 날이 갈수록 꽃 피듯 아름다워지시니 어쩔 수 없는 노릇이지요."

그런데 옆에서 우리의 대화를 듣고 있던 필릭스가 또 눈치 없게 기름을 부어 댔다.

"앞으로 황실 행사에도 간간이 모습을 비치시게 되면 공주님께 반해 구애하는 영식들이 우후죽순으로 늘어날 겁니다."

그러니 그런 당연한 일로 더 이상 열 내지 말라, 뭐 그런 의미 같았다. 필릭스 나름대로는 클로드를 진정시키기 위해 한 말일지도 몰랐다.

그는 마치 릴리가 그랬듯이 장성한 딸을 흐뭇하게 지켜보는 듯한 아빠 미소를 짓고 있었다. 하, 하지만 이건 아니야! 위험해! 도망쳐, 필릭스!

"나중에는 공주님도 좋은 짝을 찾아 폐하의 품을 떠나게 되시겠지요. 설령 궁에 부마를 들인다 해도 지금처럼 폐하와 단둘이 오붓하게 지내시는 시간은 확연히 줄어들 테니까요."

그러나 필릭스는 내 필사적인 눈짓을 알아듣지 못하고 계속해서 스스로의 명을 재촉하는 말을 해댔다. 어느덧 탁자에 찻잔을 내려놓은 클로드가 더없이 싸늘한 눈빛으로 자신을 쳐다보는 것을 눈치채지 못한 모양이었다.

"아아. 그것이 부모 된 이들의 외로운 숙명인가 봅니다. 그때가 되면 폐하께서 홀로 그 적적함을 어찌 달래실지 저는 벌써부터 걱정이……."

"필릭스."

"예?"

결국 클로드가 낮은 음성으로 필릭스를 불렀다.

"죽고 싶지 않으면 그 입 그만 닥치도록."

그 스산한 목소리에 필릭스는 대번에 쩡하니 얼어붙어버렸다.

"앞으로 다과 시간에는 아예 내 앞에 얼씬도 말도록 해라."

"폐, 폐하."

"뭐 하나? 빨리 꺼지지 않고."

끼, 끼잉.

필릭스는 뭔가 자신이 실수한 것 같은데 그게 뭔지 모르겠다는 얼굴로 엉거주춤 정원을 떠났다.

으아아, 이렇게 되면 나 혼자 한기 폴폴 날리는 클로드를 상대해야 하잖아! 으흑. 하지만 원래도 필릭스는 있어 봤자 도움이 안 되긴 하니까. 뭐, 뭔가 필릭스의 취급이 하찮은 것 같긴 하지만 사실인걸.

나는 필릭스를 쫓아내고 나서 더욱 저기압이 되어 있는 클로드의 눈치를 슬쩍 보다가 표정을 가다듬고 우울한 목소리를 흘려보냈다.

"결혼 같은 거, 꼭 해야 하나요? 전 싫은데."

크흑. 필릭스의 말에 속이 상한 척하는 것도 힘들다. 그래도 좀 더 투덜거려 보자.

"부마고 뭐고, 저는 그런 거 필요 없단 말이에요. 지금처럼 아빠랑 둘이 지내는 게 좋은데 꼭 결혼해야만 해요?"

그러고 나서 힐끔 시선을 움직이니, 클로드가 내 말을 가만히 듣고 있다가 탁자에 놓인 찻잔으로 다시 손을 뻗는 것이 보였다.

"결혼을 강제하는 제국법은 없긴 하지."

옳거니. 입질이 오는구나!

나는 신이 나서 클로드의 말에 얼른 맞장구를 쳤다.

"그럼 전 결혼 안 할래요. 나이 들어서 할머니 될 때까지 아빠랑 살 거예요!"

그러고서 내가 헤헤 웃자 착각인지 주위에 감돌던 날카로운 기운이 약간 온화해졌다.

"지금은 그리 말해도 나중에는 시집가고 싶다고 떼를 쓸지도 모르지."

"에이, 그럴 리가 없어요. 그때가 되어도 분명히 제가 제일 좋아하는 사람은 아빠일 텐데요."

살랑살랑 어디선가 봄바람이 불기 시작했다. 나는 클로드의 눈빛이 오늘 보던 것 중 가장 느슨해진 것을 발견하고 속으로 쾌재를 불렀다.

"낯간지러운 말을 잘도 떠들어 대는군."

그러면서 흥, 하고 콧방귀를 뀌고 있지만 당신 지금 기분 좋아진 거 맞지? 그렇지? 게다가 가만 보아하니 클로드가 수상쩍었다. 아니, 그런데 이 사람…… 지금 보니 그동안 내 다과회에 영식들을 한 명도 얼씬거리지 못하게 했던 이유가 설마…….

"알피어스의 애송이가 또 너를 귀찮게 굴면 언제든 말하도록 하여

라. 두 번 다시 네게 허튼수작을 못 하도록 만들어주마."

그, 그런 말을 듣고 잘도 당신한테 이제키엘 얘기를 하겠다!

"그 상대가 다른 이라 해도 마찬가지다. 요즘 어린 영식 중에는 발칙한 것이 유독 많은 것 같으니 각별히 조심하도록 해라."

"아하하."

"대답."

"네엥."

나는 클로드의 스산한 눈빛에 그저 식은땀을 흘리며 에헷 웃고 말았다. 거참, 선물 두 번 받았다가는 누구 한 사람 저 멀리 날려 보내고도 남겠네. 혹시 들어는 보셨습니까? 그 이름 하여 요단강이라고.

비로소 평온을 되찾은 듯 다시금 느긋이 찻잔을 기울이는 클로드를 보다가 나도 눈앞에 있는 디저트를 향해 포크를 움직였다. 크으. 내 사랑스러운 케이크들. 오늘도 몽땅 남김없이 먹어 치워 주겠어.

"아빠, 제가 정말 엄마를 그렇게 많이 닮았어요?"

냠냠. 나는 눈앞에 있는 치즈 케이크를 흡입하면서 지나가듯이 물었다. 방금 전 필릭스가 한 말도 있고, 릴리도 '다이아나 님을 갈수록 많이 닮아 간다'고 내게 부쩍 많이 말하곤 했기 때문이었다. 물론 클로드의 앞에서 다이아나의 이야기를 꺼내는 건 금기시되어 있었다. 그래서 나도 지금까지는 그녀의 이름이나마 입 밖에 내지 않도록 각별히 주의했었고 말이다.

하지만 이제는 괜찮을 것 같았다. 단순히 내 착각에서 비롯된 낙관적인 생각일 수도 있지만, 더 이상은 클로드가 나를 죽일 것 같지 않았다. 내가 그에게 어떤 건방진 말을 해도, 그리고 내가 그에게 어떤 큰 잘못을 저질러도.

"그걸 왜 나한테 묻지?"

달그락.

클로드가 빈 찻잔을 내려놓는 소리가 유독 크게 울렸다. 귓가에 흘러든 목소리는 따사로운 햇살의 온도를 약간 선선하게 상쇄시켜 줄 정도로 차게 식어 있었다. 하지만 내 예상대로 그는 나를 벌하지도 책하지도 않았다.

"모른다. 죽은 사람의 얼굴 따위는 벌써 오래전에 다 잊었으니."

그렇게 말한 뒤 그는 고개를 돌려 노란 햇빛으로 가득 물들어 있는 정원에 시선을 두었다. 파릇한 초목이 얕은 바람을 따라 이리저리 몸을 흔들었다. 클로드의 금발도 바스러지는 햇빛 조각처럼 낮게 흩날렸다.

나는 한껏 무심한 눈빛을 한 채 내 얼굴을 외면하고 있는 클로드를 보며 그저 어렴풋이 웃어버렸다.

"아빠, 저 소원이 하나 있어요."

하지만 어젯밤 꿈속에서 보았던 요정 언니는 변함없이 아주 예뻤는 걸요.

"아빠만 들어주실 수 있는 거예요."

그러나 누구에게나 밝히고 싶지 않은 비밀이란 것은 있게 마련이므로 나는 클로드의 말이 거짓말이라는 사실을 그냥 모른 척해 주기로 했다.

"이걸로 다음 생일 선물을 미리 앞당겨 받아도 좋아요. 들어주실 거예요?"

초목의 빛으로 물든 눈동자 안에 마침내 다시금 내 얼굴이 담기는 것을 보며 나는 그를 향해 말갛게 웃었다.

"그래. 이게 바로 그 소문의 새 새끼인가 보네."

기분이 저조한 사람은 여기 또 한 명 있었다.

"새 새끼가 뭐야, 새 새끼가!"

나는 그날 밤 다짜고짜 내 방에 난입해 빈정거리는 루카스를 향해 질색하며 소리 질렀다. 아니, 이 예쁜 새를 보고도 할 말이 그것밖에 없어? 물론 내 비밀 외출을 목격해 버린 이제키엘이 줬다는 점에서 찜찜하기도 했지만 그래도 새는 죄가 없는걸! 게다가 봐, 이 영롱한 푸른빛을!

"쯧. 청조가 뭐야, 청조가. 매 정도는 되어야 그나마 쓸모가 있지. 안목도 구려서는."

하지만 루카스는 새장 안에서 몸을 움츠리고 자고 있는 파란 새를 보며 쯧쯧 혀를 찰 뿐이었다. 크윽. 분명히 이놈의 감수성은 바짝바짝 메마르다 못해 황무지처럼 황폐해져 있을 거야! 이 귀여운 새를 보고도 할 말이 그런 것밖에 없다니!

"잘 기르면 전서구 역할도 한다고 했어!"

"전서구는 개뿔. 날다가 맹금류라도 만나면 한입에 꿀꺽 먹히게 생겼네."

헉, 내 파랑새한테 그런 무서운 말 하지 마! 작은 동물 친구는 아껴 줘야 한다고!

루카스는 다른 때와 다름없이 여전히 건방지고 얄미웠다. 하지만 오늘만큼은 그에게 더 뭐라고 힐난하는 대신 그저 불만스럽게 입술을 삐죽이다가 나는 툭 던지듯이 말했다.

"진짜 오늘 갈 거야?"

"왜, 가지 말까?"

루카스가 새장에서 눈을 떼고 나한테 고개를 돌렸다. 여느 때처럼 잠옷 차림인 나와 다르게 루카스는 평소와 다른 외출복을 입고 있었다. 지난번에 나와 함께 궁 밖으로 나갔을 당시 마법으로 바꿔 입었던 옷과 비슷한 차림이었다.

"아니, 나 잘 거니까 빨리 가라고."

가지 말라고 말린다 해서 정말 안 갈 것도 아니면서 떠보기는? 나는 조금 심통이 난 채로 쌀쌀맞게 답했다. 사실 '꼭 지금 떠나야만 하나?' 하는 생각을 하고 있던 것이 맞았기 때문에 혼자서 괜히 더 심술이 났다. 하지만 루카스는 내 생각이 어떻든 간에 오늘 이곳을 떠날 것이다. 다시 한번 그를 자칭 세기의 대마법사로 만들어줄 마력 보충제를 찾아서!

"그 세계수라는 거 찾는 데 오래 걸려?"

나는 루카스에게 슬쩍 물었다. 얼마 전 그와 다퉜던 밤에 들었던 내용에 의하면 500년에 한 번 열매를 맺는다는 세계수라는 게 있다나. 그리고 그 마법 생물인 세계수의 열매는 순도 높은 마력의 결정체나 다름없어서 그걸 흡수하면 부족한 마력을 보강할 수 있단다.

"뭐, 대략적인 위치는 옛날에 파악했으니까 아슬아슬하게 도착할 수 있겠지."

루카스 이 녀석. 매일 마력이 달린다고 투덜거리더니. 크흑. 그래도 까망이를 대신할 다른 마력 보충제를 찾아서 다행인가. 지금 생각해 보면 이놈이 전에 시간이 오래 걸리는 마력 보충 방법이 있다고 했던 게 바로 그 세계수 열매였던 모양이다. 나도 처음 들었을 때는 이게 무슨 판타지 같은 이야기인가 싶었는데, 집 앞 호수에 촉수 연꽃도 있는 판에 세상 어딘가에 그런 나무 하나 없을까 싶었다.

"그럼 좀 일찍 찾으러 가지 왜 이렇게 간당간당하게 가? 열매 다 떨어지는 거 아니야?"

그 열매란 게 5년도 아니고 50년도 아니고, 무려 500년의 간격으로 나는 거라면서 이렇게 아슬아슬하게 떠나다니! 그, 그러다가 혹시라도 열매를 못 얻으면 또 우리 까망이를 노린다거나! 설마 그러진 않겠지? 응?

그런데 루카스는 잠시 속을 알 수 없는 표정으로 가만히 나를 쳐다보기만 했다. 뭐야, 뭐야. 왜 그러고 쳐다봐? 헉, 설마 지금 까망이를 걱정하는 내 속마음을 읽고 있다거나 한 건 아니겠지. 그리고 마침내 루카스가 나한테서 시선을 돌리고 툭 내뱉은 말에 나는 기분이 요상해졌다.

"그러게. 왜 그랬는지 모르겠네. 시간이 많은 것도 아닌데 좀 더 빨리 떠날걸."

이, 이상하네. 왜 이렇게 순순히 말하는 거지? 괜히 사람 기분 이상해지게.

"뭐, 정 늦는다 쳐도 낙과 하나쯤은 건지겠지."

그래도 루카스가 그동안 마력이 부족하다며 얼마나 답답해했는지 아는지라, 나는 혹여나 그가 열매를 얻지 못했을 때 품게 될 실망감이 우려되었다. 지금 루카스는 대수롭지 않은 듯이 낙과라도 건지면 된다고 말하고 있었지만.

"괜찮아. 이미 위치도 다 안다면서? 열심히 순간 이동 쓰면 안 늦을 거야."

물론 그 세계수가 있는 곳은 세상의 끝이라 해도 좋을 만큼 아주아주 먼 곳이라 순간 이동도 여러 번에 걸쳐 써야 한다고 했고, 또 그마저도 세계수의 영역 안에 들어서면 마법을 사용할 수 없어 불편하다고 했지만.

"보통 사람들은 죽었다 깨어나도 못 가는 데라고 했잖아. 그럼 그 열매라는 거 따 가려는 사람도 없을 테고. 그러니까 후딱 다녀와."

그래도 그동안 미운 정이 든 게 있어서 그런지 막상 루카스가 떠난다고 하니까 섭섭했다. 예전에는 마냥 속이 시원할 줄 알았는데.

"그래. 슬슬 가야겠네."

루카스는 내 말을 듣고 픽 웃더니 나를 향해 손을 뻗었다. 이마에 온기가 닿는 순간, 나는 루카스가 떠나기 전 내 마지막 마력 보수 작업을 해주고 있다는 사실을 깨달았다. 짜식, 그래도 나름대로 세심한 면이 있단 말이…….

"다녀왔을 때 쓸데없는 마력 많이 쌓여 있으면 까망이 확 잡아먹어버린다."

느, 네?

"그러니까 웬만하면 까망이 말고 저 새 새끼랑 놀아. 그러라고 눈앞에서 안 치워 버린 거니까."

아, 아니. 지금 분위기 나름대로 훈훈했는데 왜 갑자기 또 우리 까망이 가지고 협박이래요? 그리고 내 파랑새의 행방을 왜 네가 마음대로 결정하냐!

"야, 이……."

"간다."

하지만 내가 입을 막 떼기 무섭게 루카스는 내 눈앞에서 뿅 하고 사라져 버렸다.

"허."

이 자식, 사람이 무슨 말을 할 틈도 안 주고 이렇게 갑자기 가 버리다니? 나는 루카스의 빈자리를 보며 허탈하게 손을 들었다. 방금 전까지 그 자리에 남아 있던 온기가 갑자기 사라진 탓인지 괜스레 이마가 시렸다. 그 세계수에 갔다가 오는데 시간이 좀 걸린다고 했으니 앞으로 대략 몇 달은 얼굴을 못 보는 건가?

"짜식. 대마법사의 꿈을 꼭 이루고 와라."

나는 서운한 마음을 속으로 눌러 버리며 루카스의 원대한 소망이 이루어지기를 빌어주었다. 어쨌든 이제 한동안은 안녕이구나. 그런 생각을 해서인지 그날 밤은 쉽게 잠이 오지 않았다.

루카스가 떠난 지 보름이 훌쩍 지났다. 그동안은 미처 몰랐는데 루카스의 빈자리는 생각보다 컸다. 평소 시도 때도 없이 나타나던 놈 때문에 나는 창문만 덜컹거려도 루카스가 온 줄 알고 깜짝깜짝 놀랐다.

"마법사님이 없어서 많이 적적하신가 봐요."

"그래도 연구 자료를 위해 마법 생물을 채집하러 가신 것이니 금방 돌아오실 거예요."

대외적으로 루카스는 검은 탑에서 진행 중인 연구를 위해 마법 생물을 찾으러 떠난 것으로 공표되었다. 나는 그 와중에도 참 주도면밀하게 장기 출장의 이유를 만들어 놓고 갔구나 싶어 내심 혀를 찼다. 아니, 그래도 이제는 그 이상한 사술로 사람들 기억을 조작한다거나 하지는 않으니 기특하게 생각해야 하나?

"그래도 공주님의 또 다른 친구인 제가 곁에 있지 않습니까? 자, 공주님과 함께 공부하려고 저도 책을 가져 왔습니다. 안으로 들어가시지요."

내색하지 않으려고 했지만 내심 내가 적적해하는 걸 알았는지 릴리와 필릭스가 나를 위로했다. 특히 필릭스는 간만에 학구열을 불태우며 나를 공부방으로 데려가려고 했다. 크흑. 하지만 난 지금 별로 공부하고 싶지 않은데.

"크응."

그때 부드러운 털이 내 손에 감겨 와서 고개를 내리니 동전 같은 동그란 금색 눈이 똘망똘망하게 나를 쳐다보고 있는 것이 시야에 들어왔다.

"우리 까망이 밥 다 먹었어?"

물론 루카스가 까망이랑 놀 바에는 청조랑 놀라고 했지만 혹시라도 날아갈까 봐 새장 문을 열 수도 없는데 도대체 뭘 하고 놀라는 말이야?

내가 얼마 전 '파랑이'라는 이름을 붙여 준 청조는 물론 가만히 보고만 있어도 예쁘고 깜찍한 새였지만 관상만 하는 건 이제 심심했다. 게다가 내 허전한 마음을 아는지, 요즘 들어 이상하게 까망이가 내 앞에서 애교를 많이 피웠다. 그래서 좀처럼 까망이를 두고 발길을 떼기가 어려웠다.

"난 까망이랑 조금만 더 같이 있다가 들어갈게. 진짜 조금만!"

역시나 치밀한 루카스가 릴리와 필릭스에게까지 당부하고 간 탓인지 그들은 까망이를 걱정스러운 눈길로 쳐다보았다.

"뀨우?"

나는 까망이와 함께 초롱초롱 눈빛 공격을 보냈다. 결국 두 사람은 어쩔 수 없다는 듯이 내가 까망이와 조금 더 어울려 노는 것을 묵인했다.

"금방 들어오셔야 해요."

"제가 공주님 곁에 있을 것이니 걱정 마십시오."

"오늘도 부탁드려요, 로베인 경."

나와 까망이는 릴리와 필릭스가 오늘도 신혼부부 같은 모습을 연출하는 것을 약간 짜게 식은 눈빛으로 지켜보았다. 진짜 저러다가 둘이 결혼하는 거 아니야?

"필릭스도 들어가 봐도 돼."

"아닙니다. 이제 마법사님도 없는데 공주님의 또 다른 친구인 제가 옆에 꼭 붙어 있어야지요."

그, 그렇습니까? 아니, 그런데 지금 필요 이상으로 기합이 들어간 것 같은데요.

"까망아, 우리 필릭스랑 같이 저쪽으로 산책 가자."

"뀨!"

하는 수 없지. 그럼 필릭스도 숙녀들의 산책에 끼워 주는 수밖에. 나는 내 다리에 애교스럽게 머리를 비비는 까망이를 쓰다듬으며 밝게 웃었다.

"자, 공주님 가시죠."

이때만 해도 나는 몰랐다. 지금의 평화가 폭풍 전야의 고요함이었다는 사실을.

"오랜만이에요. 그동안 모두 잘 지냈죠?"

나는 오랜만에 에메랄드궁으로 손님들을 초대했다. 물론 그 손님들은 전부터 내 다과회에 초대받았던 영애들로, 이번에도 영식들은 단 한 명도 찾아볼 수 없었다. 하지만 어쩌겠는가. 클로드가 두 눈에 흙이 들어가기 전까지는 내가 남자애들과 오순도순 어울리는 꼴을 못 보겠다는데. 크, 크흠. 아니, 물론 클로드가 직접 그렇게 말한 적은 없지만. 그냥 내 생각이 그렇다고.

"공주님, 오늘도 너무 아름다우세요!"

앗, 부끄럽게. 영애들이 두 눈을 초롱초롱 빛내며 나를 찬양해 줬다. 그래서 나도 그녀들에게 웃는 낯으로 적당히 칭찬을 돌려주었다. 음. 하지만 그렇다 해서 빈말한 건 아니라고. 영애들은 정말 뭘 해도 귀엽고 예뻤으니까. 아앗. 안 돼. 가라앉아라, 엄마 미소! 나는 영애들을 볼 때마다 자꾸만 주책없이 튀어나오는 푸근한 미소를 애써 속으로 눌러 담았다. 그리고 아까부터 나를 바라보고 있던 사람에게 다가가 먼저 인사를 건넸다.

"마그리타 양도 반가워요. 오늘도 날씨가 좋네요."

나는 아까부터 그녀의 시선이 어디로 향하고 있는지 알고 있었다. 바람을 따라 내 머리에서 살랑살랑 흔들리는 짙은 푸른색의 리본. 부드러운 감촉의 공단 리본은 지난번 제니트가 내게 주었던 것으로, 하나로 모아 묶은 오늘의 내 머리를 장식하고 있었다. 오늘 모임이 있기 전 모처럼 릴리가 솜씨를 부려 주었지. 엣헴.

"오늘은 화원으로 가요. 노란 장미가 아주 예쁘게 피었어요."

보는 눈들이 있었기 때문에 따로 리본에 대해 말하지는 않았지만 나는 제니트에게 고마움의 의미를 담아 생긋 웃어주었다. 그러자 그녀의 얼굴에도 서서히 밝은 미소가 번져 올랐다.

"네, 공주님과 함께라면 어디든 좋아요."

나는 왜인지 쑥스러운 기분으로 기쁨 어린 그녀의 푸른 눈동자를 뒤로한 채 먼저 걸음을 옮겼다.

"그래서 말인데요. 축제가 열리면 같이 구경 가지 않으실래요?"

"아앗, 그러고 보니 폐하의 탄신일 후에 건국제가 있었죠."

오늘도 영애들과 보내는 시간은 꽤 즐거웠다.

그녀들은 앞으로 넉 달쯤 남은 축제에 대해 이야기하며 두 눈을 반짝이고 있었다.

"공주님께서도 이번 건국제부터는 참가하시겠네요. 정말 기대돼요."

과연 그 말처럼 데뷔탕트를 마친 이번 해부터는 나도 오벨리아의 공식적인 행사 등에 모습을 드러내야만 했다. 어흑, 생각했더니 벌써부터 걱정이 된다. 건국제 같은 건 데뷔탕트랑 비교할 수조차 없이 큰 행사잖아. 그런 걸 어떻게 한다지?

물론 난 그냥 꿔다 놓은 보릿자루처럼 클로드 옆에 찰싹 붙어 있기만 하면 된다고 릴리랑 필릭스한테 들었지만.

"공주님도 축제에 가시나요?"

그때 제니트가 웬일로 다른 영애들처럼 눈동자를 반짝반짝 빛내며 내게 물어 왔다. 헉, 크리티컬! 왜 이렇게 귀여운 표정을 하고 물어보는 거야!

"아직은 잘 모르겠어요."

"아. 실은 전 이번 축제 때 겨우 참가를 허락받은 참이라 공주님도 함께 가실 수 있으면 좋겠다고 생각했는데."

제니트의 말에 다른 영애가 새삼스럽게 깨달았다는 듯이 말했다.

"어머. 그러고 보니 마그리타 양은 몸이 약해서 어릴 때부터 거의 저택에서만 지냈다고 했죠?"

그러자 제니트는 잠시 멈칫하더니 곧 약간 흐리게 웃는 얼굴로 '맞아요'라고 대답했다. 아이구. 저거 보나 마나 흰둥이 양반이 생각해 낸 핑계구먼. 보석안을 감추는 마법의 지속 시간도 있는 데다 또 황실의 피를 이은 제니트를 밖으로 함부로 내돌릴 수가 없으니까 저따위 핑계를 대고 애를 집 안에만 꽁꽁 숨겨 놓은 거다.

〈사랑스러운 공주님〉의 내용을 다시금 상기하는 동안 나는 흰둥이 아저씨를 향한 새삼스러운 반감을 느꼈다. 그러고 보니 이 양반 얼굴 본 지도 꽤 되었는데 요즘 뭐 하는지 몰라? 쓰읍. 그래도 지난번 외출도 그렇고 이번 축제에 구경 가는 것도 허락해 준 걸 보면 이제는 제니트를 예전보다 좀 자유롭게 풀어주기로 마음이라도 먹은 건가.

"응? 그런데 저게 뭐죠?"

그때, 옆에서 머핀을 먹던 백합 소녀가 갑자기 어딘가를 보며 의문을 표했다. 그녀를 따라 나를 포함한 모두가 시선을 움직였다. 그러고 보니까 왜인지 어디선가 시끄러운 소리가…….

"뀨앙!"

헉! 이 익숙한 소리와 형체는!

"꺄악!"

"엄마야, 저게 도대체 뭐예요?"

"마수다! 마수가 나타났어요!"

아, 아냣! 저건 마수가 아니라 우리 까망이라고!

하지만 처음 보는 까망이에 놀란 영애들은 저마다 자리에서 벌떡 일어나 꺅꺅 소리 지르며 혼비백산하여 도망가기 시작했다.

"공주님! 어서 피하세요!"

"자, 잠깐만! 이 아이는 마수가 아니에요!"

제니트도 나한테 달려와서 급박하게 내 팔을 잡아끌었다. 으앙! 그러니까 우리 까망이는 마수가 아니라니까요!

"까망아!"

나는 영애들을 진정시키기 위해 제니트의 손을 놓고 내게 달려오고 있는 까망이에게 다가갔다. 그런 나를 보고 제니트가 두 눈을 크게 뜨는가 싶었다. 다른 영애들은 이미 저쪽에 있는 나무 뒤로 도망간 지 오래였다. 앗! 필릭스의 등 뒤로 숨은 영애들도 있잖아!

나는 나 못지않게 당황한 필릭스가 자신의 등 뒤로 매달린 영애들을 향해 눈동자를 마구 흔드는 것을 보았다.

"끙끙!"

"앗! 공주님!"

까망이가 짧은 다리로 폴짝 뛰어 나한테 달려들었다. 뒤에서 단말마의 외침이 들렸지만 곧장 내 얼굴을 핥기 시작하는 까망이 때문에 정신이 없어서 괜찮다는 말을 할 수가 없었다.

"꺅! 공주님이 공격당하셨어요!"

아니라고! 까망이가 마수면 지금처럼 필릭스가 당신들한테 붙들려서 가만히 서 있겠냐구요?

"그래, 그래. 우리 까망이 착하지?"

"꾸웅!"

악, 이놈의 정전기!

나는 아무래도 까망이를 진정시켜야 할 필요성을 느끼고 후우 숨을 내뱉은 뒤 외쳤다.

"까망이, 앉아!"

끼잉.

그러자 잠시 깨갱 하는가 싶던 까망이가 시무룩하게 나한테서 떨어져 잔디 위에 몸을 앉혔다. 어흑. 루카스가 예전부터 틈날 때마다 까망이한테 앉아! 기다려! 를 가르친 보람이 있네. 평소에 까망이랑 놀 때는 안 쓰는 거지만 지금은 다른 사람들 때문에라도 까망이를 멈추게 해야 했다.

"그래. 착해요, 우리 까망이."

나는 얌전히 배를 깔고 앉은 까망이의 복슬복슬한 까만 털을 쓰다듬어주었다. 아니, 그런데 후원에서 놀고 있어야 할 까망이가 왜 갑자기 화원에 난입한 거지? 대답은 헐레벌떡 까망이의 뒤를 쫓아온 한나에게서 들을 수 있었다.

"죄송해요, 공주님! 방금 전 새로 가져다드린 초콜릿 케이크의 냄새를 맡았는지 까망이 님이 갑자기……."

그러니까 방금 전 우리가 먹을 초콜릿 케이크를 가져다준 궁인에게서 냄새를 맡고 그걸 찾아 까망이가 여기까지 뛰어왔다, 이 말이었다. 어이구, 우리 까망이. 냄새 한번 잘 맡지요.

"고, 공주님? 그건 대체?"

앗! 내 뒤에 있는 제니트를 잊고 있었다. 그러고 보니 제니트는 까망이가 나를 덮치는 순간 나를 구하기 위해 뛰어왔던 듯, 내 바로 뒤에서 엉거주춤한 모습으로 서 있었다. 으와앙! 이 많은 영애 중 나를 구하겠다고 나선 유일한 사람이 제니트라니! 이건 좀 많이 감동이다. 제니트도 다른 영애들처럼 까망이가 무서웠을 텐데!

"으응. 제 반려동물이에요."

저, 정확히 말하면 신수지만 말이지. 물론 우리 까망이는 어릴 때와 다름없이 쏘 러블리 큐트했지만 나날이 덩치가 커지다가 지금은 거의 내 신장의 절반 이상까지 자라 있었다.

"애교도 많고 순한 아이랍니다."

하하. 나는 머쓱한 기분으로 까망이를 두둔했다.

"그런가요. 공주님께서 기르시는 애완동물이군요."

제니트는 그제야 안심한 듯이 가슴을 쓸어내렸다. 그 모습을 보자 나는 또 가슴이 조금 찡해졌다. 으엉. 오늘 당신이 보여 준 용기를 잊지 않겠어요! 방금 전에 제니트가 빨리 피하라며 내 팔을 잡아끌 때는 꽤 걸크러시였다고!

"이렇게 보니 정말 착하고 순해 보이네요."

헉. 게다가 결정적으로 제니트는 우리 까망이의 참모습을 봐주었다.

이, 이럴 수가. 이래서 누군가가 자기 반려동물을 같이 예뻐해 주면 마음의 문이 활짝 오픈된다고 했던 건가? 하긴. 작은 동물 친구를 좋아하는 사람 치고 나쁜 사람은 없으니까!

"실례가 아니라면 저도 한번 쓰다듬어 봐도 될까요?"

제니트는 역시 용감했다.

"그럼요."

나는 한 사람이나마 우리 까망이의 깜찍함을 알아봐 주었다는 것에 감동했다. 까망이는 여전히 얌전하게 두 눈을 깜빡이며 자리에 앉아 있었다. 나는 제니트가 호기심 어린 눈동자로 까망이에게 조심스럽게 다가가는 모습을 바라보았다.

"꾸응."

까망이는 제니트의 손길을 피하지 않았다. 나는 그녀의 섬섬옥수가 까망이의 까만 털을 살살 어루만지는 광경을 또 엄마 미소를 지으며 쳐다보았다.

오구오구, 우리 까망이. 여기까지 온 김에 간식이나 줄까.

나와 제니트의 모습을 본 영애들이 저 멀리서 주춤주춤 다가왔다. 제니트는 이제 완전히 긴장을 푼 듯 방금 전보다 한결 편안해진 얼굴로 까망이의 머리를 쓰다듬었다. 그 모습을 훈훈하게 보다가 나도 까망이에게 손을 뻗었다.

파직!

그런데 바로 그 순간이었다.

"어?"

까망이에게 손이 닿는 순간, 그 어느 때보다도 강력한 통증이 순식간에 내 손을 타고 심장에까지 흘러 들어갔다. 속에서부터 울컥 무언가가 치밀어 오르는 것 같았다. 뜨거운 용암이 배 속에서부터 끓어오르는 것처럼 뜨거웠다. 비로소 동그란 금색의 눈동자와 시선이 마주쳤을 때, 나는 구역질을 참지 못해 손으로 입을 막았다.

"욱!"

헉. 내 거인 듯, 내 거 아닌, 내 거 같은 이 익숙한 느낌은 설마…….

투두둑. 푸릇한 잔디 위로 붉은 액체가 떨어져 내렸다. 옆에 있던 제니트가 나를 향해 소리 질렀다.

"공주님!"

울컥. 또 한 번 입 밖으로 왈칵 피가 토해져 나왔다. 그녀의 경악 어린 외침을 뒤로한 채 나는 더 견디지 못하고 까망이의 위로 무너져 내렸다.

파지직!

"앗!"

제니트의 손이 내게 닿기 무섭게 눈앞에 새하얀 빛이 번개처럼 작렬했다. 퍼엉, 퍼엉. 내 안에서인지 밖에서인지 수십, 수백 개의 무언가가 작은 폭죽처럼 불규칙하게 터지는 소리가 들렸다.

"공주님!"

저 멀리서 필릭스의 경악 어린 외침이 들렸다. 나는 주위에 가득 퍼져 나간 새하얀 빛이 다른 사람이 내게 다가오는 것을 막고 있다는 사실을 깨달았다. 그러고 보니 제니트는 내게 손을 댄 직후 튕겨 나가 저 멀리 쓰러져 있었다.

파직! 퍼엉!

지금 내게 벌어진 일은 어릴 때와 비슷했지만 실상 완전히 달랐다. 나는 사정없이 떨리는 손을 가까스로 들어 올렸다. 하지만 눈앞에 있는 까만 몸 위에서 손가락 끝을 아주 살짝만 움직이는 것이 고작이었다. 까망이의 새까만 털은 지금도 내가 쏟아 내고 있는 피에 흠뻑 젖어 있었다. 주위가 온통 소란스러웠다. 하지만 미처 입을 열 수도, 눈을 뜰 수도 없을 만큼 거대한 고통이 밀려와서 결국 나는 얼마 못 가 완전히 의식을 잃고 말았다. 순식간에 짙은 어둠이 찾아들었다.

꙳꙳꙳

마치 깊은 겨울잠을 자는 것 같은 느낌이었다. 하지만 몸이 물 먹은 솜처럼 무거운 데 반해 머릿속은 스스로조차 놀라울 정도로 맑았다. 몸은 잠들어 있어도 의식은 깨어 있는 느낌이라고 해야 할까. 그런데 이상한 일이었다. 이렇게 가만히 암흑 속을 부유하는 동안, 이유를 알 수 없게도 가슴이 급속도로 허전해져 왔다. 마치 속에 큰 구멍이 뚫린 것 같은 느낌이었다. 무언가를 잃어버린 것 같은데, 그게 뭔지 알 수는 없어 답답하고 그저 조금은 서글픈 그런 이상한 기분이었다.

아, 왜 이런 기분이 드는 거지? 내가 소중히 여겼던 무언가를 지금 막 이 손에서 빼앗겨 버린 느낌이야. 마치 모래알이 손에서 빠져나가듯이, 나조차 눈치채지 못한 새 너무나 조용하게 무언가를 잃어버린 것처럼……. 하지만 그런 감상도 오래가지 않았다. 나는 늪에 빠진 것처럼 무겁던 몸이 조금씩 수면 위로 끌려 올라가듯 가벼워지는 것을 느꼈다.

"공주님!"

그리고 눈을 떴을 때, 나는 익숙한 얼굴들이 나를 기다리고 있는 것을 발견할 수 있었다.

"공주님, 괜찮으세요? 어디 아프신 곳은 없고요?"

막 잠에서 깨어난 나를 붙잡고 릴리가 울면서 물었다.

"아, 세상에. 하늘이 도우셨어요. 전 이번에야말로 공주님이 잘못되시는 줄 알고…….”

나는 무어라고 말을 하려다가 목소리가 나오지 않아서 그저 고개만 저어 보였다. 그러자 내 상태를 알았는지 릴리가 허둥지둥 탁자 위에 있는 물병에서 물을 따라 주었다.

"나 얼마나 누워 있었어?"

억. 내 목소리 왜 이래. 꼭 두꺼비 같잖아. 모르긴 몰라도 엄청 오래 누워 있었던 모양이다.

"열흘이 지났습니다."

대답은 울먹이는 릴리 대신 필릭스가 해주었다.

엇, 생각보다 얼마 안 됐잖아? 지난번에는 40일이 넘게 누워 있지 않았었나? 난 이번이 지난번보다 심각한 상태인 줄 알았는데 내 착각이었던 걸까?

"혹시 루카스가 왔어?"

나는 이불에 푹 파묻힌 채로 주위를 잠시 두리번거리다가 물었다. 그런데 바로 그 순간 두 사람 모두 입을 꾹 다물었다.

나는 그 부자연스러운 침묵을 눈치챘다.

"아빠는?"

그러고 보니 이 자리에는 내가 눈을 뜨자마자 가장 먼저 보여야 할 사람이 없었다. 이번에도 두 사람은 아무 말도 하지 않았다.

"아빠는?"

서서히 고개를 든 불안감이 심장 어귀를 갉아 먹기 시작했다. 내가 갈라진 목소리로 재차 묻고 나서야 필릭스가 입을 열었다.

"폐하께서는…….”

"공주님!"

나는 두 사람의 만류에도 불구하고 방문을 나서기 위해 애쓰고 있었다. 하지만 근 열흘 동안 의식이 없었다는 내 몸은 의지대로 움직이지 않았다.

"공주님, 제발요! 이러시면 안 돼요. 제발 침대로 돌아가세요."

릴리가 또 울먹이며 내 팔을 잡았지만 나는 평소답지 않게 그녀의 손을 뿌리쳐 버렸다. 하지만 나는 지금 당장 클로드를 찾아가야만 했다. 지금 바로 그의 얼굴을 보지 않으면, 그래서 그가 무사하다는 것을 확인하지 않으면 안 될 것 같았다.

"폐하께서는 열흘 전 쓰러지신 뒤 아직 깨어나지 못하셨습니다."

도대체 내가 무슨 말을 들은 거야? 다 거짓말이지?

"폭주한 마력을 진정시킬 수 있는 방법이 도저히 없어서……. 하지만 그대로 시간을 허비했다가는 공주님을 잃을 것이 분명했기 때문에……. 그래서 폐하께서……."

나를 살리기 위해서 당신이 목숨을 걸었다니. 그게 무슨 말도 안 되는 소리야. 너무 허무맹랑한 소리라 내 눈으로 직접 사실을 확인하지 않고는 견딜 수가 없을 것 같았다.

"차라리 제가 모시겠습니다."

내가 릴리의 손도 뿌리치고 비틀거리며 방문을 향해 걷자, 그 모습을 보다 못한 필릭스가 나를 안아 들었다. 그때가 되어서는 릴리도 나를 더 막을 수 없다는 사실을 알았는지 조용히 내 뒤를 따랐다.

나는 필릭스에게 안긴 채로 클로드의 침소까지 이동했다. 마침내 평소 보아 오던 거대한 문 앞에 내려섰을 때, 필릭스가 대신 문고리를 잡아 밀쳐 주며 말했다.

"공주님께서 무사히 깨어난 것을 보신다면 폐하께서도 기뻐하셨을 겁니다."

그 후로 그는 무언가를 내게 더 말했으나 나는 그저 홀린 것처럼 눈앞에 열린 문을 향해 또다시 비척비척 걸어 들어갔다.

클로드의 침소는 조용했다. 여느 때의 이곳이 늘 그랬듯이. 다만 언제나 소파에서 쪽잠을 자던 클로드가 커다란 침대에 누워 눈을 감고 있는 것만이 달랐다.

"아빠."

그 모습이 너무 이상했다. 왜 이 사람은 이런 편안한 모습으로 침대에 누워 잠들어 있는 거지? 마치 이대로 영원히 깨어나지 않을 것처럼.

"아빠."

나는 클로드에게 조금 더 가까이 다가갔다. 하얀 이불보 위에 흩어진 금빛 머리카락도, 잠들어 있을 때는 완전히 힘을 풀고 있는 얼굴도, 이불 위에 놓인 단정한 손도 내가 알던 그의 것이 맞았다. 하지만 마지막으로 보았을 때보다 확연히 야윈 얼굴이나 바짝 마른 입술이 그의 상태가 위중함을 알 수 있게 해주었다. 게다가 그는 내가 몇 번을 불러도 눈을 뜨지 않았다. 갑자기 턱 숨이 막혔다.

나는 이러지도 저러지도 못하고 바보같이 가만히 서 있다가 이내 그를 향해 손을 뻗었다.

"일어나요."

이런 건 싫었다.

"아빠."

하지만 내가 할 수 있는 건 아무것도 없어서.

"아빠, 일어나."

나는 클로드의 팔을 붙잡고 그저 그의 이름만 계속 불러 댔다. 방 안이 너무 조용해서 숨이 막혔다. 무거운 침묵이 위에서부터 머리를 짓누르는 기분이었다. 나는 클로드의 옆에 머리를 숙이고 천천히 숨을 내쉬었다.

움찔.

손끝에 움직임이 느껴진 것은 바로 그 순간이었다. 처음에는 착각인가 싶었으나 곧 다시금 클로드의 손이 꿈틀 미동했다.

나는 다시 고개를 들었다. 그러자 어느덧 가늘게 떠진 그의 눈동자가 초점을 잡듯 두어 번 떠 깜빡거리더니 이윽고 나를 향해 미끄러지는 것이 보였다.

"아, 아빠."

나는 침대에 반쯤 기대 있던 상체를 벌떡 일으키며 다시 그를 불렀다.

아, 그럴 줄 알았어. 이 사람이 어떤 사람인데 고작 이런 일로 죽을리가.

"너는……."

그리고 마침내 나를 두 눈에 완전히 담아 낸 클로드가 천천히 입을 열어 작은 목소리를 흘려보낸 순간.

"도대체 누구지?"

나는 머리끝에서부터 찬물을 뒤집어쓴 느낌을 받으며 자리에 그대로 얼어붙었다.

제10장
악몽

클로드가 열흘 만에 눈을 떴다.

당연하게도 황성은 발칵 뒤집혔다. 물론 황제의 목숨이 경각에 달렸다는 것은 극소수의 사람만 아는 크나큰 비밀이었지만 그렇다 해서 그가 다친 것까지 완전히 숨길 수는 없었다. 게다가 그 당시 내 다과회에 초대받았던 영애들도 한둘이 아니었기 때문에 아무리 애쓴다 한들 그 일을 완전히 쉬쉬하며 묻어버리는 것은 불가능했다. 그런데 나와 클로드 모두 생각보다 멀쩡한 모습으로 자리에서 일어났으니 경사도 보통 경사가 아니었다.

"공주님, 왜 또 일어나 계세요?"

그리고 나로 말할 것 같으면 내게 벌어진 이 모든 일을 아직도 제대로 실감하지 못하고 있었다.

"푹 쉬셔야 낫는다니까요. 자, 어서 침대로 가세요."

"아빠는?"

나는 막 방으로 들어온 릴리를 향해 그러잖아도 궁금하던 것을 물어

보았다. 그런데 내 물음에 릴리는 입을 다물어버렸다. 나를 보는 그녀의 표정은 쉽게 형용할 수 없는 그런 것이었다.

하지만 내가 이런 식으로 클로드의 상태를 물은 것이 하루 이틀 일도 아니었기 때문에, 그녀는 곧 능숙하게 자신의 곤혹감을 감추며 대답했다.

"폐하께서도 침소에서 휴식을 취하고 계세요. 자, 그러니 공주님도 어서 누우세요. 그래야 하루라도 빨리 쾌차하시죠."

그리고 내 질문과 마찬가지로 릴리의 답변 역시 지난 일주일간 내가 매일 들어 온 것이었다. 그러니 아마도 내가 몇 번을 더 묻는다 해도 돌아올 대답 역시 바뀌지 않을 확률이 높았다. 그래서 나는 릴리의 손길에 못 이긴 척 다시 이불 속으로 들어갔다.

"금방 따뜻한 차를 가져다드릴게요. 혹시 오한이 드시거나 하면 꼭 말씀해 주셔야 해요."

"알았어."

그녀는 내가 누운 자리를 꼼꼼히 살펴 준 뒤에야 다시 방을 나갔다.

지난번 다과회 때 내가 쓰러졌다가 깨어난 이후로 릴리는 전보다도 더 나를 과보호했다. 물론 나도 내 상태가 제법 위중했던 이야기는 들었지만 말이야. 그래도 이제는 그렇게 아프지도 않은데. 게다가 아프기로 치면 나보다는 클로드가 더…….

"……."

스륵.

나는 잠깐 가만히 있다가 덮고 있던 이불을 코밑까지 바싹 끌어 올렸다. 사실 나는 지난 일주일 동안 한 번도 클로드를 만나지 못했다. 얼마 전에 있었던 일이 문득 뇌리를 스쳐 지나갔다.

"너는 도대체 누구지?"

처음 그 말을 들었을 때 내 귀를 의심했다. 지금 이 사람이 나한테 뭐라고 한 거지? 설마 내가 잘못 들은 건가? 하긴, 그렇겠지? 하지만 그렇게 생각하면서도 나는 내심 멘붕이었다. 왜냐하면 그 순간 날 보는 클로드의 눈이 한순간 말문이 막힐 정도로 너무나도 차가웠기 때문이다.

"누구냐고 묻지 않았나? 크윽……."

그런데 그는 다시 한번 똑같은 것을 내게 물으며 자리에서 몸을 일으켰다. 하지만 클로드는 침대에서 상체를 반쯤 들어 올리다 말고 돌연 가슴을 부여잡으며 신음했다. 그 바람에 나는 방금 전 그가 내뱉은 말을 잠깐 잊고 말았다.

"아, 안 돼요! 갑자기 그렇게 일어나시면."

나는 얼른 그의 팔을 붙잡고 말렸다. 피죽도 못 먹은 사람처럼 병색이 완연한 주제에 앞뒤 안 보고 무작정 몸을 일으키려고 하다니! 방금 전까지만 해도 죽은 듯이 누워 있던 사람이!

바로 그 순간 클로드의 눈동자가 자신의 팔에 닿은 내 손에 미끄러졌다. 곧 그의 눈매가 한차례 꿈틀거린다 싶더니.

"필릭스!"

클로드가 필릭스를 불렀다.

아, 맞아! 클로드가 눈을 떴으니 밖에 있는 필릭스랑 릴리를 불렀어야 하는 건데! 그리고 궁의도 오라고 해야지. 클로드가 생각보다 멀쩡해 보여서 다행이기는 하지만 그래도 뭔가 이상한 위화감이 드는 게……. 잠깐. 그러고 보니 헛소리도 하지 않았어? 방금 전에 나한테 누구냐고 물었잖아.

"폐하?"

과연 평소에 클로드의 작은 부름에도 곧장 눈앞에 모습을 드러내던 필릭스다웠다. 벌컥 문을 열고 들어온 그는 보름 만에 눈을 뜬 클로드를 보고 크게 놀란 것 같았다. 하기야 나를 침소 안에 들여보내기 전까지만 해도 클로드가 의식불명이라며 한껏 침통해져 있던 그가 아니었던가.

"폐하!"

믿을 수 없다는 듯이 문 앞에서 우두커니 서 있던 필릭스가 곧 감격한 표정으로 클로드에게 와락 달려들었다.

크흠…… 물론 말이 그렇다는 거고, 실제로는 클로드가 누워 있는 침대로 다가와 나처럼 그 옆에 무릎을 꿇고 매달렸다.

"세상에, 눈을 뜨셨군요! 정말 다행입니다!"

그는 당장에라도 눈물 바람을 할 것처럼 울먹울먹한 표정을 짓고 있었다. 그의 뒤를 따라 들어온 릴리도 두 눈을 부릅뜨며 입을 가렸다.

"뭐지? 꼭 내가 십 년은 자다 깬 것 같은 반응이구나."

반면 클로드는 별 해괴한 놈을 다 보겠다는 듯한 표정이었다. 그 말을 듣고 필릭스는 이 시점에 농담이 나오냐는 듯이 클로드를 원망스럽게 쳐다보았다. 하지만 나는 필릭스의 호들갑스러운 반응을 이해할 수 없다는 것처럼 짐짓 미간을 좁히는 클로드를 보며 점차 불길한 느낌을 받고 말았다.

"그런데 오늘따라 얼굴이 이상하군. 하룻밤 새 왜 이렇게 폭삭 늙었지?"

"너무하십니다! 제가 누구 걱정을 하느라 이렇게 되었겠습니까? 그리고 하루가 아닙니다. 폐하께서 의식을 잃으신 지 벌써 열흘이 지난걸요."

"뭐?"

그 말에 클로드는 대번에 얼굴을 구겼다. 그는 지금 필릭스가 간이 부어서 자신을 상대로 농담 따먹기를 하는 건지, 아니면 머리가 돌아서 미친 소리를 하는 건지 분간이 안 된다는 눈빛을 하고 있었다. 하지만 당연하게도 필릭스는 진지했고, 심지어는 그 뒤에 서 있는 릴리마저 눈물 어린 얼굴로 고개를 끄덕이고 있었다. 다만 클로드만이 진심으로 지금 이 상황을 하나도 이해하지 못하겠다는 표정을 짓고 있었다.

나는 아까부터 그런 그의 얼굴을 숨을 죽인 채 바라보았다. 이유를 알 수 없는 불안감이 속을 갉작갉작 긁으며 등허리를 타고 기어 올라오기 시작했다.

클로드는 마치 필릭스의 속을 꿰뚫어 보려는 듯 그의 얼굴을 직시하며 잠시 침묵했다.

"그 헛소리는 나중에 다시 듣기로 하고."

하지만 울먹이는 필릭스에게서 제대로 된 설명을 들을 수 없을 것이라 생각했는지 클로드는 곧 쯧 혀를 차며 화제를 돌렸다. 그리고 마침내 옆에 있던 나를 향해 다시 고개를 돌렸다.

"누가 내 침소에 함부로 다른 사람을 들여도 좋다고 했나."

곧 그의 서늘한 음성이 허공을 갈랐다.

"아, 죄송합니다. 제가 폐하의 뜻을 미처 헤아리지 못했습니다."

필릭스는 그제야 클로드의 심기가 불편하다는 사실을 깨달은 듯했다. 클로드의 시선을 따라 나를 시야에 담은 직후 급히 사죄하는 것으로 보았을 때, 아마도 그는 방금 전 클로드가 한 말을 '내가 의식도 없이 누워 있는 걸 보면 아타나시아가 걱정할 게 분명한데 왜 내 허락도 없이 안으로 들어오게 했냐'는 의미로 받아들인 것 같았다.

하지만 나는 클로드의 말이 그런 의미가 아니라는 사실을 알 수 있었다. 왜냐하면 지금 나를 보는 그의 눈동자는 심해 끝까지 꽁꽁 얼어붙은 빙산처럼 지독히도 차디찼기 때문이다. 그것을 보는 순간, 나는 그때까지도 클로드의 팔을 붙잡고 있던 손을 무의식중에 주춤 뒤로 물리고 말았다.

"넌 뭐지? 암살자라면 이 방에 발을 들이는 순간 당장에 그 몸이 썰려 나갔을 텐데.”

아마도 지금의 내 표정은 방금 전 클로드가 지었던 표정과 비슷할 것이었다. 나는 그의 말을 도저히 이해할 수가 없어서 그저 바보처럼 마주한 얼굴을 멀거니 바라보기만 했다.

아, 아니. 애초에 이 사람이 눈을 뜨고 나서 나랑 눈물 없이는 볼 수 없는 신파라도 찍을 거라고 생각했던 건 아니지만……. 그래도 이건 장르가 너무 다르지 않나요? 보통 사람들이 생각할 수 있는 정상적인 반응의 범주를 넘은 것 같은데?

“누구냐? 저 새파랗게 어린 계집을 내 침소에 들여보낸 게.”

그리고 그의 말을 이해하지 못한 것은 비단 나뿐만이 아니었다. 필릭스와 릴리 역시 두 눈만 동그랗게 뜬 채 아무 말도 하지 못했다.

“몽베르크의 늙은 너구리냐? 아니면 라헬의 미친놈? 누군지는 몰라도 제대로 돌았군. 어느 쓰레기인지 와서 솔직히 이실직고하라고 해라. 그럼 특별히 자비를 베풀어 그 식솔들만큼은 단두대형으로 그쳐 줄 테니.”

그러는 동안에도 클로드는 계속해서 신랄하게 말했다. 웃기지도 않는다는 듯이 스산하게 비소하는 그를 향해, 필릭스가 혼란스러운 얼굴로 물었다.

“폐하, 그게 무슨 말씀입니까?”

“몰라서 묻나? 내 앞에 있는 저 계집 말이다.”

클로드가 턱짓으로 가리킨 것은 의심할 여지도 없이 ‘나’였다.

“그, 그게, 무슨, 설마 지금 공주님을 말씀하신 겁니까?”

“공주? 대관절 어디의 공주이기에 겁도 없이 내 침소에 기어 들어온 거지?”

그 순간 클로드를 제외한 모두가 자리에 멍하니 얼어붙어버렸다.

“타국의 공주라 해서 짐이 죽이지 못하리라 생각하나?”

놀랍게도 그는 정말 나를 생전 처음 보는 타인이라 생각하는 것 같았다. 그 믿을 수 없는 사실에 나는 한순간 말문이 막히고 말았다.

"너는 도대체 누구지?"

처음 눈을 때 그가 나를 향해 읊조렸던 말이 내 머릿속에 메아리처럼 끊임없이 되풀이되기 시작했다.
"폐하, 설마 공주님의 얼굴을 알아보지 못하시겠습니까?"
"너는 저 계집의 시녀인가?"
심지어 그는 나뿐만 아니라 릴리의 얼굴조차 알아보지 못하는 것처럼 말했다. 경악해서 클로드에게 물었던 릴리도 아연실색한 얼굴로 더 이상은 말을 잇지 못했다. 그러자 이번에는 필릭스가 믿을 수 없다는 듯이 소리쳤다.
"폐하! 잘 생각해 보십시오. 아타나시아 공주님은 폐하의 하나뿐인 혈육이시지 않습니까? 아무래도 지금 막 눈을 뜨신 탓에 폐하의 기억에 잠시 혼동이……."
"필릭스, 돌았나?"
하지만 클로드는 필릭스를 향해 오히려 미쳤냐는 듯이 인상을 찌푸리며 되물을 뿐이었다.
나는 그런 클로드를 망연하게 바라보았다. 아니, 생사를 헤매고 있던 사람이 눈을 뜬 것까지는 좋은데 이건 무슨 웃기지도 않은 소리랍니까? 릴리와 필릭스는 저마다 충격을 받은 얼굴로 한껏 심각해져서 있었지만 나는 지금 이 상황이 하도 현실감이 들지 않아서 그런지 아직도 멍하기만 했다.
뭐? 나를 기억하지 못한다고? 아니, 그게 말이 돼? 아…… 이거 혹시 그런 건가?
"이거 몰래 카메라야?"

"네?"

내가 멍청하게 내뱉은 말에 펠릭스와 릴리가 그게 무슨 소리냐는 듯이 나를 돌아보았다. 아니, 그렇잖아? 지금 다 같이 짜고 날 놀리려는 거 아니야? 내가 오자마자 클로드가 기다렸다는 듯이 벌떡 일어난 것도 그렇고. 날 보자마자 뜬금없이 엉뚱한 소리나 하는 것도 그렇고. 그래, 처음부터 말도 안 됐어. 이 사람이 나를 마력 폭주에서 구하려다가 대신 죽을 뻔했다는 것부터도 믿기지 않았는데.

"지금 다들 장난치는 거지? 이런 거 하나도 재미없어."

나는 그렇게 말하며 다시 클로드를 쳐다보았다. 그리고 여전히 침대에 반쯤 몸을 일으키고 있는 그를 향해 손을 뻗었다.

참나. 아무리 그래도 그렇지, 이런 심한 장난을 치는 게 어디 있어? 한순간 진짜인 줄 알고 놀라서 심장이 떨어져 내리는 줄 알았잖아. 아, 그래도 차라리 장난인 게 다행…….

"아빠……."

"죽고 싶나?"

하지만 내 손은 고막을 파고든 냉혹한 음성에 가로막혀 허공에서 우뚝 멈추고 말았다.

"감히 누구의 앞에서 그따위 망발을 지껄이는 것이냐."

순식간에 주위의 공기가 차가워졌다.

"그래. 그러고 보니 그 눈만큼은 훌륭한 황족의 것이로군."

나는 얼어붙은 그의 눈동자를 아연하게 바라볼 수밖에 없었다.

"하면 그 눈을 파내 버려야 더 이상 네가 내 딸이라는 미친 소리를 지껄이지 못할까?"

그 순간의 그는 정말로 지금까지 내가 알고 있던 클로드가 아니었다. 허공에 멈추어 있던 내 손이 한순간 흠칫 떨렸다.

이게 뭐지……? 왜 저렇게 나를 적대적으로 쳐다보는 거야?

지금의 나를 덮친 것은, 마치 지금 내가 마주하고 있는 사람이 생면부지의 낯선 타인이라도 된 것만 같은 기괴한 위화감이었다.

"그런데 잠깐……."

나는 숨조차 제대로 쉬지 못한 채 나를 싸늘히 응시하고 있는 그의 눈동자를 마주했다. 잠시 후 클로드가 내게서 믿을 수 없는 무언가를 발견한 것처럼 움찔 얼굴을 찌푸리며 입을 열 때까지.

"한데 그 몸에 왜 내 마력이…… 윽!"

그런데 돌연 그의 입에서 억누른 신음이 흘러나온다 싶더니, 곧 클로드의 몸이 반으로 접혔다. 하얀 이불보 위로 검은 피가 쏟아지기 시작한 것은 바로 그때였다.

"커헉!"

"폐하!"

클로드의 기다란 손가락을 타고 죽은피가 뚝뚝 떨어져 내렸다.

"폐하! 궁의, 궁의를 부르겠습니다!"

"왜 내가, 우욱! 컥!"

후두둑!

내 눈동자 속에 클로드가 고통스럽게 앞으로 상체를 숙이며 또 한 번 왈칵 검은 피를 쏟아 내는 모습이 비쳤다. 곧 방 안에 혈액 특유의 비릿한 냄새가 가득 차올랐다. 필릭스가 급히 문밖으로 뛰쳐나가고, 릴리가 마찬가지로 다급한 움직임으로 클로드의 입가를 적시고 있는 피를 닦아 냈다. 하지만 그 모든 것이 무색하게도, 클로드는 쉴 새 없이 피를 토해 내며 하얀 이불보 위에 거의 웅덩이 같은 검붉은 자국을 만들었다.

나는 아무것도 하지 못한 채 제자리에 돌처럼 굳어 그런 그의 모습을 그저 멍청하게 바라보기만 했다. 그 후의 일은 거의 기억나지 않는다.

잠시 후 궁의와 마법사로 보이는 사람들이 클로드의 침소로 급박하게 뛰어 들어와 한바탕 소란을 떨었으나, 나 역시도 한동안 누워 있던 데다 일어나자마자 작지 않은 정신적 충격을 받은 탓에 기력이 쇠해져 그만 실신하고 말았다고 나중에 릴리가 말해주었다. 그래서 나는 따로 궁의에게 조치를 받은 뒤 에메랄드궁으로 옮겨졌다고 한다. 그리고 그 후로 꼬박 일주일의 시간이 지나기까지, 나는 클로드를 다시 만나지 못했다.

⚜

그 후로 내 일상은 평범했다. 먹고 자고, 먹고 자고, 먹고 자고, 또 먹고 자고……. 아니, 솔직히 이 정도면 평범을 떠나 빈둥거린다고 표현해도 될 정도가 아닌가. 이런 식으로 내가 쓰러진 것도 어릴 때에 이어 두 번째라서 그런지 나는 말 그대로 온실 속의 화초처럼 고이 대접받고 있었다.

내 다과회에 초대받았던 영애들은 어떻게 되었는지 궁금해서 물어봤더니 릴리와 필릭스가 알아서 조치를 잘 취했다고 했다. 다른 영애들은 둘째 치고서라도 제니트는 내 옆에 있다가 이상한 힘에 떠밀려 쓰러지기까지 했기 때문에 나는 더욱 걱정이 되었다. 하지만 릴리가 소식을 알아다 준 바에 의하면 그녀가 입은 상해는 타박상 정도로 지극히 미비해서 얼마 후 바로 자리를 털고 일어났다고 했다. 까망이도 그날 이후 후원에서 얌전히 쉬고 있다고 한다.

그 말을 듣고 나는 가슴을 쓸어내렸다. 물론 이번 일이 벌어졌던 것 자체가 내 탓이니 이런 생각을 할 자격도 없을지 모르지만, 그래도 나와 까망이 때문에 더 이상 다친 사람이 없는 것은 다행이었다. 어째서인지 아직까지도 클로드가 까망이를 가만히 내버려 두고 있는 게 이상하기는 하지만. 혹시 내가 까망이를 만져서 마력 폭발이 일어났던 걸 모르나?

나는 멀거니 천장을 바라보았다. 그러고 보니 필릭스를 못 본 지도 오래되었네. 처음 며칠 정도는 클로드의 상태를 알려 주러 오더니, 어찌 된 게 그마저도 요즘은 감감무소식이었다.

클로드가 눈을 뜬 직후부터 필릭스는 내 옆을 떠나 다시 클로드에게 돌아가 있었다. 그것을 명한 것은 바로 나였다. 아무래도 클로드의 상태가 정상이 아닌 것 같아서, 믿을 만한 누군가가 한 사람이라도 그의 옆에 붙어 있어야 할 것 같았기 때문이다. 그래서 필릭스는 9년 전처럼 클로드와 일거수일투족을 함께하고 있었다.

하루 중 짬이 날 때 내게 와서 들려주던 그의 이야기에 따르면, 클로드는 그새 몸을 많이 회복한 모양이었다. 이제는 더 이상 피도 토하지 않고 안색도 처음에 비하면 확연히 좋아졌다고 했으니.

게다가 의식이 없던 열흘 동안 밀려 있던 국정까지 다시 돌보기 시작했다고 하니, 이제는 모두가 걱정을 한시름 덜어 놔도 될지 몰랐다. 그래서 솔직히 그 말을 듣고 나는 적잖이 안심할 수 있었다.

그럴 줄 알았어. 클로드가 어떤 사람인데 그 정도로 오늘 죽네 내일 죽네 하겠어? 내 마력 폭발을 직접 막은 것도 충분히 그러고도 남을 능력이 되니까 한 거겠지. 클로드는 맨손으로 곰도 때려잡을 것 같은 사람인데! 그런데 그 사람이 날 구하는 데 자기 목숨까지 걸었을 리가 없어. 그게 그렇잖아……. 바보가 아닌 다음에야 죽을 만큼 위험하단 걸 알면서도 나섰을 리가 없잖아? 언제부터 그 사람이 그렇게 자기희생적인 사람이었다고…….

나는 그동안 다소 강박적일 정도로 몇 번이나 반복해 생각하던 것을 또 한 번 스스로에게 되뇌었다. 어쨌든, 나는 이제 막 쓰러졌다가 일어난 사람이 제대로 쉴 틈도 없이 다시 일하기 시작했다는 점이 조금 불만이었다. 하여간 자기 몸 하나 돌볼 줄 모르고. 그 사람은 자기가 무슨 철인이라도 되는 줄 아나?

하지만 어느 순간부터 그런 투덜거림 속에 작은 의문과 불안이 싹트기 시작했다. 도대체 그는 왜 나를 보러 오지 않는 것일까? 자리를 털고 일어나 국정을 볼 정도라면 한 번이라도 이 에메랄드궁에 찾아와 나를 만나 볼 수 있는 것 아닌가? 내게 더 아픈 곳은 없는지, 그 후로 잘 지내는지. 그런 게 궁금하지도 않은 걸까?

물론 나를 알아보지 못하는 것 같던 클로드의 모습이 마음에 걸리지 않는 것은 아니었다. 하지만 필릭스와 릴리는 분명 클로드가 열흘 만에 깨어나 그때 잠시 기억에 혼란이 온 거라고 거듭 내게 말했다. 그렇다면 그는 지금 내게 화가 나 있는 것인지도 몰랐다. 하지만 이건 충분한 그럴 만한 일이었으니까……. 더군다나 이번에 클로드가 다치게 된 원인도 나라는 걸 너무 잘 알아서 입이 열 개라도 할 말이 없었다. 그럼 내가 먼저 그를 만나러 가면 될 텐데…… 아마 평소라면 분명 내가 먼저 가넷궁에 찾아갔을 텐데……. 하지만 지금은 클로드를 만나기가 어쩐지 굉장히 망설여졌다.

그렇게 차일피일 기회를 미루는 동안 하루하루 시간이 갔다.

찌르릉.

나는 푸른 새가 새장 속에서 푸드득 날갯짓을 하다 지저귀기 시작하는 모습을 멍하니 바라보았다. 요즘 내가 하는 일이라고는 숨 쉬는 것밖에 없었다. 먹고 자는 일을 제외하고는 기껏해야 지금처럼 파랑이 구경을 하는 게 전부였으니. 에메랄드궁에 몇 번인가 왔던 궁의는 내 회복 속도가 빨라서 이제 일상생활을 해도 무리가 없을 거라고 했지만 그럼에도 나는 쉽게 이전처럼 돌아가지 못했다. 릴리와 세스, 그리고 한나도 다소 과하다 싶을 정도로 나를 과보호해서 한동안은 정말 방 밖으로 한 걸음도 나가지 않았다.

그러던 어느 날, 나는 다소 충동적으로 방을 나서기로 결정했다. 불행 중 다행으로 문밖에는 아무도 없어서 나는 누구에게도 제지받지 않을 수 있었다. 하지만 복도를 조금 걷자마자 나는 낯익은 사람과 마주치고 말았다.

"앗, 공주님!"

내가 만난 것은 지금 막 소독을 마쳤는지 뜨끈한 김이 피어오르는 수건을 들고 있는 한나였다.

"안 돼요, 이렇게 나오시면!"

"나 이제 아픈 데 없어. 그냥 잠깐 산책만 할 거야."

당연하게도 그녀는 나를 보자마자 깜짝 놀란 표정으로 한달음에 달려왔다. 하지만 나는 그런 그녀를 스쳐 계단으로 걸음을 옮겼다. 어차피 이 에메랄드궁에서 나를 직접 말릴 수 있는 건 릴리와 필릭스 정도였는데 지금은 둘 다 이 자리에 없었다.

한나는 나를 종종걸음으로 뒤따라오며 다시 한번 나를 설득하려 했다.

"하지만 아직도 안색이 창백하신걸요."

"그냥 한동안 햇볕을 못 쬐어서 그래."

하지만 그녀의 말은 모두 내 귀를 스쳐 지나갔으므로, 아무리 나를 설득하려 노력해 봤자 통하지 않았다. 당연하게도 한나는 이러지도 저러지도 못하고 발을 동동 굴렀다.

"까망이 후원에 있지?"

그런데 내가 아무 생각 없이 툭 물음을 던진 바로 그 순간, 한나의 걸음이 멈칫했다.

"저어, 공주님. 역시 방으로 돌아가시는 게 어떨까요? 제가 금방 다과를 올릴게요. 오늘은 공주님이 좋아하시는 케이크도 많이 만들었어요."

찰나라고 말할 법한 실로 짧은 순간이었으나 내가 위화감을 느끼기에는 충분했다.

"후원에 가 봐야겠어."

"고, 공주님!"

한나의 부름을 뒤로한 채로 나는 후원으로 향했다. 나를 말릴 수 없다는 사실을 비로소 깨달았는지, 한나는 안절부절못하며 내 뒤를 따르다가 곧 어디론가 급히 걸음을 옮겼다. 릴리에게 가는 것이 분명해 보였으나 나는 신경 쓰지 않고 계속 걸었다.

그리 긴 시간이 걸리지 않아 마침내 목적했던 곳에 다다를 수 있었다. 하지만 어찌 된 일인지 평소 까망이가 차지하고 있던 자리는 텅 비어 있었다. 내가 이렇게 까망이를 직접 만나러 온 것은 실로 오랜만이었다. 지난 마력 폭발의 원인이 나와 까망이 때문이기도 하고 또 그 일로 클로드가 크게 다치기까지 해서, 한동안은 릴리에게 안부만 물을 뿐 이렇게 직접 까망이를 보러 후원에 오지 않았었다. 솔직히 소 잃고 외양간 고치는 격이기는 하나 그 일이 있고 난 후 전처럼 아무런 거리낌 없이 까망이를 만나는 것이 망설여졌기 때문이다.

하지만 오늘, 까망이는 어디에도 보이지 않았다. 그래, 후원은 넓으니까 다른 곳에서 놀고 있을 수도 있겠지.

"까망아!"

그런 생각으로 나는 후원을 살피기 시작했다. 하지만 내가 아무리 불러도, 또 내가 아무리 찾아 헤매도 까망이는 끝내 모습을 드러내지 않았다.

"공주님!"

잠시 후 릴리가 한나를 뒤에 데리고 헐레벌떡 나를 향해 달려왔다. 그녀는 덤불을 뒤지느라 풀잎투성이가 된 나를 보며 차마 말을 잇지 못했다.

"릴리, 까망이 어디 있어?"

나는 그런 그녀를 향해 물었다. 하지만 그녀는 한나와 마찬가지로 쉽게 대답하지 못했다. 그 모습을 보고 생각나는 것은 단 하나였다.

"혹시 아빠가 데려간 거야?"

"공주님, 그게 아니라……."

"아빠가 까망이 죽인다고 데려간 거 맞지?"

릴리는 내 말을 듣고 무슨 말을 하려는 듯 입술을 열었다. 하지만 어째서인지 그녀는 내게 무슨 말을 해야 할지 모르겠다는 듯이 그렇다는 말도 아니라는 말도 하지 못하고 다만 입술을 달싹이기만 할 뿐이었다.

"아빠한테 갈 거야."

"안 돼요, 공주님!"

나는 릴리의 만류를 뿌리치고 이번에는 가넷궁을 향해 달려갔다. 오늘의 클로드는 하필이면 침소에도, 집무실에도 없었다. 궁 안을 전부 뒤져 보았지만 내가 찾는 사람은 어디에도 모습을 보이지 않아서, 결국 나는 다시 밖으로 나와 이번에는 클로드가 평소 산책하곤 하던 후원으로 향했다.

"고, 공주님!"

클로드는 바로 그곳에 있었다. 그의 옆에 있던 필릭스가 나를 보더니 두 눈을 부릅뜨는 것이 보였다. 곧 클로드의 시선도 내게로 느리게 미끄러졌다. 이렇게 클로드를 보는 것은 무척 오랜만이었다. 예전에는 매일같이 얼굴을 보던 사람이라 그런지 한동안 그의 소식 한 번 전해 듣지 못하고 있던 시간이 더욱 길게만 느껴졌다.

클로드는 생각보다도 더 건강해 보였다. 언제 시꺼먼 피를 토했냐는 양 얼굴도 혈색이 좋았고, 당시의 파리하던 얼굴에도 다시금 윤기가 흘렀다. 정원을 산책하는 것을 보니 거동하는 데에도 아무런 문제가 없는 것 같았다. 하긴 벌써 그를 마지막으로 본 지도 거의 3주가 지났으니 그 정도면 자리를 털고 일어나기에 충분한 시간이었을지도 몰랐다.

나는 잠깐 숨을 멈춘 채 자리에 우두커니 서서 클로드를 가만히 바라보았다. 이상하게도 그의 얼굴을 보자 무슨 말을 해야 할지 알 수가 없어졌다. 목 끝까지 무언가가 치솟아 올라오는데, 그게 뭔지 도무지 알 수가 없었다. 그렇게 클로드를 보는 동안 작은 깨달음 하나가 내 가슴을 스쳐 지나갔다. 아, 난 이 사람이 내 생각보다 많이 보고 싶었나 보구나.

나는 그에게 무슨 말이라도 하기 위해 작게 입술을 벌렸다. 그런데 바로 그때, 필릭스가 우리 둘 사이에 끼어들며 내 앞을 막아섰다.

"공주님, 지금은 안 됩니다. 일단 에메랄드궁으로 돌아가시는 게……."

"필릭스."

줄곧 가만히 나를 내려다보고만 있던 클로드가 마침내 입을 연 것은 바로 그때였다.

"예, 폐하."

필릭스는 어쩐지 긴장한 얼굴로 대답했다. 그 와중에도 그는 나를 향해 의미를 알 수 없는 눈빛을 보내고 있었다. 내게 무언가를 말하고 싶은데 그러지 못해 답답한 것 같기도 했고, 다른 한편으로는 내게 필사적으로 무언가를 숨기고 싶어 하는 것 같기도 했다. 그리고 마침내 클로드의 서늘한 음성이 내 두 귀를 파고드는 순간.

"왜 저 계집이 내 궁이 제집이라도 되는 것처럼 아직까지 여기에 들어앉아 있는 거지?"

나는 입술을 작게 벌린 채 마주한 얼굴을 올려다보고 말았다.

"폐하, 아타나시아 공주님은……."

"그 헛소리는 이미 귀에 못이 박이도록 들었다."

클로드는 질 낮은 농담이라도 들은 것처럼 필릭스의 말을 중간에 끊으며 읊조렸다.

"공주. 공주라."

곧 그의 입가에 싸늘한 비웃음이 걸렸다.

"웃기는군."

나는 내 앞으로 툭 내던져진 그 예리한 조롱을 미처 손 쓸 틈조차 없이 정면에서 마주하고 말았다.

"짐에게는 자식이 없는데 어째서 저것이 공주란 말이냐?"

그 순간 옆에서 필릭스가 훅 숨을 들이켜는 것이 느껴졌다. 나 역시 그와 별반 다르지 않았다. 클로드가 얼어붙은 눈동자로 나를 직시하는 순간 나도 모르게 숨을 들이켜고 말았으니까.

"누가 보냈지? 어느 정신 나간 놈이 감히 내 딸을 사칭하라 시킨 거냐?"

지금의 클로드는 내가 5살 때 처음 만난 그와도, 바로 얼마 전까지 내가 알고 있던 그와도 달랐다. 왜냐하면 지금의 그는······.

"그렇게 하면 온갖 금은보화가 모두 네 것이 된다고 감언이설이라도 늘어놓던가?"

지금의 클로드는 아예 나를 생면부지의 낯선 타인으로 여기고 있었기 때문이다. 지금 클로드의 눈동자에 비친 나는 그의 딸인 아타나시아가 아니었다.

"어떤 간교한 사술로 필릭스와 다른 이들까지 꾀어냈는지는 모르나 내게는 통하지 않는다."

어떤 방법을 사용한 것인지는 모르나 다른 사람들에게 사술을 걸어 공주의 자리를 차지한 간악한 어린 계집. 내 착각이 아니라면, 클로드는 나를 그런 식으로 보고 있었다. 그것을 알면서도 나는 멍청히 입을 열어 그를 불렀다.

"아빠······."

"아빠?"

클로드는 어이가 없다는 듯이 내 말을 따라 한 번 중얼거렸다. 그리고 곧 방금 전보다도 더한 한기를 온몸에 두른 뒤 낮게 일갈했다.

"닥쳐라. 한 번만 더 나를 그리 부르면 혀를 잘라 버릴 테니."

그 순간 두근, 심장이 뛰었다. 클로드가 이런 식으로 내게 직접적인 협박을 한 것은 생전 처음이었다. 생각해 보면 그는 이제껏 단 한 번도 내게 그런 적이 없었다.

"당장 사지를 찢어 죽여도 모자랄 판이나 그 뻔뻔한 작태에 한순간이나마 흥미가 당긴 것은 사실이니 특별히 목숨만은 살려 주마."

자신의 말을 듣지 않으면 내게 위해를 끼칠 것이라거나, 혹은 죽일 것이라거나……. 그리고 그 이유는, 어찌 되었든 나는 클로드의 눈앞에 나타난 후로 단 한 번도 그의 딸이 아닌 적이 없었기 때문이다. 심지어 루비궁에 방치되어 그에게 냉대를 받고 있을 때조차도.

"이 시각 이후로 이 계집을 에메랄드궁에 유폐시키겠다."

클로드가 선포하자 옆에 있던 필릭스가 '폐하! 말도 안 됩니다!'라고 소리쳤다. 그 후로도 그가 클로드를 말리며 무어라 더 말한 것 같았지만 내 귀에는 들어오지 않았다.

나는 우두커니 서서 내 앞에 있는 클로드만을 바라보고 있었다.

"목숨이 아깝다면 궁 밖으로는 머리카락 한 올 보이지 말아야 할 거다."

온기 한 점 없는 눈동자로 나를 내려다보던 그가 이윽고 나를 내버려 둔 채 먼저 자리를 떠날 때까지.

"다시 한번 내 눈에 띄면 그때는 정말 죽여 버릴 테니."

눈앞에 하얀 햇살이 고였다. 클로드가 떠난 뒤에도 아직 자리에 남아 있던 필릭스가 굳은 얼굴로 나를 향해 무어라 말했다. 하지만 소용없었다. 왜냐하면 내 귀에는 방금 전 클로드가 남긴 말만이 끊임없이 되풀이되고 있었기 때문이다.

정말 놀랍게도 클로드는 기억상실증에 걸렸다. 나를 에메랄드궁까지 데려온 필릭스가 해준 말을 듣고 나는 그만 헛웃음을 내뱉고 말았다. 아니, 기억상실이라니? 그런 건 소설이나 드라마에서만 나오는 거 아니었어요?

하지만 그 순간 나는 아주 중요한 깨달음을 얻을 수 있었다. 아, 맞아. 이거 소설 맞지. 〈사랑스러운 공주님〉이라는 책 속이었지?

릴리와 필릭스는 내가 큰 충격을 받은 것처럼 보이자 한참을 머뭇거리다가 곧 쉬라는 말을 남긴 채 조용히 방을 나섰다. 그런 그들의 표정은 아주 침통했다. 알고 보니 그들이 노심초사하며 나를 방 밖으로 나오지 못하게 막은 것도 클로드가 줄곧 저런 상태였기 때문이란다. 필릭스의 설명에 의하면 그는 나를 처음 만났을 때부터의 기억을 몽땅 다 잃어버렸다고 했다.

그건 즉 클로드가 나와 함께 보낸 9년간의 시간을 하나도 기억하지 못한다는 의미였다. 옆에서 필릭스가 아무리 나에 대해 설명해도 그는 필릭스를 흑마법에 걸린 사람 취급했다고 말했다. 자신에게 딸이 있는 것은 죽었다 깨어나도 절대로 있을 수 없는 일이라고 했다는 것이다.

"허……."

또 한 번 내 입술을 비집고 건조한 웃음이 새어 나왔다. 방금 전 보고 들었던 클로드의 한기 폴폴 날리는 눈빛과 살벌한 말들을 다시금 떠올리고 나니 지금 내가 처한 상황이 이렇게 우스울 수가 없었다. 아무리 생각해도 전부 다 거짓말 같았다. 하지만 오늘 내가 직접 만나 본 클로드도, 지금까지 줄곧 그의 옆에 있던 필릭스도, 그리고 그동안 내 외출을 막았던 릴리도 하나같이 내게 지금의 상황이 진짜라고 말하고 있었다. 그럼 설마 정말인 거야? 클로드가 기억상실증이라는, 삼류 드라마에나 나올 법한 그 어이없는 증상에 걸린 게?

"말도 안 돼."

나는 한동안 혼자서 허탈하게 웃다가 이내 침대에 풀썩 쓰러지고 말았다. 이건 정말 말도 안 돼. 나 그럼 이제부터는 어떡하면 좋지? 막막해도 너무 너무 막막했다. 나를 벌레 보듯이 쳐다보던 클로드를 떠올리자 가슴에 무거운 돌덩이가 쿵 떨어져 박힌 것 같은 느낌이 들었다.

"목숨이 아깝다면 궁 밖으로는 머리카락 한 올 보이지 말아야 할 거다. 다시 한번 내 눈에 띄면 그때는 정말 죽여 버릴 테니."

어째서인지 클로드는 나를 자신의 딸이 아니라고 부정해 놓고도 살려 주었지만, 거기에는 평생 이 에메랄드궁 밖으로 나와서는 안 된다는 조건이 붙어 있었다.

유폐.

그가 내게 명한 것은 바로 그것이었다. 하지만 정말? 만약 내가 이 궁을 나가서 그의 눈에 들면, 그때는 정말 나를 죽일 거라고? 오늘 본 클로드의 눈빛을 생각하면 충분히 그러고도 남을 것 같았지만 아직 실감이 나지 않았다.

설마하니 그가 진짜로 나를 잊었을 줄은 몰랐다. 아니…… 나는 정말로 모르고 있었나? 그럼 왜 오늘까지 단 한 번도 내가 먼저 클로드를 찾아가지 않고 필릭스와 릴리가 시키는 대로 방 안에만 있었을까? 클로드가 나를 보러 오지 않으면 내가 그를 찾아가도 되는 일이었는데. 아무리 릴리가 나를 걱정해 만류한다 해도, 내가 고집을 부렸다면 말릴 수 있을 리가 없었을 텐데.

"아…… 바보 같아."

나는 침대에 벌렁 누워서 팔로 얼굴을 가렸다. 보는 사람이 아무도 없는데도 내 얼굴을 밖으로 드러내기가 싫었다. 어쩌면 나는 이미 짐작하고 있었는지도 몰랐다. 잠에서 깨어난 첫날, 내게 보였던 클로드의 냉랭한 태도가 일시적인 것이 아니란 사실을. 그리고 그가 정말 기억을 잃어 더 이상 나를 알아보지 못한다는 사실을. 다만 나는 그 사실을 직접 내 눈으로 확인하고 인정하기가 싫었을 뿐이다.

방을 나서기 전, 릴리와 필릭스는 지금은 클로드의 상태가 이렇지만 조금 더 시간이 지나면 다시 기억을 되찾을 거라고 나를 위로했다. 그리고 지금 이 순간 나 역시도 그렇게 되기를 진심으로 바랐다. 혹시 지금 당장에라도 클로드가 저 문을 열고 들어와서 전부 다 질 나쁜 장난이었다고, 네가 이번 일의 위험성을 너무 모르는 것 같아서 혼을 내 주려고 기억을 잃은 척한 것뿐이라고 말해주지 않을까? 아니면 혹시 내일이라도 감쪽같이 사라진 클로드의 기억이 다시 원래대로 돌아오지는 않을까?

그러던 어느 순간 나는 문득 생각했다. 지금까지 내가 그렇게 운이 좋은 사람이었던가……? 오히려 이제까지의 내 삶에는 세상의 온갖 불행이 슬금슬금 기어 들어와 나도 모르는 새집을 짓고 들어앉아 있지 않았던가? 문득 그런 생각을 하자 또다시 불안감이 심장 어귀를 좀처럼 갉작갉작 긁어 먹기 시작했다. 하지만 내 불안감을 종식시켜 줄 사람은 어디에도 없어서, 결국 나는 밤이 새도록 한숨도 자지 못한 채 새벽을 맞고 말았다.

"공주님, 실은 말씀드릴 것이 있어요."

다음 날 내가 어느 정도 마음을 추스른 것 같았는지 릴리가 내 손을 꼭 부여잡으며 입을 열었다.

"까망이는 폐하께서 데려가신 것이 아니에요."

그녀는 내가 못내 걱정되는 것처럼 흐린 표정을 짓고 있었다. 그리고 잠시 동안의 망설임 끝에 릴리가 내뱉은 말에 나는 반문하지 않을 수 없었다.

"그날, 공주님과 폐하의 주위를 둘러싸고 있던 마력이 완전히 사그라지고 난 뒤 우리가 가까이 갔을 때 까망이는 어디에도 없었어요."

"뭐? 그게 무슨 말이야?"

"말 그대로예요. 다과회가 있었던 장소를 포함해서 에메랄드궁도, 그 바깥도 샅샅이 찾아봤지만 어디에서도 까망이의 흔적조차 찾아볼 수 없어서……."

릴리의 말이 서서히 귀에서부터 멀어졌다. 굳은 채 그녀의 말을 듣던 바로 그 순간, 문득 어떤 생각이 내 머릿속을 스쳐 지나갔다. 루카스는 까망이가 내 마력으로 만들어진 것이라고 하며 언젠가는 내 안으로 흡수되어 완전히 사라질 것이라고 말했다. 그리고 어릴 때 내가 쓰러진 이유도 까망이와의 잦은 접촉으로 그 마력이 나한테 옮겨 와 불균형이 생긴 것이라고 알려 주었다.

"정말 죄송합니다. 까망이까지 없어졌다는 걸 알면 공주님께서 더 크게 상심하실까 봐 지금까지 숨기고 있었어요."

그래서 이번 일 역시 그와 비슷한 이유로 벌어진 마력 폭발일 것이라 예상하고 있기는 했는데…… 그런데 까망이가 아예 사라져 버렸다고?

"공주님, 괜찮으세요?"

내가 한동안 아무 말도 없자 릴리가 걱정스러운 표정으로 조심스럽게 내게 물었다. 사실 나는 혼란스러웠다. 갑자기 나한테 너무 많은 일이 생겨서 뭐가 뭔지 하나도 알 수가 없었다.

"괜찮아."

하지만 나는 그렇게 말한 뒤 릴리에게서 손을 빼고 자리에서 일어났다. 까망이가 사라졌다고 한다. 궁의 어디에서도 흔적조차 찾아볼 수 없게, 완전히. 그런데 나는 이상하게도 지금 이 상황이 그냥 다 꿈 같아서 아무 느낌도 들지 않았다.

"나 좀 잘게. 어제 한숨도 못 자서 좀 졸리네."

릴리는 그런 나를 향해 입을 열었지만 결국은 섣부른 위로라 생각했는지 푹 쉬라는 말만을 남긴 채 방을 떠났다.

마침내 혼자가 되고 나서도 나는 한참 그 자리에 우두커니 서 있었다. 그러는 동안에도 시간은 나를 홀로 내버려 둔 채 혼자서만 앞을 향해 착실히 흘러갔다.

이상하다……. 왜 자꾸만 주위에서 무언가가 하나둘씩 소리 소문 없이 사라지는 것 같지? 나도 모르는 새 내가 가지고 있던 걸 누군가에게 야금야금 빼앗기는 것 같은 느낌이야. 갑자기 가슴이 텅 빈 것 같았고, 길 한가운데에 덩그러니 버려진 어린애라도 된 것처럼 어찌해야 할지 알 수가 없었다. 이런 상실감은 애초에 내가 알지 못하던 것이었기 때문에 기분이 너무 이상했다. 그리고 오랜 시간이 지난 후, 나는 비로소 찾아온 깨달음에 나도 모르게 작게 중얼거리고 말았다.

"아, 그렇구나."

나한테 갑자기 생긴 행운이었으니 또 이렇게 아무런 징조도 없이 갑자기 사라져 버린 거구나. 마치 원래의 자리로 돌아가기라도 한 것처럼. 그동안 현실감이 들지 않아서 이렇게 기분이 이상한 것이라고 생각했는데, 그게 아니라 아타나시아로 사는 동안 잊고 있던 현실감이 돌아오는 중이었던 모양이다.

'상실감'이라고? '내가 가지고 있던 걸' 누군가에게 빼앗기는 느낌이라고? 언제부터 그런 사치스러운 생각을 하게 된 거야? 아타나시아가 되어서 예전 같으면 감히 상상조차 하지 못하던 것들을 손에 쥐게 되니, 이제는 그런 게 없으면 죽을 것 같은 기분이 들기라도 해? 언제부터 이렇게 나약한 마음을 가지게 된 걸까? 고작 이까짓 일로 상처라도 받은 것처럼 이렇게 동요하고 흔들리다니. 아타나시아가 아닌 나는 애초부터 혼자였는데.

클로드와 릴리, 그리고 필릭스와 까망이를 비롯해서 이 에메랄드궁에 있는 사람들과 지금까지 내가 이곳에서 이루었던 모든 것. 그 모두가 소중하지 않은 것은 아니었지만 나는 그들 모두가 지금 이 순간 내눈앞에서 한꺼번에 없어진다 해도 얼마든지 잘 살아갈 수 있었다. 그들이 하루아침에 내 옆에서 완전히 없어진다 해도 무슨 일이 있었냐는듯 상처 하나 받지 않을 수 있었다. 나는 그래야 했다.

그래. 애초에 이런 행운을 완전히 내 것이라고 생각한 것 자체가 실수였어. 그런 사치를 부리니까 지금 이렇게 먹는 게 아까워서 오랫동안 품속에 고이 아껴만 두던 사탕을 빼앗긴 어린애처럼 서글프고 또 속상해서 울고 싶은 거지. 하지만 이게 맞는 거야. 오히려 지금까지가 이상했던 건데. 내가 이렇게까지 운이 좋을 리가 없는데. 지금까지 온 세상을 다 가진 것처럼 행복했던 게 오히려 말도 안 되던 건데.

그렇게 생각하고 나자 혼란스럽던 머리가 순식간에 정리되기 시작했다. 불규칙적으로 뛰던 심장도 점차 차분함을 되찾았다. 가슴속에 꽉채워져 있던 것들이 모래알이 흩어지듯 서서히 내 안에서 빠져나가기시작했다. 갑자기 텅 비어버린 가슴에 허무함이 들어찼다. 하지만 그대신 더 이상은 슬프지도 아프지도 않았다. 그것은 어찌 보면 내게 있어 익숙하기까지 한 감각이었기 때문에 비로소 나는 만족할 수 있었다.

찌르릉.

그때에도 새장 속의 파랑새는 홀로 구슬픈 울음소리를 내며 지저귀고 있었다.

<hr />

한동안 나는 평소와 같은 나날을 보냈다. 그 후 생각해 보니 지금의생활은 나에게 있어 나쁠 것이 하나도 없었다. 애초에 이 세계에서 눈

을 떴을 때부터 지금까지 내 목표는 오직 하나 아니던가?

바로 생존.

따져 보면 이제껏 내가 온갖 흑역사를 만들어 내며 클로드의 앞에서 귀여운 척, 착한 척, 아빠가 너무너무 좋아서 어쩔 줄 모르는 딸인 척 했던 것도 전부 다 생존을 위해서였다. 그러니 나는 착각하면 안 되었다. 아무리 그와 함께하는 생활이 생각보다 즐거웠다고 해도, 애초에 내가 그에게 다가갔던 이유를 잊지 말아야 했다.

그렇다면 그냥 이대로 에메랄드궁에 얌전히만 있어도 내 목적은 성취되는 거잖아? 클로드는 분명히 내게 이대로 자신의 눈에 띄지만 않으면 죽이지 않겠노라 말했으니까. 게다가 이번에는 이미 클로드의 눈에 띄었는데도 가만히 있으면 안 죽인다고 나름대로 약속까지 받은 셈이니, 그가 언제 나를 찾아와 죽일까 매일 벌벌 떨며 살던 어릴 때보다는 상황이 훨씬 좋은 편이었다.

그래, 긍정적으로 생각해 보려 노력하니 지금 내가 처한 상황이 그리 나쁜 것만은 아니었다. 말만 유폐지 내 수발을 들어주는 시녀 언니들도 다 그대로 있겠다, 언뜻 보니 내 궁에 들어오던 금전적인 지원도 아직 끊이지 않은 것 같겠다, 이건 완전히 내가 염원하던 돈 많은 백수 생활이 아닌가?

그런 생각을 하자 이거야말로 14년 동안 내가 그렇게 원해 왔던 내 미래의 청사진이 아닌가 싶었다. 오히려 얼마 전에 생각했다시피 예전의 내 박복했던 삶과 비교하자면 클로드가 기억을 잃은 건 운이 나쁜 수준에 들지도 못하는 것 아닌가? 그래, 어차피 변하지 않을 현실이라면, 그냥 최대한 좋은 쪽으로 생각해 버리는 것이 낫지 않겠는가.

그래서 그 후로 나는 그야말로 한량 같은 생활을 지속했다. 매일매일 세 끼 꼬박꼬박 맛있는 것도 먹고, 남아도는 시간 동안 책도 보고 산책도 하고 또 파랑이랑도 놀면서 여가 생활도 하고, 초저녁부터 점심

나절까지 내내 퍼져서 자기도 하고.

연달아 일어난 클로드와 까망이의 일로 내 상심이 클 것이라고 생각했는지, 릴리를 비롯한 다른 시녀 언니들도 아무도 그런 나를 방해하지 않았다. 그래서 나는 배부르고 등 따신 평화로운 생활을 마음껏 누리며 지냈다. 물론 그것은 이전보다 어딘가 부족하게 느껴지는 일상이었지만 나는 그런 허전함을 느끼지 못한 척했다.

"어디 보자."

그리고 어느 날인가 내 방 책장에 꽂혀 있던 마법서를 꺼내 들었다. 책장을 넘기자마자 익숙한 내용이 눈앞에 좌르륵 펼쳐졌다.

[마법이란 극히 드물게 발현되는 이능의 일종으로 오늘날 그 힘을 사용할 수 있는 사람은 백억 명 중 열 명, 또한 그 힘을 자유자재로 사용할 수 있는 사람은 그 열 명 중 한 명 정도이다. 그들은 체내에 존재하거나 자연물에 속한 마력을 이용하여 사물을 이동하거나 변형시킬 수 있고 또한…….]

도서관도 아니고 내 방 책장에 꽂혀 있는 책이란 것은 곧 내가 이미 몇 번이나 읽어 본 적 있는 책이란 의미였다. 나는 하도 많이 봐서 이제는 거의 외울 지경이 될 초반부를 그냥 대충 휙휙 넘겼다. 어차피 앞부분은 이론서에 불과한 데다 어릴 때부터의 관심으로 마법서의 이론 정도는 이미 빠삭하게 숙지하고 있었기 때문에 오늘은 더 볼 필요가 없었다.

[매우 간단하고 쉬운 초급 마법! 멍텅구리도 따라할 수 있다! 물론 당신이 저능아가 아니라면.]

으음. 몇 번을 봐도 참 약 오르는 문구란 말이지. 그냥 심심풀이로 읽을 때는 이 톡톡 튀는 말투가 재미있어서 좋았는데 막상 내가 이 책을 교본 삼아 마법 연습을 해보려니 영 거슬리잖아?

나는 잠깐 미간을 구기며 입술을 삐죽이다가 이내 책장을 다시금 넘겼다. 그래. 이미 다 짐작했겠지만 오늘 나는 이 마법서에 나오는 실전 마법을 한번 시도해 볼 생각이다. 할 일도 없는 김에 머리에 쥐가 나도록 몇 번이나 생각하고 또 생각해 봤는데……. 까망이가 사라진 이유는 지난번 직감했듯이 아무래도 나한테 흡수되었기 때문일 확률이 가장 큰 것 같았다. 어떤 원리인지는 몰라도 원래 까망이는 내 마력이 떨어져 나와 생물의 형태를 띠게 된 것이라고 루카스가 그랬지 않은가?

그런데 하필이면 공교롭게도 내 마력 폭발이 있던 순간 까망이가 흔적도 없이 사라져 버렸으니, 어쩌면 다시 본래의 성질로 돌아가 내 마력이 된 것일 수도 있다는 생각이 들었던 것이다. 물론 그 사실을 직접 확인할 결정을 하기까지 나는 많이 고민할 수밖에 없었다. 그리고 마침내 오늘에서야 마음을 잡고 이 마법서를 눈앞에 펼쳐 들게 된 것이었다.

자아, 그럼 이제 어떻게 한다?

나는 심각한 얼굴로 앞에 놓인 책을 훑어보기 시작했다. 그나마 한 가지 다행이라 할 것은 마법을 쓰면서 '롤리 롤리 롤리팝! 받아라, 로즈 블라썸 파워☆' 같은 정체불명의 주문을 외치거나 '심연보다 검은 암흑이여, 나의 적에게 죽음을 내리소서!'와 같은 소름 끼치는 시동어를 읊지 않아도 된다는 것이다. 만약 마법을 사용할 때 저런 손발이 오그라들다 못해 온 우주가 폭발할 것 같은 주문을 외쳐야만 했다면 아마도 나는 진작 대마법사의 꿈을 접고 말았으리라. 그리고 루카스가 내 앞에서 마법을 쓸 때마다 폭소를 참아 낼 수 없었겠지.

나는 잠시 '어둠의 다크, 죽음의 데스!' 따위의 주문을 읊는 루카스를 상상하다가 곧 당장에라도 그가 살벌한 미소를 머금고 나를 죽이겠다고 나타날 것 같아서 그만두었다. 음, 그래도 기분 전환은 조금 된 것 같았다.

"어디 보자. 그냥 머릿속으로 원하는 것을 상상하면서 강렬히 바라면 된다고 했지."

주구장창 장황하게 뭐라고 길게 써 놓기는 했지만 간추려 설명해 보자면 요지는 바로 그것이었다. 아니, 그런데 정말 이게 끝이라고? 게다가 이건 그냥 말만 쉬운 것 아닌가? 이러고서 책을 내다니, 이거 순 날강도 아니야? 이럴 거면 나도 마법서 쓰겠다!

그냥 재미로 읽을 때에는 아무런 불만도 없었던 마법서지만 막상 내가 이걸 들고 마법이란 걸 직접 사용해 보려니 초장부터 여간 불편한 게 아니었다. 하지만 나는 불만 어린 눈초리로 잠시 마법서를 내려다보다가 이내 속는 셈 치고 한번 책에서 시키는 대로 따라 해보기로 했다.

내가 지금 펼친 부분은 초보자가 비교적 쉽게 따라 할 수 있다는 '물질 소환 마법' 부분이었다. 어차피 해봤자 안 될 것 같긴 한데. 나는 일단 최대한 모습을 떠올리기 쉬운 것을 골라 보기로 했다. 내가 PC방에서 알바할 때 찾아온 중학생 애가 해준 말에 의하면 이럴 때는 보통 이걸 제일 먼저 해본다더라.

"파이어 볼!"

나는 손을 앞으로 뻗고 장엄하게 외쳤다! 그러자 놀랍게도 기다렸다는 듯이 눈앞에 새빨간 불덩어리가 나타나더니 곧 폭발할 것처럼 거세게 일렁이기 시작…… 했다는 건 역시 책에서나 벌어질 법한 일이었다. 당연하게도 방 안에는 아무 일도 일어나지 않았다. 쥐 죽은 듯이 조용한 방 안에서는 바늘 굴러가는 소리까지 들릴 것 같았다. 음, 이거 조금 머쓱하구먼. 아, 아무도 안 봤겠지?

나는 스윽 손을 내리고 잠깐 주위를 휘휘 둘러보았다. 그리고 방 안에 나 혼자 있다는 사실을 다시 한번 확인한 뒤 괜스레 안심해서 가슴을 쓸어내렸다.

그나저나 이거 뭐야! 역시 안 되잖아. 이 거지 같은 마법서!

하지만 다르게 생각해 보면 내 몸에 이런 마법을 쓸 정도의 마력이 없기 때문일 수도 있었다. 하긴, 까망이가 사라진 후로도 나는 내 몸에 별다른 변화가 있는지 잘 모르겠는걸? 그럼 까망이는 나한테 흡수된 게 아닌 걸까? 그냥 워낙 섬세하고 여린 애다 보니 그때의 상황에 놀라서 어디론가 도망갔다거나. 예전에 루카스도 까망이한테 탈주 본능 같은 게 있다고 했잖아?

나는 차라리 그랬으면 좋겠다고 생각했다.

역시 마법서는 괜히 꺼내 왔나. 그럼 그렇지. 갑자기 대마법사는 무슨 대마법사야. 나는 그냥 마법서를 옆에 내팽개치고 침대에 벌렁 드러누워 버렸다. 하긴, 마법이라는 게 뭐 별거 있나. 엄밀히 따져 보자면 지금 내 생활이야말로 나한테는 마법 같은 거지. 릴리나 다른 시녀 언니들한테 말하기만 하면 내가 원하는 건 뭐든 뚝딱뚝딱 나오는데, 뭐. 그리고 보니 어릴 때에도 애니메이션에 나왔던 도깨비 방망이나 지니의 요술램프 같은 게 생기면 다른 애들이 바라는 장난감이나 예쁜 옷 같은 건 다 필요 없으니까 나한테 돈도 주고 집도 주고 맛있는 것도 주고 했으면 좋겠다고 생각했는데. 크흑. 어릴 때부터 단련된 나의 현실 감각이란.

"열려라, 참깨!"

나는 간만에 동심이 불타서 영혼 없는 목소리로 내가 어릴 때 한창 유행했던 모 만화들의 주문들을 외치기 시작했다.

"수리수리 마수리!"

크으윽. 어릴 때에는 혼자 있을 때 이 짓 많이 했었는데.

"금 나와라 와라 뚝딱, 은 나와라 와라 뚝딱!"

이렇게 주문을 외우고 나면 눈앞에 돈이 뚝 떨어질 것 같았……

챙그랑!

바로 그때 어디선가 동전 떨어지는 소리 같은 게 들려서 나는 흠칫하고 말았다. 응? 이게 뭔 소리지? 나는 의문을 느끼며 소리가 들려온 방향을 향해 고개를 돌렸다. 그리고 곧 놀라운 광경을 목격하고 말았다.

챙그랑! 투둑. 챙그랑!

갑자기 아무것도 없는 허공에서 빠끔 튀어나온 반짝이는 무언가가 바닥으로 툭 떨어져 내리는 게 아닌가? 나는 내 눈을 의심하며 침대에서 몸을 일으켰다.

챙그랑! 챙그랑! 챙그랑!

그리고 곧장 놀라서 쩌억 입을 벌리고 말았다. 아, 아니! 이게 도대체 무슨 일이래요? 허공에서 웬 동전이 막 떨어져! 하나둘씩 떨어져 쌓이기 시작한 동전은 전에 루카스와 외출해서 사용한 적이 있던 은화와 금화였다. 그런데 이게 갑자기 왜? 혹시 루카스가 왔나?

"루, 루카스?"

조용.

"왔으면 숨어 있지 말고 나와!"

또 조용.

불현듯 든 생각에 나는 주위를 마구 두리번거렸다. 하지만 어디에도 사람 그림자 하나 찾아볼 수 없었다.

그리고 바로 그 순간, 나는 방금 전 내가 흥얼거렸던 주문을 무심코 떠올렸다. 서, 설마.

"금 나와라 은 나와라 뚝딱……?"

나는 그 와중에도 계속해서 생성되고 있는 동전을 보며 멍하게 중얼거렸다.

챙그랑! 차르르륵!

"으억!"

한 개씩 떨어져 내리던 동전이 소나기처럼 우수수 떨어져 내리기 시작한 것은 바로 그때였다.

"잠깐, 잠깐!"

촤르르르륵!

은화와 금화로 이루어진 홍수는 순식간에 불어나 내가 있는 침대까지 넘보기 시작했다.

으악! 악악! 이거 어떻게 해! 으악!

"자, 잠깐만 기다려 봐! 동전님! 으악!"

나는 멘붕에 빠져 눈동자를 마구 흔들며 허공에서 쏟아지기 시작한 동전의 비를 바라보았다. 내가 우왕좌왕하고 있는 동안에도 금색의 파도는 착실히 내 이불보를 침범했다.

"에잇, 멈춰! 멈추라고!"

나는 발치에서 짤그랑거리는 동전을 피해 후다닥 뒤로 물러났다. 내 침대가 태평양처럼 큰 게 지금처럼 기뻤던 건 처음이야! 물론 나는 돈을 좋아하지만! 그래도 지금은 동전이 불어나는 속도가 너무 빨라서 저기에 파묻힐까 봐 무서워!

"당장 멈추라니까! 이제 그만해!"

차르륵. 투둑. 챙그랑!

내가 소리치자 가까스로 동전 비가 멈추었다. 나는 조용해진 방 안에서 혼자 헉헉거렸다. 지금 저한테 무슨 일이 일어났던 거죠? 혹시 제가 지금 낮잠을 자고 있는 중인가요? 이거 꿈 아니에요? 하지만 꼬집은 허벅지가 아픈 걸 보니 이거 현실 맞나 보다.

"이게 뭐야."

나는 눈앞에 펼쳐진 금색과 은색의 향연에 멍하니 중얼거렸다. 침대에 서 있는 내 발은 이미 반쯤 동전의 파도에 집어삼켜진 상태였다.

"금화 나와라! 앗, 잠깐. 하나만!"

투둑!

나는 앞으로 손을 내민 뒤 다시 한번 읊조려 보았다. 그러자 이번에는 곧장 내 위로 반짝이는 동전 하나가 툭 떨어져 내렸다.

"허허……."

왠지 기가 막혀서 웃음이 나왔다. 이걸 진짜 내가 만든 거라고? 진짜? 진짜로 진짜? 나는 도저히 믿기지가 않아서 그 후로도 몇 번이나 더 시험 삼아 같은 짓을 해봤다. 그리고 말 그대로 마법처럼 내 눈앞에 뚝딱뚝딱 나타나는 반짝이는 것들을 보다가 마침내 허탈하게 손을 내렸다.

와, 와아. 이런 기막힌 일이……. 아무래도 나는 이제 루카스처럼 위조지폐를 제조할 수 있게 된 모양이다. 아니, 방금 전에 파이어 볼을 외칠 때에는 아무 일도 일어나지 않더니 왜 돈에 관련된 걸 생각하니까 되는 거야! 아무래도 내 마력은 내 안에 그득한 속물근성을 존중해 주는 모양이었다. 허흑.

차르륵.

한 발짝 앞으로 걸음을 내딛자 발에 차인 금화가 소리를 내며 흐트러졌다. 나는 그것을 약간 막막하게 바라보다가 동전의 산 위에 냅다 드러누워 버렸다. 클로드가 내게 보물 창고를 선물한 이후 심신의 안정을 취하고 싶을 때마다 이따금씩 그곳을 찾아가 그랬던 것처럼. 얍! 이게 바로 진정한 돈방석이죠! 금화 테라피라고 들어는 보셨나?

"와, 나 부자네."

차가운 금속성의 감촉을 온몸으로 느끼고 있으려니 한결 더 얼떨떨했다. 요즘 들어 계속 비현실적인 일만 일어난다 싶더니 설마 이런 끝판왕이 기다리고 있을 줄이야. 그럼 나 이제 마법 쓸 수 있는 거야? 대마법사의 꿈도 이루어진 건가? 진짜?

"대박이다."

그런데 왜인지 별로 즐겁지가 않았다. 예전에는 이런 날이 찾아오면 좋아서 입이 찢어져라 웃을 수 있을 것 같았는데. 이것도 아직 실감이 안 나서 그런가?

"진짜 대박."

나는 동전 위에 누워서 아무도 듣지 않는 영혼 없는 말을 중얼거렸다.

"그럼 진짜 까망이는 없어진 거네."

내가 갑자기 마법을 쓸 수 있게 된 걸 보면 그동안 짐작했던 게 맞다는 거잖아. 그렇지? 왜인지 그럴 것 같기는 했지만 진짜로 그럴 확률이 크다는 것을 몸소 확인하고 나자 그렇지 않아도 비어 있는 것 같던 속에 급속도로 한기가 들어차기 시작했다.

하지만 언젠가 까망이가 내 앞에서 사라질 거란 건 이미 알고 있었잖아. 그 시기가 빨라졌을 뿐이지, 마음의 준비를 아예 하지 않던 것도 아니고. 아, 그래. 그래서 루카스가 그때 나한테 더 심술궂게 말했던 거구나. 까망이한테 정을 떼도 모자랄 판에 하루하루가 갈수록 오히려 정을 붙이고 있어서. 어차피 그 끝은 내 의지대로 바꿀 수 없는 거였는데도. 어쩌면 루카스가 나보다 더 빨리 내 바보 같은 마음을 간파하고 있었는지도 모르겠다. 지금처럼 마음이 약해질 때마다 차라리 누군가 그런 나를 따끔하게 질책해 줬으면 좋겠다고 생각했지만 지난날 내게 '멍청하게 굴지 말라'고 말해주던 루카스도 지금은 옆에 없었다.

"이게 뭐야."

까망이에 이어 루카스 생각까지 머릿속에 떠오르자 속에서 갑자기 무언가가 울컥 치밀어 올랐다. 나는 팔을 들어 눈가를 덮었다. 그 틈으로 또 클로드가 생각나는 건 어째서인지 모르겠다.

아, 다 귀찮다. 이대로 한 일주일 동안만 아무 생각 없이 자고 싶어. 이번에도 마력이 내 바람을 들어준 것인지, 거짓말처럼 잠이 쏟아지기 시작했다. 나는 밀려드는 수마에 못 이긴 척 눈을 감았다. 그리고 잠이 가져다주는 안식 속으로 빠르게 빨려 들어갔다.

그러고 나서 진짜 일주일 동안 내리 잤냐고 하면 그건 또 아니었다. 거의 두 시간쯤 뒤, 나는 어디에선가 들려오는 새된 비명에 잠에서 깨어나야만 했다.

"공주님! 공주님, 어서 일어나 보세요!"

앗! 이 목소리는 릴리! 으어, 나 꿀잠 자고 있었는데. 날 깨우지 말아요. 난 좀 더 자고 싶단 말이야. 음냐.

"공주님!"

하지만 내가 일어나지 않자 릴리는 내 몸을 흔들기까지 했다. 그때마다 차르륵 동전이 미끄러져 떨어지는 소리가 귀에 흘러들었다. 아. 그러고 보니 나 동전들 위에서 잠들었던가?

"끄응."

문득 그 사실을 상기하고 나자 몸이 여기저기 결리기 시작했다.

와, 그럼 진짜 이거 꿈 아닌가 보네? 으억, 그런데 내 등! 여기저기 안 아픈 데가 없네. 어흐흑. 아무리 돈이 좋다고는 해도 내가 왜 이런 만용을 부렸지요? 딱딱한 데다 울퉁불퉁하기까지 한 데에서 잤더니 관절이 막 삐거덕거리잖아요!

"공주님, 방에 이게 다 뭐예요? 혹시 공주님의 금고에 있던 것들을 옮겨 놓으신 건가요?"

릴리는 내 방에 수북이 쌓인 금화와 은화들을 보고 동공을 마구 흔들다가 곧 나를 향해 애잔한 눈빛을 보내기 시작했다. 내가 스트레스를 이기지 못해 다른 궁인들을 시켜서 내 방에 이 동전들을 옮겨 놓은 것이라고 생각한 모양이었다. 나는 그녀의 짠한 눈빛을 보고 약간 민망해졌다.

내, 내가 그렇게 자주 금고에 가서 돈 냄새 맡고 동전들에 비비적거리고 그랬었나? 아니, 물론 힐링이 필요할 때 가끔씩 클로드가 선물로 준 보물 창고나 금고들에 갔던 적은 있었지만! 그렇다고 해서 릴리가 지금 나한테 이런 눈빛을 보낼 정도라니. 크흑. 제 이미지는 이제 어떻게 되는 건가요.

"이 방에 다른 누군가가 들어오는 건 보지 못했었는데……."

그러다 곧 릴리가 의문을 표했다. 이 정도 되는 동전들을 다른 사람의 눈을 피해 몰래 내 방에 옮겨 놨다고 하기에는 아무래도 무리가 있었던 것이다. 이 정도 양이면 아마 몇 번은 내 방을 들락날락해야 했을 텐데 그러는 동안 단 한 번도 다른 사람의 눈에 띄지 않았다니, 여기에 있는 시녀 언니들이 닌자도 아닌데 그런 게 가능할 리가.

"아니야, 릴리. 난 계속 혼자 있었어."

그냥 거짓말을 할까 한순간 고민하지 않은 건 아니었지만 나는 그러지 않기로 했다. 어차피 에메랄드궁에 있는 궁인들에게 물어보면 바로 답이 나올 텐데 눈 가리고 아웅 하는 것도 아니고. 또 지금 내 방에 있는 동전들을 치우려면 시녀 언니들이 고생해야 하잖아. 게다가 지금은 왠지 거짓말을 지어내려 머리를 굴리는 것이 전부 다 귀찮기도 했다.

나는 동전의 산에서 몸을 일으킨 뒤 다시 침대에 올라가 섰다. 그리고 눈앞에 있는 번쩍이는 것들을 바라보았다.

"이거 치워야겠지?"

음, 그러니까. 사라지라고 생각하면 되는 건가?

얍! 없어져라!

"헉."

그렇게 속으로 외치고 나자 방에 쌓여 있던 동전들이 정말 한순간에 흔적도 없이 사라졌다. 그것을 보고 릴리가 깜짝 놀랐는지 급히 숨을 들이켜는 소리가 들렸다. 내가 마법을 써 놓고 조금 웃기긴 하지만 사실은 나도 눈앞에 있는 것들이 갑자기 뿅 하고 사라지는 바람에 깜짝 놀라서 한차례 흠칫하고 말았다. 오. 아무래도 원하는 걸 꼭 말로 소리 내지 않아도 되는 모양이었다. 하긴, 마법서에서도 그냥 상상만 하면 된다고 했지.

"고, 공주님. 도대체 이게 어떻게 된⋯⋯."

릴리는 크게 당황했는지 나를 보며 사정없이 눈동자를 흔들었다.

"설마 공주님이 없애신 건가요?"

그녀의 동요가 나에게까지 전해져 왔다. 나는 잠깐 턱을 긁적이다가 곧 조금은 겸연쩍은 기분으로 그녀에게 말했다.

"릴리! 나 대마법사가 되었나 봐!"

"네?"

바로 그 순간 릴리의 경악 어린 음성이 허공을 갈랐다.

⟡⟡⟡

나는 불과 며칠 전의 일을 다시금 떠올리며 잠깐 회한에 젖고 말았다. 크윽. 그 순간의 릴리의 표정이란⋯⋯. 한순간이지만 분명히 그녀는 '우리 공주님이 아프신가?' 하는 표정을 짓고 있었다. 물론 그 후로 내가 직접 그녀의 앞에서 뽕! 하고 꽃다발을 만들어서 주자 또다시 급격한 동공지진을 일으키며 내 말을 믿는 눈치기는 했지만 말이다. 그런데 이상하다. 마법이란 게 원래 이렇게 숨 쉬듯이 쉽게 쓸 수 있는 거였나? 헉. 아니면 역시 나에게는 엄청난 대마법사의 자질이! 맞아, 루카스도 내 마력이 꽤 강하다고 그랬었잖아!

"공주님, 공주님 앞으로 온 편지들이에요."

릴리는 일단 내가 갑자기 마법을 쓸 수 있게 되었다는 사실을 다른 사람들에게는 밝히지 말자고 했다. 듣자 하니 오벨리아의 국적을 가진 마법사라면 일단 황실에 소속되어 일하지 않는다 해도 누구나 의무적으로 자진 신고를 해야 한다고 하던데 그 과정이 뭔가 굉장히 복잡하다고 들었다.

그런데 지금 유폐 중인 내가 그런 식으로 다른 사람들의 시선을 끄는 일을 해봤자 좋을 게 없기는 했다. 그렇지 않아도 다시 한번 눈에 띄면 죽이겠다고 클로드가 엄포를 놓기까지 한 상황인데, 혹시나 내가 마법을 쓸 수 있다는 사실까지 알게 되면 '역시 네가 내 딸 행세를 할 수 있었던 건 사술 때문이었군. 그럴 줄 알았다!'라고 하면서 그가 나를 콱 죽여 버릴지도 모르지 않은가. 물론 릴리가 나한테 그런 말을 하지는 않았지만 그냥 내 생각이 그랬다.

"날짜를 보니 시일이 좀 된 것 같은데 처리가 늦어졌나 봐요."

나는 릴리가 내게 내민 편지들을 받아 봉투에 적힌 이름들을 보았다. 어디 보자. 백합 소녀를 비롯한 다과회의 참여 멤버가 여섯, 이제키엘이 하나, 그리고 다른 이름 모를 영식들이 둘, 그리고 제니트가…… 다섯?! 이럴 수가. 다른 사람들은 편지를 다 한 개씩만 보냈는데 제니트가 혼자 보낸 것만 다섯 개였다.

"마그리타라면 공주님께 리본을 선물했던 영애죠? 공주님이 많이 걱정되었나 봐요."

릴리는 포근히 웃는 얼굴로 그렇게 말한 뒤 자리를 떠났다.

나는 미묘한 기분으로 제니트의 편지 중 가장 예전 것을 먼저 열어 보았다. 헉! 그런데 왜 봉투를 열자마자 어디선가 향긋한 꽃향기가 나는 거죠? 설마 이거 편지지에서 나는 건가? 킁킁. 향수라도 뿌린 것처럼 엄청 좋은 냄새가 나는데. 그러고 보니 편지 봉투도 그렇고 편지지도 엄청 예쁘고 고급스러워 보이잖아. 크으, 역시 여주인공의 센스란. 게다가 꽃이 그려진 하얀 편지지에는 그녀와 꼭 닮은 우아한 필체의 글씨가 정갈하게 쓰여 있었다.

결례를 무릅쓰고 편지를 보냅니다. 공주님께서 깨어나셨다는 소식을 오늘 오전 전해 들었어요. 이 얼마나 기쁜 일인지요. 공주님의 병세가 염려되어 그간 한시도 마음 편히 있던 적이 없었습니다. 공주님께서 어서 눈을 뜨게 해달라고 매일 밤 얼마나 기도했는지 몰라요.

크흑. 거기까지 읽은 뒤 나는 밀려드는 감동에 잠시 편지를 읽는 것을 멈추고 말았다. 그녀의 편지에서는 나로 인한 걱정과 기쁨이 여실히 느껴지고 있었다. 그러고 보면 제니트는 다과회 날 다른 영애들이 까망이를 보고 달아나기 바쁠 때 유일하게 내 안위를 먼저 챙겨 주었던 사람이었다.

나는 종이 위의 글자를 다시 눈으로 훑기 시작했다.

그날 다과회에 참석했던 다른 영애들도 모두 공주님만 걱정하고 있답니다. 폐하께서 그 자리에 당도하신 직후 저희들은 기사들에게 인도되어 곧바로 그곳을 떠나야 했어요. 그 후 공주님께서 줄곧 의식이 없는 상태였다는 사실은 알피어스 공작님을 졸라 저도 겨우 알게 된 것으로, 다른 영애들은 단지 공주님께서 많이 편찮으시다는 소식만을 귀띔으로 전해 들은 것 같더군요. 그래서 저도 그 사실에 대해서는 누구에게도 말하지 않았습니다.

아, 그렇구나. 릴리에게 들어 다른 영애들이 무사하다는 건 알고 있었는데, 클로드가 오자마자 그녀들을 궁 밖으로 피신시켰던 모양이다. 그리고 내가 혼수상태였다는 것도 극소수의 사람을 제외하고는 비밀이었고. 아니, 그런데 흰둥이 아저씨는 도대체 그 사실을 어떻게 알고 있었던 거야? 크읔. 역시 만만하지 않은 아저씨.

나는 구시렁거리면서 편지를 마저 읽었다. 그 후의 내용은 자신도 간절히 바라고 있으니 어서 나아라, 뭐 그런 말로 채워져 있었다. 그런데 왜 편지를 다섯 개나 보낸 거지?

나는 호기심을 느끼며 제니트의 다른 편지도 하나씩 열어 보기 시작했다.

공주님께서 제 안부를 물으셨다는 이야기를 들었습니다. 어쩜 이렇게 상냥하신 분인지. 저는 다친 곳이 아무 데도 없으니 걱정하지 않으셔도 괜찮아요. 오히려 공주님이 걱정됩니다. 부디 하루 빨리 쾌유하시기를.

p.s. 혹시 결례가 아니라면 앞으로도 종종 지금처럼 공주님께 편지를 보내도 될까요?

망설이다가 세 번째 편지를 적습니다. 공주님의 허락 없이 또다시 편지를 보내는 것을 용서해 주세요. 하지만 공주님께서는 제게 편지를 보내선 안 된다고 하시지도 않았으니 이 정도는 괜찮다고 제멋대로 생각해 버리기로 했어요. 혹시 제가 귀찮으시더라도 부디 너른 마음으로 이해해 주시기를 바라요. 실은 멀리 있는 가족을 제외하고 다른 누군가에게 이런 식으로 편지를 쓰는 것은 처음이라 긴장이 되기도 하고 무척 즐겁기도 해요.

아. 이제키엘이 아를란타에 있을 때 그에게 편지를 썼던 적은 있네요. 하지만 그는 제게 있어 가족이나 마찬가지니까요. 그러고 보니 이제키엘의 편지를 받으셨나요? 그 역시도 공주님을 많이 걱정하고 있어요. 얼마 전 이제키엘의 책상 위에 놓인 봉투를 우연히 보았는데 수신처가 황실이더군요. 그래서 공주님께 보낼 편지라는 사실을 알게 되었어요.

하지만 그 사실을 이제키엘에게는 아는 척하지 않기로 했어요. 왜냐하면 저도 다른 사람들에게는 비밀로 하고 이 편지를 적고 있는 거니까요. 그러니 어떤 의미로 그와 저는 동지라고도 할 수도 있을까요?

나는 제니트의 남은 편지도 흥미진진하게 읽어 나갔다. 아무래도 제니트는 작문에 엄청난 재능이 있는 모양이다. 내게 보낸 편지들이 하나같이 재미있는 것을 보면.

남은 두 편지의 내용도 앞의 것과 비슷했다. 처음에는 날 걱정해서 안부를 물으려 시작된 편지가 왠지 점점 친구한테 보내는 일상 편지 같은 느낌으로 변해 가서 피식 웃음이 나왔다.

그래, 14살이면 한창 그럴 나이인가……. 어헝. 이런 생각하니까 나또 늙은 것 같당. 다른 편지나 열어 봐야지.

앞서 봤던 제니트의 편지가 워낙 임팩트가 강해서 그런지 다른 사람의 편지들 내용은 다 그게 그거 같았다. 이제키엘도 그렇고 백합 소녀도 그렇고 다른 사람들도 그렇고 하나같이 내게 걱정을 표하며 어서 나으라고 말하고 있었으니까.

나는 잠깐 고민하다가 방금 전 읽은 편지들을 들고 소파에서 몸을 일으켰다. 그리고 그것을 창가에 있는 내 책상 위에 내려놓고 나도 그 앞에 자리를 잡았다.

가만 보자. 나한테 편지지가 있던가. 지금까지 공식적으로 다과회 초대장을 보낼 때는 대필을 했기 때문에 내가 직접 편지를 쓸 필요가 없었다. 그래서 나한테 쓸 만한 게 있을지 직접 서랍을 찾아봐야 알 수 있을 것 같았다. 나는 서랍을 활짝 열고 그 안을 좀 뒤적거렸다. 그리고 마침내 편지지라고 불릴 법한 종이를 찾아냈다. 하지만 이리 보고 저리 봐도 나는 그것이 영 마음에 차지 않았다.

제니트뿐만 아니라 다른 영애와 영식들이 보낸 편지에서도 하나같이 놀라운 센스가 엿보이는데 나만 이런 데다 답장을 보내면 속으로 촌스러운 공주라고 생각하는 거 아니야? 크으. 게다가 내가 받은 편지지에서는 이렇게 좋은 향기까지 나는데. 킁킁.

결국 나는 릴리를 불러 평소 초대장을 쓸 때 보냈던 종이들을 모조리 다 가져오게 했다. 그리고 그중에서 가장 예쁜 것을 고른 다음 다시

경건한 마음으로 책상 앞에 앉았다. 내가 선택한 것은 탐스러운 장미가 귀퉁이에 작게 그려진 편지지였다.

어디 보자. 뭐라고 답장을 써야 하나……. 잠깐 펜의 끝 부분을 턱에 대고 고민하던 나는 마침내 마음을 정한 뒤 하얀 종이 위로 손을 움직였다.

친애하는 마그리타 양에게.

본의 아니게 답장이 늦은 것을 사과드려요. 일전에 보내 준 편지들은 모두 소중히 간직하고 있답니다…….

그 후로 나는 제니트와 종종 편지를 주고받았다. 어차피 에메랄드궁에서는 딱히 할 것도 없었기 때문에 이따금씩 도착하는 그녀의 편지를 읽고 답장을 보내는 것은 내 새로운 취미 생활이 되었다.

"공주님, 어쩐지 요즘 좀 야위신 것 같아요."

"어, 그래?"

릴리가 문득 생각났다는 듯이 내게 말했을 때도 나는 향기가 배어 나오는 봉투를 열고 제니트의 편지를 읽고 있었다. 그녀의 말을 듣고 나는 의아하게 고개를 갸웃거렸다. 내가 요즘 살이 빠진 거 같다고? 이상하네. 난 요즘 엄청 편하게 잘 있는데. 매일 놀고먹고 하는데 오히려 살이 쪄야 하는 것 아닌가?

"아무래도 앞으로는 좀 더 신경 써서 식사 준비를 하라고 해야겠네요."

하지만 릴리는 잠시 동안 어쩐지 조금 흐린 표정을 지으며 그렇게 말했다. 아니, 난 이 이상 잘 먹으면 돼지가 될 것 같은데. 으으. 하지만 난 역시 릴리의 저런 표정에 약했다. 그냥 아무 말 말아야지.

"공주님, 정말 오늘도 정원에 가실 거예요?"

"응. 날씨도 좋은데 실내에만 있으면 아깝잖아."

릴리가 왜인지 머뭇거림이 담긴 목소리로 물었으나 나는 잠시 창밖을 바라보다가 웃으며 그렇게 답했다. 그러자 그녀는 또다시 흐린 표정으로 나를 향해 설핏 미소 지어 보인 뒤 다과 준비를 위해 먼저 방을 나섰다.

타악.

나는 제니트의 편지를 탁자 위에 내려놓았다. 이번에는 곧바로 답장을 쓰지 않고 조금 더 고민한 뒤 오늘 저녁이나 내일 쓸 생각이었다. 사실 그녀와 내 편지에는 별다른 내용이 없었다. 그냥 시시콜콜한 일상 이야기를 평범하게 주고받는 것뿐이었으니까. 게다가 우리 둘 다 마음대로 밖에 외출하지 못하는 상황이었기 때문에 제니트는 알피어스 공작저에서, 그리고 나는 에메랄드궁에서 뭘 하며 지냈는지가 편지의 주된 내용이 될 수밖에 없었다.

사실 나는 제니트와 이렇게 오래 편지를 주고받을 생각은 없었는데, 그녀와의 대화는 생각보다 더 편하고 재미있었다. 그러고 보면 실제로 얼굴을 맞댔을 때도 그랬지. 언제 그녀를 경계하고 있었냐는 양 막상 그 눈을 마주하고 나면 내 안에 있는 마음의 방어벽이 스르륵 얇아지는 것을 스스로도 느끼고는 했으니 말이다.

그리고 아마도…… 그때의 내가 제니트에게 매정히 대하지 못했던 이유와 지금의 내가 그녀와 주고받는 편지를 쉽게 끊지 못하는 이유는 조금 다를 것이었다. 정확히 말하자면 그녀를 대하는 내 감정에 변화가 생긴 것 같았다. 그때의 내 감정이 그녀를 향한 연민과 동정심에 가까웠다면, 지금의 내 감정은 아마…….

"할 일이 없으니까 자꾸 잡생각만 많아져."

나는 양손을 들어 뺨을 아프지 않게 찰싹찰싹 내려친 뒤 자리에서 일어났다. 아무튼 그래서 우리는 며칠에 한 번 꼴로 주고받는 편지에 일상 이야기를 공유하고 있었는데, 요즘 제니트가 내게 보내는 편지에는 그녀의 이모에 대한 이야기도 속해 있었다.

여기서 제니트의 이모라 하면, 〈사랑스러운 공주님〉에서 제니트를 제1공주로 만들 요량으로 아타나시아를 죽게 하는 데 일조한 여자였다. 아직 갓난아기였던 제니트를 알피어스 공작가에 맡긴 것도 바로 그녀였지.

물론 제니트는 어디까지나 현재 마그리타의 성을 사용하고 있었기 때문에 그냥 '가족 같은 분'이라는 호칭을 사용했을 뿐이다. 하지만 편지 속에 등장하는 그녀의 이름을 여러 번 접하는 동안 나는 제니트가 말하는 '로자리아 백작 부인'이 그녀의 이모라는 사실을 어렵지 않게 눈치챌 수 있었다.

편지 속의 제니트는 그녀가 곧 제도로 올라올 예정이라고 말하며 기쁨을 감추지 못했다. 하기야 제니트에게 있어서는 어머니 쪽의 유일한 혈육이었으니 그런 그녀를 오랜만에 만난다는 사실이 기쁘지 않을 리 없었다.

하지만 나는 제니트처럼 기뻐할 수 없었다. 당연했다. 오늘 제니트의 편지를 받아 보는 순간, 나는 이 뱀 같은 여자가 도대체 무슨 꿍꿍이를 가지고 제도로 올라온다는 것인지 의심부터 들었기 때문이다. 설마 이제야 슬슬 뭔가 행동 개시를 하려는 건가? 하긴, 소설 속에서도 그녀가 로자리아의 영지를 떠나 제도로 올라온 것이 이맘때쯤인 것 같기는 한데. 다만 이야기 속에서는 제니트가 데뷔탕트를 성공적으로 마쳐 이미 황성에 들어와 있었다는 점이 지금과 다르기는 했다.

어찌 되었거나 그래서 나는 괜스레 머릿속이 복잡하여 다른 때처럼 제니트의 편지를 즐거운 마음으로 읽을 수가 없었다.

"아, 날씨 좋다."

궁 밖으로 나오자마자 나는 슬쩍 손을 들어 눈부신 햇살을 가렸다. 오벨리아는 일 년 내내 봄과 여름만 번갈아 오는 나라였기 때문에 사실 비가 오거나 심하게 덥지만 않은 이상 날씨가 항상 좋기는 했다.

"오셨어요, 공주님."

하얀 장미가 흐드러지게 피어난 정원에 들어서자 여느 때와 같은 풍경이 시야에 들어왔다. 필릭스도 없었고, 어차피 내가 갈 데라고는 에메랄드궁의 내부가 전부였기 때문에 근래 들어 나는 이동할 때마다 혼자서 움직였다. 사람은 적응의 생물이기 때문인지 나도 거기에 금세 익숙해졌고, 이제는 궁인들도 혼자 있는 나를 볼 때면 전처럼 흠칫하지 않고 그냥 그러려니 했다.

"도중에 필요한 게 있으면 불러 주세요."

"고마워, 세스."

내가 웃으며 고맙다고 인사하자 그녀는 아까 전의 릴리와 비슷한 표정을 지으며 자리에서 물러났다. 하지만 아예 정원을 떠난 것은 아니고, 내 눈에 보이지 않는 어딘가에서 대기하고 있을 것이 분명했다.

나는 장미 덤불 사이로 사라지는 세스를 보며 쩝 쓴 입맛을 다셨다. 아이 참. 요즘은 나만 보면 다들 저런 표정이네.

그녀들의 저런 얼굴을 볼 때면 나도 마음이 불편해졌지만 어쩔 수 없었다. 하기야 내가 그녀들이었어도 지금의 나 같은 상황에 처한 여자애를 만났으면 똑같은 반응을 보였을지도 몰랐으니까.

낮은 한숨을 내쉰 뒤 테이블 위를 보자 거기에는 오늘도 내가 좋아하는 디저트가 한가득 준비되어 있었다. 하지만 다른 때보다도 유독 초콜릿에 집중된 디저트들을 보아하니 아무래도 내 기분을 신경 써 준 티가 났다. 크으. 역시 세스 언니는 차가운 도시 여자지만 나한테는 따뜻하다니까.

나는 잠깐 감동의 시간을 갖다가 찻잔을 들어 올렸다. 사실 릴리나 다른 시녀 언니들은 클로드와 늘 함께하던 이 정원에서 내가 혼자만의 다과 시간을 갖는 것이 마음 쓰이는 눈치였다. 하지만 원래 세상은 혼자 사는 법. 전생에서도 혼밥, 혼술이 유행한 이유가 뭐겠어? 피곤하게 다른 사람 신경 쓸 필요도 없고 이게 얼마나 좋은데. 보는 눈 신경 쓸 필요도 없이 이렇게 과자도 와구와구 막 집어 먹을 수 있고 말이야!

게다가 클로드가 없다고 해서 나까지 발길을 끊기에는 정원의 풍취가 너무나도 좋지 않은가? 그런데 클로드 때문에 이런 명당자리를 이용하지 못한다고 하면 그건 완전히 주객전도지! 애초에 여긴 이 황성에서도 유일하게 내 소유인 에메랄드궁이잖아? 그건 기억을 잃고 나한테 유폐 명령을 내린 클로드도 도장 꽝꽝! 찍어서 인정한 사안이다 이거야.

그래서 나는 다른 시녀 언니들의 걱정이 무색하게도 한가로이 주변의 경치를 즐기며 티 테이블 위에 놓인 초콜릿 쿠키를 맨손으로 마구 주워 먹었다. 이것 봐. 이렇게 삼시 세끼 다 챙겨 먹고 간식까지 막 먹어 대고 있는데 내가 살이 빠졌을 리가. 아무래도 릴리가 요즘 내 걱정을 너무 많이 하다 보니 잠깐 착각을 한 모양이었다.

쏴아아.

바람이 불자 잔디 위에 드리워진 나무 그림자가 속절없이 흔들거렸다.

나는 직접 찻주전자를 들어 내 앞에 놓인 찻잔에 액체를 콸콸 들이부었다. 클로드는 이 간단한 것도 자기 손으로 하는 법 없이 늘 시녀 언니들을 시키곤 했지만 나는 그러지 않았다. 애초에 멀쩡한 손발이 있는데 이 간단한 일을 굳이 다른 사람에게 시킬 이유가 어디 있겠습니까? 물론 황족이나 귀족들은 남들 앞에서 신경 써야 할 체면이라는 게 있는 모양이었지만, 흥. 쩌리 공주에게 그딴 건 없다! 게다가 지금은 나 홀로 다과 시간이라 어차피 보는 눈도 없는데 뭐 어때.

그런 생각으로 나는 평소 클로드의 앞에서 보이던 내숭도 다 집어치우고 의자에 불량하게 퍼져 앉아, 테이블 위에 팔꿈치를 올려 머리까지 손 위에 삐딱하게 얹었다. 아, 편하다. 다른 사람 눈 신경 안 쓰고 나 좋을 대로 하니까 이렇게 편한 것을.

귀족들에게는 예법 공부가 필수 소양이라고 했지만 그래도 교본을 보면 영애들한테 요구하는 게 영식들에게 요구하는 것보다 훨씬 더 깐깐한 것 같단 말이지. 그러고 보니 예쁘게 앉아라, 예쁜 말씨를 써라, 항상 바른 몸가짐을 보여라. 이 세계나 저 세계나 여자들한테만 왜 이렇게 바라는 게 많아? 에이, 더러워라. 퉤퉤.

그런 생각을 하자 나는 잠시 심통이 나서 찻잔 속의 액체를 냅다 들이마셨다. 차를 한 잔 다 비우고 나자 입안 가득 은은한 향기가 차올랐다. 내가 지금 마시고 있는 건 리페차였다. 사실 단걸 선호하는 내 입맛에 더 맞는 다른 차도 많이 있었지만 클로드를 따라 마시다 보니 언젠가부터 나도 다과 시간마다 리페차만 마시고 있었다.

나는 텅 빈 찻잔을 다시 테이블 위에 내려놓고 천천히 주위를 훑어보았다. 꽃이 만개한 정원에는 그윽한 향내가 감돌고 있었다. 눈부신 햇살이 연초록의 잎사귀를 한결 더 짙은 빛으로 물들였다. 지금 내가 앉아 있는 자리 위에 그늘을 만들고 있는 풍성한 나뭇잎도, 또 내 발아래로 깔린 풀잎도 저 멀리서부터 날아온 바람에 휩쓸려 사부작 소리를 내고 있었다. 그리고 파릇한 잔디 위에 위치한 작은 티 테이블과 의자 두 개. 테이블 위에 내가 좋아하는 온갖 종류의 쿠키와 케이크 따위가 놓여 있는 것까지 여느 때 보아 오던 풍경과 같았다. 하지만 그 위에 찻잔이 하나라는 것과 내 맞은편 자리가 텅 비어 있다는 점이 이전과 달랐다.

나는 가만히 그 모습을 보다가 다시 찻주전자를 들어 그 안에 있는 액체를 찻잔에 쏟아부었다. 그리고 찻주전자를 원래 있던 자리에 내려놓은 뒤 눈앞에 고인 말간 찻물을 가만히 내려다보다가 이내 충동적으로 손을 움직였다.

달칵.

내 맞은편 자리는 그냥 팔을 뻗어서 닿지 않았기 때문에 나는 자리에서 엉덩이를 떼야만 했다.

잠시 후, 내 찻잔은 맞은편 비어 있는 의자 앞에서 모락모락한 김을 피어 올리고 있었다. 비록 차를 마실 사람은 여전히 그곳에 없었지만 찻잔이라도 놓고 나자 옅은 만족감이 들었다.

나는 자리에 앉아 눈앞의 광경을 또다시 물끄러미 쳐다보다가 잠시 후 시선을 위로 들어 올렸다.

"아, 참새."

그리고 파란 하늘 위로 새가 날아가는 모습을 바라보았다. 실로 조용하고 평온한 다과 시간이었다. 내가 다시금 맞은편에 있던 찻잔을 내 앞으로 가져온 것은 그 내용물이 차갑게 식은 지 한참이 지난 후였다.

"오늘이 폐하의 탄신일이네요."

아침에 내 머리를 빗겨 주던 릴리가 말했다. 나는 하품을 하다 말고 거울에 비친 릴리의 얼굴을 힐끔 쳐다보았다. 하지만 그녀는 오히려 조심스럽게 내 얼굴을 살펴보고 있던 참이었다.

"응. 다들 많이 바쁘겠다."

그러게. 오늘이 클로드 생일이네. 하지만 나는 나와 관계없는 이야기를 들은 것처럼 다만 여상히 반응했다.

"저녁에 가넷궁에서 연회가 열린다고 해요."

가넷궁을 비롯하여 황궁 안이 클로드의 연회 준비로 떠들썩하단 것은 얼마 전 오래간만에 에메랄드궁을 찾은 필릭스에게서도 들은 이야기였다.

원래는 나도 그 연회에 참석할 예정이었지만 그것 역시 클로드가 기억을 잃으면서 없던 계획이 되어버렸다. 14살이 되어 데뷔탕트를 치른 황족이 황제의 탄신일 연회에 불참하는 것은 있을 수 없는 일이라던데…… 뭐, 정작 생일인 사람이 초대를 안 하니 어떻게 하겠어.

"어차피 내가 갈 것도 아닌데 뭐."

"폐하께서는 분명히 금방 완쾌하실 거예요."

릴리가 나를 위로하듯 단언했으나 나는 그런 그녀를 향해 그저 한 번 설핏 웃어 보이고 말았다.

오늘도 창밖에는 해가 쨍쨍했고 파랑이는 새장 속에서 얌전히 모이를 주워 먹고 있었다. 새를 계속 새장 속에만 두면 갑갑할 것 같아서 가끔은 방에 풀어주기도 했지만 그 직후에는 여지없이 파랑이를 다시 새장 속에 넣는 것이 문제였다. 잘 훈련시키면 전서구로 쓸 수도 있다고 했지만 도대체 무슨 수로 파랑이를 훈련시키라는 거지? 으음. 아무래도 나중에 기회가 되면 새에 대해 잘 아는 사람을 궁에 부르든가 해야겠다.

찌르릉.

나는 파랑이가 밥 먹는 모습을 보다가 다소 따분한 손길로 앞에 있던 책을 펼쳐 들었다. 한동안 에메랄드궁에서만 지내야 했기 때문에 클로드가 만들어주었던 내 전용 도서관에도 직접 갈 수 없었다. 그래서 요즘은 시녀 언니들에게 부탁해 책을 가져와 읽고는 했다.

나는 소파에 반쯤 드러누운 상태로 책장을 넘겼다. 내가 읽고 있는 것은 세계 문학 전집이었는데, 사실은 좀 더 흥미진진한 소설책이 보고 싶었지만 시녀 언니들에게 내가 도서관에 숨겨 놓고 읽던 책들을 가져다 달라고 차마 말할 자신이 없어서 참았다.

크흑. 지난번의 굴욕은 루카스와 문지기 아저씨들에게 당한 것만으로도 충분하다구. 아, 그러고 보니 루카스는 잘 지내고 있으려나? 도대체 그 세계수라는 게 어디에 있는 건지는 몰라도 상당히 먼 길을 가야 하는 것 같았는데 말이지. 지금 루카스가 내 꼴을 보면 분명 비웃겠지?

나는 책을 펼쳐 놓고 또다시 이런저런 딴생각을 하다가 문득 손바닥을 위로 가게 펼치고서 읊조렸다.

"돈."

하지만 아무 일도 일어나지 않았다. 나는 슬쩍 눈살을 찌푸렸다. 사실 방에 동전들을 만들어 냈던 날 이후로 나는 제대로 마법을 사용하지 못하고 있었다. 도대체 왜 되다 안 되다 하는 거지? 어떨 때는 상상하는 것만으로도 원하는 일이 쉽게 이루어지다가도, 또 어떨 때는 아무리 용을 써도 마법이 발현되지가 않았다.

"금화!"

휘이잉.

"금덩어리 나와라!"

휘이이잉.

커흡. 역시 마법 쓰는 건 쉬운 게 아니었어……. 미, 미안하다. 루카스. 사실 처음 마법 쓰고 난 이후로 너를 조금 만만하게 봤는데. 나는 다시 팔을 내리고 소파에 널브러졌다.

"공주님, 들어가도 될까요?"

"들어와."

문이 열리고, 한나는 한량처럼 퍼져 있는 나를 보고 한순간 흠칫했다.

"피, 피곤하신가 봐요, 공주님?"

그런데 나를 대하는 태도가 지나치게 조심스러운 게, 왠지 사춘기 조카를 대하는 모습 같기도 하고?

"공주님 드리려고 마들렌을 만들었어요."

"아, 맛있겠다."

한나가 가져온 간식을 보자 급속도로 사그라지던 기운이 되살아났다. 크흡. 역시 금강산도 식후경이지! 역시 어릴 때부터 내 간식 담당이던 한나야.

"그런데 기분 탓인가? 오늘따라 궁이 조용하네?"

"아. 연회 준비 때문에 인력 보충이 필요하다고 해서 저희 궁에서도 몇몇이 차출되어 간 모양이에요."

아하, 그렇군. '우린 가뜩이나 연회 준비하느라 바쁜데 너희는 할 것 없지? 그럼 와서 일이나 도와라!' 뭐 이렇게 된 일인가 보구나.

"그래서 세스도 오늘은 하루 종일 가넷궁에 있을 것 같더라고요."

"그럼 한나, 심심하겠네?"

"아이, 공주님도 그러시기예요? 저 세스랑 안 친하다니까요."

이미 에메랄드궁에 있는 모두가 아는 진실을 부정하면서 한나는 또다시 투덜거렸다. 세스와 한나가 바늘과 실, 혹은 젓가락 한 쌍이나 마찬가지라는 사실은 이미 나도 알고 릴리도 알고 에메랄드궁의 다른 시녀 언니들도 알고 또 그동안 세스가 무참히 박멸했던 벌레들도 아는 사실일 텐데 이제 와서 아닌 척은.

"어쨌든 공주님, 요리사에게도 저녁 식사 때는 특별히 더 신경 쓰라고 했으니까요. 오늘은 저희끼리 즐겁게 보내요. 네?"

그리고 이어지는 한나의 말에 나는 마음이 조금 짠해지고 말았다. 아, 오늘이 클로드 생일인데 내가 혼자서 울적하게 있을까 봐 신경 써주는 거구나. 더군다나 원래 연회에 참석하기로 해놓고 갑자기 이렇게 되어버린 거라서, 더더욱.

"응. 고마워, 한나."

나는 고마움을 담아 한나를 향해 웃어주었다. 물론 이런 따뜻한 분위기 속에서 계속 한량 자세로 있기는 좀 뭐해서 슬쩍 소파에서 몸을 일으킨 뒤였다. 하지만 결론적으로 그날 저녁, 나는 에메랄드궁의 식구들과 함께 단란한 식사 시간을 즐길 수 없게 되었다. 왜냐하면 내가 있는 에메랄드궁으로 갑자기 기사들이 들이닥쳤기 때문이다.

"지금, 지금 뭐라고 했죠?"

나는 내 앞을 가로막고 선 릴리의 뒷모습을 놀란 눈으로 쳐다보았다. 지금 막 에메랄드궁에 갑자기 쳐들어온 기사들은 그녀와 대적하고 선 상태였다. 그들은 곧바로 내가 있는 식당까지 들어와 실로 놀라운 말을 꺼내 들었다.

"지금 당장 아타나시아 공주님을 끌고 오라는 폐하의 명이십니다."

"끌고 오다니! 지금 누구의 앞인 줄 알고 그런 말을······!"

"폐하의 진노를 사고 싶지 않다면 비켜서십시오."

"그럴 수 없습니다! 공주님께는 손 끝 하나 대지 못······ 앗, 공주님!"

릴리가 내 앞을 가로막은 채 비키지 않자 기사들의 우두머리로 보이는 남자가 다른 이들에게 턱짓했다. 그러자 기사들이 기다렸다는 듯 일제히 움직이기 시작했다.

"꺄악! 이거 놓지 못해요?"

"당장 공주님한테서 손 떼요!"

나를 연행해 가는 데 방해가 될 것 같았는지, 기사들은 식당에 있던 릴리와 한나를 포함한 다른 궁인들마저 모조리 포박했다. 그리고 내 팔을 양쪽에서 잡아 강제로 나를 의자에서 일으켜 세웠다.

"공주님!"

아, 이게 도대체 무슨 상황일까? 나는 낮에 한나가 말한 대로 그녀들과 함께 이제 막 즐거운 식사 시간을 보내려던 참이었는데. 지금은 연회장에서 파티가 한창 아니었나? 그런데 왜 클로드가 나를 끌고 오라고 한 거지? 내가 제대로 들은 게 맞는 거야? 나를 데려오라고 한 것도 아니고, 끌고 오라고 했다고? 이렇게 죄인을 호송하듯 강제로 포박해서?

"아, 아타나시아 데이 앨제어 오벨리아 공주님 드십니다."

클로드가 있는 가넷궁의 연회장으로 끌려가는 동안 나는 이 현실감 없는 상황을 여전히 이해하지 못했다.

문 앞을 지키고 있던 시종이 내 입장을 알려야 할지 말아야 할지 모르겠다는 듯이 더듬거리는 목소리로 외쳤다. 하지만 그가 미처 내 이름을 다 읊기도 전에 기사들은 나를 데리고 그대로 문을 통과했다. 연회장의 눈부신 빛에 한순간 눈이 멀 것 같았다. 그러나 이번에도 멈칫할 새조차 없이 나는 양팔을 거칠게 잡아끌려 그대로 붉은 융단 위에 내동댕이쳐지듯 무릎 꿇렸다.

"아타나시아."

그러자마자 머리 위에 나지막한 목소리가 울렸다. 무심한 듯 서늘한 그 음성은 내게도 익숙한 것이었다.

아, 클로드다. 그 안에 온기 한 점 깃들어 있지 않다는 사실을 알면서도 나는 오랜만에 듣는 그의 목소리를 좇아 고개를 들었다. 그리고 곧 얼음장같이 차게 식은 눈동자를 마주했다.

"내 기껏 어울리지 않는 아량을 베풀어, 감히 짐을 우롱했던 계집을 살려 주었거늘."

지독히도 냉혹한 눈빛이 그대로 나를 꿰뚫고 지나갔다. 클로드는 연회장의 가장 상석에 놓인 커다란 의자에 앉아 바닥에 있는 나를 내려다보고 있었다. 손에 턱을 괴고 있는 모습이 언뜻 이 상황을 무료해하는 것 같기도 했지만 나를 향하고 있는 눈동자만큼은 빙해만큼이나 시린 푸른빛을 띠었다.

"하나 오늘 같은 날에도 그 발칙한 이름이 짐의 귀를 더럽히니 내 너를 어찌 해야 할까."

클로드의 입에서 한 마디, 한 마디가 이어질 때마다 연회장 안에는 소름 끼치는 적막감이 더욱 깊숙이 내려앉았다. 그것은 실로 기이한 광경이었다. 연회에 초대된 사람들이 주위에 이렇게 많은데도 내 귀에는 그들이 숨 쉬는 소리 한 번 들려오지 않았다.

"폐하!"

다만 클로드의 옆에 서 있던 필릭스만이 충격 어린 얼굴을 한 채 외칠 뿐이었다.

"폐하께서 도대체 어찌, 어찌 아타나시아 공주님께 이런 황망한 일을……!"

그는 기사들에게 죄인처럼 끌려 들어와 연회장 바닥에 내팽개쳐진 나도, 또한 이 같은 잔인한 명령을 내린 클로드도 더 이상 두고 볼 수 없다는 듯 고통스러운 표정을 짓고 있었다.

"필릭스 로베인."

하지만 곧 소름이 끼치도록 싸늘한 목소리가 필릭스의 말을 가로막았다.

"정녕 반역죄로 죽고 싶으냐?"

그리 길지 않은 삶을 이곳에서 살면서 클로드가 필릭스를 향해 저렇게 섬뜩할 만큼 차가운 목소리로 말하는 모습은 처음 보았다.

"하나같이 저 계집을 공주라 추켜세우며 헛배를 부르게 하니 저 계집도 덩달아 간이 부어 건방을 떠는 것이 아닌가."

또한 클로드가 저렇게까지 온정 없는 눈으로 나를 쳐다보는 것 역시 이번이 처음이었다. 지금 이 연회는 그의 탄신일을 축하하기 위한 것이었으나 클로드는 그 어느 때보다도 심기가 사나워 보였다. 그리고 이유가 나 때문이라는 것은 그리 어렵지 않게 알 수 있었다.

"파드마 백."

"예, 폐하."

"지금 저 앞에 무릎 꿇고 있는 계집을 무엇이라 생각하나?"

클로드는 여전히 살벌하게 내리깔린 목소리로 그의 왼편에 서 있던 남자를 향해 물었다. 그러나 그는 쉬이 대답하지 못했고, 그러자 다시 한번 싸늘한 음성이 연회장을 가로질렀다.

"왜 벙어리가 되었지? 방금 전 그대가 그 입으로 내뱉은 말을 다시 한 번 읊어 보라, 짐이 그리 명하지 않았느냐? 그새 귀라도 먹은 것인가?"

파드마 백이라 불린 남자는 그제야 식은땀을 흘리며 마지못해 입을 열었다.

"폐하께서 직접 인정하신 아타나시아 데이 앨제어 오벨리아 공주마마가 아니신지요."

"틀렸다."

사실 파드마 백이 한 답변은 정론이었다. 적어도 지금까지의 클로드와 나의 관계를 본다면 그랬다. 하지만 그에 이은 대답은 긍정이 아니었다.

"저 계집은 짐의 딸도 공주도 아니다."

클로드는 자신의 탄신일을 축하하기 위해 모인 다른 귀족들 앞에서 내 존재를 부정했다. 그의 입에서 위와 같은 말이 선언처럼 흘러나온 순간, 주위에 있던 사람들이 일제히 동요했다. 낮게 웅성거리는 소리가 파도처럼 연회장 안을 휩쓸고 지나갔다. 혹자는 두 눈을 부릅뜨며 나를 보았고, 혹자는 놀란 듯이 입을 막았으며, 또 다른 누군가는 옆에 있던 사람과 소리 죽여 무어라 귀엣말을 했다.

"하물며 지금껏 단 한 순간도."

그리고 나는 그 속에서 사람들의 구경거리가 되어 점차 온몸에 찬물을 맞은 듯 손끝부터 차게 식어 가는 것을 느끼고 있었다.

"저것은 짐의 딸이었던 적이 없다."

그 순간만큼은, 나는 아타나시아 데이 앨제어 오벨리아였다. 그러니까 〈사랑스러운 공주님〉 속에서의 아타나시아 말이다.

"저 앞에 무릎 꿇려 놓은 것은 한낱 하잘것없고 우매한 죄인일 뿐이니."

나라는 존재는 그의 앞에서 송두리째 파괴되어 먼지처럼 허공으로 훌훌 흩어져 버렸다.

"그러니 짐의 앞에서 두 번 다시 저것을 공주라 부르는 이가 있다면,

그때에는 지위 고하를 막론하고 반역죄를 물어 참수시켜 버리겠다.”

클로드가 나를 딸이 아니라고 한 순간. 또한 그가 단 한 순간도 내가 그의 딸인 적이 없었다고 한 순간.

“하. 아타나시아라니, 그 이름이 가당키나 한가?”

클로드가 내보인 서늘한 비소가 그대로 내 심장을 뚫고 들어왔다. 지금 이 순간만큼은 내가 그에게 그렇듯이, 그 역시도 내게 있어 낯선 사람이었다.

“지난번 그 얼굴을 보았을 때 결심했던 것이 있었지.”

클로드의 눈동자가 다시금 나를 향했다. 나는 그의 차가운 눈빛을 온몸으로 받으며 바닥에 깔린 융단을 지금 이 자리에서 내가 유일하게 매달릴 수 있는 지푸라기라도 되는 것처럼 그러잡았다.

“다음에 또다시 널 보게 되면 그때에는 반드시 죽여 버리겠노라고.”

샹들리에의 흰빛 아래에서 클로드는 마치 피가 흐르지 않는 얼음 조각상처럼 보였다. 불필요한 자비심도 온정도 가지고 있지 않은, 아타나시아를 딸로 인정하지도 그 이름을 단 한 번도 다정히 불러 준 적조차 없는 냉혹한 책 속의 황제.

“하나 오늘은 피를 보고 싶은 기분이 아니니 아쉽게 되었군.”

지금 내 눈앞에 있는 것은 바로 그 클로드였다.

“흥이 식었다. 오늘 연회는 이것으로 파하도록 하지.”

그는 끝까지 나를 향해 비수 같은 날카로운 말과 한기 어린 냉정한 눈빛만을 남긴 채 흥미가 떨어졌다는 듯 자리에서 몸을 일으켰다.

“저 계집을 당장 내 눈앞에서 끌어내라.”

그의 명을 들은 기사들이 다시 내 앞으로 다가오기 시작했다. 하지만 필릭스가 그것을 저지했다.

“안 됩니다, 폐하!”

“필릭스, 내 말이 우습나? 뭣들 하는 것이냐? 당장 저것을 이 연회장에서 치우지 않고.”

“폐하! 차라리 저를 벌하십시오!”

당연한 이야기지만, 필릭스의 말이 클로드의 말보다 우선시 될 리 없었다. 나는 다시 한번 기사들에게 팔을 붙잡혀 자리에서 강제로 일으켜 세워졌다. 가시 같은 클로드의 말을 듣는 동안 깨물고 있던 입술이 아려 왔다. 마침내 나는 입을 열어 내 팔을 아프게 붙들고 있는 기사들을 향해 말했다.

“손을 놓고 물러나라.”

“폐하의 명입니다.”

하지만 오히려 팔을 옥죄는 손길이 더욱 거세질 뿐이었다. 나는 잠시 이를 악물다가 옆에 있는 이들을 힘껏 뿌리치며 목소리를 높였다.

“지금 당장 물러나라고 했다!”

파삭!

바로 그 순간 지난번 제니트와 다른 사람들을 튕겨 냈을 때와 같은 힘이 기사들을 밀쳐 냈다. 하지만 이번에는 그 힘이 미비해서 그들을 두어 걸음 주춤 물러나게 하는 데 그쳤을 뿐이었다. 그럼에도 그들은 저마다 당황한 눈빛으로 자신들의 손과 나를 번갈아 쳐다보았다.

나는 그런 그들을 싸늘한 시선으로 한차례 훑으며 차가운 목소리를 흘려보냈다.

“내 몸에 함부로 손을 대도 좋다고 허락하지 않았다.”

주위에는 방금 전과 비슷하나 약간 다른 적막감이 가득 들어차 있었다. 사람들은 놀라다 못해 기절할 것 같은 얼굴로 사색이 되어서 나와 클로드를 바라보고 있었고, 클로드는 서늘한 얼굴로 한쪽 눈썹을 추켜올린 채 나를 쳐다보고 있었다. 나는 그런 그의 눈을 바라보며 입을 열었다.

“그리 강제하지 않으셔도 제 발로 나갈 것입니다.”

사람들의 한껏 꾸민 옷차림도, 천장의 눈부신 샹들리에도, 하다못해 붉은 융단 옆으로 드러나 보이는 티 한 점 없이 깨끗한 대리석 바닥도. 그 무엇 하나 화려하지 않은 것이 하나도 없는 이 연회장 안에서 오직 나만이 한없이 초라했다. 그러니 떠나는 뒷모습만큼은 그러지 않을 것이다.

나는 어릴 때부터 수백 번이나 연습했던 대로 드레스 자락을 양손으로 들어 올리며 예를 갖추어 천천히 고개를 숙였다. 그리고 내 앞에 있는 클로드에게 그의 딸이 아닌 오벨리아의 공주로서 인사했다.

"이런 경사스러운 날 그에 걸맞은 선물 하나 마땅히 준비해 오지 못한 것을 용서하십시오. 축사조차 원치 않으실 것 같으니 바라시는 대로 소녀는 이만 물러나 보겠습니다."

소름 끼치는 정적 속에서 나는 고개를 들어 클로드의 얼굴을 보았다.

"오벨리아의 태양께 영광과 축복을. 탄신일을 진심으로 축하드립니다, 폐하."

그리고 마지막까지 고요하고 침착한 모습으로 그에게서 뒤돌아섰다. 당장에라도 나를 잡아 죽이라고 명할 것 같던 클로드는 어찌 된 일인지 조용했다. 다만 내 뒷모습을 쳐다보고 있기는 한지 그를 향하고 있는 등이 따가웠다. 드넓은 연회장 안에는 내가 문을 향해 걷는 소리만이 가득 울려 퍼졌다.

끼이익.

나는 끝까지 고개를 숙이지도 움츠러들지도 않고 클로드가 내게 직접 선사한 그 지옥에서 벗어났다.

꽃무늬 장식

연회가 시작된 지 벌써 한참이 지났기 때문인지 복도는 한산했다. 나는 지나가는 사람 한 명 없이 조용한 그 하얀 길을 혼자 걸었다.

또각, 또각. 내가 만드는 발걸음 소리가 음산하게 내 뒤를 쫓아왔다. 처음에는 느린 발걸음이었으나 그 소리에 떠밀리듯 점차적으로 앞으로 내딛는 걸음이 빨라졌다. 그리고 어느 순간부터 나는 거의 뛰다시피 치맛자락을 날리며 복도를 가로지르고 있었다.

타악! 콰당!

그러던 중 발목을 삐끗하는 느낌이 들었다. 잠시 후 무릎과 손바닥에 아릿한 둔통이 스몄다. 정신을 차렸을 때 나는 새하얀 대리석 바닥 위에 넘어져 있었다. 이를 악물고 다시 일어나려 했지만 어째서인지 다리에 힘이 들어가지 않았다. 구두 굽이 바닥에 긁히는 소리만이 따갑게 귀를 울렸다.

그러다 문득 시선이 닿은 곳에는 바닥을 짚은 채 형편없이 덜덜 떨리고 있는 내 손이 있었다. 그제야 나는 내가 사시나무 떨듯 온몸을 벌벌 떨고 있다는 사실을 깨달았다. 연회장을 빠져나올 때까지 주먹을 너무 꽉 쥐고 있던 탓인지 손톱에 짓눌린 손바닥이 아팠다.

방금 전 그곳을 어떻게 빠져나왔는지, 그리고 그 후에 지금 내가 넘어져 있는 이 복도까지는 어떻게 걸어왔는지, 기억이 잘 나지 않았다. 그렇게 많은 사람 앞에 강제로 내던져져 구경거리가 된 것도 처음이었고, 또 그렇게 잘 갈린 날카로운 말을 손쓸 틈조차 없이 머리끝에서부터 무방비하게 뒤집어쓴 것도 처음이었다.

갑자기 덜컥 숨이 막혔다. 무언가가 속에서부터 꾸역꾸역 토해져 나올 것 같아서 나는 떨리는 손을 들어 목을 감쌌다. 도대체 지금 내가 무슨 일을 겪고 나온 것인지 알 수가 없었다.

"……공주님!"

문득 멀지 않은 곳에서 나를 부르는 소리가 들려와 나는 무의식중에 흠칫 몸을 떨고 말았다. 급박한 느낌을 풍기는 발소리가 다가온다 싶더니 곧 지척에서 숨소리 섞인 낮은 음성이 흘러들었다.

"아타나시아 공주님."

나를 공주라 부르면 반역죄를 물리겠다던 클로드의 엄포가 무섭지도 않은 모양이었다. 처음 나를 부르는 목소리를 들었을 때부터 그가 누구인지 알고 있었기 때문에 나는 오히려 그 반대쪽으로 고개를 돌렸다.

이대로 계속 아무것도 들리지 않는 척하면 그냥 가지 않을까? 위에서부터 떨어지는 시선을 느끼며 나는 그렇게 생각했다. 실제로 잠시 후 멀어지는 인기척을 느꼈기 때문에 나는 내 고집이 통한 줄 알았다. 그리고 그렇기 때문에 곧이어 내 발목에 닿아 오는 손길에 움찔 몸을 움츠릴 수밖에 없었다.

"잠시만 실례를 범하겠습니다."

내가 놀란 것을 알았는지 이제키엘이 내 발목을 잡은 손길을 약간 느슨히 했다. 만약 자신의 손길이 불쾌해 거부하고 싶다면 언제든지 내 의지로 그의 손에서 벗어나도 좋다고 말하는 것 같은 몸짓이었다.

나도 모르게 고개를 돌린 탓에 나는 빛과 어둠에 반씩 잠긴 그의 얼굴을 마주할 수 있었다. 오늘이 클로드의 탄신일 연회이기 때문인지 이제키엘은 지난번 데뷔탕트 때 보았던 것처럼 성장한 차림이었다. 하지만 늘 단정하던 그의 머리카락은 급히 뛰어오기라도 한 듯 약간 헝클어져 있었다.

내가 움직임 없이 조용히 그를 쳐다보고만 있자 이제키엘이 다시금 손을 움직였다. 그의 손에 들린 것은 내 구두였다. 지금까지 미처 알아차리지 못하고 있었는데 방금 전 넘어질 때 한쪽 구두가 벗겨졌던 모양이다. 한순간 그의 인기척이 멀어진다고 느꼈던 이유도 아마 이 구두를 가져오기 위해서였던 듯했다.

이제키엘은 조심스러운 손길로 벗겨졌던 구두를 내게 다시 신겨 주었다. 그런데 그 모습을 보는 동안 이상하게도 점점 알 수 없는 기분이 밀려들었다. 어쩌면 그의 손길이 너무 부드러워서 그런 것일 수도 있었다. 방금 전 연회장에서의 일을 모두 보았을 텐데도 나를 향하는 그의 눈빛이나 목소리가 변함없이 너무 정중하고 따뜻해서…… 그래서 이렇게 지금껏 속에 꾹꾹 억눌러 왔던 감정이 제멋대로 울렁거리는 것일지도 몰랐다.

투욱.

바로 그 순간 이제키엘의 어깨가 작게 움찔거렸다. 고개를 들어 내 얼굴을 본 그의 표정이 변하는 것이 느껴졌지만 나는 또 한 번 툭 떨어져 내리는 눈물을 막지 못했다. 이건 다…… 이제키엘이 내게 다정히 대해 준 탓이다.

우습게도 그가 그런 만큼 방금 전까지도 더없이 모질게 나를 상처 입힌 사람이 더욱 선명하게 생각났다. 지난날의 내가 잃어버린 것이 무엇인지, 이제는 너무도 명확하게 알 수 있었다. 하지만 깨닫고 나니 너무나도 우스웠다. 상처라니. 내가 클로드에게 상처를 받았다니. 그가 나를 부정해서. 그가 나를 모질게 대해서. 그래서 이토록 마음이 아프고 눈물이 나다니. 내가 너무 바보 같아서 웃음이 나왔다.

처음에는 그냥 살기 위해 그를 속인 것일 뿐이었는데. 그와 보냈던 시간들도 전부 내 생존을 위한 거짓이었을 뿐이었는데. 그런데 이게 뭐야. 결국은 이렇게 되어버렸잖아. 나는 어느 순간부터 그에게 정을 줘 버리고 말았던 모양이다. 그래서 그가 나를 잊었다는 사실을 믿고 싶지 않았고, 어쩌면 앞으로도 계속 나를 기억해 내지 못할지도 모른다는 사실이 무서웠다. 그래서 그에게 죽을지도 모른다는 사실보다는, 그가 나를 거부하고 더 이상 전처럼 대해 주지 않는다는 사실 자체가 슬펐다.

하지만 나는 그 사실을 인정하고 싶지 않았다. 나는 전부터 혼자라는 사실에 익숙했고, 사는 동안 무언가를 가진 날들보다 무언가를 포기하며 사는 날들이 비교조차 할 수 없을 정도로 훨씬 더 많았다. 아무리 죽을 만큼 갖고 싶은 무언가가 있어도, 내가 그것을 가질 수 있을 확률은 밤하늘의 별을 따는 것만큼이나 적었다. 그러니 아무리 욕심이 나도 욕심내서는 안 되었다. 아무리 간절히 원하고 있어도 그 간절함을 겉으로 티 내서는 안 되었다. 그것이 내가 나를 보호하는 방법이었고, 이 비참함으로부터 나를 지킬 수 있는 방법이었다.

그러니까 이번에도 나는 할 수 있었다. 처음부터 아무것도 가졌던 적이 없는 것처럼, 그 사람이 내게 주었던 애정도 온기도 다정함도 원래부터 내 것이 아니었던 것처럼……. 클로드가 이대로 내 삶에서 사라져도, 나는 아무렇지 않게 잘 지낼 수 있었다.

하지만 문득문득 생각하고 말 때마다 가슴이 못 견디게 아려 오는 것이었다. 그동안 그에게 있어 그 누구보다 가까운 사람은 바로 나였는데. 이제 나는 그에게 세상 그 누구보다도 먼 사람이 되었다. 익숙하다는 것은 결코 아무렇지 않다는 의미가 아니어서, 나는 그 사실을 상기할 때마다 문득문득 외로움을 느끼고는 했다.

아, 그래. 그러니 이쯤 되면 인정하지 않을 수가 없었다. 사실 나는 클로드가 나를 잊었다는 사실을 알았을 때부터 지금까지 단 한 번도 괜찮았던 적이 없었다. 아무리 스스로에게 되뇌고 또 되뇌어도, 사실은 조금도 괜찮지 않았다. 진심이라고는 눈곱만큼도 없는 거짓말을 하면서 한심하게도 스스로를 속이고 있었다.

생전 처음으로 맛본 따스한 온기와 오직 나만을 위해 준비된 다정함에 취해서, 그것이 달콤한 향기를 내는 수렁이라는 사실도 모른 채 발을 담갔다. 그래서 나는 지금 조금씩 그 안에 침몰해 가고 있었다.

하지만 그 달콤함을 몰랐으면 또 몰라, 이미 알게 된 이상 내 스스로의 의지로는 도저히 이 수렁 밖으로 벗어날 수가 없었다. 그래서 사실은 매일매일 죽을 것 같았다. 더군다나 지금의 불행을 초래한 것이 다름 아닌 나라는 사실을 견딜 수가 없었다. 하루하루 내가 너무 원망스러워서 미칠 것 같았다. 그러니 사실 나는 하나도 괜찮지 않았다.

"그렇게 보지 말아요."

그리고 그렇기 때문에 나는 더욱 아무렇지 않아야 했다.

"난 지금 울고 있지 않으니까."

그러지 않으면 도저히 버틸 수가 없었으니까.

"예. 저는 아무것도 보지 못했습니다."

그렇게 너무나도 보잘것없어 하찮기까지 한 내 고집을 이제키엘은 비웃지 않았다. 그는 내게서 다시 시선을 돌리고 내 뺨을 타고 흐르던 눈물이 완전히 멈출 때까지 그저 묵묵히 옆을 지켜 주었다. 멀리서 보이는 하얀 불빛이 시야에 물안개처럼 이지러졌다. 비 내리는 한밤의 풍경처럼, 혹은 물에 번진 수채화처럼 눈에 비치는 모든 것이 꿈결같이 뿌옇게 뭉그러지기 시작했다. 그 때문인지 마치 지금 내가 있는 곳이 어항 속이라도 된 것 같았다.

아. 이대로 눈에 보이는 모든 것이 전부 다 물거품이 되어 사라졌으면 좋겠다. 나는 아가미가 없어 숨을 못 쉬는 금붕어가 된 것 같은 갑갑한 기분으로 눈을 감았다.

그날 밤은 정말이지 너무도 길어서 어쩌면 이대로 영원히 끝나지 않을 것처럼 느껴졌다.

제10.5장
연회 이후

"이제키엘!"

알피어스 공작은 비로소 눈앞에 모습을 드러낸 아들을 향해 기함하며 달려갔다. 오늘 있던 황제의 탄신 축하 연회는 엄청난 후폭풍을 남긴 채로 일찌감치 파해졌다. 그런데 그 논란의 중심거리가 된 아타나시아 공주를 따라 자리를 비운 이제키엘이 한동안 감감무소식이었으니, 그가 좌불안석으로 있을 만도 했다.

"너마저 화를 입으면 어쩌려고 그 자리에서 공주의 뒤를 쫓은 것이냐?"

알피어스 공작은 이제키엘을 꾸중했다. 대관절 무슨 이유인지는 모르나 아타나시아 공주가 황제 클로드의 노여움을 사 총애를 잃었다는 것만큼은 명확한 듯 보였다. 아니, 총애를 완전히 잃었다는 것은 아직까지 섣부른 판단일지도 모른다.

알피어스 공작은 처음 연회장에 끌려 들어올 때와는 달리 제 발로 당당히 문을 나선 공주의 모습을 떠올리며 끄응 신음했다. 아타나시아 공주가 기사들을 뿌리치는 모습을 보았으면서도 그대로 자리를 떠나게 허락한 것을 보면 확실히 아직 황제의 마음이 완전히 돌아서지 않은 것 같기도 하고……

"일단 마차에 오르자꾸나."

하지만 어찌 되었든, 황제 클로드가 아타나시아 공주를 자신의 딸이 아니라고 공표하고 나선 이상 이제키엘이 그녀와 함께 있는 모습을 보이는 것은 위험했다. 그래서 로저 알피어스는 달리는 마차 안에서 이제부터는 아타나시아 공주와 거리를 두라는 말을 이제키엘에게 한참 동안 늘어놓았다.

총명한 아들이라면 이리 장황히 말할 필요도 없이 벌써부터 아버지인 그의 뜻을 짐작하고도 남을 것이나, 어찌 된 일인지 이제키엘은 아타나시아 공주에 관한 일에서만큼은 이따금 불명확한 태도를 내비칠 때가 있었다.

"아버지."

마침내 이제키엘이 로저 알피어스를 향해 입을 열었다.

"아버지께서는 제게 늘 이성적으로 행동하라 말씀하셨지요."

"그래."

"지금껏 제가 아버지의 기대에 부응하는 아들이었는지는 잘 모르겠으나, 저 스스로는 그 가르침을 오늘까지 제법 잘 따라 왔다고 생각했습니다."

물론이었다. 이제키엘은 지금까지 단 한 번도 로저 알피어스를 실망시킨 적이 없는 자랑스러운 아들이었다.

"하지만 오늘 저는……."

그런데 이제키엘은 알피어스 공작이 미처 예상치 못했던 말을 꺼냈다.

"생전 처음으로 그 모든 것이 부질없다고 생각했습니다."

"아니, 그게 무슨 말이냐?"

로저 알피어스는 지금 자신의 아들이 무슨 말을 하는 것인지 이해할 수가 없었다. 하지만 이어지는 나직한 목소리에 그는 허를 찔린 기분으로 두 눈을 크게 뜨고 말했다.

"아버지, 제게는 그분의 눈물을 다시 볼 용기가 없습니다."

그 말을 하는 이제키엘은 흔들림 하나 없는 눈동자로 아버지인 알피어스 공작을 마주하고 있었다.

"또한 그분을 울게 만든 사람을 용서할 자신 역시 없습니다."

이처럼 믿기 어려운 말을 하고 있는 그의 목소리 역시 마찬가지였다. 그래서 로저 알피어스는 잠시 그만 할 말을 잃은 채 그만 그답지 않게 버벅거리고 말았다.

"이제키엘, 너……."

이제키엘이 말한 '그분'이란 아타나시아 공주를 말하는 것이 분명했다. 그 사실을 깨닫는 순간 로저 알피어스의 눈동자에 충격이 어렸다.

창을 통해 마차 안으로 새어 든 불빛이 이제키엘과 로저 알피어스의 옆얼굴을 금색으로 물들였다. 알피어스 공작은 그 불빛이 녹아든 눈동자가 그 어느 때보다도 곧게 자신을 향하고 있는 모습을 보고 이미 그 어떤 말로도 아들을 설득할 수 없을 것임을 알았다.

"설마 진심인 것이냐?"

소리 죽인 물음에 이제키엘은 대답하지 않았다. 하지만 기실 그것은 무언의 긍정이었다. 마차 안에는 잠시 아무런 대화도 오가지 않았다.

잠시 후 로저 알피어스는 신음인지 한숨인지 모를 속 깊은 울림을 목 밖으로 토해 낸 뒤, 마침내 이제키엘을 향해 말했다.

"너도 알다시피 오늘 일에 관여한 것은 내가 아니다."

"알고 있습니다."

하지만 이제키엘은 거기에서 말을 멈추지 않았다.

"하나 앞으로의 일은 그렇지 않을 수도 있지요."

바로 그 순간 로저 알피어스의 눈썹이 꿈틀거리며 비대칭을 그렸다.

아들의 뜻이 무엇인지 알 듯하면서도 그간의 믿음이 있기 때문인지 설마 하는 생각이 발목을 붙잡은 탓이었다. 그리고 그렇기 때문에 잇따라 이제키엘이 내뱉은 말은 그에게 있어 더더욱 충격적일 수밖에 없었다.

"만약 아버지께서 준비 중이신 일이 그분께 누가 되는 일이라면, 저는 그것을 가만히 지켜보기만 할 수 없을 것 같습니다."

"그것이 너의 뜻이냐?"

"죄송합니다, 아버지."

로저 알피어스는 또다시 말문이 막혀 맞은편에 앉은 아들의 얼굴을 한참이나 아연히 바라보았다.

"허……."

문득 기가 찬 헛웃음이 입술을 비집고 새어 나왔다. 부모 뜻대로 안 되는 게 자식 일이라더니, 설마하니 다른 사람도 아니고 이제키엘이 이럴 줄은 몰랐다.

"나중에 다시 이야기하자."

결국 로저 알피어스는 급격히 밀려오는 피로감에 손으로 한차례 얼굴을 쓸어내리며 그렇게 말했다. 어차피 그는 제니트와 아타나시아 공주 중 아직 어느 한쪽의 손을 완전히 잡은 것이 아니었기 때문에 어느 쪽을 선택한다 한들 크게 다를 것도 없었지만 오늘 연회 때 본 바에 의하면 아타나시아 공주의 상황이 썩 좋지 못했다. 하지만 그 모든 것을 다 떠나서 하나뿐인 아들이 처음으로 그의 앞에서 온전한 제 의견을 내세운 것이 아니던가.

알피어스 공작은 미간을 좁힌 채 저택에 도착하기까지 무언가를 깊이 생각했다. 하지만 기나긴 하루는 아직 끝난 것이 아니었다. 두 사람은 저택에 들어서자마자 눈물 바람이 된 제니트를 마주해야만 했다.

"방금 서신을 받았는데 이모님이, 이모님이……!"

심상치 않은 그 모습에 로저 알피어스는 제니트의 손에 들려 있던 구겨진 종이를 급히 낚아챘다. 그의 얼굴이 곧이어 딱딱하게 굳어졌다.

⚜

"은쟁반이 좋을까요, 화분 받침이 좋을까요?"

옆에서 들려온 물음에 릴리안은 의아하게 고개를 돌렸다. 그곳에는 걸레로 계단 난간을 닦다 말고 무언가 깊은 생각에 잠겨 있는 세스가 있었다.

"걸레 자루도 괜찮을 것 같은데."

"그게 무슨 말이니?"

그런데 난간을 문지르는 그녀의 손길이나 허공을 향해 있는 눈빛이 어딘가 매서웠다. 그에 릴리안이 눈살을 찌푸리며 묻자 세스의 고개가 옆으로 돌려졌다. 그녀는 릴리안을 마주하며 말했다.

"충격요법이 효과가 있다고 하던데 폐하의 머리를 한두 대 세게 때리면 어떨까 해서요."

"세스, 불경죄로 하옥되고 싶은가 보구나?"

누군가 듣기라도 한다면 황제 능멸죄를 물어 지하 감옥에 갇히고도 남을 발언이었다. 하지만 그 마음을 모르는 것도 아닌 데다 또 세스가 다른 데서 경솔히 입을 놀릴 사람도 아니란 사실을 알았기 때문에 릴리안은 그저 한숨을 푹 내쉰 뒤 다시 화병 속의 꽃을 정리했다.

"하지만 이대로라면 폐하의 상태가 언제 나아질지 알 수가 없잖아요."

게다가 릴리안의 마음도 세스와 별반 다르지 않았다.

그녀는 바로 며칠 전 있었던 일을 떠올리며 지그시 입술을 깨물었다. 황제의 탄신일 날 연회장에 갔던 아타나시아 공주가 어디 한 군데 다친 곳 없이 무사히 돌아온 것은 천만다행이었으나, 그렇다 한들 그날 있었던 일을 쉽게 잊을 수 있을 리 없었다.

어떻게, 어떻게 공주님을 그런 식으로 끌고 갈 수 있지? 평소의 우아하고 온화하던 모습으로는 상상조차 할 수 없었지만, 그날의 일을 떠올리는 동안 릴리안은 자신도 모르는 새 뿌득 이를 갈고 말았다. 그날, 기사들의 손에 붙들려 강제로 끌려갔던 아타나시아 공주의 뒷모습이 자꾸만 눈에 어른거렸다.

게다가 그 후로도 다른 궁인들과 함께 마음 졸이며 그녀가 무사히 돌아오기만을 기도할 수밖에 없던 자신의 무력한 모습 또한. 릴리안도 처음에는 아타나시아 공주가 몸 성히 돌아온 것을 그저 기쁘게 여겼으나…… 나중에 연회장에서 있었던 일을 세스에게 전해 듣게 되었을 때는 그야말로 하늘이 와르르 무너져 내리는 기분을 느껴야만 했다.

그날 저녁 붉어진 눈가를 숨기지도 못하고 에메랄드궁에 돌아와 오히려 의연한 모습으로 놀란 궁인들을 다독였던 아타나시아 공주를 생각하니 더욱 그랬다. 아, 도대체 어떤 마음으로 그러셨을까. 단 하나뿐인 가족이 자신을 잊었다는 사실만으로도 크나큰 충격일 텐데 더군다나 그런 끔찍한 일을 겪기까지 했으니. 아마 겉으로 드러내지는 않아도 그 속이 말이 아닐 것이었다.

아타나시아 공주는 아니라고 우겼지만 날이 갈수록 그녀의 얼굴이 수척해지는 것도, 또 밤마다 뒤척이며 잠을 제대로 이루지 못하는 것도 무엇 때문이겠는가? 그런데 거기에 더해 이런 참담한 일까지 생기다니.

가넷궁의 연회장 안에서 손님들을 맞을 궁인으로 차출되어 직접 그 사건을 지켜봤던 세스는 그 일을 전하는 동안 분개하여 눈시울을 붉힐 정도였다. 한나는 이미 그 말을 듣기 시작할 때부터 대성통곡을 했고, 릴리안도 그날 이후부터 오늘까지 제대로 밤잠을 이루지 못한 것은 당연했다.

"검은 탑의 마법사님이 폐하를 낫게 할 수 있지 않을까요?"

"일단 폐하께서 스스로의 용태를 인정하지 않으시니……."

얼마 전 나타난 검은 탑의 마법사라면 황제의 병세를 완화시킬 방법을 알지도 몰랐지만 정작 그 당사자부터가 자신의 상황을 개선할 의사가 없으니 어쩔 수 없었다.

"하아. 걱정이구나."

"저도요. 아, 가엾은 아타나시아 공주님. 정말 이 일을 어쩌면 좋아요?"

하지만 릴리안은 아타나시아 공주는 물론이거니와 황제 클로드도 걱정이 되었다. 이미 아타나시아 공주는 씻을 수 없는 상처를 받게 되었으니, 차후 기억이 돌아온다면 이 일은 클로드에게도 비수가 되어 꽂힐 것이 분명했다.

더 이상 그들 모두에게 상처로 남을 일은 없었으면 좋겠는데. 그래도 탄신일 이후 폐하께서 더 이상 공주님을 찾지 않으시니 다행인 걸까. 분명 연회 때의 일로 또다시 공주님께 경을 치리라고 생각했는데.

"오늘은 공주님께서 좋아하시는 초콜릿 케이크를 만들어야겠구나."

"저도 도울게요."

릴리안은 그렇게 생각하며 한숨을 푹 내쉬었다. 하여간 근래 들어 걱정이 마를 날이 없었다.

제11장
안녕, 아빠

"공주님, 오늘은 책을 읽지 않으세요?"

릴리가 오늘도 소파에 퍼져 있는 나를 향해 조심스러운 목소리로 물었다.

"별로 재미없어서."

나는 오전부터 내내 지금 있는 자리에 누워서 천장을 타고 움직이는 햇빛을 관찰하고 있었다. 아니, 아니다. 이걸 관찰이라 하기에는 무리가 있지. 그냥 아무 생각 없이 쳐다보고 있는 것뿐이니까 관찰이 아니라…… 그럼 뭐라고 해야 하지. 적절한 단어가 생각이 안 난다. 요즘 하는 일 없이 멍하게 있는 게 취미라 그런가 보다.

나는 잠깐 지금 내가 하고 있는 일의 올바른 명칭을 찾다가 금방 귀찮아져서 생각을 멈추고 다시금 멍하니 천장을 바라보았다. 나는 아무 생각이 없다. 왜냐하면 아무 생각이 없기 때문이다…….

"벌써 오후 세 시인데. 간식을 가져다드릴까요?"

"아니야."

하지만 요즘 들어 늘 그렇듯 오늘도 아무것도 먹고 싶지 않았기 때문에 나는 짤막하게 대꾸했다. 릴리와 한나, 또 세스는 내가 간식을 거부한다는 데 엄청난 충격을 받은 것 같았지만 원래 이런 날도 있고 저런 날도 있는 거지, 뭐.

사실은 그들이 나 때문에 며칠 내내 계속 안절부절못한다는 걸 알고 있었다. 그렇기 때문에 그런 그들에게는 충분히 미안한 일이었지만, 나는 내 일거수일투족에 다른 사람들이 신경을 쓰고 나 역시도 거기에 어떤 반응을 보여야 한다는 것이 굉장히 머리 아프게 느껴졌다. 그래서 나는 그들이 나를 걱정하는 걸 알면서도 매일매일 이렇게 하는 일 없이 시간만 때우기 일쑤였다.

어찌 된 일인지 그 후 제니트로부터도 편지가 끊겨서 나는 말 그대로의 고립된 생활을 하고 있었다. 하지만 사실은 이거야말로 클로드가 바라던 것처럼 쩌리 공주에 걸맞은 생활이 아니겠는가?

그러나 릴리는 포기하지 않았다.

"그럼 산책이라도 하시겠어요? 햇볕이 아주 좋아요."

"귀찮은데……."

"안 돼요. 이럴 때일수록 움직이셔야죠. 혼자 있고 싶으신 거면 뒤쫓아 가지 않을게요. 네?"

역시 릴리는 강력했다. 며칠 내내 소파와 침대를 떠나지 않던 나를 일어나게 하다니! 아무리 요즘 모든 의욕을 잃은 나라고 해도 릴리의 간절한 눈빛을 완전히 무시할 수는 없었다. 결국 나는 그녀의 부탁에 못 이겨 떠밀리듯 방을 나서고 말았다.

"공주님!"

"산책 가시는 건가요?"

처음부터 이럴 계획이었는지 세스와 한나는 문 앞에서 서성이다가 내가 밖으로 나가자마자 이쪽으로 홱 고개를 돌렸다. 그리고 나를 향해 초롱초롱 눈동자를 빛냈다.

"정말 잘 생각하셨어요."

"그래요. 오늘 날이 얼마나 좋은지 몰라요."

그녀들은 내가 드디어 방 밖으로 나왔다는 사실이 아주 기쁜 눈치였다. 아앗. 저렇게까지 좋아하는 걸 보니까 뭔가 그동안 내가 몹쓸 짓을 하고 있던 것 같잖아.

"다녀올게."

나는 약간 뻘쭘한 기분으로 세 사람, 그리고 복도를 걷는 동안 만난 다른 시녀 언니들에게까지 격한 환영을 받으며 건물을 나섰다.

밖에 나가자마자 눈부신 햇빛이 머리 위로 내리비쳤다. 아, 눈부셔. 그러고 보니 이렇게 직접적으로 해를 쬐는 건 오랜만인 것 같네. 어쨌든 기껏 바깥에 나온 김에 주변을 좀 어슬렁거리다 들어가는 게 좋을 것 같았기 때문에 나는 잠시 멈추어 있던 자리에서 발길을 뗐다.

그런데 설마 위에서 날 지켜보고 있는 건 아니겠지? 문득 든 생각에 나는 의심의 눈초리로 홱 고개를 들었다. 하지만 햇빛에 반사된 창은 그 내부를 투영시켜 보이지 않았다. 그래서 결국 나는 눈동자를 가늘게 좁힌 채 다시 고개를 내리고 말았다.

에메랄드궁에만 틀어박혀 있게 되면서부터는 딱히 갈 곳도 없었기 때문에 얼마 전부터 내 옷차림은 한결 간소화되었다. 그래서인지 이렇게 산책 삼아 걷는 것도 예전보다 더 편해졌다.

나는 릴리가 바라던 대로 주변에 있는 나무도 보고 풀잎도 보고 하늘도 보고 하면서 천천히 궁의 주변을 거닐었다.

그러다가 이내 하얀 장미꽃이 만발한 화원에 발을 들이게 되었다. 장미 화원은 클로드와 내가 함께 다과 시간을 갖던 정원보다 훨씬 더 탐스러운 하얀 장미들로 가득했다. 이곳은 일전에 내가 지나가는 말로 장미가 예쁘다고 했다가 클로드가 어느 날인가 덜컥 만들어주었던 바로 그 화원 중 하나였다.

나는 꽃들을 감상하기 좋게 화원의 한가운데에 외길로 난 통로를 걸었다. 그러다가 옆으로 손을 뻗자 곧 손가락 끝에 만개한 꽃송이와 반질한 초록 잎사귀가 닿아 왔다. 나는 손안에 스치는 감촉을 느끼며 발길을 느리게 앞으로 내디뎠다. 그리고 문득 손에 걸리는 장미를 더듬거리다가 그 줄기를 잡은 손끝에 힘을 주었다.

뚜둑.

고개를 내리자 내 손에 꺾인 장미가 햇빛을 받아 한결 더 새하얗게 물들어 있는 것이 보였다. 나는 잠시 가만히 있다가 이내 바닥에 그것을 투욱 떨어뜨렸다. 그리고 또 외길을 따라 걷다가 다른 장미도 꺾어버렸다. 이유를 알 수 없게도, 정원 가득 티 한 점 없이 새하얗게 피어있는 장미를 보자 그것을 눈앞에서 치우고 싶은 욕구가 생겼다.

뒤를 돌아보자, 내가 꺾어서 버린 흰 장미들이 헨젤과 그레텔에 나오는 빛나는 돌처럼 풀잎 위에 얼기설기 놓여 하얀빛을 발하고 있었다. 나는 그 광경을 잠시 가만히 서서 바라보다가 이윽고 다시금 앞을 향해 몸을 돌렸다. 그리고 고개를 들었을 때, 그곳에는 나와 마찬가지로 아무 말 없이 서서 고요한 시선만을 보내고 있는 남자가 있었다.

쏴아아.

때마침 바람이 불어와 그의 금색 머리카락을 흩날렸다. 주위에 있는 장미와 풀잎도, 내 치맛자락도 그 바람에 쓸려 한차례 크게 흔들거렸다. 클로드와 나는 그 상태로 잠시 가만히 서로를 바라보고 있었다.

그의 등장이 미처 예기치 못한 것이었는데도 나는 어째서인지 저 멀리 서 있는 그를 보고 그리 놀라지 않았다. 어쩌면 조만간 한 번쯤은 그가 나를 찾아올 것이라고 어렴풋이 생각하고 있었던 탓일지도 몰랐다.

클로드는 지난날 연회장에서 보았을 때처럼 나를 향해 노골적인 적대감을 표출하고 있지는 않았다. 나무 그림자를 삼킨 것처럼 짙은 녹색으로 물든 보석안이 먼발치에서 나를 꿰뚫었다.

침묵은 한없이 길게 느껴지기도, 오히려 그 반대로 한없이 짧게 느껴지기도 했다. 클로드는 그저 아무 감정도 담기지 않은 듯한 무정한 눈동자로 나를 바라보고 있었는데, 잠시 후 그가 제자리에 멈추어 있던 걸음을 떼기 시작했을 때, 나는 장미를 들고 있던 손을 무의식중에 움찔 떨고 말았다.

쏴아아.

일단 그가 마음먹고 나자 순식간에 거리가 좁혀졌다. 잠시 후 나는 클로드가 만들어내는 그림자 안에서 마주한 얼굴을 올려다보았다. 가까이에서 본 그는 어째서인지 한동안 잠을 이루지 못하거나 며칠간 심하게 앓았던 사람처럼 낯빛이 좋지 않았다.

마침내 나를 앞에 둔 채로 클로드가 느리게 입을 열었다.

"역시 살려 두는 것이 아니었다."

그의 말은 이제는 놀랍지도 않았다. 하지만 기분 탓인지 그렇게 속삭이는 그의 목소리는 이제까지 나를 협박했을 때와 조금 다르게 느껴졌다. 시리게 가라앉은 음성이 계속해서 나를 스쳐 지나갔다.

"처음 봤을 때 진작 내 눈앞에서 치워 버렸다면 오늘까지도 그 얼굴이 이토록 질기게 기억에 남아 마음에 걸리는 일도 없었을 텐데."

그가 거기까지 말을 마쳤을 때, 내가 보고 있던 그의 눈동자가 약간 색을 달리했다. 지금까지 무심함이 깊게 새겨져 있던 눈동자에 스산한 한기가 어렸다. 그 상태로 클로드는 나를 향해 손을 뻗었다.

파지직! 콰쾅!

무형의 무언가가 서로와 만나 강력히 부딪치는 소리가 고막을 찌른 것은 바로 그때였다. 무언가가 부서져 나가는 소리와 함께 한차례 시야에 예리한 빛이 번쩍였다. 그 알 수 없는 힘에 떠밀려 주위에 흐드러지게 피어 있던 장미들도 우수수 몸을 흔들었다.

나는 휘날리는 머리카락 틈으로 시리게 빛나는 눈동자를 마주했다.

"웃기는군. 그 보호 마법에 담긴 것은 분명 내 마력인데."

그가 재미없는 농담을 들은 사람처럼 건조하게 읊조렸기 때문에 나는 방금 전 그가 한 일이 무엇인지 깨달을 수 있었다.

"대관절 무슨 조화인지 모르겠으나 마력은 거짓말을 하지 않으니 어쨌든 그 몸에 겹겹이 보호 마법을 건 것은 내가 맞다는 의미겠지."

내 몸을 감싼 힘에 튕겨 나간 그의 손은 그사이 날카로운 칼날에 베이기라도 한 듯 가느다란 상흔을 그리고 있었다.

"한데 그것을 파괴하는 것도 나라니."

그가 다시 한번 나를 향해 손을 뻗었다.

쿠우웅! 파직! 챙그랑!

"촌극도 이런 촌극이 없구나."

쏴아아.

눈앞에 하얀 장미 꽃잎이 흩날렸다. 그윽한 향기가 코끝을 간질이는 가운데, 나는 또 한 번 허공을 가로지르는 거센 파공음을 들었다. 지금의 클로드는 정말 나를 죽이려고 하고 있었다. 기억을 잃은 직후부터 지금까지 그래 왔듯 단순히 나를 겁주고 협박하는 것이 아니라 정말 진심으로. 지금 이 순간에도 그의 손에 깨져 나가고 있는 보호 마법이 그 사실을 내게 직접 상기시켜 주고 있었다.

"그 얼굴. 그 표정."

그 순간, 클로드가 나를 내려다보며 얼굴을 일그러뜨렸다.

"거슬린다."

파사삭! 콰앙!

"그렇다면 없애 버리면 그만이야."

그것은 나에게 하는 말인지 스스로에게 하는 말인지 알 수가 없었다.

하지만 사실 지금의 상황에서 그런 것은 하나도 중요하지 않았다.

콰직! 챙그랑!

나도 모르는 새 클로드가 내 몸에 겹겹이 새겨 놨다 하는 보호 마법이 하나둘씩 순차적으로 깨져 나갔다. 그와 동시에 지난 세월 동안 스스로도 모르는 사이 내가 내 안에 차곡차곡 소중히 쌓아 가던 것들도 하나씩 부서져 나가기 시작했다.

쿠웅! 파사삭!

고막을 찢을 듯이 울리는 날카로운 굉음이 우리 두 사람을 공중에 날려 버릴 것처럼 거센 바람을 만들어 냈다. 조금씩 내게 가까워질수록 클로드의 손은 상처투성이가 되어 붉은 핏방울을 허공에 날리고 있었다. 하지만 그는 잠시도 주저하지 않았다. 마치 오늘에야말로 진정한 끝을 보겠다는 듯이.

"하찮은 그 목숨."

사실은 이런 장면을 몇 번이고 상상했던 적이 있었다.

"내 친히 끊어주마."

언젠가 클로드가 나를 죽이지 않을까 생각했던 오래전의 그때. 하지만 언젠가부터는 그러한 두려움마저 희미해져 그를 만나는 일은 내게 있어 더 이상 공포가 아니었다.

파사삭! 챙!

정원에서 한가로운 시간을 보내며 그와 함께 차를 마시고, 화원에 흐드러지게 핀 꽃을 한 아름 꺾어다가 그 품에 직접 안겨 주기도 하면서.

쿠쿵! 콰지직!

사실 어느 순간부터 나는 그를 내 가족이라 여기고 있었다. 한 번도 진짜 가족을 가져 본 적도 없으면서, 그래서 그게 뭔지도 잘 모르면서 주제넘게도 가끔씩은 어쩌면 이런 게 진짜 아빠와 딸의 모습이 아닐까 하는 생각도 했다.

파직! 챙그랑!

처음에 나는 그를 두려워하며 경계했고 그는 나를 잠시 동안의 여흥 거리 정도로만 여겼었지만, 어느 순간부터는 더 이상 그런 마음이 그와 내 안의 큰 부분을 차지하고 있지 않다는 사실을 알았다. 그러니까 아마도 나는 지금 내 눈앞에 있는 사람과 함께 있는 동안 사실은 내 생각보다도 훨씬 많이 행복했었나 보다.

"네가 사라지고 나면."

그러니까 '어떻게 이 사람이 나한테 이럴 수 있지?' 같은 그런 원망 따위, 할 수 있을 리가 없었다. 왜냐하면…….

"이런 까닭 모를 답답함도."

이렇게 된 건 전부 나 때문이었으니까.

"그 얼굴을 생각할 때마다 계속해서 가슴 한구석을 찜찜하게 짓누르는 이 불쾌한 느낌도 사라지겠지."

내가 루카스의 경고대로 까망이와 충분한 거리를 두지 않아서, 또 내몸에 있는 마력 하나 바보같이 뜻대로 제어하지 못해서. 그래서 당신이 그런 바보 같은 나를 구하려다 이렇게 된 것이었으니까. 그러니 나는, 어쩌면 지금 벌을 받고 있는 건지도 몰라. 그래, 알고 있어. 알고 있지만…….

"그러니 죽어라."

그래도 내 아빠가 아닌 당신을 보는 게 생각보다 더 아파. 지금도 이런 당신을 향해 소리 내서 말 한 마디 하지 못할 정도로 속이 너무 아려서 죽을 것 같아.

"지금 내 손에."

파삭! 챙그랑!

또 한 번의 파공음이 흩날리는 장미꽃잎 사이를 파고들었다. 이제 클로드의 손은 내 목에 거의 닿아 있었고, 거의 넝마가 되어 있는 그의 손에서는 새빨간 선혈이 쉴 새 없이 떨어져 내리고 있었다. 그리고 그것은 내 손 역시 마찬가지였다. 꺾어 든 장미를 든 손은 가시투성이 줄기에 찔리고 긁혀, 어느덧 흘러내린 붉은 핏방울이 그 밑에 있는 풀잎을 적셨다.

내 몸을 감싸고 있던 보호 마법은 이제 거의 사라져 있었다. 아마도 이대로 한두 개쯤 더 파괴되고 나면 클로드는 원하는 대로 나를 죽일 수 있을 것이다.

하지만…….

나는 힘의 소용돌이 속에서 여전히 변함없는 무정한 눈동자로 나를 내려다보고 있는 그를 바라보다가 곧 입술을 깨물었다.

콰지직!

하지만 나는 이렇게 죽고 싶지 않아.

파삭!

적어도 당신에게만큼은.

쨍그랑!

지금 당신의 손에서만큼은 절대로 죽을 수 없어……!

화아악!

바로 그 순간이었다.

눈앞에서 흰 눈송이처럼 흩날리던 장미꽃잎이 회오리바람에 휘말리듯 일제히 허공으로 솟구쳤다. 눈앞에는 이 세상의 모든 새벽을 모조리 그러모아 놓은 듯한 새하얀 빛이 주위를 온통 집어삼킬 것처럼 만발하기 시작했다. 내 목에 막 닿았던 클로드의 손이 그대로 멈추었다.

사라락.

나는 가까이에 있는 그의 얼굴이 점차 무언가에 놀란 듯 차갑게 굳어 가는 것을 볼 수 있었다. 주위에 한가득 피어나 있던 장미꽃송이들이 다시 한번 일제히 몸을 흔들기 시작했다. 눈앞에는 이미 하얀 폭풍

우가 부상하고 있었다. 하지만 그 속에는 꽃잎도 빛도 아닌 새하얀 무언가가 뒤섞여 있었다.

먹먹한 소음이 귀를 먹게 했다. 소란스러운 침묵. 혹은 고요한 비명. 클로드가 입을 열어 무어라 말했으나 내 귀에는 아무 소리도 닿지 않았다.

나는 그제야 시야를 뒤덮는 새하얀 물질의 정체가 무엇인지 깨달았다. 그것은 흰 물거품이었다. 그리고 그것은 나였다. 나는 흰색의 폭풍우에 떠밀려 서서히 공기 속에 잠겨 가고 있었다. 마주한 얼굴은 분노인지 공포인지 모를 감정에 젖어 한껏 일그러져 있었다. 그의 앞에서 완전히 사라지기 전 나는 입을 열어 그에게 속삭였다.

"안녕, 아빠."

곧 눈부신 빛이 시야 가득히 점멸했다.

제11.5장
그 아빠, 클로드 (3)

눈앞에 새하얀 빛의 폭풍우가 산개했다. 자리에 제대로 서 있기조차 힘들 정도로 거세게 휘몰아치는 무형의 힘에 클로드는 눈동자를 굳혔다.

"폐하!"

오늘은 여느 때와 같은 한가로운 날이었고, 필릭스에게 일찍이 전해 들었던 바에 의하면 에메랄드궁에 다과회를 열어 손님을 맞이하기로 한 날이기도 했다. 그러니 그의 딸인 아타나시아는 지금쯤 제 궁에서 즐거운 시간을 보내고 있어야 마땅했다.

"가까이 가시면 위험합니다! 뒤로 물러나십시오!"

하지만 클로드가 에메랄드궁에서 느껴지는 강력한 마력의 파장을 느끼고 급히 왔을 때, 아타나시아의 모습은 그 어디에도 보이지 않았다. 클로드는 자신이 찾는 사람이 저 하얀 소용돌이 속에 갇혀 있다는 사실을 단숨에 깨달았다. 그것도 언제 터질지 모르는 태풍의 핵이 되어서.

"필릭스, 사람들을 에메랄드궁 밖으로 내보내라."

"알겠습니다! 지금쯤 마법사들에게도 연락이 닿았을 테니 폐하께서 도……."

필릭스는 폭발하는 마력 사이에서 가까스로 구출해 낸 제니트 마그리타를 두 팔에 안고 있었다. 그녀는 이 이상 현상이 처음 발현되었을 때 보이지 않는 힘에 튕겨 나간 충격으로 혼절해 있었다. 주위에 산발하는 바람이 너무 거세서 필릭스는 클로드에게 말하기 위해 목청껏 언성을 높여야만 했다. 그런데 그가 미처 말을 끝맺기도 전에 클로드가 앞으로 걸음을 내디뎠다.

"폐하!"

필릭스가 두 눈을 부릅뜨며 불렀으나 클로드는 멈추지 않았다. 허공에 휘날리는 금색 머리카락이 바람에 뒤섞여 부서지는 태양 조각처럼 첨예하게 반짝거렸다.

"안 됩니다, 폐하!"

"시끄럽게 굴지 말고 가서 시킨 일이나 해라. 방해된다."

뒤에서 무어라 급박하게 소리치는 소리가 들려왔으나 클로드는 힘의 파장 속으로 망설임 없이 몸을 들였다.

파지직!

한순간 예리한 통증이 살갗을 가른다 싶더니, 곧 그의 뺨을 타고 가느다란 선혈이 흘러내렸다. 사방에서 몰아치는 마력은 마치 잘 벼려진 날카로운 칼날 같았다.

상황은 아주 좋지 못했다. 그리고 그 의미는 저 한가운데에 있을 아타나시아 역시 위험한 상황이라는 것이었다.

파직! 파아악!

강력한 힘의 파동이 침입자를 밀어내려는 듯 날을 잔뜩 세운 채 그의 온몸을 할퀴고 지나갔다. 하지만 그마저도 클로드의 걸음을 늦추지는 못했다.

그는 폭풍의 한가운데에 들어가 지금의 폭발을 강제로 잠재울 생각이었다. 지금의 그와 아타나시아에게는 시간이 별로 없었고, 클로드는 그 이상의 합리적인 방법은 찾을 수 없다고 판단했다. 다만 그의 마력이 지금의 상황에서 강제로 개입할 경우 둘 중 한 명은 목숨이 위태롭게 될지도 몰랐다. 그리고 당연하게도 클로드는 모든 위험을 자신이 감수하는 방향으로 힘을 사용할 생각이었다. 물론 그런 그의 생각을 안다면 열에 아홉은 미쳤냐며 기함할 것이었지만 지금 이곳에는 그를 막을 사람이 아무도 없었다. 그리고 설령 누군가 그를 막아선다 해도 클로드는 지금 생각 중인 일을 멈출 의지가 없었다.

쾅쾅! 파사삭!

그런 짓을 하면 죽을지도 모른다. 하지만 그래도 상관없다.

파지직!

클로드는 불안정한 마력이 가장 깊게 고여 있는 곳을 향해 주저 없이 손을 뻗었다. 그리고 바로 그 순간 새하얀 빛이 눈앞에서 폭발했다.

❦

"하루 이틀도 아니고, 지금 그것을 농이라고 지껄이는 건가?"

클로드는 중요한 외교 문서 위에 도장을 찍다 말고 얼굴을 구기며 고개를 들었다. 그러나 아침 일찍부터 그를 짜증 나게 하고 있는 사람은 그에 아랑곳하지 않고 계속해서 말을 이을 뿐이었다.

"농이 아닙니다. 벌써 몇 번이나 말씀드리지 않았습니까. 아타나시아 공주님은 폐하의 단 하나뿐인……."

"필릭스, 내 인내심을 시험하지 마라."

잇새로 새어 나온 싸늘한 음성이 필릭스의 말을 가차 없이 가로막았다. 그렇지 않아도 밀린 일이 많아 골치가 아프던 참이었다. 그런데 필릭스까지 계속 시답잖은 헛소리를 해대니 그의 심기가 불편해질 만도 했다. 게다가 현재 그는 몸도 편치 않은 상태였다. 필릭스는 그 이유가 마력 폭발에 휘말렸기 때문이라고 했다. 그 말을 듣고 클로드는 기가 차서 그만 헛웃음을 터뜨리고 말았다. 마력 폭발에 휘말렸다니, 대체 왜? 설마 다른 사람도 아닌 그가 이 나이 먹도록 마력 하나 제어하지 못해서 이 사달을 냈을 리는 없고. 하면 타인의 마력 폭발에 휩쓸렸다는 말인데. 이 좁은 황성에서 그를 의식 불명에 빠뜨릴 정도로 강력한 마력을 지닌 마법사가 있었던가?

"폐하께서 아타나시아 공주님 대신 위험을 자처하셨기 때문이지요."

그것만으로도 충분히 의문인데 필릭스는 더욱 기가 찬 소리를 늘어놓았다.

"제 손도 뿌리치시고 직접 공주님을 구하러 그 마력의 소용돌이 속으로 들어가시지 않았습니까?"

자신이 열흘간이나 의식불명 상태였다는 것만큼이나 믿기지 않는 소리였다. 공주라니? 도대체 그에게 언제부터 딸이 있었다는 말인가? 게다가 그 공주를 구하기 위해 그가 목숨을 걸었다고?

"필릭스, 돌았나?"

그 말을 처음 들었을 때, 클로드는 진심으로 필릭스의 안위를 걱정했다. 그의 기억 속에서보다 폭삭 삭아 있는 얼굴도 그렇고, 하루아침에 도대체 무슨 일이 있었길래 이런 말도 안 되는 소리를 지껄이는 것이란 말인가? 설마 뭘 잘못 먹기라도 했나?

하지만 계속되는 필릭스의 호소를 듣다 보니, 처음 눈을 떴을 때 그의 눈앞에 있었던 소녀가 문득 떠올랐다. 그래. 그러고 보니 그 소녀는 감히 그에게 '아빠'라는 황당무계한 소리를 했었다. 이제껏 비어 있는 황후나 비의 자리를 탐내며 그의 침실에 기어 들어온 여인은 많았기 때문에 그리 놀랍지도 않았지만, 그의 딸을 자처하며 나선 사람은 또 처음이라 어처구니가 없었다. 생각해 보니 그 계집의 눈은 선명한 보석 안이었다.

"아무래도 폐하의 기억에 혼란이 온 것 같습니다."

필릭스가 그 어느 때보다 진지한 얼굴로 그리 말했으나 클로드는 그 것을 인정하지 않았다. 오호라. 이제 보니 그 간악한 계집, 혹은 그 계 집을 사주한 자가 흑마법을 사용한 게로구나. 도대체 그 정체가 무엇 인지는 몰라도 필릭스마저 이렇게 단단히 홀려 놓을 정도라면 실력이 꽤나 출중한 자인 것이 분명했다. 그렇다면 필릭스의 얼굴이 10년은 더 늙은 듯 하루 만에 저렇게 폭삭 삭은 것도 흑마법의 부작용 때문인 모양이로군.

그제야 이 모든 일이 납득이 가서 클로드는 혼자서 고개를 주억거렸 다. 어쩌면 필릭스가 그의 상태를 기억 상실이라 우기는 것도 소녀가 술수를 부린 것인지도 몰랐다. 그렇지 않고서야 그가 그 소녀를 구하 기 위해 제 목숨이 아까운 줄도 모르고 마력 폭발 속에 뛰어들었을 리 가. 설령 백번 양보해서 그 소녀가 진짜 그의 딸이라 해도 있을 수 없 는 일이었다. 고작 자식 때문에 목숨을 걸다니, 그런 정신 나간 일을 그가 할 리 없지 않은가? 만약 그것이 진짜라면 죽은 그의 부친이 무 덤을 기어 올라와 클로드를 비웃는다 해도 찍소리도 못 할 만한 대단 히 미친 짓거리가 아닐 수 없었다.

클로드가 생각했을 때 이번 일은 그의 상식으로 도저히 설명할 수 없 는 것이었기 때문에 그는 그렇게 결론 내린 뒤 일단 상한 몸을 치료하 는 데 전념했다. 워낙 괴물 같은 그였기 때문에 회복하는 데에는 그리 긴 시간이 걸리지 않았다.

그런데 다시 국정을 보기 시작한 지 얼마 지나지 않아 클로드는 필 릭스의 말이 어느 정도 사실이라는 것을 깨달을 수 있었다. 물론 그 깨 달음은 아타나시아 공주에 대한 것은 아니었고, 그가 정말 지난 9년간의 기억을 잃었다는 점에 있었다. 오벨리아의 내정에서부터 각국의 외교 상황을 비롯한 것들이 그가 마지막으로 기억하고 있는 것들과는 완전히 달랐다. 집무실에 쌓인 일거리를 비롯해 필릭스가 따로 준비해 놓은 다년간의 자료들을 박박 긁어 읽고 나자 그 깨달음은 더욱 선명해졌다.

사실 클로드는 그렇지 않아도 거울을 통해 본 자신의 얼굴이나 필릭스의 외모가 자신의 기억 속에서보다 원숙한 느낌을 풍기고 있어 은근히 찜찜하던 참이었다. 그가 내상을 견디지 못해 까만 피를 토했을 때 상태를 살피러 왔던 궁의나 탑의 마법사들도 마찬가지였다. 하. 그럼 설마 필릭스의 말이 사실이라고?

클로드는 얼굴을 구기며 눈앞의 국내 정세 자료를 노려보았다. 그날 그는 집무실에서 밤을 새워 고민했지만 '그가 9년간의 기억을 잃은 것이 사실'이라는 것 자체만 가까스로 인정했을 뿐이다. 다른 건 둘째 치고서라도 그에게 딸이 있다는 사실만큼은 절대로 믿을 수가 없었다.

"그렇게 헛소리할 정도로 한가하면 차라리 거기 앉아서 서류 처리나 돕지 그러나?"

그래서 클로드는 오늘도 아침부터 쳐들어와 그의 집무를 방해하는 필릭스의 말을 한 귀로 흘리며 그에게 책상 한쪽에 쌓인 서류를 뭉텅이로 안겨 주었다. 그러다 문득 그의 시선에 낯선 소파가 걸려들었다. 그렇지 않아도 며칠 내내 궁금하던 참이라 클로드는 필릭스에게 물었다.

"그러고 보니 저기 왜 소파가 있지? 내 집무실에 앉았다 갈 사람은 없을 텐데."

가끔 급한 일이 있을 때 각료들을 불러 이야기를 나누곤 했지만 그것은 대개 짧은 대화로 그칠 뿐이었다. 앉아서 상의해야 할 정도라면 옆에 있는 회의실을 사용하면 될 일이었고, 또 그런 공적인 용도로 사용되는 것이라 하기에는 눈앞에 있는 소파가 지나치게 푹신해 보여서 이상했다. 하면 그가 가끔 쉴 때마다 사용하던 것이었을까? 하지만 클로드가 기억하기로 자신에게는 집무실에서 휴식을 취하는 취미가 없었기 때문에 저 소파의 용도가 못내 수상했다.

그런데 클로드의 물음에 필릭스가 기다렸다는 듯이 대답하는 것이었다.

"아타나시아 공주님께서 폐하를 보러 오셨을 때 서서 기다리시지 않도록 들여놓으신 소파입니다."

"뭐라?"

"게다가 앉았을 때의 푹신함을 고려하여 특별히 주문 제작하라고 폐하께서 제게 명하셨었지요."

그 내용이 워낙 황당무계해서 클로드는 그만 할 말을 잃고 말았다.

"잘 보십시오. 뭔가가 기억나는 것 같지 않으십니까? 아타나시아 공주님께서 이곳에 종종 앉아 폐하께서 집무 중인 모습을 보셨었는데요."

필릭스는 물 만난 고기처럼 달려가서 소파를 아예 클로드 쪽으로 돌려놓기까지 했다. 그러더니 계속해서 무언가를 떠올려 보라고 그에게 종용했다.

클로드는 그 간절한 눈빛을 잠시 가만히 바라보다가 이내 '하!' 하고 기가 찬 소리를 내뱉었다.

"이번에는 제법 신선한 농이었다."

"거듭 말씀드리지만 농이 아닙니다."

필릭스는 급기야 답답해서 미치겠다는 듯 언성을 높이기까지 했다. 그 모습이 여간 진지해 보이는 것이 아니라 클로드의 표정은 절로 소태를 씹은 것처럼 떨떠름해졌다. 하지만 좀처럼 말이 되어야지 속아주는 척이라도 할 게 아닌가.

"나도 거듭 말하지만 농담 따먹기나 할 정도로 한가하지 않다. 마침 자리도 마련되어 있으니 일을 다 끝내기 전에는 입도 벙긋할 생각하지 말아라."

차라리 지금처럼 필릭스에게 일거리를 주기 위해 들여놓은 소파라는 것이 더 신빙성이 있을 것 같았다. 클로드는 지끈거리는 이마를 짚으며 집무실의 이상한 소파에 대한 생각을 저 멀리로 치워 버렸다. 하지만 그 후로도 그의 의문은 계속되었다.

"언제부터 저기에 저런 건물이 있었지?"

"아타나시아 공주님의 취미가 독서이십니다. 폐하의 명으로 3년 전 지은 공주님의 전용 도서관입니다."

"도서관?"

클로드는 귀를 의심하며 반문한 뒤 이내 정색했다.

"웃기지 마라. 나는 그런 지시를 내린 적이 없다."

"그러시겠지요. 폐하께서는 기억을 잃으셨으니까요."

필릭스는 건방지게도 그를 중증의 환자 보듯 하며 측은한 표정까지 짓고 있었다. 그 모습을 보는 동안 클로드는 꿈틀 눈매를 찌푸리고 말았다. 곧 그의 걸음이 저 멀리 보이는 건물을 향해 옮겨졌다.

"폐하, 오셨습니까!"

"오벨리아의 태양께 영광이 함께하기를!"

마침내 눈앞에 다가온 문제의 건물 앞에서 클로드는 눈동자를 서늘하게 빛냈다. 가까이에서 본 건물은 그의 생각보다도 크고 웅장했다. 클로드가 모습을 드러내자마자 문 앞을 지키고 서 있던 기사들이 등허리를 잔뜩 곧추세운 채 깍듯이 인사했다. 그들은 하나같이 기합이 잔뜩 들어간 모양새였다.

"여기서 뭣들 하는 거냐?"

클로드는 심기가 매우 불편한 상태로 물었다. 그의 머릿속에는 이 건물을 지으라 명한 기억도, 기사들을 이곳에 배치한 기억도 없었기 때문에 클로드는 지금의 상황이 아주 마음에 들지 않았다. 방금 전 들은 필릭스의 말이 있었기 때문에 더욱 그랬다. 게다가 '폐하, 오셨습니까!' 라니? 마치 전에도 그가 이곳에 왔던 적이 있었던 것 같은 발언이 아 닌가?

그런데 그의 착 가라앉은 물음에 기사들은 필요 이상으로 사색이 되 어 그에게 사죄하기 시작했다.

"송구합니다, 폐하!"

"경비에 미흡함이 있었다면 소신들의 부족함 탓입니다!"

"앞으로는 지금보다 더욱 경비를 강화하겠습니다!"

"아타나시아 공주님께서 오셨을 때 터럭만 한 위험도 없도록 이 한 목숨 다 바쳐 문을 지킬 것입니다!"

클로드의 미간에 더욱 깊은 굴곡이 생겼다. 도대체 그 계집의 사술 은 어디까지 뻗쳐 있단 말인가? 문을 지키고 있는 기사들까지 그 계집 의 이름을 꺼내는 것으로도 모자라 감히 그의 앞에서 그 계집을 목숨 걸고 지키겠노라 선언까지 해?

"일전에 아타나시아 공주님의 개인 도서관에 허가받지 않은 이의 출 입이 있었던지라 폐하께서 문을 지키는 기사들을 모조리 물고를 낸 뒤 갈아버리셨지요."

"아직도 그딴 헛소리를."

"그때 폐하께서 얼마나 노발대발하셨던지. 그래서 새로 배치된 기사 들도 저리 기합이 잔뜩 들어가 있지 않습니까."

옆에서 속닥거리는 필릭스의 말에 클로드는 얼굴을 구기고 말았다. 그의 말을 듣고 보니 지금 보인 기사들의 태도가 납득이 되는 것 같기 도 했기 때문이다. 하지만 곧 클로드는 자신의 생각을 부정하며 고개 를 젓고 말았다. 아니, 아니다. 아무리 말이 되는 것 같아도 말이 되지 않았다. 설마 저런 허황한 말이 진실일 리가 없지 않은가? 그런 클로 드를 향해 필릭스가 다시 한번 속살거렸다.

"여기까지 왔는데 잠시라도 안에 들어갔다 오시지요. 아타나시아 공주님께서 안 계실 때 폐하께서도 종종 이곳에 와 보신 적이 있지 않습니까."

"닥쳐라. 그런 기억 없다."

하지만 클로드는 거기에 넘어가지 않고 다소 거친 동작으로 몸을 돌렸다. 그런 그를 향해 문을 지키고 서 있던 기사들은 또 우렁찬 목소리로 안녕히 가시라는 인사를 외쳤다.

그러나 그리 오래 걷지도 않아, 그의 발걸음은 다시금 우뚝 멈추어지고 말았다. 어째 길을 걷는 내내 그윽한 향내가 코끝을 간질인다 싶더니, 처음 보는 장미 화원이 모습을 드러냈다. 그런데 입구에서부터 느껴지는 저 소름 끼치는 화려함이라니. 이것은 마치 비나 공주가 즐길 법한 화원의 모습이 아닌가?

"폐하께서 아타나시아 공주님이 장미를 좋아하신다는 사실을 알고 황궁 곳곳에 장미 화원을 만들라 직접 지시하셨지요."

옆을 바짝 뒤따라오던 필릭스가 또다시 옆에서 속닥거렸다. 그 바람에 클로드는 그만 어깨를 크게 흠칫했다.

"그중에서도 아타나시아 공주님이 계신 에메랄드궁의 장미 화원이 가장 아름답습니다. 그곳에서 두 분이 함께 오붓한 다과 시간을 갖기도……."

이번에는 필릭스가 떠들든 말든 아무 말도 들리지 않는 것처럼 묵묵부답으로 일관했다. 하지만 가넷궁을 향해 걷는 클로드의 얼굴은 있는 대로 구겨졌다.

"지금 보신 것뿐만이 아닙니다. 폐하께서 아타나시아 공주님께 선물로 드린 금고와 보물 창고도 한두 개가 아니지요. 궁금하시다면 제가 직접 안내해드릴 수 있습니다."

"필릭스……."

"송구하옵게도, 저를 그리 잡아먹을 듯 노려보신다 해서 있던 일이 없던 일로 변하지는 않습니다, 폐하."

허. 클로드는 기가 막혀 헛웃음 짓고 말았다. 만약 필릭스의 말이 사실이라면 과거의 그는 허파에 바람이 잔뜩 들었던 것이 분명했다. 나라가 기우는 줄도 모르고 총비에게 홀려 간이고 쓸개고 다 내주었다는 선선대의 황제도 아니고. 그러니 지금까지 필릭스가 한 말은 진실이 아니었다. 하마터면 그 헛소리가 제법 진짜 같아서 깜빡 속아 넘어갈 뻔하기도 했으나, 자신이 실성했던 것이 아닌 이상 저런 말이 진짜일 리가 없었다.

클로드는 처음 가넷궁을 떠날 때보다 확연히 기분이 저조해진 상태로 침소에 들어섰다.

"하루 종일 지겨운 수다를 들었더니 피곤하기 짝이 없구나. 좀 쉬어야겠으니 당장 나가라."

"제가 곁에 있어야 하지 않겠습니까? 그래야 불편하신 점이 있다면 폐하의 손과 발이 되어 움직일 수 있고, 또 궁금하신 점이 있어도 제가……."

"당장, 나가라."

클로드는 이를 갈 듯이 재차 명령했다. 그리고 난 뒤에는 필릭스도 어쩔 수 없이 자리를 떠나려 했다. 클로드가 침실 휘장 너머로 언뜻 보이는 무언가를 발견하지만 않았다면 말이다.

"잠깐."

그는 눈살을 찌푸리며 한쪽 구석에 있는 침대를 향해 성큼성큼 걸어갔다. 지난날 피를 토하며 눈을 뜬 이후 그가 침대에 가까이 다가간 것은 오늘이 처음이었다. 평소 쪽잠을 자는 그였기에 항상 침대 대신 소파를 이용하곤 했기 때문이다.

화악!

그런데 필릭스를 등지고 몸을 돌린 순간, 침대 기둥을 타고 벽면을 가린 휘장 너머로 무언가 이상한 것이 보였다. 클로드는 그것에 더욱 가까이 다가가 거침없는 손으로 휘장을 걷어 냈다. 그리고 곧 시야에 들어온 것에 얼굴을 딱딱하게 굳혔다.

"저 이상한 건 뭐냐? 주술이 깃든 부적인가?"

천 조각을 들어 올리자 모습을 드러낸 것은 한눈에 보아도 수상쩍은 기운을 몽글몽글 뿜어내고 있는 이상한 종이였다. 그 안에는 사람 같기도 하고 괴물 같기도 한 기이한 형체의 그림이 삐뚤빼뚤하게 그려져 있었는데, 그 기괴함이 클로드의 경계심을 자극하기에 충분했다. 게다가 이처럼 아무도 보지 않는 침실 벽면에 몰래 붙여 두고 있는 것을 보니 그 수상함은 배가 되었다.

"세상에, 폐하!"

이것만큼은 필릭스 역시 처음 보는 것인지 가까이 다가와 벽을 확인한 그에게서 놀란 음성이 터져 나왔다. 그것을 보고 클로드는 역시 이것은 그 요망한 계집의 사술이 분명하구나 싶어 얼굴을 굳혔다. 그런데 잇따른 필릭스의 말은 그의 예상을 벗어났다.

"이것을 이렇게 소중히 간직하고 계셨습니까? 아, 폐하께서 아타나시아 공주님을 아끼신다는 사실은 일찍이 알고 있었지만 설마 이렇게까지……."

클로드는 감동적인 무언가를 발견한 것처럼 자신을 향해 촉촉한 눈동자를 빛내는 필릭스 때문에 또 한 번 눈살을 찌푸려야만 했다.

"이것은 어린 시절의 아타나시아 공주님께서 폐하께 선물한 그림입니다."

"그 말인즉 이 사특한 사술이 담긴 그림을 그 계집이 그린 것은 맞다는……."

"사특한 사술이라니요? 아, 다시 보니 보존 마법이 걸린 것 같군요.

벌써 오래전의 그림인데 이렇게 빛바랜 곳 하나 없이 온전한 것을 보니."

그 말을 듣고 클로드는 다시 한번 눈앞에 있는 그림을 보았다. 방금 전에는 그의 딸 행세를 하는 계집이 몰래 수작질한 증거를 찾았다는 생각에 잠시 착각했으나…… 다시 한번 살펴보니 그림에서 느껴지는 마력은 다른 누구도 아닌 클로드 자신의 것이었다. 그리고 필릭스의 말대로 그림에 걸린 것은 보존 마법이 맞았다. 그렇다면 이것은 그 외의 어떤 마력도 담지 않은, 정말 말 그대로의 단순한 그림일 뿐이라는 말인가?

"그렇다 한들……."

하지만 그것을 차치하고서라도 이 그림이 수상하다는 것은 변하지 않았다.

"이 기괴한 형체들은 무엇이란 말인가? 그 계집이 필시 나를 저주하려 이런 불길한 그림을 선물한 것이 분명하다. 게다가 미치지 않고서야 내가 이딴 것을 벽에 붙여 놓고……."

"실은 저도 놀랐습니다. 아타나시아 공주님에게 그림 선물을 받을 때마다 늘 탐탁지 않은 듯이 콧방귀를 뀌시더니, 뒤에서는 이렇게 고이 간직하고 계실 줄이야……. 게다가 혹여 때라도 탈까 직접 보존 마법까지 거시고……."

"그게 무슨 말도 안 되는……."

"아. 걱정 마십시오, 폐하. 저 필릭스, 입 하나는 무겁습니다. 이렇게 아무도 보지 않는 침소 벽면에 아타나시아 공주님의 그림을 남몰래 소중히 붙여 두신 것을 어디에서도 발설하지 않을 테니 염려 마십시오."

필릭스의 굳은 다짐에 클로드는 그만 답지 않게 말문이 막혀 옆에 있는 얼굴을 황망히 쳐다보았다. 뭐라? 이 그림을 자신이 소중히 간직해? 그래서 혹여 때라도 탈까 두려워 손수 보존 마법까지 걸어 두었다고?

"하아. 이렇게 보니 옛 추억이 새록새록 떠오르는군요. 좌측부터 시간 순으로 배열해서 붙여 놓으신 것 같은데, 역시 폐하십니다. 아, 폐하께서는 기억나지 않으실 테니 괜찮으시다면 제가 설명해 드리겠습니다. 가장 첫 번째는 공주님이 5살 때 그리신 폐하와의 즐거운 놀이 시간 그림, 그다음이 8살 때 그리신 폐하와 하늘을 나는 꿈 그림, 다음은 9살 때 그리신 보물 창고와 폐하의……."

맙소사. 들을수록 점입가경이었다. 가관도 이런 가관이 따로 없었다. 일순간 극심한 두통이 밀려와서 클로드는 이마를 짚었다. 필릭스가 한창 떠들어 대고 있는 말을 믿을 수도 없었고, 믿고 싶지도 않았다. 만약 저게 사실이라면 그동안 누군가 그의 몸속에 들어와 있던 것이 분명했다. 자신의 행세를 한 다른 사람이 있지 않고서야 이럴 수는 없는 노릇이 아니겠는가. 하도 기가 막혀서 말도 나오지 않았다.

클로드가 생각했을 때에는 그가 미쳤거나 필릭스가 미쳤거나 둘 중에 하나였다. 그런데 이상했다. 속속들이 나타나는 증거 앞에서 클로드가 바로 그 미친 사람일 확률이 점차 커져 가고 있었으니 말이다.

"아! 그러고 보니, 폐하. 그 그림을 보시지 않겠습니까?"

"이것 말고 또 다른 그림이 있단 말이냐?"

클로드는 무언가가 생각났다는 듯 외치는 필릭스를 향해 이제는 아예 지겹다는 듯이 목소리를 높였다. 이 이상의 또 다른 무언가가 더 있다니 가당키나 한가?

"제가 아는 바로는 하나가 더 있습니다."

"아니, 되었다. 설명은 필요 없다. 보나 마나 또 이것처럼 미친 그림이겠지."

"아닙니다. 궁정화가가 그린 초상화입니다."

바로 그 순간 휘장을 내려놓던 클로드의 손이 멈칫했다. 곧 그에게서 흘러나온 목소리는 이제까지와 확연히 다른 온도를 품고 있었다.

"초상화? 내가 초상화를 그렸다고?"

아직 미친 짓이 끝나지 않은 모양이다. 클로드의 눈동자가 서늘하게 빛났다. 초상화라니. 다른 누구도 아닌 그가 궁정화가에게 초상화를 그리도록 허락했다니.

"정확히 말하자면 폐하와 공주님, 두 분이 함께 계신 모습을 그린 초상화입니다."

클로드는 황자 시절에조차 황실 가족이라면 누구나 한 자리쯤 차지하게 마련인 거대한 화랑에 자신의 얼굴을 건 적이 없었다. 클로드가 황자일 때에는 그의 아버지와 형이라는 작자가 그것을 허락하지 않았고, 황제가 된 이후에는 클로드가 그것을 원하지 않았기 때문이다.

"그것 역시 공주님의 청이었지요. 작업에 들어간 지 오래되지 않아 비록 아직 미완성이기는 하지만요."

그런데 초상화를 그렸다고 한다. 자신의 딸이라는 그 어린 계집과 함께.

"어디에 있지?"

"보러 가시겠습니까?"

속에서부터 서서히, 엉망으로 뒤섞인 감정이 끓어올랐다. 그것은 용암처럼 뜨거운 분노인 동시에 얼음장처럼 싸늘한 혐오였다. 클로드는 파괴적인 충동에 사로잡혀 필릭스가 이끄는 곳으로 걸음을 옮겼다.

"이곳에 있습니다. 아마 물감 냄새가 좀 날 텐데⋯⋯."

그리고 마침내 목적했던 곳에 다다랐을 때, 필릭스의 말을 다 듣지도 않고 문을 열어젖혔다. 과연 방 안에는 기름 섞인 물감 냄새가 가득했다. 일부러 커튼을 쳐 놓은 것인지 시야에는 빛 한 점 들어오지 않았다. 클로드는 이번에는 직접 움직이는 법 없이 마력을 이용해 커튼을 걷었다.

촤르륵!

두꺼운 천이 일제히 한쪽으로 몸을 치우쳤다. 그와 동시에 밝은 햇빛이 마치 기다렸다는 듯이 창문 너머로부터 쏟아져 들어왔다.

"자연광을 오래 쬐면 변색한다 하니 커튼을 너무 긴 시간 동안 열어 두시면 안 됩니다."

필릭스가 옆에서 초상화의 취급 방법에 대해 무어라 종알거렸으나 클로드의 귀에는 들어오지 않았다. 그는 시간이 멈추기라도 한 것처럼 우두커니 서서 눈앞에 있는 그림을 바라보았다. 그가 양팔을 뻗으면 얼추 크기가 비슷할 법한 사각형의 공간. 그 한가운데에 있는 것은 의심할 여지조차 없는 그였다.

클로드는 지금도 방의 한구석에 덩그러니 놓여 있는 자주색의 의자에 앉아 있었다. 그리고 그 옆에서 그의 어깨에 손을 올린 채 서 있는 것은 지난 날 침소에서 보았던 바로 그 소녀였다.

과연 미완성이라는 말대로 그림은 군데군데 색이 덜 칠해져 있었고, 곳곳에 뭉그러진 것처럼 형체를 완전히 갖추지 못한 부분들도 눈에 띄었다. 하지만 애초에 클로드는 그런 것에 관심을 두고 있지 않았다. 그의 눈은 그림 속에 있는 두 사람의 얼굴에만 줄곧 못 박혀 있었다.

하! 그리고 굳은 듯이 그림 속에서 시선을 떼지 않던 클로드는 잠시 후 그만 참지 못해 실소하고 말았다.

도대체 뭐냐? 그 계집이 만들어 낸 같잖은 연극에 심취하기라도 한 것이냐? 이를 악물기라도 한 듯 곧 클로드의 턱이 팽팽하게 조여졌다. 지금의 그는 그 어느 때보다도 참을 수 없는 기분에 휩싸여 있었다.

그림 속의 두 사람을 보는 동안 스스로 제어할 수 없는 감정들이 점차 가슴속에서 크게 술렁이기 시작한 탓이었다.

참으로 우습구나. 가족이라니. 아버지와 딸이라니. 너무 우스워서 이제는 메마른 비소조차 나오지 않았다. 만일 이런 정신 나간 짓을 저질렀던 이유가 사술이라 한다면, 그는 멍청하게도 간사하기 짝이 없는 속임수와 거짓말에 놀아났다는 의미였다.

그런데 왜. 도대체 왜 그런 표정을 짓고 있는 거냐.

왜.

왜.

대체 왜.

클로드는 살아생전 저런 표정을 지어 본 적이 없었다. 한평생 그의 삶을 뒤덮고 있던 삶에 대한 이 지독한 염증과 권태도 온데간데없이…… 형체도 없이 녹아내린 얼음처럼 한없이 안온하고 편안해 보이기만 하는 저 멍청한 얼굴.

그는 자신이 저런 표정을 지을 수 있는 사람이라고는 단 한 번도 상상해 본 적이 없었다. 한데 저것은 무엇이란 말인가. 그의 탈을 쓰고 긴장감 없는 얼굴을 하고 있는 저 한심하기 짝이 없는 작자는 도대체 누구란 말인가? 사술이다. 역시 사술인 것이 틀림이 없다. 그러니 당장에라도 그 계집을 불러내 죽이지 않으면……

클로드는 그 전에 이 불쾌하기 짝이 없는 그림을 없애 버리려 손을 들었다.

멈칫.

그러나 어째서인지 그의 손은 단 한 번 작게 움찔했을 뿐, 여전히 아래로 늘어뜨려진 상태 그대로였다. 다시 한번 눈앞에 있는 그림을 파괴시키기 위해 손을 들려 했으나 기이하게도 팔이 올라가지 않았다.

"저는 먼저 나가 있겠습니다."

옆에 있던 필릭스가 잠시 클로드의 얼굴을 살피다가 곧 조용히 문을 나섰다.

달칵.

그러는 동안에도 클로드의 눈은 줄곧 그림 속에 있는 소녀의 얼굴을 바라보고 있었다. 그런데 이해할 수가 없었다. 그 해사한 얼굴을 마주하는 동안 도대체 왜 이리도 가슴이 답답해지는 것인지.

"아빠, 저 소원이 하나 있어요."

그러던 어느 순간, 누군가가 그의 귀에 대고 속삭이는 듯한 작은 목소리가 옆을 스쳐 지나갔다.

"이걸로 다음 생일 선물을 미리 앞당겨 받아도 좋아요. 들어주실 거예요?"
"소원이라. 그게 뭐지? 말해봐라."
"초상화를 그리고 싶어요. 화랑에 있는 다른 황실 가족들 그림처럼, 아빠랑 같이."

그러자 곧 밀려드는 두통에 클로드는 신음을 삼키며 이마를 짚고 말았다.

그래. 깊게 생각할 필요가 어디에 있나. 눈앞에 거슬리는 것은 그저 없애 버리면 그만이다. 그러니 그는 저 그림을 부숴야 했다. 부숴야 했는데……. 이유를 알 수 없게도, 차마 저 그림에 손을 댈 수가 없었다. 이것이 뭐라고. 이까짓 그림이 뭐라고. 도대체 이 안에 있는 사람이 그에게 뭐라고…….

"단단히 돌았구나."

정신이 온전히 돌아온 지금에도 이런 것을 보니 그 어린 계집이 그에게 부린 조화가 여간 신묘한 것이 아닌 모양이다.

클로드는 그 후로도 가시를 삼킨 것 같은 기분으로 눈앞에 있는 그림을 멍청히 바라보았다. 마치 자신도 모르는 새 잃어버렸던 아주 소중한 무언가를 발견하기라도 한 것처럼, 그런 기이한 그리움마저 느끼면서. 몇 번이고 스스로에게 미쳤냐고 되물으면서도 해가 질 때까지 질리지도 않고.

그 후 클로드는 지독한 불면증에 시달렸다. 밀렸던 집무를 본 후 잠시간이라도 눈을 붙일라치면 여지없이 생각하고 싶지 않은 사람이 떠올랐다. 잠에서 깨어난 그를 울 것처럼 쳐다보던 얼굴이 자꾸만 눈에 밟혀서 그는 매일 밤잠을 설쳐야만 했다.

그리하여 마침내 초상화 속의 소녀가 후원에서 다시금 그의 눈앞에 모습을 드러냈을 때는, 이번에야말로 이 맹랑한 계집을 단숨에 죽여 버리자고 생각했다.

사실은 처음 눈을 떴을 때부터 죽여야만 했던 것이다. 그게 맞는 일이었고, 이 아이가 그의 딸이든 딸이 아니든 그 사실은 이미 클로드에게 중요치 않았다. 그는 그저 지금 눈앞에 있는 사람이 꿈속에서도 자꾸만 그를 괴롭혀 미칠 듯이 거슬렸고, 누군가와 닮은 이 얼굴을 마주할 때마다 속이 뒤집힐 것처럼 울렁거려 짜증이 났다.

그런데 정작 죽이려고 마음먹고 난 후에도 그 생각이 행동으로 옮겨지는 일은 없었다. 그는 의식적으로 자신의 딸이라 하는 이 소녀에 대해 생각하는 것을 회피하고 있었다. 그러니 이 계집이 그의 앞에 직접 모습을 드러낸 지금 죽여야만 했다. 지금의 기회를 놓치면 그는 이 아이를 처리하기 위해 직접 움직이는 것을 또다시 무의식중에 피하고 말 것이었으므로.

"아빠⋯⋯."

"아빠?"

게다가 소녀가 자신을 그리 부를 때마다 가슴이 답답할 정도로 꽉 조여 와서 참을 수가 없었다.

"닥쳐라. 한 번만 더 나를 그리 부르면 혀를 잘라 버릴 테니."

하지만 어째서란 말인가. 그는 또다시 눈앞에 있는 사람을 죽이지 못했다.

"당장 사지를 찢어 죽여도 모자랄 판이나 그 뻔뻔한 작태에 한순간이나마 흥미가 당긴 것은 사실이니 특별히 목숨만은 살려 주마."

미친놈. 지금 뭐라고 지껄이는 것이냐. 저런 간악한 계집은 당장에 죽여 마땅한데 살려 주겠다니? 무방비한 소녀의 목숨을 취하는 것쯤이야 실로 간단한 일이 아닌가. 그저 손을 앞으로 뻗어 그 손끝에 마력을 싣기만 하면 되었다.

"이 시각 이후로 이 계집을 에메랄드궁에 유폐시키겠다."

그런데도 고작 그 간단한 일을 못 해서.

"목숨이 아깝다면 궁 밖으로는 머리카락 한 올 보이지 말아야 할 거다."

클로드는 아연하게 자신을 바라보는 얼굴을 싸늘히 외면한 채 자리를 떠났다.

"다시 한번 내 눈에 띄면 그때는 정말 죽여 버릴 테니."

하지만 소녀를 지나쳐 걷는 그의 얼굴은 방금 전의 견고한 표정은 가면이었던 것처럼 엉망으로 일그러져 있었다. 이해할 수 없게도 누군가 가슴을 세게 후려치기라도 한 것처럼 속이 미친 듯이 쑤셔 왔다. 누군가 서늘한 손길로 그의 목을 꽉 조르고 있는 것만 같았다.

콰앙!

클로드는 침소 안에 들어서자마자 주먹으로 거칠게 벽을 쳤다. 그런데도 찢어진 손등보다 가슴이 더 욱신거렸다.

그날 밤부터 클로드는 악몽을 꾸기 시작했다.

"폐하께서 이 아이를 사랑해 주셨으면 좋겠어요."

그것을 악몽이라는 말 외에 무엇으로 표현할 수 있단 말인가. 기억의 저편에 애써 묻어 두고 있던 사람이 꿈속에 나타나 그의 귓가에 끊임없이 속삭였다.

"저를 사랑해 주셨듯이, 부디 제가 남기고 갈 이 아이도 그 품에 소중히 보듬어 아껴 주세요."

꿈에서 들려오는 그리운 목소리에 클로드는 실소했다. 웃기지 마라. 누가 누구의 아이란 말인가. 그는 딸을 둔 기억이 없었다. 그리고 지금 꿈속에 나타난 여인을 사랑했던 적도 없었다.

그래 봤자 죽은 주제에. 옆에 있어 달라는 그의 애원조차 뿌리치고 혼자서 죽어버린 주제에. 그래 놓고는 이제 와서 꿈속에 나타나 누구를 부탁한다고? 그래. 필릭스도 그렇게 말했지. 아타나시아라는 그 계집이 다이아나와 그의 딸이라고. 지금 그의 꿈속에 나타난 여인이 죽기 전 그에게 남기고 간 유일한 흔적이라고.

그렇다면 더더욱 받아들일 수 있을 리가. 지금 눈앞에 있는 사람 대신 살아남은 그런 계집을 딸로 받아들여 사랑하다니. 그것이야말로 있을 수 없는 일이 아닌가?

클로드는 그를 바라보고 있는 여인을 향해 싸늘히 읊조렸다.

내가 그 아이를 사랑하게 될 일은 없다. 지금까지도 한시도 그랬던 적이 없고, 앞으로도 결단코 그런 일은 없을 것이다. 그러니 정 그 아이가 걱정된다면 그대가 망령이라도 되어 돌아오면 될 일이다. 하지만 그렇게 말해놓고 혹여나 그의 모진 말에 상처라도 입어 마주한 사람이 슬픈 표정을 짓지는 않을까 싶어졌다. 그러나 그를 혼자 두고 죽은 것이 괘씸해서라도 다정한 말이 차마 입 밖으로 나오지가 않았다.

그리고 뜻밖에도…….

다이아나는 그를 향해 미소를 지었다. 마치 말하지 않아도 그의 마음을 전부 다 안다는 듯이. 그 얼굴에 한순간 울컥하지 않은 것은 아니었으나 시야에 비치는 모습이 점차 흐려지기 시작하자 그런 것은 아무래도 상관없게 되었다.

클로드는 저도 모르게 눈앞에 있는 사람을 향해 손을 뻗었다.

가지 마라.

입 밖으로 토해진 음성 역시 그답지 않게 급박하기 짝이 없었다. 이래서 싫었던 것이다. 이래서 부질없는 감정놀음 따위 하고 싶지 않았던 것이다. 스스로 제어할 수 없는 감정에 허덕여 이처럼 더없이 무력하고 초라해져서, 그래서 이런 볼썽사나운 애원밖에 할 수 없게 되니까.

하지만 다이아나는 끝까지 그를 향해 부드럽게 미소 지은 얼굴로 눈앞에서 완전히 사라져 버렸다. 그의 손안에 또다시 끝없는 그리움만을 남긴 채로.

"뭐지……?"

그리고 잠에서 깨어났을 때, 기억나는 것은 아무것도 없었다. 클로드는 꿈속에서의 일을 모두 잊어버렸다. 무슨 꿈을 꾼 것 같기는 한데, 새벽녘 눈을 뜬 직후부터 아무것도 떠오르지가 않았다. 그저 못 견디게 가슴이 먹먹했고 그 때문인지 잠시 숨이 막혔다.

그 후로 클로드는 극심한 두통에 시달렸다. 그러는 와중에 오히려 그는 다른 생각을 떨치려는 듯 하루 종일 정무에 집중했고, 탄신 연회가 열리는 날에도 그 직전까지 집무실에서만 밤을 새웠다. 또다시 기분을 이상하게 만드는 꿈을 꿀 것 같아서 침소에는 발을 들이고 싶지 않았다.

당연하게도 그는 매일 수면 부족에 시달렸다. 필릭스가 가끔은 산책도 하고 바람도 쐬라며 옆에서 잔소리를 했지만 지난번 후원에서 자신의 딸 행세를 하는 소녀를 만났던 이후로는 건물 안을 벗어난 적이 없었다. 그런 생활을 하는 클로드의 신경은 날이 갈수록 날카로워질 수밖에 없었다. 그래서 연회가 시작되고 얼마간의 시간이 지나지도 않아 클로드는 지끈거리는 이마를 짚으며 '언제 이 지겨운 연회가 끝나나' 하는 생각만 하고 있었다.

"한데 오늘 연회에 아타나시아 공주님은 오지 않으셨습니까? 지난 데뷔탕트 때처럼 폐하와 다정히 계시는 모습을 볼 수 있을 거라 여겼는데요. 허허."

어찌 보면 별것 아니라고 할 수 있는 그 말에 팽팽히 조여져 있던 끈이 끊어지듯 예민하게 반응하고 만 것도 그래서였다. 하지만 그럼에도 또다시 눈앞에 나타난 소녀를 죽이지 못했다는 것은, 이제는 작은 실소조차 내뱉지 못할 정도로 지극히도 우스운 일이었다.

아니, 죽이는 것이 웬 말인가. 오히려 클로드는 눈앞에 있는 소녀를 향해 잔인한 말을 토해 낼 때마다 자신이 독에 중독되기라도 한 듯 구역질이 치미는 것을 느껴야만 했다. 그의 명으로 붉은 융단 위에 무릎 꿇린 소녀를 보는 것이 즐겁기는커녕 지금 이 순간 마치 그가 아주 중대한 실수라도 하는 듯한 까닭 모를 불안감과 자괴감마저 느껴졌다.

마주한 이를 향해 일부러 더욱 모질게 굴고 만 것은 그런 이유 때문이었다.

"저 계집을 당장 내 눈앞에서 끌어내라."

그리고 바로 그 순간 클로드는 그동안 자신이 말로만 실컷 떠들어 댔을 뿐, 사실은 눈앞에 있는 저 소녀를 죽일 각오가 되어 있지 않다는 것을 깨달았다.

"그리 강제하지 않으셔도 제 발로 나갈 것입니다."

아니, 그것은 각오 이전의 문제였다. 그는 저 소녀를 차마 자신의 손으로 죽일 자신이 없었던 것이다.

"오벨리아의 태양께 영광과 축복을. 탄신일을 진심으로 축하드립니다, 폐하."

지난번 자신이 한 말을 잊지 않았는지 소녀는 그를 향해 더 이상 '아빠'라는 발칙한 말을 꺼내지 않았다. 그 사실을 깨닫는 순간 그의 가슴에 쿠웅 무거운 돌덩이가 떨어져 앉았다. 클로드는 차마 아무 말도 하지 못하고 그에게서 멀어져 가는 뒷모습을 숨을 죽인 채 바라보기만 했다.

콰앙! 와장창!

연회를 곧바로 파해 버린 뒤 클로드는 집무실로 돌아와 책상 위에 있던 것들을 거친 손길로 전부 다 쓸어 냈다.

시도 때도 없이 밀어닥치는 두통은 날이 갈수록 더욱 극심해져만 갔다. 하루하루 시간이 갈 때마다 미칠 것 같았다. 자꾸만 무언가가 생각 날 듯 말 듯한데 아무리 애를 써도 도저히 떠오르지가 않았다.

클로드는 이제 하루 중 한시도 눈을 붙이지 못했다.

짹짹.

새가 지저귀는 소리가 언뜻 창밖을 스쳐 지나갔다. 문득 고개를 들어보니 이미 해가 중천이었다. 어둑한 음영이 드리운 눈동자가 방 안으로 새어 들어온 햇살을 그 안에 한차례 담아냈다.

며칠 동안 문밖에서 시끄럽게 굴던 펠릭스도 이제 포기한 것인지 어제부터는 줄곧 잠잠했다. 기이하게도 오늘은 정신이 말짱한 느낌이었다. 머리를 깨부술 듯 사방에서 옥죄어 오던 두통도 지금 이 순간만큼은 말끔하게 가셨다. 그와 대조되게도 햇살을 받고 선 클로드의 얼굴은 더없이 피폐했지만 그 스스로는 그것을 깨닫지 못했다.

그래. 그렇다면 오늘에야말로 이 끈질긴 두통의 원인이 되는 것을 없애 버리자. 그렇게 이 지겨운 소모전도 완전히 끝을 내자.

그런 생각을 가진 채 그는 처음으로 에메랄드궁을 향해 직접 걸음을 옮겼다. 이상하게도 아타나시아라는 이름을 가진 그 소녀가 지금 어디에 있을지 두 눈으로 보지 않아도 그는 알 수 있었다. 그리하여 새하얀 장미 화원 속에서 금빛 머리카락을 나부끼고 있는 소녀를 마침내 마주했을 때. 그 순간의 클로드를 잠식한 것은 뜻 모를 그리움이었다. 하지만 오늘만큼은 거기에 흔들릴 마음이 없었다. 그래서 클로드는 이번에야말로 손에 살기를 실어 눈앞의 얼굴을 향해 주저 없이 내뻗었다.

파사삭! 챙그랑!

마력과 마력이 부딪쳐 내는 파도가 두 사람을 집어삼켰다. 유리가 깨지는 것 같은 날카로운 소음과 하얀 꽃잎들을 동반한 바람이 주위에 쉬지 않고 넘실거렸다.

콰직! 채앵!

그가 자신을 죽이려 한다는 사실을 눈치챘을 텐데도 마주한 사람은 단 한 걸음도 그에게서 물러나지 않았다.

이제야 그를 상대로 두려움을 느껴 몸이 굳은 것일까? 아니면 설마 아직도 그가 자신을 죽일 리 없다고 믿기라도 하는 것일까? 어느 쪽이든 어리석었다. 그럴 바에는 차라리 지금 당장에라도 뒤돌아 달아나는 것이 나을 터인데.

그리고 클로드는 사실 자신이 지금 이 순간조차 아주 조금쯤은 그런 것을 바라고 있다는 사실을 애써 모른 척했다.

파지직! 파삭! 챙그랑!

지금 그의 손에 무참히 깨져 나가고 있는 보호 마법은 기실 클로드의 마력으로 생성된 것이었다. 클로드는 수십 겹이나 포개져 단단히 결속되어 있는 마력의 장을 보며 그만 헛웃음을 짓고 말았다. 이건 거의 강박적이기까지 한 수준이 아닌가? 마치 이 작은 소녀가 손끝 하나라도 다치는 것을 용납하지 못하겠다는 듯이, 이 정도로 촘촘하고 견고한 보호 마법이라니.

그러나 그것을 부수고 있는 것 역시 클로드라는 사실이 우스꽝스러울 뿐이었다.

파사삭! 챙그랑!

하지만 서서히 이유를 알 수 없는 의문이 폐부를 찔렀다. 눈앞에서 산산조각 나 허공으로 흩어지는 마력의 잔재를 보는 동안 클로드는 지금 하고 있는 일을 멈추지 않기 위해 이를 악물어야만 했다. 그러나 여전히 답해 주는 이 없는 의문이 마력의 소용돌이 속에 떠밀려 그를 덮쳐 왔다. 정녕 이것이 그가 바라던 일이던가? 지금 하고 있는 이 일이 끝났을 때, 정말 그는 후회하지 않을 수 있을까?

클로드는 억지로 수긍했다.

물론이었다. 처음부터 이럴 작정으로 이 화원에 발을 들인 것이었으니까. 하지만 그렇다면…… 도대체 왜 이렇게 죽을 것처럼 가슴이 아프지? 눈앞에 있는 사람이 죽으면 마치 그 역시도 못 견뎌 죽기라도 할 것처럼. 그가 눈앞에 있는 소녀를 해하려 하는 지금 이 순간이 지독히도 끔찍하고 공포스럽게 느껴졌다.

챙그랑!

이제 보호 마법은 단 한 겹만이 남아 있었다. 마침내 그의 손이 소녀의 목에 닿았다. 팔딱거리는 맥이 손끝을 타고 흘러 들어오는 순간, 클로드는 거의 미칠 거 같은 기분에 사로잡혀 자신도 모르는 새 새하얀 목덜미에서 손을 약간 떨어뜨리고 말았다.

화아악!

그리고 바로 그 순간이었다.

눈앞에 새하얀 빛의 파도가 일렁이더니 갑자기 방금 전과는 다른 하얀 무언가가 꽃잎과 뒤섞여 주위에 휘몰아치기 시작했다. 처음에는 부서진 마력의 잔류인 줄로만 알았으나 그것이 아니었다.

보글보글.

눈이 멀 것처럼 티 한 점 없이 새하얀 빛의 물거품. 클로드는 마주한 사람이 그것에 휩쓸려 점차 그 형체가 흐려지는 것을 발견하고 눈을 부릅뜨고 말았다.

화아아.

시야가 어지러울 정도로 온통 새하얬다. 지금 그가 선 곳이 현실인지 꿈인지조차 언뜻 분간이 되지 않았다. 클로드가 멍하니 손을 놓고 있는 사이, 눈앞에 있는 소녀의 몸은 조금씩 물거품이 되어 허공에 흩어지고 있었다. 불현듯 그는 다시금 앞을 향해 손을 뻗었다. 그러나 이번에는 소녀를 죽이기 위해 손을 내민 것이 아니었다.

안 돼. 가지 마.

클로드는 꿈에서 그랬던 것처럼 스스로조차 깜짝 놀랄 정도의 간절함에 집어삼켜져 입을 열었다. 하지만 그의 손에는 하얀 물거품 말고는 아무것도 잡히지 않아서…….

"안녕, 아빠."

빛의 파도에 눈이 멀 듯한 순간, 마침내 소녀가 눈물 고인 얼굴로 아스라하게 웃으며 그를 향해 속삭였다. 마지막 인사처럼. 마치 그것이 그를 향한 마지막 작별 인사라도 되는 것처럼.

그 직후 빛이 점멸했다.

아아, 그토록…… 그토록 섬뜩한 공포는 난생처음이었다.

클로드는 방금 전까지의 소란도 전부 거짓인 양 무거운 고요 속에 침잠한 장미 화원에서 홀로 망연자실하게 서 있었다. 지금껏 그를 혼란스럽게 만들던 원인이 비로소 눈앞에서 완전히 사라졌는데도……. 그는 방금 전보다 수십, 수백 배는 더한 고통 속에 내던져져 있었다. 당장에라도 질식할 것처럼 숨이 막혔다. 마치 그가 가지고 있던 것 전부를 모조리 다 잃기라도 한 것처럼 끔찍한 상실감이 목을 졸랐다. 그런데 그 잃어버린 것이 도대체 무엇인지 알 수가 없었다.

"폐하!"

그래서 클로드는 방금 전의 소란에 달려온 필릭스와 다른 궁인들의 부름에도 그 자리에서 꼼짝도 하지 못했다.

"폐하, 도대체 이게 무슨 일입니까?"

"아타나시아 공주님은, 공주님은 어디에……."

그들은 마력의 파장 때문에 화원 가까이 다가오지 못하다가 그 힘이 잠잠해진 지금에야 부리나케 달려온 것 같았다. 필릭스와 에메랄드궁의 시녀로 보이는 여인들이 사색이 되어 그를 향해 물었다.

"사라졌다."

가까스로 입 밖에 낸 나직한 음성이 다시금 그의 귀를 뚫고 들어왔다.

"내 눈앞에서."

다른 이들은 그가 아타나시아 공주를 죽인 것이 아니라는 점에 일단 안심한 것 같았다. 하지만 클로드는 소녀가 자신의 눈앞에서 사라졌다는 사실을 받아들일 수가 없었다. 이런 식으로 그의 손에서 빠져나가다니. 그것도 그가 보는 앞에서, 감히 그따위 작별 인사를 남기고…….

클로드는 이를 악물었다. 그런 것 따위, 절대로 인정할 수 없었다. 절대로……!

소녀가 사라진 자리에 덩그러니 남은 흰 장미 한 송이와 그 주위에 흩뿌려져 있는 붉은 핏방울이 그 순간에도 그의 두 눈을 아프게 찌르고 있었다.

제12장
아무래도 소설 속의 서브남을 만난 모양입니다

오늘따라 밖이 떠들썩했다. 나는 양 볼이 가득 미어져라 베이컨 샌드위치를 입에 우겨 넣다 말고 창밖을 보았다. 그러자 웬 게시판처럼 생긴 나무판자 앞에 우글우글 서 있는 사람들의 모습이 눈에 들어왔다. 무슨 일이기에 저러지? 나는 의문이 생겨서 마지막 한 입 남은 빵조각을 마저 먹고 자리에서 일어났다.

"무슨 일이에요?"

사람들이 모여 있는 곳에 가 봤지만 앞이 가려져 게시판의 내용이 보이지 않았다. 나는 잠시 사람들의 등 뒤에서 기웃거리다가 이내 직접 확인하는 것을 포기하고 대신에 슬쩍 물었다. 그러자 나보다 한발 앞서 밖에 나와 있던 여관의 주인아줌마가 대답해 주었다.

"왜, 얼마 전에 사라진 공주님 찾는다고 방방곡곡에 방이 붙었잖아. 그런데 그림만으로는 얼굴을 알아보기 힘들다고 하니까 오늘 광장에서 공주님의 모습이 담긴 영상석을 틀어준다나 봐."

그 말에 나는 한순간 흠칫하고 말았다. 하지만 다행히도 그것을 눈치채지 못했는지, 주위에 있던 다른 사람들도 한마디씩 말을 보태기 시작했다.

"관리국에서 일하는 친척한테 들었는데 그 영상석이란 걸 지역마다 하나씩 다 돌린다나 봐요."

"그거 엄청 비싼 거 아니야?"

"그토록 아끼던 공주님이 사라지셨다는데 뭐 그런 게 대수겠수."

"그동안 공주님이라고 줄줄이 황성 안으로 모셔 갔던 여자들도 결국 아니었다며."

"아가씨도 조심해. 요즘 금발 여자만 보면 다 데려간다는 소리도 있으니까."

"네, 그래야겠네요."

나는 호호호 웃으며 그 자리를 벗어났다. 그리고 곧장 방으로 가서 짐을 싸기 시작했다. 아니, 영상석이라니? 도대체 그런 건 언제 만들어 뒀대? 이런 시골 동네에까지 내 몽타주를 그려서 돌린 걸 알고 식겁한 게 엊그제인데 이번에는 심지어 2D도 아니고 3D라니! 크흑. 독하다, 클로드. 그렇게까지 나를 잡아서 죽이고 싶은 건가? 응?

나는 짐을 꾸리면서 속으로 투덜거리다가 방문 밖으로 귀를 기울였다.

"요즘 이상하게 여기저기 자연재해가 많이 발생하고 있대요."

"남서부에서 산사태도 여러 번 발생했다던데. 왜, 그 무슨 백작 부인도 거기 휘말려서……."

"퀸른에서는 글쎄 눈이 내렸다나?"

"퀸른은 사막이잖아?"

"그러니까 이상한 조화지. 얼마 전 사이칸시아 신성 제국에서도……."

모두 다 광장으로 몰려간 건지 밖은 아까보다 확연히 조용해졌다. 그래도 이번에 오게 된 곳은 작은 시골 동네라 황실 일에 딱히 크게 신경 쓰지 않아 편했는데 조금 아쉬웠다.

나는 마지막으로 식탁 위에 놓인 주스를 쭈욱 들이켜 마신 뒤 침대 위에 놓인 짐을 챙겨 들었다. 크으. 역시 사과 주스는 100% 과즙이 진짜지! 사실 짐이라고 해봤자 지난번에 시내에서 구입한 옷가지 몇 개와 주머니에 든 돈이 전부였지만 지금의 내 생활로는 이것만으로도 충분했다.

따악!

나는 옷걸이에 걸쳐 두었던 망토를 대충 어깨에 두른 뒤 손가락을 튕겼다.

화악!

잠시 후 나는 바람이 솔솔 부는 들판 위에 서 있었다.

"또 여기네."

잠깐 주위를 둘러보았지만 오늘도 근처에서 느껴지는 인기척은 없었다. 나는 작게 살랑거리는 갈대숲을 보다가 짐 가방을 아무렇게나 던져 놓은 뒤 바닥에 털썩 주저앉았다. 이곳은 지난번에 루카스와 함께 비밀 외출을 했을 때 한 번 들른 적이 있던 곳이다. 왜, 새 시장에서 우연히 만난 이제키엘을 피해 하늘을 날다가 순간 이동을 위해 마지막으로 내려섰던 갈대밭 말이다. 끙. 사실은 아직도 이 풀이 갈대인지 억새인지 잘 모르겠지만 일단은 그냥 내 편의를 위해 갈대라고 부르기로 했다.

그리고 이곳은 지난날 장미 화원에서 나를 죽이려 했던 클로드에게서 벗어난 직후 내가 처음 오게 된 곳이기도 했다. 점멸하는 빛 속에서 마침내 눈을 떴을 때 어찌 된 일인지 나는 이 흔들리는 갈대밭의 한가운데에 서 있었다. 시야 가득 흩날리던 장미 꽃잎은 어디에도 없이, 눈앞에는 바람에 낮게 흔들리는 갈대들만이 서로에게 고요히 몸을 부대끼고 있었다.

아무래도 절체절명의 순간, 나도 모르게 순간 이동을 써 버린 모양이었다. 그동안 내 말을 잘 듣지 않던 마력이 그 중요한 순간 나를 보호하려는 듯이 작용한 것을 보면 확실히 내 생존 본능이 강렬하긴 했던 모양이다. 으흑. 그걸 보면 역시 사람이 꼭 죽으라는 법은 없는 것 같다.

그 후 나는 황성으로 돌아가지 않고 계속 이곳저곳을 떠돌아다녔다. 물론 내 가출은 예기치 못한 것이었기 때문에 땡전 한 푼 들고 있지 않았지만 그렇다고 해서 내가 노숙 생활을 한 건 아니었다. 왜냐하면 나는! 세기의 위조지폐범이 되었기 때문이지! 음하하! ……가 아니고. 으엉. 나도 정말 이러고 싶지 않았지만 어쩔 수가 없었다.

그날 갑자기 클로드가 나를 찾아오는 바람에 에메랄드궁에 숨겨 놓은 내 예쁜 보석들도 미처 못 챙겨 들고 나왔지 않은가. 어흐흑, 내 예쁜이들! 내가 그거 모으느라 얼마나 힘들었는데! 애초에 이럴 때를 대비해 마련해 놓았던 내 도주 자금이거늘!

그렇다고 해서 클로드가 나를 죽이려고 하는 황성에 다시 들어갈 수도 없고. 사실 클로드한테 들키는 게 걱정되면 내 소유의 금고나 보물 창고 중 하나만 털어도 될 일이었으나 순간 이동이란 게 그렇게 내 뜻대로 되는 게 아니라서 그냥 일찌감치 포기해 버렸다.

에메랄드궁에 있을 때 마법서에서 본 바에 의하면 무슨 좌표 계산을 하면서 마음속으로 원하는 장소를 그려 보라고 하던데, 그놈의 좌표 계산이 영 복잡해서……. 마, 만약에 섣불리 시도하다가 보물 창고가 아니라 클로드의 눈앞으로 떡하니 순간 이동이 되면 나보고 어떡하라고. 그래서 나는 어쩔 수 없이 눈물을 머금고 위조 동전의 달인이 되기로 했다.

궁을 나온 이후 다시 마법도 쓸 수 있었기 때문에 돈을 만들어 내는 데에는 아무런 어려움이 없었다. 물론 위조 동전을 사용할 때마다 양심이 콕콕콕 쑤시는 것은 어쩔 수 없었지만……. 왜냐하면 난 루카스 같은 철면피가 아니니까! 크흑, 판사님! 이 돈은 제가 아니라 우리 집 고양이가 만든 겁니다! 그러니 선처해 주십시오! 물론 저는 고양이 같은 거 안 키우지만요.

다행이라고 해야 할지 불행이라고 해야 할지 아직까지 마력으로 만들어 낸 동전이 탄로 난 적은 없었다. 그래도 혹시나 언제 또 내 마력이 말을 안 들을지 모르기 때문에 나는 마법을 쓸 수 없게 될 상황에 대비해서 미리 만들어 놓은 돈과 간단한 옷가지는 꼭 챙겨 들고 다녔다. 루카스처럼 아무 때나 마법을 뿅뿅 쓸 수 있으면 이 고생도 안 할 텐데 말이지. 쓰읍. 그래도 땡전 한 푼 없이 빈털터리로 궁을 나온 것치고 굉장히 편한 생활을 하고 있는 건 맞으니까, 솔직히 이건 고생이라고도 할 수 없었다.

하지만 이러다가 나 잡혀가면 진짜로 다 털리겠지. 위조 동전 제조에 황제 능멸죄까지 얹어서 능지처참은 물론이고 시체까지 탈탈 털릴지도 몰라. 그렇지 않아도 지금 이 순간까지 눈에 불을 켜고 나를 찾고 있는 사람인데.

나는 여관에서 순간 이동을 하기 전에 들었던 영상석 이야기를 다시금 떠올리고는 부르르 몸을 떨었다. 궁을 나온 이후 클로드가 곧바로 나를 찾는다는 소식을 듣고 한곳에 오래 머물지 않은 것이 잘한 선택 같았다.

솔직히 순간 이동이란 게 꽤 고위 마법인 만큼 내 마음대로 되는 것이 아니라 도착지가 거의 랜덤이어서 초반에는 얼마나 골치 아팠는지 모른다. 그래도 이것도 하면 할수록 나름대로 숙련이 되는 건지 요즘에는 제법 조절이 되는 편이었다.

사람들은 딸을 너무너무 아끼는 황제가 시름에 젖어 사라진 공주를 찾는다고 생각하고 있었지만 사실 이건 거의 지명 수배나 마찬가지였다. 왜냐하면 찾아서 죽이려는 거잖아!

"그럼 이제 오벨리아에는 더 못 있으려나."

그래도 지금까지는 국내에서만 떠돌아다니며 지냈는데 클로드가 시골 동네에까지 손을 뻗치는 것을 보니 아무래도 더 이상 오벨리아에 있는 건 무리일 것 같았다.

그럼 이제 어디로 갈까. 나는 새파란 하늘을 보며 멍하니 고민했다.

사실 나는 지금 이 상황에서조차 그냥 아무 생각도 들지 않았다. 클로드가 나를 찾아서 방방곡곡을 이 잡듯이 뒤지고 있는 지금, 어떻게 보면 나한테는 또 한 번 위기가 닥친 거라고도 볼 수 있을 텐데…… 이상하게도 별다른 걱정도 공포도 생기지 않았다.

솔직히 언제까지 내가 이런 생활을 지속할 수 있을지는 모르겠지만 어디든 숨어 다니려고 마음만 먹으면 정 못 할 것도 없을 것 같았다. 이제는 순간 이동도 큰 어려움 없이 쓸 수 있고 또 혼자서 심심풀이로 연습해 봤던 다른 어려운 마법들도 몇 개는 성공했으니까.

미처 몰랐는데 역시 나는 마법에 엄청난 재능이 있는 것 같다. 그, 근거 없는 자신감 아니다, 뭐. 혼자 독학해서 나만큼 하는 애 있으면 나와 보라고 해!

아무튼, 그래서 나는 클로드가 나를 죽이기 위해 찾고 있는 걸 알아도 전처럼 간이 쪼그라들거나 하지 않았다. 게다가 설령 클로드에게 이대로 붙잡힌다 해도 지난번 장미 화원에서 그랬던 것처럼 또 그의 앞에서 도망칠 수도 있을 것 같았다. 그리고 일단은 나도 그에게 순순히 죽어줄 마음이 없었고 말이다.

그날도 그렇게 생각했으니까. 절대로 클로드 손에만큼은 죽지 않겠다고. 옅은 바람이 내 머리를 쓸며 지나갔다. 주위에 있는 하얀 갈대들도 바람을 따라 살랑살랑 작게 몸을 흔들어 댔다.

그러고 보니 벌써 그날로부터 시간이 꽤 많이 지났구나. 나는 장미 화원에서의 일을 다시금 머릿속에 떠올렸다. 이렇게 하는 일 없이 멍하니 하늘만 쳐다보고 있으려니 그뿐만이 아니라 가넷궁의 후원에서 있었던 일도, 클로드의 생일날 연회장에서의 일도 덩달아 꼬리를 물고 하나둘씩 눈앞에 떠올랐다. 그러다 문득 뭉그러지는 빛 속에서 나를 물끄러미 바라보던 눈동자가 뇌리를 스쳐 지나갔다. 입술을 사리문 채 소리 없이 눈물만 떨어뜨리던 내 옆을 한참이나 말없이 지켜 주었던 이제키엘.

나는 충동적으로 다음 이동 장소를 결정했다.

"아를란타에나 가 볼까."

"하루 숙박하려고 하는데요."

"네. 숙박비는 방마다 달라요. 지금 남아 있는 방이……."

나는 카운터에 있는 남자가 설명하는 것을 신기한 기분으로 경청했다. 와, 외국어다. 여기가 진짜 아를란타가 맞긴 맞나 봐. 혹시 방금 전 내 회화가 이상했던 건 아니겠지? 혹시 모르니까 말은 최대한 아껴야겠다.

지금 나는 이 근방에서 제일 큰 여관에 들어와 있었다. 하지만 말이 여관이지 층층이 쌓아 올린 건물이나 1층의 넓은 로비를 봤을 때 이곳은 거의 호텔 같았다. 역시 대도시라 그런지 시골에 있던 여관하고는 급이 다르구나!

"세끼 식사는 숙박료에 비포함이라 식당에서 따로 지불하셔야 하고 미리 말씀해 주시면 방에서 드실 수도 있어요. 여기 열쇠고요. 계단은 왼쪽으로 쭉 가시면 바로 보일 거예요. 그럼 편안한 시간 보내세요."

하지만 아무리 그래도 위조 동전으로 제일 좋은 방까지 쓰는 것은 비양심적이라고 느껴졌기 때문에 나는 그냥 중간 정도 되는 방을 잡고 카운터를 벗어났다. 으윽. 물론 가짜 돈으로 이런 호텔 같은 여관에 들어온 것부터가 충분히 비양심적이었지만 나도 한 번쯤은 이런 데서 지내 보고 싶었단 말이야. 그, 그래도 죄송합니다! 나중에 꼭 진짜 돈으로 갚으러 올게요!

나는 1층의 카페테리아로 보이는 곳에서 우아하게 차를 마시고 있는 신사, 숙녀들을 지나 계단을 올라갔다. 그리고 방으로 들어가자마자 따악 손가락을 튕겨 지금까지 유지하고 있던 마법을 해제시켰다. 어디 보자. 내 눈이랑 머리, 다시 원래대로 돌아왔나?

나는 방 한편에 놓인 거울을 꼼꼼히 살펴보았다. 다행히도 마법은 제대로 풀린 것 같았다.

방금 전까지 머리 색과 눈 색을 마력으로 바꿔 놓았었다. 사실 처음에는 성공할 수 있을지 영 자신이 없었는데 황궁을 나오고 처음 사람들 앞에 나설 때 그냥 이러고 가면 안 될 것 같아서 한번 시도해 보니까 다행히도 잘되더라. 물론 여기는 오벨리아가 아니라 아를란타지만 그래도 혹시 모르니까 조심해서 나쁠 건 없는 게 아니겠어?

하지만 다르게 생각해 보면 오히려 외국이기 때문에 더욱 조심해야 하는 것일지도 몰랐다. 엄밀히 따지면 나 지금 불법 밀입국자 아닌가? 게다가 오벨리아에서 도주한 극악 범죄자 신분이기까지!

물론 그런 걱정이 든 건 잠시뿐이었고, 곧 그마저도 '에라, 모르겠다' 싶어지기는 했다. 지금 내 팔자에 외교 문제니 뭐니 그런 걸 신경 써서 뭐 한단 말인가. 으앙, 어쩌다가 제 신분이 지명 수배 범죄자가 된 거죠? 이건 정말 말도 안 돼.

그런 의미로 마법을 쓸 수 있어서 정말 다행이다. 아니었으면 아마 난 클로드에게 진작 잡혀서 황성에 끌려갔겠지. 아, 아니다. 그럼 아예 황성을 나오지도 못했겠구나. 그럼 난 그냥 그 화원에서 클로드 손에 죽었으려나? 책 속의 아타나시아가 그랬던 것처럼, 반항 한 번 하지 못하고 허무하게. 그런 생각을 하자 갑자기 기분이 복잡해져서 나는 조금씩 지끈거리기 시작하는 미간을 짚었다.

"와하하하! 나 잡아 봐라!"

"아, 진짜! 카벨 오빠, 거기 안 서?!"

그러다 문득 '나 잡아 봐라' 놀이를 하는 소리가 들려서 창밖을 보니

밖에는 벚꽃 같은 연분홍색의 꽃나무가 거리 가득 흐드러지게 피어나 있었다. 아, 아를란타도 봄이 한창이네. 아를란타는 오벨리아와 달리 사계절이 존재하는 나라라서 혹시 시기가 맞으면 오랜만에 눈을 볼 수 있지 않을까 싶었는데.

따악.

나는 잠깐 창밖을 보다가 다시 마법으로 머리 색과 눈 색을 바꾼 뒤 방을 나섰다. 손가락을 튕기는 것은 마력 조절을 위한 일종의 스위치 같은 것이었다. 기분 탓인지는 모르겠는데, 이러면 왠지 마력을 덜 낭비하는 느낌이었다. 혼자만의 신호라고 해야 할지, 아니면 마력에게 사인을 보내는 것이라고 해야 할지. 으음. 한마디로 말하자면 '내가 마법을 쓰고 싶을 때 이렇게 손가락을 튕길 테니까 그 전에는 네 마음대로 마법을 발현시키면 안 돼?'라고 마력을 다독이는 느낌이었다. 쿠, 쿨럭. 이렇게 말하니까 뭔가 좀 이상하네.

아무튼, 마법이란 것이 시전자의 바람이나 상상으로 이루어지는 일이다 보니까 딱히 마법을 쓰고 싶지 않아도 가끔은 마음대로 허공에서 돈 같은 것이 뚝 떨어지거나 갑자기 순간 이동이 되어서 솔직히 난감할 때가 종종 있었다. 아니, 이건 난감하다기보다는 사실 엄청 위험한 일이었다. 지난번에는 클로드한테 쫓겨서 산으로 도망가는 꿈을 꿨는데 잠에서 깨어나 보니 자고 있는 곳이 여관이 아니라 웬 산기슭이어서 얼마나 놀랐었는데. 으윽. 만약 산이 아니라 벼랑이나 바다 같은 곳으로 이동되었다면 어땠을지 상상도 하기 싫다.

그래서 나는 그 후 '초보자는 마력 조절을 위해 마법을 사용할 때의 수신호를 정해 두는 것이 좋다'고 마법서에 적혀 있던 내용을 떠올리고 루카스 흉내를 내보았다. 그런데 신기하게도 그 후로는 정말 마법이 전처럼 아무 때나 남발되지 않아서 좀 더 편해졌다. 루카스도 지금까지 마력 조절을 하려고 손가락 튕기기를 했던 걸까? 으음. 물론 루카스가 마법 초보자는 아니지만 마력량이 줄어서 불편하다고 몇 년 동안 계속 투덜거렸었으니까.

"아, 눈 내리는 것 같다."

나는 이런저런 생각을 하면서 건물을 벗어나 꽃나무가 깔린 거리를 혼자서 거닐었다. 그런데 걸음걸음마다 위에서부터 쏟아져 날리는 꽃잎들이 꼭 하얀 눈송이 같았다.

그러고 보니 이런 시간을 보내는 것이 얼마 만인가 싶었다. 물론 황성에서의 생활이 나빴던 건 아니지만 예전에 루카스와 함께 몰래 놀러 나갔을 때를 제외하고는 밖에서 이런 한가로운 시간을 보낸 적이 없었다. 바로 어제까지만 해도 몽타주와 영상석을 보고 내 얼굴을 알아보는 사람이 있을까 봐 바깥에는 자유롭게 돌아다니지 못했으니까.

그런데 아를란타에는 지금 거리에 있는 누구도 나를 수상쩍은 눈으로 쳐다보지 않았다. 세상에, 이런 무관심이라니. 나는 때에 맞지 않게 그만 조금 감동해 버렸다. 하긴, 그렇지? 여기가 내가 살던 황궁도 아니고 오벨리아는 더더욱 아닌데, 사람들이 나한테 관심이 있을 리가. 무슨 자의식 과잉도 아니고 나도 참.

나는 지금까지의 긴장을 풀고 좀 더 편하게 거리를 걸었다. 십수 년간의 황궁 생활에 적응이 되어서 그런지 처음에는 바깥이 좀 낯설었지만 나는 금세 익숙해질 수 있었다. 어쩌면 그동안 잃었던 감이 돌아온 건지도 모른다. 그야 당연하지. 원래 난 평범한 소시민이었으니까.

날씨도 따뜻하고 경치도 좋겠다, 나는 한참이나 사람들 틈에 뒤섞여 간만의 여유를 만끽하다가 다시 방으로 돌아갔다.

으음. 문이 꽉 닫혀 있네.

나는 고개를 쳐들고 눈앞에 굳게 잠긴 철문을 바라보다가 난감하게 미간을 좁혔다. 지금 내가 서 있는 곳은 숙소에서 얼마 떨어지지 않은 곳에 위치한 거대한 건물이었다. 그리고 이곳이 바로 이제키엘이 다년 간 유학했던 아를란타의 학교였다! 빠빰! 그런데 높다란 철창과 그에 버금가는 단단한 담벼락을 보니 아무래도 잠입하기가 꽤 어려워 보였다. 아니, 원래 학교 정문이란 건 월담도 가능할 만한 그런 사이즈 아니었나요? 크흑. 이 학교 학생들은 지각하면 정말로 얄짤 없겠네.

"흐음."

문 앞을 지키고 있는 사람 한 명 없는 걸 보니까 아무래도 평일 중 외부인은 안 받는 것 같고. 뭐, 학교 안으로 들어가는 것 정도야 순간 이동을 쓰면 된다지만 어떻게 안 들키고 내부 구경을 한다지? 나는 잠깐 문 앞에 서서 고민하다가 요즘 성공한 마법 중 하나를 사용해 보기로 했다.

"아, 수업 듣기 싫어. 과제도 어제 밤새워서 겨우 했는데."

"오늘은 교수님이 수업 시간에 질문 같은 거 안 했으면 좋겠다. 애초에 질문이 어려워서 제대로 대답하는 건 두어 명밖에 없잖아?"

그리고 잠시 후 나는 다른 사람들 눈에 띄지 않고 학교 안을 돌아다니는 데 성공해 있었다. 음하하! 이름하여 투명화 마법이라고 아시나? 일명 다른 사람 눈에 내가 보이지 않게 얇은 마력장을 내 몸에 씌워서 투명 인간처럼 되는 마법이었는데, 이거 진짜 어려운 고위 마법이다! 하지만 난 그걸 성공했지! 크으. 내 대마법사 신화는 이제부터 시작이야.

"앗! 늦겠다. 빨리 가자!"

지금 내가 들어와 있는 곳은 아를란타에 있는 학교 중 가장 큰 학교라고 들었는데, 과연 그 명성만큼이나 웅장한 내부를 자랑하고 있었다. 교정 한가운데에 자리한 아름다운 정원과 분수도 그렇고, 체력 운동을 위한 곳인지 흙으로 단단히 다져 놓은 넓은 공터도 그렇고. 게다가 4층 이상 되는 건물도 교정에 하나가 아니라 대여섯 개나 있었다.

아, 혹시 저건 도서관인가? 나중에 가 봐야지. 어디 보자, 저 건물은 이제 보니 기숙사 같기도 하고. 음. 물론 황성에서 살았던 내 눈에도 이 학교가 그렇게 놀랄 정도로 막 크고 화려하게 느껴지는 건 아니었지만, 그래도 이 정도면 확실히 아를란타에서 제일 크고 유명한 학교라는 소리를 들을 법했다.

나는 학생들에게 부딪치지 않게 요리조리 요령껏 피해 다니며 학교 구경을 하다가, 문득 옆을 지나가던 여학생들의 말에 호기심을 느끼고 그들의 뒤를 쫓았다. 어쩐지 교정에 학생들이 별로 없어서 이상하다 했는데 곧 수업이 시작될 시간이라 그랬던 거로군?

내가 살금살금 뒤를 쫓는 동안 여학생들은 정원 앞쪽으로 난 길을 가로질러 이내 두 번째 건물의 입구로 들어섰다. 나는 별관으로 보이는 건물의 내부를 구경하며 여학생들이 들어간 문으로 발소리를 죽인 채 다가갔다. 다행히 문은 열려 있었다. 나는 다른 학생이 내 앞을 가로막기 전에 슬쩍 문틈으로 몸을 들였다.

"너 과제 다 했어?"

"당연하지."

"와, 나 잠깐만 보여 주라!"

어이쿠. 갑자기 자리에서 일어난 학생하고 하마터면 부딪힐 뻔했다. 나는 와글와글 떠드는 학생들을 피해서 최대한 벽에 붙은 채 게걸음으로 강의실 뒤쪽을 향해 움직였다.

"앗! 교수님 오신다!"

그런데 누군가 외친 바로 그 순간, 학생들이 일사불란하게 자리를 찾아 이동하기 시작했다. 그들은 순식간에 자리에 착석한 뒤 교과서로 보이는 책을 펼쳤다. 강의실 안에 고요한 정적이 깔렸다. 오잉. 가, 갑자기 이게 뭐지. 지금 교수님 들어온다고 이렇게 순식간에 조용해진 거야?

저벅저벅 발소리가 들린다 싶더니 곧 풍채 좋은 중년의 남성이 문을 열고 안으로 들어섰다. 아무래도 학생들이 말한 교수인 모양이다.

"모두 왔으면 오늘 수업을 시작하겠습니다."

그는 습관처럼 콧수염을 잠깐 만지작거리더니 출석도 부르지 않고 곧바로 수업을 시작했다. 나는 약간 얼떨떨해져서 강의실 맨 뒤에 남은 자리로 이동해 슬며시 엉덩이를 붙이고 앉았다. 와아. 여기 학생들 전부 모범생이구나. 면학 분위기가 장난이 아니네. 과연 명문 학술원은 다르다 이건가?

"그렇다면 이 시공간 중력 이론을 반박한 조지 마이언은 어떤 주장을 펼쳤을까요? 르미에 장다르크 학생."

"예. 조지 마이언은 빌헬름 로마르티의 시공간 중력 이론을 질량과 가속 운동의 예시를 들어……."

수업은 꽤 재미있었다. 아까 전 학생들이 듣기 싫다고 몸부림친 것에 비해 수업 내용도 그다지 지루하지 않았고, 또 교수의 설명도 알아듣기 쉬운 편이었다. 음. 어쩌면 이미 내가 가정 교사와 함께 예전에 다 공부한 내용이라 그럴 수도 있지만 말이다. 그리고 보면 아를란타어로 진행되는 수업을 내가 이렇게 술술 알아들을 수 있는 것도 전부다 그동안 황성에서 들었던 수업들 덕분이었다. 어흑. 내가 이날을 위해 그렇게 공부를 열심히 했었나 보다. 이것 참, 보람이 느껴지는걸.

게다가 현생에서 이렇게 다른 학생들과 함께 강의실에서 수업을 듣는 건 처음이라 그런지 나는 지금 이 시간이 꽤 재미있었다. 이대로 수업이 끝나는 게 아쉬울 정도로 말이다.

"오늘 수업은 여기까지 하겠습니다."

크윽. 벌써 끝나다니. 두 시간 연강이었는 데도 수업이 너무 빨리 끝나버렸어. 이 강의실에서 다른 수업은 또 없으려나? 좀 더 앉아 있어 볼까.

콧수염 교수가 먼저 강의실을 떠나고 나서 학생들이 그 뒤를 따라 우글우글 몰려갔다. 나는 맨 뒷자리에서 책상에 팔을 올려 턱을 괸 채 그런 그들의 모습을 멀뚱히 지켜보았다. 아, 바로 다른 수업이 또 있는 모양이다. 학생들이 또 들어오는 걸 보니. 이번에도 역시 학구열 넘치는 학생들이 앞자리부터 채워 가며 앉기 시작했기 때문에 나는 자리를 이동하지 않아도 되었다.

"아 씨, 졸려."

앗, 그런데 이단아가 한 명 등장했다! 늘어져라 하품을 하며 강의실에 들어온 갈색 머리카락의 남학생 하나가 성큼성큼 걸음을 옮겨 뒤쪽으로 걸어왔다. 그러더니 글쎄, 내 바로 옆자리에 덥석 앉는 것이 아닌가? 나는 깜짝 놀라 흠칫 몸을 떨었다. 하지만 그는 다시 한번 크게 하품을 한 뒤 책상 위에 아예 엎드려 버렸다.

뭐, 뭐지. 지금까지 본 이 학교의 다른 학생들하고 너무 달라서 좀 당황스러운데. 하지만 지난 생의 기억을 떠올리면, 오히려 나한테는 이런 학생의 모습이 더 익숙하긴 했다. 그나저나, 난 이대로 여기에 앉아 있어도 되는 건가? 뒤쪽에 다른 빈자리도 있는데 왜 하필 내 옆에 앉은 거지? 음, 창가 쪽이라서 그런가.

그때, 교수로 보이는 사람이 강의실 안으로 들어왔기 때문에 나는 옆자리에 있는 남학생에게서 시선을 떼고 앞을 보았다.

"자, 지난 시간에 이어 게일 쉴러의 논증 오류에 대해 계속 공부하겠습니다."

음? 게일 쉴러라고?

나는 강의실의 맨 뒤에 앉아 잠깐 딴청을 부리다 말고 눈길을 앞으로 돌렸다. 그러자 자신의 콧수염을 자랑스레 만지작거리고 있는 노교수가 눈에 들어왔다. 흐음. 아를란타에서는 콧수염을 기르는 게 유행인가? 특히 이 교수님은 도대체 매일 콧수염 관리를 어떻게 하길래 저렇게 털 한 가닥 한 가닥에서 윤기가 자르르 흐르는 걸까? 그러고 보니 생긴 것도 그 동그랗고 납작한 감자 과자 로고에 그려진 콧수염 아저씨 닮았당.

"자, 모두 교재 173페이지를 펼치세요."

나는 모처럼 흥미가 돋아서 학생들의 앞에 놓인 교재를 힐끔 훔쳐보았다.

책의 제목은 『편미분방정식에 의한 시공간의 곡률 연구와 특수 상대성 이론에 기반한 게일 쉴러의 논리가 가진 오류와 그 비판 그리고 재해석』이었다. 그 쓸데없이 긴 제목을 눈에 담은 순간 나는 나도 모르게 '크으' 신음하고 말았다.

으억, 나 이 책 알아! 이거 이제키엘이 10살 때 공부했던 거잖아! 알피어스 공작저에서 만났을 때 이제키엘이 이 책을 공부 중이라는 말을 듣고 내가 얼마나 식겁했었는데.

이제키엘은 그때부터 아를란타 회화도 유창하게 하고 신성 사이칸시아 성서 내용도 죄다 줄줄 외우고 있어서 나한테 적지 않은 충격을 주었지. 크흑. 생각할수록 불공평한 남자 주인공 버프 같으니라고.

"지난번 설명했다시피 특수 상대성 이론에 의한 시공간의 연구는 마법에도 응용될 수 있는데……."

잠깐……. 그런데 지금 이 수업 몇 학년 수업이더라?

나는 문득 밀려드는 의구심에 잠시 주위를 두리번거리다가 이윽고 내 옆에 앉아 졸고 있는 남학생의 책을 발견했다.

[카벨 에른스트, 고등부 2-B.]

아, 고등부 2학년 수업이구나. 그럼 지금 이 수업, 17살인가 18살 정도 되는 애들이 듣는 거란 말이네? 헉, 그럼 이제키엘은 17살 때 배우는 내용을 이미 10살 때 공부하고 있었다는 소리야? 진짜? 허허……
나는 또 한 번 이 세상의 부조리함에 대해 깨닫고 잠깐 허탈하게 웃고
말았다. 아니, 이건 진짜 너무한 것 아닙니까? 아무리 주인공이라고 해
도 그렇지, 불공평하게 능력치를…….

"찹스테이크…… 음냐."

그래, 찹스테이크를 몰빵해서…… 으, 응? 뭐? 찹스테이크?

갑자기 옆에서 들려온 웅얼거리는 소리에 나는 고개를 돌렸다. 아마
도 그 소리를 들은 건 나뿐만이 아닌 듯, 내 근처에 있던 다른 학생들도
하나둘씩 찹스테이크의 근원지를 찾아 의문 어린 눈길을 돌리고 있었다.

"오므라이스 말고…… 찹스테이크…… 음. 으윽……."

이 정체불명의 소리는 내 옆자리에 엎드려 있는 갈색 머리통의 남학
생에게서 흘러나오고 있었다.

뭐…… 지금은 점심시간도 지난 오후 수업이겠다, 계절도 딱 춘곤증
이 오기 좋은 봄이겠다, 이런 박 터지는 내용의 수업을 듣고 있으면 졸
릴 만도 하지. 나도 에메랄드궁에서 이 부분을 공부할 때에는 지루함
에 몸서리쳐야만 했으니까. 흑, 하지만 난 일대일 과외 같은 교습 방식
이라 수업 중에 졸 수도 없었지. 내가 얼마나 허벅지를 꼬집으며 졸음
을 참아야만 했는지! 누구도 알지 못할 내 인고의 세월이여!

나는 강의실에 있는 학생들에게 동병상련의 정이 담긴 짠한 시선을
보내며 남몰래 고개를 주억거렸다.

드르륵! 쾅!

앗, 깜짝이야!

그런데 바로 그때, 갑자기 옆에 있던 남학생이 자리에서 요란스럽게
벌떡 일어나며 외쳤다.

"고기……! 오므라이스 말고 찹스테이크 달라니까아아!"

……찹스테이크 달라니까아아!

……달라니까아!

……니까!

고요한 강의실 안에 방금 전 그가 기차 화통을 삶아 먹은 듯이 쩌렁쩌렁하게 외친 소리가 메아리처럼 울려 퍼졌다. 그 아련한 울림 속에서 학생들은 입을 쩌억 벌린 채 제각각 놀라거나 할 말을 잃은 표정을 짓고 있었다. 개중에는 흠칫하며 앞에 있는 교수의 눈치를 살피는 학생들도 있었다.

"쓰읍……. 으응?"

거하게 잠꼬대를 한 남학생이 여전히 잠이 덜 깬 얼굴로 인상을 팍 쓰더니 손을 들어 입가를 훔쳤다. 호, 혹시 지금 침 닦는 거니?

"카벨 에른스트 군……."

착 가라앉은 음산한 목소리가 고막을 뚫고 들어온 것은 바로 그때였다. 헉, 콧수염 교수님 화났나 보다.

"어? 교수님, 제 찹스테이크 못 보셨어요?"

그 상황에서 오직 카벨 에른스트라 불린 내 옆의 남학생만이 여전히 상황 파악을 못 하고 있었다. 그는 어리둥절하게 주위를 두리번거리다가 교수에게 찹스테이크의 행방에 대해 물었다. 그러자 입매를 한차례 꿈틀거린 콧수염 교수가 처억 문 쪽을 손가락질했다.

"나가게."

"아, 밖에 있었구나! 감사합니다, 교수님!"

푸웁! 그 순간 나도 모르게 소리 내 웃을 뻔했다. 하지만 나뿐만이 아니라 강의실 안에 있던 다른 학생들도 간간이 웃음을 참는 소리를 내는 것을 나는 들었다. 그도 그럴 것이, 지금 콧수염 교수는 화가 나서 '넌 내 수업을 들을 자격도 없어! 당장 나가! 겟 아웃!'을 시전하고 있는 게 아니던가? 그런데 그는 찹스테이크의 행방을 이제야 알았다는 듯이 '알려 줘서 고맙다'고 어리벙벙하게 대꾸했으니 황당해서라도 웃음이 나올 수밖에.

게다가 남학생은 정말 날듯이 강의실을 뛰쳐나가 버렸다. 당연하게도 콧수염 교수는 얼굴이 시뻘게져서 혼자 부들부들 떨고 있었고, 학생들은 너도나도 웃음을 애써 참는 이상한 얼굴들을 하고 있었다. 나도 그 틈에서 자꾸만 입 밖으로 터져 나오려고 하는 웃음을 참느라 용을 써야만 했다.

달그락.

학생들이 모두 강의실을 떠난 뒤 나도 자리를 옮기기 위해 의자에서 일어섰다. 그런데 앞으로 한 발짝 내디딘 내 발에 무언가가 걸어채었다. 어, 뭐지?

나는 의문을 느끼며 시선을 아래로 내렸다. 그리고 곧 허리를 굽혀 발치에서 반짝이는 것을 주워 들었다. 그것은 금줄이 달린 작고 동그란 금속 세공품으로, 그 뒤에는 음각의 작은 글씨로 이름이 새겨져 있었다.

카벨 에른스트.

그리고 보니 아까 강의실에서 교수가 카벨 에른스트 군이라고 불렀었지. 잠깐. 그런데 아를란타에서 에른스트면, 대대로 황실의 강력한 우방이었던 공작 가문 아닌가?

응? 그런데 기분 탓인가. 왠지 이름이 좀 낯설지가 않은데. 나는 잠깐 고개를 갸웃거리다가 이윽고 손에 들린 것을 내려다보았다. 그런데 이거 어떻게 하지? 그냥 여기에 두고 가면 나중에 와서 찾아가려나?

붉은 해가 저무는 강의실에서 나는 세공품을 손에 들고 잠깐 고민하다가 이내 그것을 책상 위에 내려놓고 자리를 떠났다.

그날 밤, 나는 머리카락을 휘날리게 하는 바람을 느끼며 깊은 숨을 내쉬었다. 나는 또 투명화 마법을 쓴 채로 건물의 꼭대기에 올라 주위의 경관을 감상하고 있었다. 그러다가 문득 나는 클로드를 떠올리고 말았다.

시선을 돌리자 어둠을 배경 삼아 눈발처럼 흩날리고 있는 꽃잎이 시야에 들어왔다. 나는 눈앞에 점점이 흩뿌려지는 하얀 꽃잎을 보다가 문득 생각했다. 잠깐 보러 갔다 올까……? 어쩌면 지금쯤 자고 있을지도 모르니까. 물론 낮밤이 따로 없는 사람이긴 하지만, 그래도…….

날 죽이려고 한 사람인데도, 그리고 그에게서 달아나 지금껏 모습을 감추었던 건 나인데도 클로드가 어떻게 지내고 있을지 갑자기 문득 궁금해졌다. 여차하면 다시 도망쳐 와도 되니까 잠깐만 보고 오자.

참으로 대책 없는 생각이란 걸 스스로도 알면서도 결국 나는 충동적으로 그렇게 결정하고 말았다.

따악!

나는 망설임을 던져 버리고 마력의 파도에 몸을 맡겼다.

내가 도착한 곳은 어둑한 방이었다. 그 사실을 깨달은 순간 나는 숨을 죽인 채 자리에서 꼼짝도 하지 못했다. 아니, 내가 도착 지점으로 설정한 곳은 황성 지붕인데 왜 엄한 방에 들어와 있어?! 마력님, 도대체 왜 그러는 거예요? 한동안 안 그러니 왜 또 나한테 똥을 퍼 주려고 하냐는 말이야? 난 일단 황성 지붕에 올라가서 주위를 좀 살핀 다음에 슬쩍 창문 밖에서 클로드가 뭘 하는지 보려고 한 건데 다짜고짜 방 안이라니! 게다가 지금 이곳은 내게 있어 실로 익숙한 곳이 아닌가. 왜냐하면 여기는 바로 클로드의 침소니까!

뚜둥! 나는 방의 한가운데에서 오도가도 못 하고 완전히 얼어붙어버렸다. 물론 내가 만약 클로드한테 붙잡혀도 지난번 장미 화원에서 그랬던 것처럼 또 도망쳐 나올 수 있을 것 같다고 혼자서 호언장담을 하긴 했지만……. 그, 그래도 그 말이 이렇게 맹수의 아가리 속으로 직접 머리를 들이밀고 싶다는 의미는 아니었는데? 난 자살 희망자가 아니라구요. 으어헝. 어떡하지? 다시 순간 이동을 써야 하나?

나는 잠깐 눈알을 굴리면서 주위의 상태를 살폈다. 불행 중 다행으로 방 안은 아주 조용했다. 혹시 클로드가 집무실에 있는 건 아닐까?

하지만 잠시 후 나는 보고야 말았다. 소파 위에서 달빛을 받아 반짝이는 낯익은 금발을. 그것을 발견한 직후 나는 숨을 죽인 상태로 한동안 자리에 가만히 서 있었다. 그리고 이내 천천히 걸음을 옮겼다.

부스럭.

그런데 바로 그때 내가 무언가를 밟았는지 부스럭거리는 소리가 귀청을 울렸다. 나는 그 작은 소리가 천둥처럼 크게 들려 그만 흠칫 제자리에 멈추어 서고 말았다.

힐끔 눈치를 보니 소파에서는 어떤 미동도 느껴지지 않았다. 뭐지? 혹시 서류 같은 건가. 또 침소에서 문서 같은 걸 보다가 바닥에 떨어뜨렸을 수도 있었다.

나는 바닥에 떨어진 종이를 무시하고 다시 걸음을 옮겼다.

바스락!

그런데 몇 걸음 옮기지도 못해 다른 종이를 또 밟고 말았다. 으악, 이거 도대체 뭐야? 도대체 이런 게 바닥에 몇 개나 널려 있는 거야? 두 번이나 소리를 내자 아무래도 소파에 있는 클로드의 눈치가 보여서 나는 그가 깨어나도 나를 볼 수 없게 일단 몸을 낮게 수그렸다.

그런데 달빛에 비친 종이가 왜인지 조금 이상했다. 어라? 이거 문서가 아니라 그림 같은데? 도대체 뭐지? 나는 내가 밟고 있는 종이를 향해 손을 뻗어 별생각 없이 그것을 집어 들었다. 그리고 미간을 좁힌 채 종이 속의 그림을 천천히 살피다가 이내 기겁하여 화등잔만 하게 눈을 뜨고 말았다.

헉! 이게 뭐야! 이건 내가 어릴 때 그린 그림이잖아! 뭐, 뭐지? 이게 왜 여기에 있는 거야?

너무 당황스러워서 동공이 지진이라도 난 듯이 마구 흔들리기 시작했다. 나는 설마 하는 마음으로 엉금엉금 바닥을 기어 주위에 널려 있는 다른 종이들도 하나씩 확인해 보았다. 그리고 곧장 머리를 부여잡고 소리 없는 비명을 내지르고 말았다.

으악! 아무리 봐도 이거 내가 어릴 때 클로드한테 그려 줬던 그림들 맞는데! 나름대로는 아첨이랍시고 내 고사리 손으로 열심히 그려서 클로드에게 고이 안겨 주었던 내 흑역사들!

창고에서 금화 테라피를 하는 나와 옆에서 그걸 어이없게 지켜보는 클로드를 그린 그림은 내 9살 생일날 금고를 선물해 줘서 고맙다는 의미로 선물한 것이었고, 다른 그림은 정확한 시기는 생각나지 않으나 구름 위를 둥실둥실 날아다니다가 클로드에게 산성비를 내려서 대머리를 만드는 꿈을 꾼 직후 그 역사적인 날을 잊지 않으려 그린 그림이었다.

그리고 그 옆에 있는 건······.

헉! 내 최초의 역작! 내가 클로드에게 드롭킥을 날리고 있는 그림이잖아! 세상에, 내 기억으로 이건 선물한 게 아닐 텐데 왜 클로드가 이걸 가지고 있는 거야?

나는 홱 고개를 돌려 저 멀리서 보이는 반짝이는 머리통을 해괴한 생물체라도 되는 듯이 쳐다보았다. 다, 당신 도대체 뭐야? 무슨 꿍꿍이로 이걸 가지고 있던 거야? 지금은 또 왜 이 그림들을 바닥에 흩뜨려 놓고 있고? 헉. 설마 이걸 보면서 나에 대한 살의를 불태우고 있던 건 아니겠지······?

나는 진저리를 치며 혹여나 꿈에라도 나올까 두려운 내 흑역사를 바닥에 아무렇게나 막 내버려 둔 뒤 다시 자리에서 몸을 일으켰다. 그리고 살금살금 발소리를 죽여 소파로 다가갔다.

클로드는 은은한 달빛을 얼굴에 받으며 곤히 잠들어 있었다. 하지만 악몽이라도 꾸는지 한껏 깊은 굴곡을 그리고 있는 그의 미간을 보자면 '곤히 잠들어 있다'는 말은 틀린 것일지도 몰랐다.

나는 비로소 가까워진 클로드의 얼굴을 물끄러미 내려다보았다. 뭐야, 이 사람 왜 이렇게 말랐어? 누가 보면 진짜 딸 잃어버리고 식음을 전폐한 사람인 줄 알겠네.

달빛을 받아 한결 더 창백한 빛을 발하는 그의 얼굴을 내려다보는 동안 조금씩 마음이 묘해지기 시작했다. 이상한 일이었다. 지금 내 눈앞에 있는 사람은 분명 날 죽이려고 한 사람인데, 이상하게도 무섭지가 않았다. 오히려 한동안 밤잠도 제대로 이루지 못한 것처럼 피로감이 짙게 배어나 있는 얼굴이나 며칠 내내 앓던 사람처럼 창백한 낯빛 같은 것이 마음에 걸렸다. 그렇게 꼴도 보기 싫다고 해서 내가 사라져 줬으면 좀 더 잘 먹고 잘 살 것이지, 이게 뭐람? 오히려 이 사람보다 내가 더 잘 지내는 것 같네.

하지만 그런 생각에 못내 마음 쓰이다가도 어느 순간 속에서부터 울컥 무언가가 치밀었다. 뭐야, 이러니까 꼭 내가 진짜 아타나시아라도 된 것 같잖아. 물론 난 소설 속에서처럼 당신한테 죽어줄 마음 같은 거 조금도 없지만.

"바보 같아."

나는 작게 중얼거리며 방금 전보다 깊게 패여 있는 클로드의 미간을 손가락으로 콕 찔렀다. 그러자 잠깐 움찔거리며 굵은 자국을 그리던 미간이 서서히 평평한 곡선을 그리며 펴지기 시작했다. 줄곧 아래로 내리깔려 있던 금색의 속눈썹이 아주 느리게 들어 올려졌다. 나는 초점 없는 눈동자가 마침내 달빛 아래에서 모습을 드러내기 시작하는 모습을 가만히 지켜보았다.

"……."

그의 보석안이 나를 향해 움직이는 동안 내 손도 다시금 원래 있던 곳으로 돌아갔다. 클로드는 나를 앞에 둔 채로 잠시 동안 말이 없었다. 나도 그런 그를 여전히 내려다본 채 침묵했다.

그리고 잠시 후, 그의 입이 느리게 벌어졌다.

"지겹구나."

낮게 잠긴 목소리가 귓가를 스치는 순간 나는 손끝을 움찔 떨고 말았다. 하지만 잇따른 말은 예상외의 것이었다.

"넌 지치지도 않나? 하루도 빠지지 않고 매일 밤 꿈에 나오는군."

자조적인 냉소와 함께 혼잣말처럼 읊조려진 말에 나는 눈을 한 번 깜빡거렸다. 이게 무슨 소리일까? 매일 밤 내가 나오는 꿈을 꾼다고? 호, 혹시 날 죽이는 꿈 같은 건 아니겠죠?

"그래도 오늘은 입을 다물고 있구나."

"……."

"그래. 시도 때도 없이 나타나서 그 빌어먹을 말을 몇 번이나 내 앞에서 반복하는 것보다는 차라리 조용한 게 낫다."

어쨌든 이유는 모르겠지만 클로드는 지금 나와 시선을 마주하고 있는 상황을 꿈이라고 생각하는 것 같았다. 그래서 나도 그냥 지금 이게 현실이라는 사실을 그에게 알려 주지 않기로 했다.

잠시 방 안에는 침묵이 맴돌았다.

"왜……."

나는 내 얼굴을 쳐다보기도 싫다는 듯이 팔을 들어 눈가를 가리는 그를 보다가 충동적으로 입을 열었다.

"왜 굳이 이렇게까지 나를 찾으려고 해요?"

사실 나는 클로드가 왜 이렇게 혈안이 되어 방방곡곡을 뒤지는지 이해가 되지 않았다. 어차피 나를 죽이려고 했던 이유가 눈에 거슬려서 그랬던 거라면 그냥 이대로 내가 밖에서 죽든 살든 신경 쓰지 않고 지내면 되는 것 아닌가?

"날 찾아내면 죽일 거예요?"

아니면 정말 그렇게까지 자기 손으로 날 죽여서 끝을 보고 싶은 걸까? 그런 거라면 당신 진짜 악취미잖아.

"지금도 날 보니까 죽이고 싶어요?"

조용한 방 안에는 내 나지막한 물음만이 울려 퍼졌다. 클로드는 내가 묻는 동안 줄곧 아무런 말도 하지 않다가 내 마지막 물음에 눈 위에 올려 두었던 손을 한차례 작게 움찔거렸다.

"그래."

어둠 속에서 어스름한 달빛을 받고 있던 그의 메마른 입술이 한순간 얇게 짓이겨지더니, 곧 그가 낮은 목소리로 씹어뱉듯이 말했다.

"지금 당장에라도 찢어 죽이고 싶다."

나는 그 말을 듣고 잠깐 동안 침묵했다. 그리고 이내 마찬가지로 낮게 잠긴 목소리를 새어 보냈다.

"난 안 죽어."

눈앞에 있는 그의 손이 한 번 더 움찔거렸다.

"아빠 손에는 절대 안 죽어."

내가 작게 읊조리는 동안 클로드의 팔이 달빛 사이로 미끄러지듯 움직이더니 소파 위로 투욱 떨어져 내렸다.

"죽어도 아빠한테는 안 죽을 거야."

줄곧 클로드의 팔에 가려져 있던 눈동자가 다시금 모습을 드러냈다. 나는 마주한 눈빛이 서서히 또렷해지는 모습을 이번에는 입을 꾹 다문 채로 바라보았다.

"너……."

마침내 푸르스름한 빛을 발하는 보석안에 경악이 어렸다.

"꿈이 아니었어?"

나는 그를 향해 어렴풋이 웃어 보였다.

있죠. 나는 정말로 당신이…….

"보고 싶었어요, 아빠."

하지만 아직은 당신을 만나도 될 때가 아닌가 봐.

"안녕."

그러니 다시 만날 때까지 잘 있어.

"잠깐, 기다려!"

따악!

자리에서 급히 몸을 일으킨 클로드가 나를 향해 손을 뻗었다. 하지만 내가 한발 더 빨랐다. 나는 그대로 그의 눈앞에서 사라져 버렸다.

화아악.

눈을 감았다 뜨자 달빛 속에서 눈송이처럼 점점이 나부끼고 있는 꽃잎이 보였다. 방금 전까지만 해도 클로드의 침소에 있던 나는 어느덧 다시 아를란타로 돌아와 있었다.

지금도 나를 죽이고 싶다니, 그럼 이대로 한동안은 안녕이겠네. 다시 만날 때까지 시간이 얼마나 걸릴지는 알 수 없었지만 어쨌든 또 한 번의 이별이었다. 나는 하얀 꽃잎이 흩날리는 달빛 가득한 거리에 서서 방금 전 내가 두고 떠나온 사람에게 혼자만의 작별 인사를 했다.

하지만 실제로 나는 그리 오래지 않아 다시 클로드를 만날 수 있었는데, 이때의 나는 그와의 재회가 생각보다 이르다는 사실을 미처 예상하지 못했다.

"자주 오시네요? 찾으시는 책이 뭔지 알려 주시면 도와드릴 수 있는

데요."

갑자기 옆에서 들리는 목소리에 나는 흠칫해서 고개를 들었다. 꽤 자주 얼굴을 봐서 이제는 낯이 익은 서점의 점원이 두어 걸음 떨어진 곳에 서서 나를 쳐다보고 있었다.

"마법에 관심이 많으신가 봐요?"

앗, 들켰다. 하긴 들켰다고 하기에는 그동안 내가 너무 비슷한 내용의 책에만 한결 같은 관심을 보이기는 했지. 여기가 아를란타에서 제일 큰 서점이라 다른 데보다 자주 왔던 것인데, 아무래도 점원에게 눈도장을 찍혀 버린 모양이었다.

"혹시 정신 계열 마법에 대한 책은 없나요?"

"정신 계열이요?"

"음, 그러니까 사람의 기억을 다루는 마법이라든가……."

나는 망설이다가 점원에게 물었다. 학교 도서관에 있던 책도 그렇고, 서점의 이 방대한 서적 중에서도 내가 원하는 핵심 내용을 담은 책은 없었기 때문에 그렇잖아도 한 번은 물어봐야겠다고 생각하던 참이었다.

그런데 점원은 내 물음에 멈칫하다가 곧 소리를 낮추어 속삭였다.

"아가씨, 설마 흑마법에 관심이 있는 거예요?"

이번에는 내가 멈칫할 차례였다. 흑마법은 현재 오벨리아에서 금서로 취급되어 더 이상은 그에 관련된 서적을 찾아볼 수 없었다. 본래 흑마법 자체가 나쁜 것은 아니었으나 폭정을 휘두르던 선황과 황태자가 오벨리아에서 손꼽히는 흑마법사였기 때문이다.

그런 황제의 밑에서 오벨리아의 흑마법사들이 덩달아 겁 없이 난동을 부려 댄 것은 그리 신기한 일도 아니었다. 지금은 클로드의 치세 아래 흑마법사들의 수가 급격히 감소한 데다, 그나마도 실전 마법형이라기보다는 이론을 탐구하는 방향으로 변화한 상태였지만 말이다. 게다가 비록 흑마법 자체는 불법이 아니었지만 이미 오래전부터 대륙에는 흑마법을 꺼리는 분위기가 형성되어 있었다. 그러니 지금 서점의 점원이 나를 경계하는 눈빛으로 쳐다보고 있는 것도 이해가 되었다.

"제가 잘 몰라서 그러는데 기억에 관한 마법은 흑마법에서 찾아야만 하는 거예요?"

"정신 계열 쪽은 대개 그쪽이라고 알고 있어요."

"전부 다는 아니겠죠?"

"이론만 찾으시는 거라면……."

점원은 여전히 나를 경계하면서도 책장을 뒤져 책을 몇 권 찾아주었다.

나는 그것들을 훑어보았지만 역시 내가 원하는 내용은 그 안에 없었기 때문에 실망하고 말았다. 내 머릿속에는 방금 전 점원이 해준 말이 맴돌고 있었다. 그렇구나. 흑마법에는 잃어버린 기억을 되찾게 해주는 마법이 있을 수도 있는 거구나. 그런데 고민에 빠진 채 빈손으로 서점을 나서려고 하는 나를 점원이 불러 세웠다.

"여기 적힌 곳에는 원하시는 책이 있을지도 몰라요."

그는 내가 무슨 반응을 보이기도 전에 볼일이 끝났다는 듯 다른 손님에게 가 버렸다.

나는 두어 번 접힌 쪽지를 들고 서점을 나섰다.

-뉴그레이 56번지 13번 골목의 이름 없는 검은 간판.

한눈에 보기에도 수상쩍은 기운이 흐르는 내용이었다. 혹시 흑마법에 관한 책을 취급하는 곳인가? 아를란타에서는 그래도 오벨리아에서처럼 흑마법이 금서처럼 취급되는 건 아니라 나한테 이 쪽지를 준 것 같은데…….

서점 직원이 직접 알려 준 곳이니만큼 위험한 장소는 아닐 것 같았지만 그래도 조금 꺼려지는 것도 사실이었다. 나는 잠시 고민하다가 쪽지에 적힌 곳으로 찾아가 보기로 했다.

"어서 옵쇼."

그리고 도착하게 된 검은 간판의 가게는 예상외로 평범했다. 쪽지만 봤을 때에는 꼭 음침하고 으슥한 골목에 있을 것 같았는데, 양지 바른 땅에 엄청 대놓고 위치해 있잖아? 심지어 가게 맞은편에는 식료품점이 있어서 길에 사람들의 왕래도 잦았다.

"혹시 사람의 기억이나 정신 쪽을 다루는 마법서가 있을까요?"

"있지."

가게의 주인으로 보이는 노인은 두말 않고 어느 한곳을 손가락질했다. 나는 약간 찜찜한 기분으로 그가 가리킨 곳을 향해 걸어갔다.

으엑, 먼지! 무슨 청소를 1년은 안 한 것처럼 이렇게 책마다 먼지가 다 쌓여 있는 거지? 여기 평소에 손님도 없는 건가? 물론 주인 할아버지의 저 시큰둥한 반응을 보니 별로 장사할 마음은 없는 것 같지만 말이야.

나는 미간을 찌푸린 채 가게의 한쪽 구석에 대강 쌓여 있는 책들을 살펴보았다. 하도 먼지가 많이 쌓여 있어서 제목을 알아보는 것도 쉽지 않았다.

『사랑은 전쟁! 연적의 피를 말려 죽이는 44개의 저주에 대하여』,『진짜 마녀가 소개하는 사랑의 묘약 제조법』,『연인의 마음을 들었다 놨다' 당신도 할 수 있다, 흑마법 100선』.

엥, 근데 제목을 보니까 왜 죄다 연애 관련 책 같지? 내가 원하는 카테고리랑 완전 다른데!

나는 얼굴을 구긴 채 문 앞에 앉아 있는 할아버지를 쳐다보았다. 하지만 그는 이미 나에게 관심을 끄고 꽤나 집중해서 신문의 퀴즈 같은 것을 풀고 있었다. 그래서 나는 그냥 내가 알아서 원하는 책을 찾아보기로 했다. 그리고 흑마법서를 몇 개 뒤적여 보고는 이내 깜짝 놀라고 말았다. 내가 원하는 내용을 생각보다 상세히 기록해 놓고 있는 책이 많았기 때문이다. 물론 내가 직접 그런 마법을 사용하기에는 아직 무리가 있었지만 그래도 일단 이것들을 가져가서 기억 회복에 대해 알아보는 것도 나쁘지 않을 것 같았다.

"이거 계산해 주세요."

"응? 이걸 다 산다고?"

눈앞에 책을 수북이 쌓아 놓자 그제야 주인이 고개를 들었다.

그런데 눈이 마주친 순간, 갑자기 그의 눈빛이 변했다. 뒤이어 고막을 파고든 외침에 나는 흠칫할 수밖에 없었다.

"아가씨, 이제 보니 저주받았구먼!"

지금 이 할아버지가 나한테 뭐라고 한 거지?

"저주라고요?"

"그래, 아가씨가 불행해지길 원하는 사람에게 저주받았어!"

나한테 못 박힌 듯 고정된 눈동자에는 기이한 광채가 흐르고 있었다. 방금 전까지만 해도 수더분한 인상이었던 노인의 분위기가 일순간 급변하자 나는 약간의 오싹함을 느꼈다.

"할아버지, 혹시 흑마법사세요?"

왜 그런 생각이 들었는지는 모르겠다. 다만 그의 눈동자를 마주하고 있는 동안 불현듯 그런 느낌이 등줄기를 스쳐 지나갔다.

"지금은 청산했지만 소싯적에는 그랬지."

가게의 주인이 여전히 내게서 시선을 떼지 않은 채 대답했다.

"제가 무슨 저주를 받았다는 거죠?"

흑마법사를 이렇게 직접 만난 건 처음이라 약간 긴장되기는 했지만 그래도 그가 한 말이 마음에 걸려서 애써 꺼림칙함을 뒤로한 채 물었다. 그러자 노인이 다시 귀기가 흐르는 눈동자로 나를 훑어보았다.

"아주 교묘하구먼, 교묘해……."

기묘한 시선이 나를 스쳐 지나갈 때마다 나는 티 나지 않게 손끝을 움찔거려야만 했다.

"아가씨가 받은 저주는……."

하지만 이어지는 그의 말에 나는 그만 김이 팍 새고 말았다.

"나도 잘 모르겠수. 허허."

다시금 수더분한 인상으로 돌아간 주인 할아버지가 턱을 긁적이며 소탈하게 웃었다.

"하지만 이건 거의 사념 같으니 애초에 그리 영향력이 큰 저주도 아니었겠구먼. 기껏해야 길을 가다가 돌부리에 걸려 넘어진다거나, 밥을 먹다가 재수 없게 음식물이 흰옷에 튄다거나 하는 수준이었겠는데."

방금 전까지만 해도 폼을 잡던 것치고는 참으로 싱거운 답변이었다. 이 할아버지, 그냥 돌팔이 아니야? 하긴, 진짜 실력 좋은 마법사라면 이런 구석진 골목길에 처박혀서 먼지가 폴폴 날리는 책이나 팔 리가 없잖아.

"그러니까 저주를 풀려는 생각 때문이면 이 책들은 굳이 살 필요가 없어. 보아하니 어차피 쥐똥만 하던 효력도 다 사라졌는데, 뭘."

지, 지금 이 말 믿어도 되는 건가? 저주라고 하니까 되게 찜찜한데. 그런데 장사를 하는 사람이라면 보통은 어떻게 해서든 물건을 팔아 보려고 해야 정상인데, 이 할아버지는 오히려 사지 말라고 하니까 묘하게 믿음이 가고 있어…….

나는 기묘한 기분으로 마주한 사람을 바라보다가 곧 입을 열었다.

"한 가지 궁금한 게 있는데 여쭈어봐도 되나요?"

"뭔데?"

"전직 흑마법사셨다고 하니까 고견을 구하고 싶어서요. 이 책들에 나오는 마법들 말인데, 다른 사람에게 실제로 사용해도 위험하지 않은 건가요?"

그는 내가 가져온 책들을 한번 눈길로 스친 뒤 쯧 혀를 찼다.

"아가씨, 인생 종치게 만들고 싶은 사람이라도 있나?"

나는 그의 물음에 뜨헉 놀라서 반사적으로 외쳤다.

"반대예요! 저 때문에 다친 사람이 있는데 치료해 주고 싶어서 그러는 거라구요."

"치료라고? 흑마법으로?"

"일반 마법으로는 치료할 방법이 없다고 했는걸요."

"관두쇼."

하지만 그는 내 말을 더 들을 필요도 없다는 듯 고개를 저으며 딱 잘라 말했다.

"아가씨, 웬만하면 흑마법에 손을 댈 생각은 하지 않는 게 좋을 거야. 흑마법은 말이야. 어떤 형태로든 누군가는 반드시 그 대가를 치러야 하게 되어 있어. 그래서 흑마법을 남발한 놈이나 그 주위에 있는 사람치고 끝이 좋았던 놈은 하나도 보지 못했단 말이지."

나는 그의 말에 멈칫하고 말았다. 사실 나도 흑마법이 위험하다는 것은 알고 있었다. 하지만 오벨리아에서도 그렇고 아를란타에서도 흑마법에 대한 서적은 찾아보기가 어려웠기 때문에 그 위험성의 정도나 마법의 대가로 치러야 하는 것이 어느 정도인지는 잘 모르고 있었다.

"더군다나 흑마법으로 치료를 한다니, 내 평생 그런 말 같지 않은 소리는 처음 들어 보는구먼."

"하지만……."

"보나 마나 아가씨도 무언가 간절한 게 있어서 여기까지 찾아왔겠지?"

그의 말에 나는 조개처럼 입을 다물었다. 그러자 그가 다시금 혀를 차며 나를 향해 말을 이었다.

"불행을 불러일으키는 힘에 함부로 기댔다가는 돌이킬 수 없는 길을 건너게 되지. 아가씨는 그걸 감당할 수 있겠나?"

나는 조용히 입술을 깨물었다. 사실 이제 와서 내가 할 수 있는 일이 하나도 없다는 것은 이미 알고 있었다. 갑작스럽게 마법을 쓸 수 있게 되었다고 해봤자 그 능력은 아직 미진했고, 그마저도 지극히 불안정했다. 그러니 차라리 가만히 있는 편이 가장 현명한 것인지도 모른다.

하지만 아무런 노력조차 해보지 않고 이대로 가만히 손을 놓은 채 있고 싶지도 않았다. 게다가 이 모든 건 나한테서 비롯된 일이니 어떻게든 내가 해결해야 맞는 것이 아닐까, 하는 생각도 들었다.

'그러기 위한 대가를 치를 각오가 되었느냐'라고 묻는다면 나는 무어라 대답해야 할지 알 수가 없었다. 실제로 내게 그럴 만한 능력이 있는지도 모르겠고. 하지만 만약 내가 할 수 있는 일이 있다면 하고 싶다는 것이 지금의 내 솔직한 마음이었다. 그래서 굳은 얼굴로 입술을 벌리는 내게 노인이 다시금 고개를 저어 보였다.

"잠깐, 쉽게 대답하지 마슈. 흑마법 그놈은 꽤나 영악해서 시전자가 소중히 여기는 것들을 본인도 모르는 사이 하나씩 야금야금 뺏어 간단 말이야."

그렇게 말하는 이의 얼굴이 방금 전과는 또 달리 더없이 황폐하고 어둑해 보여서 나는 다시 입을 다물 수밖에 없었다.

"게다가 어찌나 사악한지, 불행의 기운만 보면 득달같이 달려들어서 그 사람의 영혼을 한입에 먹어 치우려고 해. 한번 잘 생각해 보슈. 아가씨가 여기까지 이끌려 오게 된 경위도 아마 정상적인 건 아니었을 테니."

젊었을 적 흑마법사였다고 하는 초로의 노인은 마치 모든 것을 다 잃어 보기라도 한 사람처럼 어둡게 그림자 진 눈동자 속에 마모된 빛을 드리운 채 말했다.

"척 보니 아가씨는 잃을 게 아주 많아 보이는데, 그럼 더더욱 이런 곳을 찾아오면 안 되는 거라우. 아가씨에게는 아가씨가 무언가를 잃었을 때 같이 걱정하고 울어줄 사람이 아무도 없나?"

"……."

"만약 그런 사람이 한 명이라도 있다면 이런 데 발을 들여서는 안 돼."

그 후 그는 더 이상 할 말이 없다는 듯 여전히 눈앞에 서 있는 나를 등진 채 돌아앉았다.

"돌아가. 아가씨에게는 책을 팔지 않을 테니."

잠시 후, 나는 노을이 지는 길목으로 나섰다. 저녁 장을 보러 나온 사람들이 맞은편의 식료품점을 바쁘게 오가는 모습이 눈에 들어왔다. 나는 잠시 동안 자리에 가만히 서서 눈앞을 지나다니는 사람들을 바라보았다.

가게 안에 있을 때만 해도 무언가에 부추겨지듯 원인 모를 갈망이 차올랐었는데, 이제야 좀 차분하게 정신이 드는 느낌이었다.

날씨는 여전히 따뜻했지만 어쩐지 양쪽 어깨가 공연히 으스스했다. 마치 나도 모르는 새 누군가에게 떠밀려 절벽 끝에 간당간당하게 서 있다가 가까스로 한 걸음 뒤로 물러난 느낌이었다.

한번 힐끔 뒤를 돌아보자 방금 전과 변함없는 검은 간판이 시야에 들어왔다. 주인 할아버지는 아직도 문 쪽을 등지고 앉아 있었다.

"불행을 불러일으키는 힘에 함부로 기댔다가는 돌이킬 수 없는 길을 건너게 되지. 아가씨는 그걸 감당할 수 있겠나?"

방금 전 가게 안에서 들었던 말이 메아리처럼 귓가에 맴돌았다.

"척 보니 아가씨는 잃을 게 아주 많아 보이는데, 그럼 더더욱 이런 곳을 찾아오면 안 되는 거라우. 아가씨에게는 아가씨가 무언가를 잃었을 때 같이 걱정하고 울어줄 사람이 아무도 없나?"

나는 잠시 제자리에 서서 지금 막 빠져나온 가게를 바라보다가 얼마간의 시간이 지난 후에야 걸음을 옮겼다. 땅거미 진 길거리에 내 그림자가 길게 드리워졌다.

"……정신 차리자."

나는 아무도 듣지 않는 말을 혼자서 중얼거렸다. 왠지 좀 울고 싶은 기분이었지만 그것도 꾹 억눌러 참았다. 바로 얼마 전에 봤는데도 클로드를 또 만나고 싶었다. 하지만 아직은 그럴 수 없었다. 나는 자꾸만 그림자처럼 등 뒤로 눌러 붙는 미련을 애써 떨쳐 버린 채 홀로 해 지는 거리를 걸었다.

며칠 후, 나는 투명화 마법을 건 채 학교의 도서관으로 들어섰다. 여기도 그동안 몇 번 와서 죽치고 있었더니 익숙해져서 그런가, 이제는 거의 내 전용 도서관 같고 그러네. 어쩌면 학생들이 이용하지 않는 수업 시간에만 와서 그럴 수도 있었다. 지금은 학생들이 마지막 교시의 수업을 듣고 있을 때여서 도서관 열람실도 한산했다.

이 학교에서 가장 마음에 드는 점을 꼽으라 한다면 역시 도서관이었다. 물론 오벨리아의 황성에 있던 공용 도서관이나 클로드가 만들어주었던 내 개인 도서관도 좋았지만 이 학교의 도서관은 또 그 나름대로 훌륭했다.

일단 학교라 그런지 비치된 서적의 양도 방대했고, 원하는 책을 한눈에 찾기 쉽게 구간마다 정리도 아주 잘되어 있었다. 게다가 무엇보다도 이곳에는 오벨리아에서 쉽게 찾아보기 어려운 아를란타의 책이 가득해서 좋았다.

물론 그 책들은 외국어인 아를란타어로 쓰여 있었지만 그동안 내가 갈고 닦은 아를란타어 실력이 어디로 가겠는가.

나는 아를란타의 원서들을 별로 힘들이지 않고 술술 읽을 수 있었다. 비록 10살 때부터 아를란타어로 회화를 좔좔 읊어 댔던 이제키엘에 비하면 새 발의 피지만 그래도……. 그러고 보면 나는 인생 2회 차인데 아무리 남자 주인공이라고는 해도 왜 이제키엘에게 지식으로 밀리는 거지? 으윽, 갑자기 눈물이…….

나는 구슬피 눈가를 훔치며 외국 원서를 모아 놓은 책장을 지나쳐 갔다. 오벨리아에서 아를란타의 책들이 원서로 취급되었던 것처럼 이곳에서도 내가 공부하던 오벨리아의 책들은 외국 원서로 분류되어 있었다. 나는 그 사실에 다소 기분이 미묘해졌다. 내가 정말 지금 아를란타에 있긴 하구나 싶어서 말이다.

사실 아무리 내가 투명화 마법에 성공을 했다고 해도 그게 내가 들고 있는 다른 사물에까지 오래 지속될지 영 자신이 없었다. 그래서 나는 혹시나 다른 사람들이 혼자서 허공에 둥둥 떠 있거나 저절로 종이를 팔락이며 넘기는 책을 보고 심장 마비에라도 걸릴까 봐 칸막이로 된 책상의 가장 구석으로 가서 자리를 잡았다.

내가 꺼내 온 책들은 마력을 다루는 방법과 마법의 이론 또 실전 마법에 대한 상세한 내용을 담아 놓은 각종 마법서와 마법학 책들이었다. 아직 마력 운용에 대해 공부해야 할 점이 많았기 때문에 나는 틈틈이 도서관과 서점을 찾아 독학을 하고 있었다. 그러다 문득 검은 간판의 가게에서 있었던 일이 떠올랐지만 나는 고개를 휘휘 저어 그날의 기억을 털어버렸다. 그러나 어쩔 수 없이 기분이 약간 울적해졌다. 안 돼. 그냥 지금 내가 할 수 있는 일이나 하자. 마력 조절도 아직 혼자서 잘 못하는 주제에 나서서 뭘 하겠다고…….

나는 침울해진 상태로 들고 온 책들에 코를 박고 다시 공부를 시작했다.

"그러니까 내가 말했잖아. 확 밀어붙이는 게 중요하다니까!"

오잉? 그런데 얼마 후 그리 멀지 않은 곳에서 두런두런하는 목소리가 들려왔다. 벌써 수업이 다 끝났나? 고개를 들어 저 멀리 있는 시계를 보니 어느덧 한 시간이 훌쩍 지나가 있었다. 앗, 그럼 빨리 자리 정리하고 가야겠네! 아무래도 직접 책장으로 가서 책을 꽂아 넣을 시간은 없을 것 같아서 나는 손에 마력을 모았다.

"내가 언제 너한테 충고해 달라고 부탁한 적이 있던가?"

"내 말 들어서 손해 볼 거 하나도 없대도. 요한, 너도 잘 생각해야 돼. 그렇지 않아도 네가 좋아하는 여자애는 인기도 많은데 그러다가 다른 놈이 확 낚아채 가는 수가 있어."

그러자 내 앞에 쌓여 있던 책들이 허공에 둥실 떠올랐다. 그리고 원래 있던 자리를 향해 슈웅 날아가기 시작했다.

나는 방금 전까지 우울했던 것을 잠시 잊고 책장의 빈칸마다 하나둘씩 차곡차곡 꽂히기 시작하는 책들을 약간 두근두근한 마음으로 지켜보았다. 와아, 이러니까 나 좀 루카스 같지 않아? 으앙. 루비궁에 찌그러져서 오늘 죽나 내일 죽나 하던 내가 어느새 이렇게 훌륭한 마법사가 되다니. 이것이야말로 인간 승리, 인생 반전 아니겠습니까?

"글쎄. 지금까지 네 말을 들어 득 본 적이 한 번도 없어서 말이지. 그리고 목소리 낮춰. 여긴 도서관이야."

"야, 그러지 말고……."

그나저나 대화 내용을 들어보니 청춘이로세. 나는 아련한 감상에 젖어 코 밑을 손가락으로 쓰윽 훑었다. 그래, 나중에 후회 말고 학창 시절의 아름다운 추억을 많이 쌓도록 하세요. 아디오스! 다행히도 내가 정리를 모두 끝마쳤을 때 학생들이 책장 너머로 모습을 드러냈다. 나는 그들을 피해 살금살금 도서관을 벗어났다.

"에리히, 넌 방학 때 뭐 할 거야?"

"글쎄. 아직 생각 안 해봤어."

이 짓도 몇 번 하다 보니까 익숙해져서 그런지 나도 이제는 전보다 더 수월히 학생들 사이를 요리조리 누비고 다닐 수 있었다. 으흠. 이러고 있으니까 꼭 첩보물을 찍는 것 같아서 조금은 재미있기도 하고.

나는 나무들이 늘어진 길을 지나 인적이 드문 곳으로 접어들었다. 앗, 여긴 연무장이구나. 황궁에도 이런 공간이 있어서 알고 있었다. 그래, 이 학교에는 검술학부도 있었지.

"카벨, 승!"

그때, 지난번에 본 적이 있는 남학생의 모습이 시야에 들어왔다. 으앗, 찹스테이크 남! 그는 얼마 전 강의실에서 찹스테이크의 행방을 열렬히 묻던 카벨 에른스트였다. 그는 갈색 머리카락에 벽안을 가진 남자다운 인상의 잘생긴 남학생이었다. 아무래도 지금 대련에서 저 남학생이 이긴 모양이다. 그가 대련의 마지막 순번이었던 듯, 잠시 후 연무장에 모여 있던 학생들이 뿔뿔이 흩어졌다.

나는 어차피 할 일도 없었기 때문에 그 근처에 있는 나무에 오도카니 다리를 모으고 앉아 그들을 관찰하고 있었다. 한바탕 연무장에서 땀을 빼고 났더니 갈증이 나는지, 카벨 에른스트가 바닥에 있던 물병을 집어 들며 옆에 있던 다른 남학생에게 물었다.

"야, 너 검 장식 망가진 거 어디에서 고치는지 알아?"

"어, 아니. 모르는데."

앗, 그런데 검 장식이라면 혹시 그때 내가 책상 위에 올려놨던 금 세공품을 말하는 건가? 그러고 보니 필릭스가 늘 차고 다니는 검에도 비슷하게 생긴 것이 달려 있었던 것 같다. 어, 그런데 설마 망가졌어? 혹시 내 발에 차여서 그런 건 아니겠지?

나는 얼굴을 구긴 카벨이 다시 한 손에 물병을 손에 쥐고 다른 한 손으로 그 옆에 벗어 놓은 재킷의 주머니를 뒤적거리는 모습을 지켜보았다. 곧 그가 안에서 꺼낸 것은 지난번에 내가 본 그 세공품이 맞았다.

"아, 여동생이 선물해 준 거라 빨리 고쳐야 하는……. 헉?"

그런데 바로 그때, 갑자기 그와 내 눈이 허공에서 마주쳤다.

으, 응? 나는 두 손으로 꽃받침을 한 채 턱을 괴고 있다가 흠칫하며 고개를 살짝 위로 띄웠다. 뭐지? 지금 눈이 마주친 것 같은데?

툭!

그의 손에서 물병이 떨어져 내린 것은 그때였다. 나는 어째서인지 입을 쩍 벌린 채 나를 응시하는 그를 보고 영문을 알 수가 없어졌다. 그런데 카벨 에른스트의 얼굴이 점차적으로 몽롱하게 변해 갔다.

"요정님……?"

네, 네?

미처 예상치 못한 갑작스러운 그의 반응에 나는 내 옆에 다른 사람이 또 있나 싶어서 잠시 주위를 두리번거렸다. 그, 그런데 이상하다. 지금 내 주변에는 나 말고는 아무도 없는데. 나는 경직된 채 다시 앞을 향해 시선을 움직였다. 그리고 엉겁결에 그에게 반문하고 말았다.

"나……?"

"요, 요정님이 말을 했어……."

그는 몽롱한 얼굴을 한 채로 또다시 중얼거렸다.

힐, 너 지금 내가 보이는 거야?! 아무래도 나한테 말 건 게 맞는 거 같은데! 혹시 나도 모르게 마법이 풀렸나? 이, 이 상황 좀 많이 당황스럽다. 왜 이렇게 갑자기? 그래도 한동안은 마력이 내 말을 안 듣는 일이 없었는데. 그런데 아무래도 다른 사람들에게는 여전히 내 모습이 보이지 않는 눈치였다.

"뭐야, 갑자기 왜 그래?"

"왜, 저기 뭐가 있어? 나무밖에 없는데?"

다른 학생들이 어리둥절하거나 말거나 카벨은 여전이 넋을 놓은 채 나를 보고 있었다. 그의 손에 들려 있던 검 장식이 스르륵 미끄러져 바닥으로 떨어진 것은 바로 그 순간이었다.

찰그락!

바로 그때, 나를 향하고 있던 푸른 눈동자가 잠에서 깨어난 듯이 퍼뜩 초점을 되찾았다.

"헉! 방금 뭐였지?"

카벨 에른스트가 급히 주위를 두리번거리며 외쳤다. 조금 전과 다름없이 자신의 눈앞에 있는 내가 더 이상 보이지 않는 기색이었다.

앗, 혹시 저 세공품! 저거 마법 용품인가? 마법의 영향을 무효화하는 거라든가. 그런 게 있다는 이야기는 들었는데. 저게 손에서 떨어지자마자 반응이 변했잖아?

"나 방금 요정을 봤어! 뭐지? 뭐야?"

으억! 잠깐만, 나 지금 잡힐 것 같아!

나는 내가 있는 곳으로 다가와 손을 뻗는 그를 피해서 멀찍이 물러났다. 카벨 에른스트는 방금 전 있었던 일을 믿을 수 없다는 듯이 내가 서 있던 곳을 팔로 휘적이고 있었다. 그 모습을 보고 주위의 남학생들이 바보 같은 소리 하지 말라는 듯이 말했다.

"무슨 이상한 소리야? 세상에 요정이 어디 있어?"

"아니야! 분명히 이 앞에 있었다고!"

"그새 꿈 꿨어?"

"넌 못 봤어? 바로 이 앞에 요정님이 있었는데! 머리도 반짝반짝 눈도 반짝반짝했어! 뒤에서 막 빛이! 후광이!"

"그, 그만해! 나 민망하단 말이야! 으아아앙!"

"특히 눈이 엄청 신기했단 말이야! 파란색도 녹색도 아니고 온갖 색깔로 반짝이는 게 꼭 보석처럼……!"

사자후 같은 커다란 목소리가 강의실 벽을 타고 몇 번이고 메아리쳤다.

바로 그때, 불현듯 섬광 같은 깨달음이 내 머릿속을 스쳐 지나갔다. 그 순간 나는 화들짝 놀라 입을 벌리고 말았다. 아앗, 이제 생각났다! 카벨 에른스트라는 이름이 왜 낯설지 않았던 건지! 어떻게 그 사실을 지금까지 새까맣게 잊고 있었지? 카벨 에른스트는 〈사랑스러운 공주님〉에서 제니트에게 홀딱 반해서 구애했던 서브남 중에 한 명이잖아!

카벨 에른스트는 어찌 보면 비운의 남자 조연이라고도 할 수 있었다. 아니, 카벨 에른스트뿐만이 아니라 〈사랑스러운 공주님〉에 등장했던 모든 남자 캐릭터가 그랬다. 음, 정확히 말하자면 '이제키엘을 제외한 모든 남자 캐릭터'였지만. 왜냐하면 사랑스러운 공주님 제니트는 소설의 여주인공답게 타국의 내로라할 멋진 남자들의 사랑을 독차지하지만, 결국 그녀에게 선택받은 것은 이제키엘뿐이었기 때문이다.

더군다나 이제키엘이 워낙 독보적인 원탑 남자 주인공이었기 때문에, 다른 서브남들은 이야기가 진행되는 내내 그와 비슷한 비중으로 등장하지도 못했다. 뭐, 그래도 서브남들은 또 그 나름대로 마이너 독자들에게 인기가 있었던 것 같기는 하지만 말이다.

아무튼, 그래서 카벨 에른스트도 소설 속에서 제니트에게 반해 열렬히 구애했던 비운의 서브남 중에 하나였다. 그리고 그는 이제키엘이 아를란타에서 유학하는 동안 사귄 그의 친구이기도 했다.

제니트와 카벨의 첫 만남은 오벨리아에서 이루어졌던 것으로 기억한다. 그 당시 제니트의 나이가 17살이었던가, 18살이었던가? 크흑. 남아 있는 기억이 영 부실하지만 그래도 어쨌든 지금 시점에서는 몇 년 후의 일이었을 것이다.

왜냐하면 소설 속에 나오는 카벨 에른스트는 학생이 아니라 아를란타 황실에 속한 꽤나 실력이 출중한 기사였으니까. 그래서 그는 아를란타의 사절단이 오벨리아에 왔을 때 그 호위로 같이 동행하게 되었다.

가물가물한 기억을 애써 되살려 보자면, 아마도 겸사겸사 재학 시절의 친구였던 이제키엘을 만나 볼 생각이었던 것 같기도 하다.

아무튼, 카벨 에른스트는 그렇게 방문하게 된 오벨리아의 황성에서 제니트를 만나 첫눈에 '폴 인 러브!' 하게 된다.

그것은 분명 그의 입장에서는 가히 운명적인 만남이라 일컬을 만했으나 불행히도 제니트에게는 아니어서, 결국 카벨은 처음부터 끝까지 서브남으로만 머물러야 했다. 이렇게 말하고 나니 좀 불쌍하기는 하구나. 하지만 어쩌겠는가. 이제키엘이 처음부터 미친 존재감을 뿜어내는 남자 주인공이었던 것을! 그래도 비운의 사나이 카벨은 나름대로 해바라기 같은 캐릭터로 인기가 있었다. 무, 물론 오늘까지 그의 존재 자체를 완전히 잊고 있던 내가 뭘 알겠느냐만은……. 사실은 나에게 그 책을 소개해 주었던 중학생 여자애가 그렇게 말해주었던 것을 방금 막 기억해 냈을 뿐이었다.

으앙! 미안합니다, 서브남이여! 하지만 당신의 존재감이 너무나 티끌 같았던 것을…… 또르륵.

아무튼 그동안은 완전히 새까맣게 잊고 있었는데 카벨 에른스트가 요정님 타령을 하는 순간 신기하게도 수면 저 아래에 파묻혀 있던 기억이 새록새록 되살아났다. 그러고 보니 소설 속에서 제니트한테 요정님, 요정님 하면서 졸졸 쫓아다니던 멍멍이 같은 서브남이 있긴 했었지. 아무래도 저놈의 요정 소리를 하는 이유가 이 특이한 보석안 때문인 것 같은데…….

어흑. 사람 면전에 대고 저런 낯부끄러운 소리를 하다니 진짜 너무한 것 아닙니까? 무, 물론 나도 다이아나를 요정님이라고 부르기는 하지만 우리 다이아나 엄마는 진짜 요정님이란 말이야! 그러니까 내가 다이아나를 요정님이라고 하는 건 아무 문제없다! 옳소, 옳소!

그런데 따지고 보면 카벨이 제니트한테 차이는 것도 당연한 게 아닌가 싶고. 볼 때마다 눈앞에서 저놈의 망할 요정님 소리를 육성으로 내뱉어 대는 남자라니…….

상상만 해도 너무나 오싹하잖아? 아무리 편을 들어주고 싶어도 저 요정님 공격을 면전에서 당했던 사람으로서 두둔해 줄 수가 없구나. 어흑, 역시 서브남은 서브남인 이유가 있는 거였어요.

"그러고 보니 제니트는 요즘 뭘 하고 지내려나."

제니트에게 첫눈에 반해 구애할 운명인 카벨 에른스트를 만난 탓이었을까. 나는 문득 제니트가 요즘 어떻게 지내고 있을지 궁금해졌다. 뭐, 당연히 잘 지내고 있겠지 싶으면서도 한편으로는 내가 황성을 나오기 전까지 어째서인지 한동안 연락이 없던 것이 떠올라서…….

잠깐. 혹시 흰둥이 아저씨가 '지금이 기회다!' 하고 제니트를 클로드한테 넙죽 가져다 바친 건 아니겠지? 그 양반 좀 맛이 가서 제니트도 죽이려고 할지도 모르는데. 하기야 그런 엄청난 사건이 있었다면 소문이 안 날 리도 없으니 그건 또 아니려나 싶었다. 게다가 왠지 흰둥이 아저씨라면 제니트의 첫 등장도 엄청 요란하게 준비할 것 같은걸.

애초에 소설 속에서는 데뷔탕트 날 제니트를 클로드와 처음 만나게 했었고. 그러니 적어도 클로드가 나를 찾는 일에만 이렇게 열혈인 지금, 제니트는 아직 알피어스 공작저에 있다고 보는 것이 맞을 것이었다.

그럼 살짝만 보고 올까?

"아가씨, 이제 보니 저주받았구면!"
"아가씨가 불행해지길 원하는 사람에게 저주받았어!"

나는 흑마법사 할아버지에게서 들었던 말을 떠올리며 잠시 침묵했다.
따악.
그리고 얼마 전 꽃 축제가 열렸던 라수스 지역의 흐드러진 꽃나무 위에 앉아 있다 말고 생각한 것을 곧장 행동으로 옮겼다.

"이상하네……."

잠시 후, 나는 저택을 오가는 사람들을 살피며 눈을 게슴츠레하게 뜨고 있었다. 이번에는 순간 이동이 잘되어서 나는 알피어스 공작저의 지붕 위에 조용히 안착할 수 있었는데, 그 후 투명화 마법을 두르고 나무 위에 올라가 잠시 주변의 상황을 살피는 중이었다. 일단 나는 제니트의 방도 어디인지 모르니 무턱대고 움직일 수도 없는 노릇이었고 말이다.

그런데 이상하게도 어쩐지 저택의 분위기가 기이했다. 뭔가 음울한 것 같다고 해야 하나. 단순히 기분 탓인 것만은 아닌 것 같은데…….

달칵.

바로 그때, 이유 모를 고요함에 젖어 있던 저택의 문이 작은 소리를 내며 열렸다.

"조심히 다녀오세요."

앗, 흰둥이 아저씨! 그리고 그 옆에 있는 사람은 설마 알피어스 공작 부인? 우와, 그동안 흰둥이 아저씨는 지겨울 정도로 얼굴을 봤지만 공작 부인을 보는 건 처음이다. 약간은 엄격해 보이는 우아한 귀부인이네. 이제키엘하고는 별로 안 닮은 것 같은데, 역시 흰둥이 주니어…….

"이제키엘, 준비는 다 되었느냐?"

"네, 아버지."

알피어스 공작이 문 너머를 향해 묻자마자 다른 누군가가 모습을 드러냈다. 아, 이번에는 이제키엘이었다. 나는 연회장에서의 일이 있었던 후로 처음 보는 이제키엘의 모습에 잠깐 손을 꼼지락거렸다.

"아타나시아 공주님."

문득 기억 속의 나지막한 음성이 내 귀를 스치고 지나갔다.

"잠시만 실례를 범하겠습니다."
"예. 저는 아무것도 보지 못했습니다."

그리고 이제키엘이 말없이 한참이나 울고 있는 내 옆을 지켜 주었던 것도 덩달아 떠올랐다. 나는 잠깐 눈동자를 아래로 내리깔았다가 다시금 그들을 향해 시선을 들었다. 그들 부자는 어디론가 외출을 하려는 것 같았다.

"정말 당신과 이제키엘, 둘만 가도 되는 걸까요?"
"대외적으로 로자리아와는 큰 교분이 없으니 그 편이 나을 것 같소."

알피어스 공작 부인의 물음에 알피어스 공작이 고개를 저으며 대답했다. 그런데 로자리아라고? 지금 제니트의 이모네 집에 가려는 건가?

나는 혹시나 알피어스 공작이 드디어 '행동 개시!'를 외치며 수상한 일을 도모하려는 건가 싶어서 눈을 가늘게 뜨고 그들의 모습을 지켜보았다.

"저는 그렇다 쳐도 제니트는……."
"저도 갈 거예요."

바로 그때, 열려 있는 문을 통해 검은 형체가 몸을 내밀었다. 검은색 일색인 차림으로 문을 나온 사람은 바로 제니트였다. 어째서인지 알피어스의 가족들은 그런 제니트를 놀란 눈으로 쳐다보고 있었다. 그런데 뭔가 이상하네. 다들 옷차림이 왜 저러지? 다들 새까만 색이잖아. 그나마 흰둥이 아저씨나 이제키엘은 남성용 정장이라 그러려니 했는데 제니트까지 왜 저런 까만 드레스를 입고 있는 걸까? 게다가 모자 아래로는 까만 베일까지 드리워져 있고……

"제니트, 안 된다고 하지 않았느냐?"

"왜 안 된다는 거죠?"

놀란 표정을 지었던 것도 잠시뿐, 곧 알피어스 공작이 다소 엄한 말투로 제니트에게 말했다. 보아하니 지금 두 사람의 목적지인 로자리아 백작가로 제니트를 데려가지 않으려고 하는 것 같았다.

"제 이모예요. 제가 아니면 누구에게 자격이 있단 말이에요?"

"제니트, 이건 자격의 문제가 아니라는 걸 너도 알지 않느냐?"

"그럼 무엇이 문제인데요? 아저씨가 말리셔도 저는 갈 거예요."

어, 음. 그런데 분위기가 왜 이런 거죠? 제니트는 가고 싶어 하고, 알피어스 공작은 말리고 싶어 한다는 건 알겠는데…… 아까부터 느껴지는 이 이상하게 찜찜하고 무거운 공기는 도대체 뭐랍니까?

"허락할 수 없다."

"아저씨!"

잠시 침묵하던 로저 알피어스가 냉정하게 읊조린 순간, 제니트가 거의 비명처럼 소리를 질렀다.

나는 그녀가 이 정도까지 감정적으로 행동하는 모습을 처음 봐서 그만 깜짝 놀라고 말았다. 얼굴에 드리워진 베일 때문에 표정은 잘 보이지 않았지만 목소리를 들었을 때, 제니트는 거의 울먹이고 있는 것 같았다. 그녀는 알피어스 공작을 야속하게 생각하는 것 같기도 했고, 또 다른 한편으로는 깊은 분노와 슬픔을 느끼고 있는 것 같기도 했다.

"제가, 제가 가야 해요. 제가 가야 한단 말이에요……."

그리고 내 예상이 맞았는지, 이어지는 제니트의 목소리는 물기에 젖은 채 정처 없이 흔들리고 있었다.

"로자리아 백작 부인이 위독하다는 비보를 처음 전해 들었던 날부터 오늘 아침까지, 분명히 네가 이해하기 쉽도록 몇 번이고 반복해서 설명했었지. 이렇게 우겨도 안 된다."

"하지만……."

"그것 보거라. 지금도 네 감정 하나를 주체하지 못해 그리 쉽게 눈물 바람을 하면서 어디를 따라오겠다는 것이냐?"

"제 이모인데, 제 가족인데 어째서……."

"그래. 하지만 그렇기 때문에 로자리아 부인의 관을 눈앞에 둔다면 분명 이보다 훨씬 더 동요하는 모습을 보일 게 뻔하지 않더냐?"

바로 그 순간 나는 소리 죽인 채 훅 숨을 들이켜고 말았다. 뭐? 로자리아 백작 부인이 죽었다고? 제니트의 이모가?

전혀 상상도 하지 못했던 일에 어안이 벙벙해졌다. 로자리아 백작 부인은 앞으로 제니트의 뒤에서 그녀를 제1황위 후계자로 만들기 위해 애써야 할 인물이 아니던가.

그런데 소설 속에서는 아타나시아를 처리하기 전까지 멀쩡히 살아 있던 그녀가 이렇게 갑자기 죽었다니? 로자리아 백작 부인이 제도로 온다고 제니트가 기뻐했던 것이 엊그제 같은데 도대체 무슨 일이 있었던 거지?

"장례식은 이제키엘과 둘이 다녀오겠다. 그러니 제니트, 너는 방에서 마음을 잘 추스르고 있거라."

알피어스 공작은 끝까지 단호한 목소리로 말했다. 제니트를 로자리아 백작가로 데려갈 수 없다는 굳은 의지가 엿보이는 얼굴과 말투였다.

나는 여전히 숨을 죽인 채 까만 베일 밑으로 드러난 제니트의 턱을 타고 투명한 눈물이 뚝뚝 떨어져 내리는 모습을 지켜보았다. 결국 제니트는 자신의 주장을 알피어스 공작에게 관철시키지 못한 채 흐느끼는 소리를 내며 뒤돌아 자리를 떠났다.

"아버지, 제가 잠시 다녀오겠습니다."

"그래. 그러려무나."

이제키엘이 제니트의 뒤를 따라 자리를 비우고 난 뒤 알피어스 공작의 깊은 한숨 소리가 귀를 울렸다.

"제가 잘 달래고 있을 테니 걱정 말고 다녀오세요."

"어쩌다 일이 이렇게 되었는지……."

나는 탄식하는 알피어스 공작과 그런 그를 위로하는 공작 부인을 뒤로한 채로 슬며시 나무 위에서 엉덩이를 뗐다. 방금 전 제니트가 눈물 젖은 얼굴로 2층의 창가에 나타나 커튼을 치는 모습을 보고 그녀의 방이 어디인지 알아차린 상태였기 때문에 순간 이동을 쓰는 것도 쉬웠다.

똑똑.

"제니트."

이제 나는 저택 내부에 들어와 2층 복도의 구석에 몸을 숨긴 채 방문을 두드리는 이제키엘을 보고 있었다.

커흑. 그런데 나 왜 화분 뒤에 이렇게 모양 빠지게 쭈그리고 앉아 있는 거니? 지금 투명화 마법도 쓰고 있으면서. 뭐, 솔직히 이런 식으로 두 사람의 모습을 훔쳐보고 있는 것 자체가 악취미이기는 하지만……. 그러나 그런 생각을 하면서도 나는 자리에서 움직이지 않고 있었다.

"난 이제 로자리아 백작저로 출발해야 해."

아무리 문을 두드려도 제니트에게서 대답이 없자 이제키엘은 그냥 닫혀 있는 문을 향해 말하기 시작했다. 나는 여전히 화분 뒤에 다리를 굽히고 앉은 채 그가 하는 말을 들었다.

"그 전에 아까 들고 있던 걸 나한테 줘. 내가 대신 전해 줄 테니까."

응? 그런데 아까 제니트가 들고 있던 거라니. 그런 게 있었나?

"제니트."

다시 한번 이제키엘의 나지막한 목소리가 제니트의 이름을 불렀다. 그 후 한동안 주위에는 무거운 침묵이 내려앉았다. 이제키엘은 무슨 생각을 하는지 모를 얼굴로 문을 마주한 채 자리를 지키고 있었다.

잠시 후 달칵, 작은 소리를 내며 문이 열렸다. 마침내 그 사이로 모습을 드러낸 제니트는 울고 있었다. 아까 창가에 살짝 모습이 비쳤던 것처럼 검은 베일을 벗은 그녀의 얼굴은 이미 눈물로 흠뻑 젖어 있는 상태였다. 제니트는 문밖에 서 있는 이제키엘을 보며 그저 말없이 울기만 했다. 어쩌면 알피어스 공작과의 대화를 통해 더 이상 무슨 말을 해도 소용없다는 사실을 알게 된 것일 수도 있었다.

"제니트."

그런 그녀를 잠시 가만히 바라보던 이제키엘이 마침내 천천히 손을 올렸다.

"괜찮아."

앞으로 뻗어진 팔이 작은 떨림을 머금은 가냘픈 어깨에 둘렸다. 나는 제니트가 이제키엘의 품에 안겨 드는 모습을 숨을 죽인 채 지켜보았다.

"울어도 괜찮아."

"으, 흐윽……."

"소중한 사람이 눈앞에서 영영 사라져 버렸으니 슬픈 게 당연해."

이제키엘의 낮은 속삭임과 제니트의 작은 흐느낌이 조용한 공기 속에 파도처럼 떠밀려 와 내 귀에까지 선명히 파고들었다.

"그런데도 아무것도 할 수 없다는 사실이 더 괴롭게 느껴지겠지."

"흐흑……."

몇 년 전, 하얀 장미가 흐드러지게 피어 있는 온실에서 보았던 두 사람의 모습이 문득 뇌리를 스치고 지나갔다. 아를란타로 떠날 날을 앞두고 있던 이제키엘과 그런 그에게 매달려 가지 말라고 울던 제니트. 그때에도 그는 지금처럼 흐느끼는 그녀를 안아서 달래 주었다. 약간은 서툰 손길로 떨리는 작은 어깨를 애써 다독여 가며.

"제니트, 우리도 네 마음을 이해하지 못하는 게 아니야."

다만 지금 이 순간 제니트를 위로하는 이제키엘의 손길은 그때와 비교조차 할 수 없을 정도로 능숙했다. 그런 그의 품 안에서 제니트는 하염없이 울고 있었다. 이제키엘의 등을 껴안고, 듣는 사람조차 울고 싶은 기분이 들 정도로 서럽게…….

"제, 대신……."

마침내 제니트가 눈물 섞인 목소리를 흘려보냈다.

"꽃을…… 전해 주세요."

"그래."

"제가 아주 많이 사랑했다고…… 흐윽. 지금도 많이 사랑한다고……."

"그래."

"앞으로도, 많이…… 아주 많이 보고 싶을 거라고…… 그렇게 전해 주세요……."

가까스로 그렇게 말한 뒤 제니트는 또다시 감정이 복받친 듯 흐느꼈다. 나는 이제키엘의 등에 둘린 제니트의 손에 하얀 꽃이 들려 있는 것을 그제야 발견했다. 아, 그렇구나. 제니트는 죽은 이모의 마지막 가는 길에 꽃 한 송이조차 직접 바치지 못하게 된 것이었다.

"그래. 그렇게 전할게."

이제키엘은 울고 있는 제니트의 귓가에 대고 그렇게 속삭여 주었다. 나는 알 수 없는 감상에 젖어 그런 두 사람의 모습을 바라보았다. 그리고 잠시 후 어쩐지 약간 답답한 기분이 되어 소리 없이 자리를 벗어났다.

눈을 뜨니 나는 또다시 갈대밭에 와 있었다. 아무래도 심적 동요를 일으킨 상태에서 순간 이동을 쓰면 이 갈대밭으로 이동될 확률이 커지는 모양이었다. 게임으로 치면 체크 포인트, 뭐 그런 건가?

"아, 이게 뭐람."

어쨌든, 나는 갈대밭 위에 드러누우며 억눌린 목소리를 내뱉었다.

아니, 왜 이런 일이 연달아 생기는 거지? 클로드는 기억 상실에 로자리아 백작 부인은 사망이라니.

나는 머리 위에서 흘러가는 구름을 잠깐 말문이 막힌 채 바라보았다. 연갈색의 갈대 잎이 몸을 부대끼며 시야 가득 정처 없이 흔들렸다.

방금 전 보았던 이제키엘과 제니트의 모습도 그와 함께 덩달아 눈앞에서 어른거렸다. 그러자 괜히 머릿속이 복잡해졌다.

아, 갑자기 루카스가 보고 싶다. 루카스라면 콧방귀를 뀌면서 날 비웃겠지. 이런 일들도 전부 다 아무것도 아니라는 것처럼. 고민거리도, 복잡하게 생각할 일도 하나도 없다는 듯이.

"아, 갑자기 전개가 이상해지네."

물론 소설대로 이야기가 진행되기를 바란 건 절대 아니었지만 말이다. 크윽. 당연하지! 난 소설에서처럼 독살극의 누명을 쓰기도 싫고 클로드에게 죽기도 싫단 말이야. 그러니까 로자리아 백작 부인이 죽은 건 어떻게 보면 나한테 있어서 호재라고도 할 수 있을 터였다.

하지만 나도 모르게 그런 생각을 하다가도 문득 조금 전의 제니트의 모습을 떠올리고 나면 마음이 다소 미묘해지고 마는 것이었다. 로자리아 백작 부인은 비록 나에게는 반길 만한 인물이 아니었지만 제니트에게는 하나뿐인 이모가 아니던가.

어릴 때였다면 솔직히 제니트가 슬퍼하든 말든 나와는 큰 상관이 없었을 테지만……. 그래도 다과회와 편지로 쌓아 온 그동안의 정이 있어서 그런지 나는 괜히 마음이 싱숭생숭해졌다.

그래서 그날 저녁, 나는 또 한 번 알피어스 공작가로 몰래 잠입했다. 낮에 봤던 것과 마찬가지로 컴컴한 밤중에도 알피어스 공작저에는 음울한 기운이 맴돌았다. 이 어둑한 분위기의 가장 큰 원인은 첫째가 이모를 잃은 제니트, 그리고 둘째가 앞으로의 계획이 꼬이게 된 알피어스 공작일 테지.

물론 흰둥이 아저씨가 무슨 일을 도모하고 있었는지는 모르지만 어쨌든 나한테 한 다리 걸쳐 놨던 것처럼 로자리아 백작 부인하고도 나름대로의 공모를 하고 있었을 테니까.

참, 그러고 보면 그 양반도 소설 속에서와는 달리 어쩐지 하는 일이 쉽게 안 풀리는 것 같은데? 크읍. 그러니까 아저씨, 이제부터라도 다른 사람 이용하려고 하지 말고 그냥 자수성가합시다. 지금도 충분히 잘 살고 있으면서 왜 쓸데없는 욕심을 더 부리고 그래요? 그렇게 복잡하게 살면 나중에 대머리 된다구요.

나는 잠깐 흰둥이 아저씨의 머리카락을 향해 애도하는 마음을 갖다가 손가락 끝에 마력을 불어넣었다. 그러자 내 손에 들려 있던 쪽지가 둥실 날아가 제니트의 방에 있는 테라스에 떨어졌다.

탁!

이번에는 옆에 있는 나무에서 녹색의 덜 여문 열매를 딴 다음 마력을 이용해 날려 보냈다.

타악!

그 짓을 한두 번 더 하자 창가에서 작은 인기척이 느껴지기 시작했다. 마침내 창에 드리워져 있던 커튼이 걷혔다. 그 사이로 드러난 얼굴은 달빛에 한결 더 창백한 빛을 발하고 있었는데, 이제키엘이 가고 나서도 한참을 울었는지 여전히 눈가가 빨갛게 부어 있었다. 커튼을 걷고 잠시 이상하다는 듯 주위를 두리번거리던 제니트가 이윽고 테라스 위에 있는 종이를 발견한 뒤 문을 열었다. 나는 그 모습을 멀리서 지켜보았다.

[3일 후 지금 이 시간, 만나러 갈게요. 당신의 친구로부터.]

쪽지를 주워서 그 내용을 확인한 제니트의 눈이 곧 크게 떠졌다. 그녀는 방금 전보다 더 열심히 주위를 두리번거렸지만 결국 나를 발견하지 못한 채 다시 방으로 들어가야 했다.

나는 제니트가 종이를 들고 테라스의 문을 닫는 모습을 지켜보다가 조용히 알피어스 공작저를 떠났다.

"실례합니다."

예고했던 대로 사흘 후, 나는 제니트의 방을 찾았다. 혹시 그녀가 알피어스 공작이나 다른 사람에게 내 편지에 대해 말하지 않았을까 걱정되어 3일 전부터 계속 동태를 살폈지만 다행히도 그런 낌새는 보이지 않았다.

나는 마치 내 방문을 환영하듯이 활짝 열려 있는 테라스의 유리문 앞으로 들어섰다.

"안녕, 마그리트 양. 오랜만이에요."

달빛을 받으며 바닥에 내려서자마자 방 안에 우두커니 서 있는 제니트가 눈에 들어왔다. 조용한 어둠 속에서 저렇게 혼자 우뚝 서 있는 걸 보니 좀 처녀 귀신 같아서 가슴이 벌렁벌렁…… 하기는커녕 무슨 밤의 여신 같아서 가슴이 두근두근하네. 헉! 오히려 지금 내 모습이 처녀 귀신 같지 않으려나? 머리라도 묶고 올 걸 그랬나? 미, 미안합니다, 당신의 눈을 지켜 주지 못해서…….

"혹시 놀라지 않…… 으억!"

나는 그런 생각에 약간 멋쩍게 입을 열다 말고 곧 돼지 멱따는 소리를 내고 말았다. 그건 바로 갑작스럽게 나한테 달려든 제니트 때문이었다.

"공주님……! 정말, 정말 공주님이세요?"

나는 믿을 수 없다는 듯이 흔들리는 눈동자를 보고 약간 난처한 기분이 들고 말았다. 크흡. 설마 진짜 내가 귀신 같아서 확인해 보는 건 아니겠지? 그건 그렇고 확인하기도 전에 이렇게 대뜸 나한테 달려들다니, 이 아가씨도 은근히 행동이 앞서 나간다니까.

"네, 진짜 나예요."

내 대답에 마주한 눈동자가 방금 전보다 더욱 거세게 흔들리기 시작했다. 내 팔을 붙든 손을 통해 잔잔한 떨림이 전해져 왔다. 억, 그런데 잠깐! 왜 점점 눈망울이 울먹울먹해지는 거예요? 서, 설마 지금 울려는 거 아니지? 응? 그런 거 아니지?

"아, 공주님……!"

"커흑!"

하지만 내 조마조마한 마음을 아는지 모르는지, 결국 제니트는 울음을 터뜨려 버렸다. 그러면서 내 허리를 꽈악 힘주어 안는 바람에 나는 그만 또 한 번 돼지 멱따는 소리를 내고 말았다. 으앗! 이, 이거 그린라이트를 좀 넘어선 것 같은데? 비록 우리가 같이 다과회도 갖고 편지도 주고받으면서 나름대로 친분을 다진 사이라고 하지만 이건 갑자기 단계를 너무 확 뛰어넘은 것 같지 않아요? 으윽, 방심한 틈에 훅 들어오네. 그, 그렇다고 싫은 건 아니지만 뭔가 어색해. 으앗, 이러지도 저러지도 못하고 있는 내 매너 손을 봐!

"다, 다시는……."

나는 갑자기 품에 안긴 제니트 때문에 당황해서 그녀를 덩달아 끌어안지도 못하고 엉거주춤 허공에 손을 들고 있다가 아래에서 울리는 울먹이는 목소리에 시선을 내렸다.

"다시는 못 만나는 줄 알고……. 흐흑."

그 순간 나는 멈칫하고 말았다.

"갑자기, 갑자기 황성에서 사라지셨다는 말을 들어서……."

"······."

"이, 이대로 공주님도 두 번 다시 만날 수 없게 될까 봐······."

"······."

"너무 무서워서, 흐윽, 윽······ 그래서······."

더듬더듬 이어지는 목소리가 무슨 말을 하는지 알아듣기 어려울 정도로 눈물에 푹 젖어 있었다. 제니트는 이대로 내가 눈앞에서 사라져 버릴까 봐 두렵기라도 한 사람처럼 떨리는 두 팔로 나를 꽉 끌어안은 채 흐느껴 울었다.

"우윽, 흑······."

나는 잠시 그런 그녀를 내려다보다가 이내 작게 한숨을 내쉬며 손을 움직였다.

토닥, 토닥.

내가 등을 토닥여 주자 제니트는 방금 전보다 더욱 마음 놓고 울음을 터뜨렸다. 그녀의 간헐적인 울음소리가 내 귀를 두드리다가 곧 선선한 밤공기 속으로 흩어졌다.

"흐흑······."

나는 감히, 지금 내 눈앞에 있는 사람을 가엾다고 생각했다. 내 코가 석 자인데 누가 누구를 동정하는 거냐고 비웃는다면 솔직히 할 말은 없었다. 언젠가 내 등에 칼을 꽂을지도 모르는 사람을 상대로 이런 마음을 품는 게 바보 같다는 것도 알고 있었다.

하지만 지금 이 순간 나를 단 하나의 동아줄이라도 된 양 절박하게 붙든 채 처량하게 우는 14살의 제니트에게는 사람의 마음을 약간 먹먹하게 만드는 구석이 있었다.

지난 사흘간 오벨리아에 머물며 소식을 알아본 바에 의하면 로자리아 백작 부인은 영지를 떠나 제도로 올라오던 중 갑작스러운 낙석 사고에 휘말려 중태에 빠졌다가 며칠 전 명을 달리했다고 한다. 요즘 들어 이상하게 자연재해로 인한 사건 사고가 많이 일어나는데 아무래도 산길을 이동하다가 거기에 휘말린 것 같다고.

나는 흐느끼고 있는 그녀의 등을 말없이 토닥여 주었다. 이렇게 제니트를 안아주고 있으려니 기분이 다소 이상해졌다. 원래대로라면 이렇게 혼자서 외롭게 울고 있을 아이가 아닌데. 소설의 내용대로라면 그녀는 이미 데뷔탕트를 치른 직후부터 황궁에 들어가 클로드의 마음을 얻고, 또 그녀를 사랑하는 사람들에게 둘러싸여 행복하게 웃고 있어야 했다. 이 소설은 오직 여주인공인 제니트의 행복만을 위해 설계된 것이었으니까.

하지만 지금 그녀는 알피어스 공작저의 어두운 방 안에서 홀로 슬픔을 삭이며 애처롭게 울고 있었다.

혹시 나라는 변수가 책의 내용을 비틀었기 때문에 이렇게 된 걸까.

"흑, 으흑……."

조용한 방 안에서 오직 제니트의 울음소리만이 선명하게 두 귀를 파고들었다. 나는 제니트가 얼굴을 파묻고 있는 가슴 부근이 조금씩 축축하게 젖어 가는 것을 느끼며, 마주 안은 그녀의 등을 부드러우나 다소 건조하기도 한 손길로 쓸어주었다.

미안해, 제니트. 나는 누구도 듣지 않을 말을 속으로 읊조렸다.

마음 깊은 곳 한편으로는 너의 불행에 안도하는 내가 있어. 네가 데뷔탕트 날 클로드의 딸로 나타나지 않아서, 그래서 내가 있는 자리를 위협하지 않아서, 또 그 사람이 네가 아닌 나를 딸로 받아들여 아껴 주어서……. 그리고 훗날 나를 위험에 빠뜨릴지도 모를 네 이모가 이렇게 허무하게 죽게 되어서…….

"다행이에요……."

그래서 지금 이렇게 혼자서 울고 있는 사람이 내가 아닌 너라는 사실을 나는 조금쯤은 다행이라 여기고 있는지도 몰라.

"이렇게 다시 만날 수 있어서, 흑…… 정말 다행이에요……."

나는 귓가에 속삭여지는 눈물 섞인 음성을 들으며 달빛이 비치는 천장을 가만히 바라보았다. 제니트가 지금의 나를 단 하나뿐인 자매로 여기고 있다는 사실은 명백했다. 그래서 이모를 잃게 된 지금 그녀는 그보다 더 가까운 가족이라 할 수 있는 내게 매달려 이렇게 안심하고 있는 것이다.

"그래요."

그리고 나는 그런 제니트를 감히 동정하고 있었고, 또 다른 한편으로는 그녀를 의심하는 마음을 품은 채 지금 이 자리에 있기까지 했다.

"나도 오늘 당신을 만나서……."

그런 주제에 지금은 또 내 안의 이기적인 마음을 숨기고 가증스럽게도 품에 안긴 그녀를 위로하고 있는 것이다.

"정말 다행이라고 생각해요."

알피어스 공작이나 로자리아 백작 부인을 탓할 것이 아니었다. 어쩌면 소설 속의 아타나시아가 아닌 나는, 지금 우리의 눈앞에 펼쳐진 이 이야기 속의 가장 지독한 거짓말쟁이인지도 몰랐다. 그런 생각을 하며 나는 내 앞의 가련한 사람을 조금 더 힘주어 꼭 안아주었다.

"네. 공주님과 저, 둘만의 비밀로 해요."

어째서인지 처음에는 조금 망설이던 제니트였으나 결국 그녀는 나를 만난 사실을 누구에게도 발설하지 않겠다고 약속했다.

"그럼 오늘처럼 또 만나러 와 주실 건가요?"

그리고는 나를 물끄러미 올려다보는데…… 쿨럭. 그 눈빛이 마치 한 마리의 아기 고양이 같아서 나는 약간 부담스러워졌다. 왜, 왜인지 꼭 내가 탑에 갇힌 공주님을 구하러 오는 기사나 마법사가 된 것 같잖아? 크흑. 이 구도 별로 좋지 않아!

"그, 그럴게요."

그리고 미인에 약한 나도 별로 좋지 않아! 으앙. 그래도 내가 떠날 때쯤에는 눈물을 그친 제니트가 그나마 전보다 기운을 차린 것 같아서 다행이었다. 그녀는 내가 곤란할 것이라 생각했는지 황궁을 떠나 있는 이유에 대해서도, 갑자기 내가 자유자재로 사용하기 시작한 마법에 대해서도 묻지 않았다. 그건 퍽 고마운 일이었다. 으음. 그래서 지금까지는 모든 일이 제법 순조로웠는데 말이지…….

"예쁜이들. 우리 말만 잘 들으면 무섭게 안 한다니까?"

"크큭. 맞아, 그냥 외로운 남녀들끼리 모여서 재미있게 놀자는 것뿐이라고. 마침 그쪽도 둘, 우리도 둘, 짝이 딱 맞잖아?"

어쩌다가 내가 이런 거지 같은 소리를 듣고 있게 되었더라?

"아, 아티. 어떻게 하죠?"

게다가 내 옆에는 갓 태어난 아기 새처럼 겁에 질려 떨고 있는 제니트까지 있었다. 나는 우리를 골목길에 몰아넣은 뒤 징그럽게 실실 웃고 있는 깡패들을 마주한 채 어쩌다 이런 상황에 처하게 되었는지 잠시 회상했다.

＊＊＊

세상의 거의 모든 사건이 그렇듯이, 발단이 된 동기는 사소했다. 나는 여전히 황궁으로 돌아가지 못하고 밖을 돌아다니다가 문득 제니트를 향한 '파워! 오지랖!'을 발동시키고 말았다. 요컨대 '제니트는 그동안 이런데 한 번도 못 와 봤겠지?' 같은 시시껄렁한 생각을 하고 만 것이다.

생각해 보니 내가 그동안 황성에만 적을 둔 채 온실 속의 화초처럼 살았던 것처럼 제니트 역시 자유롭게 외출도 못 하며 알피어스 공작저에서만 갇혀 지내지 않았던가. 그래서 얼마 전까지만 해도 에메랄드궁에서 제니트와 편지를 주고받으며 내가 그녀에게 느꼈던 감정은 다름 아닌 '동질감'이었다.

나는 클로드에 의해 에메랄드궁에 유폐된 나와 알피어스 공작저 밖으로 마음대로 나가지 못하는 제니트를 겹쳐 봤었다. 하지만 이렇게 궁을 떠나 자유로운 생활을 하게 된 지금, 나는 제니트에게 또 다른 의미로 신경이 쓰이고 있었다. 게다가 얼마 전 그녀는 죽은 이모인 로자리아 백작 부인의 장례식에조차 참석 못 하지 않았는가.

그러고 보니 마지막 다과회 때였나? 영애들끼리 건국제 얘기를 할 때 제니트도 알피어스 공작에게 축제에 참석해도 된다는 허락을 받았다며 좋아했던 것 같은데. 때마침 건국제가 바로 이틀 뒤로 다가와 있었지만 지난번에 만났을 때 언뜻 느낀 바로는, 제니트는 축제에 참석할 계획이 없는 것 같았다.

지난번 알피어스 공작저에서 처음 그녀를 만난 날 이후로 나는 두 번 더 제니트를 보러 그곳에 갔다.

사실 제니트를 만나러 가는 것은 상당한 위험부담이 있는 일이었지만 성에 갇힌 공주님처럼 하루 종일 방에만 틀어박혀 있는 그녀가 외로워 보여서, 또 나를 볼 때면 반가움을 미처 감추지 못한 채 활짝 미소 짓는 그녀의 얼굴이 이상하게 눈에 밟혀서, 어쩔 수 없이 나는 제니트를 보기 위해 알피어스 공작저의 담을 넘었다.

게다가 사실 나는 내게 저주를 건 사람이 제니트는 아닐지 의심하고 있었다. 애초에 별것 아닌 저주였다고는 하지만 그래도 내 불행을 바라는 사람이 있다는 점이 영 찜찜했을뿐더러, 내 주위에 흑마법에 관련된 사람은 그녀밖에 없기 때문이었다.

하지만 제니트를 만나면 만날수록 내게 그런 짓을 한 사람은 그녀가 아닌 것 같다는 생각이 들었다. 나를 볼 때마다 넘쳐흐르는 기쁨으로 더없이 환해지는 그 얼굴을 보면 아마 누구나 그녀를 의심한 스스로에게 죄악함을 느낄 수밖에 없을 것이다. 더군다나 그 대상이 자신의 외로움을 미처 감추지도 못하는 14살의 어린 소녀이기 때문에 더더욱.

얼핏 듣기로는 이제키엘도 요즘 바빠서 제니트와 잘 만나주지 않는다고 하던데…… 내가 갈 때마다 저택에 그의 모습이 보이지 않던 것도 그래서인가? 다른 일 때문에 이제키엘이 공작저를 비운 지도 벌써 시일이 꽤 지났다고 말하며 제니트는 말끝을 흐렸다.

그래서 나는 조금 고민하다가 건국제가 시작된 날, 제니트를 찾아갔다.

"공주님, 어서 오세요."

제니트는 이제 내가 마법으로 뿅뿅 나타나도 별로 놀라지 않았다. 큽, 나도 루카스에게 적응되기까지 시간이 꽤 걸렸던 걸로 기억하는데 제니트는 적응 속도가 장난이 아니구나. 그, 그런데 지금 꼭 출근했다 돌아온 남편을 맞은 아내 같은 대사와 포지션 아니었나요…….

나는 꽃같이 웃으며 나를 반갑게 맞아주는 제니트를 약간 착잡한 눈으로 바라보다가 곧 고개를 휘휘 저으며 잡생각을 털어버렸다. 그리고 그런 나를 향해 고개를 갸웃거리는 제니트에게 며칠 내내 고민하던 것을 말했다.

"마그리타 양, 우리 밖으로 놀러 갈래요?"

"네?"

당연하게도 제니트는 내 말에 깜짝 놀란 듯이 반문했다. 그녀는 방금 전 무슨 말을 들은 건지 잘 모르겠다는 듯 나를 향해 의아한 표정을 짓고 있었다.

나는 그녀의 눈동자가 점차 크게 떠지는 모습을 지켜보았다. 마침내 내가 권유한 말의 의미를 이해했는지 제니트의 입술이 서서히 벌어지기 시작했다. 마주한 얼굴이 만개하는 봄날의 꽃처럼 점차 활짝 피어나는 광경은 마치 마법 같았다.

나는 미소 지으며 그녀에게 손을 내밀었다. 그러자 잠시 후 제니트가 해사하게 웃으며 내 손을 붙잡았다.

"네……!"

그녀는 아무것도 묻지도 따지지도 않은 채 다만 그렇게 대답했다. 마치 내가 원한다면 어디든지 따라가겠다는 듯이.

그래서 나는 기꺼이 그녀에게 피터팬이 되어주기로 결정한 뒤 손가락을 튕겼다.

웅성웅성.

"세상에! 공주님, 정말 밖이에요!"

나는 며칠 전 미리 봐 두었던 인적 없는 골목길로 무사히 순간 이동을 했다. 주위에는 퀴퀴한 냄새가 나는 낡은 상자 같은 것이 잔뜩 쌓여 있었는데, 제니트는 그마저도 신기한지 연신 주위를 두리번거리며 감탄하고 있었다.

나는 그 틈에 혼자 벽을 붙잡고 헉헉 심호흡을 하며 숨을 골랐다. 어흐흑! 기껏 폼은 잡았지만 이렇게 다른 사람까지 데리고 순간 이동을 쓰는 건 처음이라 솔직히 쫄았다! 혹시 잘못해서 다리 한 짝을 두고 온다거나 할까 봐 무서웠다구, 엉엉. 왠지 황궁 밖으로 나오고 나서 늘어난 거라곤 '될 대로 돼라!' 하는 깡밖에 없는 것 같아요, 훌쩍.

"공주님! 우리 빨리 저기로 가요!"

"으억, 잠깐만요."

한눈에 봐도 신이 난 것 같은 제니트가 내 팔을 잡아끌었다. 이 아가씨가 이렇게까지 눈 만난 강아지처럼 좋아하는 건 처음 보네. 밖에 나와서 좋은가 보다.

나는 발그레하게 상기된 그녀의 얼굴을 보다가 손을 한 번 휘둘러서 망토 같은 것을 소환했다.

"일단 이거라도 걸쳐요."

옷이 좀 비싼 티가 나긴 하지만 겉옷을 걸치면 그런대로 괜찮을 것 같다. 몇 번 알피어스 공작저를 방문하며 느낀 바로는 식사 시간을 제외하고 아무도 먼저 그녀를 찾지 않는 것 같으니 잠깐 외출하는 것 정도는 괜찮겠지. 로자리아 백작 부인이 그렇게 되고 나서 되도록 제니트를 가만히 내버려 두려고 하는 것 같으니 말이야. 그럼 난 일단 얼굴이나 손봐야지.

짜잔! 쉽고 편리한 '아티의 1초 성형외과'로 어서 오세요!

"앗, 공주님의 얼굴이!"

내가 마력을 얼굴에 불어넣자마자 제니트가 헉 숨을 들이켰다.

"영상석 때문에 내 얼굴을 알아보는 사람이 있을 것 같아서 그냥 잠깐만 바꾼 거예요."

"머리카락이랑 눈동자 색도 변했어요."

아마도 그동안 몇 번이나 연습하며 거울을 통해 봤듯이 내 얼굴은 원래보다 확연히 밋밋해졌을 것이었다.

크흠. 좀 자뻑 같긴 하지만 다이아나를 닮아 한 미모 했던 얼굴이 길 가다가 흔히 볼 법한 그럭저럭한 얼굴이 되었달까. 물론 얼굴의 뼈나 근육 자체의 모양을 바꾼 건 아니고 그냥 투명화 마법과 비슷한 원리로 마력장을 씌워서 이목구비를 흐리게 만든 것뿐이었다. 좀 더 고위 마법으로 올라가면 일정 시간 동안 얼굴 자체를 완벽히 바꾸는 것도 가능하다고는 하던데……

나는 '뚜두둑! 뿌득!' 같은 살벌한 소리를 내며 얼굴뼈를 움직이는 상상을 하다가 오싹해져서 그만두었다.

"그럼 갈까요?"

"네!"

제니트는 내 변한 모습을 한참이나 신기하다는 듯이 쳐다보다가 내 말에 또 금세 활짝 웃으며 대답했다. 바로 그 순간 주위에 또 뽀롱뽀롱

꽃이 피어나는 환각이 보였다.

……아무래도 나보다는 제니트 얼굴을 마법으로 바꾸는 게 시급할 것 같은데. 으아, 너무 예뻐서 막 길 가던 사람마다 다 쳐다보고 작업 걸고 그러는 거 아냐? 여주인공 미모 버프로 이상한 인간들이 막 꼬여들지도! 하, 하다못해 밖에서는 지금처럼 너무 예쁘게 웃지 말라고 주의라도 줘야 하나. 으앙, 그것도 이상하잖아!

"가요, 공주님!"

제니트는 그런 내 고뇌도 모르고 또다시 맞잡은 내 손을 끌어당겼다. 나는 하는 수 없이 그녀의 손을 붙잡고 사람이 북적이는 거리로 발을 들였다.

루카스와 왔을 때도 그렇고, 또 며칠 전에 혼자서 왔을 때도 그렇고, 원래도 이 거리는 사람이 북적이는 시장통이었으나 이번에는 건국제까지 겹쳤기 때문인지 그 소란스러움이 이루 말할 수 없었다.

"아저씨, 꼬치 열 개 주세요! 저 여기 단골인데 저 옆에 있는 작은 거 두 개는 그냥 서비스로 주시면 안 되나?"

"아줌마, 여기 솜사탕 두 개요! 무지개색으로 예쁘게 만들어주세요!"

"앗, 잠깐! 이거 왼쪽 게 더 가벼운 것 같은데? 언니, 이거 정량보다 덜 줬죠? 그렇죠?"

"허니허니 콤보 아이스크림 4층짜리로 두 개요! 위에는 초콜릿 칩 뿌려 주세요!"

제니트는 이런 식으로 사람이 많은 거리를 돌아다닌 게 처음이라 그런지 모든 게 신기한 눈치였다. 나는 열심히 주위를 두리번거리는 그녀를 데리고 미리 점 찍어 두었던 맛있는 노점상들을 빠뜨리지 않고 순회했다.

"굉장해요! 공주님은 어쩜 이렇게 모르는 게 없으세요?"

그렇게 몇 군데를 돌아다녔을 때, 제니트가 나를 향해 감탄하며 외쳤다. 후훗. 실은 제가 왕년에 저잣거리에서 혼자 놀던 짬이 좀 있어서! 물론 그래 봤자 요 근래의 일이고, 밖에서 방황한 게 100% 제 의지가 아니기는 하지만요. 으엉.

나는 닭 꼬치를 후후 불어 가며 먹는 제니트를 향해 아까부터 생각하던 것을 넌지시 말했다.

"그보다 마그리타 양, 그 호칭 좀 어떻게 해야 할 것 같지 않아요?"

"아."

그제야 제니트는 방금 전까지 자신이 나를 '공주님'이라고 불렀다는 사실을 깨달은 듯이 손으로 입을 가리며 또 주위를 휘휘 둘러보았다. 다행히도 주변 사람들은 우리의 대화에는 별다른 관심이 없는 것 같았다. 그들의 관심사는 단 하나! 바로 닭 꼬치를 먹으면서도 눈부신 광채를 뿜어내고 있는 제니트의 미모였다. 으음, 아무래도 사람들이 좀 적은 곳으로 이동할 필요는 있겠다.

제니트는 엄마와 함께 처음 외출한 착한 어린이처럼 내 손을 꼭 붙잡고 쫄래쫄래 내 뒤를 따라왔다. 그리고 마침내 나는 실로 오랜만에 내 외출용 이름을 꺼냈다!

"이제부터는 나를 '아티'라고 부르세요."

"앗. 어떻게 제가 그런."

제니트가 화들짝 놀라며 더듬거렸지만 나는 검지를 그녀의 앞에 꺼내 들며 단호히 말했다.

"그리고 나는 지금부터 마그리타 양을 '제티'라고 부를 거예요."

크으, 드디어 입 밖에 내보는구나! 제니트를 볼 때마다 입안에서 맴돌던 정겨운 마법의 초코 가루 이름! 크윽, 아련한 과거여. 누군가 듣는다면 까망이, 파랑이에 이은 실로 구린 작명 센스라며 비웃을 터였으나 어차피 이 세계에는 흰 우유에 넣어 먹는 마법의 초코 가루를 아는 사람이 없었으니까. 게다가 제티란 이름 귀엽지 않아? 꼭 아티랑 한 세트 같고.

제니트도 내가 지어준 외출용 이름을 싫어하지 않았다. 그녀는 오히려 몹시도 수줍은 듯이 뺨을 붉히며 웅얼거렸다.

"꼭 애칭 같아서 어쩐지 쑥스럽네요."

"원래 다 처음이 어려운 거예요. 자, 제티! 제티도 한번 저를 불러 보세요."

"그럼…… 아, 아티……."

부끄러워하며 말끝을 흐리는 제니트는 어마어마한 위력을 자랑했다. 헉, 어쩜 수줍어하는 것도 예뻐라.

단숨에 호칭에 대한 문제를 해결한 우리는 또다시 하하 호호 사이좋게 축제를 즐겼다. 오늘은 건국제의 첫날이기 때문에 그리 큰 행사는 없었고, 그냥 사람들에게 먹거리와 온갖 물건을 팔거나 또 새총으로 인형을 뽑는 것 같은 오락거리를 즐기는 것이 전부였다. 하지만 내일 오후에는 황족들의 거리 행차가, 그리고 건국제의 마지막 밤에는 불꽃놀이가 준비되어 있는 것으로 알고 있었다. 물론 지금 궁에 있는 황족은 클로드뿐이었기 때문에 내일 있을 행사에 참여하는 것은 그 혼자가 될 것이었다.

"이거 선물이에요."

나는 그녀에게 가느다란 실을 여러 가닥 모아 꼬아 놓은 모양의 팔찌를 선물했다.

"이건……?"

"팔에 차고 있으면 소원이 이루어진대요."

아까 제니트가 거리의 한쪽 구석에서 팔던 친칠라에 정신이 팔려 있는 동안 그 옆에 있는 좌판에서 구매한 것으로, 이른바 소원 팔찌 비슷한 것이었다. 솔직히 별건 아니지만 이런 게 다 축제의 묘미지. 크흡.

지난번에 제니트에게 리본 선물을 받은 게 생각나서 충동적으로 사긴 했는데 어쩌면 제니트 눈에는 이런 거 별로일 수도…….

"정말, 정말 감사해요. 매일 하고 다닐게요."

하지만 제니트는 감동받은 얼굴로 내가 준 팔찌를 소중히 감싸 안았다. 아, 아니…… 그렇게까지 좋아하면 뭔가 좀 미안한데…….

"오늘 정말 재미있었어요."

어느덧 뉘엿뉘엿 저물기 시작하는 태양을 등진 채 우리는 나란히 커다란 막대 사탕을 손에 들고 길을 걸었다. 제니트는 자신의 얼굴만 한 사탕을 어떻게 먹어야 할지 몰라 쩔쩔매다가 그냥 손에 들고 있었고, 나는 어차피 이걸 다 먹어 치우지 못할 걸 알았기 때문에 그냥 건성으로 끄트머리만 깔짝깔짝 핥아 먹고 있었다.

"이대로 돌아가야 한다니 아쉬워요."

"하지만 저녁 식사 시간 전까지 들어가야 완전 범죄를 저지를 수 있다고 제티가 그랬죠?"

아쉬움이 역력한 얼굴을 하는 제니트를 향해 나는 일부러 장난스럽게 말했다. 호칭이 입에 익숙지 않아 우리 둘 다 가끔씩 실수할 때도 있었지만 그래도 집에 돌아가기 전까지는 되도록 서로의 외출용 이름을 불러 주기로 했다.

"완전 범죄를 저질러야 다음에 또 놀러 나올 수 있잖아요."

내가 웃는 낯으로 내뱉은 말에 제니트의 눈동자가 얕게 흔들렸다.

"다음…… 다음이 또 있는 건가요?"

"불꽃놀이 보고 싶지 않아요? 나도 황성 밖에서는 한 번도 본 적이 없어서 궁금한데. 그런데 같이 불꽃놀이를 구경해 줄 사람이 없거든요."

나는 어느덧 자리에 멈추어 선 제니트를 향해 말을 이었다.

"괜찮으면 나랑 같이 불꽃놀이 보러 와 줄래요?"

어찌 보면 내 첫 데이트 신청이라고도 할 수 있었는데, 그 대상이 다름 아닌 제니트라니! 큽. 하지만 뭐 어때. 오늘 제니트랑 같이 보내는 시간도 생각보다 즐거웠고, 또 축제의 묘미인 불꽃놀이도 보지 못한 채 이대로 제니트의 외출을 끝내 버리면 그녀의 첫 가이드로서의 내 자존심이 용납하지 않아!

"기꺼이요. 정말 기뻐요."

나는 제니트의 얼굴에 오늘 봤던 것 중에서 가장 예쁜 미소가 걸리는 것을 보고 괜스레 머쓱해져서 코밑을 한번 손가락으로 스윽 훑었다. 크흠. 이거 괜히 좀 겸연쩍네.

우리는 늦지 않게 알퍼어스 공작저로 돌아가기 위해 인적 없는 골목을 찾아 들어갔다.

"어이, 예쁜이들!"

그런데 바로 그때 등 뒤에서 웬 잡소리가 들려오는 것이 아닌가? 응? 이게 뭔 참기름을 한 사발 퍼마신 것 같은 느끼한 목소리래요?

"휘이익! 한가하면 오빠들이랑 같이 놀래?"

게다가 휘파람 소리에까지 버터를 처바른 것 같았다. 나는 골목길 입구에 서서 한껏 건들거리고 있는 놈들을 '저것들은 도대체 뭐지?' 하는 눈길로 쳐다보다가 문득 깨달음을 얻고 무릎을 찰싹 때렸다. 아잇! 이거 설마 그건가?

"뭐야? 지금 무서워서 굳은 건가? 우후후. 오빠들 무서운 사람 아니야."

"물론 그건 말을 잘 들었을 때 얘기지만."

왜, 어디에나 있잖아. 으슥한 골목길 같은 데서 여자들한테 추파를 던지거나 개중에는 거기에서 더 나아가 철컹철컹 범죄자의 길에 발을 들이기도 하는 멍멍이 같은 놈들! 와, 진짜 그런 거면 이거 너무 전형적이네. 만일 이게 소설이라면 작가 양반 너무 창의성이 없는 것 아닙니까?

"그래, 예쁜이들. 우리 말만 잘 들으면 무섭게 안 한다니까?"

"크큭. 맞아, 그냥 외로운 남녀들끼리 모여서 재미있게 놀자는 것뿐이라고. 마침 그쪽도 둘, 우리도 둘, 짝이 딱 맞잖아?"

이런 별 거지 같은…… 웬 오징어 같은 놈들이 입으로 똥을 싸고 앉았어?

"아, 아티. 어떻게 하죠?"

그러다 문득 나는 내 옆에 있는 제니트가 내 팔을 붙잡는 것을 느꼈다. 지금의 상황에 겁을 먹었는지 그녀의 손은 작게 떨리고 있었다. 앗, 까망이 때도 용감하게 내 앞을 가로막고 섰던 제니트라 이 정도 일에는 눈 하나 깜빡 안 할 줄 알았는데 내가 잘못 생각한 모양이다.

"저쪽 언니는 특히 예쁘네?"

"우리가 특히 많이 예뻐해 줘야겠어."

으음. 그러고 보니 저놈들 눈빛이 좀 많이 더럽긴 하네. 하기야 알피어스 공작저에서만 곱게 살았을 제니트가 언제 또 저런 종류의 노골적인 시선을 받아 봤겠어. 게다가 내 얼굴에는 아직 마법이 작용되고 있기 때문인지 추잡한 시선이 제니트에게만 집중적으로 몰리고 있었다.

"갑자기 왜 이러세요?"

"귀엽게 앙탈은. 예쁜이는 아무 걱정 말고 오빠만 믿어!"

아이고, 개소리 좀 작작해라. 이 세상에 '오빠 믿지?'만큼 신뢰도가 0에 수렴하는 마법의 말이 또 있을 것 같냐! 게다가 너네는 그냥 빼도 박도 못할 범죄자 2인조일 뿐이거든!

이 세계에서 처음 만난 깡패들의 만행에 어이가 없어서 잠깐 가만히 서 있던 나는 깡패들이 다가오기 시작하자 곧 '후우웁!' 숨을 들이켰다. 그리고 곧장 배에 힘을 줘 쩌렁쩌렁하게 소리 질렀다.

"야!"

조용히 있던 내가 돌연 소리를 지르자 범죄자 2인조들이 한순간 멈칫했다. 하지만 난 이제부터 시작이다!

"이 삐삐삐– 삐삐– 삐삐삐해서 삐삐삐– 삐할 삐삐삐삐– 야!"

심의 규정상 '삐–'로 처리되고도 남을 찰진 욕설이 마치 기다렸다는 듯이 내 입에서 다다다 쏟아져 나왔다.

"삐삐삐삐– 삐삐를 삐삐삐– 해서 삐삐삐– 해줄까? 이 삐삐삐– 삐삐야!"

내가 바로 이 구역의 미친년이다! 나는 신들린 듯이 두 잡놈을 향해 욕쟁이 할머니에 버금가는 욕들을 마구잡이로 쏘아붙이기 시작했다. 갑작스러운 욕 난사에 범죄자 2인조는 벙찐 얼굴이었다. 들어는 봤냐! 이게 바로 아틀란타에서 배워 온 욕이다, 이것들아! 외국 물 먹은 욕설로 목욕재계나 해라! 어휴, 나도 거의 14년 만에 속 시원하게 욕을 한 바가지 쏟아 냈더니 십 년 묵은 체증이 다 내려가는 것 같네.

"아, 아티……."

헉. 제니트를 잠깐 잊고 있었다. 나는 당황한 듯이 동공을 마구 흔들고 있는 제니트를 향해 방금 전 무슨 일이 있었냐는 듯이 배시시 웃어 보였다.

"아니, 저년이!"

"이게 미쳤나? 우리한테 그렇게 심한 욕을 하고도 네가 무사할 것 같아!"

뒤늦게 정신이 들었는지 깡패 놈들이 핏대를 세우며 나한테 욕을 하기 시작했다. 헉! 그 흉악한 욕설들에 나는 엄청난 정신적 타격을 입었다! 내 마음에 스크래치! 내 섬세한 유리 하트가 와장창창! ……은 무슨. 나는 그냥 심드렁한 기분으로 콧방귀를 뀌었다. 그래 봤자 내가 알고 있는 욕들에 비하면 유치원생들이 떠드는 수준밖에 되지 않는다. 어유, 댁들은 욕쟁이 꿈나무로서 아직 가야 할 길이 멀구나. 좀 더 정진하세요!

나는 나를 찢어 죽일 기세로 다가오는 놈들을 향해 손을 들었다. 그리고 그때까지 들고 있던 것에 마력을 담아 앞으로 있는 힘껏 던졌다!

퍼억!

"꾸엑!"

"어맛! 사탕이 마음대로 날아가 버렸잖아?"

내 얼굴만 한 커다란 사탕은 무시무시한 속도를 내며 날아가 범죄자 1의 가랑이 사이에 정통으로 부딪혔다. 파사삭 깨져 나가는 사탕이 노을에 반사돼 반짝반짝 눈부신 빛을 냈다. 사탕에 맞은 범죄자 1은 돼지 멱따는 소리를 내며 곧장 게거품을 물었다. 범죄자 2는 다리 사이를 움켜쥐며 힘없이 풀썩 쓰러지는 동료를 멍하니 바라보고 있었다.

"어머낫, 사탕이 요기 하나 더 있네?"

내가 간드러지는 목소리로 들으란 듯이 읊조린 말에 범죄자 2가 세차게 동공지진을 일으켰다. 나는 제니트에 손에 들려 있던 사탕을 가져와 마찬가지로 그 안에 마력을 불어넣었다.

크으, 왠지 이쯤 해서 마법 주문 같은 거라도 한번 외쳐 줘야 할 것 같은데? 정의의 이름으로 널! 용서하지 않겠다! 받아라, 내 필살기! 캔디☆크러시!

……라든가.

그렇지만 육성으로 저런 소리를 내면 수치사할 수도 있으니까 그냥 마음속으로만 하자.

퍼억!

"꾸웨에엑!"

파사삭! 저무는 해를 배경으로 한 채 반짝이는 사탕가루가 어여쁘게도 휘날렸다. 범죄자 2는 동료 못지않은 괴성을 내지르며 마찬가지로 골목길 입구에 풀썩 쓰러졌다.

"내, 내가…… 내가 고자라닛……."

털썩!

그래도 범죄자 2는 범죄자 1보다 조금 더 방어력이 강했는지 마지막 유언 같은 말을 남긴 채로 눈을 감았다.

쓰레기 처리 끝!

나는 탈탈 손을 턴 뒤 그때까지도 멍하게 서 있는 제니트에게 고개를 돌렸다.

"마그리타 양, 내 손 잡아요!"

"네, 네? 아앗!"

그대로 우리는 순간 이동을 해 사탕가루가 아련히 반짝이는 골목길에서 벗어났다.

"혹시 늦은 건 아니죠?"

휴, 오늘도 보람찬 하루였다!

나는 제니트와 함께 알피어스 공작저로 무사히 귀환했다. 막판에 좀 쓸데없는 잡놈들을 만나기는 했지만, 쓰읍. 그놈들을 좀 더 잘근잘근 밟아주고 왔어야 하는 건데. 혹시 제니트가 그 자식들 때문에 충격받고 외출 공포증이 생긴다든가…… 그, 그러진 않겠지?

"푸웃……."

그런데 바로 그때, 옆에서 바람 새는 소리 같은 것이 들렸다. 으응? 뭐지? 뭔가 웃음을 참는 것 같은 소리인데.

"아하하하하!"

내 생각이 틀리지 않은 듯, 고개를 돌리자마자 맑은 웃음소리가 내 귀를 파고들어 왔다. 내 시야에 들어온 것은 눈물까지 찔끔 흘리며 웃음을 터뜨리고 있는 제니트였다.

"아하하…… 저, 이런 건 처음이에요."

잠시 후, 그녀는 눈가를 훔치며 말했다. 아무래도 막판에 깡패들을 처리했던 일이 그녀에게 굉장히 신선하고 새로운 추억으로 남은 모양이었다. 쿨럭. 내 '캔디☆크러시' 공격이 그렇게 인상적이었나……. 물론 오늘 있었던 일이 제니트에게 안 좋은 기억으로 새겨지지는 않을 것 같아서 그건 다행이었지만.

"아, 왠지 가슴이 뻥 뚫린 것 같아요."

이윽고 완전히 웃음을 멈춘 제니트가 후우, 한숨처럼 여트막한 미소를 입가에 띠우더니 말을 이었다. 헉! 제니트, 알고 보니 이런 스릴 있는 경험을 즐기는 여자였던 건가?

"얼마 전까지는 꼭 지옥에 있는 것 같았는데."

하지만 잇따른 그녀의 말에 나는 어떤 반응을 내보여야 할지 알 수 없는 기분이 되어버렸다.

"공주님을 만난 후부터는 천국이 되었어요."

쿠구궁! 순진한 소녀의 눈빛 공격입니다! 크리티컬! 크리티컬이네요! 아타나시아 선수, 이런 공격에는 면역이 없군요?

"오늘 정말 감사했습니다, 공주님. 이렇게 즐거웠던 건 처음이에요."

크윽. 나는 잠깐 격침당한 심장을 부여잡고 끙끙거리다가 제니트를 향해 지나가듯 대답했다.

"앞으로 즐거운 일이 훨씬 더 많을 텐데요."

그래도 오늘의 비밀 외출을 훈훈하게 끝맺게 되어 나도 기쁘구나.

"불꽃놀이 같이 보기로 한 거 잊지 말아요."

내가 제니트를 향해 웃으며 말하자 그녀도 나를 보며 밝게 미소 지어 보였다. 그렇게 우리는 건국제의 마지막 날 다시 만날 약속을 하고 헤어졌다.

제12.5장
각자의 잠 못 드는 밤

"폐하, 한동안 대륙 곳곳에 일어나던 원인을 알 수 없는 사건 사고가 이제는 완전히 그친 것 같다고 합니다."

어둑한 방 안에서 필릭스는 그가 며칠 동안 알아낸 사실을 클로드에게 보고했다.

"갑작스러운 자연재해로 여기저기서 상소가 올라와 걱정이 컸는데 일시적인 현상이었다니 다행입니다."

그는 진심으로 안도하고 있었다. 갑자기 대륙 곳곳에 일어나기 시작한 재해로 그렇지 않아도 걱정이 컸던 참이기 때문이다. 그런데 얼마 전부터 약속이나 한 듯 원인 모를 낙석이나 홍수, 날씨 이상 등의 괴현상이 사라졌다고 하니 이렇게 안심이 될 수가 없었다.

"그런 동시다발적인 재해가 정말 자연스러운 현상이라고 생각하나?"

하지만 바로 그때, 나른히 의자에 앉아 턱을 괴고 있던 클로드가 무심한 음성을 흘려보냈다. 그의 말에 필릭스는 깜짝 놀라 입을 벌렸다.

"자연스러운 현상이 아니라 하시면, 혹시 인위적인 것이란 말씀이십니까?"

"모른다."

"예? 아니, 지금 막 폐하께서……."

"그저 짐작일 뿐, 게다가 어차피 지금은 사라졌다고 하지 않았나?"

"그건 그렇습니다만."

"그럼 나가라. 할 일은 다 끝났으니."

필릭스는 다시 의자 위에서 눈을 감는 클로드를 보며 입을 다물었다. 이미 밤이 깊은 시각이었으나 그의 주군은 오늘도 쉽게 잠들지 못할 모양이었다. 하기야, 제 딸을 잃어버리고 마음 편히 눈을 붙일 부모가 세상에 어디 있겠느냐만…….

"폐하, 모두가 한마음이 되어 찾고 있으니 아타나시아 공주님의 행방도 곧 알 수 있을 겁니다."

"……."

"그러니 잠시라도 침소에 가셔서 눈을 붙이시지요."

그러나 클로드는 여전히 자리에서 꼼짝도 하지 않았다. 사실 필릭스도 자신의 말이 정말 그를 움직일 수 있으리라 여겨 이리 말한 것은 아니었다. 다만 옆에서 그의 모습을 보고 있으면 너무도 속이 쓰리고 또 갑갑하여 이런 소용없는 말이라도 흘리지 않고는 배길 수 없었을 뿐이다. 한동안의 침묵 후에 클로드가 눈을 감으며 나지막하게 읊조렸다.

"나가라."

그 조용한 음성을 끝으로 결국 필릭스는 방을 나서고 말았다.

잠시 후, 그는 클로드가 아직도 머물고 있는 에메랄드궁을 뒤돌아보았다. 요 근래 들어 클로드는 아타나시아 공주의 궁전인 에메랄드궁을 거의 거처 삼아 지내고 있었다.

필릭스의 얼굴이 한순간 어둑해졌다.

'도대체 어디에 계신 겁니까, 공주님…….'

그러나 그의 의문에 대답해 줄 사람은 아무도 없어서, 필릭스는 답답한 마음에 신음하며 홀로 쓸쓸히 발길을 돌릴 수밖에 없었다.

"와, 이거 골 때리네."

세상의 끝. 일대의 전부가 강대한 마력으로 뒤덮여 무지개색의 신비로운 아지랑이가 피어오르는 것처럼 보이는 그 고요한 곳에는 신들의 나무라 불리는 세계수가 있었다. 그런데 보통 인간이라면 접근조차 불가능한 그곳에 침입자가 있었으니.

"어떤 새끼가 내 걸 죄다 처먹은 거야?"

그것은 옅은 푸른빛이 도는 검은 머리카락과 붉은 눈동자를 가진 미소년이었다.

투욱! 퍽!

그는 10대 중반 정도로 보이는 외양을 하고 있었는데, 어지간히 성질이 난 얼굴로 바닥에 있던 세계수의 열매를 발로 차 버렸다. 그러자 그렇지 않아도 누가 일부러 짓밟기라도 한 것처럼 반쯤 짓뭉개져 있던 낙과가 터져 사방으로 흩어져 나갔다. 하지만 이미 깨져 있는 열매였기 때문에 그 안에서 새어 나온 마력은 실로 경미한 수준이었다.

세계수는 남자가 날뛰는 모습을 황당함과 분노가 뒤섞인 눈길로 지켜보았다.

"아니, 양심적으로 낙과 하나 정도는 남겨야 하는 거 아니야? 지금 나더러 이딴 똥 찌꺼기를 먹으라고? 진짜?"

그 남자는 바로 세계수 열매를 얻으러 먼 길을 떠났던 루카스였다. 그리고 세계수는 예전에도 한 번 이 자리에서 그를 만났던 적이 있었다. 그게 100년 전이었는지, 200년 전이었는지, 어차피 거의 영원에 가까운 세월을 사는 세계수에게는 눈 한 번 깜빡할 정도의 시간이라 헷갈리기는 했으나, 애초에 이곳에 발을 들이는 데 성공한 인간이란 가지 하나에 난 이파리 수보다도 훨씬 적었으니 그 얼굴을 기억하고도 남았다. 그리고 결정적으로 세계수가 루카스를 다른 누구보다 똑똑히 기억하고 있는 이유는 바로…….

"야, 아무리 그래도 너랑 나랑 몇백 년 동안 쌓아 온 우정이 있는데 요령껏 열매 하나 정도는 숨겨 났어야 할 거 아냐?"

우우웅!

그 철면피 같은 말에 세계수는 분노했다. 우정은 개뿔! 그때도 네가 내 열매 훔쳐 먹으러 온 거였잖아! 그런데 자기가 바보같이 아직 열매를 맺을 시기도 아닌데 찾아와서는 아무것도 없다고 막 화내고! 뿌리 뽑아버린다고 협박하고! 그리고 실제로 내가 몇천 년 동안 고이 길렀던 이파리를 죄다 뽑아 놓고 갔으면서! 크아앙! 그런데 그때로부터 100년 이상이 지난 건 분명한데 왜 아직도 안 죽고 있는 거냐, 이 바퀴벌레 같은 인간!

"요즘에도 여기 위치를 아는 놈이 있을 줄은 몰랐는데……. 도대체 누가 왔다 간 거지? 야, 너 언제부터 이렇게 쉬워졌어? 그렇게 아무한테나 막 열매 주고 그래도 돼?"

우웅!

세계수가 분노하자 마력 파장이 사방으로 퍼져 나가며 웅성이는 소리를 내기 시작했다.

"내가 지난번에 왔을 때 내 열매 잘 지키고 있으라고 했어, 안 했어?"

그게 왜 네 열매야, 내 열매지! 나한테 열매 맡겨 놨냐? 이 멍청한 인간 같으니!

"또 대머리 되고 싶지? 응?"

하지만 눈을 희번뜩거리며 음산하게 중얼거리는 목소리에 세계수는 쫄아서 이파리를 아래로 축 늘어뜨리고 말았다. 이 무도한 인간이라면 또다시 자신의 탐스러운 이파리를 모조리 쥐어뜯어 놓고도 남을 것을 알았기 때문이다.

세계수는 그냥 보통의 나무가 아니라 마법 생물인 만큼 어느 정도의 지성을 가지고 있었고, 특히 그는 자신의 멋들어진 이파리를 자랑스럽게 생각하고 있었다.

"게다가 이 새끼는 상도덕도 모르나? 먹을 수 있을 만큼 처먹었으면 얌전히 꺼질 것이지 남은 열매는 왜 다 이 지경으로 만들고 간 거야? 진짜 뒤지고 싶나."

웅앵웅. 내 잘못 아니다, 뭐……. 그 무식한 인간이 열매들을 죄다 짓밟고 간 걸 나한테 어쩌라고…… 구시렁, 투덜투덜.

세계수는 얼마 전 이곳을 찾아와 열매를 하나 따 먹고 난 뒤 남은 열매를 모조리 못 써먹게 만들어 놓고 갔던 인간을 떠올렸다. 자신의 아이와 마찬가지인 열매를 죄다 부숴 놓는 것이 괘씸해서 저 밖으로 날려 버리기는 했는데……. 솔직히 세계수에게 있어서는 그 인간이나 이 인간이나 전부 다 똑같이 바퀴벌레 같은 놈들이기는 했다.

"아오, 기껏 여기까지 왔는데 그냥 빈손으로 갈 수도 없고."

제발 그냥 가!

"이걸 어쩐다지."

세계수는 자신의 평온을 깨뜨리는 인간들을 향해 저주를 퍼부으며 이 인간도 결계 밖으로 날려 버려야 할지 고민했다. 하지만 지난번의 인간은 또 몰라도 지금 눈앞에 있는 인간은 솔직히 좀 무시무시한 놈이었기 때문에 강제로 내쫓을 수 있을지 확신이 서지 않았다. 게다가 설령 이 인간을 결계 밖으로 내보내는 데 성공한다 해도 그 더러운 성격에 또 어떤 보복을 해올지 모르고……. 그러니까 제발 그냥 가라. 어차피 열매도 없잖아!

"하는 수 없지."

결국 인간은 포기하기로 한 듯 쯧 혀를 찬 뒤 자리를 털고 일어났다. 하지만 그 인간이 누구던가. 이 구역의 까만 또라이, 루카스가 아니던가! "꿩 대신 닭이라고, 남은 거라도 먹는 수밖에."

곧 그가 중얼거리는 소리에 세계수는 의문을 느끼고 말았다. 뭐? 남은 거? 남은 거라니? 그게 뭔데? 이제 열매는 하나도 안 남았는데? 설마 아까 전에 '똥 찌꺼기'라고 가차 없이 평했던 낙과를 먹으려는 건 아닐 테고. 그리고 곧 세계수는 루카스의 피처럼 붉은 눈동자가 한 치의 오차도 없이 자신을 향하고 있는 것을 깨닫고 말았다.

내 거친 생각과~ 불안한 눈빛과~ 그걸 지켜보는 너어어어~ 그건 아마도 전쟁 같은 사랑······.

세계수는 만약 자신에게 동공이란 것이 있다면 지금쯤 지진이 난 듯이 흔들리고도 남았을 것이라고 생각하며 슬쩍 가지를 움직였다.

······설마 나?

끄덕끄덕.

진짜 나······?

끄덕끄덕!

지금 날 먹겠다고?

방긋!

세계수가 가지를 움직여 자신의 몸통을 가리키자 루카스가 해사하게 웃으며 고개를 주억거렸다. 바로 그 순간, 세계수는 폭발하고 말았다. 이 우매한 인간이······! 꿩 대신 닭이라니? 꿩 대신 닭이라니! 이 몸이 꿩도 아니고 닭이라니! 크아아아! 세계수가 울부짖었다! 세계수는 짱 세서 마법 생물 중에 최강이었다! 그러니까 죽일 거다, 바퀴벌레 같은 인간!

크오오오! 한 줌의 가루로 만들어주마, 어리석은 인간이여!

세계수가 분노해 폭주하기 시작하자 마력장이 커다란 파장을 그리며 사방으로 뻗어져 나갔다. 엄청난 굉음과 함께 폭발해 나가는 마력이 주위에 정신없이 휘몰아치며 거센 바람을 형성했다.

콰아앙! 쿠앙! 크오오오오!

한동안 가히 살인적인 위력의 마력 폭발이 이어졌다. 열매를 피우는 데 꽤 많은 마력을 소진한 상태이기는 했으나 그래도 인간 하나쯤은 간단히 부스러기로 만들고도 남을 강력한 힘이었다.

휘오오오오.

"아우, 먼지."

하지만 역시 루카스는 보통의 범주에 속하는 인간이 아니었다.

"아, 왜 이렇게 발광이야? 벽에 똥칠할 만큼 산 노인네가 미련은 많아서. 쯧."

마력의 파장이 마침내 잠잠히 가라앉고 주위에 부유하던 뿌연 공기가 완전히 가라앉았을 때, 아까부터 있던 자리에 여전히 멀쩡히 서 있는 루카스가 모습을 드러냈다. 심지어 그는 사지 멀쩡한 모습으로, 다만 주위에 산발하는 흙먼지가 거슬린다는 듯이 손을 휘휘 젓고 있을 뿐이었다.

세계수는 경악했다. 이, 이 괴물 같은 인간! 감히 이 몸의 공격을 받고도 이렇게 멀쩡히 살아 있다니!

"그러니까 네가 열매 하나만 잘 숨겨 놨어도 내가 널 먹겠다는 생각은 안 했을 것 아니야."

게다가 세계수의 열매도 아니고 세계수 자체를 집어삼키겠다는 저 기상천외한 발상은 도대체 어디에서 나온 것인지! 열매가 없다고 해서 본체인 세계수를 흡수하는 것은 꿩 대신 닭이 아니라, 꿩 대신 봉황을 먹는 격이었다. 자칫 잘못 하다가는 마력을 감당하지 못해 죽을 수도 있었다. 아니, 누구라도 그런 시도를 했다가는 분명히 온몸이 터져서 죽을 것이 분명했다. 그러니 제정신이 박힌 인간이라면 절대로 시도하지 않을 일인데…….

"뭐, 이래 봬도 난 평화주의자라 널 죽이고 싶은 건 아니야."

개소리! 세계수는 '우우웅!' 거친 소리를 내며 반박했다. 하지만 루카스는 스스로의 배려심에 도취된 듯이 계속해서 헛소리를 늘어놓을 뿐이었다.

"그래도 우리가 알아온 세월이 있는데 500년 후에 또 열매는 맺을 수 있게 해줘야지. 뭐어, 사람 일은 모르는 거니까 그때 가서 또 네가 나한테 도움이 될 수도 있는 거고……."

크아앙, 서, 설마 그때까지 살아 있을 수도 있다는 거냐! 진짜 이 지겨운 인간 같으니! 세계수가 멘붕에 빠져 몸부림을 치거나 말거나, 루카스는 앞을 향해 손을 뻗으며 생긋 미소 지었다.

"그러니까 조금만 먹을게."

그 후 세계수의 결계 안에는 한동안 강력한 마력이 폭발하는 소리와 무언가가 울부짖는 것 같은 괴성이 고막을 찢을 듯이 울려 퍼졌다. 결계를 넘어서 그 밖으로까지 사방으로 흩어져 나가던 마력 조각이 비로소 잠잠히 가라앉은 것은 세계수와 루카스가 피의 혈전을 벌인 지 정확히 41일이 지난 후였다. 그리고 목적을 이룬 루카스가 홀연히 떠나고 난 뒤, 세계수는 이번에는 땜빵처럼 듬성듬성 가지가 잘려 나간 자리에 수액을 바르며 300년 동안 훌쩍였다나 뭐라나…….

"누가 내 얘기하나?"

루카스는 간지러운 귀를 후비며 주위를 둘러보았다. 지금 그가 있는 곳은 한동안 주인 없이 비워져 있던 검은 탑이었다. 달빛이 아련히 비치는 탑은 창밖의 구름이 아주 가까이에서 보일 정도로 드높이 치솟아 있었다. 그러고 보니 세계수의 둥지 밖으로 나왔을 때, 자연재해다 뭐다 눈에 띄는 인간들마다 말이 많기는 했지. 생각해 보건대, 아마도 그 자연재해란 것이 세계수와 싸우는 동안 날아간 마력의 파편 때문에 발생한 것 같기는 했다.

루카스는 심드렁하게 생각하며 머리를 긁적였다. 마력을 완전히 회복하다 못해 세계수 가지를 흡수하고 나서 전보다 더욱 강력해진 루카스는 이제 완연한 성인의 모습을 하고 있었다. 은은한 달빛 아래에서 어둠이 한 땀 한 땀 공들여 조각한 듯한 미남자의 모습이 드러났다. 전보다 더 길어진 머리카락이 아무래도 영 치렁치렁하게 느껴져서 그냥 잘라 버릴까 싶었지만 일단 지금은 귀찮아서 그냥 내버려 두기로 했다.

오늘 그가 탑에 들른 이유는 별다른 것이 아니었다. 그저 애초에 목적했던 세계수의 열매보다 훨씬 더 좋은 걸 먹어서 기분도 좋겠다, 마력을 회복한 김에 오랫동안 비워 뒀던 탑에나 한번 가 보자, 뭐 그런 심심한 생각을 했을 뿐이었다. 게다가 죽은 아에테르니타스에 대해서도 잠깐 확인할 것이 있기도 하고.

그런데 처음 탑에 들어섰을 때부터 그의 오감을 건드리는 것이 있었다.

"흐응, 쥐새끼가 한 마리 들어왔었네?"

오랜 잠에서 깨어난 후 아무런 조치도 취하지 않고 곧장 탑을 비운 탓인지, 침입자가 들어온 흔적이 눈에 띄었다. 어둠을 삼킨 붉은 눈동자에 섬뜩한 한기가 흘렀다. 그의 입가에는 싸늘한 미소가 드리워져 있었다.

"우리 쥐새끼 씨가 아무래도 뒈지고 싶어 환장한 모양인데……."

루카스는 간만에 진득한 불쾌감을 느끼며 노래하듯 중얼거렸다.

"그럼 어떻게 죽여 줘야 하려나."

휘영청 밝은 달이 오랜 시간이 지난 끝에 다시금 완전히 재림한 검은 탑의 마법사를 내리비췄다. 그렇게 아무도 모르게, 세상은 또 한 번의 파란을 예고하고 있었다.

"그럼 아버지, 저는 이만 물러가 보겠습니다."

이제키엘은 방문을 닫고 밖으로 나섰다. 긴 외출을 끝내고 귀가한 후 아버지인 알퍼어스 공작에게 인사를 하러 온 참이었다.

복도로 나선 이제키엘은 잠시 동안 제자리에 멈추어 선 채 낮은 한숨을 흘렸다. 그런 그의 얼굴에서는 피곤이 배어 나오고 있었다. 방금 전 만나고 온 그의 아버지 역시 피로가 얼굴 곳곳에 물들어 있는 상태였다. 요 근래에 일어났던 일들을 상기해 보자면 딱히 이상한 일도 아니었다.

"이제키엘."

그때, 그리 멀지 않은 곳에서 그를 부르는 목소리가 들려왔다. 고개를 돌려 보니 어스름하게 그림자 진 복도의 끝에서 그를 가만히 바라보고 서 있는 제니트가 눈에 들어왔다.

"제니트."

"이제 들어오세요?"

제니트가 지금처럼 먼저 방에서 나온 것은 실로 오랜만이었다. 로자리아 백작 부인의 부고 이후 그녀의 방을 지날 때면 언제나 구슬피 흐느끼는 소리가 안에서 새어 나오고는 했다. 물론 이제키엘은 그 후 곧잘 저택을 비웠기 때문에 항상 제니트의 상태를 살필 수 있는 것은 아니었다.

"그래. 한동안 자리를 비웠던 것이 마음에 걸려서 잠시 돌아왔어. 내일 다시 나가 보려 해."

"내일 또 나가신다고요……?"

이제키엘의 말에 제니트가 잠시 멈칫하다가 반문했다. 그런 그녀의 음성이 어딘가 미묘하게 느껴져서 이제키엘은 잠시 마주한 이의 얼굴을 살폈다. 하지만 떨어져 있는 거리 때문인지, 혹은 그녀의 얼굴에 어린 음영 때문인지 마주한 이가 어떤 표정을 짓고 있는지 쉽게 파악할 수가 없었다. 어쩌면 단순히 지금 그가 상당히 피곤한 상태이기 때문에 주의력이 흐려진 탓일지도 몰랐다.

"제니트?"

"아니, 아니에요. 그럼 내일부터 또 바빠지실 테니 어서 방으로 돌아가서 쉬세요."

한동안 말이 없던 제니트가 곧 나긋한 목소리로 속삭였다.

"그래, 너도 그만 들어가서 쉬어."

"네, 편안한 밤 보내세요."

이제키엘은 따로 덧붙이는 말없이 제니트를 남겨 둔 채 먼저 걸음을 옮겼다.

홀로 남은 그녀는 무거운 정적에 휩싸인 채 멀어지는 발걸음 소리에 귀를 기울였다. 그러나 그의 발길이 멈추는 일은 없었고, 오랜 시간이 지나지도 않아 제니트는 완전한 혼자가 되었다. 장미처럼 탐스러운 입술이 속상한 마음을 대변하듯 살며시 짓이겨졌다.

다른 때라면 좀 더 세심히 그녀의 얼굴을 살피고 다정하게 위로해 주었을 텐데. 그녀는 지금 이제키엘이 그녀의 기분에 이토록 둔감하게 구는 이유가 무엇인지 알고 있었다. 그는 사라진 아타나시아 공주를 찾기 위해 매일같이 알피어스 공작저 밖을 헤매고 있었으니까. 그의 마음을 아타나시아 공주가 이미 가득 채우고 있었기 때문에 다른 사람에게는 신경을 쓸 겨를이 없는 것이다.

제니트는 술렁이는 마음을 안고 발소리를 죽인 채 자신의 방을 향해 걸었다. 방으로 돌아오자 창문을 통해 새어 들어온 달빛이 그녀를 반겨 주었다.

그토록 간절히 찾고 있는 사람이 바로 몇 시간 전까지만 해도 이 방에 있었다는 사실을 알게 된다면 그는 어떤 표정을 지을까?

제니트는 이런 중요한 사실을 이제키엘에게 숨기고 있다는 사실에

죄책감을 느꼈다. 하지만 아타나시아 공주님이 그것을 바랐으니까. 다른 누구에게도 그녀의 방문 소식을 알리지 말라고 부탁했으니까…….

제니트는 누구에게인지 모를 변명을 속으로 읊조리며 침대를 향해 다가갔다. 하얀 이불보 위에는 여러 가닥의 실을 꼬아 만든 팔찌가 놓여 있었다. 제니트는 그것을 들어 가슴에 소중히 품었다. 결코 화려하고 세련된 생김새가 아니었음에도 그녀는 이것이 마음에 쏙 들었다. 바로 이것을 선물해 준 이가 아타나시아 공주이기 때문이었다.

오늘 밖에서 보냈던 시간을 생각하자 가슴속에 벅찬 행복이 빠르게 차올랐다. 요 근래 들어 계속 그랬다. 아타나시아 공주와 함께 보내는 시간은 언제나 마법처럼 달콤하고 행복했다.

나는 공주님이 좋아. 그분은 이렇게나 다정하고 상냥하신걸. 게다가 내가 너무나도 끔찍하게 괴롭고 슬플 때 마법처럼 나타나서 나를 위로해 주셨어. 누군가의 온기가 너무도 절실했던 그때, 주저 없이 내 손을 잡아주셨어.

제니트는 낮에 선물 받은 팔찌를 여전히 소중히 손에 쥔 채 침대에 풀썩 몸을 누였다. 그러니 그녀도 약속을 지킬 것이었다. 이제키엘에게 아무리 미안해도, 아타나시아 공주가 생각보다 아주 가까이에 있다는 사실을 절대로 말하지 않을 것이었다. 그렇게 하면…… 그렇게 하면 공주님은 나만의 공주님이 될 수 있는 걸까? 공주님도 지금 황성 밖으로 나와 딱히 기댈 사람도 머물 곳도 없다고 하니까, 어쩌면…….

아…… 단순한 기분 탓일까? 황성 안에서 만날 때보다 지금 더 공주님과 가까워진 것 같아. 그런 생각을 하자 마음 깊은 곳이 공연히 간질거려서 제니트는 사르르 미소를 지었다. 창가에서 번져 드는 달빛에 그녀의 보석안이 황홀하게 반짝거렸다.

어제도 오늘도, 아름다운 밤이구나.

모두의 잠 못 드는 밤이 그렇게 지나가고 있었다.

제13장
귀환

"청조는 특히 이 튀튀 열매를 눈 뒤집히게 좋아한답니다. 그래서 전서구 훈련을 시킬 때도 이 열매를 이용하고는 하는데…… 어쩌구 저쩌구."

"아, 그래요?"

"튀튀 열매는 오늘 두 봉지를 구매하시면 한 봉지를 더!"

나는 또다시 열린 새 시장에서 그 주인아저씨에게 청조에 대한 지식을 전수받고 있었다. 역시 건국제 때 또 여기에 새 시장이 열릴 거라고 생각했는데 내 짐작이 맞았어.

"그리고 가끔 날개가 가렵다고 긁을 때가 있는데 그럴 때는 이 투투 오일을…… 이 투투 오일로 말할 것 같으면…… 블라블라. 오늘만 특별 할인을 해서…… 이러쿵저러쿵."

으, 으음. 그런데 왜 지식 전수보다는 호객 행위 같지……. 아까부터 전서구 훈련에 대해 물어본 건 제대로 대답해 주지도 않고 자꾸 이거 사라, 저거 사라 하고 있잖아?

"저 오늘은 돈을 안 가지고 나와서요."

"아, 그래요? 진작 말하시지."

돈이 없다는 내 말에 새 장수 아저씨가 금세 안면몰수하고 나섰다. 이, 이 아저씨! 잠재적 고객을 너무 무시하는 것 아니야?

"어서 오세요! 앵무새에 관심이 많으시군요."

나는 금세 다른 손님에게 관심을 돌리는 새 장수를 뒤로한 채로 떨떠름하게 그 자리를 떠났다. '1초 성형외과 마법'에 성공하고 난 후로 나는 전처럼 숨어 지내지 않고 오벨리아 시내를 마음대로 돌아다닐 수 있게 되었다. 일단 외양에 변화를 주고 나니 내 소탈한 매력 때문에 아무도 내가 공주라는 걸 알아차리지 못했다. 우, 우욱. 그런데 왜 조금 슬픈 거지…….

"와아아! 황성 문이 열렸대!"

"벌써 시간이 그렇게 됐어? 빨리 가자!"

"나도 갈래!"

그런데 갑자기 거리가 다른 때보다 소란스러워졌다. 아, 건국제 기념 퍼레이드 시간이 된 모양이다. 클로드가 드디어 황성 밖으로 나온 모양이구나. 이렇게 가까운 거리에서 황족을 직접 만날 수 있는 기회는 흔치 않았기 때문에 다들 흥분한 것 같았다. 나는 방금 전보다 시끌벅적해진 인파의 틈에서 슬쩍 벗어났다.

그리고 잠시 후 지붕 위에 올라가 황성에서부터 이어지는 거대 행렬을 구경했다. 우워, 스케일 한번 장난 아니네! 행렬의 주위에는 황실 기사단으로 보이는 기사들이 제복을 멋들어지게 차려입은 채 양옆으로 쭈욱 정렬해 있었는데, 흥분한 관중이 너무 가까이 다가오지 못하도록 막아서는 역할을 하고 있었다. 그럼 혹시 저기에 필릭스도 있는 걸까? 그런데 주위에 흩날리는 이 꽃잎들은 뭐야? 아무래도 마법 같은데.

그리고 잠시 후 나는 화려한 행렬의 한가운데에서 독보적인 존재감을 내뿜고 있는 사람을 발견했다. 멀어서 잘 보이지는 않지만 저 반짝이는 금발은 분명 클로드의 것이었다.

진짜 임금님 행차시구나. 이걸 앞으로 두 시간 동안 계속한다고? 저 사람 성격에 그런 귀찮은 짓을 잘도 참는구나 싶어서 나도 모르게 쯧쯧 혀를 차게 되었다. 역시 황제란 건 할 게 못 되는 것 같다. 그래, 사람은 역시 가늘고 길게 사는 게 장땡이지.

"슬슬 가 볼까?"

오랜만에 클로드를 먼발치에서나마 보게 되자 이제는 거의 반사적으로 가슴이 따끔거렸다. 하지만 지금이 아니면 나중에 또 기회를 잡기 어려웠다. 나는 지붕 위로 불어오는 바람을 느끼며 잠시 저 멀리 보이는 행렬을 시야에 담다가 이내 손가락을 튕겼다.

화아악!

눈을 감았다 뜨자 익숙한 풍경이 제일 먼저 나를 반겼다.

아, 오랜만에 와 보는 에메랄드궁이다.

"고, 공주님!"

"릴리!"

우와아아앙! 그리고 오랜만에 보는 릴리다아아! 릴리는 소파 위에 앉아 있다가 갑자기 나타난 나를 보고 두 눈을 부릅떴다. 으앙, 그동안 걱정 많이 했지? 보고 싶었어, 릴리이이이이!

나는 지면을 박차고 울먹이면서 그녀를 향해 한 달음에 달려갔다. 하지만 내가 상상하던 감동적인 재회는 이루어지지 않았다.

"드디어 왔군."

"헉!"

나는 등 뒤에서 들려오는 음산한 목소리에 릴리를 향해 뛰어가던 자세 그대로 굳어버리고 말았다.

"공주님……."

이제 보니 릴리는 소파에 편하게 앉아 있는 게 아니라 누군가의 압박이라도 받고 있는 것처럼 무릎 위에 올려진 손을 꽉 쥐고 있었다. 나는 망가진 로봇처럼 끼기긱 부자연스럽게 고개를 돌렸다.

"역시 건국제를 노리고 있었나."

그리고 그러자마자 방 한구석에 있는 의자에 앉아 턱을 괸 채 나를 지켜보고 있는 클로드가 시야에 들어왔다. 싸늘한 눈동자와 시선이 마주친 순간, 나는 숨을 멈춘 채 자리에 돌처럼 굳어버렸다. 이상하다……? 지금 내 눈앞에 있는 사람이 클로드가 맞는 건가? 하지만 분명 건국제의 행렬에 그가 있는 걸 확인하고 왔는데?

지금의 상황이 믿기지 않아 멍해져 있는 나를 아는지 모르는지, 잠시 침묵하고 있던 클로드가 다시 입을 열었다.

"내가 없는 틈을 타 한 번쯤은 이곳에 오리라 예상했지."

나는 오늘의 내 행동을 이미 예측했다는 듯이 말하는 클로드를 향해 나도 모르게 더듬거리고 말았다.

"부, 분명 밖에 있는 걸 보고 왔는데……."

"대역을 봤나 보군."

쿠궁! 대역? 대역이라구요? 충격적인 말에 나는 바보같이 입을 벌렸다. 그래, 생각해 보니 이런 대대적인 행사라면 충분히 대역을 쓸 수도 있는 거잖아? 게다가 클로드는 원래도 그런 자리를 싫어하는데. 그, 그럼 난 이제 어떡하면 좋아?

나는 충격으로 잘 돌아가지 않는 머리를 애써 굴린 뒤 손을 들었다. 일단 튀자.

따악!

그리고 눈을 감았다 뜨자 앞에는 흔들리는 갈대숲이…… 나와야 하는데 왜 아직도 에메랄드궁이지?!

"마력을 제어하는 술식이다."

내가 하는 양을 같잖다는 듯이 보고 있던 클로드가 당황하는 나를 비웃으며 말했다. 울컥! 그런데 뭔가 '저 우매한 아해에게 내가 직접 가르침을 주지' 같은 표정이라 기분이 좀 구린데요?

"에메랄드궁뿐만이 아니라 황성 곳곳에 설치해 놨지. 설마 가넷궁에 모습을 드러낼 줄은 몰랐기 때문에 지난번에는 손쉽게 놓쳤다만, 이번에는 쉽지 않을 것이다."

헐, 뭔지는 잘 모르겠지만 그 술식이란 걸 여기에만 만들어 둔 게 아니란다. 한마디로 내가 릴리를 보러 올 줄 알고 황성 곳곳에 덫을 설치해 놨다, 이겁니까? 이, 이 치사한 인간 같으니!

화악!

클로드가 허공에 손을 한 번 휘젓자 바닥에서 아지랑이처럼 빛이 피어오르기 시작했다. 그리고 마침내 모습을 드러낸 것은 황금색의 마법진이었다. 독 안에 든 쥐를 대하듯 의연한 그의 모습에 나도 슬슬 약이 올라서 다시 한번 손을 들어 손가락을 튕겼다.

"공주님, 잠시만……!"

따악!

내가 온 것을 알았는지 급히 문을 열고 안으로 뛰어 들어온 필릭스가 나를 말렸지만 이미 마력은 내 몸을 휘감으며 솟구쳐 오른 뒤였다. 그러나 이번에도 역시 아무 일도 일어나지 않았다.

"폐하!"

주륵.

아니, 아무 일도 일어나지 않은 건 아니었다. 필릭스가 외치는 소리에 시선을 움직인 나는 클로드의 턱을 타고 흘러내리는 핏줄기에 흠칫하고 말았다. 하지만 클로드는 손등으로 대충 입가를 한번 훔친 뒤 손에 묻은 붉은 자국을 힐끔 내려다보며 싸늘히 입꼬리를 들썩일 뿐이었다.

"쓰레기 같은 술식인 것은 진작 알고 있었지만 정말 그 쓸모없음이 하늘을 찌르는군."

"폐하, 괜찮으십니까?!"

필릭스도 릴리도, 그리고 나도 클로드의 모습을 보며 동요를 감추지 못했다. 그 속에서 오직 클로드만이 담담했다. 나는 고요한 시선이 다시금 나를 향하는 순간, 움찔 손끝을 떨고 말았다.

"이 마법진 위에서는 누구도 마력을 사용할 수 없으나 술식에 가해지는 영향은 고스란히 시전자에게 전달된다. 무슨 목적으로 만들어졌는지 알 수 없을 만큼 비효율적이라 사실상 사장된 술식이나 마찬가지지. 그러니 지금 본 것처럼 네가 이 위에서 마법을 쓰면 그 피해는 고스란히 내게 올 터."

옆에서 필릭스가 '폐하! 그런 것은 진작 아타나시아 공주님께 설명해 드렸어야지요!'라고 답답하다는 듯이 외치는 소리가 들렸지만 클로드는 그쪽으로는 고개 한 번 돌리지 않았다. 그는 내가 처음 이 자리에 나타났을 때부터 오직 내게만 시선을 고정시키고 있었다. 나도 자리에 멈추어 선 채 그런 클로드와 눈을 마주했다.

"만약 지금처럼 내가 피를 토해 쓰러져도 상관없다면 얼마든지 마법을 써 이 자리를 벗어나거나 나를 공격해도 좋다."

그리고 이어진 그의 말에 나는 밭은 숨을 후욱 내쉬고 말았다. 그게 뭐야……? 만일 내가 진짜 '당신이 피를 토하면서 쓰러지든 말든 내 알 바 아니'라고 하면서 마법을 쓰면 어쩌려고? 지금 저게 날 막을 조건이 된다고 생각하는 거야? 그러면 뭐, 내가 당신이 다치는 게 무서워서 겁먹고 그냥 가만히 있을 줄 알고?

하지만 사실 클로드의 입가에 흐르는 피를 보았을 때부터 나는 손가락 하나 까딱하지 못한 채 자리에 석상처럼 굳어 있었다. 마력 폭발에 휘말린 영향으로 지난번 침대 위에서 피를 울컥 토해 내던 그의 모습이 또다시 눈앞에 어른거렸다.

나는 내 생각보다도 지금 내가 더욱 겁에 질려 있다는 사실을 깨닫고 입술을 깨물었다. 언제든 그의 앞에서 도망칠 수 있으리라 믿고 이리 대범하게 행동했지만 사실 나는 클로드를 다치게 하면서까지 그럴 수는 없었다. 그러니 어떻게 보면 그는 내 발을 묶기에 가장 효과적인 인질을 잡은 것이나 마찬가지였다.

하지만 그렇게 생각하자 문득 한 가지가 마음에 걸렸다. 어차피 나를 붙잡아 죽일 생각이라면 뭐 하러 이런 번거로운 짓을 하는 거지? 게다가 시전자에게만 불리한 술식이라면서, 왜 굳이 그런 걸 여기에 그려 놓은 건데? 설마 클로드는 내가 지금 이 자리에서 마법을 사용하지 못하리라 확신한 걸까? 하지만 지금 그의 얼굴을 보면 그건 아닌 것 같았다. 그렇다면 클로드는 지금 자신의 목숨을 걸고 도박을 하고 있는 셈이다.

나도 아를란타에 있는 동안 이런저런 마법서를 좀 찾아봐서 알지만 적을 공격하고 강제로 포박하는 술식은 여럿 있었다. 힐끔 시선을 움직여 보니 릴리도 실로 오묘한 표정을 지은 채 클로드를 쳐다보고 있었다.

"하나 또다시 네가 사라진다면……."

그때, 방금 전보다 조금 더 낮게 가라앉은 음성이 귀에 울렸다. 그리고 섬뜩하게 이어지는 말에 나는 '헙!' 숨을 들이켜고 말았다.

"매일 제국민들을 천 명씩 사형에 처해 몸을 여섯 조각내서 광장에 걸어버릴 것이다."

으스스하게 내뱉어진 목소리에 나는 두 눈을 부릅뜨고 클로드를 쳐다보았다. 그리고 그의 눈동자를 마주한 순간, 지금 이 사람이 진심이라는 사실을 깨닫고 말았다.

자, 잠깐만요! 지금 제국민들을 전부 다 죽일 셈? 내가 릴리를 쳐다보며 폭풍 동공지진을 일으키자 클로드가 쐐기를 박으려는지 다시금 살벌하게 읊조리기 시작했다.

"농이 아니다. 그러니 이 오벨리아를 거대한 무덤으로 만들고 싶다면 얼마든지……."

"폐하, 그게 아니잖습니까!"

그런데 그때, 옆에 있던 필릭스가 더 이상 가만히 두고 보지 못하겠다는 듯이 버럭 소리쳤다.

"도대체 왜 또 공주님을 겁박하시는 겁니까? 참 답답하십니다!"

허억! 개복치 같던 우리 필릭스가 달라졌어요! 그는 이렇게 참다가 속이 터져서 죽겠다는 듯이 외쳤는데, 당연하게도 클로드는 그런 필릭스를 향해 섬뜩하게 눈을 빛냈다.

"그런 식으로 무섭게 말씀하시면 저 같아도 골백번은 도망가고 싶을 겁니다!"

그런데 진짜 들을수록 이상하다……. 클로드가 진짜 날 죽이려는 거면 필릭스가 안 저럴 것 같은데. 릴리도 아까부터 가만히 우리를 지켜보기만 하고 있고. 솔직히 내가 갓난아기일 때에도 나를 지키기 위해 용감하게 클로드의 앞을 막아섰던 릴리인 만큼 이번에도 클로드가 나를 죽이려고 하면 그녀가 그 모습을 가만히 두고 보지는 않을 것이라는 믿음이 있었다.

"공주님께 정말 하시고 싶은 말씀은 따로 있지 않습니까?"

필릭스의 절박한 호소는 클로드를 향한 것인지, 나를 향한 것인지 솔직히 조금 헷갈렸다. 이제 그만 정신 차리고 좀 제대로 해보라고 클로드에게 말하는 것 같기도 했고, 지금 클로드가 한 말은 진심이 아니니까 아직은 도망가지 말아 달라고 나한테 부탁하는 것 같기도 했다. 인상을 찌푸린 채 나를 보고 있던 클로드가 마침내 다시 입을 열었다.

"다들 나가라."

흠칫!

나는 그의 축객령에 움찔 몸을 떨고 말았다. 나가라면 나가 드리는 게 인지상정. 필릭스랑 릴리랑 같이 저도 좀 밖으로 나가 드리면 안 될까요? 어흑. 하지만 저 퇴실 명단에 나는 속해 있지 않겠지…….

하지만 필릭스와 릴리는 자리에서 움직이지 않았다.

"공주님, 공주님께서 여기 있으라고 하시면 나가지 않겠습니다."

"저도 여기에 있겠어요."

우, 우리 필릭스와 릴리가 단호박이 되었어요! 그들은 굳은 결의가 내비치는 눈으로 나를 보며 말했다. 나는 그 모습에 약간 감동을 받았고, 반면 클로드는 또다시 얼굴을 구기며 언성을 높였다.

"죽이지 않겠다고 맹세라도 해야 믿겠나?"

나는 그런 클로드를 잠깐 묘한 눈빛으로 바라보다가 곧 옆에 있던 릴리와 필릭스를 향해 입을 열었다.

"나 괜찮아. 혹시 죽을 것 같으면 소리 지를게."

어, 음. 뭔가 말해놓고 보니까 이상하다. 하지만 그들은 정말 괜찮겠냐고 몇 번이나 내게 확인한 뒤에야 겨우 방을 나섰다.

달칵.

마침내 클로드와 나는 마법진이 그려진 방 안에 단둘이 남게 되었다.

드륵.

방금 전의 상황이 심히 못마땅한지 얼굴을 구기고 있던 클로드가 마침내 의자에서 몸을 일으켰다. 나는 그런 그에게서 한 발짝 뒤로 물러나며 말했다.

"저기, 너무 가까이는 오지 않으셨으면 좋겠어요."

멈칫.

그 순간 앞에서 풍겨지던 분위기가 약간 변했다. 나는 마주한 눈동자가 형언할 수 없는 감정을 그 안에 품어 내는 모습을 기이한 기분에 사로잡혀 지켜보았다.

이, 이상하네. 분명 지금 눈앞에 있는 사람은 지금까지처럼 여전히 무심한 듯 차가운 얼굴을 하고 있는데, 왜 꼭 버림받은 멍멍이를 보는 것 같은 느낌이지?

클로드는 내가 거부하자 제자리에 멈추어 선 뒤 더 이상 걸음을 옮기지 않았다. 잠깐 불편한 침묵이 주위에 맴돌았다. 이윽고 그가 굳게 다물고 있던 입술을 천천히 열어 나직한 목소리를 흘려보냈다.

"그동안 어떻게 지냈지?"

으응? 갑자기 웬 안부 인사랍니까? 나는 이 사람이 도대체 뭘 잘못 먹고 이러나 싶어서 눈동자를 도르륵 옆으로 굴리며 더듬더듬 대답했다. 그의 입에서 나온 말이 생각보다 더 의외라 내심 당황스러웠다.

"그냥 여기저기 돌아다니고……."

"어디를?"

"산 따라 물 따라 발길 닿는 대로랄지."

"영상석까지 복제해 돌렸지만 네 소재지를 정확히 아는 이는 아무도 없었는데?"

"그건 요령껏 마법을 써서……."

"수중에 돈도 없었지 않나?"

"그것도 마법으로…… 가 아니라 그건 영업 비밀입니다!"

엄마야, 위조 동전 만든 걸 나도 모르게 불 뻔했다! 나는 클로드의 게슴츠레한 눈을 못 본 척하며 딴청을 피웠다.

"그래. 어디서 피죽 한 그릇도 못 얻어먹고 지내는 건 아닌가 했는데 그건 아니었나 보군."

그리고 이윽고 낮은 목소리가 다시금 귓가를 스치는 순간 나는 클로드를 물끄러미 쳐다보고 말았다.

그와 나는 잠시 아무 말도 하지 않은 채 서로의 시선을 마주했다. 클로드는 장미 화원에서 봤을 때보다, 그리고 또 지난번 그의 침소에서 봤을 때보다 한결 더 창백하고 피폐해진 얼굴을 하고 있었다. 이래서야 그동안 피죽 한 그릇 못 먹고 지냈던 게 누구인지 모를 정도가 아닌가. 다만 방금 전 피까지 한차례 토해 놓고도 무슨 일이 있었냐는 듯 여전히 꼿꼿하게 자리에 서 있는 것이 클로드다웠다.

나는 그의 얼굴을 말없이 바라보다가 잠시 후 느리게 입을 열었다.

"내 아빠가 아니라면서요."

"그래. 난 네 아빠가 아니다."

내 물음에 무덤덤한 대답이 이어졌다.

"그런데 왜 그래요?"

나는 그의 눈동자를 마주하는 동안 점차 속에서 묘한 감정이 술렁이는 것을 느끼며 거의 속삭이듯이 작은 목소리로 물었다.

"내 아빠도 아니면서 왜 아빠인 척해요?"

마치 그동안 나를 걱정하기라도 했던 것처럼 묻고, 또 지금까지 계속 나를 찾았던 게 죽이기 위해서가 아닌 것처럼…….

이번에는 대답 대신 짧은 침묵이 잇따랐다.

"나도 모른다."

나는 이를 악물듯 잠시 입매를 딱딱하게 굳히던 클로드가 이윽고 방금 전과 눈빛을 달리하며 읊조리는 모습을 조용히 지켜보았다.

"그런데 널 생각하면 기분이 이상해져."

"……."

"그런 표정을 짓고 있는 걸 봐도 마찬가지다."

내 표정이 어떻다는 건지는 모르겠지만 그렇게 말하는 클로드의 표정도 내 마음을 이상하게 만들기는 마찬가지였다. 그는 마치 압정을 수십 개는 집어삼킨 사람처럼 보였다.

"대관절 네가 뭐기에 이런 마음이 드는 건지 모르겠다."

클로드의 손이 방금 전보다 더욱 꽉 쥐어졌다.

"나는 여전히 네가 누구인지 기억나지 않고, 그렇기 때문에 네가 원하는 사람이 되어줄 수도 없다."

그의 말은 분명 슬펐지만…….

"어쩌면 죽는 날까지 그럴지도 모르지."

그래도 나는 그렇게 말하는 클로드 역시 사실은 나 못지않게 지금 우리가 처해 있는 이 상황이 불안하고 무섭게 느껴지는 것이 아닐까 하는 생각이 들었다.

"그래도……."

마침내 클로드가 한 번 더 이를 악물더니 이내 씹어뱉듯이 내게 읊조렸다.

"그래도 떠나는 건 용납 못 한다."

그의 눈동자에 다시금 섬뜩한 한기가 흘렀다.

"난 그따위 작별 인사 같은 것을 듣고 싶은 게 아니야."

두 번씩이나 나를 눈앞에서 놓쳤던 것을 상기하는 듯, 그의 주위에 어려 있던 공기가 한층 더 싸늘해졌다. 두 귀에 날아와 꽂히는 음성은 이루 말할 수 없이 냉혹했다. 하지만 나는 더 이상 그의 협박이 두렵지 않았다. 하물며 정말 그가 다른 사람들과 나를 죽여 버리면 어쩌지, 하는 걱정조차 더는 들지 않았다.

그게 뭐야…….. 자기 혼자만 불리해지는 술식을 방에 새기지를 않나, 지금도 가까이 오지 말라는 내 말에 진짜 제자리에 멈추어 서서 손가락 하나 까딱하지 않고 있지를 않나……. 말하고 행동이 완전히 따로 놀잖아. 게다가 아까부터 이상한 소리만 하고…….

"그게 뭐예요?"

결국 나는 참을 수 없는 기분에 휩싸여서 중얼거리고 말았다.

"진짜로…….."

진짜 뭐야…… 지금 당신이 무슨 말을 하고 있는지 알고는 있는 거야?

"그게 뭐예요……?"

어쩌면 내가 착각을 하는 것일 수도 있었다. 하지만 내 귀에는, 클로드가 마치 내게 '옆에 있어도 된다'고…… '아무 데도 가지 말고 여기에 있으라'고 말하는 것처럼 들렸다.

"왜 나한테 그런 말을 하는데……?"

문득 속에서부터 무언가가 울컥 치미는 것 같더니 방금 전보다 흔들리는 목소리가 밖으로 새어 나왔다. 영문을 알 수 없게도 갑자기 목이 멨다.

바로 그 순간, 돌연 클로드의 표정이 변했다. 그는 어쩐지 숨이 막히는 듯한 얼굴로 잠시 목이 졸린 것 같은 소리를 내다가, 곧 바닥을 긁는 것처럼 잔뜩 가라앉은 거친 음성을 토해 냈다.

"미치겠군."

어찌할 바를 모르겠다는 듯이 그의 입술이 몇 번이나 달싹였다. 하지만 그 안에서 흘러나오는 말은 없었다. 얼마간의 시간이 더 지나고 나서야 클로드는 가까스로 소리를 내는 데 성공한 사람처럼 짤막한 말을 내게 전했다.

"울지 마라."

하지만 이미 늦었다.

"……워."

나는 뿌연 시야 속의 클로드를 보며 나도 모르게 울음을 터뜨리고 말았다.

"미워……. 으흑. 아빠 미워……."

그동안 속으로 꾹꾹 눌러 참았던 서러움이 봇물 터지듯 불어나 밖으로 쏟아져 내리기 시작했다.

"진짜 미워……. 윽, 흐윽."

이런 말을 하고 싶었던 건 아닌 것 같은데, '밉다'는 말만 계속해서 입 밖으로 토해져 나왔다. 눈물이 내 뺨을 타고 뚝뚝 떨어져 내리기 시작했을 때부터 클로드는 아연한 표정을 지은 채 자리에 굳어져 있었다. 그 모습을 보자 또 미처 제어하지 못한 눈물이 마구 쏟아지기 시작했다.

"흐윽……. 자기 혼자만 다 잊어버리고."

나도 이러기는 진짜 싫었는데…… 진짜 14살 먹은 아이라도 된 것처럼 이렇게 엉엉 울면서 원망이나 토해 내기는 정말 정말 싫었는데……. 그런데 일단 한번 터져 나온 눈물은 도저히 멈출 낌새를 보이지 않았다.

"그래 놓고는 볼 때마다 죽인다고 하고……."

"……."

"진짜로 죽이려고 하고……."

차라리 클로드가 나를 죽이려고 혈안일 때에는 참을 수 있었는데, 정작 이렇게 그가 나를 직접적으로 어쩌지도 못하고 다시는 도망가지 말라고 협박만 하고 있는 것을 보자 속에 고여 있던 감정들이 눈덩이처럼 불어나기 시작했다. 나는 손을 들어 눈을 마구 문지르면서 잔뜩 뭉개져 알아듣기도 힘든 소리를 횡설수설 계속 웅얼거렸다.

"바, 바보같이……."

나는 내가 벌을 받는 것이라고 생각했다.

"바보같이 나 때문에 죽을 뻔하기나 하고……."

내가 루카스의 충고를 새겨듣지 않아서, 그래서 내 어리석음 때문에 까망이도 사라지고 클로드도 이렇게 되고 만 것이라고.

"아빠가 잘못될까 봐, 으흑, 얼마나…… 얼마나 무서웠는데."

어쩌면 소설 속의 내용만 떠올리고 클로드가 절대로 죽지도 다치지도 않을 거라고, 너무 쉽게 생각한 건지도 몰랐다. 나는 내가 죽게 될 것만 걱정했지, 세상에 무서울 것이 하나도 없는 것처럼 언제나 초연한 모습만 보이던 이 사람이 설마 나 때문에 잘못될 수도 있다고는 단 한 번도 생각해 보지 못했다.

"진짜 미워……."

그래, 내가 너무 어리석었다. 사실 진짜 미운 건 그가 아니라 나였다. 나는 그제야 그동안 내가 그에게 어리광을 부리고 있었다는 사실을 깨달았다. 내가 이토록 세상 물정 모르는 어린애처럼 제멋대로 굴수 있었던 것도, 또 이렇게 마음껏 이기적이고 철없이 굴수 있었던 것도, 그걸 다 받아주리라 믿는 사람이 있기 때문이었다. 클로드의 앞에서 나는 항상 그의 어린 딸인 아타나시아가 되고 말았다. 마주한 사람에게 우는 모습을 보이고 싶지 않아서 열심히 눈을 비볐지만 눈물샘이 고장 난 것처럼 쉴 새 없이 눈물이 뚝뚝 떨어져 내렸다.

그러고 보니 아주 어릴 때 이후로 클로드의 앞에서 이렇게 허물없이 우는 모습을 보인 건 처음이었다.

아, 정말 싫다. 이 나이 먹고 내가 지금 뭐 하는 거야. 아무래도 이 몸에 들어와 있는 동안 내가 진짜 애가 된 모양이다. 눈물, 콧물이 범벅이 되어서는 코맹맹이 소리나 내면서 이런 유치한 말이나 하고. 아마 지금 내 꼴은 말이 아니겠지. 표정도 엄청 우스꽝스러울 거야. 하지만 그래도 그동안 속으로만 삼키고 있던 말은 고집스럽게 내 의지를 벗어나 멋대로 밖으로 흘러넘치고 말았다. 진짜 싫어…… 지금 나 너무 꼴사나워. 이런 거 하고 싶지 않았어. 감정 하나 뜻대로 제어하지 못해서 이렇게 온몸으로 부딪혀 깨지고 또 깨지고……. 그렇게 산산조각이 나서 먼지처럼 초라하게 사라지고 말 거야. 그래서 아무도 내 안에 들여놓고 싶지 않았던 건데. 그래서 죽어도 인정하고 싶지 않았던 건데…….

"으, 흐윽, 잘못했어요……."

나는 내 안에 남아 있던 어리석은 고집도 모조리 내려놓고, 그동안 나 자신을 지키기 위해 억지로 단단히 두르고 있던 껍질도 완전히 허물어버린 채 숨이 넘어갈 듯 울면서 그에게 사과했다.

"제가, 제가 잘못했어요……. 흑, 다시는 안 그럴게요……."

"……."

"그러니까, 그러니까……."

그러니까 나는 아마도…… 내가 이렇게까지 절박하고 필사적인 마음이라는 사실을 나 스스로에게조차 들키고 싶지 않았던 건가 보다. 하지만 이제는 상관없어. 이 이상 추해져도 좋아. 이것보다 더 꼴사나워져도 좋아. 슬프긴 하지만 이대로 두 번 다시 나를 딸로 생각해 주지 않아도 돼.

그러니까…… 그러니까…….

저벅.

그때 뿌연 시야 너머로, 지금까지 계속 굳은 듯 서 있던 클로드가 천천히 자리에서 발길을 떼는 모습이 흐리게 비쳤다. 마침내 우리 둘 사이의 거리가 좁혀졌을 때, 그의 손이 천천히 위로 들어 올려졌다가 멈칫한 뒤 잠시 허공에서 배회했다. 그 상태로 그는 흐느끼는 나를 아무 말 없이 바라보았다.

"나야말로……."

곧 클로드가 숨을 죽인 자그마한 목소리로 내게 속삭였다.

"나야말로 너에게 해서는 안 될 짓을 했다. 미안하다."

나는 귓가에 스미는 사과의 말에 깜짝 놀라서 눈을 문지르던 손을 멈추고 말았다. 정작 울고 있는 건 나인데, 클로드는 그런 나보다도 더 지독한 얼굴을 하고 있었다. 누가 보면 내가 그를 아주 악질적으로 괴롭히기라도 한 줄 알 정도였다.

그 후 이러지도 저러지도 못한 채 허공에서만 배회하던 그의 손이 나를 향해 뻗어졌다.

"그러니까 그런 얼굴 하지 마라."

그 억눌린 목소리가 어째서인지 내게는 거의 애원처럼 느껴졌다. 이대로 내게 손을 대도 되는 건지 모르겠다는 듯이 주저함 어린 손길이 마침내 눈물로 젖은 내 얼굴에 닿았다.

"부탁이다."

나는 그의 망설임이 깊어지기 전에 더 이상 참지 못하고 나를 위해 준비된 너른 품에 그대로 안겨 버렸다. 내가 그의 가슴으로 파고들자 맞닿은 몸이 반사적으로 경직되었다. 내 눈에서 떨어져 내린 눈물이 클로드의 옷자락을 적셨다.

잠시 후 내 등에 묵직한 온기가 내려앉는 순간, 나는 오히려 방금 전보다 더 큰 소리를 내면서 울어버렸다.

"아, 아빠⋯⋯."

"그래."

"아빠⋯⋯."

"그래."

그는 분명 제 입으로 기억을 잃은 자신은 내 아빠가 아니라고 말했다. 하지만 그래도 그는 내가 울면서 끊임없이 속삭이는 부름에 묵묵히 대답해 주었다.

아주 오랫동안 이렇게 울고 싶은 것을 참았던 탓인지 눈물은 한참 멈추지 않았다. 클로드의 품에서는 아주 익숙한 향기가 났다. 내 등을 감싼 온기가 마치 너는 이곳에 있어도 된다고, 너는 그럴 자격이 있다고 내게 속삭이는 것 같았다.

나는 그의 가슴팍에 대고 울면서 비로소 내가 다시금 그를 만났다는 사실을 실감했다.

아, 나 이제야 겨우 돌아왔구나. 그리운 사람이 있는 내 집으로. 나는 약간 서툴게 내 등을 다독이는 손길을 느끼며 그냥 눈물이 완전히 마를 때까지 마음껏 울어버렸다.

"릴리, 그 술식이 뭔지 알고 있었어?"

그날 밤 나는 오랜만에 릴리의 보살핌을 받으며 에메랄드궁의 내 침대 속에서 잠들 준비를 했다. 아까까지만 해도 나와 이야기를 하며 울었던 탓인지 릴리의 눈은 아직 촉촉했다. 나도 황성에 돌아온 직후로 한참 눈물 바람이었기 때문에 눈이 빨갛게 부어 있었다.

"폐하께서 매일 공주님과 함께 그린 초상화를 보러 가셨어요."

릴리는 내게 이불을 덮어주며 희미하게 미소했다.

"그러지 않으실 때에는 방에 영상석을 틀어 놓으셨고."

나는 그녀의 따스한 손길을 느끼며 눈을 길게 감았다 떴다. 아까 보았던 클로드의 얼굴이 머릿속에 떠올랐다가 서서히 가라앉았다.

"말씀은 안 하셨지만 지난 일을 많이 후회하고 또 그만큼 많이 괴로워하셨어요."

릴리의 말처럼 클로드는 지금 당장 쓰러져도 이상하지 않은 행색을 하고 있었다. 그런 주제에 말도 안 되는 술식이나 그래서 또 한차례 피를 토하기까지 했으니 이 얼마나 바보 같은 사람이란 말인가.

"물론 저는 공주님이 세상에서 가장 소중하기 때문에 폐하께 화가 많이 났지만요."

"애초에 나 때문에 그렇게 된 건데, 뭐……."

나는 내 몸을 다독이는 부드러운 손길과 귓가에 스미는 다정한 음성을 느끼며 공연히 매운 기운이 올라오는 코를 작게 찡긋거렸다.

"그래도 폐하께서 공주님을 정말 해치실 리 없다는 사실만큼은 믿었어요."

온몸이 노곤해질 만큼 따스한 손길과 목소리가 계속해서 나를 안심시키듯 다독거렸다. 그러다 문득, 밖에 있는 동안 내가 단 하루도 마음

편히 잠들었던 적이 없었다는 사실을 깨달았다. 그 사실을 새삼스럽게 상기하자마자 조금씩 눈꺼풀이 무거워지기 시작했다.

"푹 쉬세요. 사랑하는 우리 공주님."

자그마하게 속삭여지는 애정 어린 목소리를 들으며 마침내 나는 눈을 감았다.

그날 밤은 단 한 번도 깨지 않고 꿀처럼 단잠을 잘 수 있었다.

"그 서신은 도대체 뭐지?"

그렇게 며칠이 지나 클로드가 에메랄드궁에 직접 방문했다.

"오셨어요?"

나는 그와 내가 종종 함께 다과 시간을 갖던 장미 화원에서 그를 맞아주었다.

"다과회 초대장이죠."

나는 그것도 모르냐는 듯이 그에게 말했다. 그러자 클로드의 미간이 꿈틀, 작은 굴곡을 그렸다.

"제가 다과회에 아빠를 초대했고, 아빠는 거기에 응해 제 화원에 오신 거잖아요."

참 쉽죠잉? 나는 마음껏 클로드를 무시하며 설명해 주었다. 물론 그는 내가 설마 그걸 몰라서 너한테 물은 것 같냐는 표정이었지만 나는 그에 아랑곳하지 않고 내 맞은편 자리를 클로드에게 권했다.

"그러지 말고 어서 앉으세요. 저 목 아프단 말이에요."

클로드는 잠깐 가늘게 뜬 눈으로 나를 보다가 곧 어쩔 수 없이 져 주겠다는 듯이 내가 권한 곳에 자리를 잡았다.

"이곳, 왜인지 낯설지가 않군. 내가 여기에 자주 왔나?"

머리 위에서 푸른 나뭇잎이 사부작 소리를 내며 흔들렸다. 나는 나무 그늘 아래에 앉아 주위를 둘러보는 그에게 직접 차를 따라 주었다.

"일주일에 서너 번은 오셨으니 그런 편이었죠."

쪼르륵.

은은한 향을 내는 맑은 액체가 앞에 있는 찻잔 속으로 가느다란 물줄기를 그리며 쏟아져 내렸다. 지난번에 나 혼자 있을 때에는 다소 과격하게 찻물을 콸콸 들이부었지만 나도 우아하게 차를 따르려면 할 수 있다. 이거야!

"리페차예요. 오늘은 제가 직접 우렸어요."

달그락.

나는 그의 앞에 직접 찻잔을 놓아주기까지 했다. 오늘은 내가 미리 요구했기 때문에 다과 시중을 들던 궁인들은 일찍이 보이지 않는 먼 곳으로 자리를 옮긴 참이었다. 클로드와 나, 단둘만이 있는 화원에는 그윽한 꽃향기와 차향이 한데 어우러져 떠다니고 있었다.

잠시 후, 내가 준 찻잔을 말없이 내려다보던 클로드가 이내 손을 움직였다. 나는 그의 손이 찻잔을 들어 입가로 가져가는 모습을 가만히 지켜보았다. 곧 클로드가 찻잔 속에 든 액체를 한 모금 입에 머금었다. 그 모습을 보며 나도 천천히 입을 열었다.

"왜 그냥 드세요? 제가 독이라도 넣었으면 어쩌시려구요."

그런 식으로 떠보듯 물은 것은 말로는 잘 설명하지 못할 작은 충동 때문이었다. 하지만 클로드는 얄밉도록 태평한 얼굴을 한 채 오히려 내게 되물었다.

"독을 넣었나?"

"아니요. 제가 왜 그런 짓을 하겠어요."

"그럼 되었지 않나."

아니, 되긴 뭐가 되었습니까? 진짜 내가 나쁜 마음을 먹고 차에 독이라도 탔으면 어쩌려고요? 내가 기억 안 난다며? 그런데 그렇게 아무런 경계심 없이 무방비하게 내가 주는 걸 막 먹어도 돼?

"아빠한테 저는 낯선 사람이잖아요. 좀 더 경계하시는 편이 낫지 않아요?"

그렇다 해서 굳이 이런 말을 하고 말다니 나도 참 성격이 나쁘다. 클로드는 아무 말 없이 나를 물끄러미 쳐다보았다. 도드라진 음영에 먹힌 그의 눈동자 위로 노란 햇살이 한 조각 머물렀다.

"모르겠군."

잠시 후 그가 입을 열어 낮게 속삭였다. 그의 대답은 애매했다. 내말처럼 나를 경계하는 게 나은지 모르겠다는 건지, 아니면 내가 왜 그에게 이런 말을 하는지 모르겠다는 건지. 혹은 그 둘 모두에 의문을 느끼는 것 같기도 했다. 그리고 이어진 그의 말에 나는 찻잔을 들고 있던 손을 멈칫하고 말았다.

"하지만 실제로 이 안에 독이 들었고, 또 그것을 알았다고 해도 나는 이걸 마셨을 거다."

"왜요?"

"네가 준 거니까."

바로 그 순간 나는 잠시 말문이 막혀 버렸고, 그는 자신의 헛소리에 지레 놀란 사람처럼 불현듯 얼굴을 팍 일그러뜨렸다.

"내가 지금 무슨 개소리를 했지?"

그, 그걸 당신이 알지 내가 안답니까? 아마도 무의식중에 튀어나온 소리였던 것 같았다. 클로드는 별 해괴하고 끔찍한 소리를 다 듣겠다는 듯한 표정을 짓고 있었다. 한편으로는 방금 전 자신의 고막을 타고 들어온 그 믿을 수 없는 말을 지껄인 사람을 미친놈이라고 생각하는 것 같기도 했다. 하지만 그 미친 소리를 한 게 바로 클로드 자신이라는 점이 가장 웃기는 부분이었다.

나는 한동안 할 말을 잃고 있다가 들고 있던 찻잔을 탁자 위에 내려놓고 양손으로 그것을 붙잡았다. 그리고 괜스레 손가락을 꼼지락거리며 말했다.

"저는 아빠가 저한테 독이 든 잔을 주셔도 안 먹을 건데요."

물론 클로드가 나한테 독이 든 잔을 줄 리가 없다는 사실 정도는 이미 알고 있었다. 하지만 어쩐지 지금 이 순간, 나는 굉장히 낯간지러운 말을 들은 기분이 되어 그런 소리라도 하지 않으면 내 안에 어린 이 엄청난 동요를 감출 수 없을 것 같았다.

"안 죽인다고 몇 번을 말해야 믿을 셈이냐?"

그는 아직도 내가 자신을 의심한다고 생각하는 듯 슬며시 한쪽 눈매를 찡그렸다.

"만약 내가 또 정신이 나가서 너를 죽이려고 하면……."

그리고 마찬가지로 손에 들고 있던 찻잔을 테이블 위에 내려놓더니 인상을 찌푸리며 말했다.

"그때는 도망쳐라."

나는 그 말에 그만 헛웃음을 짓고 말았다.

언제는 도망가지 말라더니?

"물론 기분은 더럽겠지만……."

하지만 이어지는 그의 말에는 그만 어쩔 수 없이 지금 눈앞에 있는 사람의 손을 꽉 붙잡아주고 싶은 기분이 되어버렸다.

"그래도 그게 낫다. 네가 내 손에 죽는 것보다는."

"그게 뭐예요. 이상해."

"나도 안다."

그는 자신이 생각해도 또다시 미친 소리를 한 것 같다 싶은지 눈살을 찌푸리며 내가 따라 준 차를 한입에 털어 넣었다.

쩝쩝.

나는 머리 위에서 이름 모를 새가 지저귀는 소리를 들으며 바보 같은 내 아빠를 향해 조금 울고 싶은 기분으로 웃어버리고 말았다.

"허억!"

한밤중, 문득 나는 잠에서 깨어나 어두운 방 안에서 눈을 떴다. 사위는 온통 깜깜했고, 주위에는 내가 토해 내는 가쁜 숨소리만이 울려 퍼지고 있었다. 뭐지? 지금 엄청 끔찍한 꿈을 꾼 것 같은데.

방금 뭔가 굉장히 무서운 꿈을 꿨던 것 같은데 막상 일어나니 아무것도 생각나지 않았다. 하지만 꿈에서 느꼈던 섬뜩한 느낌만큼은 아직도 생생했다. 나는 침대 위에 가만히 앉아 있다가 이윽고 충동적으로 몸을 일으켰다.

"어머. 공주님, 이 시간에 왜 나오셨어요? 잠이 오지 않으세요?"

방문을 나선 지 얼마 되지 않았을 때, 때마침 컵이 든 쟁반을 들고 복도를 지나고 있던 릴리를 만날 수 있었다. 꽤 늦은 시간이었음에도 그녀는 아직 잠들지 않고 있던 것 같았다.

"아빠한테 갈래."

"네?"

내 뜬금없는 말에 릴리가 두 눈을 크게 떴다. 하지만 나는 다른 말을 더 하지 않고 다시 걸음을 옮기기 시작했다.

"공주님, 갑자기 왜……."

릴리는 급히 나를 쫓아오며 묻다 말고 내 얼굴을 확인한 뒤 어째서인지 입을 굳게 다물었다.

"밤공기가 차니 이거라도 걸치세요."

들고 있던 쟁반을 아무데나 내려놓은 릴리가 자신이 걸치고 있던 숄을 내 어깨에 둘러 주었다.

"어멋. 공주님, 무슨 일이세요?"

"이 시간에 어디를……."

아직 깨어 있던 궁인들이 늦은 시간 밖으로 나서는 나를 향해 의문을 내비쳤다.

"잠시 폐하께 다녀올 테니 그런 줄 알고 있으렴."

하지만 그녀들은 릴리의 말에 곧 다른 말 없이 알겠다는 듯 고개를 숙여 보인 뒤 제각각 하던 일을 계속하기 시작했다.

나는 에메랄드궁을 벗어나 가넷궁으로 향했다. 내 뒤에는 얼마 전부터 클로드가 궁전 앞에 배치해 놓은 기사들이 어느덧 릴리와 함께 따라붙어 있었다. 황성 도처에 그려 넣었다는 위험한 마법진을 어서 지워 버리라고 했지만 클로드는 아직도 자신이 한눈을 팔면 내가 사라질 것이라 생각하는지 요지부동이었다. 그래서 나는 지금 순간 이동을 써서 클로드에게 갈 수 없었다. 다행이라 해야 할지 클로드는 잠들어 있지 않았다.

"이 늦은 시간에 무슨 일이지?"

집무실에서 서류를 읽고 있던 클로드가 갑자기 들이닥친 나를 향해 한쪽 눈썹을 추켜올렸다. 느닷없이 이 야심한 시각에 찾아온 내가 이상하기는 할 것이었다. 이제는 식사도 제때 하고 또 불면증도 차차 나아지고 있는지, 마주한 그는 얼마 전보다 확연히 낯빛이 좋아져 있었다. 클로드가 잘 있는지 확인하고 나자 마음속의 긴장감이 서서히 사라지기 시작했다.

"아…… 자다가 깼는데 그냥 갑자기 보고 싶어져서요."

나는 내가 이런 영문 모를 짓을 벌인 이유를 그냥 솔직히 말했다. 그런데 어째서인지 나를 마주하고 있는 클로드의 얼굴이 점차 이상해지는 것이었다. 이러고 그냥 가는 게 좀 웃긴 것 같기는 했지만 어차피 목적도 이루었겠다. 나는 또다시 홀연히 집무실을 나서려고 몸을 돌렸다.

"얼굴도 봤으니까 이제 갈게요."

"잠깐 기다려라."

뒤에서 작은 소리가 들린다 싶더니 별안간 머리 위에 그림자가 드리워졌다. 아까보다 확연히 가까워진 클로드가 지척에서 나를 내려다보았다.

"너……."

그런데 그는 문득 말문이 막히기라도 한 것처럼 갑자기 말끝을 흐리며 입을 다물었다.

"아타나시아."

잠시 후 나직한 음성이 귓가에 울렸다. 그가 부르는 내 이름이 귀에서 맴돌다가 곧 허공에 흩어졌다. 신음인지 한숨인지 모를 억눌린 소리가 잠시 머리 위에서 헛돌더니, 곧 내 몸이 허공에 붕 떠올랐다.

"살다 살다 별 이상한 짓을 다 해보는구나."

나는 갑자기 나를 안아 든 클로드의 행동에 깜짝 놀라 두 눈만 동그랗게 뜬 채 깜빡이고 있다가, 머리 위에서 한탄조로 울리는 목소리를 듣고 그만 울컥하고 말았다.

"아니, 제가 언제 이런 이상한 짓 해달라고 했어요?"

"네 이상한 짓에 나까지 전염된 것이 분명하다."

뜨끔. 이 늦은 시간 갑자기 집무실에 들이닥친 건 분명 이상한 짓이 맞았기 때문에 한순간 할 말이 없어지고 말았다. 고개를 들자 클로드가 은근히 귀찮다는 표정을 짓고 있어서 나는 더욱 울컥했다. 그, 그런데 이거 좀 민망하다. 나이 들고는 이런 식으로 클로드한테 안겨서 이동했던 적이 없었는데…… 게다가 공주님 안기야! 크앙!

클로드는 문 앞에 있던 사람들을 눈짓 한 번으로 물러가게 한 뒤 그대로 나를 안고 복도를 걸었다. 나는 굉장히 창피한 기분이었지만 왜인지 지금 내려 달라고 하기에도 어정쩡한 분위기라서 하는 수 없이 꼼지락거리며 가만히 있고 말았다.

"오늘만 봐줄 테니 얌전히 자라."

클로드는 침소에 도착해서 나를 던지듯이 내려놓은 뒤 아예 이불로 돌돌 감싸 버리기까지 했다. 이만저만 성가신 게 아니라는 듯한 말투라 나는 금세 부루퉁해지고 말았다.

"제가 뭐 악몽 꾸고 혼자 잠도 못 자는 어린애인 줄 아세요?"

크흑. 사, 사실은 악몽 꾸고 찾아온 게 맞았지만 그걸 인정하는 건 내 자존심이 용납하지 않았다. 하지만 클로드는 콧방귀 한 번으로 단번에 내 자존심을 구겨 버렸다.

"아니라고 생각하나?"

크악, 얄미워!

내가 이불을 뒤집어쓰고 분노에 몸을 떨자 클로드가 쯧 혀를 찼다.

"잡생각 말고 그냥 자래도."

문득 머리 위로 투박한 손길이 느껴져서 나는 움직임을 멈추고 말았다. 서툴지만 부드러운 손길이 머리를 쓰다듬는 동안 몸에서 서서히 힘이 빠져나갔다. 아무래도 클로드는 내가 잠들 때까지 옆에 있어줄 생각인 것 같았다.

"……싫어."

그러던 어느 순간 문득 나는 자그마한 목소리를 밖으로 새어 보냈다.

"엄마 보고 싶어요."

별안간 머리를 쓰다듬던 손이 멈추었다. 침묵 속에서 나는 눈을 감고 이 순간의 정적에 귀를 기울였다.

잠시 후, 머리 위에 머물던 온기가 다시 느리게 움직이기 시작했다. 클로드는 내 말에 아무 대답도 하지 않았다. 어둑한 방 안에는 그와 내 숨소리만이 작게 울렸다. 창 밖에서 새어드는 달빛이 클로드의 한쪽 얼굴을 희게 물들이고 있었다.

마침내 내가 잠들고도 남을 정도로 한참의 시간이 지났을 때, 희미한 음성이 밤공기 속에 조용히 스며들었다.

"나도 그렇다."

그날 밤에는 그도 나도, 둘 다 쉽게 잠을 이루지 못했다.

쩍쩍.

"으음?"

창밖에서 울리는 새 소리에 나는 퍼뜩 잠에서 깨어나 눈을 떴다. 그런데 가물가물한 시야에 비친 방 안의 풍경이 왜인지 한순간 낯설게 느껴졌다. 나는 잠시 초점 없는 눈을 깜빡이다가 겨우 어젯밤의 일을 기억해 냈다.

아, 맞아. 나 어제 가냇궁에서 잤었지. 생각보다 자리가 편안해서 나도 모르게 숙면한 모양이다.

나는 부스스한 몰골로 이불을 걷고 상체를 일으켰다. 창밖에서는 밝은 햇살이 새어 들어오고 있었다. 평소에는 릴리가 늘 같은 시간에 깨우러 오는데 오늘은 그게 아니라서 지금이 몇 시나 된 건지 모르겠다. 그런데 클로드는 어디에 있지? 또 집무실에 일하러 갔나?

어제 그는 정말 내가 잠들 때까지 계속 옆에 있어주었다. 어쩌면 그러고 나서 하던 일을 마저 하러 다시 집무실에 갔을 수도 있겠다는 생각이 들었다. 한참 일하고 있는 그를 내가 방해한 것이나 마찬가지였으니까. 하지만 나는 침대에 멍하니 앉아서 하릴없이 주위를 두리번거리다가 저 멀리 소파 위로 보이는 낯익은 금색 머리칼을 발견하고 말았다.

앗, 집무실에 간 게 아니구나!

나는 이불을 완전히 걷고 바닥에 내려섰다. 그리고 발소리를 죽인 뒤 살금살금 클로드가 있는 소파를 향해 걸어갔다.

짹짹.

그는 창가에서 스민 햇살을 온몸으로 받으며 잠들어 있었다. 얼굴을 보아하니 아무래도 푹 잠든 것 같다.

나는 소파 앞에 쭈그리고 앉아 곤히 잠들어 있는 클로드의 얼굴을 멀뚱히 바라보았다. 음음. 이제야 원래의 미모가 좀 돌아오는 것 같군. 얼마 전까지만 해도 볼 때마다 꼭 죽을병에 걸려서 골골거리는 사람처럼 얼굴이 영 안 좋아 보여서 신경이 쓰였는데. 으흑, 물론 그것마저 뭔가 퇴폐적인 느낌이라 나름대로 치명적인 매력을 뿜어내고 있기는 했지만……. 그래도 역시 얼굴에 혈색도 돌아오고 다시 살도 붙고 해서 제법 사람 같은 몰골이 된 지금이 낫다. 솔직히 지금까지는 꽃 거지…… 아니, 꽃 거지라기보다는 꽃 좀비 같았는데 말이지.

나는 클로드가 잠들어 있는 틈을 타 햇살이 어린 그의 얼굴을 요리조리 뜯어보았다. 그리고 얼마간의 시간이 지난 뒤 슬슬 그를 깨워야 할 것 같아서 눈앞에 있는 매끈한 뺨을 손가락으로 콕콕 찔렀다.

크으, 이 찰진 떡 같은 촉감. 근데 보기와 달리 촉감은 찹쌀떡 말고 절편 같다. 흐음. 말랑말랑하다기보다는 뭔가 쫄깃쫄깃 탄력이 있는 피부의 느낌인데……. 그런데 나 왜 클로드의 피부를 이렇게 열심히 분석하고 있는 거지……?

"음."

잠시 후, 그의 반듯한 미간이 꿈틀거리며 찌푸려졌다. 앗! 완전히 깨기 전에 한 번 더 찔러 봐야지! 쿡쿡쿡! 나는 클로드가 천천히 눈을 뜨는 모습을 지켜보다가 마침내 그의 시선이 나를 향했을 때 입을 열었다.

"안녕, 아빠."

하얀 햇살이 한 웅큼 고여 있는 눈동자가 나를 그 안에 담아내며 오색 찬연하게 빛났다. 세상의 모든 아름답고 비밀스러운 이야기를 모조리 모아 놓은 것 같은 신비로운 보석안이 나를 마주하는 동안 서서히 초점을 되찾았다. 잠시 시간이 멈춘 것처럼 미동 없이 나를 응시하던 클로드도 이윽고 작게 입술을 달싹였다.

"……그래."

하늘 꼭대기에 걸린 태양이 빙그레 미소 지었다.

잠시 후, 클로드의 방에서 늦은 아침 식사를 하며 나는 폭탄을 던졌다.

"저 오늘 잠깐 밖에 다녀올 거예요."

달그락.

바로 그 순간, 식기를 들고 있던 클로드의 손이 우뚝 멈추었다. 나는 포크로 샐러드를 콕콕 찌르며 그를 물끄러미 쳐다보았다.

"누구 마음대로."

나는 대번에 서늘한 기운을 몽실몽실 피워 내기 시작하는 그를 약간 짜게 식은 눈으로 바라보았다. 어이구, 지금 내 나이가 몇이고 당신 나이는 몇인데 그냥 외출 한 번 하겠다는 거 가지고 이렇게 예민하게 반응하는 거야? 뭐, 얼마 전에 있었던 일 때문이겠지만. 정말이지, 어쩔 수 없는 사람이다.

나는 얕은 한숨을 내쉰 뒤 그를 향해 작게 웃어 보였다.

"다시 돌아올게요. 어차피 제 집은 여기잖아요."

바로 그 순간 클로드의 표정이 변했다. 나는 딱딱한 가면을 뒤집어 쓴 듯 경직되어 있던 그의 얼굴이 아주 조금씩 허물어지기 시작하는 것을 지켜보았다. 그는 그런 말을 생전 처음 들어 본 사람처럼 나를 쳐다보고 있었다.

"아빠가 저를 기다리는 한, 적어도 제 의지대로 말없이 사라져서 영

영 돌아오지 않는 일은 없을 거라는 말이에요."

나는 이제 내 의지로 이곳에 남아 그와 함께 살아가고 싶었으니까.

"왜냐하면 여기가 제 집이고, 아빠가 있는 곳이 제가 돌아올 자리
니까."

클로드는 나의 불안을 모르고, 나는 그의 불안을 모르고 있었다. 어
쩌면 우리는 사는 동안 영원히 모를 수도 있었다. 하지만 그래도 상관
없다.

"그러니까 금방 다녀올게요."

왜냐하면, 설령 그렇다 해도 그는 내가 죽는 날까지 내 아빠일 테고,
나는 그가 죽는 날까지 그의 딸일 것이니까.

"꼭 다시 돌아온다고 약속해요."

나는 그런 생각을 하며 지금 이 순간 그 누구보다 연약한 얼굴을 하
고 있는 사람을 향해 다시 한번 웃어주었다.

⸎

"마그리타 양."

주황색과 보라색이 뒤섞인 저녁 하늘을 건너 나는 제니트를 만나러
갔다.

"공주님!"

그녀는 나를 보자마자 반가움과 염려가 뒤섞인 얼굴로 달려왔다.

"폐하께서 더 이상 공주님을 찾지 않으신다고 해서, 그래서 어떻게
된 건지 걱정했어요."

헉, 그렇구나! 잠깐 잊고 있었는데 클로드가 내 수배령을 중지시켰
다니! 어흑, 다행이다. 이제 내 수치스러운 영상석도 안 돌아다니는 거
겠지?

"음. 생각보다 일이 잘 풀려서요."

나는 속으로 안도의 눈물을 흘리며 멋쩍게 입을 열었다.

"그래서 다시 궁에 들어가게 되었어요."

내 말이 뜻밖이었는지, 바로 그 순간 제니트가 두 눈을 크게 떴다. 아, 그런데 이건 무슨 표정인 걸까? 나는 깊은 푸른색 눈동자 속에 어리는 의미 모를 감정에 무심코 입술을 달싹이고 말았다. 검은 심해 속에 일렁이는 물결처럼, 마주한 눈동자에 그림자 같은 옅은 파문이 그려졌다.

"그렇군요."

하지만 그것은 실로 찰나에 불과한 순간이었다. 나는 다행이라는 듯이 내 손을 붙잡고 웃는 제니트의 얼굴을 마주했다.

"정말 잘되었어요. 축하드려요."

그녀는 내가 궁으로 돌아갔다는 사실에 진심으로 안도하는 것 같았다. 그 얼굴 어디에도 거짓은 없어 보였기 때문에 나는 잠시 고개를 갸웃하고 말았다. 그렇다면 방금 전의 그 위화감은 무엇이었을까? 그냥 기분 탓이었을까? 하지만 그렇다기에는……

나는 잠시 생각하다가 이곳에 온 이유를 다시금 상기한 뒤 일단 오늘의 목적을 이루기로 했다.

"그럼 가요."

"네? 어디를요?"

앗, 약속한 걸 잊었나 보다. 이거 조금 서운한걸?

"불꽃놀이요. 이제 시작할 시간이 되었거든요."

그러자 다시금 제니트의 눈동자가 동그랗게 떠지더니, 곧 그녀의 얼굴에 발그레한 꽃물이 들었다. 나는 웃는 얼굴로 제니트의 손을 붙잡고 알피어스 공작저를 빠져나갔다. 그날 그녀와 함께 본 불꽃은 이제껏 내가 본 그 어떤 것보다도 예뻤다.

"짜잔!"

그리고 짧은 외출을 끝내고 난 뒤, 나는 클로드가 있는 곳으로 순간 이동을 했다. 내가 몇 번이고 우겨 황성에 있는 마법진을 전부 다 박박 지워 버린 뒤였기 때문에 이제는 자유롭게 마법을 사용할 수 있었다.

"다녀왔어요!"

오늘의 그는 집무실이 아닌 침소에 있었다. 내가 눈앞에 뾰로롱 나타나자마자 기다렸다는 듯이 클로드의 시선이 나한테 못 박혔다. 그 상태로 그는 잠시 아무 말도 하지 않았다.

"뭐 하고 계셨어요?"

"……."

"으음, 제가 한번 맞혀 볼까요?"

나는 손가락으로 입술을 툭툭 두드리며 짐짓 미간을 찌푸린 채 무언가를 고민하는 척하다가 이내 알았다는 듯이 발랄하게 외쳤다.

"아빠는 너무너무 예쁘고 귀엽고 사랑스러워서 눈에 넣어도 안 아픈 딸을 기다리고 있었다! 딩동댕!"

이쯤 하면 '별 참신한 헛소리를 다 들어 보겠군'이나 '어디 아프냐?' 같은 말로 코웃음을 치며 받아칠 줄 알았는데, 클로드는 여전히 아무 말도 없었다. 그리고 내가 뻘쭘함에 남몰래 식은땀을 흘릴 무렵 마침내 그가 입을 열었다.

"정말 돌아왔군."

그 가라앉은 음성에 나는 한순간 멈칫하다가 곧 아무렇지도 않은 척 지나가듯이 대답했다.

"당연하죠. 전 약속을 아주 잘 지키는 사람이거든요."

그 후 나는 장난스럽게 웃으며 클로드가 앉아 있는 소파를 향해 슬금슬금 다가갔다.

"아빠, 솜사탕이 뭔지 알아요?"

"열로 녹여 반고체이자 반 액체 상태가 된 설탕에 원심력을 작용해서 가느다란 실 모양으로 변한 것을 막대에……."

헉! 괜히 물어봤다! 난 솜사탕이 뭔지 모를 줄 알고 클로드한테 물어본 거였는데! 황성에서는 불량 식품이나 마찬가지인 솜사탕이 반입되지 않을 테니까.

"헐, 재미없어……."

"물어본 건 너다."

나는 내 기대감을 와장창 깨뜨린 클로드를 약간 배신감 어린 눈빛으로 쳐다보았다. 그러자 클로드가 같잖다는 듯이 나를 향해 콧방귀를 뀌었다. 그래, 이제야 좀 클로드 같네.

"자요, 선물이에요!"

나는 등 뒤에 숨기고 있는 것을 그에게 불쑥 내밀었다. 나는야, 선물 요정 아티! 내가 외출한 동안 얌전히 집에서 기다리고 있던 클로드에게 솜사탕을 줄 거예요! 하지만 클로드는 내가 들고 있는 솜사탕을 보며 또 같잖다는 표정을 지었다. 아니, 이 양반이! 신성한 솜사탕 님을 앞에 두고 이게 무슨 부덕한 눈빛이야!

"원래 아무한테나 안 주는 건데 아빠만 특별히 드리는 거예요. 맛있겠죠? 맛있겠죠? 네? 그렇죠?"

나는 그의 손에 억지로 솜사탕을 들려 주었다.

크크, 그런데 진짜 안 어울린다. 클로드와 솜사탕이라니.

[클로드의 해맑음이 1 상승했습니다!]
[클로드의 동심이 앞으로 30초 동안 유지됩니다!]

뭐 이런 창이라도 눈앞에 떠야 할 것 같네.

"아빠도 불꽃놀이 봤어요? 되게 예쁘던데. 하긴, 황궁에서 보는 불꽃은 거기서 거기지."

나는 인상을 구기고 있는 클로드의 옆에 털썩 앉아 다리를 앞뒤로 흔들면서 말했다. 어휴, 역시 집이 최고다. 그나저나 이 소파, 뭐로 만든 건지 엄청 푹신푹신하단 말이야? 이참에 에메랄드궁에 있는 소파도 이걸로 바꿀까? 그러고 보니 클로드의 집무실에서 기다릴 때마다 앉았던 소파도 엄청 푹신했었지.

"다음에는 같이 보러 가요. 불꽃 구경하기 좋은 자리를 발견했거든요."

그래. 내 다음 불꽃놀이의 동행자는 클로드, 당신으로 정했다! 어째서인지 내 말에 그는 또 대답 없이 가만히 나를 쳐다보기만 했지만 나는 그냥 내 멋대로 결정한 뒤 기분 좋게 콧노래를 불렀다. 얼마 남지 않은 내 14살의 밤이 그렇게 또 하루 지나가고 있었다.

⋙❖⋘

"나 좀 긴장되는 것 같아……."

으억, 속이 쓰린 걸 보니 스트레스성 위경련 같은데.

"걱정하실 것 없어요. 공주님께서는 그냥 손만 흔들어주시면 되는걸요."

"맞습니다. 공주님께서 잠깐 얼굴만 비쳐 주셔도 다들 좋아할 거예요."

릴리에 이어 필릭스까지 나를 다독여 주었지만 그래도 긴장이 되는 건 어쩔 수 없었다! 왜냐하면 오늘은 내가 처음으로 공식 석상에 모습을 비치는 날이었으니까.

건국제도 다 끝났는데 도대체 왜 나보고 대중 앞에서 인사를 하라는 건지 모르겠다. 물론 원래대로라면 건국제 중간에 있던 행사식 때 클로드와 함께 얼굴을 보일 예정이기는 했지만 그때는 내가 아직 지명수

배 중이었지……. 쿨럭.

아무튼, 그래서 나는 지금 간만에 치장을 한 뒤 커튼 뒤에서 더부룩한 속을 애써 가라앉히고 있었다. 이곳은 평소에 안 쓰는 궁이라 나도가 본 적이 없어서 미처 몰랐는데 꼭대기 층의 테라스 같은 데로 나가면 바로 광장이 보이더라. 그리고 지금 난 바로 그 테라스의 커튼 뒤에서 있었고. 으악, 밖에서 소란스러운 소리가 다 들려서 더 긴장되네!

"그냥 가만히 서서 손만 몇 번 흔들어주면 되는데 그게 어렵나?"

클로드는 이런 나를 향해 이해할 수 없다는 듯이 심드렁한 시선을 보내고 있었다. 쓰읍, 저 표정을 보니까 갑자기 긴장감 대신 전투력이 막상승하는데요?

"시간이 되었군."

옆에서 대기 중이던 시종이 커튼을 걷자 클로드가 먼저 테라스 밖으로 나갔다.

"우와아아아!"

우레 같은 거대한 함성이 광장 가득 울려 퍼졌다. 워호, 역시 반응들이 장난이 아니네요. 하기야 지난번 건국제 행사도 그렇고 일반 백성들이 황제의 얼굴을 이렇게 직접 볼 기회는 드무니까. 게다가 특히 오늘의 클로드에게서는 간지가 줄줄 흘렀다. 아니, 어떻게 망토를 저렇게 멋지게 휘날리는 거지? 내가 연습했을 때에는 안 되던데? 보기보다천이 무거워서 지금도 어깨가 아래로 축축 가라앉는 것 같은데.

"공주님."

으흑, 내 차례인가 보다! 뒤에서 재촉하듯 부르는 소리가 들려서 하는 수 없이 나는 자리에서 걸음을 떼고 말았다. 우, 웃어야겠지? 클로드처럼 딱딱하고 근엄한 표정은 나한테 잘 어울리지도 않을뿐더러 부녀가 나란히 그러고 서 있으면 분위기가 엄청 썰렁해질 것 아니야!

"뭐 하나?"

뭐 하기는, 혼자서 얼음땡 놀이를…… 이 아니라 왠지 발이 안 떨어져서 잠깐 가만히 서 있었습니다! 에잇, 당신은 이런 게 익숙할지 몰라도 난 아니라고!

"누가 보면 걸음마도 못 뗀 아이인 줄 알겠군."

호호호, 우리 아빠는 말도 참 예쁘게 하시지요.

클로드는 일단 테라스의 문턱을 넘어 놓고 앞으로 더 나아가지 못하고 있는 나를 향해 쯧 혀를 찼다. 그리고 이내 나에게 손을 내밀었다.

"손."

왜, 왜인지 데뷔탕트 때의 일이 데자뷔처럼 눈앞을 스쳐 지나가는데? 그때도 지금처럼 똥개 부르듯이 '손!' 하고 외치더니……. 당신 정말 기억 잃은 거 맞아요? 크흑, 아니면 역시 기억이 없어도 사람의 본성은 그대로라는 건가. 잠깐…… 그거 뭔가 은근히 암울하잖아요?

나는 앞에 내밀어진 손을 보며 입술을 삐죽이다가 하는 수 없이 잡아주는 거라는 듯이 클로드의 손 위에 내 손을 얹었다.

"웃어라."

앞으로 걸음을 옮기자 광장 안에 우글우글 몰려 있는 엄청난 인파가 눈에 들어왔다. 나도 모르게 얼굴이 약간 굳자 클로드가 옆에서 속삭였다. 앗차, 표정 관리! 나는 애써 만면에 미소를 지으며 약간 엉거주춤한 모양새로 손을 흔들었다. 그리고 바로 그 순간 귀를 찢을 듯한 함성이 고막을 찔러 들어왔다.

"우와아아아아아악!"

"와아아! 공주님! 여기도 봐주세요!"

"오벨리아 만세에에!"

"황제 폐하 만세! 아타나시아 공주님 만세!"

허억!

군중의 열렬한 반응에 나는 그만 어안이 벙벙해졌다. 뭐, 뭐지? 왜

들 이렇게 텐션이 높이 올라가 있는 거야? 너무 뜨겁게 반겨 줘서 당황스럽다.

"영상석 때문이 아니겠어요?"

아직까지도 크게 울리고 있는 함성을 뒤로한 채로 내가 얼떨떨하게 다시 안으로 들어서자, 그런 나를 보며 릴리와 필릭스가 풋 웃음을 터뜨렸다.

나는 영상석이라는 말에 흠칫하고 말았다.

"공주님의 데뷔탕트 때 모습을 보고 반한 사람이 무척 많습니다. 오벨리아에서도, 또 외국에서도 엄청난 화제라고 하던걸요."

"게다가 공주님께서 폐하의 뒤를 이은 강력한 마법사라는 소문이 돌면서부터 공주님의 인기가 더욱 급속도로 치솟고 있다고 합니다."

커헉! 너무 엄청난 얘기를 들어버렸잖아요?

나는 그동안 상상도 하지 못하고 있던 이야기를 듣고 타격을 받아 잠깐 말문이 막히고 말았다. 으악, 그러고 보니까 그 영상석 외국에까지 막 돌렸지! 나는 방금 전 공식 석상에서의 인사를 무사히 끝마치자마자 가신들과의 회의가 있다며 먼저 자리를 떠난 클로드를 생각하면서 울상을 지었다.

"말이 나왔으니까 말인데 그 영상석 도대체 몇 개나 만든 거야? 아니, 그리고 나도 모르는 새 언제 그런 걸 만들어 놨대?"

그런데 릴리와 필릭스는 영상석을 몇 개나 만들어 둔 거냐는 말에 왜인지 내 시선을 회피하며 딴청을 피우다가 잇따른 질문에 기다렸다는 듯이 대답했다.

"저희도 몰랐는데 폐하께서 만들어 두신 게 있더군요."

네, 네? 아니, 도대체 그런 건 언제 만들어 뒀대요? 데뷔탕트 때 영상이라면 혹시 그건가? 내가 춤추면서 클로드의 발을 마구 밟아 대는 모습을 담은 영상이라든가. 그리고 덧붙여지는 필릭스의 말에 나는 그만 자리에 멈추어 서고 말았다.

"다른 것도 더 있는데 보시겠습니까?"

오싹!

다, 다른 거요? 다른 거라니, 그게 뭐지요? 설마 지금 내 데뷔탕트 때 모습을 담은 영상석 말고 다른 것도 더 있다는 소리를 한 건가요? 네?

"……데뷔탕트 때 영상석만 있는 게 아니야?"

"그럼요. 궁금하시면 직접 가셔서……."

"아니요, 전 궁금하지 않습니다."

궁서체로 궁금하지 않습니다! 정말입니다! 클로드, 이 무시무시한 인간! 이것은 필시 내 흑역사를 박제해서 나를 수치사시키려는 술수다!

"그러지 마시고 한번 감상을……."

"어머나, 저기 귀여운 아기 귀뚜라미가 있네. 와아, 엄마 찾아서 왔나 봐."

난 지금 아무것도 못 들은 거다. 영상석 얘기 같은 건 들은 적이 없는 거야. 나는 애써 현실을 부정하며 발걸음을 서둘러 에메랄드궁으로 향했다.

"아아앗!"

그렇게 어느 정도 걸었을 때, 문득 어딘가에서 우렁찬 외침이 들려왔다. 고막을 찢을 듯한 그 소리에 나는 무심코 고개를 돌렸다.

으, 응? 그런데 저 사람들, 다들 왜 날 보고 저렇게 놀란 표정을 짓고 있는 거지? 대각선 방향에 보이는 4명의 사람은 남녀가 섞여 있었는데, 특이하게도 모두 똑같은 옷을 입고 있었다. 나는 그들이 입고 있는 게 황실마법사의 복장이라는 사실을 한눈에 알아챘다.

와아, 저 옷도 뭔가 오랜만에 보네. 루카스가 있을 때에는 거의 매일 봤는데. 크흑, 갑자기 뭔가 아련해지는구먼. 나는 루카스 생각에 잠깐 아련한 감상에 빠져 있다가 여전히 두 눈을 부릅뜨고 있던 사람들이 한마음이 되어 외치는 순간 돌이 되어버리고 말았다.

"드디어 만났다, 요정 공주니이이이임!"

"커헉……!"

띠링!

['요정 공주님☆' 공격에 치명상을 입었습니다! 데미지를 입어 체력이 500 감소합니다!]

띠링!

[정신적 타격으로 멘탈이 60% 손상됩니다!]

띠링띠링!

[고막이 복구 불가능합니다!]

띠링띠링띠링!

방심하고 있던 사이 직격한 금단의 단어에 나는 엄청난 충격을 받았다! 으헉, 누가 뒤통수를 사정없이 후려갈긴 것처럼 두개골이 얼얼하네요!

"우와아아앙!"

"가까이에서 볼 거야아!"

"나도, 나도!"

"우워어어억!"

하지만 그게 끝이 아니었다. 그들은 흡사 한 무리의 거친 좀비 떼처럼 나를 향해 괴성을 내지르며 달려오기 시작했다. 헐, 저게 뭐야?! 내가 기겁을 하며 주춤거리자 내 뒤에 있던 필릭스가 앞으로 나섰다.

"공주님의 허락 없이 가까이 오실 수 없습니다. 뒤로 물러나십시오."

허억. 갑자기 내 앞을 가로막고 선 필릭스의 등짝이 엄청나게 듬직하게 보였다. 여, 역시 적혈구의 기사! 그 별명이 괜히 생긴 게 아닌가 봐! 흡, 예전에 비웃어서 미안해요, 필릭스 오빠! 나를 향해 돌진하던 마법사들도 필릭스의 기세에 주춤했는지 끼익 브레이크를 밟은 듯 걸음을 멈추었다.

"죄, 죄송…… 이렇게 가까이에서 실물을 본 건 처음이라 너무 신기해서……."

"맞아. 제가 매일 심혈을 기울여서 반짝반짝하게 닦아드리고 그랬었는데……."

"매일 코피 터지게 잠도 못 자고 밤새 공주님 얼굴만 보고 또 보고……."

"영상석만 하루에 오십 개씩 매일 피똥 싸게 복제하고…… 추가 수당도 못 받고…… 웅얼웅얼."

앗. 처음에는 이게 웬 이상한 사람들인가 했는데 영상석 얘기를 하는 순간 이 사람들이 왜 이러는지 감을 잡았다. 클로드가 시켜서 내 흑역사를 담은 영상석을 만든 게 이 사람들이구나!

그, 그런데 저 얼굴들은 도대체 뭐지? 나는 이 사람들을 처음 보는데 이 사람들은 꼭 십 년은 사귄 친구를 보듯이 나를 보고 있었다. 게다가 더 이상 내게 다가오지 못하게 필릭스가 앞을 막아서기까지 하자 엄청나게 섭섭하다는 듯이 울먹울먹한 눈으로 나를 보기까지 했다. 쿨럭. 검은 탑의 마법사들, 뭔가 생각했던 거랑 이미지가 많이 다른데요…….

"필릭스, 괜찮아."

그래도 뭔가 호기심이 들어서 나는 필릭스를 뒤로 물러나게 했다. 루카스를 제외하고 탑의 마법사들을 이렇게 가까이에서 본 건 처음이라 좀 더 이야기를 나누어 보고 싶기도 했다.

평소 황궁을 오가다 탑의 마법사들을 한 번도 보지 못한 건 물론 아니었지만, 그때마다 그들은 저마다 무언가를 골똘히 생각 중이든가 혼잣말을 하듯 무언가를 중얼거리고 있기 일쑤였다. 그래서 나도 한 번도 그들에게 먼저 말을 걸어 본 적이 없었던 데다, 무엇보다 그들도 나에게 관심이 한 톨도 없어 보였다. 그러니 이렇게 탑의 마법사들이 나를 아는 척한 것 자체가 무척 신기한 일이었다.

"음. 저도 만나서 반가워요. 그 영상석을 만들어주신 분들이었군요."

화아악!

내가 말을 건네자 그들의 얼굴이 순식간에 밝게 갰다. 으억, 꼭 굴에서 고개 내민 두더지들 같다.

"그, 그 영상석들을 매일 코피 터뜨리면서 제일 많이 만든 게 바로 저!"

"외국에 보낸 스페셜 영상석은 제가!"

"저는 보존 마법 담당! 제가 있기에 비로소 공주님의 아름다운 모습을 담은 영상석은 내구성 100의 티 한 점 없는 순백의 모습을 유지할 수 있었다고 할 수 있죠!"

"저는 추가 수당 없이 매일 야근하면서 저 게으른 놈들을 지휘했습니다!"

그, 그런데 너무 격하게들 반겨 주신다…….

"그런데 공주님!"

그러다 문득 마법사 1이 나를 향해 초롱초롱한 눈동자를 빛내며 물었다.

"하루에 순간 이동을 몇 번씩 할 수 있으시다는 게 진짜입니까?"

"맞아! 게다가 힘 하나 들이지 않고 곧바로 연계 마법까지 사용하신다고 하던데!"

"황성 안에서 마법을 쓰시는 모습을 봤다는 마법사도 있었는데요!"

"저희들은 탑이 아니면 황성 안에서 불꽃 하나 일으키기도 힘든데!"

나는 또 정신없이 다다다 꼬리를 물고 이어지는 질문 폭탄에 잠깐 정신이 없어서 넋을 놓고 있다가 곧 마음에 걸리는 것이 있어 고개를 갸웃했다.

"어, 황성에서는 마법을 사용하는 게 힘든가요?"

그러자 또다시 마법사들이 기다렸다는 듯이 우다다다 대답했다.

"그야, 황성 안에는 마력 제약이 걸려 있으니까요!"

"그래서 지정된 공간을 제외하고는 마력을 운용할 수가 없는걸요!"

"진짜 죽어도 써야겠다 싶으면 물론 쓸 수야 있지만 정말 죽습니다! 아니면 그 반작용으로 평생 죽는 것만 못하게 살아야 하던가요!"

"황성에서 제약 없이 마법을 사용할 수 있는 건 오직 폐하뿐이십니다! 그래서 저희 탑의 마법사들도 묵묵히 탑에서만 연구에 매진하고 있습니다!"

와글와글!

마법사들의 수다력은 엄청났다! 나는 그들의 와글거리는 목소리 틈에서 정신 산만함을 느끼며 남몰래 식은땀을 흘리고 있었다. 아니, 그런데 황성 안에 마력 제약이 걸려 있다고? 루카스도 그냥 막 쓰던데, 마법?

"게다가 이렇게 갑자기 후천적으로 마력량이 극대화된 경우는 처음 봅니다!"

"맞습니다! 그래서 요즘 저희 탑에서는 매일 공주님 얘기만 하고 있습니다!"

"더군다나 하루에 순간 이동을 몇 번이나 할 수 있을 정도의 엄청난 자질이라니!"

"공주님! 괜찮으시다면 저희 탑에 한번 와 주시지 않겠습니까!"

띠링!

[검은 탑으로의 초대를 받았습니다! 수락하시겠습니까?]

나는 또 한 번 눈앞에 게임 시스템 창이 떠오르는 환영을 보며 눈을 깜빡였다. 어차피 이제 할 일도 없고, 또 검은 탑이라면 나도 전부터 궁금했었으니까 한번 가 볼까?

띠링띠링!
[초대를 수락합니다!]

그렇게 나는 충동적으로 검은 탑에 방문하기로 결정했다.

"그래서 저희 검은 탑으로 말할 것 같으면 세계 최강의 마법사였던 검은 마법사님의 유지를 이어받아…… 블라블라…… 이 대륙 최고의 강력한 마법사들을 모아 다시 한번 그날의 영광을 재현하고자…… 블라……."

그리고 현재 나는 영혼을 잃은 눈으로 탑의 안내인이 하는 말을 흘려듣고 있었다. 아까의 시끌벅적하던 마법사들은 당장 검은 탑의 수장님을 부르러 가겠다며 자리를 비운 참이었다. 그래서 그동안 나는 탑의 안내인을 자처하는 마법사를 만나 이곳의 장대한 역사에 대해 듣고 있는 중이었다.

"그래서 이 눈부실 정도로 새하얀 벽면은 초대 탑의 수장께서 미스릴을 깎아……."

나는 검은 탑에 처음 초대받아 방문한 사람이라면 누구나 한 번은 거쳐야 하는 일이라며 자랑스럽게 설명하는 말을 듣고 있다가 더 이상 참지 못하고 아까부터 궁금하던 것을 물었다.

"저어, 그런데 한 가지 궁금한 점이 있는데요. 이 탑의 이름은 검은 탑인데 생긴 건 왜 이렇게 새하얀 건가요?"

흠칫!

바로 그 순간 탑의 안내자인 마법사가 말을 멈추며 크게 흠칫거렸다. 나는 그런 그를 가늘게 뜬 눈으로 바라보았다. 그도 그럴 것이, 분명 탑의 이름은 '검은 탑'인데 탑의 외관이나 내부나 새하얗기 짝이 없었으니까! 군데군데 까만 부분도 있지만 그건 그냥 때가 탄 것 같고. 쓰읍. 그렇잖아도 멀리서 볼 때마다 궁금했었는데. 클로드한테도 전에 한 번 물어봤었지만 그는 알 게 뭐냐는 식으로 모른다고 대답했을 뿐이었다.

하지만 탑의 안내자는 그런 질문을 할 줄 알았다는 듯이 다시금 '무조건 우리 탑이 짱짱이야!' 모드가 되어 검은 탑을 예찬하기 시작했다.

"그것이 바로 누구도 따라할 수 없는 저희 탑의 마법사들의 압도적인 센스! 초콜릿에도 화이트 초콜릿과 다크 초콜릿이 있고! 체스에도 까만 말과 하얀 말이 있고! 또 어둠의 반대쪽에는 빛이 있는 것처럼! 저희 선선선대 탑의 수장께서 처음 그 이름을 따오실 적에 무작정 검은 탑이라는 이름을 좇아 단순 무식하게 탑의 외양을 새까맣게 보수한 것이 아니라 오히려 임팩트 있게 이 눈처럼 순결하고 깨끗한 하얀 건물을 유지한 것이 바로 기가 막힌 신의 한 수였다고 할 수 있습죠! 까만 건물은 보는 사람의 기분도 칙칙해질 뿐 아니라 365일 건물 내부에서 연구에만 매진하는 우리 마법사들의 정신 건강에도 좋지 않고 또 우울증을 유발하기에 딱 좋으며, 더군다나……."

"그냥 그때 예산이 없어서 이름만 따오고 벽에 까맣게 똥칠을 못 한 거잖아."

"예, 꼭 똥칠을 한 것처럼 미관상 더럽기 짝이 없…… 헉!"

갑자기 뒤에서 튀어나온 목소리에 나와 탑의 안내자는 동시에 고개를 돌렸다. 그러자 이제 막 자다 일어난 사람처럼 황실마법사 망토를 대충 걸쳐 입은 모양새로 걸어오는 호리호리한 사람이 눈에 들어왔다.

긴 머리카락을 하나로 느슨히 땋고 있는 그 사람은 언뜻 여자인지 남자인지 구분하기 어려운 외양을 하고 있었다. 그것은 목소리 역시 그랬다. 나이는 얼추 젊어 보이는데 말이지.

"이야, 저희 애들이 매일 노래를 불러 대던 요정 공주님이시군요."

커헉!

또 한 번 고막을 찌른 금단의 단어에 나는 크리티컬로 타격을 입고 말았다! 하지만 내가 충격을 받아서 굳거나 말거나 그 사람은 흥미가 가득한 눈동자로 나를 요리조리 살펴보고 있을 뿐이었다. 그런데 설마⋯⋯.

"탑의 수장님이신가요?"

"공주님의 마력은 아주 예쁜 무지개색이네요."

⋯⋯네?

그게 갑자기 무슨 이상한 소리세요? 저 도 안 믿어요. 옥장판 안 사요. 그러니까 물렀거라!

나는 느닷없이 등장해서 뜬금없는 소리를 하는 사람을 경계심 어린 눈초리로 쳐다보았다.

"수장님께서는 사람마다 가진 고유한 마력의 색채를 눈으로 보실 수 있습니다."

무심코 통찰 얘기를 한 뒤 옆에서 헛기침을 하고 있던 안내자 마법사가 대신 내 의문을 해소해 주었다. 오잉, 그런 신기한 능력이 다 있다니?

"공주님의 마력은 아주 오색찬연하게 반짝거려서 보고 있으면 홀릴 것 같아요. 이거 위험하네요."

흠칫.

뭐, 뭐지. 내 마력이 예쁘다고 말해주는 건 좋은데 지금 눈빛이 뭔가 꼭 마약 한 사람 같아.

"와아, 폐하의 마력은 아주 순도 높고 청정한 파란색하고 금색이 섞여 있었는데 공주님의 마력은 꼭 오로라를 보는 것 같기도 하고 그 보석안을 그대로 녹여 놓은 것 같기도 하고…….”

“수장니이이임!”

“공주니이이임!”

바로 그때 저 멀리에서 마법사들이 우당탕탕 뛰어오는 모습이 보였다.

“아이고, 저 정신 산만한 것들. 쯧쯧. 쟤네가 아직 어려서 저러니 이해해 주십시오.”

으, 으음. 그런데 뭔가 말투가 좀 할머니나 할아버지 같기도 하고. 게다가 아까부터 날 되게 격식 없이 대하고 있잖아? 하긴 그건 다른 마법사들도 그렇긴 한데. 여기 사람들은 원래 다 이러나? 하기야 탑에 적을 두고 평생을 살아가기로 결심한 사람들인 데다 탑에서는 수장을 제외하고는 다들 엇비슷한 위치라고 했으니 바깥의 신분제 같은 것에도 자연스럽게 무딜 수 있겠다.

“저 똥개 같은 놈들이 공주님께서 탑에 오셨다고 아주 신났네요.”

“아, 오늘 초대해 주셔서 감사해요. 루카스에게 몇 번 이야기를 듣기도 했고 또 평소에도 탑에 관심이 있어서 궁금했었는데.”

멈칫.

바로 그 순간 내 옆에 있던 탑의 수장과 안내자 마법사가 눈에 띄게 흠칫했다. 이쪽을 향해 달려오던 마법사들은 도중에 멈추어 서기까지 했다.

“루카스?”

“루카스라고?”

으, 으잉? 갑자기 분위기가 왜 이런 거지? 꼭 루카스가 ‘이름을 말할 수 없는 그 사람’이라도 되는 것처럼……! 미처 몰랐는데 루카스가 검은 탑의 볼드모트라도 되나? 내가 잠시 당황하고 있는 사이 마법사들이 목에 핏대를 세우며 외치기 시작했다.

"루카스! 그 검은 탑의 무법자 같은 자식!"

"부조리한 세상의 부조리한 놈!"

"남은 피똥 싸게 노력해서 마력 운용하는데 혼자서 0.00001초 만에 마법 쓰는 새끼!"

"지난번에 난 개고생, 생고생해서 아득바득 통신석 한 개 만들었는데 그 자식은 하품하면서 손 한 번 휘젓더니 열 개나 만들어 냈어!"

"마법 쉽게 쓰는 법 좀 알려 달라고 했더니 막 눈앞에서 슉슉! 쏵쏵! 하라면서 진짜 개똥같이 알려 주고는 이게 안 되냐고 막 무시하고 막 불쌍하게 쳐다보고…… 우윽. 내가 진짜 서러워서, 으흑!"

크억!

마법사들은 한마음 한뜻이 되어 눈에 불을 켜고 원통함을 토해 냈다. 나는 그 모습을 보고 할 말을 잃고 말았다. 루, 루카스! 너 도대체 탑에서 무슨 짓을 하고 돌아다닌 거야! 일단 '청순가련 미소년 천재 마법사' 코스프레를 탑 안에서 안 하고 있단 사실만큼은 알겠다.

"그러고 보니 10년 전인가부터 그놈이 공주님 친구였다고 들었던 것 같기도 하고."

"크흠. 7년입니다, 수장님."

탑의 수장이 가물가물한 기억을 되살리듯 미간을 좁히며 중얼거리자 옆에 있던 안내인 마법사가 헛기침을 하며 정정해 줬다. 수장은 10년이든 7년이든 그게 뭐가 그리 중요하냐는 듯 잠깐 한쪽 눈썹을 추켜올리고 안내인 마법사를 지그시 쳐다보다가 곧 나를 향해 말했다.

"루카스, 그놈의 마력은 말이죠. 아주 지이잉~ 그러요! 너무 지이잉그러워서 볼 때마다 아주 그냥 미쳐 버리겠어!"

쿨럭.

탑의 수장은 정말 미치도록 지긋지긋하고 징글징글한 무언가를 생각하는 듯한 표정을 짓고 있었다. 당연하게도 루카스가 도대체 탑에서 뭘 하고 돌아다닌 건지에 대한 나의 의문은 한결 더 깊어졌다.

"제 60 평생 그런 마력을 가진 놈은 처음 봤다니까요. 보고 있으면 막 등골이 오싹오싹하고 식은땀이 미친 듯이 나는 게, 꼭 환 공포증인 사람이 무수한 동그라미 떼를 눈앞에 둔 것처럼……."

응? 그런데 잠깐! 나 지금 뭔가 이상한 말을 들은 것 같은데?

나는 루카스의 징그러움에 대해 토로하고 있는 사람을 멍하니 보다가 곧 나도 모르게 외치고 말았다.

"60이요?!"

지금, 지금 60 평생이라고 하셨습니까? 아니겠죠? 제가 잘못 들은 거겠죠?

"아, 제가 좀 동안 소리를 듣는답니다."

헐, 이건 동안 정도가 아닌데요?! 외모는 30대 정도밖에 안 된 것 같은데 지금 60이 넘었다고? 정말?

"허허. 그렇게 보시니 좀 쑥스럽네요. 원래 마법사는 노화가 느리게 오지 않습니까. 허허허."

경악한 나를 보고 탑의 수장이 할머니나 할아버지처럼 푸근하게 너털웃음을 지었다.

"그, 그럼 혹시 저분들도……?"

나는 기껏해야 20대 초반에서 중반 정도로 보이던 마법사들을 향해 동공지진을 일으키며 더듬거렸다. 그러자 탑의 수장이 또 손녀딸을 보는 듯한 인자한 미소를 그리며 내게 말했다.

"저놈들은 아직 어리답니다. 저 중에 제일 늙은 놈이 끽해야…… 몇 살이더라? 야, 띨띨이! 너 나이 몇이야?"

"옙! 올해로 41살입니다!"

"거기 모질이는?"

"전 아직 28살이에요! 한창이죠!"

"아이고, 아직 머리에 피도 안 말랐네."

그는 '저 어린 아해들을 어찌할꼬'라는 시선으로 마법사들을 보며 쯧쯧 혀를 찼지만 나는 충격을 받아 동공을 흔들고 있었다. 나, 난 진짜 어리고 젊은 마법사님들인 줄 알았는데! 그런 나를 향해 이번에도 '커흠, 큼!' 헛기침을 한 안내인 마법사가 입을 열었다.

"마법사들은 성인이 지난 후부터 급속도로 노화가 느려져 신체 나이가 한계에 다다르기 전까지는 일반 사람들보다 비교적 오래 젊음을 유지할 수 있죠. 이래 봬도 제 나이도 올해 46세입니다."

그, 그 얘기는 저도 책에서 봐서 알고 있었는데 막상 실제로 확인하게 되니까 더 충격적이라서요. 앗! 그래서 클로드 피부가 이 나이를 먹고도 그렇게 탱탱했던 건가! 알고 보니 마력이 이 세계 최강의 안티 에이징 화장품이나 마찬가지였어!

"공주님, 여기까지 오신 김에 탑에 있는 놈들 한 번만 만나 주시면 안 될까요? 폐하의 명으로 몇 날 며칠이고 밤새 영상석을 만들면서 저 놈들이 요정 공주님을 직접 보고 싶다고 아주 그냥 허구한 날 타령을 해댔답니다."

그때, 충격에 빠져 다른 생각 중인 나를 향해 탑의 수장이 넌지시 물어 왔다. 그, 그거 좋은 의미 맞습니까? 혹시 '아이고, 내가 저 공주 때문에 추가 수당도 못 받고 야근하면서 매일 눈알 빠지게 영상석이나 만들고 있네. 저놈의 공주 내 앞에 나타나기만 해봐라! 아이고, 아이고' 뭐 이런 의미였던 거 아니야?

"헉, 요정 공주님 실물이다!"

"맙소사, 지금 내 눈앞에서 걷고 있잖아!"

"우어어, 아침마다 하루에 두 시간씩 클린 마법 걸린 천으로 영상석에 광이 나게 닦았었는데!"

하지만 다행히도 아니었던 모양이다. 나는 탑의 수장과 다른 마법사들의 청으로 뜻하지 않게 검은 탑을 층마다 순회하게 되었는데, 그때마다 마주친 마법사들은 꼭 자기네가 애기 때부터 키운 조카가 처음 걸음마 하는 걸 본 사람처럼, 혹은 찬장 속의 피규어가 살아 움직이는 걸 본 오타쿠처럼…… 쿨럭. 그렇게 나를 쳐다보았다.

"자, 여기가 바로 제 연구실입니다!"

그리고 나는 꼭대기 층에 있는 수장의 연구실에 초대받아 그 안에 발을 들였다.

"와, 이게 다 뭐예요?"

"제 보물들이죠. 실험용으로 만들어서 아직 불안정한 마법 용품들도 있으니 섣불리 만지지는 마시고 그냥 눈으로만 보시는 게 좋아요."

탑의 외벽과 마찬가지로 온통 새하얀 벽에는 수십 장이나 되는 종이가 군데군데 붙어 있었고, 책상과 바닥에는 수많은 책과 물건들이 지저분하게 늘어져 있었다. 그중에는 신비로운 광채를 내는 돌과 보석들도 있었고 보글거리는 수상쩍은 액체가 담긴 플라스크 병이나 혼자서 팔이나 귀를 흔들고 있는 귀여운 인형들도 있었다.

앗, 책장에 있는 저건 뭐지? 뱀술 같은 건가? 그, 그런데 병 안에서 뭔가 움직이는 것처럼 보이는데? 저 구석에 있는 건 천에 덮여서 속이 안 보이지만 계속 안에서 쿵쿵거리는 소리가 들리는 걸 보니 짐승 같은 걸 가둬 놓은 우리 같기도 하고. 아무튼 여기 왠지 좀 수상한데……. 마법사들의 연구실은 원래 다 이런가?

"자, 그럼 공주님. 머리카락 한 올만 주실 수 있을까요?"

그렇게 내가 눈을 가늘게 좁히고 주위를 둘러보고 있을 때, 갑자기 탑의 수장이 나를 뒤돌아보며 화사하게 웃었다. 나는 한순간 흠칫하다가 혹시 내가 잘못 들었나 싶어서 조심스럽게 반문했다.

"머리카락이요……?"

"네! 기왕 오신 김에 불쌍한 늙은 마법사를 도와주신다 치고."

삐용-삐용! 내 경고음에 빨간 불이 들어왔다! 뭐, 뭔지는 모르지만 지금 내 머리카락을 주면 안 될 것 같은데? 뭔가 엄청 찜찜한 일에 내 머리카락을 쓸 것 같은데?

"혹시 괜찮으시면 피도 한 방울…… 아니, 열 방울만……."

"헉, 싫어요!"

이, 이 사람! 또 마약 한 것 같은 얼굴이잖아!

"아이, 그러지 마시고. 공주님도 궁금하지 않으세요? 갑자기 이렇게 환상적으로 예쁜 마력이 뾰로롱 생겨났는데! 왜 나한테 이런 어여쁜 마력이 생겼을까! 이 어여쁜 마력이 도대체 그동안 어디에 있었을까! 공주님도 궁금하실 게 아니에요? 네?"

문득 아까 전 탑 밖에서 마법사들이 했던 이야기가 떠올랐다.

"게다가 이렇게 갑자기 후천적으로 마력량이 극대화된 경우는 처음 봅니다!"

"맞습니다! 그래서 요즘 저희 탑에서는 매일 공주님 얘기만 하고 있습니다!"

헉! 그래서 지금 이 탑의 수장 양반, 날 데리고 실험을 하고 싶다는 거야? 사실 내 마력량이 갑자기 많아진 이유는 까망이 때문이었지만 루카스 말고 다른 사람들은 신수에 대해 모르는 눈치였으니까.

"허억, 헉…… 그나저나 보면 볼수록 공주님의 마력은 정말 너무 예쁘네요. 한 번만 만져 보면 안 될까요?"

그리고 마침내 그가 맛이 간 얼굴로 휘청거리며 나한테 다가오는 순간 나는 망설임 없이 이곳을 떠나기로 결심했다. 에잇, 마법사들이 있는 탑이라고 해서 기대했는데 웬 미친 노인네가 있어!

"싫어요! 전 엄청 비싸거든요!"

따악!

"오오오옷! 공주님도 0.00001초 만에 마법 발현을!"

나는 잔상처럼 귓가에 남은 감탄 어린 목소리를 뒤로한 채 검은 탑 밖으로 순간 이동을 했다.

"어머, 공주님. 생각보다 일찍 나오셨네요."

"안에서 별일은 없으셨습니까?"

에이! 내가 앞으로 두 번 다시 저 영감탱이가 있는 탑에 오나 봐라! 내가 밖으로 나오자마자 나를 기다리고 있던 릴리와 필릭스, 그리고 다른 기사들과 궁인들이 일제히 나를 맞았다. 검은 탑 안에는 초대받은 손님만 들어갈 수 있는 게 규칙이라고 해서 다른 사람들을 다 떼어 놓고 나 혼자만 갔던 건데 그냥 에메랄드궁에 가서 발 닦고 낮잠이나 잘걸 그랬다.

"릴리, 에메랄드궁에 가면 소금 좀."

"네? 소금이요?"

궁에 가면 검은 탑이 있는 방향으로 뿌릴 거야! 크앙! 나는 약을 빤 사람처럼 몽롱한 얼굴로 나를 쳐다보던 탑의 수장을 생각하며 부르르 몸을 떨었다.

⚜

"이런. 정말 죄송합니다, 공주님."

다음 날, 탑의 수장이 나한테 직접 사과하러 찾아왔다.

"어제는 제가 잠시 공주님의 그 황홀한 마력을 보고 이성을 잃어서 그만 큰 실례를 저질렀습니다."

그 이유는 바로 어제 소식을 전해 들은 클로드가 검은 탑에 거대한 구멍을 만들어버렸기 때문이다!

"절대로 탑의 절반이 날아가서 사과드리러 온 건 아니고요."

나는 에메랄드궁에 직접 행차해 사죄하는 탑의 수장과 마법사들을 보고 남몰래 식은땀을 삐질삐질 흘리고 있었다. 내 궁의 시녀 언니들은 엄청나게 신기하고 재미있는 일을 목격한 것처럼 두 눈을 동그랗게 뜨고 미적거리다가 내 명령을 받고 각자 할 일을 하러 자리를 떠난 참이었다.

"공주님께 백배 사죄드리지 않으면 나머지 절반도 마저 날려 버리고 성문 앞에 거꾸로 매달아 놓겠다는 협박을 받아서도 아닙니다. 진짜입니다."

으악, 난 그냥 어제 클로드랑 같이 저녁을 먹으면서 '탑에서 이런저런 일이 있었는데 그 이상한 사람 도대체 뭐냐?' 대충 이런 얘기를 했을 뿐인데 설마 클로드가 그 길로 탑을 날려 버릴 줄이야! 소문을 듣고 검은 탑을 구경하러 갔다 온 한나의 말에 의하면 탑의 1/3이 거의 휑하니 사라져 버렸단다. 게다가 나한테 사과하지 않으면 성문에 거꾸로 매달아 놓을 거라는 협박까지 했다니!

그런데 이 와중에 죽인다는 게 아니라 그냥 성문 앞에 매달아 놓겠다는 협박이라 클로드치고는 수위가 다소 약하다고 생각하는 나는 글러 먹은 걸까. 크흑! 그나마 클로드가 미리 경고한 뒤 탑을 날려서 사상자가 없다는 게 다행이었다. 나는 소리 죽여 끄응 신음한 뒤 입을 열었다.

"모두 고개를 드세요."

물론 저 이상한 탑의 수장 때문에 기겁한 건 사실이지만 그래도 저분 연세가 60세나 되었다는 걸 알아서 그런가. 뭔가 내 앞에서 저렇게 머리를 조아리고 있는 게 불편하다. 난 동방예의지국에서 살던 착한 사람이란 말이야! 노인 공경! 웃어른에게 예의를 지키자! 물론 지금 내 앞에 있는 탑의 수장은 노인이라기에는 지나치게 젊은 얼굴을 하고 있었지만 말이다.

"두 번 다시 어제처럼 제 신변에 위협을 가하려 시도하는 일이 없을 것이라 약조해 주신다면 저도 지난 일은 잊겠습니다.”

으, 으윽. 어제 저 할아버지가 나한테 무례하게 군 건 맞았지만 안내자 마법사가 말해준 대로라면 엄청난 역사를 지닌 탑의 반이 하루아침에 날아간 셈인데. 왜 내가 저 마법사들에게 몹쓸 짓을 한 것 같지!

“공주님의 자비에 진심으로 감사드립니다.”

“감사드립니다!”

“감사합니다, 공주님!”

“어흐흑!”

수장의 뒤에서 오들오들 떨며 내게 고개를 조아리고 있던 마법사들이 진심으로 감동했다는 듯 외쳐서 나는 더욱 심한 양심의 가책을 느끼기 시작했다.

어흑! 탑의 수장은 좀 사이코 같지만 그래도 나머지 마법사들은 순박하고 좋은 사람들인 것 같았는데 왠지 미안해지고 있어. 가련한 사슴 떼처럼 물기 어린 눈으로 나를 보던 마법사들이 내 허락이 떨어지자마자 열을 지어 자리를 벗어나기 시작했다. 그런데 수장 양반, 당신은 왜 안 나가고 있는 겁니까? 그리고 나는 다른 마법사들과 달리 조금도 기가 죽지 않은 것처럼 보이는 탑의 수장이 뺀질한 얼굴로 나를 보며 또다시 인자한 너털웃음을 짓는 모습을 보았다.

“허허허. 황궁 마법사로 사는 동안 공주님 덕분에 진귀한 경험을 많이 해보는군요. 오벨리아의 국보나 마찬가지인 탑도 제 대에서 절반이나 날려 먹고…… 등골 빠져라 영상석만 500개나 만들어 보고…… 또 지하 감옥에도 갇혀 보고…….”

회한에 젖은 얼굴로 읊조리는 그의 말에 간간이 흠칫거리던 나는 이내 의아하게 반문하고 말았다.

“저 때문에 지하 감옥에 갇히셨다고요?”

서, 설마 그새 클로드가 저 할아버지를 지하 감옥에 넣었다 꺼낸 건가! 어쩐지 몰골이 추레하더니만! 아니, 사실 저 추레한 몰골은 어제도 그랬던 것 같기는 한데…….

"아, 공주님께서는 의식이 없으실 때라 모르셨겠지만 사실 공주님의 마력이 문제를 일으켰던 두 번 다 저도 상태를 살피러 왔었거든요."

"앗, 그러셨어요?"

"예, 뭐…… 물론 별다른 도움은 못 드렸지만요. 마력을 육안으로 보는 잔재주가 좀 있다지만 항상 보이는 것도 아니고. 그래서 공주님께서 처음 쓰러지셨을 적에 진노하신 폐하의 명으로 동료들하고 사이좋게 지하 감옥에도 갇히고……. 허허허. 그래도 그때는 제가 탑의 일반 궁정마법사였기 때문에 그리 큰 곤욕을 치르지는 않았습니다만."

아! 아앗! 아, 맞아! 가물가물하게 기억난다! 그때 클로드 앞에 웬 아저씨가 달달 떨면서 엎드려 있고 날 치료할 방법을 찾지 못하면 죽인다고 하면서 지하 감옥에 가두라고 막 그랬었지! 헉, 그런데 동료들하고 사이좋게 갇혔다니? 설마 그 아저씨 하나만 가뒀던 게 아닌 거야?

"그 당시 수장이셨던 스승님께서 곤욕을 많이 치르셨다고 들었습니다. 몇 년 전 돌아가셔서 제가 그 자리를 이은 지 그리 오래되지 않았죠."

나는 그리운 사람을 회상하듯 아련한 눈빛을 보이는 탑의 수장의 앞에서 덩달아 숙연해졌다. 그럼 혹시 그때 그 아저씨가 수장이었던 건가. 기억이 가물가물하지만 그때 클로드 앞에서 '탑에서 내가 짱임! 그런데 나도 방법을 모르니까 다른 애들도 모를 거임!' 같은 말을 했다가 그의 분노를 샀던 것 같은데.

잠깐…… 그럼 그 당시 그 사람 나이가 몇이었다는 거지? 지금 내 앞에 있는 이 할아버지도 60살쯤 되었다면서도 지금 이렇게 30대의 외모를 가지고 있는데, 그럼 그때 아저씨의 외모를 가지고 있던 그 마법사님은 도대체 연세가! 흡. 클로드, 할아버지를 괴롭혔던 거였어!

"스승님도 참, 설마 100세를 꼬박 채우고 가실 줄이야. 쩝. 사실 전

한 10년은 더 일찍 제가 수장 자리에 오를 수 있을 줄 알았는데, 그 양반 명줄이 참 길어서…… 아차. 방금 말은 못 들은 걸로 해주십시오."

그리고 나는 혼잣말처럼 이어진 수장의 말에 약간 짜게 식은 눈으로 그를 보고 말았다. 뭐야, 방금 스승님이 그리워서 아련한 눈빛을 보인 게 아니었어? 설마 다 공갈이었던 거야? 진짜 이 수상한 할아버지 같으니라고.

"그래도 공주님이 계시고부터는 좋은 의미로 놀랄 만한 일이 많이 생기는 것 같습니다."

허허허, 그는 내 눈빛을 못 본 척하며 또다시 소탈하게 웃었다.

"솔직히 저희 탑에 있는 머저리들과 마찬가지로 저한테 있어서 폐하는 아직 배냇머리 송송 난 어린 아이나 마찬가지 아니겠습니까. 이래 봬도 폐하께서 태어나시기 전부터 제가 탑에 몸을 담고 있었고……. 또 만약 결혼을 했다면 폐하만 한 아들과 공주님만 한 손녀가 있을 수도 있는 나이라 그런지 더 애틋하기도 하고 그렇습니다."

그리고 이어진 그의 말에 나는 잠시 멈칫하고 말았다. 나를 향한 그의 눈동자는 정말 할아버지가 손녀딸을 보듯이 더없이 인자하고 자상한 빛으로 가득 차 있었다. 그 눈빛을 마주하니 그의 나이가 겉으로 보이는 것만큼 젊지 않다는 사실이 갑자기 확 와닿았다.

"그래서 공주님께서 이렇게 무탈하게 다시 황궁으로 돌아오신 것이 기쁘고, 또 오랫동안 황폐하던 이 황궁에 진정한 봄을 불러와 주신 공주님께 진심으로 감사하게 생각합니다."

그는 진정으로 감사를 표하듯 나를 향해 더없이 정중한 자세로 고개를 숙여 보였다.

그 모습을 보자 점차 기분이 이상해졌다. 나는 그의 땋은 머리가 아래로 길게 늘어뜨려진 것을 잠깐 말문이 막힌 채 바라보다가 가까스로 입을 열었다.

"아, 아니요. 제가 감사받을 일이 아닌걸요. 오히려……."

"아닙니다. 공주님께서는 진정으로 폐하의 소중한 보물, 저희 오벨리아의 진정한 보배이십니다."

"그런……."

"그런 의미에서 폐하 몰래 피 한 방울만…… 정말 안 되겠습니까?"

"나가세요."

나는 언제 당황해서 더듬거렸냐는 듯이 단호하게 말했다.

으악, 지금 날 낚으려고 한 거 맞지? 기껏 분위기 잡아 놓고, 사람을 한껏 당황하게 만들어 놓고는!

"허허허. 이거 참, 탑에만 적을 두던 무거운 제 엉덩이를 공주님께서 가볍게 만들어주시는군요. 다음에 또 찾아뵙겠습니다."

"오지 마세요! 어차피 원하는 건 얻지 못하실 테니까!"

"허허허. 그럼 다음에 뵐 때까지 건강하십시오. 허허허허."

검은 탑의 수장이 까만 또라이인 루카스보다 더 말이 통하지 않고 한결 더 똘끼가 충만한 사람이었다니! 으아앙! 검은 탑에 대한 내 환상을 돌려줘!

"다 늙어서 노망이 든 미친 노인네지."

과연 탑의 수장을 향한 클로드의 평가 역시 박했다. 그는 그 미친 인간이 언제 또 미친 짓을 할지 모르니 절대로 가까이 가지 말라는 것과 또다시 그 미친 인간이 미친 짓을 하면 언제든 자신에게 말하라는 것을 다과 시간 내내 나에게 주지시켰다. 나는 그 모습을 물끄러미 바라보다가 툭 말을 던졌다.

"흐응. 아빠, 그 할아버지랑 친하시구나."

"돌았느냐?"

내 말에 클로드는 귀를 의심하는 듯이 미간을 좁혔지만 나는 이미 감을 잡은 뒤였다. 그동안 한 번도 탑의 수장에 대해 이야기하는 걸 들어보지 못해서 미처 몰랐는데 오늘 에메랄드궁에서 그 할아버지가 나한테 했던 말도 결코 나를 낚기 위한 속임수였던 것만은 아닌 것 같고, 또 그를 대하는 클로드의 행동이나 말에서도 무어라 표현하기 어려운 묘한 느낌이 들었던 것이다.

역시…… 일반인과 적을 달리 둔 사람들은 그들끼리 통하는 무언가가 있는 걸까? 그래서 클로드랑 탑의 수장도 알게 모르게 친분이 있는 것이고……. 나는 심심한 의문에 빠졌다.

하지만 클로드는 진심으로 내 말을 헛소리라고 생각하는 눈치였기 때문에 나는 그냥 더 이상 괜한 말을 꺼내지 않기로 했다. 그 후 나는 접시 위에 있는 케이크를 먹으며 힐끔 마주한 사람의 얼굴을 살피다가 다시 입을 열었다.

"저 생일 때 파티 열 거예요."

"뭐?"

내 난데없는 통보에 클로드가 갑자기 그게 무슨 소리냐는 듯한 눈빛을 보냈다.

"정확히 말하면 생일날은 아니고, 며칠 후에요."

"무슨 파티를 말하는 거지?"

"점심때는 에메랄드궁에 있는 사람들하고 간단히 다과 파티를 열고, 저녁때는 영애들과 영식들에게 초대장을 보내서 가장무도회를 열까 해요. 재미있겠죠?"

표정을 보아하니 클로드는 내 말을 못마땅하게 여기는 기색이 역력했다. 그걸 보니 역시 기억은 없어도 사람 자체가 변하지는 않는구나 싶어서 얼핏 웃음이 났다. 하기야 클로드는 원래부터 내가 궁 밖으로 나가는 것에도 미온적이었고, 또 내 궁에 영식들을 초대하는 것에도 질색을 하지 않았던가? 그래서 내 다과회에 오는 사람들이 항상 영애들뿐이었던 것이고 말이다.

하지만 통보가 괜히 통보겠는가? 난 '아무것도 몰라요' 하는 표정을 지은 채 클로드의 반응에 아랑곳하지 않고 해맑게 웃어 보였다.

"생각해 보니까 제 궁에서 파티를 연 적이 한 번도 없더라구요. 그래서 이참에 한번 다른 사람들을 초대해 볼까 하고."

나는 완전히 막 나가고 있었다. 크크크. 하지만 내 마음대로 하니 기분이 좋은걸요? 이렇게 짜릿할 줄 알았으면 진작 막 나가는 건데! 물론 지난번 탄신연회 때 클로드가 다른 사람들 앞에서 나한테 한 짓이 있었기 때문에 눈치 좀 있는 사람들이라면 내 초대에 응하지 않는 게 정상이었다.

그러나 듣기로는 내가 없는 동안 열렸던 만찬회에서 클로드에게 섣불리 나에 대해 입을 놀린 귀족을 그가 반쯤 죽여 놓았다고 한다. 그 귀족이 정확히 뭐라고 했는지는 알 수가 없으나, 어쨌든 그 후로 감히 나를 공주 취급하지 않는 사람들은 없어졌단다. 한편으로는 병 주고 약 주고인 것 같기도 했지만 애초에 클로드가 기억을 잃은 것도 내 잘못이었던 데다 또 내가 없는 동안 그의 마음고생도 보통이 아니었다고 하니…….

게다가 어제는 클로드와 내가 사이좋게 손을 붙잡고 같이 테라스에 모습을 드러내기까지 했고, 또 클로드가 나를 실험체로 쓰려고 한 탑의 수장에게 분노하여 건물을 날려 버리기까지 해서 우리 둘의 불화설은 씻은 듯이 사라졌다고 했다. 더군다나 내가 실종된 동안 클로드가 애타게 나를 찾는 모습까지 보인 탓에 사람들은 이제 우리의 지난 일이 단순히 클로드와 나의 부녀 싸움이었던 줄 아는 것 같았다.

물론 그게 단순히 아빠와 딸의 싸움이라 하기에는 좀 살벌하긴 했지만……. 그래도 그 대상이 클로드이기 때문인지 사람들은 그럭저럭 납득하는 눈치였다. 그래서 내 귀환 소식이 알려졌을 때부터 에메랄드궁에 다시금 온갖 초대장과 선물을 보내오는 사람들이 슬금슬금 늘어나고 있는 형국이었다. 그러니까 이번 생일 때도 내가 초대를 하면 아마 클로드와 내가 정말 화해를 했는지 궁금해서라도 참석하지 않을까 생각하고 있었다.

하지만 클로드는 내 계획이 마음에 안 드는 듯 대번에 싸늘한 얼굴을 하며 반대하고 나섰다.

"궁인들과 함께 에메랄드궁에서 파티를 여는 것은 괜찮지만 가장무도회라니. 그런 번잡한 파티는 딱 질색……."

"뭐, 아빠는 초대 안 할 거니까요. 가넷궁에서는 그래도 소리가 작게 들리지 않을까요?"

바로 그 순간 찻잔을 들고 있던 클로드의 손이 멈칫했다. 곧 그가 귀를 의심하는 듯한 목소리로 나를 향해 반문했다.

"……그게 무슨 소리지?"

아이참, 뭐 이런 걸로 그렇게 놀라고 그러십니까?

나는 자신을 초대할 생각이 없다는 내 말에 다소 충격을 받은 듯 보이는 클로드를 향해 심드렁하게 말했다.

"어차피 아빠는 제 생일 때 한 번도 만나러 와 준 적 없잖아요. 이번에도 며칠 내내 가넷궁에만 계실 거 아니에요?"

으흑. 그래, 나 속 좁고 뒤끝 길다! 물론 클로드가 내 생일 때마다 나를 보러 오지 않았던 이유가 다이아나 때문이란 건 알고 있었지만 그래도 서운한 건 서운한 거네요. 내가 인생 2회 차가 아니라 진짜 어린 애였다면 상당히 상처받았을 일이라고. 투덜투덜.

하지만 설마 내가 이렇게 직설적으로 말할 줄은 몰랐는지 한순간 클로드가 덜컥 말문이 막힌 표정을 지었다. 그의 눈동자는 한껏 굳어져 있었다. 나는 그가 이런 식으로 내 앞에서 동요하는 모습은 또 처음 봐서 약간 묘한 기분이 되었다.

잠시 후, 클로드가 찻잔을 테이블 위에 내려놓은 뒤 방금 전에 비해 침착해진 모습으로 입을 열었다.

"내가 그랬던가?"

그런 그의 얼굴은 '난 아무것도 몰라요~'라고 말하는 듯했다. 물론 그렇겠지. 당신은 내 생일에 관한 기억도 혼자서 홀라당 다 잊어버렸으니까. 그러니 내 생일만 되면 며칠 내내 코빼기도 안 비쳤던 것도 하나도 기억 못 하겠지.

"괜찮아요."

나는 잠깐 앞에 놓인 찻잔을 만지작거리다가 곧 그것을 집어 든 뒤 최대한 아무렇지도 않아 보이게 웃으며 말했다.

"저 생일 때마다 엄청 재미있게 보내고 있거든요. 이번에 파티까지 열면 더 재미있을 거예요. 너무 시끄럽지 않게 놀게요."

생일날 나를 보러 와 달라고 단 한 번도 조른 적이 없는 것은 그에 대한 내 최소한의 배려였다. 그리고 지금 지나가듯 그의 곪은 상처를 건드리고 만 것은 내 욕심이었고, 그럼에도 또 아무 의미 없이 지나가는 말이었던 척 담담히 웃고 만 것은 어쩌면 내 바보 같은 고집일지도 몰랐다.

"아빠, 차 한 잔 더 드릴까요?"

클로드는 대답이 없었지만 나는 앞에 있는 티포트를 들어 비어 있는 그의 잔에 차를 따라 주었다. 첫술에 배부를 수는 없다고, 너무 많은 걸 한꺼번에 바라면 안 되었다. 그래도 언젠가 한 번은 하고 싶었던 말을 오늘 해버려서 조금은 속이 후련하기도 하고 또 조금은 괜한 말을 했나 싶어 후회가 되기도 했다. 나는 한숨을 삼키며 내 앞에 있는 스콘을 베어 물었다.

그러고 보니 어느덧 내 생일이 또 코앞까지 다가와 있구나. 새삼 시간이 참 빨리 흐르는구나 싶었다.

클로드는 그 후로 한참이나 말없이 내 얼굴을 쳐다보았다. 그리고 잠시 후.

"……가겠다."

이내 천천히 입을 열어 낮은 목소리를 밖으로 흘려보냈다.

"이번 생일에는 늦지 않게 가겠다."

나는 하릴없이 잔디에 어린 나무 그림자를 보고 있다가 문득 고개를 들었다. 손에 괴고 있던 턱이 살짝 위로 들어 올려졌다. 시선을 돌리자 아직까지도 가만히 나를 쳐다보고 있는 클로드가 눈에 들어왔다.

나는 천천히 입을 열었다.

"……진짜요?"

"그래."

"거짓말 아니고 진짜?"

"그래."

"아…… 저 정말 괜찮은데요. 방금 전에는 그냥……."

"내가 안 괜찮다."

이번에는 클로드가 찻잔을 들어 올렸다. 귓가에 번지는 목소리가 방금 전보다 한결 또렷하게 울렸다.

"그러니 이번 생일에는 늦지 않게 가마."

물론 기대하는 마음이 아예 없었다고 하면 거짓말일지도 몰랐다. 하지만 그에게서 바랐던 말을 정말 듣게 되자 가슴이 서서히 간지러워졌다. 어쩌면 내가 너무 속이 뻔히 들여다보이는 투정을 부려서, 그래서 어쩔 수 없이 지금과 같은 말을 해준 것일지도 모른다. 하지만 그래도 기뻤다.

"헤헷."

내가 참지 못하고 작게 소리 내서 웃자 그가 그런 나를 '정말이지, 어쩔 수 없는 아이'라고 속삭이는 것 같은 얼굴로 바라보았다. 하지만 어찌 기쁘지 않을 수 있을까? 태어나서 처음으로 아빠와 함께 맞게 된 생일인데.

"제 생일인데 빈손으로 오면 안 되는 거 아시죠? 선물 없이 오시면 안 들여보내드릴 거예요."

"네 생일 선물은 그 초상화로 퉁 친 것이 아니었나?"

"아앗!"

"잊고 있었나 보군."

쨱쨱.

새가 지저귀는 소리가 훈훈한 공기 속에 녹아들었다.

환한 햇살이 우리를 다독이듯 머리 위로 한가득 쏟아지고 있었다.

"사실 아빠는 저를 말도 못 할 정도로, 진짜 엄청 엄청 좋아하셨거든요."

햇살이 유리구슬처럼 호수 위에 알알이 모여 포말을 일으켰다. 나는 클로드에게 진실과 공갈을 반씩 섞은 우리의 아름다운 과거에 대해 열심히 설명하고 있는 중이었다.

"그래서 제가 원하면 별도 달도 전부 다 따다 주겠다고 하실 정도였다니까요?"

지금 그와 나는 나란히 배를 타고 호수 위를 둥둥 떠다니고 있었다. 수면 위로 반사된 빛이 마주한 얼굴에 희미한 물결무늬를 만들었다.

물론 클로드는 내 말을 귓등으로도 듣고 있지 않았지만 지금이 아니면 내가 언제 또 이런 식으로 그를 놀려 보겠는가!

"제 말이 거짓말 같으시죠?"

나는 그럴 줄 알았다는 듯이 그를 쳐다보며 '흐응' 소리를 냈다. 그리고 손에 들고 있는 양산을 빙글빙글 돌리면서 클로드에게 회심의 공격을 날렸다.

"뭐, 그럼 아빠가 예전에 선물 받은 제 그림을 침소에 고이 간직하고 계시던 거나 저 몰래 영상석을 만들어 두고 있으셨던 건 어떻게 설명하실 건데요?"

"그건 내가 한 게 아닐 거다."

내 말이 끝나기가 무섭게 눈썹을 꿈틀거린 클로드가 대번에 부정하고 나섰다. 하지만 나한테는 통하지 않았다.

"세상에, 저 정말 놀랐어요. 아직까지 그런 걸 가지고 계실 줄은 몰랐는데, 더군다나 그림이 상하지 않게 보존 마법까지 걸어 두셨다니."

"그것도 다른 누군가가 장난을 친 것이 분명……."

"영상석은 또 어떻구요? 금고에서 발견된 게 한두 개도 아니었다면서요? 탑의 마법사들도 아빠가 복제하라면서 느닷없이 던져 주고 간 영상석을 보고 놀라 자빠질 뻔했다던데."

"……."

"필릭스랑 릴리도 깜짝 놀랐다고 하더라고요."

클로드는 할 말을 잃은 눈치였다. 하기야 본인의 기억에도 없는 일을 내가 꺼내고 나섰으니 할 말이 없을 만도 했다. 그는 또다시 '별 미친놈을 다 보겠다'는 듯한 표정이 되어 짐짓 눈살을 찌푸리고 있었다. 그리고 지금 그가 생각하고 있는 '미친놈'이란 과거의 그 자신인 것이 분명했다.

"……내가 정말 그런 사람이었나?"

곧이어 클로드가 다소의 회의감이 묻어나는 목소리로 혼잣말처럼 중얼거렸다. 나한테 묻는 건지, 스스로에게 반문하는 건지 알 수 없는 모호한 말투였지만 나는 기다렸다는 듯이 그에게 대답해 주었다.

"그러니까 제가 말했잖아요."

작년에 루카스에게 들었던 말을 오늘날 이렇듯 확신에 차 내 입으로 클로드에게 내뱉는 감회는 남달랐다.

"아빠는 아빠 생각보다 저를 훨씬 더 많이 좋아하고 계시다니까요."

내 새치름한 말에 클로드는 오묘한 얼굴을 한 채 잠시 말없이 나를 바라보기만 했다. 그는 내 말에 긍정도 부정도 하지 않았다. 나는 지금의 상황이 그저 즐거워서 반짝이는 호수를 보며 콧노래를 흥얼거렸다.

"다른 특별한 걸 하지 않아도 정말 괜찮은 건가?"

잠시 후 그런 나를 향해 클로드가 물었다. 사실 오늘은 내 생일이었다. 그리고 나는 정말 나를 보러 에메랄드궁에 와 준 클로드와 함께 둘만의 오붓한 시간을 보내고 있었다. 내가 같이 뱃놀이를 하러 가자고 말하자 그는 오늘 같은 날 기껏 하고 싶은 일이 이런 것이냐고 묻는 듯한 눈빛을 보냈다. 하지만 나는 환하게 웃는 낯으로 그의 손을 잡아끌었다.

"에이, 아빠, 모르시는구나."

나는 여전히 신경이 쓰이는 듯 물어 온 그를 향해 다소 짓궂은 미소를 지으며 말해주었다.

"아빠랑 같이 보내는 시간은 저한테 다 특별한걸요."

투둑. 툭.

물방울이 튀어 오르는 소리가 가볍게 귓가를 스쳤다. 클로드의 보석 안이 가만히 나를 응시했다.

잠시 후, 푸른빛을 띠고 있던 그의 눈동자가 심연 같은 깊은 남빛을 그 위에 덧씌웠다.

"만약 내 기억이 계속 돌아오지 않으면 어쩔 거지? 떠날 건가?"

이번에는 내가 그를 물끄러미 바라보았다. 언뜻 무심한 표정을 짓고 있는 얼굴에는 누구라도 쉽사리 알아채기 어려울 듯한 망설임이 어려 있었다.

"왜 자꾸 그런 말을 하세요?"

나는 지금 내 앞에 있는 사람이 조금은 애처로우면서도 사랑스러웠다. 아주 가끔이기는 하나 기억을 잃은 그가 지금처럼 내 앞에서만 자신의 약한 면모를 드러내는 것을 보면 가슴이 아리면서도 어쩔 수 없이 그 안에 애틋함이 어리고 마는 것이다.

"제가 아빠에게 딸이 아니어도 아빠는 저한테 아빠인걸요. 기억하지 못하셔도 상관없어요."

그래서 나는 설령 이대로 그가 나를 기억해 내지 못해도 괜찮다고 진심으로 그렇게 생각했다.

"대신 제가 전부 다 기억하고 있으니까요. 그러니까 아빠는……."

그저 지금처럼 언제까지나 함께일 수만 있다면.

"그저 계속 그 자리에 있어주세요."

내가 미소를 지으며 그렇게 말하자 클로드는 또 조용히 나를 바라보기만 했다.

그날 클로드는 정말 하루 종일 나와 함께 있어주었다. 우리는 뱃놀이도 하고 에메랄드궁에서 다과 시간도 갖고 또 요즘 내가 새로운 취미로 삼은 체스 게임을 하기도 하면서 평소와 비슷하지만 즐거운 하루를 보냈다. 그리고 저녁에는 릴리가 만들어준 특제 케이크를 같이 나눠 먹었다. 어찌 보면 평소와 그리 다를 것도 없는 평범한 일상이었지만 그래도 클로드와 함께이기에 내게는 무척이나 즐거운 하루였다.

나는 가넷궁으로 돌아가는 클로드를 배웅한 뒤 내 방으로 돌아왔다.

따라라라라— 라라—

작년에 릴리가 생일 선물로 줬던 오르골을 열어 놓자 고요한 밤공기 속에 고운 선율이 흐르기 시작했다.

나는 잠옷 차림으로 테라스에 나와 난간에 상체를 기댔다. 높이 뜬 달이 은은한 빛을 어둠 속에 흩뿌리고 있었다. 아, 오늘 정말 재미있었다. 생일이라고 해서 뭐 대단한 걸 한 건 아니었지만 그래도 살면서 오늘처럼 행복한 생일을 보낸 적은 또 없었던 것 같았다.

클로드가 내 생일날 나를 보러 와 준 건 처음이었기 때문에 릴리와 필릭스, 그리고 한나와 세스를 비롯한 다른 에메랄드궁의 식구들도 모두들 한껏 들뜬 눈치였다. 오늘따라 다과 시간에 올라온 디저트들도 그렇고 식사 시간에 식탁 위에 올라온 음식들도 그렇고 완전히 초호화 메뉴를 자랑했었지.

클로드는 의외로 체스를 잘해서 몇 번이고 게임을 하는 동안 나는 내리 져야만 했다. 그래서 마지막 게임에서는 재채기를 하는 척하면서 은근슬쩍 판을 엎어버렸다. 기껏 욕심을 부린 김에 클로드에게 조금 더 아이다운 떼를 써 볼까 싶기도 했지만, 결국 늦은 저녁 식사를 마친 후 나는 그를 가넷궁에 보내 주었다.

나는 이미 충분히 즐거웠으니 오늘 하루 중 몇 시간 정도는 내 엄마인 다이아나에게 클로드를 양보할 생각이었다. 그래서 나는 나를 향해 또 미묘한 표정을 지어 보이는 클로드를 웃는 얼굴로 배웅해 주었다. 난간에 팔을 올려놓고 그 위에 머리를 기대자 선선한 바람이 내 뺨을 스쳐 지나갔다. 달빛을 머금고 하얗게 빛나는 머리카락이 난간 아래로 늘어뜨려져 살랑살랑 흔들렸다.

클로드가 처음으로 내 생일에 와 줬는데, 그 대신 항상 있던 루카스랑 까망이가 없어졌네…….

나는 허공의 한 점에 의미 없는 시선을 던지며 생각했다. 옅은 숨이 어둑한 밤공기 속으로 흩어졌다. 이렇게 혼자가 되자 무언가가 사라진 빈자리가 문득 제 존재감을 주장하고 나섰다. 하지만 그러지 말아야지. 나는 이미 충분히 행복하니까 지금 가진 것들에 기뻐하고 감사해야지. 그래도 역시 조금은…….

"보고 싶다."

나는 작게 입을 열어 누구도 듣지 않을 혼잣말을 중얼거렸다.

"누구? 나?"

그리고 바로 그 순간 밤공기에 섞여 마법처럼 흘러들어 온 누군가의 목소리에 훅 숨을 멈추고 말았다. 나는 짧은 시간 동안 굳은 듯 멈추어 있다가 이내 소리가 들려온 쪽을 향해 고개를 돌렸다. 밤하늘을 배경으로 옅은 푸른빛을 띤 검은 머리카락이 흩날렸다. 어느 때인가 나무 그림자 아래에서 압도적인 존재감을 뿜어내며 나를 내려다보았던 남자가 내가 서 있는 테라스 위로 가볍게 내려앉았다.

"바보 같은 표정을 짓고 있는 걸 보니까 많이 놀랐나 보네."

나는 어째서인지 그의 그런 모습을 입 한 번 벙긋하지 못한 채 그저 물끄러미 바라보기만 했다. 마침내 루카스가 그런 나를 향해 장난스럽게 미소 지어 보일 때까지.

"나 다녀왔어."

"……루카스."

마침내 정신을 차린 내가 입을 열었다. 나는 아직 눈앞에 있는 사람이 진짜인지 믿기지가 않아서 약간 현실감 없는 기분으로 그를 바라보고 있었다.

"뭐야, 내가 너무 반가워서 말이 안 나와?"

하지만 장난스럽게 읊조리는 말을 듣자 지금 내 앞에 나타난 사람이 정말 루카스가 맞구나 하는 생각이 서서히 밀려들기 시작했다.

"너 오늘 생일이라며?"

그래도 역시 지금 막 그를 떠올리고 있던 참이기 때문인지 이렇게 보고 싶다고 생각하자마자 모습을 드러낸 그가 환상 같기도 했다.

"내가 딱 맞춰서 왔네?"

게다가 지금 그의 모습은 내게 익숙한 소년의 모습이 아니라 완연한 성인 남자의 모습이기 때문에 더욱 그랬다. 밤하늘을 배경으로 우뚝 선 루카스는 마치 내가 알지 못하는 어떤 미지의 존재처럼 느껴졌다.

"그런데 뭐야."

그래서 나는 잠시 나를 살펴보던 그가 이내 흥미롭다는 듯 입을 여는 순간까지 꿀 먹은 벙어리처럼 그저 마주한 얼굴을 하염없이 바라보고 있기만 했다.

"너 까망이 흡수했어?"

바로 그 순간 덜컥 가슴에 돌덩이가 날아들었다.

"갑자기 마력 부자가 됐네."

그의 목소리에는 나를 질책하는 낌새라고는 하나도 엿보이지 않았다. 루카스는 그저 갑자기 마력량이 많아진 내가 신기하다는 듯이 요리조리 뜯어보고 있었다.

"넌 이제 완전히 돌아온 거야?"

나는 가까스로 입을 열어 그에게 물었다. 그 직후 얼마 동안 심심한 대화가 이어졌다.

"왜, 다시 갈까?"

"열매는 먹었어?"

"열매는 어떤 새끼가 쓰레기로 만들어서 못 먹고 대신 더 좋은 거 먹었어."

다행히도 루카스는 바라는 것을 이루었는지 아주 개운해 보이는 얼굴이었다.

"그래, 잘됐다."

이상했다. 그가 돌아오면 하고 싶은 말이 많았는데 이상하게도 이런 시시한 말밖에 나오지 않았다. 지금 마주하고 있는 사람이 괜스레 서먹했다. 루카스가 반갑지 않은 게 결코 아니었는데도 지금 그를 마주하고 있으려니 왜인지 말문이 덜컥덜컥 막혔다.

"흐음?"

루카스도 그런 내게서 이상한 느낌을 받은 듯했다. 곧 그의 붉은 눈동자가 내 얼굴을 가만히 들여다보았다. 바로 그 순간 나는 더 참지 못해 '에잇!' 소리를 내며 눈을 질끈 감은 채 앞을 가리듯 손을 뻗고 말았다.

"너 꼭 그 모습으로 있어야 돼? 다시 어릴 때 모습으로 돌아오면 안 돼?"

"뭐 하러?"

"너 아닌 것 같단 말이야!"

눈을 감고 있어서 그가 어떤 표정을 짓고 있는지는 알 수 없었지만 귓가에 또 한 번 '흐음' 하는 소리가 들려왔다. 그는 지금의 내 반응을 재미있다고 생각하는 것 같기도 했고 또 조금은 거슬린다고 생각하는 것 같기도 했다.

"이제 됐어?"

뜻밖에도 루카스는 별다른 말없이 내 요구를 들어주었다. 방금 전보다 앳된 느낌을 풍기는 미성이 고막을 파고드는 순간, 나는 천천히 손을 내리며 눈을 떴다.

"루카스!"

"아, 고막이야."

내 눈앞에는 진짜 루카스가 서 있었다! 지금의 나와 비슷한 나이로 보이는 예쁘장한 소년이 내 외침에 눈살을 찌푸리며 이제 만족하냐는 듯이 나를 쳐다보고 있었다. 나는 새삼스러운 반가움을 느끼며 그에게 격한 기쁨을 표출했다.

"너 왜 이렇게 늦게 왔어!"

"너 나 엄청 많이 보고 싶었나 보다?"

얄밉게 대꾸하는 모습까지 전부 다 진짜 루카스가 맞았다. 나는 나도 모르게 내 앞에 있는 그를 덥석 끌어안아버렸다.

"어, 잠깐……!"

"기다렸잖아, 이 바보야!"

루카스는 어째서인지 돌이라도 된 양 자리에서 그대로 굳어버렸지만 나는 그에 아랑곳하지 않고 내 감동을 있는 그대로 표현했다. 세계수 열매를 먹으러 간다던 애가 몇 달 동안이나 감감무소식이라서 슬슬 걱정하던 참이었는데! 그런데 내 생일에 딱 맞춰서 이렇게 돌아오다니, 이 기특한 녀석 같으니라고! 게다가 루카스가 없는 동안 엄청나게 많은 일이 있었던 탓에 돌아온 그가 더욱 반갑게 느껴지기도 했다. 그동안 알게 모르게 나는 이 녀석이 많이 그리웠던 모양이었다. 하긴, 당연한가. 루카스는 어릴 때부터 줄곧 내 옆에 붙어 있던 놈이었고, 또 내 첫 친구니까.

"야, 너…… 이거 너무…….."

루카스는 내 갑작스러운 포옹에 당황한 듯이 어울리지 않게 버벅거리고 있었다. 나는 그런 루카스를 더욱 꽉 끌어안은 채 기특한 놈의 등을 팡팡 두드려 주었다.

"소원 성취하고 온 거 축하해! 이제 마력도 회복하고 잘됐네!"

"어, 그래…….."

"그런데 생각보다 너무 오래 걸린 거 아니야? 걱정했잖아! 하다못해 연락이라도 한 번 줬어야지!"

루카스는 나한테 안긴 채 한참이나 뻣뻣하게 굳어서 버벅거리다가 마침내 정신을 차렸는지 화악 나를 밀쳐 냈다.

"야, 너 너무 막 덥석덥석 안기는 거 아냐?"

엥? 너야말로 언제부터 나랑 내외했다고 이래? 나는 당혹감을 담은 루카스의 외침을 귓등으로 흘려들었다. 그러자 내 시큰둥한 반응을 아는지 루카스가 눈매를 꿈틀거렸다. 그는 무언가 내게 불만이 있는 눈치였지만 결국은 '내가 지금 뭐 하는 거지?'라는 듯이 잠깐 회의감 어린 표정을 짓다가 곧 나를 향해 말했다.

"아, 됐고. 이제 네가 말해봐."

"뭘?"

"뭐긴 뭐야. 나 없는 동안 있었던 일들이지."

이어진 루카스의 말에 나는 멈칫하고 말았다. 그런 나를 향해 그가 숨기지 말고 죄다 불라는 듯이 두 눈을 가늘게 떴다.

"까망이가 없어진 건 말 안 해도 알겠고. 더러운 건 또 뭐 이렇게 많이 묻혔어? 짜증 나게. 너 그동안 만난 사람 누군지 죄다 리스트 대 봐."

조금은 까칠한 빛을 띤 붉은 눈동자가 나를 살피기 시작했다. 그가 말하는 게 정확히 뭔지는 모르겠지만 아무튼 내 마력의 상태가 썩 정상은 아닌 모양이었다. 나는 왜인지 죄 지은 기분이 되어 그에게 변명 조로 웅얼거렸다.

"내가 네 말 안 듣고 매일 까망이랑 붙어 있어서…… 그래서 나한테 흡수된 것 같아."

"그리고?"

나는 지금까지 루카스가 없는 동안 있었던 일들을 줄줄이 말해주었다. 내가 이야기하는 동안 루카스는 내 말을 끊지도 나를 탓하지도 않고 그냥 특유의 무심한 태도로 자리를 지켜 주었다. 그것은 속에 쌓여 있던 말들을 밖으로 토해 내는 데 상당히 많은 도움이 되었다.

"이거 봐. 역시 넌 내가 없으면 안 되는 거지? 나 참."

그리고 마침내 내가 이야기를 끝마쳤을 때, 왜인지 배부른 표정을 지은 채 나를 보던 루카스가 곧 나를 향해 척 손을 내밀었다.

"그럼 이리 와."

아니, 그런데…… 왠지 저 태도 좀 묘한데? 기분 탓인지 모르겠지만 꼭 '이 모자란 중생아, 특별히 자비를 베풀어 위대한 이 몸이 거둬 먹여 주마!' 하는 것 같아서 은근히 기분이 구리고…….

"뭐야, 어디 가려고?"

"너 오늘 생일이잖아. 선물 주게."

엥? 느닷없이 뭔 생일 선물? 난 또 딱 생일 맞춰서 돌아왔길래 '네 생일 선물은 바로 나다!' 같은 헛소리나 할 줄 알았더니. 내가 얼떨떨하게 있는 사이 루카스가 더 기다리지 않고 먼저 내 손을 붙잡았다. 손이 온기에 휩싸인 순간, 시야가 뒤바뀌었다. 악, 어지러워! 순간 이동은 예고 좀 하고 쓰면 안 되겠니?

하지만 그런 불만도 잠시뿐, 곧 나는 눈에 비치는 광경에 급히 숨을 들이켜고 말았다. 헉, 뭐야! 여기 클로드 침소잖아! 심지어 클로드는 아직 자고 있지도 않잖아! 루카스가 무슨 짓을 했는지 우리의 정체를 알아챈 것 같지는 않았지만 나는 창가에 서 있는 클로드의 뒷모습을 보고 한껏 당황해서 입만 뻐끔거리고 말았다.

나는 미쳤냐는 듯이 옆에 있는 루카스를 쳐다보았다. 그러나 그는 한술 더 떠 클로드를 향해 성큼성큼 걸어가기까지 했다. 아, 안 돼! 그만 멈추라고, 이놈아!

두 사람의 거리가 어느 정도 가까워졌을 때, 클로드가 동물적인 본능을 발동시켰는지 문득 미간을 좁히며 고개를 돌렸다. 그리고 바로 그 순간이었다.

휘익! 푸욱!

"윽!"

루카스의 손이 잠시 허공 속에 모습을 감춘다 싶더니, 곧이어 무언가를 그 안에서 끄집어내 클로드를 향해 무지막지하게 휘두르기 시작했다! 그 속도는 그야말로 전광석화 같았다! 나는 루카스의 손에 들린 뾰족한 무언가가 그대로 클로드의 머리에 박히는 모습을 보고 경악해 소리 질렀다.

"아, 아빠아아아아!"

하지만 이미 클로드는 자리에서 쓰러진 뒤였다. 나는 엄청난 충격을 받고 그를 향해 부리나케 달려갔다.

"어라, 인기척도 없었을 텐데 어떻게 알고 뒤돌아봤지? 하마터면 얼굴에 박을 뻔했네."

"아, 아빠! 아빠아!"

내가 아무리 흔들어도 클로드는 미동조차 없었다. 루카스가 그의 머리에 사정없이 내리꽂은 것은 웬 나뭇가지로 보였다. 나는 그걸 뽑아야 할지 일단 그냥 놔둬야 할지 알 수가 없어서 허둥지둥하며 이러지도 저러지도 못했다.

서, 설마 죽은 거 아니야? 아니겠지? 그렇겠지?

"이거 엄청 귀한 거라 원래 아무한테나 안 주는 건데 네 생일이라 특별히 아끼는 거 내준 거니까 많이 고마워하도록 해."

나는 머리 위에서 뻔뻔하게 울려 퍼지는 루카스의 목소리를 듣고 빠직 핏대를 세웠다.

"야, 이 미친놈아! 갑자기 이게 무슨 짓이야? 누가 우리 아빠 죽이래!"

으어어엉! 이래서 머리 검은 짐승은 거두는 게 아니라고 한 거였어! 기껏 돌아와서 반갑고 장하다고 내가 격하게 환영까지 해줬는데 그걸 이렇게 홀랑 원수로 갚을 줄이야! 하지만 루카스는 내가 씩씩대든 말든 심드렁하게 읊조릴 뿐이었다.

"저거 세계수 가지라 안 죽어. 네가 몰라서 그러는데 손상된 부위에 직접 꽂는 게 효과가 직빵이야."

클로드가 바닥에 죽은 사람처럼 엎어져 있고 또 그 옆에서 내가 울먹울먹하는 걸 보면서도 그는 혼자만 천하태평이었다. 그리고 뒤이어 루카스가 나를 향해 음산하게 웃는 얼굴로 속삭인 순간, 나는 울먹이다 말고 그만 딸꾹질을 하고 말았다.

"그리고 지금 다른 사람 걱정할 때가 아닐 텐데? 너도 이거 꽂아야 되거든."

네, 네에? 그게 무슨 말씀이십니까? 지금 클로드에 이어 나까지 죽이겠다는 거야? 정녕 그래야 속이 시원할 거라는 말이야? 나는 불안하게 동공을 흔들며 루카스를 바라보았다.

내 거친 생각과~ 불안한 눈빛과~ 그걸 지켜보는 너어어어~

하지만 루카스는 역시 왕년에 괜히 깜또라는 별칭을 얻은 것이 아니었다. 그는 참으로 가차 없게도 나를 향해 방긋 웃으며 말했다.

"넌 마력 안정만 시키면 되니까 특별히 작은 걸로 줄게."

휘익! 푸욱!

내가 무어라 미처 반응하기도 전에 또 한 번 허공에서 무언가를 뒤적거린 루카스가 새싹이 달린 가느다란 가지를 내 머리에 냅다 내리꽂았다. 야, 그 흉기를 그렇게 막! 진짜 이 무식한 놈……!

나는 짧은 통증을 느끼며 서서히 의식을 잃고 말았다.

사, 살인자는 루카스…… 깨꼬닥!

곧바로 눈앞이 암전되었다.

"으헉!"

시간이 얼마나 지났을까. 나는 경기하듯 몸서리치며 자리에서 일어났다. 헉. 뭐, 뭐지? 지금 내가 왜 이러고 있던 거지? 여긴 어디? 나는 누구?

나는 잠시 정체성에 혼란이 와서 주위를 마구 두리번거리다가 곧 어젯밤의 일을 기억해 내고 말았다. 아아앗! 이 망할 깜또! 클로드랑 나한테 도대체 무슨 짓을 한 거야! 돌아오자마자 하는 짓이 부녀 살인이라니! 어흐흑, 역시 이 무서운 녀석! 반사적으로 머리를 더듬거려 보니 나뭇가지는 어디론가 사라지고 없었다. 과연 루카스가 말한 대로 죽지는 않았지만…… 오히려 이상하게 몸이 개운한 느낌이지만…… 그래도 진짜 너 그러는 거 아니야! 으앙.

그런데 클로드는?

잠시 후 나는 바로 옆에서 쥐 죽은 듯이 누워 있는 클로드를 보고 뜨
헉 놀라 그를 마구 흔들었다.

"아, 아빠! 아빠!"

루카스가 옮겨 놓은 것인지 우리가 기절해 있던 곳은 싸늘한 바닥이
아닌 푹신한 침대 위였다. 이제 새벽이 된 모양인지 창밖에는 시린 햇
살이 서서히 비추고 있었고, 주위는 아주 고요했다. 나는 클로드를 흔
들어 깨우다 말고 불현듯 놀라 하던 짓을 멈추었다. 헉, 설마 죽은 거
아니야?! 숨은 쉬고 있는 건가?! 어젯밤 무식하게 머리에 꽂혀 있던 나
뭇가지는 안 보이는데! 유혈 사태도 안 일어난 것 같고! 그래도 왜 이
렇게 사람이 미동도 없는 거지?

나는 덜컥 겁이 나서 그의 가슴에 귀를 대 보았다. 그리고 콩닥콩닥
뛰는 심장박동 소리를 듣고 나서야 겨우 안심해서 깊은 숨을 내쉴 수
있었다. 아니, 우리를 이 꼴로 만들어 놓고 루카스 이놈은 도대체 어디
를 간 거야? 내가 눈 뜨면 가만히 안 둘 걸 알아서 미리 토낀 건가? 그
런 거야?

"으음."

바로 그때, 밑에서 억눌린 신음이 들려왔다. 나는 화들짝 놀라 고개
를 내렸다.

"아빠! 정신이 드세요?"

아직 의식은 완전히 돌아오지 않았지만 어제 쓰러지면서 바닥에 부
딪친 타격은 그대로인지 그는 미약한 통증을 느끼듯 미간을 찌푸리고
있었다. 나는 클로드가 눈을 뜨기 무섭게 그의 상태부터 확인했다.

"아빠, 어디 아프신 데 없어요? 머리라든가, 머리라든가, 머리라든가!"

어흑, 아무래도 어제 루카스가 사정없이 나뭇가지를 꽂아 넣었던 머
리가 제일 걱정되었다. 다행히 난 멀쩡했지만 나보다 큰 걸 머리에 박
아야 했던 클로드는 또 혹시 모르니까! 서서히 초점이 돌아오기 시작

한 그의 눈동자가 그대로 나한테 못 박혔다. 그런데 그 직후 갑자기 클로드의 얼굴에 드리워진 표정이 변했다.

"아빠?"

으악, 뭐, 뭐죠? 혹시 부작용? 루카스 이 자식, 나한테 좋은 거 해줄 것처럼 굴더니! 내가 안절부절못하는 사이 어째서인지 클로드는 자리에 누운 상태로 시시각각 표정을 변화시켰다. 나를 보고 잠시 아득한 표정을 짓던 그의 얼굴이 곧 딱딱하게 굳더니, 다음 순간 누군가에게 명치를 얻어맞기라도 한 듯이 괴롭게 찌푸려졌다. 그의 보석안에는 잔잔한 물살과 격류가 번갈아 일어나고 있었다.

"아타나시아."

그런 혼란의 틈새에서 마침내 그가 내 이름을 불렀다. 바로 그 순간, 나는 그의 얼굴을 마주한 채 숨을 멈추고 말았다. 단순히 내 기분 탓일까? 정확히 말로는 표현할 수 없었지만, 뭔가가 달랐다.

"아타나시아."

그것은 어제까지의 그가 나를 보던 눈빛도, 또 어제까지의 그가 나를 부르던 목소리도 아니었다. 나는 마주한 사람이 재차 나지막한 음성으로 내 이름을 속삭이는 모습을 숨을 죽인 채 지켜보았다. 마침내 클로드의 얼굴에 고요함이 물들었다. 나를 향한 그의 눈동자도 폭풍 끝에 평온을 되찾은 심해처럼 흔들림 한 점 없이 잔잔해졌다. 곧 그가 나를 향해 손을 뻗었다.

"이리 와라."

그 순간 나는 나도 모르게 입을 열어 멍하니 중얼거리고 말았다.

"아빠……?"

마치 무언가를 확인하려는 듯한 아주 자그마한 음성이었다. 하지만 클로드는 주저 없이 나한테 대답해 주었다.

"그래."

그런 그의 눈빛은 분명 어제까지 내가 보아 오던 것보다도 훨씬 더 익숙한 빛을 띠고 있었다. 그래도 나는 믿을 수가 없어 다시 한번 더 그에게 숨죽인 음성으로 물었다.

"진짜로 아빠예요?"

내 얼굴을 본 그가 다음 순간 움찔 눈매를 찌푸렸다. 곧 그의 입술에서 여트막한 숨이 토해져 나왔다. 나를 향해 뻗어진 손이 내 마른 뺨에 닿은 것은 바로 그다음 순간이었다.

"그래, 아빠다."

여전히 무심해 보이는 얼굴. 여전히 무뚝뚝하게 느껴지는 목소리. 하지만 나를 보는 그의 눈동자는 한순간 가슴이 꽉 조일 정도로 따뜻했다.

아…… 나는 클로드가 정말로 잃어버렸던 지난 기억을 모두 되찾았다는 사실을 깨달았다. 그 직후 나는 어느덧 스스로조차 인식하지 못한 새 울먹이면서 클로드의 품에 와락 뛰어들고 있었다.

"아, 아빠아……!"

그가 이대로 기억을 되찾지 못해도 괜찮다고 생각했는데 진심은 아니었던 모양이다. 아주 오랫동안 만나지 못했던 사람과 가까스로 어렵게 재회하기라도 한 것처럼 이렇게 숨이 막히도록 가슴이 조여 오는 것을 보니. 망설임 없이 내 등을 마주 안아오는 단단한 팔을 느끼며 나는 마주한 가슴팍에 매운 코를 비볐다.

아, 아빠다. 진짜 아빠다.

"그새 많이 무거워진 것 같군."

"아빠, 바보."

후우, 낮은 웃음소리와 함께 귓가에 울리는 목소리를 들으며 나도 마주한 사람이 행여나 사라질세라 그를 안은 팔에 더욱 세게 힘을 주었다.

15살 아침, 그렇게 클로드는 다시 내게로 돌아왔다. 과연 루카스의 말처럼 최고의 생일 선물이었다.

제13.5장
그 공주님을 건드리지 마세요

"폐하, 심려치 마십시오. 그 무도한 공주, 아니, 그 무도한 계집은 제가 반드시 찾아내 폐하의 눈앞에 무릎 꿇려 놓을 것입니다."

만찬회 도중 카르자바 남작이 황제 클로드를 향해 결의를 다지며 말했다.

클로드는 요즘 들어 줄곧 그랬던 것처럼 오늘도 기분이 저조한 듯 만찬회 내내 한 번도 입을 열지 않고 있었다. 그러니 당연하게도 만찬회의 분위기는 침침하고 정적일 수밖에 없었다. 카르자바 남작의 말에 클로드의 시선이 오늘 중 처음으로 그에게 미끄러졌다. 그것은 등골이 시릴 정도로 서늘한 시선이었으나, 카르자바 남작은 드디어 황제의 관심을 끌었다는 생각에 더욱 신이 나서 입을 열었다.

"감히 폐하의 뜻을 거스르고 도주하다니, 그런 죄인은 필시 눈앞에 끌어내 치도곤을 내야 합니다!"

"크흠. 카르자바 남작. 만찬 자리에서 그런 이야기는 그만합시다."

"그만하다니요? 이레인 후작이야말로 이번 문제에 퍽 미온적이십니다? 후작의 딸이 아타나시아 공주와 다소의 친분이 있었다고 하던데 그래서 죄인을 감싸 줄 생각이라면 폐하에 대한 불경이 아니겠소!"

"뭐라?"

잠시 발끈했던 이레인 후작은 곧 옆에서 쥐 죽은 듯이 상황을 외면하고 있는 다른 귀족들과 황제 클로드의 얼굴을 한번 살핀 뒤 그냥 입을 다물었다. 카르자바 남작도 좀 입을 닥쳐 줬으면 싶었지만 불행하게도 그는 좁쌀만 한 눈치도 없었다.

"폐하께서 공주가 아닌 죄인이라 직접 선포하신 계집을 하루빨리 붙잡아 끌고 올 생각은 못 하고, 참! 폐하, 하지만 이 데온 카르자바가 있으니 염려 붙들어 매십시오! 반드시 그 계집을 찾아내고야 말겠습니다!"

바로 그 순간 클로드가 착 가라앉은 음성으로 그를 불렀다.

"카르자바 남작."

"에, 폐하!"

"죽고 싶나?"

으, 응?

예상과 다른 반응에 카르자바 남작은 당황했다.

왜인지 이유는 몰라도 클로드는 지금 무척이나 심기가 불편한 듯했다. 본래 만찬회가 시작되기 전부터 기분이 저조해 보였던 그였으나 지금은 그에 비교할 수조차 없이 큰 불쾌감에 휩싸여 있는 것 같았다.

"죽여 줄까?"

섬뜩하도록 냉혹한 음성이 다시 한번 허공을 갈랐다. 카르자바 남작이 당혹감 어린 눈길을 돌렸으나 다른 귀족들은 역시나 그를 외면한 채 앞에 있는 접시만 내려다보고 있을 뿐이었다. 그중에 영문을 모르는 것은 오직 카르자바 남작뿐이었다. 마침내 클로드가 싸늘하게 입꼬리를 올려 미소를 지었다.

"그래, 죽여 주지."

콰콰쾅!

"커헉……!"

카르자바 남작이 앉아 있던 자리가 갑작스럽게 밑으로 푹 꺼진 것은 실로 순식간의 일이었다. 커다란 테이블 앞에 견고하게 서 있던 의자가 굉음을 내며 사방으로 부서져 나갔다. 그 잔해의 한가운데에는 형편없는 몰골로 바닥에 엎어져 있는 카르자바 남작이 있었다.

콰콰콰쾅……!

"컥!"

강력한 힘이 카르자바 남작의 온몸을 으스러뜨릴 듯이 위에서부터 그를 짓눌렀다. 마치 거인이 장난 삼아 던진 거대한 바위가 그를 압사시키려 하는 것 같았다. 중력에 짓눌린 카르자바 남작의 얼굴에 절로 핏대가 섰다. 당장에라도 눈알이 밖으로 튀어 나갈 것 같았고, 또 당장에라도 온몸의 뼈가 맥없이 부스러질 것 같았다. 그는 절체절명의 위기 앞에 본능적으로 입을 열어 가까스로 쥐어짜 내는 듯한 목소리를 흘려보냈다.

"헉, 커헉! 자, 잘못했습니다……! 크억, 폐하……!"

"네놈이 무엇을 잘못했다는 말이냐?"

살얼음판 위를 구르는 것 같은 나직한 음성이 불길할 정도로 고요하게 귓가에 울렸다.

"그것이…… 으헉! 그것이…… 신성한 만찬회 자리에, 커익! 삿된 이야기를 올려……."

"틀렸다. 모르겠다면 내가 말해주지."

그러나 이어지는 말에 카르자바 남작은 덜컥 말문이 막히는 것을 느낄 수밖에 없었다.

"네놈의 옷에 박힌 그 천박하기 짝이 없는 공작 깃털 장식이 마음에 안 든다."

"허억, 예, 예?"

"네놈의 그 투박한 매부리코가 오늘따라 눈에 거슬려 미칠 것 같다."

"그, 그게 무슨!"

"그래, 이제 보니 네놈의 그 번들거리는 눈동자색이 배설물 같은 황갈색인 것도 불쾌하구나."

"커어헉……!"

쿠콰쾅! 콰앙! 퍼억!

눈에 보이지 않는 압력을 이기지 못한 뼈가 기어이 부서져 나갔다. 처음에는 왼쪽 다리, 그다음은 오른쪽 손목, 또 그다음은 갈비뼈였다.

도대체 내게 왜 이런 일이 생겼단 말인가! 카르자바 남작은 여전히 무시무시한 중력에 눌려 끊임없이 비명을 토해 내며 몸부림쳤다. 하지만 발가락 하나 마음대로 움직일 수가 없었다.

"생각해 보니 네놈이 짐과 같은 공간에서 숨을 쉬고 있는 것 자체가 문제인 것 같군."

정말 죽을지도 모른다는 생각이 들었기 때문인지, 한평생을 눈치 없이 살아왔던 카르자바 남작의 머릿속에 사상 최초로 정답에 가까운 깨달음이 스쳐 지나갔다.

"폐하, 크억! 소신은, 소신은…… 다만 폐하의 충신으로서…… 허흑!"

설마 지금 그가 아타나시아 공주를 죄인이라 말하며 신병 확보에 대한 결의를 다졌다고 이러는 것이란 말인가!

"커어헉……! 감히, 폐하와 뜻을 함께…… 하고자…… 으허큭! 했을 뿐……!"

하지만 카르자바 남작은 억울했다. 네가 네 딸 아니라며! 그러니까 당장 잡다가 눈앞에 데려다 놓으라며!

"짐과 뜻을 함께하고자 했다?"

찬 기운이 뚝뚝 떨어지는 섬뜩한 음성이 만찬회장 안에 울렸다. 바로 그 순간 애써 아무것도 들리지도 보이지도 않는 양 지금의 사태를 필사적으로 외면하고 있던 귀족들이 너도나도 등 뒤로 식은땀을 흘리고 말았다. 저 멍청한 놈이 기어이 또 지뢰를 밟다니!

"그래서, 짐이 말한 대로 네놈도 똑같이 말하고."

으, 응? 카르자바 남작은 섬뜩한 음성이 고막을 콕콕 파고드는 동안 또 한 번 '뭔가 이게 아닌데?' 하는 느낌을 받고 말았다.

"또 짐이 하는 대로 네놈도 똑같이 따라서 행동할 참이었다?"

그리고 그의 느낌은 정확했다. 귀족들은 저마다 속으로 카르자바 남작의 명복을 빌어주었다.

"지금 네놈이 감히 그렇게 말한 것이냐?"

이제 그의 몸을 짓누르고 있던 힘은 잠시 멈추어져 있었지만 어째서인지 카르자바 남작은 자리에서 몸을 일으킬 수가 없었다. 머리 위를 지나가는 싸늘한 목소리가 마치 단두대의 칼날이라도 되는 것처럼 그의 모골을 송연하게 만들고 있었다. 그리고 마침내 클로드가 분노마저 어린 음성으로 그를 향해 거칠게 일갈하는 순간, 카르자바 남작은 '허억!' 급히 숨을 들이켜고 말았다.

"왜, 지금 짐이 앉은 이 자리에도 앉아 보고 싶다고 말해보지 그러냐?"

지금 클로드가 말하고 있는 것은 카르자바 남작이 상상조차 하지 못했던 대역죄였다.

반역! 반역이다! 지금 클로드가 말한 대로라면 그는 감히 주제도 모르고 황제의 자리를 넘본 반역자가 된다!

"폐, 폐하! 당치도 않으십니다! 오해십니다, 폐하⋯⋯!"

"닥쳐라."

"커억! 으억⋯⋯!"

그 후로 만찬회장에는 한참이나 더 비명이 울렸다.

"쯧쯧. 평소에도 눈치라고는 쥐뿔도 없더니만."

"폐하께서는 아타나시아 공주님을 찾아서 데려오라고 했지 잡아서 끌고 오라고 하지 않으셨거늘. 그게 무슨 의미인지도 모르다니."

"게다가 아타나시아 공주님이 폐하의 총애를 잃었다면 이미 탄신연회 날 두 발로 직접 연회장을 나서지도 못했을 것을. 쯧쯧. 어찌 사람이 이리도 어리석나."

마침내 황제 클로드가 먼저 자리를 떠나고 난 뒤 귀족들은 바닥에 널브러진 카르자바 남작을 한 번씩 곁눈질하며 차례대로 만찬회를 떠났다. 어차피 밖에서 기다리고 있을 카르자바의 호위 기사가 그를 챙길 것이었으니 딱히 반 주검이 된 남작을 보살필 이유도 그럴 만한 의리도 없었다. 그들이 생각했을 때에는 클로드가 카르자바 남작을 죽이지 않고 살려 둔 것만으로도 기적이었다. 예전에는 심기를 거스른 이를 상대로 손 속에 사정을 두는 법이 없어 정말 문밖으로 송장이 실려 나가게 만들더니…….

황제 클로드가 이렇게 낮잠 자는 맹수처럼 물렁물렁해진 것도 전부 다 아타나시아 공주가 있고 난 후부터였다. 그러니 부부 싸움…… 아니, 부녀 싸움은 어차피 칼로 물 베기이거늘. 눈치가 없어도 가만히만 있으면 중간은 갈 터인데. 쯧쯧. 귀족들은 역시 아타나시아 공주가 사라진 후부터 클로드의 분위기가 살얼음판을 기듯 위험하기 짝이 없어 볼 때마다 아주 죽을 맛이라고 생각하며 하루라도 빨리 그녀가 무사 귀환하기만을 매일매일 간절히 빌었다.

제14장
15세의 마지막, 그리고 17세

"무슨 고민이 있으신가요?"

귓가에 흘러 들어온 맑은 목소리에 클로드는 상념에서 벗어났다. 시선을 움직이자 테이블의 맞은편 자리에 앉아 그를 응시하고 있는 제니트가 눈에 들어왔다.

"아바마마의 표정이 밝지 않아 걱정스러워요."

그녀는 그 말처럼 클로드의 얼굴을 들여다보며 퍽 어두운 얼굴을 하고 있었다. 그 모습을 보고 클로드는 쓸데없는 생각에 빠져 있던 스스로를 향해 쯧 혀를 찼다.

"혹시 마음에 담아 두신 문제라도 있으신지요?"

"아니, 애초에 신경 쓸 가치도 없는 문제다."

"요컨대 아바마마의 심중을 흐트러뜨릴 만한 일이 있기는 하다는 이야기군요."

아무것도 아니라는 양 평소처럼 무심한 태도로 말했으나 제니트는 눈치가 빨랐다.

클로드는 무심코 방금 전 만났던 얼굴을 다시금 뇌리에 떠올리고 말았다. 일전에 약속했던 제니트와의 다과 시간을 위해 에메랄드궁으로 향하던 중 우연히 마주치고 말았던 아타나시아.

"어떻게 하면 저를 사랑해 주실 건가요?"

먼발치에 서서 물기 어린 눈동자로 그를 하염없이 바라만 보던 그녀를 생각하자 얼마 전 들었던 애원조의 목소리가 다시금 머릿속을 스쳐 지나갔다.

"제가 제니트처럼 되면 되나요? 그럼 저를 사랑해 주실 건가요? 제니트에게 그렇듯, 다정하게 제 이름을 부르고 온기를 담은 눈빛으로 저를 봐주실 건가요?"

"내가 죽는 날까지 그런 일은 없을 것이다."

"어째서요? 저도 아바마마의 딸이잖아요. 제가 제니트보다 훨씬 오랫동안 곁에 있었잖아요."

처음으로 그에게 매달려 우는 아타나시아에게 클로드는 냉정하게 대답했다.

"어리석은 것. 나는 너를 단 한 번도 내 딸이라 여긴 적이 없다."

그 순간 숨이 멎은 듯한 표정을 짓던 그 얼굴을 생각하자면, 아마도 클로드의 말이 그녀에게 퍽 잔인했던 것이리라. 하지만 그는 다시 시간을 되감는다 해도 분명히 토씨 하나 틀리지 않고 똑같은 말을 반복할 것이 분명했다.

처음으로 제 속을 온전히 드러내 보이며 부딪혀 오는 그 아이에게, 클로드 역시 처음으로 제 속에 담고 있던 말을 솔직히 내뱉었을 뿐이었다. 그러니 그 탓에 그 아이가 상처를 받든 말든 클로드가 상관할 바는 아니었다.

그래, 분명히 그럴 터인데……. 어째서 아까 보았던 그 어둑한 눈동자가 이처럼 눈에 밟히는 것인지. 제니트는 찜찜한 기분에 휩싸인 채 미간을 좁히고 있는 그를 향해 고개를 갸웃 기울여 보았다.

마음씨 고운 그녀는 제 아버지의 심중을 무겁게 만드는 일이 대관절 무엇인지는 모르나 어떻게든 그 마음의 짐을 조금이나마 덜어주고 싶었다.

"어떻게 해도 마음을 불편하게 만드는 문제라면 차라리 아예 아무 일도 없던 것처럼 덮어 두고 잊는 것도 괜찮겠지요."

제니트의 말에 클로드의 시선이 앞으로 향했다. 그녀는 천사처럼 티 한 점 없이 순진무구하고 사랑스러운 얼굴을 한 채 말을 이었다.

"아니면, 애초에 문제가 되는 원인을 없애 버리든가요."

티 테이블 위에 놓여 있던 클로드의 손이 한순간 움찔했다.

"의외로 과격한 해결 방안을 내놓는군."

뒤이어 그가 입을 열자 제니트가 입술을 삐죽이며 짐짓 삐진 척했다.

"아무렴 어때요. 아바마마께는 그런 얼굴이 어울리지 않아요. 간만에 함께 보낼 수 있는 다과 시간이라 기대했는데 계속 그런 딱딱한 얼굴만 보여 주실 건가요? 자, 제가 차를 따라드릴게요. 이제는 제 리페차 우리는 실력도 제법이랍니다."

제니트는 손수 찻주전자를 들어 그 안에 있던 액체를 찻잔에 따라 부었다. 곧 클로드의 눈앞에 따뜻한 김이 모락모락 피어오르는 리페차가 놓였다.

'드세요. 아바마마의 고민을 한 번에 사라지게 만들어드릴 차예요.'

장난스러운 속삭임에 클로드는 그저 한 번 바람 빠지는 소리를 내며 옅게 웃고 말았다. 당연히 그런 차가 세상에 있을 리 없었으나 마주한 사람의 마음이 갸륵해 굳이 딴죽을 걸지 않았다. 곧 클로드의 손이 앞에 있는 찻잔을 들어 올렸다. 제니트는 여전히 그런 그를 향해 미소를 짓고 있었다.

　신기하게도 마음이 서서히 편안해졌다. 어찌 보면 이상한 일이었으나 그는 제니트와 이렇게 얼굴을 맞대고 있을 때마다 마음속에 담고 있던 일말의 근심조차 모조리 증발해 버리는 것을 느끼곤 했다. 그래, 마음에 걸리는 일은 없었던 것으로 치고 잊으면 그만이었다. 아니면 방금 전 마주한 이가 말한 대로 깔끔히 눈앞에서 치워 버려도 괜찮겠지.

　물론 제니트는 그의 기분을 찜찜하게 만드는 대상이 아타나시아라는 사실을 모르고 그리 말한 것이겠지만.

　"차 맛이 어떠세요? 제 실력도 많이 늘었죠?"

　"그럭저럭 나쁘진 않군."

　"치, 그냥 솔직히 좋다고 말씀해 주시면 어디가 덧나나요?"

　클로드는 그렇게 생각하며 다시금 찻잔을 기울였다.

－『사랑스러운 공주님』 제9장 폭풍 전야 中－

　"진짜 아빠예요?"

　"그래."

　클로드의 기억이 돌아왔다.

　그 사실을 깨닫자마자 나는 대성통곡을 했다. 나도 내가 그럴 줄은 몰랐는데, 어제와 다른 눈으로 나를 보는 클로드를 앞에 두자 마치 기다렸다는 듯이 눈물이 펑펑 쏟아져 나왔다. 자신의 가슴에 코를 박고 우는 나를 쓰다듬어 달래던 클로드도 내가 눈물을 그치기는커녕 오히려 더 크게 소리 내 통곡을 하자 슬슬 당황하기 시작한 눈치였다.

"이제 그만 울어라."

나라를 잃은 사람이라도 되는 것처럼 세상이 떠나가라 우는 나를 향해 그가 말했다. 기분 탓인지 모르겠는데 똑같이 울지 말라고 하는 말이라 해도 기억을 잃고 있던 클로드와는 말투부터가 다른 것 같았다.

"아, 아빠아아으으엉……!"

"네 눈물 때문에 가슴이 축축해져서 찝찝하다."

과연 그 말대로 클로드의 옷은 내 눈물에 한껏 젖어 있었다. 나는 여전히 엉엉 울면서 그를 약간 원망스럽게 쳐다보았다. 에잇, 설령 그렇다 해도 하필이면 지금 이 시점에 꼭 그런 말을 해야 합니까? 이런 감동적인 순간에!

"우윽, 제가 지금, 으흑, 누구 때문에 우는데요?"

더듬거리며 흘려보낸 내 코맹맹이 소리에 클로드가 짧게 혀를 찼다.

"그러니까 하는 말이다."

무뚝뚝하기 짝이 없는 그 음성에 나는 코가 매워져서 눈물을 글썽거렸다. 그의 가슴팍에 엎어져서 우느라 산발이 된 내 머리를 못 봐주겠다는 듯이 정리해 주는 손길이 퍽 부드러웠다. 방금 전까지 온갖 격류가 일었던 그의 눈동자는 다시금 차분해져 있었다. 하지만 나는 그 안에 얕게 어린 동요를 보고 클로드가 보이는 것만큼 침착한 상태는 아니라는 사실을 알아차렸다. 나는 그의 투박한 손길을 받으며 눈물을 펑펑 쏟다가 나도 모르게 불쑥 입을 열고 말았다.

"보고 싶었어요."

내 웅얼거리는 목소리에 클로드의 손이 돌연 멈추었다. 한순간 마주한 표정이 아주 이상해졌다.

"보고 싶었어요, 아빠."

나는 참지 못해 한 번 더 그렇게 말할 수밖에 없었다. 그러고 나서 나는 혹여나 내 앞에 있는 사람이 눈앞에서 사라질세라 그의 옷자락을 꼭 붙잡고 끅끅거리며 울었다. 들릴 듯 말 듯한 '나도 그렇다'라는 속삭임이 귓가에 방울방울 맺히고 나서도 한참이나 말이다.

가넷궁에는 다시금 궁의와 마법사들이 우르르 몰려들었다. 그들은 진찰 후 저마다 감탄하며 클로드의 몸이 지극히 정상이다 못해 오히려 놀라울 정도로 최상의 상태가 되었다고 했다. 생명에 위협을 줄 정도까지는 아니나 어제까지만 해도 다소 불안정하던 마력도 완벽히 제자리를 찾은 데다 전체적인 마력량도 갑자기 증가했다고 한다. 그 소식을 듣고 클로드의 상태를 알던 사람들, 특히 그동안 나 때문에 노심초사하던 에메랄드궁의 궁인들은 거의 축제 분위기에 휩싸였다.

"와, 너 지금 얼굴 장난 아니다."

하도 울어서 두 눈이 붕어처럼 퉁퉁 부은 나를 보고 루카스가 웃기다는 듯이 말했다.

그는 어느덧 내 방에 자리를 잡고 누워 탁자 위에 있던 과자를 동내고 있었다. 그 모습이 바로 어제까지만 해도 먼 길을 떠나 있던 사람 같지 않게 참으로 자연스럽기도 했다. 어젯밤에 그러고 나서 어디로 사라졌나 했는데 역시 내 방에 있었구나. 설마 감동의 부녀 상봉을 위해 자리를 피해 주기라도 한 건가?

나도 내 얼굴 꼴이 어떤지 알기 때문에 손으로 눈을 부비적거리며 루카스를 살짝 흘겨보았다. 그러자 과자를 우물거리면서 잠시 내 얼굴을 들여다보던 루카스가 반쯤 빈 접시를 옆으로 대강 치우며 얄밉게 웃었다.

"너 나한테 고맙지?"

알면서 뭘 묻나 싶었지만 나는 그냥 순순히 대답했다.

"그래, 고마워."

한 시간이 넘게 클로드를 붙잡고 울어 댄 탓인지 목소리도 약간 맛이 가 있었다. 그게 조금 민망하기도 했지만 루카스 앞에서 이제 와서 폼을 잡는 게 더 웃기다 싶었다.

솔직히 그가 처음 클로드의 머리에 수상한 나뭇가지를 찔러 넣을 때만 해도 질겁했었는데 이렇게 단번에 효과를 본 것을 보니 그 세계수 가지라는 게 보통 영약이 아닌 모양이다. 그러고 보니 루카스가 어제 말하기를, 얻으러 갔던 열매 대신 다른 더 좋은 걸 먹었다고 했지? 그것도 이 세계수 가지인 걸까? 그럼 진짜 내 생일 선물로 엄청 귀한 걸 내주었다는 말이 되는데. 게다가 클로드뿐만이 아니라 나한테도 줬잖아. 자고 일어난 뒤부터 몸이 가뿐한 걸 보면 아마도 내가 몰랐을 뿐, 지난 마력 폭발 이후로 내 몸 상태도 조금 이상했나 보다.

"너 아니었으면 어떻게 해야 할지 몰랐을 거야."

그동안 말은 안 했지만 나는 지금까지도 계속 클로드의 기억을 되찾을 수 있는 방법을 찾고 있었다. 틈만 나면 내 피나 머리카락을 탐내는 수장 할아버지한테도 찾아가서 혹시 방법이 없겠느냐고 물었다. 하지만 탑에 있는 마법사 모두 일반 마법 중에 정신 계열 마법은 극히 드물 뿐더러, 그마저도 자칫 잘못하다가 위험한 결과를 불러올 수 있다며 섣부른 시도를 해서는 안 된다고 고개를 절레절레 저을 뿐이었다.

클로드가 전에 가짜라고 했던 검은 탑의 마법사라도 만나 보고 싶었지만 그는 또다시 행방이 묘연해졌다고 들었다. 아를란타에서 찾아본 마법서와 마법의 역사를 다룬 책들에도 잃어버린 기억을 되찾는 마법은 나오지 않았다. 황궁에 있는 금서들까지 뒤져 봤지만 그나마 쓸 만해 보이는 마법은 전부 다 수상쩍은 기운을 몽실몽실 흩뿌리는 흑마법

뿐이었다. 하지만 무엇보다도, 안전이 보장되지 않는 그런 위험한 마법을 클로드에게 사용할 수는 없었다.

"그럼 너 나한테 빚진 거네?"

그러니까 나는 정말 루카스에게 엄청난 빚을 진 것이나 마찬가지였다. 그가 돌아오기 전까지만 해도 결과적으로 나는 아무것도 하지 못했으니까.

"나한테 바라는 거라도 있어?"

그래도 막상 루카스가 생글생글 웃으며 저렇게 말하자 경계심이 생겨나기는 했다. 클로드가 기억을 되찾은 건 나한테 엄청난 일이었기 때문에 루카스가 그 대가로 바랄 것도 상상 이상일 것 같았다.

"이제부터 천천히 생각해 보지, 뭐."

하지만 루카스는 쿨하게 말했다.

"지금 뭔가 바라는 게 있어서 말 꺼낸 거 아니야?"

"아니, 그냥 너한테 빚져 두는 것도 나쁘지 않을 것 같아서 그런 건데?"

루카스, 너…… 전부터 생각한 거지만 사채업자 같은 거 하면 적성에 맞을 거 같잖아. 크흑, 그래. 어쨌든 고마운 건 고마운 거니까 내가 언젠가 이 은혜는 꼭 갚으마. 나는 다시 릴리가 만들어준 과자를 먹기 시작한 루카스를 쳐다보다가 잠시 후 지나가듯이 물었다.

"그런데 너 진짜 정체가 뭐야?"

"루카스. 너 내 이름 알잖아?"

"그거 말고."

"알아서 뭐 하려고."

루카스는 심드렁하게 내 질문을 넘겼다. 딱히 숨기는 느낌도 아니었지만 그렇다고 해서 바로 대답해 주지도 않았기 때문에 기분이 미묘해졌다. 나는 루카스가 자신의 정체를 말하기를 꺼리는 건지 아닌지 긴가민가해서 그냥 지금껏 그랬듯이 더 캐묻지 않기로 했다.

"다른 말은 더 안 해?"

"무슨 말?"

"내가 네 말 안 들어서 이렇게 되었잖아."

"아, 뭐."

루카스는 마지막 남은 비스킷을 바삭거리며 한 입 베어 물더니 곧 시큰둥하게 말했다.

"꼭 너 때문이 아니더라도 어차피 한번은 이런 일이 생길 것 같긴 했어. 솔직히 네 아빠는 둘째 치고 너부터도 지금까지 살아 있는 게 용하긴 한데. 하긴, 너 대신 네 아빠가 요단강 건널 뻔했다고 했지? 이야, 난 남의 마력 폭주에 패기 좋게 끼어드는 정신 나간 인간이 진짜로 있을 줄은 몰랐잖아. 그거 진짜 죽으려고 작정한 거나 마찬가지거든. 기억만 날아간 게 기적이네, 기적이야."

윽, 루카스의 말이 내 속을 찌르고 들어왔다. 하지만 그는 다소 심드렁하게 반응할 뿐, 내게 무어라 다른 말을 더 하지는 않았다. 바보 같은 짓을 했다고 날 놀릴 줄 알았는데 조금 의외다.

"그런데 솔직히 난 네 아빠가 죽든 말든 상관없어서 딱히 너한테 뭐라고 할 이유는 없는데. 이제 마력도 충분하니까 까망이도 필요 없고."

앗, 아무리 그래도 나한테는 아빠인데 그 말은 좀 그렇지 않니? 어흑, 그래⋯⋯. 하지만 엄밀히 따지자면 루카스한테는 남 일이나 마찬가지니까 상관없는 것도 맞지, 뭐. 그렇다고 치면 오히려 그런데도 선뜻 도와준 거니까 고마워하는 게 맞는 거겠지.

"그리고 이번 일, 꼭 네 탓인 건 아니기도 하고."

이건 혹시 위로해 주는 건가? 짜식, 안 어울리는 짓을 하네.

"그러고 보니까 너 예전에 까망이 안 먹는 대신 나한테 뭐 받아간다고 그러지 않았어?"

그러다 문득 나는 예전에 있던 일이 생각나서 입을 열었다. 처음에 루비궁 후원에서 루카스를 만났을 때, 얘가 분명 유예 기간이니 뭐니 하면서 까망이를 안 잡아먹는 대신 나한테 다른 걸 가져간다고 했었던 것 같은데? 예전 일이니만큼 기억이 가물가물하지만.

"아, 그거. 이미 받아갔는데?"

"뭐? 도대체 뭘 받아갔다는 거야?"

루카스의 산뜻한 대답에 나는 그만 흠칫하고 말았다. 그는 그 와중에도 방금 전 다 먹어 치운 과자 대신 이제는 상자에 든 내 초콜릿을 탐내고 있었다.

"별거 아니라니까. 네 옆에 있으면 심심하지는 않을 것 같았는데 지금까지 생각보다 더 재미있었으니까, 까망이 값은 그걸로 치른 셈 쳐."

루카스의 대답은 상상을 초월했다. 그러니까…… 네가 나한테 가져간 게 재미? 뭐 그런 거라는 거야?

"뭐야. 이 초콜릿, 설마 이게 다야? 뭐 이렇게 병아리 눈곱만큼밖에 없어?"

뭐 이런? 그리고 까망이는 원래 네 것도 아니었는데 까망이 값이라니! 나는 황당한 심정으로 초콜릿을 우물거리는 루카스를 쳐다보았다. 그는 그런 나를 아는지 모르는지 상자 안에 들어 있는 초콜릿의 개수를 확인한 뒤 한껏 불만스러운 표정을 짓고 있었다. 그 상태로 상자 안의 초콜릿을 한입에 털어 넣은 루카스가 나를 보면서 말했다.

"생각해 보니까 난 네 아빠는 죽어도 상관없는데 네가 죽거나 다쳤으면 그건 좀 짜증 났을 거 같아."

하하하. 그러니까 네 앞에서 재롱 부려야 할 장난감이 갑자기 사라져서 짜증이 났을 것 같다는 거죠? 이거 참 고맙다고 절이라도 해야 하나요? 나는 약간 짜게 식은 눈빛으로 루카스를 응시했다.

"뭘 초콜릿이 간에 기별도 안 가게. 더 없어?"

없어, 이놈아!

"공주님, 조심해서 다녀오세요."

클로드를 만나러 가기 위해 궁 밖으로 나서는 나를 릴리와 궁인들이 배웅했다. 그녀들은 요즘 들어 내 얼굴이 환하게 피었다고 했지만 내가 보기에는 그녀들 역시 클로드의 쾌유를 나 못지않게 반기는 것 같았다.

"다녀올게."

하지만 기분이 좋은 건 맞았기 때문에 나는 웃는 낯으로 인사한 뒤 아직까지도 클로드가 내 옆에 붙여 둔 기사들과 함께 가넷궁으로 향했다. 사실 마법을 이용해서 가는 게 간단했지만 오늘은 좀 걷고 싶었다.

궁의 후원에 다다라 기사들을 떼어 놓고 혼자 걸음을 옮기자, 곧 필릭스가 모습을 드러냈다. 그 역시도 밝은 얼굴로 나를 맞아주었다. 나는 필릭스가 나를 보자마자 기다렸다는 듯이 활짝 웃는 걸 보고 괜스레 약간 멋쩍어졌다.

"어서 오십시오, 공주님. 폐하께서 기다리고 계십니다."

후원에는 보라색 꽃이 흐드러지게 피어 있었다. 나는 푹신한 잔디를 밟고 클로드가 있을 곳을 향해 걸었다. 그리고 마침내 잠시 후, 보라색 꽃 그림자에 물든 클로드의 모습을 발견했다. 그는 의자에 앉아 나를 기다리는 것이 아니라 꽃 덤불 옆에 햇빛을 받으며 서 있었다. 머리 위에서 내리비추는 햇살이 그렇게 짙지도 않았는데, 나는 잠깐 눈이 부셔서 제자리에 걸음을 멈추었다.

"왜 그러고 서 있지?"

클로드는 내가 온 것을 이미 알고 있었던 듯했다. 제자리에 서서 멀뚱히 그를 보며 서 있는 나를 향해 곧 그가 고개를 돌렸다.

"가까이 와라."

나는 클로드의 부름에 잠깐 동안 가만히 서 있다가, 이내 종종걸음으로 다가가서 그를 덥석 끌어안아버렸다.

"지금 뭐 하는 거지?"

한순간이지만 맞닿은 몸이 움찔했다. 내가 이러는 게 처음은 아니었지만 그래도 기억을 잃고 있는 동안의 공백 기간이 있었기 때문인지 새삼 이런 상황이 낯설게 느껴지는 모양이었다. 나는 여전히 그를 끌어안은 채로 고개만 빠끔 들고 클로드를 향해 힛 웃어 보였다.

"바보 같은 얼굴이구나."

그러자 그가 한숨처럼 여트막한 숨을 흘려보내며 내 코를 손가락으로 툭 튕겼다.

"맞아요. 아티는 아빠 바라기인 바보예요!"

나는 그런 클로드를 향해 한 발짝 떨어져서 손가락 하트를 뿅뿅 날려 주었다. 나는야, 당신의 해바라기! 자, 내 오랜만의 애교 공격을 받아라! 역시나 예상대로 클로드는 내 하트 공격에 크리티컬을 당해 헤롱헤롱했다…… 라는 결과면 좋았을 테지만 실상은 전혀 아니었다.

휘이잉.

나는 서서히 차게 식기 시작하는 클로드의 얼굴을 보며 슬그머니 손을 내렸다. 음, 뭔가 이런 상황은 오랜만이라 개드립을 쳐 봤는데 좀 아니었나 보다.

"크, 크흠! 갑자기 웬 바람이래. 어째 오늘은 날씨가 좀 쌀쌀하네요."

에잇, 그래도 장단 좀 맞춰 주면 어디가 덧나나? 나 혼자 이렇게 민망하게 만들다니 너무해, 으흐흑.

"다과상이 저기에 준비되어 있다고 하셨죠? 자, 가시죠."

나는 뻘쭘함을 숨기려고 클로드를 지나쳐서 먼저 앞으로 걸어갔다. 내 어깨 위에 온기가 내려앉은 것은 잠시 후였다.

"난 좀 더운 것 같으니 네가 걸쳐라."

클로드가 자신의 어깨에 걸치고 있던 겉옷을 내게 덮어준 뒤 말했다.

"왜 더우신데요? 역시 방금 전 제가 날려 보낸 하트가 너무 뜨거워서……."

"왜 부끄러움은 내 몫인지 모르겠군."

클로드가 약간의 회의감이 묻어나는 목소리로 말했지만 나는 그를 향해 그저 헤헷 웃었다. 사실 내 개드립에 한순간 분위기가 싸늘해져서 그렇지 진짜로 추운 건 아니었다. 그래도 클로드가 기껏 날 위해 건네준 옷을 다시 벗기는 싫어서 나는 그냥 어깨 위에 그의 겉옷을 걸친 채로 후원을 걸었다.

"그러고 보니 이상한데. 기억이 돌아온 날 아침, 어떻게 알고 내 방에 있었지?"

커헉!

그렇게 한참 분위기가 좋을 때, 나는 갑자기 생각났다는 듯 혼잣말처럼 중얼거리는 클로드 때문에 흠칫하고 말았다.

"아, 아빠를 생각하는 저의 갸륵한 마음이 텔레파시를 불렀다고나 할까……."

"기분 탓인지 그 전날 밤, 웬 놈과 함께 있는 너를 내 방에서 본 것 같……."

"와, 와아. 아빠 저 많이 보고 싶으셨구나? 어쩐지 저도 그날 아침 눈을 떴는데 아빠가 너무너무 보고 싶더라구요! 역시 우린 통하는 게 있는 것 같아요. 그렇죠?"

으억, 정신을 차려 보니 어느덧 나는 헤헤 웃으며 그의 말을 얼렁뚱땅 넘기고 있었다. 하지만 전날 있었던 일을 설명하려면 필수적으로 루카스에 대한 얘기를 해야 하는데, 그에 대해 어디까지 내 마음대로 말해도 될지 모르겠고……. 이래 봬도 루카스는 내 은인이나 마찬가지인데 동의도 없이 나불나불 말하기도 그렇고 말이지.

클로드는 내게서 수상함을 감지했는지 두 눈을 가늘게 뜬 채 나를 지

그시 내려다보았다. 끼약! 작정하고 그를 속이려는 마음은 아니었는데 이미 나도 모르게 무심코 말을 돌리고 만 뒤라 등에서 식은땀이 났다.

"네가 그렇다면 그런 것이겠지."

곧 그가 무심한 목소리를 흘리며 내게서 시선을 돌렸다. 그런데 그 어투가 왜인지 '네 노력이 가상하니 이 정도는 그냥 모른 척해 주마' 하는 느낌이라 나는 또 기분이 괜히 찜찜해지고 말았다. 뭐, 뭐지? 혹시 이 사람, 사실은 뭔가 알고 있는 거 아니야?

이번에는 내가 눈을 가늘게 좁히고 그의 얼굴을 살펴봤으나 클로드는 좀처럼 표정 변화를 보이지 않았다. 그래서 결국 나는 고개를 갸웃거리며 어느덧 나를 앞서 가기 시작한 그의 뒤를 종종걸음으로 뒤쫓을 수밖에 없었다.

"그래, 내가 네게 별도 달도 다 따다 주겠다 했다고?"

"푸읍!"

잠시 후, 나는 난데없는 클로드의 말에 두 번째로 격침당해 마시던 차를 입 밖으로 내뿜으며 마구 기침하고 말았다. 악, 사레들렸나 봐! 차, 차 마시다 말고 갑자기 뭔 소리야?!

당황한 내 모습에도 아랑곳하지 않고 클로드는 연달아 무심한 목소리를 흘렸다. 하지만 그 덤덤한 음성은 내게 이중 삼중의 타격을 입히기에 손색이 없었다.

"퍽 흥미로운 이야기였던 것으로 기억하는데. 말도 못 할 정도로 내가 너를 아주 많이 아끼고 있어서 무엇이든 다 주지 못해 안달이라고 했던가?"

"쿨럭, 쿨럭!"

그건 바로 클로드가 기억상실증에 걸린 동안 내가 했던 말이었다! 내 생일날 함께 뱃놀이를 하던 중에 갑자기 음흉한 마음이 들어 그를 놀려 주려고 했던 건데! 그걸 이런 식으로 되받아치다니! 역시 우리 사이에 감격의 시간이 오래 지속되기는 어려운 거였어. 그, 그래도 그렇지, 설마 이런 식으로 지난 이야기를 꺼낼 줄은 몰랐는데, 흐흑. 한껏 당황한 나를 앞에 둔 채로 클로드는 유유히 찻잔을 기울이고 있었다. 나는 애써 마음을 가라앉힌 뒤 입을 열었다.

"하, 하지만 거짓말도 아니잖아요?"

나는 뻔뻔해지기로 했다.

그래, 당신 나 좋아하잖아! 이제 와서 아닌 척해도 소용없다고!

"아빠 저 엄청 좋아하시는 거 맞으면서."

내 말에 클로드의 눈썹이 비대칭을 그리며 슬그머니 치켜 올라갔다. 그런데 어째서인지 그는 지긋한 시선으로 나를 쳐다보기만 할 뿐, 반박의 말을 꺼내지 않았다. 엥? 부, 부정하지 않는 거야? 왜 가만히 있는 거지?

물론 그렇다고 해서 지금 그의 표정이 썩 유쾌해 보이는 건 아니었지만 그래도 클로드는 내 말에 '헛소리 말라'든가, '꿈도 야무지구나' 같은 반응을 보이지는 않았다. 하다못해 코웃음이라도 칠 줄 알았는데 이게 뭐지요?

"아타나시아."

잠시 후 클로드가 내 이름을 불러서 나는 이제야 예상했던 반응이 나올 줄 알았다. 하지만 그의 입에서 내뱉어진 말은 내 생각과 달랐다.

"누가 뭐라고 해도 넌 내 딸이다."

빛과 그림자가 공존하는 흔들리는 나뭇잎 아래에서 클로드는 나를 똑바로 직시하고 있었다.

"내가 죽는 날까지…… 아니, 내가 죽는다 해도 네가 내 딸이란 사실은 변하지 않는다."

바로 그 찰나의 순간이었다고 생각한다. 지금껏 그에게 상처받기 싫어서 대신 그를 상처 입힐 준비를 하고 있던 내 안의 비겁한 마음이 한 줌의 먼지조차 남기지 않고 깨끗이 부서져 내린 것은.

"그러니 어떤 경우에도 그것을 잊지 말거라."

클로드가 초록의 풍경을 뒤로한 채 나를 흔들림 없는 눈빛으로 바라보며 나지막한 목소리로 속삭인 그때, 나는 어떤 거짓도 없이 그런 생각을 하고 말았다.

"네."

지난날 그가 그랬듯, 나 역시도 지금 내 눈앞에 있는 사람을 위해서라면 어느 때든 기꺼이 대신 죽어줄 수도 있을 것 같다고.

"알고 있어요."

이제는 정말 돌이킬 수 없었다. 그 누구에게도 기대는 일 없이 완전히 혼자 살아가던 과거의 나로도 다시 돌아갈 수 없었고, 지금 내가 받고 있는 이 넘치도록 큰 애정을 더는 모른 척 외면할 수도 없었다.

"제가 아빠의 딸이라는 거, 잘 알고 있어요."

그러니 아마도 나는 만약 이 사람을 잃게 된다면 그때야말로 더는 돌이킬 수 없이 완전히 바닥까지 무너져 버릴지도 몰랐다.

"앞으로도 절대 잊지 않아요."

그렇다면 이제부터는 나도 있는 힘을 다해 지켜 내야지. 내가 가진 걸 전부 다 걸고서라도, 이 사람의 옆에 지금처럼 함께 있을 수 있게.

"그러니까 아빠도 잊으시면 안 돼요."

나는 아빠를 향해 미소 지었다. 내가 그렇듯, 이 사람도 내 옆에서 행복했으면 좋겠다는 바람을 남몰래 가슴에 품은 채.

"폐하께서 기억을 되찾으셔서 정말 기쁩니다."

후원을 나와 걷는 길에 필릭스가 말했다. 그는 클로드의 명으로 다시 내 호위 기사가 되어 에메랄드궁까지 가는 길을 함께 걷고 있었다. 분명 어제와 같은 일상이었는데도 눈에 닿는 모든 것이 어제보다 한결 더 다채로운 빛깔로 반짝이는 것 같았다. 상투적인 말로, 세상이 아름답게 보였다. 이상하다. 원래 세상이 이렇게 예쁘게 반짝거렸던가?

어쩌면 아까부터 내 가슴속에 가득 차서 찰랑거리는 이 감정 때문일지도 몰랐다. 클로드를 만나는 동안 서서히 부풀어 오르던 마음이 지금은 누군가 콕 찌르면 한순간에 터져 나갈 것처럼 목 끝까지 차올라 있었다. 아, 왜인지 지금은 뭐든지 할 수 있을 것만 같아.

그 순간 내 몸속에서 무언가가 푸드덕 날갯짓을 하는 소리가 들렸다. 나는 알지 못할 힘에 이끌려 천천히 손을 움직였다. 갑작스러운 내 행동에 필릭스가 의아한 시선을 보내는 것이 느껴졌다. 나는 그런 그를 뒤로한 채로 허공에서 가볍게 손을 저었다.

화아악!

눈앞에 놀라운 일이 벌어진 것은 바로 그 순간이었다.

"공주님……?"

믿을 수 없다는 듯 멍한 음성이 귓가에 메아리쳤다. 필릭스와 함께 내 뒤를 따라오던 기사들과 궁인들도 급히 숨을 들이켜며 일제히 걸음을 멈추었다.

화아아.

초록빛으로 무성하던 시야에 순식간에 화사한 꽃물이 들었다. 새로 난 연두색의 잎사귀들로 가득하던 나무가 계절을 역행하듯 일제히 꽃망울을 틔워 내기 시작하는 광경은 실로 놀라웠다. 내가 손을 조금 더 높이 들어 올리자 봉오리 져 있던 꽃들이 한꺼번에 봄을 맞은 듯 활짝 피어났다. 얼마 지나지 않아 우리가 서 있는 곳은 색색의 화려한 꽃들로 절경을 이루게 되었다.

"맙소사……."

"이게 대체……."

귓가에는 새가 노래하며 지저귀는 소리가 가득 울렸다. 그 사이로 사람들이 놀라 숨을 들이켜는 소리가 자그마하게 들리다가 곧 허공에 사그라졌다. 그윽한 꽃향기가 온몸을 달콤하게 감싸 안고 있었다. 머리 끝부터 발끝까지 내 안을 넘쳐흐를 듯 가득히 채우고 있는 이 충만함.

그것이 바로 내가 이 세계에서 내 의지로 가장 완벽히 구현해 낸 첫 마법이었다.

"뭐? 다시 한번 말해봐."

오늘도 태평한 모습으로 내 방에 있는 과자를 열심히 주워 먹던 루카스가 반문했다. 그는 방금 전 들은 말이 영 황당하다는 눈치였다. 하지만 나로서는 만나자마자 생각하던 일을 이야기하면 더 난데없이 느껴질까 봐 최대한 분위기를 살피다가 말을 던진 거였는데 말이지. 릴리가 내 몫으로 준비해 준 과자도 전부 다 루카스한테 밀어주고! 뭐, 그래도 정 궁금하다면 다시 한번 말씀해 드리는 게 인지상정 아니겠습니까.

나는 숨을 한 번 훅 들이마셨다. 그리고 여전히 삐딱한 표정을 짓고 있는 루카스를 향해 다시 한번 외쳤다.

"저를 제자로 삼아주세요!"

"마법을 좀 더 체계적으로 공부하고 싶은데, 탑의 도움을 받을 수 있을까요?"

내가 가넷궁에서 에메랄드궁까지 이르는 길을 온통 꽃밭으로 만든 직후의 일이었다. 나는 겸허하게 마법에 대한 내 가방끈이 짧다는 사실을 인정하고 검은 탑의 수장 할아버지를 찾아갔다. 으음, 물론 볼 때마다 내 피를 탐내는 그가 여전히 찜찜하기는 했지만 그래도 몇 번의 방문으로 이제는 나름대로 적응이 되어서 괜찮았다. 그리고 이제는 클로드 때문이라도 대놓고 나한테 그러지는 못했으니까…….

휘이잉~

나는 뻥 뚫린 천장을 애써 외면했다. 검은 탑은 황궁 안에서 마력 사용에 가장 자유로운 곳이었으나 듣자 하니 클로드가 심술을 부려 마력으로 탑을 보수하는 데 제한을 두었다고 한다. 그래서 아직까지도 검은 탑은 천장이 시원하게 뚫려 있는 상태였다.

나는 그것을 볼 때마다 다소 양심의 가책을 느꼈지만 마법사들은 의외로 탑의 상태에 크게 신경 쓰지 않는 눈치였다.

"탑의 도움이라 하시면……."

"좀 더 제대로 마법을 배워 보고 싶어서요."

"이제껏 황실에서 마법 수련을 위해 정식으로 탑의 도움을 받은 전례는 없었습니다만."

수장 할아버지는 묘한 표정을 지으며 거절도 승낙도 아닌 애매모호한 말을 흘렸다.

"그리고 공주님께서는 이미 자유자재로 마법을 사용하고 계시지 않습니까? 공주님께서 황성에 봄을 꽃피우셨다는 소문도 이미 궁 안에 자자합니다."

"독학을 해서 아직 부족한 부분이 많아요. 검은 탑에는 오벨리아뿐 아니라 대륙에서도 인정하는 훌륭한 마법사님만 계시다고 들었어요."

내가 은근슬쩍 검은 탑을 띄워 주며 말하자 수장 할아버지의 입꼬리가 알게 모르게 들썩들썩했다. 그의 말처럼 황족의 마법 수련은 대대로 황실 내에서 자체적으로 해결해 왔다고 하던데, 듣자 하니 클로드는 누구에게 배우지 않아도 그냥 처음부터 마력을 자연스럽게 사용할 수 있었다고 한다. 그래서 그는 왜 그런 걸 따로 공부해야 하는 건지 이해를 못 하는 눈치였다. 으엉, 정녕 제 주위에는 죄다 불세출의 천재밖에 없는 건가요?

"그렇다면…… 혹시 루카스 놈은 어떠신지요?"

"루카스요?"

그리고 나는 수장 할아버지의 입에서 나온 익숙한 이름에 귀를 쫑긋하고 말았다.

"예, 제 입으로 이런 말하고 싶지는 않지만 저희 탑에서도 그놈은 쓸만한 축에 들거든요. 게다가 공주님의 말동무로 꽤 오랜 시간을 함께 보냈다고 하니, 다른 마법사들보다는 그놈이 더 편하시지 않을까 싶고. 절대 그놈을 저희 탑에서 치워 버리고 싶어서 그러는 건 아닙니다. 허허허."

저, 저기요? 뒤에 덧붙인 말이 무척이나 수상쩍습니다만? 지금 할아버지의 진심을 너무 대놓고 드러낸 것 같은 느낌이 들었는데요? 아무튼 수장 할아버지의 말을 듣고 나는 잠시 심심한 고민에 빠졌다. 흐음, 그리고 보니 등잔 밑이 어둡다고 루카스 생각을 못 했네. 마력을 회복해서 돌아온 뒤에는 하는 일 없이 빈둥거리는 것 같던데 만나면 말이나 한번 꺼내 볼까?

"그럼 조만간 한번 물어봐야겠네요."

그런데 내 말에 수장 할아버지가 한순간 육안으로 보일 정도로 어깨를 크게 움찔하는 것이었다.

"조만간이라면……. 공주님, 혹시 해서 묻는 것인데요. 최근에 루카스, 그놈을 보셨나요?"

앗, 지금 막 이상한 촉이 등줄기를 스쳐 지나갔다. 저 말투에서 뭔가 이상한 느낌이 드는데? 혹시 루카스 얘, 탑에서 다들 바쁘게 지내는데 먼 길 갔다가 돌아왔다고 혼자만 빈둥거리고 있는 건가?

"아, 저도 그냥 인사차 한 번 잠깐 얼굴만 본 것뿐이라."

"그러셨습니까?"

"네에, 얼마 전에 막 돌아와서 그런지 아직 정신이 없는 것 같더라고요. 많이 바쁜지 인사만 하고 헤어졌고…….."

크흑, 루카스가 클로드의 기억을 찾아준 은혜 때문인가. 나도 모르게 루카스를 두둔하게 되네. 어쨌든 수장 할아버지가 탑에서 루카스 상사인 거니까 일단 실드 쳐 둬서 나쁠 건 없겠지! 하지만 이어지는 수장 할아버지의 말에 나는 웃는 얼굴 그대로 굳어버리고 말았다.

"오호라, 그러니까 그놈이 드디어 오벨리아에 돌아왔단 말이군요?"

헉! 아무래도 지뢰였나 봅니다! 뭐야? 수장 할아버지, 루카스가 돌아온 것도 아직 모르는 거였어?!

"그런데 요놈이 귀환 보고도 안 하고 홀랑 공주님 얼굴만 보고 튀었다, 이거네요?"

쿠, 쿨럭. 루카스, 너 설마 탑에는 아직 왔다고 말도 안 하고 내 방에서 뒹굴거리는 거였니……?

"하, 이런 귀여운 놈 같으니라고."

수장 할아버지는 생글생글 웃고 있었지만 한 마디, 한 마디를 할 때마다 몸에서 흘러나오는 기운이 참으로 흉흉하기도 했다. 나는 그 모습을 보고 등 뒤로 식은땀을 흘리고 말았다. 루, 루카스. 땡땡이를 치는 중이면 그렇다고 말을 했어야지!

"아, 참. 공주님, 좀 늦었지만 이건 생신 선물입니다. 요즘 마법 용품에 관심이 많으신 것 같아서 전에 말씀하신 것과 비슷한 걸 찾아봤어요. 좀 더 제대로 된 걸 만들어드리고 싶었지만 시일이 촉박해서."

"앗, 감사해요."

내가 전에 말했던 거라면 마법을 무효화하는 물건을 말하는 건가? 카벨 에른스트의 검 장식이 상당히 인상적이라 지난번에 탑에 와서 물어봤던 건데. 수장 할아버지의 말에 의하면 마법을 완전히 무효화하는 마법 용품은 엄청나게 귀한 거란다. 그런데 그 비슷한 걸 내 생일 선물로 주다니, 뭔가 감동이기도 하고. 평소에 엄청 이상한 할아버지라고만 생각했는데 알고 보니 정상적인 면도 있었…….

"정 고마우시면 답례로 손톱 끄트머리를 조금만 잘라 주셔도 됩니다."

……정상적이긴 무슨!

"아니, 생일 선물에 무슨 답례를 요구해요?"

"허허. 요즘은 생일 선물을 주고 답례를 받지 않나요? 제가 젊을 적에는…….'"

이상한 할아버지의 이상한 소리가 시작되었다. 이 할아버지, 또 시작이네. 더 듣고 있어 봤자 나만 손해다.

"어머, 벌써 시간이 이렇게 되었잖아? 전 급한 일이 있어서 이만 가 봐야겠어요. 선물 정말 감사해요."

"이런, 벌써 가시는 겁니까?"

내 말에 수장 할아버지가 입맛을 다시며 아쉬운 티를 냈다. 난 저 뒤에 생략된 것이 '아직 피도 한 방울 못 얻었는데……' 따위의 말이라는 사실을 이미 잘 알고 있었다.

"혹시 루카스 놈을 또 보시거든 저한테도 알려 주십시오."

"그, 그럴게요."

나는 눈을 번뜩이는 수장 할아버지를 뒤로한 채로 서둘러 검은 탑을 빠져나왔다.

"제에자아~?"

아무튼, 그렇게 해서 내가 다시 만난 루카스에게 마법을 가르쳐 달라는 소리를 하게 된 것이었다. 수장 할아버지의 말을 듣고 곰곰이 생각해 보니 루카스는 마력 사용이 제한된 황성 안에서도 마음대로 마법을 쓸 정도로 능력이 뛰어난 녀석이었다. 으음, 이런 말은 탑의 마법사들에게 좀 실례일지도 모르겠지만 솔직히 지금까지 내가 본 마법사 중에서는 루카스가 제일 강한 느낌이랄까.

크흠. 어쩌면 워낙 어릴 때부터 놈에게 세뇌당한 탓에 나도 루카스를 자칭 타칭 세계 제일의 천재 마법사로 생각하게 된 것일 수도 있었다.

"난 가르치는 취미 같은 거 없는데?"

역시 예상했던 대로 루카스는 내 말에 코웃음을 쳤다. 그래, 뭐…… 너한테 그런 취미가 없다는 건 지난번 검은 탑의 마법사들이 울분에 찬 원성을 터뜨리는 걸 듣고 대강 알고 있기는 한데……. 그리고 이어지는 녀석의 위풍당당한 말에 나는 그만 짜게 식은 표정을 짓고 말았다.

"그리고 마법은 배워서 되는 게 아니라 원래 타고나는 거야."

크윽, 역시 루카스 애도 클로드과였어! 저 표정, 저 말투! 전부 다 왜 이렇게 얄밉죠? 어흑. 그나저나 역시 루카스는 무리인가. 탑의 마법사들 얘기를 듣고 루카스한테 배우는 건 어려울지도 모른다고 생각하긴 했는데. 그래서 루카스가 싫다고 하면 나도 더 떼쓰지 않고 그냥 바로 포기할 생각이었다.

전에 녀석이 끝끝내 내 데뷔탕트 춤 연습 상대를 안 해줬던 것도 그렇고, 루카스가 저 싫은 건 죽어도 안 하는 성격이란 걸 다년간의 세월을 통해 이미 충분히 숙지하고 있었기 때문이다. 그런데 루카스는 꽤나 건방진 자세로 소파에 반쯤 드러누워서 잠시 동안 무언가를 생각하는 듯하더니, 곧 '흐음' 소리를 내며 내게 시선을 돌렸다.

"뭐, 그래도 정 부탁하면 못 들어줄 것도 없고."

"어, 진짜?"

"근데 한 번에 못 알아들으면 그냥 때려치울 거니까 그런 줄 알아."

그거 거의 100%의 확률로 때려치운다는 거 아닌가!

"그렇지 않아도 너 자꾸 사방팔방으로 마력 줄줄 흘리고 다니는 거 거슬렸어."

"내가?"

나는 그 말에 고개를 내려 내 몸을 두루두루 살펴보았다. 하지만 역시 나한테는 아무런 이상 기류도 느껴지지 않았다. 그런 얘기는 가끔, 아주 가아아~ 끔 사람의 마력을 육안으로 본다는 수장 할아버지도 나한테 해준 적이 없었는데? 그런데 내 의문을 눈치챘는지, 루카스가 같잖다는 듯이 입꼬리를 올리며 말했다.

"야, 나 정도나 되니까 알아보는 거야."

호호호. 아, 예. 그러십니까? 워낙 잘난 척이 일상인 놈이라 이제는 새롭지도 않구나.

"말 나온 김에 지금 한번 해볼까. 일단 마력 방출부터 막아 봐."

"어떻게?"

내 물음에 루카스가 잠깐 표정을 변화시켰다. 잠깐! 저 표정 뭔가 기분 나쁘잖아. 시작도 하기 전인데 벌써부터 귀찮아 죽겠다는 얼굴이야. 게다가 저 저능아를 보는 듯한 눈빛!

"그러니까 마력을 이렇게 팍! 해서 저렇게 슈욱! 한 다음에 요렇게 하라고."

루카스의 설명은 거지 같았다. 내가 짜게 식은 눈빛으로 그를 쳐다보자 루카스가 뭐냐는 듯이 슬그머니 한쪽 눈썹을 추켜올렸다. 그러더니 글쎄, 잠시 후 이놈이 무언가를 깨달은 것처럼 한숨을 포옥 내쉬며 어쩔 수 없다는 듯이 입을 여는 게 아닌가?

"그래, 뭐. 애초에 한 번에 따라할 거라고 기대하지도 않았어. 특별히 한 번 더 설명해 줄 테니까 잘 들어. 마력을 요렇게 해서 어쩌고저쩌고……."

다시 거지 같은 설명이 이어졌다. 저기…… 얘, 혹시 지금 날 놀리려고 이러는 건가? 나는 긴가민가했지만 루카스의 얼굴을 보니 그건 아닌 것 같았다. 그럼 진짜 저걸 설명이라고 하는 거라고?

나는 문득 지난번 만난 탑의 마법사가 루카스 이야기를 할 때 원통히 외쳤던 말을 다시금 떠올렸다.

"마법 쉽게 쓰는 법 좀 알려 달라고 했더니 막 눈앞에서 슉슉! 쏵쏵! 하라면서 진짜 개똥같이 알려 주고는 이게 안 되냐고 막 무시하고 막 불쌍하게 쳐다보고…… 우웅. 내가 진짜 서러워서, 으흑!"

그, 그렇구나. 탑의 마법사들이 루카스에게 학을 떼는 이유 중 하나가 바로 이거였어! 말로만 들었을 때보다 직접 경험하고 나니까 확실히 와 닿는 게 다르잖아!

"뭐 해, 빨리 해보라니까."

심지어 루카스는 나를 재촉해 대기까지 했다. 나는 끄응 신음하다가 루카스의 강렬한 눈빛에 어쩔 수 없이 손을 움직였다. 설명이 너무 개똥 같아서 뭐라는 건지는 잘 모르겠지만 아무튼 방금 전 들은 바에 의하면…… 으음, 대강 이런 느낌인가. 나는 일단 뭐라도 해볼 생각으로 대충 마력을 움직여 보았다.

"어, 뭔가 달라졌나?"

앗, 그런데 왠지 방금 전과 비교해서 몸이 약간 가뿐해진 느낌이 들었다. 그냥 기분 탓인가?

"루카스, 나 한 번 봐봐. 뭐 바뀐 거 있어?"

에잇, 내가 봐서는 모르겠다. 나는 괜히 팔을 들어서 보다가 루카스에게 시선을 돌렸다. 응? 그런데 안 어울리게 두 눈을 왜 저렇게 동그랗게 뜨고 나를 보고 있는 거야?

"뭐야, 너 꽤 하잖아?"

"헉, 진짜 됐어? 이제 마력 안 새?"

루카스는 내가 자신의 거지 같은 설명을 듣고도 이렇게 곧잘 따라하자 깜짝 놀란 것 같았다. 하긴 나도 놀라운걸! 역시 나에게는 엄청난 마법의 재능……. 하지만 내 고막을 파고든 루카스의 목소리에 나는 다시 한번 차게 식은 표정을 짓고 말았다.

"와, 나 지금 소름 돋았어. 어떻게 너 같은 초심자도 한 방에 따라 할 만큼 기똥찬 설명을 할 수 있는 거지?"

"……."

"역시 탑의 멍청이들이 똥멍청이라 못 알아들었던 거잖아. 내가 그럴 줄 알았어. 하, 이 몸의 놀라운 천재성이란."

"……."

"아, 그래도 넌 뭐, 그 정도면 제법인데? 좋아, 너 정도면 가르칠 맛이 나겠어. 난 원래 아무나 안 가르치니까 영광으로 생각하도록 해."

루카스는 물 만난 고기처럼 미친 듯이 자화자찬을 하기 시작했다. 나는 자신의 놀라운 천재성에 새삼 감탄한 듯 보이는 루카스를 약간 질린 눈으로 쳐다보았다. 이거 뭔가 억울한데……? 아무리 생각해도 네가 천재라서가 아니라 내가 똑똑해서 네 개떡 같은 설명도 찰떡같이 알아들은 것 같은데!

나는 루카스를 통 씹은 얼굴로 쳐다보다가 그의 거들먹거림을 더 봐주기 싫어서 탑에서의 일을 흘렸다.

"그리고 보니까 너 돌아온 거 아직 탑에 보고 안 했다며?"

"아, 뭐."

"수장님이 이제 너 온 거 알았는데, 나중에 혼나는 거 아니야?"

"알면 어쩔 건데."

그런데 루카스는 쫄기는커녕 흥 하고 콧방귀를 뀌고 말 뿐이었다. 얘, 아무리 그래도 직장 상사인데, 태도가 너무 불량한 거 아니냐!

"그것보다 너 다른 것도 한번 해 봐. 이번에는 마력을 이렇게 저렇게……."

"이, 이렇게?"

"아니, 그렇게 말고! 잘 봐, 이렇게 하라고. 이번에는 '슈욱'보다는 '화악' 하는 느낌으로."

……여기 어디 뒤로 가기 버튼 없습니까? 루카스한테 배우기로 한 거 취소하고 싶은데요! 하지만 내 인생에 그런 게 어디 있겠는가. 결국 나는 루카스에게 한참 더 붙들려서 슉슉 솩솩 같은 콩가루 가르침을 계속 받아야만 했다.

✿

에메랄드궁에서 열린 아타나시아 공주의 15번째 생일 기념 무도회에는 굉장히 많은 사람이 몰려들었다. 초대장을 받은 사람들은 모두 아타나시아 공주와 비슷한 또래의 귀족 영애와 영식들이었는데, 이날 가장무도회의 참석률은 거의 백에 달했다. 한때 황제 클로드와 공주의 불화설이 돌았던 데다 또 어느 날 갑자기 실종된 공주를 찾는다는 황제의 방이 전국에 쫙 깔리기까지 했으니 사람들의 호기심이 끝 모르고 치솟는 것도 당연했다.

얼마 후 공식 석상에서 아타나시아 공주와 황제 클로드가 다시금 돈독한 모습을 보인 탓에 두 사람의 불화설은 빠른 속도로 자취를 감추긴 했으나 아직까지도 그들의 관계를 의심 어린 눈초리로 지켜보며 수

군거리는 사람들도 있었다. 그런 와중에 아타나시아 공주가 에메랄드 궁에서 자신의 15번째 생일을 맞아 파티를 연다고 하니, 초대받은 이들이 소문의 진위를 확인할 겸 참석을 결정한 것도 한편으로는 당연한 일이라고 할 수 있었다.

"가면을 준비하지 못하신 분들은 입장 전에 말씀해 주십시오."

게다가 특이하게도 아타나시아 공주의 무도회는 참석자 전원이 가면을 착용해야만 했다.

"가면을 착용하지 않으신 분은 무도회에 입장이 불가능합니다."

초대장에 적힌 설명대로 미리 가면을 준비해 온 영애와 영식들도 있었지만 그렇지 못한 이들은 마차의 문을 열자마자 앞에서 대기 중이던 시종에게 가면을 하나씩 전달받았다. 그들은 전부 사교계에 데뷔한 지 얼마 되지 않은 귀족 자제들이었기 때문에 무도회에 참석한 경험 자체가 극히 드물었다. 더군다나 이처럼 가면으로 얼굴을 가린 채 입장하는 무도회는 처음이어서 당혹감과 흥미로움을 동시에 느끼고 말았다.

얼떨결에 얼굴을 가리고 궁 안으로 들어서자, 제각기 모양이 다른 가면을 쓰고 있는 참석자들이 눈에 들어왔다. 모두 지금의 상황이 낯선 눈치였다. 저마다 얼굴을 가리고 있었기 때문에 면식이 있는 사람을 찾아 쉬이 움직일 수도 없어서, 참석자들은 호기심 어린 시선만을 여기저기 움직이며 제자리에서 쭈뼛거렸다.

바로 그때, 샹들리에의 불이 일시에 꺼졌다.

"어어?"

"갑자기 뭐야?"

순식간에 내려앉은 어둠에 웅성거리는 소리가 무도회장 안으로 번져 나갔다. 낭랑한 목소리가 귓가에 울려 퍼진 것은 그 순간이었다.

"모두 오늘 이 자리에 참석해 주셔서 감사합니다."

무도회의 주최자인 아타나시아 공주인 것이 분명했다. 사방으로 퍼져 나가는 음성에 모두 귀를 기울였다.

"초대장에 설명 드린 대로 오늘의 가면무도회는 서로의 얼굴을 숨긴 채 즐기는 비밀 무도회입니다. 개인의 취향에 따라 무도회장의 방에 준비된 가면을 여러 번 바꿔 써도 좋고, 자유롭게 가명을 사용하셔도 좋습니다."

그런데 아무리 주의를 집중해도 소리가 나는 방향이 어디인지 도무지 알 수가 없었다. 샹들리에의 불이 한꺼번에 꺼진 것도 그렇고, 혹시 마법인가? 아타나시아 공주가 황제 클로드에 이어 강력한 마법사의 힘을 각성했다는 소문은 그렇지 않아도 사람들 사이의 아주 흥미로운 가십거리였다.

"무도회가 끝날 때 가면을 벗는 것이 규칙이며 상대방의 가면을 억지로 벗기거나 어떤 식으로든 강제하는 것은 규칙 위반입니다. 이 경우 무도회에서 퇴장당할 수 있으니 주의해 주세요."

어쨌든, 아타나시아 공주는 단숨에 사람들의 이목을 잡아 끄는 데 성공했다.

"그럼 제 15번째 생일을 맞아 이 자리를 마련해 주신 아바마마께 감사드리며."

무도회장 가득 울려 퍼지는 맑은 목소리 속에 옅은 웃음이 섞였다.

"오늘, 모두 즐거운 시간 보내시길 바랍니다."

그리고 다음 순간, 샹들리에와 무도회장 곳곳에 마련된 촛대의 불이 한꺼번에 돌아왔다. 여기저기서 사람들이 내뱉는 탄성이 귀를 울렸다. 음악 소리가 회장 안에 퍼져 나가는 것과 동시에 주위에 대기하고 있던 시종들이 참석자들에게 음료를 권하며 다니기 시작했다.

"저어, 왠지 신기한 무도회네요."

"그러게요. 그런데 음, 조금 재미있는 것 같기도 하고……."

"오늘 처음 뵙는 분 같은데, 저쪽으로 가서 잠시 얘기하실래요?"

"좋아요."

처음에는 약간 주저하던 영애들과 영식들이었으나 막상 무도회의 방침에 따라 정체를 숨긴 채 이야기하다 보니 전에는 느끼지 못했던 묘한 자유와 재미가 느껴졌다. 대화와 행동을 통해 상대방이 누구인지 추리하는 것도 제법 흥미진진했다. 곧 그들은 색다른 무도회에 흠뻑 빠져들었다.

······라는 게 나의 시나리오였다. 그리고 척 보아하니 내 시나리오는 성공한 것 같았다! 좋아, 계획대로!

나는 언제 낯을 가렸냐는 듯 삼삼오오 모여 화기애애하게 놀고 있는 영애들과 영식들을 보고 안심했다. 어쩌면 오늘 내 생일 파티가 망할지도 모른다는 걱정은 아무래도 괜히 했던 것 같다. 그래, 그래. 이게 바로 가장무도회의 묘미지. 익명의 자유라고 아시나? 무도회장을 돌아다니면서 보니 한쪽에서는 서로의 정체를 맞추는 놀이를 하고 있는 경우도 있었다. 나도 목소리 변조를 하고 그 안에 슬쩍 끼어들었다.

"음, 제가 한번 맞혀 볼게요. 그 장미꽃 같은 붉은 머리카락과 한 떨기 백합처럼 흰 피부를 보니······."

두구 두구! 너의 이름은!

"영애는······."

바로 이레인 후작가의 백합 소녀!

"플로렌스 백작가의 장미라고 불리는 로레나 양이 아닐까 싶네요."

하지만 지금 밝혀 버리면 재미없으니까 더 헷갈리게 만들고 가야지. 나야 백합 소녀를 그래도 가까이에서 자주 본 편이라 대번에 정체를 알았지만 아마 다른 사람들이 보기에는 긴가민가한 구석이 있을 것이다. 게다가 그녀는 오늘 가면무도회에 작정을 하고 왔는지 머리에 가발까지 쓰고 있었다. 물론 오늘 같은 날에도 저 백합은 포기를 못 한 모양이었지만 말이야.

"그, 글쎄요."

"앗, 말을 더듬는 걸 보니 맞는 거 아닌가요?"

"그러고 보니 로레나 양이라면 전에 먼발치에서 본 적이 있었는데, 정말 닮은 것 같기도 하고⋯⋯."

나는 열심히 헛발질을 하기 시작하는 사람들을 뒤로한 채 처음 그들의 사이에 끼어들었을 때처럼 슬그머니 자리를 빠져나왔다.

파티는 한창 분위기가 무르익어 있었다. 처음에는 서로의 정체를 모른다는 생각에 껄끄러워 하던 사람들도 조금 더 시간이 지나자 거리낌 없이 서로와 어울리기 시작했다. 또래 소년 소녀들만 모아 놓은 자리라 그런지 아무래도 마음이 잘 맞을 수밖에 없었다.

음, 좋아. 오늘 재미있게 놀다 가면 클로드와 내 불화설도 지금보다 더 잦아들겠지. 뭐, 일단 미움받는 공주의 생일 파티를 황제가 허락해 줄 리는 없으니까 오늘 가면무도회를 연 것 자체로 대부분의 잡음은 사라지지 않을까 싶었지만.

잠시 후, 나는 무도회를 즐기고 있는 사람들 사이에서 몰래 빠져나갔다.

"후아."

바깥으로 나오자 그제야 숨이 조금 트였다. 사실 나도 오늘은 별로 사람들 틈에 끼어 어울리고 싶은 기분이 아니었는데 역시 테마를 가면무도회로 정하기를 잘한 것 같다. 아니었으면 파티의 주인공이나 마찬가지인 내가 이렇게 밖으로 빠져나오는 건 불가능했겠지.

이제키엘과 제니트는 사정이 생겨 오늘 내 생일 무도회에 참석하지 못한다고 오전 중에 알피어스 공작저에서 전갈이 온 상태였다. 나는 무슨 이유일지 조금 궁금해졌다. 지난번 건국제의 마지막 날 알피어스 공작저에서 보았던 제니트의 얼굴도 줄곧 신경이 쓰였고, 탄신연회 때 복도에서 만났던 이제키엘도 역시 조금은 마음에 걸려서…….

나는 거기까지 생각한 뒤 테라스 난간에 몸을 기댔다. 그럴 이유가 없는데도 괜히 마음이 약간 복잡해졌다.

"이거 네 생일 파티 아냐?"

물론 옆에서 들려온 목소리에 그것도 오래가지 않았지만.

"왜 혼자 나와서 청승맞게 고독을 곱씹고 있어?"

"앗, 고독은 네 전문인데?"

나는 어느덧 테라스에 걸터앉아 있는 루카스를 보며 깐족거렸다.

그게 그렇잖아? 내가 아무리 혼자 외롭게 고독을 곱씹고 있어도 고독한 검은 늑대인 너를 이길 수는 없는 것! 하지만 내 말을 들은 루카스의 얼굴은…….

"야, 너 그 표정 좀 너무하다……."

너무나 적나라하게 '웬 개소리?'라고 말하고 있었다. 으, 으윽. 아무리 그래도 그렇지 저런 노골적인 표정이라니.

"역시 그때 제일 처음 그 헛소리를 지껄인 인간을 없애 버렸어야 했어."

"앗, 백합 소녀는 안 돼!"

"호오, 백합 소녀라고?"

아차! 나도 모르게 루카스에게 '고독한 검은 늑대'라는 칭호를 수여한 사람이 누구인지 불고 말았다! 위, 위험해!

"와, 와아. 저기 좀 봐, 루카스! 밤하늘에 별이 총총……!"

다행히 루카스는 나를 용쓴다는 듯 쳐다볼 뿐 백합 소녀의 정체를 더 이상 파헤치지 않았다. 혹시 오늘이 내 생일 무도회라 그냥 넘어가는 건가! 어흑, 그런 거면 좋겠다. 나한테 더 이상 아무것도 묻지 말아줘. 난 백합 소녀를 지켜 줘야 한다고! 헉, 그러고 보니 오늘 백합 소녀는 바로 저 무도회장 안에 있잖아? 잘못하다가는 오늘 내 무도회가 피의 무도회가 될 수도 있는 건가?

"오늘이 네 생일 파티라고 하니까 특별히 봐준다."

앗, 그것참 다행······.

"오늘 보니까 굳이 캐묻지 않아도 어차피 나중에 또 네 입으로 불 것 같기도 하고."

뭣이? 난 그런 사람이 아니에요!

"뭐, 오늘은 기분도 꽤 나쁘지 않겠다, 생일 선물은 이미 줬지만 공주님을 위해 특별히."

그게 무슨 의미인가 파악할 새조차 없이 루카스가 허공에 손을 좌우로 한 번 가볍게 그었다. 그리고 바로 그 순간 내 눈앞에는 말 그대로 마법 같은 일이 일어났다.

"와아!"

밤하늘에서 보드라운 꽃잎과 반짝이는 별빛이 동시에 넘실거리며 흩날리기 시작했다. 마치 하늘에 가득히 고여 있던 꽃과 별이 지상으로 흘러넘쳐 폭포수를 이루는 것 같았다. 커다란 함성이 들려와 고개를 돌려 보니 무도회장 안에서도 같은 현상이 벌어지고 있었다. 나는 사람들이 넋을 놓고 천장에서 쏟아지는 반짝이는 꽃잎을 맞는 모습을 바라보다가 다시 앞으로 고개를 돌렸다.

"예쁘다."

루카스는 날 위해 이런 마법을 부려 준 것이 없었던 일인 것처럼 무덤덤하게 난간 위에서 다리를 늘어뜨리고 있었다.

"고마워."

나는 눈앞의 아름다운 광경을 보며 혼잣말처럼 중얼거렸다. 밤공기 속에 흩어지는 목소리는 거의 속삭이는 듯 작았지만 아마도 루카스는 틀림없이 들었을 터였다. 조금 늦은 내 15번째 생일 파티가 그렇게 끝나 가고 있었다.

다음 날 나는 혼자 방에서 창밖을 보다가 손가락을 튕겼다.

살랑.

눈을 감았다 뜨자 흐드러지게 피어 있는 흰 꽃이 시야에 가득 번져 들었다. 눈앞에서 흔들리는 꽃들을 보니 약간의 후회가 생겼지만 그래도 곧바로 다시 이 자리를 떠나지는 않았다. 사실 나는 내가 지금 이곳에 서 있는 이유가 일순간의 충동인 것인지, 그도 아니면 무수한 망설임을 동반했던 고민 끝의 결정인 것인지 잘 알 수가 없었다. 어쩌면 둘 다일지도 몰랐고, 아니면 둘 모두 아닐지도 몰랐다.

나는 아무래도 상관없다고 생각하며 잠시 꽃밭을 걸었다. 만약 이 자리에서 전에 만났던 사람을 또 보게 된다면 그것으로도 괜찮았고, 만약 이대로 아무도 만나지 못한다면 또 그것대로 괜찮았다. 그래, 사실은 이 또한 전부 다 궤변이다. 하지만 내 마음을 나도 잘 모르겠는데 어쩌겠는가. 그리고 잠시 후 뒤돌아섰을 때, 나는 거짓말처럼 내 앞에 나타난 그를 볼 수 있었다.

쏴아아.

낮게 부는 바람에 단정한 은발이 약간 헝클어졌다. 햇빛 조각을 한 움큼 모아 놓은 듯한 금색의 눈동자가 조금 크게 떠진 채 먼발치에서 나를 담아 내고 있었다.

"……지금 제가 꿈을 꾸고 있는 겁니까?"

이제키엘은 지금 이 자리에 있는 나를 보며 믿을 수 없다는 듯 속삭였다. 나야 알피어스 공작저에 제니트를 만나러 갔을 때 이제키엘을 잠깐이나마 본 적이 있었지만, 그가 나를 이렇게 두 눈에 담는 것은 클로드의 지난 탄신연회 이후로 처음일 것이었다. 그 후 내가 실종되었다가 다시 황성에 돌아왔다는 소식만을 전해 들었을 테니, 지금 이제키엘이 나를 보고 저렇게 두 눈을 의심하는 표정을 짓고 있는 것도 이해가 되었다.

"아니면 제 바람이 만들어 낸 환영입니까?"

게다가 지금 그와 내가 서 있는 곳은 일전에 루카스의 장난으로 알피어스 공작저에 오게 되었을 때, 다른 이들의 시선을 피해 이제키엘이 나를 데려왔던 하얀 꽃밭이었다.

나는 시선을 움직여 접어 올린 셔츠의 소매 아래로 드러난 흰 붕대를 눈에 담았다. 어쩐 일인지 그의 왼쪽 팔은 팔꿈치부터 그 아래로 이어지는 손목 부근까지 하얀 붕대로 꼼꼼히 감겨 있었다. 나는 아마도 그것이 어제 이제키엘과 제니트가 내 생일 무도회에 참석하지 못한 이유가 아닐까 어렴풋이 예상했다.

"꿈일까요, 환영일까요?"

나는 마주한 사람을 바라보며 천천히 입을 열었다.

"그도 아니면……."

내 입술에서 고요한 목소리가 흘러나오자 이제키엘의 표정이 약간 달라졌다.

"현실일까요?"

여신의 축복으로 생명을 받고 태어난 인형 갈라테이아를 보는 피그말리온의 얼굴이 저러할까. 이제키엘은 그제야 내가 꿈도 환상도 아니라는 확언을 들은 것처럼 나를 향해 멈추었던 걸음을 옮기기 시작했다.

"저는……."

그리고 마침내 몇 걸음 떨어지지 않은 곳에서 박혀 드는 음성에 나는 손끝을 움찔하고 말았다.

"당신께 닿고 싶습니다."

마주한 얼굴이 어쩐지 괴로운 듯 보여 나는 아무 말도 할 수 없었다.

"하지만 어떻게 해야 그럴 수 있는지 모르겠습니다."

"공주님, 설마?!"

그들의 목소리와 눈빛은 이미 사정없이 흔들리고 있었다. 나는 그 모습을 보고 이제야 앓던 이가 빠진 것 같은 기분이 들었다. 훗, 그래. 놀랍지? 200년 동안 완벽하다고 극찬받던 수식을 더 완벽하게 만들었으니, 아마 마법사들이라면 누구나 흥분하지 않고는 못 배길 거다.

나는 설명을 요구하는 얼굴로 나를 바라보고 있는 마법사들에게 기꺼이 바꾼 수식에 대해 알려 주었다.

"마력의 결속을 돕는다고는 하지만 집중력만 있다면 이렇게 많은 선을 이용하지 않아도 충분해요. 이미 시험해 봤는데 가운데 원을 하나만 그려도 수식을 발동할 조건은 충족할 수 있었어요. 대신 이 부분을 조금 바꿔 봤는데 마력의 불필요한 유출을 막는 수식을 응용한 거예요. 여기 이쪽의 선을 이용하면 기존의 효과와 마찰도 일으키지 않아요. 게다가 이 수식은 단기간에 마력을 주입해서는 효과가 없어서……."

마법사들은 내가 설명하는 동안 종이 위로 움직이는 내 손을 거의 홀린 듯이 집중해서 바라보았다.

"이렇게 하면 마법 발동까지의 시간은 단축되고 효과는 거의 세 배로 증가해요."

설명 끝! 어휴, 이 짓도 힘들다. 그래도 난 루카스랑 다르니까 숙숙 쏙쏙! 따위로 설명하진 않을 거라고! 그리고 역시나 내 멋진 설명에 감명을 받은 마법사들이 곧바로 잔뜩 흥분해서 소리쳤다.

"오오오오! 이건 역사의 한 획을 그을 엄청난 사건입니다! 200년 간 아무도 아에테르니타스 황제식 수식에 손을 대지 못했었는데!"

"맙소사, 이렇게 완벽하게 아름다운 수식이! 이런 환상적으로 완벽한 방법이!"

"이 수식대로라면 마법 발현이 1.5초 정도 빨라지지 않을까요!"

"우오오! 지금 당장 시험해 보죠!"

나는 옹기종기 모여 구겨진 종이를 금은보화라도 되는 양 다루는 마법사들을 보며 뿌듯하게 코 밑을 스윽 훑고 말았다. 아, 저 수식 볼 때마다 감기로 코가 꽉 막힌 상태인 것처럼 답답했는데 십 년 묵은 체증이 다 내려가는 것 같구나. 나는 어느덧 나 따위는 안중에도 없이 새로운 수식 활용에 온 신경을 다 쏟고 있는 마법사들을 보며 흐뭇하게 검은 탑을 빠져나왔다.

"공주님, 탑에 다녀오세요?"

"응."

에메랄드궁에 돌아오자 여느 때처럼 릴리가 가장 먼저 나를 맞아주었다. 내가 검은 탑에 왕래하며 지낸 지도 어느덧 시간이 오래 지나서 그런지, 그녀도 이제는 익숙한 눈치였다.

"앗, 릴리한테서 맛있는 냄새가 나."

나는 코를 킁킁거리며 릴리에게 달라붙었다.

"방금 피낭시에를 만들었어요. 방으로 가져다드릴게요."

그런 나를 향해 릴리가 푸근한 엄마 미소를 흩뿌렸다. 크으, 역시 우리 릴리야. 마침 간식배가 고팠던 걸 어떻게 알고 이렇게 내가 올 시간에 딱 맞춰서 피낭시에를 준비했지?

"공주님, 초대장은 탁자 위에 정리해 뒀어요."

"아. 고마워, 세스."

방으로 들어서자마자 나는 익숙하게 탁자 위에 정리된 초대장들을 살피기 시작했다. 이미 밑에서 한번 걸러진 뒤 나한테 도착한 초대장들이기 때문에 사실상 내가 따로 신경 써야 할 것들은 별로 없었다. 어차피 이 중에서도 승낙할 게 있고 거절할 게 있긴 하지만.

"흐응."

나는 콧노래를 흥얼거리며 소파에 앉아 내 앞으로 온 초대장들을 읽어 나갔다. 오늘은 드디어 벼르고 있던 수식 얘기를 끝낸 참이었기 때문에 기분이 매우 상큼하고 좋았다. 아, 이렇게 속이 시원할 줄 알았으면 진작 말을 꺼내 보는 건데. 그동안 검은 탑에 있는 마법사들이 아에테르니타스를 보통 숭배하는 게 아니라 아무래도 좀 눈치를 보느라고 참고 있었지 뭐야.

와아, 그러고 보니 나도 많이 발전했단 말이야? 설마 내가 강력한 마법사 황제로 이름 높던 아에테르니타스의 수식을 손보는 날이 올 줄이야! 어흑, 생각해 보니 새삼스러운 감격이! 그래, 인정하긴 싫지만 내가 이렇게 멋져지기까지는 루카스의 영향이 컸다. 인정한다, 너의 천재력!

"공주님, 좀 드시면서 하세요."

그렇게 내가 혼자서 감격하는 시간을 갖고 있을 때, 릴리가 내 방으로 간식을 들고 왔다.

"아, 커피네?"

"네. 지난번에 공주님이 좋아하시던 게 생각나서요. 저희 궁에도 조금 들어왔거든요."

사실 오벨리아에는 원래 커피가 없었다. 그런데 얼마 전 릴리가 아를란타에서 시험 삼아 수입해 온 새로운 차를 에메랄드궁에도 들어왔다며 내준 것을 보니, 글쎄, 커피가 아니겠는가?

나는 아련한 향수에 젖어서 금세 그 맛에 빠져들었다. 물론 홍차 같은 것도 좋지만 가끔은 이 맛이 그리웠다고. 흐흑, 물론 내 입맛에 딱 맞는 인스턴트식 커피는 아니었지만 그래도 이게 어디야. 나이가 들어도 내 입맛은 좀 어린애 같은 구석이 있었기 때문에 나는 릴리가 가져다준 커피에 설탕을 아낌없이 쏟아 넣었다.

"릴리도 여기 앉아서 같이 먹자."

"전 공주님이 드시는 것만 봐도 배가 부른걸요."

흐잉, 그래도 같이 먹으면 좋을 텐데. 하지만 릴리가 또다시 엄마 미소를 얼굴에 가득 드리운 채로 나를 바라보았기 때문에 또 권하지는 못했다. 사실상 릴리 정도의 직급이 되면 이런 일을 직접 하지 않아도 될 텐데. 그녀는 여전히 내가 먹을 간식을 직접 만들어주거나 잠들기 직전 머리를 빗겨 주고 잠자리를 봐주는 등, 내 생활 전반에 걸친 일을 손수 하는 것을 좋아했다. 나도 그것이 좋았기 때문에 17살이 된 지금까지도 그런 그녀를 말리지 않고 있었지만 말이다.

"공주님께서 언제 이렇게 어여쁘게 자라셨는지……."

지난 2년간 나는 키가 조금 더 컸고, 전과 비교해 겉모습에 배어 나오던 어린애 티를 훌쩍 벗게 되었다. 젖살도 빠져서 얼굴도 한결 갸름해졌다. 풋풋한 느낌이 나던 내 몸매에 보다 뚜렷한 굴곡이 생긴 것도 당연했다. 그래서인지 릴리는 요즘 들어 물끄러미 나를 보다가 저렇게 혼잣말을 중얼거리는 일이 잦아졌다. 나는 그런 릴리를 향해 풋 웃으며 장난스럽게 말했다.

"난 원래 예뻤잖아."

"물론이죠. 공주님은 태어나신 순간부터 세상에서 제일 예쁜 아가셨어요."

쿠, 쿨럭. 제 농담을 진지하게 받아치시는 것도 여전하십니다. 약간 쑥스러웠지만 그래도 릴리의 이런 애정은 예나 지금이나 내가 가장 좋아하는 것 중 하나였다. 그래서인지 나도 릴리한테는 자꾸만 어리광을 부리게 되기도 했다. 그렇게 간식을 먹고 방에서 초대장을 보면서 뒹굴거리다가 나는 시간에 맞춰 가넷궁으로 향했다.

"아빠, 산책할 시간이에요!"

클로드는 오늘도 집무실에 틀어박혀 서류와 씨름을 하고 있었다. 내가 문을 열고 안으로 들어서자 클로드가 눈 밑이 약간 거뭇해진 채로 고개를 들었다. 처음에야 한참 일하고 있는 그를 방해하면 안 된다는 생각에 조심했지만, 이제는 내가 방해하지 않으면 클로드가 날이 새도록 밖으로 나오지 않을 것이란 사실을 알고 있었다. 어제와 마찬가지로 같은 시간에 집무실을 방문한 나를 보며 클로드가 한차례 길게 눈을 감았다 떴다.

"필릭스."

"예, 폐하."

클로드의 조용한 부름에 내 뒤에 서 있던 필릭스가 고개를 숙이며 대답했다.

"이 시간만 되면 마치 내가 목줄 잡고 산책시켜야 할 개가 된 것만 같은 느낌이 드는데, 기분 탓인가."

"아타나시아 공주님의 어여쁜 마음이시지요. 폐하의 건강을 걱정하셔서 매일 이 시간만 되면 집무실로 찾아오시는데 그 마음이 갸륵하지 않습니까."

"맞아요, 아빠. 목줄 잡혀 산책 가는 개라니, 그런 묘사는 너무해요."

"게다가 동물이든 사람이든 적당히 햇볕도 쬐고 다리도 움직여 주고 해야 하는 법이지요, 폐하."

잘한다, 필릭스! 다년간의 세월을 함께한 탓인지 이제는 이 오빠하고도 꽤 죽이 잘 맞는단 말이야? 예전의 그 눈새 같던 필릭스라고는 믿기지 않을 정도다. 어험, 물론 이렇게 되기까지 눈물 없이는 들을 수 없는 수많은 일화가 있기는 했지만 말이지요.

아무튼 청산유수 같은 나와 필릭스의 말에 클로드가 슬쩍 눈매를 구기는 것이 보였다. 그냥 포기하면 편하답니다.

"자자, 하시던 것만 마무리하고 오늘도 같이 산책 가요. 필릭스 말대로 사람은 적당히 햇볕도 쬐고 밖에 나가서 걷기도 하고 그래야 하는 거라구요."

"하아."

클로드는 마음에 들지 않는다는 듯 낮은 한숨을 내쉬었지만 그렇다고 해서 나를 쫓아내지도 않았다.

"그럼 전 여기서 얌전히 기다리고 있을게요."

나는 생글생글 웃으며 나를 위해 준비된 푹신한 소파 위에 앉았다. 쓰읍, 그런데 이상하네. 2년 전에 내 방에 있는 소파도 분명 이것과 똑같은 브랜드의 것으로 바꿨는데 왜 엉덩이에 닿는 감촉이 다른 것 같지? 이상하게 집무실에 있는 소파가 더 푹신푹신한 것 같단 말이야?

나는 소파의 푹신함을 좀 더 시험해 보고 싶었지만 엉덩이를 자꾸 들었다 놨다 하면 클로드에게 방해가 될까 봐 그냥 참기로 했다.

"아빠, 매일 후원만 걸으면 지겨우니까 오늘은 화원으로 가요."

그리고 잠시 후, 나는 클로드의 팔을 붙잡고 가넷궁을 벗어났다. 필릭스는 이제 알아서 저만치 뒤떨어져 걷고 있었다. 하도 클로드가 눈에 보이지 마라, 열 걸음 뒤로 떨어져라, 야단을 해대니 이제는 눈치 없음의 대명사인 필릭스도 클로드와 내가 둘이 있을 때에는 알아서 가까이 오지 않았다. 처음에는 그렇게 쫓겨날 때마다 매번 풀이 죽어 시무룩해서 있더니 요즘에는 그렇지도 않은 게, 아무래도 적응이 된 것 같기도 하고. 으, 으음. 그런데 좀 다르게 생각해 보면 적응이 될 정도로 구박을 받았다는 이야기도 되는 건가? 크흑. 필릭스, 갑자기 짠내가 좀 나잖아…….

"봐요, 아빠도 밖에 나오니까 좋으시죠?"

"귀찮다."

"귀찮다고 실내에만 있으면 허약해진다구요. 아빠 나이를 생각하셔야죠."

내 팩트 폭력에 클로드가 얼굴을 찌푸리는 것이 보였다. 흐헹, 나이 얘기를 하니 기분이 좀 나쁘십니까? 하지만 사실인 것을. 물론 클로드는 세월이 무색하게도 여전히 불공평한 동안 미모를 자랑하고 있었다. 하지만 껍데기만 동안이면 뭘 하겠는가? 매일 피로가 덕지덕지 묻어난 얼굴로 비실비실거리는 것을.

당연히 내가 이런 말을 하면 클로드는 부정할 것이었다. 하지만 그렇지 않아도 평소 활동적인 일과는 담을 쌓고 지내는 사람이 더군다나 허구한 날 집무실에만 처박혀 있지를 않나, 또 수면 시간은 불규칙하지를 않나, 그러니 내가 걱정을 안 하려고 해도 안 할 수가 없었다.

"그리고 잠은 꼭 침대에서 주무시라고 했죠? 자꾸 그러시면 소파 치워 버릴 거예요."

게다가 소파에서 잠드는 버릇은 어찌할 수가 없는 건지, 그나마 쉰다고 쳐도 꼭 불편하게 소파 위에서 쪽잠을 자고 말이야. 그런데 내 말에 클로드가 골치가 아프다는 듯 중얼거리는 것이었다.

"하나뿐인 딸이라고는 어째 날이 갈수록 잔소리가 늘어나기만 하니."

"하지만 저 아니면 누가 아빠한테 이런 말을 하겠어요?"

필릭스가 골백번 말한다고 해서 들을 당신도 아니고. 그나마 나라도 이렇게 잔소리를 해야 당신이 조금이나마 제 몸을 돌볼 것 아닙니까. 하, 이렇게까지 아빠의 건강을 신경 쓰다니 난 참 좋은 딸인 것 같다. 자, 날 칭찬해 주고 싶지 않아? 막 너밖에 없다고 날 예뻐해 주고 싶지 않아? 하지만 클로드는 역시 클로드였다. 그는 나를 칭찬해 주기는커녕 오히려 회한이 묻어나는 목소리로 혼잣말을 읊조렸다.

"딸에게 개 취급을 당하지를 않나, 매일같이 이거 해라 저거 해라 잔소리를 듣지를 않나. 나도 완전히 갈 데까지 갔군."

아잇, 왜 자꾸 개 취급이래요! 산책 좀 같이하자고 밖으로 데리고 나오면 다 개 취급하는 건가? 무, 물론 사실상 내가 당신을 반강제로 밖으로 끌고 나와서 산책을 시켜 주는 느낌이긴 하지만……

"그나저나 이 화원도 이제는 질리지 않나?"

그런데 잠시 주위를 살피는가 싶던 클로드가 문득 내게 물었다. 나는 그 말을 듣고 상념에서 벗어나 클로드와 함께 덩달아 주변을 두리번거렸다. 지금 우리가 있는 곳은 분홍 장미가 피어 있는 화원이었다. 물론 이곳도 예전에 클로드가 만들어준 곳이다.

어라, 난 괜찮은데 아빠는 이제 질렸나?

"그럼 다음부터는 산책 코스를 바꿀까요?"

커흡, 이렇게 말하니 진짜로 키우는 멍멍이의 산책 코스를 고민하는 견주가 된 것 같다. 이건 다 클로드가 아까부터 개 취급이 어쩌구 해서 그래!

"필릭스."

그가 조용히 입을 열자마자 뒤에 있던 필릭스가 기다렸다는 듯이 다가왔다.

"예, 폐하. 부르셨습니까?"

"내일부터 이곳을 열대 수목원으로 만들라고 일러라."

푸읍! 느닷없는 클로드의 말에 나는 그만 그를 황당하게 쳐다보고 말았다. 아니, 이게 갑자기 무슨 소리야? 클로드의 부름에 한달음에 다가온 필릭스도 그 뜬금없는 말에 움찔거렸다.

"열대 수목원…… 말씀이십니까?"

"그래. 아무래도 아타나시아가 이제 장미 화원에 질린 모양이다."

네? 제가요?! 갑자기 덤터기를 쓰게 된 나는 당황해서 입을 열었다.

"아빠, 제가 언제 그런 말을 했어요?"

"지난번에 들어 보니 이레인 후작가에서 본 정원이 꽤나 인상 깊었다고 하더군. 그때 말한 꽃 이름이……."

아앗, 잠깐! 당신 지금 이러는 이유가 설마!

"그래. 아리스톨로키아 엘레강스라고 했던가?"

쿠, 쿨럭! 나는 클로드의 입에서 나온 그 럭셔리한 이름에 그만 침을 뿜을 뻔하고 말았다.

"예? 아리스토……."

"아리스톨로키아 엘레강스."

"아리스톨로키아 엘레강스……. 그런 꽃이 있었군요. 이름을 잊지 않게 잘 기억해 둬야겠습니다."

두 남자가 진지한 얼굴로 읊조리는 그 이름은 학명 그대로 너무나도 엘레강스해서 오히려 우스운 구석이 있었다. 무엇보다도 저 사람들한테 안 어울려! 그런 정색한 얼굴을 하고 버터 바른 우아한 발음으로 말하지 말란 말이에요!

"아빠, 제가 언제 그 꽃이 좋다고 했어요?"

게다가 나는 억울했다. 난 그냥 이레인 후작가의 정원에서 본 그 꽃이 엄청 특이해서 기억에 남았을 뿐인데, 그걸 저런 식으로 왜곡하다니!

"이레인 후작가에 또 방문하고 싶다고 하지 않았나? 그러니 황성 안에 그와 똑같은 열대 수목원을 만들어주겠다고 하는 것이다. 도대체 뭐가 문제지?"

문제 많습니다! 그것도 엄청 많은데요!

"그 꽃을 어지간히 좋아하지 않고서야 저 쓸데없이 긴 이름을 마지막 한 글자까지 전부 기억하는 데다 외출한 지 얼마 되지 않아 또 보러 가고 싶다는 소리를 할 리가 없지 않느냐."

"과연 맞는 말씀이신 것 같습니다, 폐하."

그런데 거기에 대고 필릭스는 또 진지하게 고개를 끄덕이고 있었다. 아냐, 그거 아니란 말이야! 사실 클로드는 내가 밖으로 나다니는 것을 아직도 썩 좋아하지 않는데, 아무래도 그래서 황궁 안에 열대 수목원을 만들어준다는 것 같았다. 하지만 하필이면 아리스톨로키아 엘레강스라니! 나 그 꽃 별로 안 좋아해! 내 취향 아니란 말이야!

"아빠, 전 그냥 지금 화원이 좋은데요?"

"빈말할 것 없다. 필릭스, 말이 나온 김에 지금 당장⋯⋯."

"에, 에이. 이레인 후작가에서 본 정원도 멋지긴 했지만 아빠가 만들어주신 화원이 훨씬 더 예쁘고 좋은걸요. 이것 보세요. 장미가 얼마나 화사하고 예쁘게 피었어요?"

자, 이 장미를 봐! 이렇게 예쁜 장미를 없앨 거야? 진짜? 정말? 이 예쁜 장미에게 그런 잔인한 짓을 할 거야? 응?

"공주님께 장미가 참 잘 어울리긴 하지요."

꽃을 등지고 선 나를 보며 필릭스가 흐뭇하게 말했다. 자, 클로드 당신도 나를 봐! 당신도 장미꽃에 둘러싸여 있는 나를 보는 게 그 이름 긴 열대 꽃에 둘러싸여 있는 나를 보는 것보다 더 좋을 거라고! 하지만 아무래도 클로드는 나한테 앙금이 남은 것 같았다. 어쩌면 비단 이레인 후작가의 정원 때문만이 아니라 요 근래 들어 내가 산책을 빙자해서 귀찮게 굴었던 것에 불만이 쌓인 건지도 몰랐다.

"아니, 아리스톨로키아 엘레강스란 꽃이 도대체 얼마나 어여쁘기에 네가 그러는지 나도 알아야겠다. 필릭스, 당장 이 화원을 열대 수목원으로 만들라고 전해라."

"예, 폐하."

"아, 아니! 아빠, 잠깐만요! 잠깐만요, 아빠? 필릭스도 아직 가면 안 돼! 잠깐 거기서 기다리고 있어!"

나는 사악하게 입꼬리를 올리며 앞서 걷기 시작한 클로드의 뒤를 종종걸음으로 따라가면서 내 장미 화원을 지키기 위해 갖은 애를 다 써야만 했다. 어흑.

으음. 나는 눈앞에 있는 자주색 꽃을 보며 남몰래 신음했다.

"공주님께서는 오늘도 아리스톨로키아 엘레강스를 보고 계시네요."

"호호, 외양이 참 독특해서요."

나는 흰색의 무늬가 가득 들어찬 꽃을 보다가 여전히 웃는 낯으로 자연스럽게 두어 걸음 뒤로 물러났다. 이런 걸 저택 안에 떡하니 놓은 걸 보면 분명 집안에 있는 누군가가 좋아하는 거겠지? 무, 물론 취향은 존중합니다. 하지만 제 취향도 존중해 주세요, 흑흑. 전 이 꽃을 볼 때마다 약간 등줄기가 오싹오싹해진다구요. 꽃잎 전체에 그려진 저 흰 무늬 때문인가?

"지난번에 공주님께서 마음에 들어 하셔서 좀 더 알아봤는데, 다른 이름으로는 칼리코꽃이라고도 한다나 봐요."

"아하, 칼리코꽃……."

나는 백합 소녀에게 호응하다 말고 웃는 얼굴 그대로 굳어버렸다.

잠깐, 잠깐……! 마음에 들어 하다니? 난 그냥 지난번에 봤을 때 '아…… 꽃이 참 강렬하고 인상적이네요'라고 말했을 뿐인데! 하지만 백합 소녀가 너무나 환한 얼굴로 설명을 하고 있어서 나는 차마 저 꽃이 내 취향이 아니라는 진실을 밝히지 못했다. 그래, 사실 난 좀 귀여운 여자애들에게 약하다. 으흑.

"하녀들에게 미리 일러서 다과를 준비해 뒀어요. 어서 이쪽으로 오세요."

오늘 나는 오랜만에 이레인 후작가에 방문한 참이었다. 나를 초대한 것은 데뷔탕트 때부터 인연을 이어 왔던 백합 소녀, 헬레나 이레인이었다.

15살 때 처음 에메랄드궁에서 무도회를 열었던 것을 기점으로 나는 초대장을 보내오는 가문의 저택에도 간혹 방문하게 되었다.

나는 얼마 전 내 장미 화원을 열대 수목원으로 바꿔 버리겠다고 선언했던 클로드를 떠올리고 잘게 어깨를 떨었다. 크읍, 하지만 난 지켜

냈어! 내 어여쁜 장미들에게 뻗치는 클로드의 마수 같은 손길을 막아
내는 데 성공했다고!

"참, 공주님. 지금 공주님 뒤에 있는 꽃이요. 지난번에 오셨을 때 공
주님이 마법으로 도와주신 거예요."

"아, 그래요?"

나는 그 말에 두 눈을 약간 크게 뜨고 뒤돌아보았다. 과연 그곳에는
지난번 이레인 후작가를 방문했을 때 보았던 것과 이파리 모양이 비슷
한 꽃이 있었다.

"꽃잎이 푸른색이었네요."

"예쁘게 자랐죠? 아직 봉오리지만 일주일쯤 지나면 완전히 활짝 피
어날 거래요."

다 시들어서 죽어 가던 꽃이 저렇게 꽃망울을 맺었다니. 사실 저 꽃
은 이번에 내가 수정한 아에테르니타스식 수식을 이용해 성장시킨 것
이었다. 때마침 나는 새로 고친 수식을 시험해 볼 곳이 필요했는데, 백
합 소녀가 내게 도움을 주었다. 그래서 내가 저 식물에 마력을 불어넣
어 보기로 한 것이다. 결과는 매우 성공적이었다.

"공주님이 도와주지 않으셨으면 분명 저렇게 예쁘게 피어나지는 못
했을 거예요."

물론 모든 마법이 그렇듯 함부로 남용해서는 안 되겠지만, 수식을 조
금 더 손보면 오벨리아에서도 비교적 척박한 북부의 토양에 곡식을 키
운다든가 하는 식으로 활용할 수도 있을 것 같은데…….

나는 그런 심심한 고민을 하며 향긋한 냄새를 풍기고 있는 찻잔을 기
울였다.

"저, 저기, 그런데 공주님…….

그러던 중에 문득 백합 소녀가 주저주저하며 뺨을 발그레하게 붉
혔다.

"어떻게, 루카스 님은 요즘 잘 지내고 계시는지……."

아잇, 오늘도 백합 소녀의 순정은 여전했다. 루카스가 고독한 검은 늑대의 칭호를 처음 획득했을 때부터니까 저런 한결같은 마음도 어느덧 3년째던가? 으앙, 루카스도 꽤나 죄 많은 놈이네!

"늘 비슷하죠. 요즘도 탑에서 많이 바쁜 것 같더라고요."

"아, 하긴. 검은 탑 최고의 마법사님이시니까요."

쿠, 쿨럭. 지고지순한 순정 못지않게 백합 소녀의 콩깍지도 여전했다. 대외적으로도 최연소 탑의 마법사니까 확실히 대단한 놈이긴 하지만 말이지, 탑에는 수장 할아버지도 있고 다른 연륜 있는 마법사들도 있는데 루카스가 최고라니. 물론 나도 사실은 루카스가 오벨리아 마법사 중 제일 강한 게 아닌가 하는 생각이 들 때도 있지만…….

"하아, 지난번 공주님의 다과회에 가는 길에 우연히 루카스 님을 뵈었는데 어쩜 그렇게 머리끝부터 발끝까지 빛이 나시던지. 그 눈부신 모습에 잠시 현기증이 나서 그만 쓰러질 뻔했지 뭐예요. 하지만 그분의 뒷모습에서 느껴지는 애잔한 고독이 해마다 더욱 짙어지는 것 같아 저는 마음이 너무나 찡해져서……."

아잇, 또 시작됐다! 나는 꿈을 꾸는 몽롱한 눈빛을 한 채 기도하듯 두 손을 부여잡고 또 다시 자신만의 세계로 빠져들기 시작한 백합 소녀를 향해 아련한 눈빛을 보내고 말았다.

"그 뒷모습을 제가 한 번이라도 꼬옥 안아드릴 수 있다면 얼마나 좋을까 하고……."

이 상태면 한동안 나란 존재는 또 이 자리에 있으나 마나 한 투명 인간이 되겠구나. 허허, 이제는 이것도 익숙하다.

"하아, 예전에는 제가 너무 어렸어요. 루카스 님을 조금만 더 빨리 만났다면 자르비에 공자님에게 잠시나마 현혹되는 일도 없었을 것을."

나는 귓가에 흘러드는 백합 소녀의 말을 반쯤 흘려들으며 다시금 찻잔을 기울였다.

"무엇으로도 채워지지 않는 깊은 외로움에 잠긴 그분의 붉은 눈동자를 볼 때마다 저는……."

음, 이 차 향이 꽤 괜찮은데 에메랄드궁에도 좀 들여놓을까?

"뭐야, 왜 이렇게 깜깜해?"

"불 켜지 말아 봐!"

내 방에 손님이 온 걸 알자마자 나는 입을 열었다. 하지만 이미 늦었다. 으앗, 내 눈! 에잇, 쓸데없이 행동이 빠르다니까! 가늘게 좁힌 내 눈동자에 검은 머리카락과 붉은 눈동자를 가진 소년이 비쳐 들었다. 갑자기 밝아진 방에 눈이 부셔서 내가 인상을 찡그리자 루카스가 고개를 슬쩍 옆으로 기울였다.

"불 다 끄고 혼자 뭐 하는 거야?"

거참 빨리도 물어본다. 그런 건 불 켜기 전에 먼저 좀 물어봐 주면 안 되겠니. 하지만 마음씨 넓은 내가 이해해 주기로 했다. 나는 침대에 편하게 누운 자세 그대로 루카스를 불렀다.

"루카스, 이리 와 봐."

"내가 개야?"

아, 요즘은 여기저기서 왜 이렇게 다 개 소리인가요? 다들 자기 자신을 멍멍이라고 생각하는 게 유행인가요? 하지만 저는 억울합니다, 어흑. 그러나 루카스는 불만인 듯 투덜거리면서도 내가 시키는 대로 움직였다. 이거 봐, 어차피 순순히 올 거면서 앙탈은.

"좀 더 가까이 와 봐."

그런데 너 나랑 내외하니? 왜 오다가 말아? 나는 여전히 침대에 누워 있던 상태 그대로 고개를 돌려서 루카스를 재촉했다. 그러나 내 부름에도 루카스는 미간을 한 번 찡그릴 뿐 쉽게 다가올 생각을 하지 않았다.

"왜 그래? 이리 와 보라니까."

거참 답답하십니다. 결국 나는 침대에서 서너 걸음 정도 떨어진 자리에 서 있는 루카스를 향해 직접 손까지 내밀었다. 내가 그렇게까지 하자 그제야 루카스가 멈춰 있던 걸음을 움직였다. 나는 가까워진 그의 팔을 잡아끌었다. 한순간 내 손에 닿은 루카스의 팔이 움찔하는 것 같았지만 나는 아랑곳하지 않고 그를 잡아당겼다. 루카스가 처음처럼 버티지 않았기 때문에 나는 내가 누운 옆자리에 그를 쉽게 눕힐 수 있었다.

"이것 좀 봐."

나는 손을 휘휘 저어 루카스가 켜 놓은 불을 다시 껐다. 서당 개 3년이면 풍월을 읊을 줄 안다는 말처럼 나도 마법을 쓴 지 어언 3년이 되어서 그런지 이제 이 정도는 눈 감고도 할 수 있었다.

내가 마력을 불어넣자마자 천장에 반짝이는 마법진이 펼쳐졌다. 아까 전 내가 허공에 그린 마법 수식이었다. 수식 공부를 하다가 어제 자기 직전에 심심해서 해본 건데 마력을 실처럼 가늘게 뽑아서 허공에 그리면 저렇게 은하수처럼 반짝거리더라. 아, 마음이 편해진다. 꼭 예전에 까망이 등에 누워서 밤하늘을 보던 그때가 생각나기도 하고……

"수식이 꼭 별자리 같지 않아?"

"너 요즘 수식 연구하는 데 재미 들린 것 같네."

그런데 저 아름다운 광경을 보고도 루카스는 어딘가 영혼 없는 목소리로 저렇게 말할 뿐이었다. 나는 그의 메마른 감수성에 충격을 받지 않을 수 없었다.

"안 예뻐? 나도 어제 발견한 건데! 너한테 제일 먼저 보여 준 거란 말이야."

"그래, 예쁘다, 예뻐."

"앗, 너 지금 한숨 쉬었지? 지금 내가 한심하다 이거야?"

"그렇다기보다는……."

루카스는 어째서인지 약간 회한에 잠긴 목소리로 혼잣말처럼 읊조렸다. 그런데 천장의 은은한 빛을 받아 음영이 진 그의 얼굴에는 뜻밖에도 옅은 곤혹감이 어려 있어서 나는 조금 놀라고 말았다.

"지금 내가 너랑 왜 이런 소꿉놀이를 하고 있는 건지 갑자기 회의감이 들었다고나 할까."

"뭐, 소꿉놀이?"

"그래, 소꿉놀이."

내가 눈을 깜빡인 딱 1초의 시간이었다. 귓가에 흘러든 '그래, 소꿉놀이'라는 속삭임이 어쩐지 방금 전보다 한결 더 낮고 굵어졌다고 느끼는 것과 동시에 내 눈앞에 있던 소년은 어느덧 어른이 되어 있었다. 내리깔린 붉은 눈동자가 고요히 나를 응시하고 있는 것이 보였다.

바로 그 순간 나는 훅 숨을 들이켰다.

화악.

내가 평정을 잃자 순식간에 마력이 흩어지며 천장에서 반짝이던 빛도 일시에 사그라졌다. 앗! 나는 흠칫해서 반사적으로 벌떡 상체를 일으켰다.

"너! 내가 전부터 이런 짓 하지 말라고 했잖아…… 요?"

허억, 나 왜 존댓말 하고 있는 거니? 어른 루카스만 보면 이상하게 전처럼 편하게 대하지를 못하겠단 말이야? 방 안이 갑자기 어두워져서 내 옆에 있는 사람이 보이지 않았지만 나한테는 차라리 다행이었다. 한껏 당황한 내 얼굴을 루카스가 보지 못할 테니까.

어둠 속에서 나른한 음성이 흘러들었다.

"네가 너무 무방비하게 있는 것 같아서 말이지."

그런데 갑자기 내 손목에 온기가 닿아서 나는 흠칫하고 말았다. 곧바로 어정쩡하게 상체를 일으키고 있던 내 어깨에 힘이 실렸다.

"괜히 건드리고 싶어지잖아."

그 힘은 그리 강하지 않았지만 그렇다 해서 내가 한순간에 뿌리칠 수 있을 정도로 녹록하지도 않았다. 그래서 결국 나는 엉겁결에 다시 침대에 몸을 눕힐 수밖에 없었다.

어두워서 보이지 않아도 루카스가 아주 가까이에 있다는 것만은 알 수 있을 거 같았다. 지, 진정하자. 얘는 루카스라고. 그래, 겉모습은 좀 늙었지만 그래 봤자 루카스야! 나는 애써 침착하게 입을 열었다.

"낮이고 밤이고 시도 때도 없이 내 방에 들락날락하는 사람이 할 말은 아닌 것 같은데?"

"어차피 넌 내가 이 모습을 할 때만 의식하니까."

귓가에 부스러지는 웃음소리가 들렸다. 아, 그런데 이상하다. 나 왜 긴장하고 있는 거지? 귓가에 울리는 목소리 때문에 귀가 간지러워서 미치겠고…….

"내가 원래 애가 아니란 것도 이제는 충분히 알 텐데."

그러다 문득 피부 위에 온기가 눌러 붙어서 나는 깜짝 놀라고 말았다. 자, 잠깐만요? 손목은 왜 그렇게 이상하게 만지는데? 아직도 루카스는 내 손목을 붙잡고 있었다. 그런데 피부 위를 훑는 손가락 때문에 간지러워서 나도 모르게 자꾸만 움찔거리게 되었다.

"아니면 우리 공주님은 기억력이 썩 좋지 않나?"

루, 루카스야? 지금 너랑 나랑 너무 가깝게 붙어 있는 것 같지 않아? 아까 하던 내외를 계속해 주면 안 되겠니……? 게다가 성대에 꿀 발랐나? 귀에 대고 속삭이는 목소리가 너무, 너무…….

"하루에 한 번씩은 상기시켜 줘야 하는 걸까?"

"……."

"그랬으면 좋겠어?"

고막에 흘러드는 나지막한 음성에 발끝이 오므라들었다. 어둠에 적응이 된 눈에 익숙하지만 낯선 사람의 형체가 비쳤다. 나는 숨조차 크게 쉬지 못하고 위에서 나를 내려다보고 있는 루카스를 바라보았다. 하지만 긴장감 있는 공기는 다음 순간 깨어졌다.

"숨은 좀 쉬지그래."

"아, 이어 앙나?"

앗, 내 코를 당장 놔라! 나는 갑자기 장난스럽게 손으로 내 코를 꼬집는 루카스 때문에 버둥거려야만 했다. 그리고 다음 순간, 소리 없이 눈앞이 환해졌다.

악, 내 눈! 나는 반사적으로 손을 들어 시야를 가렸다. 아까부터 말이야, 불 켤 때는 예고 좀 해달라고. 흑흑.

"다음부터는 조심해."

불시에 빛의 공격을 받은 눈이 아파서 손으로 비비며 고개를 들자 루카스는 이미 침대에서 일어나고 있었다. 그런 그의 모습이 어느덧 다시 소년일 때로 돌아와 있어서 나는 적잖이 안심했다. 루카스는 작년이후로 신체 리모델링을 아직 하지 않아서 2년 전과 크게 차이가 나지 않는 외양을 하고 있었다. 그런데 문제는 루카스가 가끔씩 어른인 모습으로 변신해 나를 놀라게 하는 걸 저 혼자 재미있어 하며 즐긴다는 사실이었다.

"아무 남자나 이렇게 침대에 눕히고 그러지 말고."

"네가 아무 남자야?"

쟤 가끔씩 웃기는 말을 한단 말이야? 나랑 저랑 몇 살 때부터 알고 지냈는데 저래?

"물론 난 아무 남자가 아니긴 하지."

그런데 루카스는 내 말에 한순간 멈칫하다가 곧 미묘한 목소리로 말했다. 뭔가 만족스러운 것 같기도 하고, 아니면 반대로 불만스러운 것 같기도 한 실로 애매모호한 음성이었다.

"하지만 지나치게 경계하고 있지 않은 것도 맞고."

어라, 멀어지는가 싶던 루카스가 다시 걸음을 옮겨 나한테 다가왔다. 나는 여전히 따가운 눈을 비비면서 오늘따라 이상한 그를 불만스럽게 쳐다보았다.

으응? 그런데 무슨 비밀 이야기라도 하려고 그러나? 왜 이렇게 바싹 다가와? 나는 침대에 앉아 있는 내 앞으로 다가와 선 뒤 상체를 굽히는 그를 의문 어린 눈빛으로 쳐다보았다. 그리고 나는 잠시 후 내 귀에 닿는 루카스의 목소리에 화들짝 놀라 어깨를 흔들고 말았다.

"그래도 너무 방심하지는 말지?"

"……!"

"그런 눈으로 쳐다보면 괴롭혀 주고 싶어지니까."

완전히 무르익은 성인 남자의 낮은 목소리가 내 귀를 곧바로 꿰뚫고 들어왔다. 나는 반사적으로 상체를 뒤로 물렸으나 방금 전 무슨 일이 있었냐는 듯 여전히 소년의 모습을 하고 있는 루카스만 시야에 들어왔을 뿐이었다.

"너 자꾸 장난칠래?"

나는 심통이 나서 홧홧한 귀를 붙잡고 원성을 터뜨렸다. 그러나 루카스는 그런 나를 향해 얄미운 미소를 지으며 처음 방 안에 나타날 때처럼 소리 없이 내 눈앞에서 사라져 버렸다. 그래서 나는 루카스의 빈자리를 보며 혼자서 씨근덕거릴 수밖에 없었다.

"공주님께 또 선물이 왔어요. 늘 두던 방에 옮겨 놓을게요."

나는 오늘도 클로드와 함께 단란하고 오붓한 산책 시간을 가진 후에 메랄드궁으로 돌아왔다. 크흑, 클로드가 또다시 내 장미 화원을 어찌나 위험한 눈빛으로 살펴보던지! 열대 수목원 이야기는 지난번에 내가 잘 구슬려서 이미 끝난 이야기라고 생각했는데 말이죠.

"초대장도 늘었어요, 공주님. 영식들에게 온 편지도 이만큼이나 돼요!"

오늘은 세스가 아니라 한나가 나한테 온 초대장을 정리했나 보다. 앗, 그런데 진짜 다른 때보다 숫자가 많은 것 같잖아?

"나날이 아름다워지시는 공주님의 모습을 볼 때마다 이 필릭스는 얼마나 감동적인지 모릅니다. 물론 폐하께서는 수심이 깊으신 것 같지만 말이죠."

필릭스는 나를 보면서 아련한 눈빛을 보냈다. 그 모습이 릴리와도 퍽 닮아 있었다. 그리고 나는 그들이 이런 눈빛을 보일 때마다 머릿속에 누구를 떠올리고 있는지 알고 있었다. 나이를 먹을수록 내가 다이아나 엄마를 점점 더 닮아 간다고 그들이 이따금씩 말하는 것을 나도 들었으니까.

"공주님께서 대외적인 활동을 시작하신 후부터 영식들이 꾸준히 접근해 오니 그러실 만도 하죠. 전부터 멋지다고 소문이 자자한 자르비에 공자님과 듀크 공자님도 공주님께 매일같이 연서를 보내고 있잖아요."

"한나, 연서는 아니야."

"어머, 공주님께서 너무 순진하신 거예요. 남자는 흑심 없이는 그렇게 매일 편지를 써 보내지 않는다니까요? 사실 전 다른 공자님들보다 알피어스 공자님을 응원하고 있긴 한데……."

한나, 이제키엘파였구나……. 하긴, 전에 파랑이 선물을 받았을 때부터 유난히 이제키엘 얘기가 나오면 호들갑이긴 했지. 나는 근래 들어 궁인들이나 영애들 입에 더욱 자주 오르내리는 이제키엘을 잠시 머릿속에 떠올렸다.

"사실 내일 있을 야유회도 폐하께서는 영 마뜩잖으신 눈치입니다만. 하지만 역시 이런 날들도 오래 남지는 않은 거군요. 공주님께서 후에 결혼하시면 폐하께서 얼마나 적적해하실지⋯⋯."

그때, 옆에 있던 필릭스가 쓸쓸한 음성으로 말했다.

앗, 하지만 그런 걱정은 이르답니다.

"괜찮아, 난 비혼주의자야."

"예?"

"네?!"

어째서인지 내 말에 모두가 깜짝 놀랐다. 으, 으음. 일국의 공주씩이나 되는 사람이 독신주의라고 하니까 놀란 걸까? 그러나 그들은 모두 빠르게 동요를 가라앉혔다. 어쩌면 그냥 이 나이 때 흔히 하는 '난 결혼 안 하고 모두와 같이 살래!' 같은 소리라고 생각하는 건지도 몰랐다. 곧 필릭스가 고개를 끄덕이며 말해왔다.

"그 말씀을 들으면 폐하께서 무척 기뻐하시겠군요."

"저야 공주님께서 에메랄드궁에 오래오래 함께 계셔 주시면 좋지만 말이죠."

"아앗, 전 공주님께서 결혼하셔도 계속 모실 생각이었어요!"

"한나, 그런 당연한 소리를 생색내면서 하지 마."

으흑, 역시 오늘도 단란한 에메랄드궁의 식구들⋯⋯.

그렇게 내가 새삼스럽게 훈훈한 기분에 젖어 있을 때, 여느 때처럼 한나와 티격태격하던 세스가 내게 말했다.

"공주님, 혹시라도 이상한 영식들이 공주님께 꼬여 들면 살짝 말씀해 주세요. 제가 조용히 가서⋯⋯."

스윽.

세스의 날카로운 구두 굽이 번쩍! 섬뜩한 빛을 냈다. 여, 역시 벌레 퇴치 전문가! 그 이름 하여 바퀴벌레 헌터 세스! 과연 다년간의 노하우로 세X코 못지않은 살상력을 겸비하게 된 세스인 만큼 그녀는 소리 없이 강했다!

"로베인 경, 공주님을 가장 가까이에서 보필하시는 분이니 내일 야유회 때도 위험한 영식들이 공주님께 함부로 접근하지 못하도록 잘 지켜 주시리라 믿어요."

"맞아요, 로베인 경만 믿을게요!"

"예, 내일은 특히나 각별히 주위를 살피겠습니다."

피, 필릭스. 뭘 또 그렇게 불끈 다짐하면서 대답하는 거야? 게다가 내일 야유회는 영애들만의 모임인데요. 그나마 릴리가 그런 그들을 향해 어쩔 수 없다는 듯 한숨을 내쉬며 고개를 절레절레 젓고 있어서 조금이나마 위안이 되었다.

"공주님, 지난번에 맞추신 실크 장갑이 오늘 마무리되었다고 해요. 자수가 아주 근사하던데, 지금 한번 보시겠어요?"

"그래. 같이 가서 보자, 릴리."

나는 결의를 다지는 필릭스와 그를 부추기는 세스와 하나를 애매한 기분으로 바라보다가 곧 릴리와 함께 고개를 저으며 방을 나섰다.

"야유회? 그런 게 재미있어?"

오늘도 내 방을 찾아온 루카스가 콧방귀를 뀌었다. 나는 지난번 있었던 일을 떠올리고 그를 흘겨봤으나 루카스는 무슨 일이 있었냐는 듯 눈 하나 꿈쩍하지 않았다. 에잇, 관둬, 관둬. 얘를 상대로 길게 심통을 내 봤자 내 손해다. 나는 탁자 위에 있는 찻잔을 들어 올리며 심드렁하게 답했다.

"재미있든 없든 알피어스에서 주최하는 거라서 가는 거야."

"흰둥이네?"

내 말에 루카스의 눈살이 찌푸려졌다. 그 얼굴을 보아하니 지금 누구를 생각하고 있는지 훤히 알 수 있었다. 이런 면에서는 루카스도 참 변함이 없단 말이지?

"그래, 제니트가 초대장을 보냈거든."

"아, 그 키메라."

"키메라 아니라니까."

이번에는 그의 무신경한 말에 내가 미간을 찌푸렸다. 루카스 얘는 자꾸 제니트한테 키메라라고 하더라. 물론 제니트가 보편적인 방법으로 태어난 애는 아니지만 말이지. 그래도 그런 단어로 표현하기에는 제니트가 좀 많이 착하고 예쁘지 않니?

"흐음, 그렇단 말이지?"

앗! 그런데 기분 탓인가? 왜 제 레이더에 매우 꺼림칙하고 찜찜한 무언가가 걸리는 거지요?

"너 설마 따라오려는 거 아니지?"

"내가 그렇게 한가한 줄 알아?"

루카스는 내 말에 어이가 없다는 듯이 코웃음을 쳤다. 끄응, 이상하다. 그런데 왜 이렇게 수상쩍은 느낌이 가시지를 않는 거지……. 루카스는 예전부터 가만히 두면 어디로 튈지 모르는 놈이라 영 안심이 되지 않았다. 내가 계속해서 의심의 눈빛을 거두지 않자 루카스가 두 눈을 동그랗게 뜬 채 영문을 모르겠다는 듯 순진한 표정을 지어 보였다. 하지만 그 모습에 오히려 내 의심의 불은 더욱 활활 지펴지고 있었다. 으음, 왜 내 눈에는 루카스가 순한 양의 탈을 뒤집어쓰고 나를 현혹하려 하는 거짓말쟁이 늑대로 보이는 걸까…….

"너, 한 입 가지고 두말하면 안 돼."

"왜 이래? 같이 가 달라고 해도 내가 싫거든."

저렇게 질색하는 걸 보니 진짜 아닌가? 나는 구린 표정을 짓는 루카스를 보며 고개를 갸웃하다가 이내 하는 수 없이 그를 향한 의심의 눈초리를 거두고 말았다.

❧

다음 날, 나는 알피어스에서 주최한 야유회에 참석하기 위해 마차에 올랐다.

사실 순간 이동으로 가면 더 빠르고 효율적인데 그렇게 하면 나한테 줄줄이 달린 수행원을 모두 이동시킬 수도 없는 데다, 또 그러다가 클로드한테 걸리면 밥줄이 잘린다고 다들 하나같이 우는소리를 해서 어쩔 수가 없었다. 하지만 장기간 마차를 타면 나중에 얼마나 몸이 삐거덕거리는지 예전의 외출 때 배운 바가 있어서, 나는 흔들림 방지나 공기 청정 마법 같은 것을 걸어 놓고 그야말로 쾌적하고 흔들림 없는 마차에서의 시간을 보냈다. 훗, 침대…… 가 아니라 마차는 과학이니까요!

"공주님, 도착했습니다."

그렇게 얼마간의 시간이 지난 후, 나는 필릭스의 부름에 마차에서 내려섰다.

"공주님!"

그리고 내가 필릭스의 손을 붙잡고 지면에 발을 딛자마자 기다렸다는 듯이 청아한 목소리가 귓가에 울렸다. 나는 기껏 멋을 낸 머리카락이 헝클어지는 것도 신경 쓰지 않고 달려오는 소녀를 바라보았다.

"안녕, 제니트. 잘 지냈어요?"

내가 미소 지으며 먼저 인사를 건네자 제니트도 얼굴 가득 환한 미소를 드리웠다.

"어서 오세요, 공주님. 보고 싶었어요."

햇빛을 머금은 푸른 눈동자가 유리구슬처럼 반짝반짝 빛났다. 아앗,

오늘따라 얼굴에서 광채가 나는 것 같잖아? 2년 전의 제니트가 아직 덜 여문 꽃봉오리였다고 한다면, 요즘의 제니트는 그야말로 갓 피어난 꽃 같은 화사한 아름다움을 뽐내고 있었다. 그러니까 뒷골목식으로 좀 더 노골적으로 표현하자면, 17살이 된 제니트는 죽여주게 예뻤다.

갓난아기일 때부터 내가 남다른 청순미를 자랑하고 있던 릴리에게 그랬던 것처럼, 나는 미인에 약했다. 아마 지금 내 얼굴은 노곤노곤하게 풀어져서 흐뭇한 미소를 드리우고 있지 않을까?

"아, 제니트, 잠시만. 머리가 조금 헝클어졌어요."

그러고 보니 이 완벽한 아름다움에 옥에 티가! 나는 손을 들어 제니트의 헝클어진 머리를 정돈해 주었다. 아니, 물론 제니트는 머리가 헝클어져도 변함없이 예쁘지만 그래도 오늘 야유회를 위해 기껏 공들여 꾸민 머리니까 기왕이면 처음 모습 그대로인 게 좋잖아.

"자, 이제 됐어요."

"감사해요, 공주님."

제니트도 약간 수줍은 기색을 보이면서도 내가 머리를 만지는 것을 거부하지 않았다. 앗, 그런데 필릭스! 왜 그렇게 옆에서 아빠 미소를 지으면서 우리를 보고 있는 거야?

"저쪽에 먼저 온 영애들이 기다리고 있어요. 같이 가요, 공주님."

나는 멋쩍은 마음에 필릭스를 외면하며 걸음을 옮겼다. 백합 소녀에게 그렇듯이 나는 지금 눈앞에 있는 사람도 이제는 마그리타 양이 아니라 제니트라고 이름을 부르고 있었다.

이제는 그러는 게 익숙한 걸 보면 지난 시간 동안 내가 제니트와 좀 더 친해지긴 한 모양이다. 게다가 전에는 그녀를 의심의 눈으로 보던 나였으나, 이제는 흑마법을 사용해 나를 해코지하려 한 게 제니트가 아니란 사실도 알고 있었다.

"어머, 공주님! 어서 오세요."

"이렇게 뵙는 건 오랜만이네요."

"오늘도 정말 아름다우세요."

오늘의 야유회에 초대받은 영애들이 나를 보자마자 자리에서 일어나 재잘거렸다. 나도 그녀들을 향해 웃으며 인사했다.

"저도 반가워요. 제가 늦은 게 아닌지 모르겠네요. 마그리타 양, 오늘 초대해 줘서 고마워요."

"별말씀을요. 공주님께서 참석해 주셔서 영광인걸요."

오늘의 자리는 사적인 것이라 하기에는 다소 무리가 있었기 때문에 나는 제니트의 이름 대신 마그리타 양이라는 호칭을 사용했다.

"그래서, 글쎄 곧바로 자리를 박차고 뛰어 나왔다지 뭐예요."

"세상에, 정말요? 웬일이에요, 아하하하."

"발렌틴 양이 많이 난처했겠어요."

영애들의 한담이 꽤 오랜 시간 이어졌다. 나도 분위기를 깨지 않기 위해 중간중간 그녀들의 이야기에 맞장구를 쳐 주었다. 으흑, 하지만 역시 별로 재미는 없구나. 제니트를 위해 알피어스에서 이렇게 야유회를 열어준 건 처음이라 방문하긴 했는데 말이지.

"그러고 보니 마그리타 양도 드뷔닉의 홍차를 좋아하지 않나요?"

나는 방긋 웃는 얼굴로 영애들의 대화를 듣고만 있는 제니트에게 직접 말을 걸었다. 그러자 제니트가 잠시 두 눈을 동그랗게 뜨다가 곧 사르르 미소 지으며 대꾸했다.

"네, 맞아요. 전 드뷔닉의 홍차 중에서도 레몬을 넣은 가향차를 좋아해요."

"드뷔닉의 홍차에 커피를 블렌딩한 것도 새롭던데요."

"아, 그런 게 있었나요? 다음 기회에 꼭 맛보고 싶네요."

"어머나, 공주님도 마그리타 양도 드뷔닉의 홍차를 선호하시는군요."

"저희 어머니께서 자주 드시는데 저도 이제부터는 좀 더 제대로 즐겨 봐야겠어요."

나는 영애들과 즐겁게 대화를 나누기 시작한 제니트를 보며 남몰래 미소를 지었다. 훗, 계획대로! 아무래도 이런 자리를 직접 주최한 건 처음이라 그런지 좀처럼 대화에 못 섞여 드는 것이 보여 마음에 걸렸는데 이제 안심하고 뒤로 빠져도 되겠다. 게다가 뽀얀 뺨을 약간 상기시킨 채 밝게 웃고 있는 제니트는 그야말로 극상의 미를 자랑했다. 크으, 미인이란 너무나도 소중한 것. 미인은 모두가 함께 지켜 줘야 합니다, 암요.

하지만 사실 제니트뿐만이 아니라 지금 이 자리에 있는 영애 모두가 가지각색의 매력을 간직한 꽃들처럼 어여뻤다. 그래, 원래 미에는 순위가 아니라 취향만이 있을 뿐이죠. 그런 의미로 내 얼굴은 꽤나 내 취향이라 기쁘다.

부스럭!

응? 그런데 갑자기 옆쪽에 있던 덤불이 바스락거리는 소리를 내며 작게 흔들리기 시작했다. 이상하네, 지금은 바람도 안 부는데.

"음?"

"저기 저 덤불, 뭔가 이상하지 않아요?"

잠시 후에는 나뿐만 아니라 다른 영애들도 기이함을 느낀 눈치였다. 아, 그러고 보니 여긴 숲의 경계잖아? 그럼 혹시 길을 잃은 밤비 친구라거나? 물론 알피어스에서 거친 들짐승이 있는 곳을 야유회 장소로 삼을 리는 없었지만, 이 근방에는 황실에서 허가를 내린 사냥터도 있다고 알고 있으니까. 나는 혹시 모를 상황에 대비해 손가락 끝에 마력을 모았다.

바스락!

"헉!"

깡총!

그리고 곧 덤불을 헤치고 튀어나온 생물체에 긴장을 풀고 다시 손을 내리고 말았다.

"어맛, 아기 토끼네요."

"귀여워라."

길 잃은 동물 친구는 맞는데 자그마한 토끼였다. 괜히 오버해서 마력부터 날렸으면 미, 민망했을 뻔…….

"털이 정말 부드러워요. 공주님도 한번 만져 보실래요?"

저렇게 막 만지면 토끼가 놀랄 것 같은데. 그리고 난 이제 동물은 별로…….

"전 괜찮아요."

나는 영애들의 호들갑스러운 반응에도 뒤로 한 걸음 물러나 있었다.

부스럭.

그런데 돌연 숲에서 다시 한번 부스럭거리는 소리가 들렸다. 이번에는 엄마 토끼인가?

부스럭!

앗, 그런데 저 그림자, 왠지 곰 같잖아!

"모두 잠시만 뒤로 물러나 주시겠어요?"

숲에서 다가오는 형체는 토끼와는 비교조차 할 수 없을 만큼 크고 우직했다. 이상하다, 왜 이렇게 동물이 많이 나오는 곳을 야유회 장소로 삼았지? 저게 뭔지는 모르겠지만 적어도 작은 동물 친구는 아닌 것 같으니 미리 경계해서 나쁠 건 없겠지.

"저게 뭘까요?"

"글쎄, 아직 잘 모르겠어요."

제니트가 불안 반 호기심 반인 목소리로 물었으나 형체만 봐서는 아직 저 생물체의 정체를 알 수가 없었다. 나는 영애들을 뒤로 물리고 앞으로 팔을 뻗었다. 필릭스와 다른 기사들도 저마다 검을 빼 들 준비를 하고 숲을 경계하고 있었다.

바스락!

마침내 저벅저벅 하는 소리와 함께 거대한 그림자가 숲의 경계를 넘어 햇빛 속으로 모습을 드러냈다.

"이런, 아무래도 제가 길을 잃은 모양이군요."

하지만 눈앞에 나타난 것은 곰이 아니었다. 나는 뜻밖의 인물의 등장에 놀라 두 눈을 동그랗게 뜨고 말았다.

"알피어스 공?"

아니, 흰둥이 아저씨! 당신이 왜 거기에서 나오는 겁니까?

숲에서 나타난 것은 정복 대신 사냥복을 입고 있는 로저 알피어스였다. 긴장하고 있던 다른 기사들과 영애들도 예상 밖의 인물에 놀란 듯 토끼 눈을 하고 있었다. 하지만 그 시선을 한 몸에 받고 있는 알피어스 공작은 상상 이상으로 얼굴이 두꺼웠다. 그는 뻔뻔할 정도로 반질한 낯을 한 채 허허 웃으며 입을 열었다.

"안녕하십니까, 공주님. 오벨리아의 번영이 함께하시기를."

태연하게 인사하지 말란 말이야! 나는 황당한 기분에 젖어 팔을 내렸다.

"공이 야유회 장소에 방문하다니, 무슨 일인가요?"

옆에 있던 제니트도 깜짝 놀라서 '아저씨?'라고 새된 소리를 내뱉으며 두 눈을 크게 뜨고 있었다. 사냥복을 입고 있는 것을 봐서 이 근방에 있는 사냥터에 있었던 게 분명한 것 같은데……. 이해할 수 없는 건 어째서 우연을 가장해 지금 이 자리에 나타났냐는 것이다. 내가 눈을 가늘게 좁히며 묻자 알피어스 공작이 입을 열었다.

"그것은……."

"아버지, 계속 모른 척해 드리고 싶었지만 아무리 생각해도 이쪽 방향은……."

부스럭.

바로 그때, 알피어스 공작의 뒤로 또 한 사람이 나타났다. 그리고 빛 사이로 모습을 드러낸 그림 같은 남자의 모습에 내 등 뒤에서는 작은 소란이 일어났다.

"꺄아!"

"어머머!"

"아, 알피어스 공자님?!"

으앗, 흰둥이 아저씨 다음에는 이제키엘인 건가! 하지만 먼저 등장한 흰둥이 아저씨 때와는 달라도 너무 다른 뜨거운 반응이구나. 알피어스 공작도 다소 민망한지 공연히 '크흠' 헛기침을 하기 시작했다. 나는 나와 눈을 마주한 직후 한순간 멈칫한 이제키엘이 눈동자를 약간 가늘게 좁힌 채 제 아버지를 힐끔 쳐다보는 모습을 발견했다.

"오늘 아침 이제키엘과 함께 사냥을 왔는데 부끄럽게도 제가 그만 숲에서 길을 잃었지 뭡니까. 쭉 걷다 보니 이곳이더군요."

"아니, 사냥을 허가받은 구역에서 한참이나 더 내려오셨군요. 그렇게까지 길을 잃을 수 있다니……."

알피어스 공작의 설명을 듣고, 옆에 있던 필릭스가 믿을 수 없다는 듯 중얼거렸다. 그는 어쩜 이렇게까지 끔찍한 길치일 수 있냐는 듯 마주한 사람을 다소 측은한 눈길로 바라보고 있었다.

"다음부터는 조심하셔야겠습니다. 허가받은 구역 밖에서의 사냥은 벌금을 물어야 하니까요."

"크흠……."

그 악의 없는 충고에 흰둥이 아저씨의 이마에 슬그머니 핏대가 서는 것을 나는 보았다. 그야 그럴 만도 하겠지. 어차피 진짜 길을 잃어서 이곳에 온 것도 아닐 테니 말이야.

나는 대강의 그림을 파악하고 난 뒤, 참 저 양반도 이제는 별수를 다

쓰는구나 싶어서 웃어야 할지 말아야 할지 알 수 없는 기분이 되어버렸다. 그리고 나와 마찬가지로 알피어스 공작의 기행에 미묘한 기분을 느끼는 것 같던 이제키엘이 야유회에 와 있던 사람들에게 정중히 사과해 왔다.

"예기치 못한 방문에 놀라셨다면 죄송합니다. 설마 야유회 장소까지 흘러들어 올 줄은 몰랐는데, 뜻밖의 무례를 저질렀군요."

"어멋, 전혀 아니에요, 공자님!"

"오히려 이렇게라도 만나 뵙게 되어서 너무나 기쁜걸요!"

"기왕 오신 김에 같이 차라도 한잔하시는 게 어떨지요?"

뜻하지 않은 이제키엘의 등장에 야유회의 분위기는 그야말로 후끈 달아올랐다. 그는 일명 오벨리아 최고의 신랑감이니까 말이지.

게다가 이제키엘은 20살이 되도록 아직 혼약한 상대도 없었기 때문에 영애들 사이에서 인기 만점인 것도 당연했다. 으음, 그리고 뭐랄까. 평소의 격식 있는 차림도 멋지지만 사냥복을 입은 이제키엘은 일종의 야성미까지 겸비되어 매우 남자다운 매력을 발산하고 있었다. 한마디로 빛이 나는구나, 빛이 나.

"그래요, 오늘 야유회는 알피어스에서 준비한 것이기도 하니까요."

그나저나 흰둥이 아저씨 좋겠수? 계획대로 되어서. 영애들이 저렇게 좋아하는데 나 혼자 싫다고 하기도 그렇고, 또 오늘 야유회를 개최한 건 내가 아니었기 때문에 굳이 그들을 쫓아낼 이유도 내게는 없었다. 물론 이 자리에서 가장 신분이 높은 것도 나, 또 그들의 동석을 최종적으로 허락을 할 수 있는 것도 나였으니 딱 거기까지의 역할만 할 생각이었다.

"그럼 사냥 도구를 시종에게 주세요."

제니트도 그들의 방문이 퍽 반가운 눈치였다. 아무래도 혼자서는 부담스러웠던 걸까. 그리고 보니 알피어스에서 제니트를 위해 열어준 첫 야유회인데 알피어스 공작 부인은 왜 없는 거지? 혹시 제니트가 혼자서 해보겠다고 했나. 으음, 제니트의 성격으로 봐서 그럴 가능성도 꽤 높아 보인다.

"크흠. 양해해 주셔서 감사합니다, 공주님. 나이가 드니 그리 넓지도 않은 사냥터 안에서 길을 찾는 것도 꽤 힘들군요."

"저런, 그러셨군요. 그래서 토끼 사냥은 많이 하셨나요?"

내 짓궂은 물음에 흰둥이 아저씨가 머쓱한 듯 '어흠, 어흠!' 헛기침을 했다. 하지만 영애들은 이미 그들이 나타난 이유야 어찌 되었든 상관없는 눈치였다. 이제키엘이 왔다고 신이 나서 까르륵 소란을 떨고 있었으니까 말이다.

"젊은이들의 모임에 낄 만큼 눈치가 없지는 않으니 전 적당히 시간을 보내고 있겠습니다. 이제키엘에게도 그렇게 전해 주십시오."

이보세요, 아저씨. 당신이 무슨 사랑의 큐피드입니까? 노력하는 모습이 꽤 귀엽기는 한데 그래도 그렇지. 게다가 왜인지 2년 전부터 저 아저씨가 나한테 거의 완전히 줄을 대려고 하는 것 같아서 기분이 묘하단 말이야. 나는 멀어지는 알피어스 공작을 약간 짜게 식은 눈빛으로 바라보았다.

"역시 로베인 경도 여기 있었군."

"저야 공주님의 그림자 아닙니까. 한데 함께 온 다른 수행인들은 없는지요?"

"숲속에 두고 왔으니 신경 쓸 것 없다네."

"맙소사, 수행인들도 전부 길을 잃은 겁니까? 어떻게 그런 믿기지 않는 일이! 기사들을 모아 숲을 수색해 보라고 해야겠군요."

"아니, 그럴 필요는……."

"모두가 알피어스 공처럼 운 좋게 이곳을 찾으리라는 보장은 없지 않습니까. 잠시 집합!"

"로베인 경, 잠깐 기다려 보게!"

나는 저쪽에서 벌어지는 알피어스 공작과 필릭스의 만담 같은 대화를 흥미진진하게 경청했다. 크으, 아직 남아 있는 필릭스의 눈새력이 이럴 때는 사이다로구먼.

"알피어스 공자도 고생이 많네요."

나는 시종에게 사냥 도구를 건네고 다가오는 이제키엘을 향해 말했다. 아까 처음 등장할 때 그가 했던 말에 의하면 그 역시도 제 아버지의 행동에 설마 했던 모양이니까.

"티에로스 부근의 허가받은 사냥터는 이 자리에서 꽤 거리가 있는 것으로 아는데 말이죠."

"아무래도 아버지께서 제니트에게 신경이 많이 쓰이셨던 모양입니다."

이제키엘은 알피어스 공작이 보인 기행의 원인으로 가장 합당해 보이는 이유를 댔다. 그래, 혼자서 야유회를 주관하게 된 제니트를 걱정해서 우연을 가장해 걸음 했다는 것이 가장 그럴싸하고 듣기 좋은 미담 같기는 하지. 물론 그런 이유가 아예 없지도 않을 테고.

"실은 숲에서 곰이 나온 줄 알고 마법을 쓸 뻔했어요."

"아버지와 제 상황이 퍽 곤란해질 뻔했군요."

하지만 그렇게 말하면서도 이제키엘은 그 만일의 일을 상상하니 퍽 우스운지 여트막한 웃음을 흘렸다. 아, 이제는 어느 정도 적응이 되긴 한데 저렇게 웃는 걸 보니 또 심장이 눈치 없이 나대는 게…… 그만 진정해라, 내 심장아! 아무리 본능적으로 미인에 약하다고 해도 그렇지, 으흑.

"실은 오늘 아침 아버지께서 갑작스럽게 티에로스로 사냥을 가자고 하셨을 때부터 이상함을 느끼기는 했지요."

이제키엘의 웃는 얼굴은 심장에 매우 해로웠다. 나는 알피어스 공작과 짧은 이야기를 나누다가 이쪽을 향해 다가오는 제니트를 보고 그만 자리를 비켜야겠다고 생각한 뒤 입을 열었다.

"영애들이 공자의 등장을 퍽 반가워하고 있으니 야유회가 한결 더 즐거워지겠네요. 그럼 전 먼저 가 있을 테니 천천히 오세요."

"저는 다른 누구보다 공주님께서 저를 기꺼워해 주신다면 그것으로 족합니다."

하지만 잇따른 그의 말에 나는 한순간 멈칫하고 말았다. 고개를 돌리자 곧은 눈빛으로 나를 응시하고 있는 이제키엘의 얼굴이 보였다. 나는 마주한 이를 잠시 동안 아무 말 없이 바라보다가 얕은 웃음과 함께 그의 말을 가볍게 받아친 뒤 뒤돌아섰다.

"알피어스 공자와의 만남을 기꺼워하지 않을 이가 있다면 그게 더 놀랍네요."

농담처럼 대꾸한 나를 향해 이제키엘이 어떤 표정을 지었는지는 모르겠다. 나는 영애들이 모여 있는 장소를 향해 걸으며 등 뒤에서 들려오는 작은 목소리에 귀를 기울였다.

"제니트, 기별도 없이 갑자기 찾아와서 놀랐을 텐데."

"아니에요, 오히려 와 주셔서 좋은걸요."

오누이처럼 훈훈하기만 한 그들의 대화가 오늘따라 손가락 끝에 난 거스러미처럼 느껴졌다.

⋘❖⋙

"마그리타 양, 오늘 정말 즐거웠어요. 다음에는 저도 오늘처럼 밖에서 야유회를 열어 보고 싶네요."

"공주님께서 주최하신 야유회는 분명 훨씬 더 멋질 거예요."

어느덧 야유회가 파할 시간이 되었다. 나는 삼삼오오 흩어지기 시작한 영애들 사이에서 마찬가지로 황성에 돌아갈 준비를 했다.

"그럼 제니트, 다음에 또 만나러 갈게요."

내가 슬쩍 그녀에게 귀엣말을 하자 제니트가 밝게 웃었다. 그래도 오늘 야유회 때 그녀가 즐거웠던 것 같아서 다행이다.

"제가 배웅해 드려도 되겠습니까?"

어느새 다가온 이제키엘이 내게 말했다. 슬쩍 고개를 돌리자 저 멀리 서 있던 알피어스 공작이 자리에서 내게 인사를 해왔다. 음, 어쩔 수 없군. 나는 내 앞에 내밀어진 이제키엘의 손을 잡았다. 한순간 제니트의 시선이 그와 내 맞닿은 손에 닿았다. 하지만 잠시 후 그녀는 언제 그랬냐는 듯 나를 향해 웃는 낯으로 인사했다.

"공주님과 함께할 수 있어서 기뻤어요. 다음 다과회 때도 초대해 주세요."

"물론이죠."

나는 제니트를 뒤로한 채 이제키엘과 함께 걸음을 옮겼다. 둘이서 걸음을 옮기게 되자 그는 내게 보편적인 화제로 말을 건네 왔다.

"오늘 야유회는 즐거우셨는지요."

"물론이지요. 알피어스에서 이토록 정성들여 준비한 야유회인데 즐겁지 않았을 리가 있나요."

"제니트가 전부터 오늘을 많이 고대했습니다. 특히 공주님께서 초대에 응해 주셔서 많이 기쁜 것 같더군요."

나는 이제키엘의 입에서 나오는 제니트의 이름에 힐끔 시선을 들어 옆에 있는 사람의 얼굴을 쳐다보았다. 이제키엘은 무슨 생각을 하는지 모를 얼굴을 하고 있었다. 나는 다시 정면을 응시하며 말했다.

"마그리타 양과는 전부터 꾸준히 교류가 있었으니까요."

"그러셨지요. 공주님의 데뷔탕트라면 저도 아직 선명히 기억이 납니다."

윽, 그 순간 나는 나도 모르게 속으로 끙 신음하고 말았다. 내 흑역사인 데뷔탕트 날 얘기는 도대체 왜 꺼내는 거야? 아무리 그날이 내 공식적인 첫 데뷔 날이었다고 해도 좀 참아주세요, 으흑.

"그 밖에도 공주님과 함께한 시간은 모두 어제 일인 듯, 하나같이 또렷하기만 하니."

계속해서 귓가에 흘러드는 이제키엘의 목소리는 고요했다.

"사실 저는 그런 기억들이 차라리 제 안에서 조금이나마 흐려지기를 바라기도 합니다만."

하지만 나는 그 안에서 옅게 배어나는 감정의 편린에 다시금 고개 들어 그를 볼 수밖에 없었다. 이번에는 그 역시 나를 내려다보고 있었기 때문에 곧바로 눈이 마주쳤다. 이제키엘은 나를 향해 옅게 미소 짓고 있었다. 하지만 그것은 진짜 미소가 아니었다. 예전에 그가 진심으로 웃는 모습을 본 적이 있던 나는 지금 눈에 보이는 미소가 잘 만들어진 미소란 사실을 어렵지 않게 알 수 있었다. 그래서 나도 그를 향해 입꼬리를 당겨 웃어 보였다.

"그래요? 저는 지난 일을 길게 기억하는 편이 아니라."

"그러십니까?"

"알피어스 공자는 기억력이 좋은 모양이네요."

마침내 마차에 다다랐을 때, 이제키엘이 내 손을 약간 힘주어 잡았다.

"이대로 놓아드리고 싶지 않다고 말한다면 결례겠지요."

"알피어스 공자."

"알고 있습니다. 그러니 인사 정도는 허락해 주시겠습니까?"

그렇게 말하는 그를 내가 거절하기란 어려운 일이었다. 나는 아래로 내리깔리는 은색의 속눈썹과 그 밑으로 요요한 금빛을 발하는 눈동자를 보며 어쩔 수 없이 침묵했다. 곧 이제키엘의 입술이 내 손등에 가볍게 닿았다. 초목이 일제히 움직임을 멈춘 것 같은 그때, 그가 나를 향해 나지막하게 속삭였다.

"그럼 다음에 다시 뵙게 될 날을 손꼽아 기다리고 있겠습니다."

손에서 온기가 떠난 직후, 나는 그에게서 뒤돌아서 곧바로 마차에 올랐다. 문이 닫힌 지 얼마 지나지 않아 마차가 움직이기 시작했다. 나는 일부러 이제키엘이 서 있는 창문 쪽에 시선을 두지 않았다. 자리에 앉아 반대쪽으로 고개를 돌리자 옆을 스쳐 지나가는 풍경이 시야에 들어왔다.

"……."

나는 자꾸만 다른 곳으로 가려는 상념을 붙든 채 아까 보았던 제니트를 머릿속에 떠올렸다. 그렇지 않아도 제니트가 예전보다 약간 소극적인 것이 내내 마음에 걸리던 참이었다.

가만히 생각해 보면 그녀는 어릴 때 오히려 더 당찬 구석이 있었다. 첫 데뷔탕트 때 바닥에 떨어진 리본을 가져다주기 위해 혼자 내 뒤를 쫓고, 클로드의 앞에서 그의 눈을 정면으로 쳐다보며 인사할 정도로. 그리고 소설 속의 그녀 역시 당돌한 사랑스러움을 지니고 있었다. 물론 제니트는 지금 이대로도 충분히 사랑스럽고 예쁜 아가씨였지만……. 그리고 방금 전에 본 이제키엘은…….

나는 자꾸만 머릿속에 소용돌이치는 상념에 약간 가라앉은 기분으로 달리는 마차의 창밖을 보았다.

"야유회라고 해봤자 역시 별거 없네."

"헉!"

그리고 갑자기 앞에서 새어 든 목소리에 화들짝 놀라 턱을 괴고 있던 손을 미끄러뜨렸다. 나는 목소리가 들린 방향으로 고개를 돌린 직후 곧바로 소리 지르고 말았다.

"루카스!"

"왜?"

왜? 왜에? 왜에에? 너 지금 왜라고 했니?

"네가 여기 왜 있어! 너 때문에 심장 떨어지는 줄 알았잖아!"

악, 진짜 깜짝 놀랐네! 하지만 루카스는 자기 때문에 경기하는 나를 재미있다는 듯 쳐다보고 있을 뿐이었다. 으흑. 그래, 네가 짱 먹어라. 네가 이 구역 최고의 뻔뻔남이다, 으헝.

"잠깐! 그런데 설마 황성에서부터 따라온 건 아니겠지?"

"하, 나 그렇게 한가한 사람 아니라니까."

루카스는 내 맞은편에 다리를 꼬고 앉아 저따위 소리를 해댔다. 저기요? 그렇게 공사다망한 사람이 왜 지금 내 마차를 훔쳐 타고 있는지 전 그게 의문입니다만? 그리고 이어서 덧붙여진 루카스의 말에 나는 그만 또 한 번 흠칫 놀라고 말았다.

"흰둥이 소굴이 비었길래 좀 뒤져 보고 왔지."

"뭐어?"

뒤, 뒤져요? 뭘를? 흰둥이 소굴이라면 알피어스 공작저? 거기를 네가 뒤졌다고?

"그냥 개인적으로 찾아볼 게 있어서 그랬던 거니까 넌 신경 쓸 거 없고."

그렇게 상큼하게 말씀하셔 봤자 제가 어떻게 신경을 안 쓰겠습니까! 크윽, 하지만 이제는 새삼스러울 것도 없나. 루카스 얘가 아무 예고 없이 저렇게 움직이는 게 처음도 아니고. 나는 반쯤 체념한 채 말했다.

"그래, 원하던 건 찾았니?"

"찾은 것 같기도 하고, 아닌 것 같기도 하고, 애매해. 다음에 한 번 더 뒤져 봐야지."

그의 태연자약한 대답에 나는 멈칫했다. 호, 혹시 제가 지금 범죄 예고 현장에 있는 겁니까? 이것은 무단 가택 침입! 하지만 나도 전에 다른 사람들 몰래 알피어스 공작저에 들어간 적이 있으니까 남 말 할 처지는 아닌 건가.

"너 또 더러운 거 묻었어."

내가 그런 생각에 눈동자를 흔들고 있을 때, 루카스가 지나가듯 툭 말을 던졌다. 그는 여전히 내 맞은편에 다리를 꼬고 앉아 턱을 괸 채 나를 응시하고 있었다. 나는 그의 말에 잠시 멈칫하다가 곧 담담히 말했다.

"방금 전까지 같이 있었거든."

이제는 나도 루카스가 말하는 '더러운 것'이 무엇인지 알고 있었다. 그것은 바로 바로 제니트가 무의식중에 흘려보낸 마력이었다.

때는 2년 전. 나는 루카스에게 한참 마법을 배우다 말고 제니트를 볼 때마다 느꼈던 이상한 위화감에 대해 무심코 말했는데, 그날 루카스는 한밤중에 알피어스 공작저로 잠입해 잠들어 있는 제니트의 마력 상태를 스캔해 보는 일을 저지른 것이다. 나는 다음 날 그 얘기를 듣고 루카스의 막 나가는 행동에 당연히 기함했으나…… 으흑, 어쩌겠는가. 이미 일은 벌어진 데다, 설령 그렇지 않다 하더라도 내 힘으로는 이놈을 막을 자신이 없는 것을.

어쨌든, 그날 루카스는 드디어 내 몸에 자신의 허락 없이 더러운 것을 묻혔던 인간이 누구인지 알았다며 후련해했다. 아니, 솔직히 나는 저 말을 듣고 내 몸에 누가 뭘 묻히든 왜 저놈의 허락을 받아야 한다는 것인지 어이가 없었지만 말이지. 아무튼, 루카스의 설명은 이러했다. 정상적인 방법이 아니라 흑마법에 의해 인위적으로 태어난 아이인 만큼, 제니트의 몸에 있는 고유의 마력도 다소 특이하게 움직이고 있었다고 한다.

"오늘따라 덕지덕지도 묻혀 났네. 하여간 이놈이고 저놈이고 다 거슬려."

"그래? 중간에 한 번씩 털어 내긴 했는데. 뭐, 감정 상태에 따라서 강도가 달라진다고 네가 그랬으니까."

놀랍게도 제니트의 마력은 다른 사람들의 호감을 쉽게 끌어내는 역할을 하고 있었다. 제니트가 의도하고 마력을 사용하는 것은 아니나, 그녀의 마력이 제니트의 무의식에 영향을 받아 마음대로 움직이는 것이라고 했다.

루카스가 제니트를 처음 보았던 7살 때에는 마력의 움직임이 아주 미약했기 때문에 이상한 점을 느끼지 못했지만 이제는 그의 눈에도 뚜렷이 보일 정도로 마력의 움직임이 활성화되었다고…….

내가 제니트를 볼 때마다 나도 모르게 경계심을 풀고 말았던 이유도, 또 처음에 그녀를 껄끄럽게 생각했던 것과 달리 너무나 쉽게 마음을 열고 말았던 것도 그녀의 마력에 영향을 받았기 때문일 것이라는 소리를 듣고 나는 어쩔 수 없이 기분이 묘해지고 말았다.

"너무 그러지 마. 어차피 금방 정화할 수 있잖아."

루카스는 내 몸에 묻은 제니트의 마력이 꽤 마음에 안 드는지 눈살을 찌푸린 채 나를 보고 있었다. 심지어 일 년 전의 어느 날인가에는 '역시 그 키메라 그냥 없애 버리는 게 어때?'라고 섬뜩한 소리를 해서 내가 얼마나 기겁했는지 모른다. 아마 그때가 파티 도중 내 앞에서 넘어지려고 하는 제니트를 붙잡아준 날이었던가?

하지만 제니트의 마력이 나를 해하려는 의도로 움직이는 건 아니라고 자기 입으로 말해놓고는. 게다가 애초에 그녀의 마력은 그리 강하지 않아서 타인을 단번에 홀리거나 하는 건 불가능하다고 했다. 외로운 어린애가 다른 사람들에게 사랑받고 싶어 하는 마음. 그 무의식이 타인의 호감을 끌어내는 데 아주 약간 유리하게 작용하도록 움직이고 있는 것이 바로 제니트의 마력이었다.

"가만히 있어 봐."

나는 루카스가 또 제니트를 없애 버린다는 소리를 하기 전에 내 몸에 묻었다는 마력을 정화하려고 했다. 그런데 내가 몸 안의 마력을 끌어내기 전에 루카스가 먼저 내게 손을 뻗었다.

"아주 그냥 치덕치덕 골고루 잘도 묻혔네."

루카스의 손이 이마에 닿는 것과 동시에 은은한 흰빛이 시야에 번졌다.

"여기도."

닿을 듯 말 듯 목덜미를 타고 내려온 손길이 어깨에서 멈추었다. 지난 2년간 루카스에게 정화 마법을 배워 이제는 나도 제법 잘할 수 있었는데도 그는 굳이 직접 손을 움직였다.

우리 둘 다 등받이에서 몸을 떨어뜨리고 있었기 때문에 그렇지 않아도 가까웠던 거리는 루카스가 내게 팔을 뻗으며 더욱 근접해졌다. 나는 살짝 맞닿는 무릎에 기이하게도 약간 어색한 기분을 느끼고 말았다.

루카스의 손이 팔을 타고 내려와 내 손목을 잡았다.

"그리고 제일 더러운 거."

별안간 시선을 내린 루카스의 붉은 눈동자 안에 차가운 미소가 어리는가 싶었다. 낮은 목소리가 귓가를 울린 직후, 갑자기 손목 부근이 휑해졌다. 아까 전 이제키엘이 손댔던 장갑이 시야에 고인 빛과 함께 사라지고 있었다. 나는 내 실크 장갑이 새하얀 재가 되어 허공에 흩어지는 광경을 잠시 넋 놓고 지켜보았다.

"아앗!"

그리고 루카스가 완전히 맨피부를 드러낸 내 손을 보고 배부르게 웃는 순간에야 불현듯 정신을 차렸다.

"내 장갑! 너 지금 뭐 한 거야!"

"버려. 더러운 거야."

"이번에 새로 맞춘 건데!"

내 원성에 루카스가 손을 한 번 허공에 휘저었다. 곧 그의 손에는 방금 전 내가 끼고 있던 실크 장갑과 똑같은 것이 만들어져 있었다.

"자, 됐지?"

나는 기분 탓인지 오히려 전보다 한결 더 럭셔리해진 것 같은 새 장갑을 보며 멈칫했다.

뭐, 뭐지? 저 섬세한 자수는 도대체 뭐지? 왜인지 실크에서도 전보다 더 비단결 같은 윤기가 흐르는 것 같아! 루카스가 주는 장갑을 엉겁결에 받아 들고 나자 손에서 느껴지는 보드라운 감촉에 화내기가 더 애매해졌다.

"아무리 생각해도 마음에 안 들어, 그 자식. 키메라 같은 그 여자애도 그렇고, 죄다 허락 없이 내 거에 더러운 거나 묻히고 말이야. 역시 흰둥이 소굴을 갈아 엎어버려야……."

그 후 나는 혼잣말 같은 루카스의 섬뜩한 중얼거림에 남몰래 등 뒤로 식은땀을 흘리고 말았다.

"저기, 내가 왜 네 거니? 난 내 거란다? 내 소유권은 나한테 있단다?"

하지만 루카스는 내 소심한 반박을 귓등으로도 듣지 않았다. 아, 아무래도 지금 심기가 무척 불편해 보이니 그냥 건드리지 말아야겠다. 아니, 그런데 이 마차는 내 거고 이 장갑도 내 건데 내가 왜 이 녀석의 눈치를 봐야 하는 거지? 확 쫓아내 버릴까 보다. 나는 마차가 황성에 당도할 때까지 불만 어린 눈으로 루카스를 흘겨봐 주었다.

⋘✦⋙

해가 저무는 저녁 무렵 나는 황성으로 돌아왔다. 루카스는 문이 열리기 전에 적당히 알아서 사라진 뒤였다. 피곤해서 곧바로 에메랄드궁에 가 쉬고 싶었지만 그럴 수는 없지. 외출했다가 돌아온 직후 다녀왔다고 클로드에게 인사하는 건 우리 둘 나름대로의 약속 같은 것이었으니까.

"궁이 또 왜 이렇게 소란스럽지?"

그런데 어째서인지 궁 안에 감도는 공기가 평소와 약간 다른 것 같았다. 나는 궁의 붕 뜬 분위기에 의문을 느끼며 중얼거렸다. 그러자 가넷궁으로 가는 길목에서 만난 궁인에게 무언가를 전해 들은 수행원이 앞으로 와서 내게 고개를 숙이며 입을 열었다.

"공주님, 아뢰옵기 황공하오나 방금 전 검은 탑의 마법사가 폐하를 배알하였다고……."

옆에서 흘러들던 목소리가 내 귀에서 멀어진 것은 바로 그 순간이었다. 지는 해를 등진 채 저 멀리서 걸어오는 정체 모를 남자를 눈에 담은 직후의 일이었다.

푸드득!

어째서였을까? 그를 보는 순간, 나는 한순간이나마 주위의 현실이 내게서 멀어지는 느낌을 받고 말았다. 검은 새가 푸드득 날갯짓을 하며 낙조 위를 노닐었다.

바로 그때, 맞은편에서 걸어오던 남자도 나를 발견했다. 나는 암흑 같은 검은 눈동자가 정면에서 나를 직시하는 모습을 숨을 죽인 채 바라보았다. 문득 깨달았을 때, 정체를 알 수 없는 남자는 나와 열 걸음 정도 떨어진 거리까지 다가와 있었고, 어느덧 내 앞을 가로막고 선 필릭스가 내게 등을 보이고 있었다.

"아아, 그렇군."

장신의 남자가 곧 느리게 입을 열더니 나른한 음성을 뱉어 냈다.

"아타나시아 공주님이시군요."

나는 나를 응시하는 검은 눈동자에 이유 모를 거부감을 느끼고 있었다.

"이렇게 만나 뵙게 되어 영광입니다, 공주님."

그가 연극을 하듯 몸을 움직여 나를 향해 인사를 했을 때도 마찬가지였다.

"제 소개를 드려야겠군요."

그의 태도는 예법에 어긋나지 않았으나 다소 지나치리만큼 자유분방하게 느껴지는 구석이 있었다.

"저는 검은 탑의 수호자, 마법사 카락스라고 합니다. 오벨리아의 축복과 번영이 함께하시기를."

검은 탑의 마법사. 그의 소개를 들은 내 등 뒤의 수행원들이 깜짝 놀라 훅 숨을 들이켜는 소리가 들렸다. 오직 나와 필릭스만이 이 자리에서 유일하게 마음의 동요를 내비치고 있지 않았다.

"검은 탑의 마법사…… 당신이 말인가요?"

"세간에서는 그리 부르더군요."

본인을 검은 탑의 마법사라고 소개한 카락스는 인사를 마친 뒤 조용히 내 얼굴을 들여다보았다.

"그렇군요. 아바마마를 배알하고 돌아가는 길이라 들었어요. 오벨리아의 축복이 그대와 함께하기를 바랍니다."

내가 놀라는 시늉조차 하지 않고 태연히 인사를 받자 그의 눈동자에 한순간 이채가 떠올랐다. 물론 마주한 남자의 기이한 분위기에 나 역시 잠깐 동요하기는 했지만……. 예전에 클로드가 말했던 바에 의하면 결국 가짜라는 거 아니야? 그런데 한동안 종적을 감추었다가 3년 만에 또 나타난 이유가 뭐지?

"호오."

나는 마음속에 의구심을 품고 가짜 검은 탑의 마법사인 남자를 지나쳐 가려 했다. 그런데 돌연 알 수 없는 감탄을 흘리던 그가 갑자기 자리에서 걸음을 뗄 때 내게 한 걸음 다가왔다.

"이 이상 가까이 다가오는 것은 불허합니다."

하지만 필릭스가 그를 제지했다. 그러자 그는 제자리에 멈추어 선 채 흥미가 동한 눈빛으로 나를 요리조리 훑어보았다.

"그대는 황궁의 예법을 잘 모르나 보군요."

그 눈빛이 퍽 무례했기 때문에 나는 싸늘하게 일갈했다.

"아, 무례를 사죄드립니다."

그런데 그는 내 말을 듣고 한차례 헛웃음 같은 것을 흘리다가, 순식간에 표정을 갈아 치우며 더없이 진지한 눈빛으로 나를 보았다.

"공주님, 이런 질문은 실례란 것을 압니다만, 혹시⋯⋯."

그리고 이내 비밀 이야기를 하듯 목소리를 낮추고 엄중히 속삭였다.

"도를 믿으십니까?"

"⋯⋯?"

나는 한순간 귀를 의심했다. 내 머릿속에 이미 수많은 물음표가 물 만난 고기처럼 뛰쳐나와 광란의 춤을 추기 시작했다. 내게 제대로 들은 게 맞을까 싶어 슬쩍 눈길을 돌리니 필릭스도 황당한 얼굴을 하고 있는 것이 보였다. 그럼 내 귀의 성능이 이상해진 건 아니란 말인데⋯⋯.

"⋯⋯."

그럼 뭐야, 이 사람. 도르미⋯⋯? 도르미였어?

"지금 제게 농담을 하신 건가요?"

"이런, 농담 같았습니까?"

나는 난처한 기분이 되어버렸다. 주위의 수행원들은 '역시 괴짜 마법사'라고 대충 납득하고 넘어가는 눈치였지만 아무래도 나는 이 사람이 영 수상하고 마뜩잖았다. 그러나 어쨌거나 대외적으로 검은 탑의 마법사라고 하는 이 남자를 상대로 내 행동반경을 어느 정도로 해야 할지 고민이 되는 것도 맞았다. 으음, 그냥 더 이상 상대하지 않고 무시하는 게 낫겠다. 나는 그렇게 생각한 뒤 방금 전 무슨 일이 있었냐는 듯 얼굴에 미소를 띠었다.

"어머나, 아바마마를 만나 뵈러 가는 길이었는데 시간이 많이 지체되었네요. 마법사님도 해가 지기 전에 살펴 가세요. 그럼."

도 안 믿어요, 옥장판 안 사요! 그러니까 날 붙잡지 마!

"그럼, 혹시 윤회를 믿으십니까?"

그리고 그를 스쳐 지나가던 바로 그 순간 귓가에 바람처럼 날아든 음성에 나는 나도 모르게 손끝을 움찔하고 말았다. 하지만 그런 티를 내지 않은 채 나는 필릭스와 수행원들을 데리고 그대로 남자를 지나쳐 갔다.

뭐지, 저 사람? 왜 나한테 저런 걸 물어보는 거지? 방금 전 들은 말 때문에 기분이 찜찜했다. 그게 무슨 말이냐고 되돌아가서 물어보고 싶었지만 그렇다 해서 그에게 다시 다가가기는 망설여졌다. 나는 스스로를 검은 탑의 마법사라고 한 저 남자가 꺼림칙했다.

어두운 녹색 머리카락, 동공까지 새까만 검은 눈동자. 하물며 내가 아는 누군가와도 전혀 닮지 않은 낯선 얼굴. 그런데 어째서일까. 나는 왜 처음에 그를 보고 루카스와 닮았다고 생각한 거지……?

"나도 잊고 있었다."

클로드도 나와 마찬가지로 그의 등장을 뜬금없다고 생각하는 것 같았다.

"오늘 그 낯짝을 보고 나서야 '그러고 보니 그런 놈이 있었지' 싶더군."

"왜인지 분위기가 좀 이상한 사람이었어요."

"과연. 그동안 뭘 주워 먹었는지 몇 년 전과 분위기가 사뭇 달라지기는 했던데. 그래 봤자 진짜인 척하는 광대인 것은 여전하지만."

역시 가짜는 맞다는 거로군. 지난번과 마찬가지로 내가 너무 클로드를 맹신하는 것 같기는 하지만, 우리 아빠가 가짜라면 가짜인 거지. 하지만 클로드를 만나러 가는 길목에서 보았던 남자를 떠올리면 어김없이 기분이 찜찜해졌다.

"너 검은 탑의 마법사가 다시 나타난 거 알아?"

이럴 때 내가 붙잡고 얘기하기 제일 만만한 사람은 역시 루카스로구나. 나는 그날 밤 또다시 내 방에 찾아온 루카스에게 검은 탑의 마법사 얘기를 꺼냈다.

"그래?"

하지만 흥미를 보일 것이라는 예상과 달리 루카스는 시큰둥하게 대꾸할 뿐이었다. 나는 '어라?' 싶어졌다.

"별 관심 없나 보네?"

"어차피 가짜인걸, 뭐."

"앗, 가짜인 걸 어떻게 알아?"

나는 약간 놀라서 루카스에게 반문했다. 나야 클로드가 가짜라고 말해줘서 아는 거지만 얘는 어떻게 아는 거지? 황성 안에 있는 다른 사람들도 다 곧이곧대로 그 사람이 검은 탑의 마법사라고 믿는 눈치던데? 에메랄드궁에 있는 궁인들도 오늘 하루 종일 그 일로 떠들썩했고. 그러나 루카스는 얄밉게 입꼬리를 당기며 나를 비웃었다.

"너 역사서 안 봤어? 검은 탑의 마법사라고 사기 치다가 나중에 들통나서 여럿 뒈진 거 몰라?"

나는 그의 말을 듣고 김이 샜다. 아, 역사서 얘기였냐. 난 또 뭐라고.

"아니, 그런데 이번에는 진짜일 수도 있잖아. 무슨 근거로 이번에도 가짜일 거라고 확신하는 건데?"

"알려 주면 뭐 해줄 건데?"

그런데 루카스 이놈이 갑자기 나한테 저따위 말을 하는 것이 아닌가?

"응? 뭐 해줄 거냐고?"

처음에는 황당해서 말문이 막혔다. 그런데 장난스럽게 웃고 있는 얼굴을 마주하는 동안 이상하게도 방금 전과는 다른 의미로 말문이 막히기 시작했다. 가령 지난번에 어둠 속에서 보았던 어른 버전의 루카스가 지금 갑자기 겹쳐 보인다거나…….

"해, 해주긴 뭘 해줘? 됐어. 나도 뭐, 막 그렇게 궁금했던 건 아니거든?"

나는 흥 콧방귀를 뀌며 상체를 뒤로 물려서 루카스와 거리를 두었다. 그도 진심으로 한 말은 아니었던 듯 대수롭지 않게 말을 돌렸다.

"그래서 아까 그 가짜 놈을 직접 만났다는 거야?"

그러합니다. 그는 아주 훌륭한 도르미였지!

"나한테 도를 믿냐고 묻던데."

"푸읍!"

그래, 웃기지? 어이없지? 이해합니다. 나도 딱 그 심정이었으니까요! 하지만 그것보다는 남자가 뒤에 한 말이 마음에 걸렸다.

"그리고 윤회를 믿냐고도 묻더라고."

"뭐, 윤회?"

내 말에 루카스가 미간을 좁혔다.

"갑자기 황당하지 않아? 진짜 이상한 사람이었어."

"그러게. 이상한 놈이네."

그런데 루카스는 어째서인지 잠시 무언가를 생각하는 눈치였다. 나는 그런 루카스의 얼굴을 살피다가, 가짜 검은 탑의 마법사를 보고 어딘가 널 닮은 것 같다는 생각을 했다는 사실을 그냥 말하지 않기로 했다.

"나 간다."

"어, 이렇게 일찍 가는 거…….."

슈욱.

야이! 인사도 안 하고 가냐! 아까 마차에서도 그러더니! 나는 얼마 전에 그랬듯, 또다시 심통이 난 채 방에 혼자 남아 루카스를 향해 투덜거릴 수밖에 없었다. 그리고 그러던 어느 순간, 불현듯 화르륵 분노했다. 그러고 보니까 이 밤중에 루카스, 쟤 때문에 열 받아서 이불을 뻥뻥 차고 있는 게 도대체 몇 번째지? 크악, 갑자기 생각하니까 더 열 받는다! 너 그냥 다음부터 내 방에 오지 마!

붕붕!

"아, 맞아. 너……."

"으악!"

퍼억!

나는 베개를 들고 루카스가 사라진 허공에 대고 마구 휘두르다가 갑자기 나타난 형상에 깜짝 놀라 발을 삐끗했다. 방금 전 사라진 자리에 귀신같이 나타난 루카스가 내가 휘두른 베개에 팔을 맞았다.

"지금 달밤에 체조해?"

하마터면 넘어지는 줄 알았다. 하지만 루카스가 휘청거리는 나를 잡아줬기 때문에 나는 민망한 상황을 모면할 수 있었다. 그, 그래도 역시 좀 창피하다! 내가 원맨쇼하는 걸 들키다니! 게다가 그냥 못 본 척 좀 해주면 덧나, 꼭 저렇게 놀리듯이 말할 건 뭐야? 나는 괜히 무안함을 감추고자 루카스를 향해 따지듯이 말했다.

"왜, 뭐 왜 뭐! 왜 또 갑자기 나타났는데?"

그러자 루카스가 넘어지려 하는 나를 붙잡아줬던 손을 놓으면서 재미있다는 듯이 웃었다.

"아니, 그 가짜 놈 만나면 혹시 모르니까 조심하라고 말하려고 했는데 보아하니 그럴 필요 없겠네. 이제 보니 공주님 전투력이 장난이 아니신데?"

으, 으윽! 올해도 차곡차곡 쌓여 가고 있는 나의 흑역사여…….

"그럼 난 갈 테니까 하던 거 계속 열심히 해."

"당장 사라져 버려!"

나는 내 앞에 있는 사람을 향해 다시 베개를 휘둘렀다. 하지만 루카스는 여전히 얄밉게 웃는 얼굴로 베개에 맞기 직전 순간 이동으로 내 방에서 사라져 버렸다.

이잇, 그래도 한 대 정도는 맞아주고 가지! 나는 방에 혼자 남아 아까보다 더한 광란의 베개 휘두르기를 시전할 수밖에 없었다.

"이야, 공주님. 지난번 수식 얘기는 띨띨이들에게 들었습니다."

맑고 화창한 어느 날, 나는 검은 탑의 귀신같이 등장한 수장 할아버지를 보고 소스라치게 놀라고 말았다.

"아주 환상적인 수식이더군요."

으엑, 엄청난 얼굴이잖아? 한 일주일간 계속된 야근에 찌든 회사원 같구나. 하긴 탑에 종속돼서 낮밤 없이 일하고 있으니 맞는 건가? 헉, 생각해 보니까 더군다나 이건 종신 계약이잖아? 하, 할아버지 갑자기 짠내가…….

"어떻게 그런 생각을 다 하신 거지요? 어휴, 저는 그만 소름까지 돋았지 뭡니까."

요 근래 들어 무슨 연구를 하는지 제 방에만 틀어박혀 있던 그는 다크 서클이 거의 턱 밑까지 내려온 얼굴을 하고 비실거리며 나를 향해 다가왔다.

"과찬이세요. 검은 탑의 마법사님이 보시면 조악하다고 웃으실걸요."

"아닙니다. 아무리 훌륭한 마법사라 해도 수식은 아무나 다룰 수 있는 것이 아니지요."

그는 피곤에 전 모습을 하고서도 껄껄 웃으며 나를 추켜세워 주었다. 으앗, 보자마자 얼굴에 이렇게 금칠을 해주니 내가 몸 둘 바를 모르겠…….

"제가 지금 연구 중인 것도 공주님의 머리카락 한 올이면 더 좋은 성과를 낼 수 있을 것 같은데……."

역시 그겁니까? 그럼 그렇지. 난 또 잠깐 넘어갈 뻔했잖아!

나는 잠깐 탑의 수장 할아버지를 흘겨보다가 입을 열었다.

"이상한 데 쓰실 건 아니죠?"

그런데 내 말에 별안간 수장 할아버지가 깜짝 놀란 듯이 두 눈을 동그랗게 떴다.

"설마 정말로 주시는 겁니까?"

그의 목소리가 지극히 조심스러워졌다. 하기야 평소처럼 반쯤 농담식으로 던진 말에 웬일로 내가 낚여 줬으니 놀라울 만도 했다.

"딱 한 올이에요."

그래도 그동안 지켜본 결과 신용 못 할 사람은 아닌 것 같으니까. 처음에야 다짜고짜 마약한 사람처럼 몽롱한 얼굴을 하고 피를 달라고 하는 모습에 질겁했지만 그때 이후로는 저쪽에서 알아서 조절하고 있기도 하고. 비록 겉모습은 초동안이지만 그래도 연세도 많으신 분이 저렇게 날밤을 새우면서 일하는 것도 좀 짠하고…….

또 그는 정말 오벨리아와 클로드를 아끼는 것 같으니까 국익에 반하는 짓을 하지도 않을 것 같고. 평소에 보면 마법사로서의 윤리 의식도 제법 잘 준수하고 있는 것 같으니까 말이지.

"헉, 허억. 이 영롱한 머리카락이라니!"

크헉! 그딴 립 서비스 하지 마! 내가 큰마음 먹고 머리카락을 한 올 떼어주자 수장 할아버지가 그새 어디론가 달려가 가져온 천 조각에 그것을 올려놓고 손을 부들부들 떨며 흥분했다.

"으워어, 정말 감사합니다, 공주님! 전 어서 가서 다시 연구를!"

그래요, 어서 가 보세요. 머리카락 준 게 벌써부터 후회되기 전에…….

"앗, 수장님! 드디어 나오셨군요! 이번에 제가 연구한 것 중에서 여쭤어보고 싶은 게 있…….'"

"비켜, 비켜! 나 지금 다시 연구실에 간다! 내가 밖으로 나오기 전에 먼저 나 찾아오는 놈 있으면 죽인다고 전해!"

"흐엥, 지금 들어가시면 또 언제 나오시는데요?!"

나는 언제 기운 없이 비실거렸냐는 듯 생생한 모습으로 후다닥 달려가는 수장 할아버지를 보며 고개를 절레절레 젓고 말았다. 그 와중에도 내 머리카락을 감싼 천을 갓난아기 품듯 소중히 품에 그러안고 있는 모습이 참으로 애잔하기도 했다. 쿨럭, 내 머리카락을 정말 어지간히 갖고 싶었던 모양이구나. 아, 그나저나 오늘 수장 할아버지를 보면 검은 탑의 마법사에 대해 물어보려고 했는데 기회를 놓쳤잖아?

"앗, 공주님도 계셨군요! 토론의 방에 함께 가시죠. 다른 마법사들은 이미 모여 있다고 하던데요."

그럼 그냥 다른 마법사들한테나 정보를 얻어 볼까?

"저희 탑에도 한번 방문해 주시면 좋을 텐데 말이지요!"

"크으, 검은 탑의 마법사님이 저희 검은 탑에 와 주신다면 이 얼마나 영광일까요. 꼭 신화의 재림 같고, 그림이 확 살 것 같지 않습니까?"

"그런데 우리 탑 구멍 났잖아. 귀찮다고 아직도 안 고쳐서. 그림이 살기에는……."

"헉!"

"흐억!"

바로 그 순간, 내가 던진 미끼를 물어 검은 탑의 마법사에 대해 주저리 떠들던 마법사들이 갑자기 깨달음을 얻은 듯이 급히 숨을 들이켰다. 그리고 곧 그들은 자리에서 벌떡 일어나 허둥지둥 서둘러 탁자 위를 정리하기 시작했다.

"빨리 천장 보수를!"

"오늘부터 내부 수리를!"

"일단 겉보기에라도 그럴싸해 보이게 외벽부터 고치자!"

"오오, 멋진 임기응변!"

"그래, 역시 세상은 공갈로 사는 거지!"

나는 그런 그들을 흥미진진하게 지켜보다가 이내 토론의 방을 나섰다. 으음, 탑의 마법사들도 궁인들과 마찬가지로 이번에 나타난 가짜 마법사에 대해 아는 것은 별로 없구나. 그들이 본 검은 탑의 마법사는 어떤지 궁금했는데 아직 한 번도 얼굴을 직접 본 적이 없다고 하니. 나는 내 머리카락을 고이 싸 들고 사라진 수장 할아버지의 빈자리에 약간 아쉬움을 느끼며 탑을 나섰다.

"아를란타에서 곧 사절단이 온다고 하더군."

"그래요?"

나는 클로드의 어깨를 주물주물해 주다 말고 잠깐 손을 멈추었다. 아를란타의 사절단이라니, 이거 소설 속에서도 나왔던 에피소드 같은데? 제니트가 18살일 때가 아니라 17살일 때의 일이었나? 그럼 역시 서브 남인 카벨 에른스트가 사절단의 호위 기사로 함께 오는 걸까?

나는 예전에 아를란타의 학교에서 보았던 갈색 머리카락과 벽안을 가진 소년을 머릿속에 떠올렸다.

"요정님!"

앗, 기억하지 않아도 될 것까지 같이 떠올라 버렸어!

"손이 놀고 있다."

불시의 기습에 몸을 부르르 떨고 있는 내게 클로드가 말해왔다. 나는 입술을 작게 삐죽이며 다시 멈춰 있던 손을 움직이기 시작했다.

"네네, 알겠습니다요. 소인은 안마를 계속할 테니 폐하께서는 서류를 마저 보시지요."

"좀 더 안쪽으로."

"네엡."

나는 그의 요구에 따라 태평양 같은 어깨의 안쪽으로 슬금슬금 손을 움직여 목덜미에 가까운 부위를 주물러 주었다. 그러자 클로드가 내 손길에 맞춰 고개를 슬쩍 앞으로 기울였다. 처음에만 해도 내가 안마해 줄 때마다 영 익숙하지 않은 듯이 뻣뻣하게 있더니 이제는 적응의 단계를 지나 심지어 즐기는 것처럼 보인단 말이지? 여기 주물러 달라 저기 주물러 달라, 그렇게 힘을 살살 주면 간지럽기만 하다, 곧잘 훈수도 두고 말이야.

나는 근육이 딱딱하게 뭉쳐 있는 어깨를 손끝으로 꾹꾹 눌렀다. 슬슬 손이 뻐근하구나.

"아타나시아."

"네."

"이번에 새로 손봤다던 마법 수식에 관한 안건, 추수제 때 시험해 봐도 나쁘지 않을 것 같더군."

앗? 나는 뜻밖의 소리에 귀를 쫑긋하며 멀거니 허공을 바라보고 있던 시선을 움직였다. 하지만 이 각도에서 클로드의 얼굴이 보일 리 없었다. 나는 그의 예쁘장한 금발 뒤태만 시야에 담을 수 있었다. 이렇게 보니까 우리 아빠, 새삼 두개골 모양이 참 예쁘시네요!

"제가 쓴 거 보셨어요?"

"보라고 가져다 놓은 것이 아니었나?"

에헷, 물론 그건 그렇지만 말이죠. 나는 약간 머쓱해져서 아하하 웃었다. 지난번 생각했던 대로 이번에 새로 정리한 아에테르니타스의 수식을 식물 성장에 넓게 활용해 보면 어떨까 하는 의견을 정리해서 집무실 책상 위에 슬쩍 올려놓은 것인데 다행히 좋게 봐주신 모양이었다.

"다만 지금 이대로 하면 인력이 너무 많이 든다. 이번 달 내에 좀 더 시정해 오도록."

헉! 미션 임파서블인가!

띠링!

[갑자기 돌발 퀘스트가 떨어졌습니다!]
[거절은 거절합니다!]

나는 클로드에게 강제 퀘스트를 부여받고 망연자실했다. 수식을 그 정도까지 축약시키는 것도 힘들었는데 여기서 뭔가를 더 하라니! 우주의 기운이 필요합니다. 으흑!

"아타나시아."

"네에."

아이 참, 오늘따라 왜 자꾸 부르실까? 또다시 손이 놀고 있으니 좀 더 열심히 움직이라는 걸까? 하지만 그건 당신 때문인걸! 이 섬섬옥수로 아빠 어깨를 열심히 주물러 주는 착한 딸에게 칭찬은 못 해줄망정 일거리나 덥석 안겨 주다니, 너무해요. 으흐흑. 하지만 클로드가 나를 부른 이유는 그런 것이 아니었다. 나는 뒤이어 흘러든 고요한 음성에 다시금 멈칫하고 말았다.

"지금 내가 있는 이 자리, 왕좌에 앉고 싶으냐?"

나는 반사적으로 시선을 움직였으나 여전히 나를 등지고 앉은 클로드의 얼굴을 볼 수는 없었다. 그는 내게 언제인지 모를 훗날의 일을 묻고 있었다.

"아니요."

나는 잠시 생각하다가 이내 솔직히 대답했다. 태어났을 때부터 지금까지 이어 온 제 소박한 꿈은 가늘고 길게 사는 것이니까 말이죠. 솔직히 말하면 클로드도 그냥 황제고 뭐고 다 때려치우고 나랑 한적하게 오순도순 살면 좋겠다.

다이아나 엄마에게는 미안한 말이지만 혹시 마음에 드는 사람이 있으면 클로드가 새 장가를 들어도 나는 나쁘지 않을 것 같고. 물론 좀 서운하기야 하겠지만 클로드가 좋다면 반대는 하지 않을 거랍니다.

"솔직히 그런 상상을 해본 적은 있지만 그걸 원하냐고 물으시면, 글쎄요."

하지만 새 장가 같은 건 아마도 틀림없이 클로드가 필요 없다고 하겠지. 나는 지금도 간혹 내 꿈속에 나타나는 다이아나를 떠올리며 생각했다.

"그래, 이런 자리는 누가 줘도 갖지 않는 것이 낫다."

클로드는 내 말에 무덤덤하게 대꾸했다.

"주는 것 하나 없이 빼앗아 가는 것만 많은 자리이니."

"원한다면 천하도 가질 수 있다는 오벨리아의 황제 폐하께서 그런 말씀을 하세요?"

나는 후우 작은 웃음소리를 밖으로 새어 보내며 말했다. 왕위를 이을 것이냐 아니냐 하는 중차대한 문제는 아직 내게는 먼 일로만 느껴졌고, 어차피 클로드도 지금 바로 무언가를 결정할 생각으로 말을 꺼낸 것은 아닐 것이다.

하지만 클로드의 뒤를 이을 수 있는 자식은 오직 나 하나뿐이다. 그리고 나는 지금 이 문제에 있어 내게 선택권이 있는 것처럼 느껴진다는 것 자체가 엄청난 특혜라는 사실을 알고 있었다. 지금 내게 이런 것을 묻는 것 역시 클로드가 내 아버지가 아니라 단순히 오벨리아의 황제였다면 있을 수 없는 일이란 사실도 알았다.

"본래 세상에 대가 없이 가질 수 있는 건 아무것도 없는 법이니 천하를 가진 자라 해도 결국은 그에 상응하는 무언가를 잃은 자나 마찬가지다. 너도 그것을 유념하고 있거라."

"네, 아빠."

그가 아버지로서 물었기 때문에 나도 딸로서 솔직한 내 마음을 말할 수 있었던 것이다. 나는 언제나 든든하게만 느껴지는 클로드의 뒷모습을 보며 작게 웃었다.

"흐음."

클로드의 집무실을 나와 나는 회랑으로 걸음을 옮겼다. 기분 탓인지 이곳의 공기는 다른 곳에 비해 항상 더 무겁고 차가운 것 같다. 역대 황족들이 저마다 커다란 초상화 속에 몸을 담고 이 앞에 선 사람을 엄중한 눈빛으로 내려다보고 있어서 그런가? 나는 초상화들의 시선을 느끼며 걷다가 이윽고 어느 그림 앞에서 멈추어 섰다.

[아에붐(Aevum) 황제와 황태자 아나스타시우스(Anastasius).]

아나스타시우스는 황제가 되기 전에 죽었기 때문에 단독으로 그린 초상화가 없었다.

나는 그림 속에 보이는 두 사람의 모습을 가만히 시야에 담다가 이내 흥 콧방귀를 뀌었다. 전부터 느낀 건데 이 사람들은 볼 때마다 참 재수가 없단 말이지? 생긴 것도 완전 성격 나쁘게 생겼어! 사람의 얼굴을 보면 그 사람의 내면을 알 수 있다더니! 우리 아빠가 뭘 그렇게 잘못했다고 살아생전 그렇게 괴롭혔답니까? 치사하게 그림도 자기들끼리만 홀랑 그리고 말이야. 자기들이 뭔데 우리 아빠만 왕따시키고. 에이, 퉤퉤퉤! 하지만 이제는 우리 아빠도 초상화가 있다, 이 말씀!

나는 죽은 선황과 황태자의 재수 없는 낯짝을 열심히 흘겨봐 준 뒤 팔랑거리며 옆으로 걸음을 옮겼다. 그리고 회랑의 가장 좋은 자리에 떡하니 걸린 커다란 그림을 보고 만면에 흐뭇한 미소를 띠고 말았다. 아이고, 예쁘다. 여기 이 속에 있는 이 예쁜 처자는 도대체 누구예요? 그 옆에 있는 이 잘생긴 남정네는 누구 아빠예요?

나는 애정을 담아 우리의 초상화를 쓰담쓰담해 주고 싶었지만 실제로 그럴 수는 없었기 때문에 그냥 마음속으로만 한껏 찬양했다.

14살 때부터 그리기 시작한 클로드와 내 가족 초상화는 실로 완벽한 아름다움을 자랑하고 있었다. 으, 으음. 솔직히 실물보다 0.5배 정도 더 멋지고 예쁘게 그려진 것 같기는 한데, 원래 약간의 미화는 다들 당연하게 하는 거 아니겠습니까! 분명 여기 걸린 다른 초상화들은 더 엄청난 합성과 수정을 반복했을 거라고!

"크으, 역시 우리 초상화가 최고다."

클로드와 내 초상화는 사실 회랑에 걸린 다른 황족들의 초상화와 약간 달랐다. 일단 우리는 분위기부터가 눈에 띄게 훈훈했다. 지금 이 자리에 있는 그림들을 보면 '다들 나 황제야! 나 황족이야! 내가 제일 잘나가!' 하는 듯이 눈에 힘을 빡 주고 도도한 척을 하고 있는데 클로드와 나는 그러지 않았다.

아마도 역대 황족들 중에 내가 제일 파격적인 초상화를 그린 사람이 아닐까? 다들 근엄한 표정을 짓고 있는 화중에 혼자서 생글거리고 웃고 있었으니까. 하지만 일생에 처음이자 마지막으로 남을 그림일 수도 있는데 정색하고 그려 봤자 좋을 건 또 뭐란 말인가. 애초에 난 화기애애한 가족사진 같은 분위기를 원했단 말이지.

그런 내 바람을 알았던 것일까? 놀랍게도 나와 함께 있는 클로드 역시 아주 여트막하게나마 입가에 미소를 걸고 있었다. 물론 클로드는 미완성의 그림을 처음 봤을 때 '그대, 노안이 왔나 보군. 짐이 언제 이런 멍청한 표정을 짓고 있었다는 거지?'라고 서늘히 읊조려 궁정화가의 모골을 송연하게 만들었지만 이 그림이 마음에 든다는 내 말에 결국은 어쩔 수 없다는 듯 더 이상의 수정 요구 없이 오케이를 했다.

그래서 결국은 우리 둘 다 미소를 짓고 있는, 보기만 해도 가슴 따뜻해지는 이 훈훈한 분위기의 초상화가 황실의 회랑에 걸리게 된 것이다. 어찌 보면 우리는 오벨리아의 황족 중에서 나름의 이단아가 아닐까 싶었다.

아, 물론 그렇다고 해서 클로드가 다른 역대 황제들보다 없어 보이게 그려졌다는 건 절대 아니었다. 우리 아빠는 원래도 카리스마가 넘쳐서 힘을 좀 빼고 있어도 이렇게 간지가 줄줄 흐르고 멋지단 말이야! 내가 예쁜 건 다이아나 엄마랑 클로드 아빠의 좋은 유전자만 받았으니까 당연한 것이고.

나는 약간의 콩깍지가 씐 팔불출적인 생각을 하면서 다시금 흐뭇하게 웃었다.

그렇게 나는 실컷 우리의 초상화를 구경한 뒤에야 만족하고 다시 걸음을 옮겼다. 필릭스는 회랑이 끝나는 복도에서 기다리고 있을 것이 분명했다. 그런데 문득 내 시선 끝에 한 초상화 속의 남자가 걸려들었다.

[아에테르니타스(Aeternitas) 황제.]

순금 같은 머리카락을 길게 늘어뜨리고 있는 그는 역대 최강의 마법사 황제, 세기의 현자라는 위명에 어울리는 위엄 있는 모습을 하고 있었다. 황제로서나 마법사로서나 그가 이룬 업적은 실로 엄청나다고 공부한 바가 있었기 때문에 괜히 그림에서 뿜어져 나오는 기백부터가 범상치 않아 보였다.

으음, 아무래도 제가 당신이 갈고닦아 만든 마법 수식을 좀 씹고 뜯고 맛보고 해야 할 것 같은데 말이죠. 까마득한 후대가 예술에 가까운 내 수식을 파괴하고 있다고 진노하지는 말아주셨으면, 으흑. 나는 속으로 선조 마법사 황제를 향해 심심한 사죄를 올린 뒤 회랑을 빠져나갔다.

⋘⊰✦⊱⋙

"어서 오세요, 손님!"

"몸에도 좋고 맛도 좋은 팜킨이 오늘만 초특가!"

"환상의 세계로 여러분을 초대합니다! 오늘 저녁 8시, 중앙 광장에서 대륙 최고 인기의 애슐라 서커스단이 공연을 선보일 예정입니다!"

아, 역시 시끌벅적하니 사람 사는 맛이 나고 좋구나. 나는 클로드의 허락을 받고 황성 밖으로 나와 있었다. 끄응, 물론 그냥 맨몸으로 나온 건 아니었지만 말이야. 지금 나한테 걸려 있는 보호 마법은 아마 예전에 클로드가 나한테 몰래 새겨 넣던 보호 마법의 뺨을 여러 번 후려치고도 남을 것이었다.

사실 그는 나한테 호위도 몇 명 붙이고 싶어 했는데 그러면 자유롭게 돌아다니기 힘들 것 같아서 내가 거절했다. 놀랍게도 클로드는 꽤나 쉽게 승낙해 주었다. 나는 그 점이 굉장히 수상했지만…… 클로드가 쓸데없이 의심할 거면 그냥 나가지 말라고 해서 일단 의구심을 고이 접고 말았다.

"주문하신 메뉴 나왔습니다. 내 마음속에 두근두근 콩닥콩닥 퐁당퐁듀와 슈가슈가 달콤상콤 스페셜 파르페입니다."

나는 예전에 루카스와 함께 외출했을 때 들렀던 디저트 카페에 들어와 있었다. 오늘도 점원은 기나긴 디저트의 이름을 주문을 외듯 읊었다. 그런데 기분 탓인가? 왜인지 지난번에 왔을 때보다 이름이 조금 더 길어진 것 같기도 하고.

크으, 그나저나 오늘도 역시 눈부신 자태를 뽐내고 있구나! 나는 테이블 위에 놓인 디저트를 보고 대번에 행복한 기분이 되어버렸다. 아, 이럴 때는 같이 온 사람이 있어야 여러 종류를 시켜서 같이 나눠 먹고 그러는 건데. 루카스라도 불러서 데리고 올걸 그랬나.

약간의 아쉬움이 남았지만 이미 버스는 지나갔기에 어쩔 수 없었다. 그런데 그때, 아직까지 자리를 떠나지 않고 있던 점원이 내 앞에 예쁘게 플레이팅 된 케이크를 하나 내려놓았다. 응? 나 이건 주문 안 했는데?

"이건 서비스입니다."

"서비스요?"

"네, 단골이시잖아요."

앗!

나는 그 말을 듣고 깜짝 놀라 버렸다. 무, 물론 내가 외출할 때마다 이 디저트 카페를 찾은 건 맞지만 설마 내 얼굴을 기억하고 있을 줄이야. 더군다나 내가 황성 밖의 가게에서 단골 소리를 들을 줄은 설마 몰랐기 때문에 더욱 놀라고 말았다.

아, 그래도 3년 전에 유포된 데뷔탕트 때의 영상석으로 제국민들 사이에 내 얼굴이 알려져 있는 걸 알아서 외출할 때마다 마법으로 얼굴을 살짝 바꾸고 있던 참이라 다행이다.

"그럼 맛있게 드세요."

"고맙습니다."

점원은 쿨한 인사와 함께 쟁반을 들고 자리를 떠났다.

어쨌거나 공짜라니 좋구나. 윽, 공짜를 밝히면 대머리 된다던데. 그래도 원래 밥은 공짜 밥이 더 맛있고, 디저트는 공짜 디저트가 더 맛있는 법이지!

나는 즐거운 마음으로 눈앞에 있는 디저트를 맛보기 시작했다. 아,

이런 여유로움 참 좋구나. 아는 사람이 아무도 없는 곳에서 혼자만의 시간을 보내는 것도 가끔은 필요한 일인 것 같다.

나는 맛있는 것도 먹고, 창밖도 구경하고 하면서 홀로 한가로운 시간을 보냈다.

다그닥.

그러던 어느 순간, 거리에 멈춰 선 마차가 문득 눈에 띄었다. 응? 왜인지 저 마차 눈에 익은데. 기분 탓인가? 하지만 마차의 문이 열리고 거기에서 내려서는 사람을 보았을 때, 나는 어디선가 저 마차를 본 적이 있는 것 같았던 이유를 알 수 있었다.

반짝이는 은발과 태양 같은 금안을 가진 미남자가 마차에서 내려서자 길을 지나던 사람들의 시선이 한눈에 그에게 집중되었다. 나 역시 가게 안에서 창밖으로 눈길을 고정시키고 있었다. 그리고 잇따라 그의 손을 붙잡고 마차에서 내려서는 아름다운 소녀를 본 뒤, 테이블 위에 팔을 올려 거기에 턱을 괴었다.

이제키엘과 제니트는 길가에 비추는 햇살을 통째로 독점하기라도 한 것처럼 놀라운 존재감을 자랑하며 눈부시게 빛나고 있었다. 두 사람이 손을 잡고 나란히 서 있는 모습이 마치 누군가가 공들여 만든 남녀 한 쌍의 아름다운 인형 같았다. 거리에 있는 사람 모두가 한 번씩 그런 두 사람을 훔쳐보고 지나갔다.

제니트가 마차에서 완전히 내려선 직후, 이제키엘이 그녀에게 무어라 말했다. 그러자 제니트도 입술을 열어 그에게 대꾸했다. 창문을 사이에 두고 있는 데다 그리 가까운 거리가 아니어서 그런지 그들이 무슨 대화를 나누고 있는지는 들리지 않았다.

물론 루카스가 그랬듯 나 역시 마법을 이용하면 그들의 대화를 엿듣는 정도야 식은 죽 먹기일 터였으나 무엇하러 그런 짓을 한단 말인가.

나는 다정해 보이는 두 사람의 모습을 턱을 괸 채 바라보았다. 두 사람은 곧 어디론가 이동하기 시작했다. 그런데 잠시 후 돌연 제니트의 걸음이 우뚝 멈추어졌다.

이제키엘이 옆으로 고개를 돌리자 그녀가 곤혹스러운 얼굴로 입을 열었다. 그 직후 이제키엘의 눈동자가 그녀의 발치로 향했다.

나는 제니트가 난처한 얼굴로 살짝 치맛자락을 들어 올리는 순간, 그녀의 구두 굽이 바닥에 깔린 도보 사이에 끼었다는 사실을 알아차렸다. 아이고, 저거 쉽게 안 빠질 텐데. 물론 반동을 이용해 힘을 줘서 다리를 확 들어 올리면 굽을 빼는 데 성공할 수도 있었지만 그렇게 하면 숙녀로서 꽤나 민망한 모양새가 되는 데다 자칫 잘못하다가는 굽이 부러질 수도 있었다.

이 디저트 카페의 단골이 될 만큼 이곳을 자주 방문한 만큼, 나는 저 밖에서 지금의 제니트와 같은 곤욕을 치른 귀부인을 꽤나 많이 봐 왔다.

내가 몰래 도와줄까? 그런 생각을 하며 나는 몸속의 마력을 움직이기 시작했다.

하지만 결과적으로 내가 나설 자리는 없었다. 빛나는 은발이 잠깐 모양을 흐트러뜨리는 것과 동시에 이제키엘의 몸이 낮아졌다. 나는 직접 다리를 굽혀 제니트의 구두로 손을 뻗는 이제키엘을 바라보았다. 그리고 그의 어깨 위로 내려앉는 제니트의 장갑 낀 가느다란 손가락도.

이제키엘이 손을 대자마자 구두 굽이 쉽게 빠졌기 때문에 사실상 그 광경은 몇 초의 시간밖에 되지 않았다. 나는 다시금 몸을 일으킨 이제키엘에게 향하는 제니트의 눈빛을 보고 작게 벌렸던 입술을 다시 다물었다.

저 눈에 담긴 감정을 지금 내 머릿속에 떠오른 단어 외에 달리 무엇이라 부를 수 있단 말인가. 저렇게나 봄볕처럼 다정하고 따스해, 옆에서 보는 것만으로도 그 안에 담긴 설렘과 애정이 여실히 전해져 오는 것을. 이제키엘은 저 눈빛이 무엇을 의미하는지 모르는 걸까?

나는 다시금 움직이기 시작한 두 사람을 정확히 정의 내리기 어려운 기분을 안은 채 바라보았다.

바로 그때, 착각처럼 환한 금색의 눈동자와 한순간 시선이 마주친 것 같았다. 나는 무심코 흠칫했지만 이제키엘과 제니트가 곧 내 시야에서 완전히 사라져 버렸기 때문에 그저 기분 탓이었다고 치부해 버렸다.

"역시 루카스라도 데리고 올 걸 그랬어……."

나는 공연히 싱숭생숭한 기분을 느끼며 거의 다 녹은 파르페의 아이스크림을 뒤적였다.

"여기요!"

에잇, 케이크나 더 먹어야지! 이번에는 자몽 무스랑 초코 퍼지를 시킬까? 나는 돼지가 되지 않을까 싶을 정도로 케이크를 많이 주문해서 눈앞에 수북이 접시를 늘어놓고 다시금 행복한 먹방을 시작했다.

"잠시만 실례하겠습니다."

그리고 어느 정도 배가 차서 노란 햇살이 비쳐 드는 창가를 하릴없이 바라보고 있을 때였다. 갑자기 귓가에 부드러운 저음의 음성이 파고든다 싶더니 비어 있던 맞은편 자리에 별안간 누군가의 인기척이 느껴졌다.

나는 '이게 뭐지?' 하는 생각으로 고개를 돌렸다. 그리고 곧 소스라치게 놀라서 손에 괴고 있던 턱을 떨어뜨릴 뻔하고 말았다. 그도 그럴 것이 지금 내 눈앞에 있는 것은 다름 아닌 이제키엘이었던 것이다! 내가 당황해서 어버버거리고 있는 사이 그가 나를 향해 다시금 입을 열었다.

"아까 저와 눈이 마주치지 않았습니까?"

"그, 그런 기억 없는데요?"

서, 설마 아까 전에 눈이 마주친 것 같던 게 기분 탓이 아니라 진짜였나? 아니, 설령 그렇다고 해도 왜 여기까지 와서 나한테 말을 거는 거야?!

당황해서 더듬거리는 내 말에 이제키엘이 고개를 슬쩍 옆으로 기울였다. 미남의 공식에 따라 이제키엘은 고개를 어느 각도로 틀어도 굴욕 없이 잘생겼다. 그래서 주위에 있던 여자들이 자꾸만 그를 힐끔거리고 있는 게 느껴질 정도였다. 뒤이어 이제키엘이 얼굴에 옅은 미소를 띠기까지 하자 더욱 그랬다.

"실은 제가 아는 분과 무척 닮으셨습니다."

"그래서요?"

아마 가게 안에 있는 사람들은 지금 내가 이제키엘에게 헌팅을 당하고 있다고 생각하지 않을까?

"이대로 놓치기 아쉬워 잠시 인사라도 나눌 수 있을까 하고."

하지만 나는 지금 그가 내게 장난을 치고 있다는 사실을 알 수 있었다. 거참, 난감하네. 나는 잠시 할 말을 잃은 채 마주한 사람의 얼굴을 바라보다가 이내 체념하고 끄응 신음했다.

"나인 줄 어떻게 알았어요?"

"제가 당신을 못 알아볼 리가 있겠습니까?"

이제키엘은 지금 우리가 있는 곳이 황성의 바깥이라는 사실을 의식하고 있는 듯 나를 '공주님'이라는 호칭 대신 '당신'이라고 불렀다. 황궁밖에 있는 나를 처음 본 것이 아니라 그런지 그는 별로 놀라지 않은 눈치였다.

안녕, 내 얼굴. 오늘로서 이 얼굴은 마지막이다. 앞으로는 좀 더 새롭게 리뉴얼한 얼굴로 외출하리라! 나는 마법으로 얼굴을 약간 손봤는데도 먼 거리에서 곧바로 나를 알아본 이제키엘을 보며 다짐했다.

"함께 온 마그리타 양은 어쩌고 이 자리에 있나요?"

"제니트가 드레스를 맞출 동안 저는 커프스단추를 보러 가기로 되어 있었거든요."

"그럼 원래 목적대로……."

"괜찮습니다. 가 봤자 마음에 드는 것은 없을 예정이니까요."

나는 부드럽게 속삭이는 이제키엘의 목소리에 그만 허를 찔린 기분이 되어버렸다. 선수……? 선수인가? 이제키엘은 알고 보니 선수였던 건가? 어떻게 저런 천연덕스러운 말을……. 내가 허락하기도 전에 내 맞은편 자리에 앉아서 저렇게 쓸데없는 멋짐을 뿜어내고 있는 것도 그렇고 말이야.

"어차피 잠시뿐일 테니 곁에 있는 것을 허락해 주시지 않겠습니까? 그저 짧은 시간이나마 가까이에 있고 싶을 뿐이니 저를 없는 사람으로 취급하셔도 괜찮습니다."

나는 이어진 이제키엘의 속삭임도 앞의 말과 같은 것으로 취급하고 그를 내칠 수도 있었다. 지금까지 내가 해온 대로라면 이번에도 마땅히 그래야 했고, 또 그러는 것이 내게도 더 좋은 선택이었다. 하지만 지금 내 귀에 닿은 말은 나로 하여금 그를 밀어내기 어렵게 만드는 구석이 있었다.

나는 잠시 그를 말없이 바라보다가 이내 작게 한숨을 내쉬었다.

"없는 사람으로 취급하기에 그대는 존재감이 너무 강한걸요."

내 말에 이제키엘이 후, 웃었다.

"한데…… 꽤 시장하셨던 모양입니다."

다음 순간 그의 시선이 테이블 위를 한차례 훑는다 싶더니 내 귀에 그리 반갑지 않은 소리가 들려왔다. 억, 맞아. 나 케이크 엄청 많이 시켜 먹었지. 나는 그와 내 사이에 있는 수많은 접시와 그 위에 있는 케이크의 잔해를 보면서 다소 민망한 기분을 느끼고 말았다.

"원래 디저트를 먹는 배는 따로 있다는 속설도 모르나요?"

"그런 속설이 있었군요."

흥, 이 정도 가지고 놀리려고 하기는. 이거 왜 이래, 제니트도 나랑 둘이 있을 때는 꽤 많이 먹는다고? 만약 제니트가 그동안 당신 앞에서 새 모이처럼 먹는 모습만 보였다면, 그건 아마 그녀가 그쪽을 좋아하기 때문일 거랍니다.

"……."

그러던 도중에, 문득 아까 전 창밖에서 보았던 장면이 다시금 머릿속을 스쳐 지나갔다. 나는 맞은편에 앉은 사람에게 조용히 시선을 고정했다. 오후의 햇빛에 반쯤 하얗게 물들어 있는 단정한 은발. 고요히 나를 담아내고 있는 미동 없는 금빛의 눈동자. 이제는 앳된 티를 완전히 벗어던지고 어른이 된 그의 얼굴.

이제키엘 알피어스.

제니트가 좋아하는 남자.

아무 말 없이 시선을 마주하고 있는 동안에도 시간은 끊임없이 흘러갔다.

잠시 후, 나는 먼저 평온한 공기를 깨뜨리며 천천히 입을 열었다.

"마법 용품은 너무 장기간 소지하고 있으면 좋지 않아요. 저택 내에서라도 몸에서 떨어뜨려 놓으라고 그대가 마그리타 양에게 대신 전해 주세요."

나는 오늘도 그녀가 끼고 있던 반지를 떠올리며 말했다. 그것은 제니트가 평소에도 늘 착용하고 있던 것으로, 아마도 보석안을 가려 주는 마법 용품일 것이라고 나는 추측하고 있었다. 물론 모두가 마법 용품 때문에 악영향을 받는 것은 아니고 이것 역시 제니트가 흑마법에 의해 태어난 아이이기 때문에 갖는 희귀한 경우였지만 그런 말은 따로 하지 않았다. 내 말에 이제키엘이 미세하게 눈매를 움찔하더니 내게 물었다.

"마법 용품의 소지자를 가려내실 수 있는 겁니까?"

"아주 옅게나마, 느낌으로요."

그 후 이제키엘은 잠시 침묵했다. 나는 그의 눈동자가 내 눈을 조용히 들여다보는 동안 마찬가지로 마주한 얼굴을 가만히 응시했다.

"저는 가끔씩 공주님께서 사실은 모든 것을 다 알고 계신 게 아닌가 하는 생각이 들 때가 있습니다."

곧이어 그에게서 흘러나온 나지막한 음성에 나는 가느다란 미소를 입가에 그려 보였다.

"그럴 리가요. 모든 걸 다 아는 건 오직 신뿐이겠죠."

언뜻 평온하게 느껴지는 침묵 어린 공기 위를 그의 미동 없는 시선이 가로질렀다. 잠시 후, 작은 목소리가 노란 햇빛 속을 부유했다.

"예, 신뿐이겠지요."

"어머머머머."

나는 내 귀를 스치는 '어머머'의 향연에 슬그머니 눈동자를 굴리고 말았다.

"그럼 지금 입고 계신 그 드레스를 알퍼어스 공자님이 직접 골라 주신 거란 말이에요?"

하늘에 구름 한 점 없는 화창한 오후였다. 오늘도 변함없이 다들 참 발랄하구나.

내 다과회에 초대받은 영애들이 이렇게 호들갑을 떠는 원인은 바로 이제키엘이었다. 나는 그녀들의 시선을 한 몸에 받고 있는 제니트에게 시선을 움직였다.

"네, 맞아요."

제니트가 수줍은 듯 대답하자 영애들이 또 한 번 일제히 소란을 떨어 댔다.

"세상에, 부러워라."

"어쩜 알피어스 공자님은 세심하기도 하시지."

"어쩐지 오늘따라 마그리타 양의 드레스가 참 예쁘다 했어요."

이야. 제니트, 오늘 참 핫하네. 이렇게 모두의 관심을 한 몸에 받고 있다니. 이렇게 된 이유는 제니트가 방금 전 우연히 '오늘 입은 드레스는 지난번 이제키엘이 함께 골라 준 것'이라는 말을 흘렸기 때문이다.

"제가 부탁하면 종종 같이 외출해서 드레스나 보석 등을 함께 골라 주기도 해요."

그 말에 모두가 제니트를 향한 부러움을 감추지 못했다. 다른 영애들은 파티 때 춤 한 번 같이 추기도 어려운 이제키엘이 제니트와는 함께 많은 시간을 보내고 쇼핑 때 옷을 직접 골라 주기도 한다고 하니, 그를 흠모하는 여인들이 부러움을 느낄 만도 했다. 게다가 남자 주인공의 공식에 따라 오벨리아에서 열이면 아홉 정도는 모두 이제키엘에게 이성으로서의 연심을 가지고 있지 않던가?

만약 제니트가 잘난 척을 하거나 거들먹거리듯이 말했으면 바로 그 순간 그녀는 모든 여인의 공공의 적이 되었을 테지만 제니트의 태도에서는 담백한 쑥스러움만이 느껴질 뿐이었다. 그 모습이 소녀다운 수줍음을 간직하고 있어 참으로 풋풋하고 어여쁘기도 했다.

"흐음. 마그리타 양과 알피어스 공자님은 그저 오누이 같은 사이라고 했죠?"

하지만 그렇다 한들 이제키엘을 혼자 독차지하고 있는 그녀에게 약간의 질투심도 느끼지 않기는 확실히 어렵긴 하겠지. 어느 영애가 입술을 모으며 흘린 말에 다른 영애들이 냉큼 미끼를 물었다.

"그리고 보니 알피어스 공자님과 마그리타 양은 몇 년 전부터 줄곧 같은 저택 안에서 지내고 있잖아요."

"예전의 그 생각은 아직 그대로인가요? 저라면 그렇게 동고동락하는 동안 없던 연심도 싹틀 것 같은데 말이죠."

"게다가 알피어스 공자님이 좀 멋있는 것도 아니고요."

"또 드문 경우이기는 하지만 저희 오벨리아에서는 사촌 간의 혼인까지도 허가하고 있잖아요."

그래도 대부분은 나쁜 의도가 있다기보다 순전히 이제키엘과 제니트 사이에 핑크빛 기류는 정말 하나도 없는지를 궁금해하고 있었다.

"그건……."

나는 그녀들 사이에 끼지 않고 그냥 조용히 찻잔을 기울이기만 했다. 제니트가 눈에 띄게 곤란해하고 있어서 중간에 한번 분위기를 전환시켜야 하나 싶었지만 어차피 지금 내가 끼어들어 봤자 저런 질문은 앞으로 몇 번이고 계속 들어올 수 있었다. 그럴 바에야 차라리 지금 제니트가 뭐든 대답하게 놔두는 편이 낫지 않을까 하는 생각이 들었다. 게다가 솔직한 심정으로 이제키엘과 제니트의 일에 어떤 식으로든 먼저 간섭하고 싶지 않은 마음도 있었다.

나는 무언가를 생각하듯 잠겨 드는 제니트의 눈동자를 바라보았다.

"공주님, 검은 탑에서 마법사님이 방문하셨습니다."

마침내 제니트가 대답하려는 듯 작게 입술을 벌렸을 때, 화원 한쪽에 서 있던 세스가 내게 다가와 작은 목소리로 전해 왔다. 검은 탑에서 마법사가 왔다고? 무슨 일이지?

"이쪽으로 오시라고 해."

그리고 내 허락을 받아 화원 안으로 들어선 검은 탑의 마법사는 바로…….

"오벨리아의 평화가 함께하시기를. 기별 없이 방문해 죄송합니다, 공주님. 실례를 용서하시기를."

어억, 바로 루카스였다! 나는 내 앞에 살짝 수그려진 깜장 머리를 보며 잠시 당황하다가 이내 침착하게 고개를 들라고 그에게 명했다.

"아앗!"

"허억! 저분은……!"

"어머, 어머어머어머어머."

영애들은 화원에 모습을 드러낸 루카스를 보고 저마다 뺨을 붉히거나 탄성을 내뱉었다. 관심 없는 척하며 그를 힐끔거리는 영애들도 있었다.

"무슨 일인가요?"

"수장님께서 공주님께 전해드리라 한 것이 있습니다. 수식에 관련된 사항이라 하면 아실 것이라 들었습니다만."

아, 맞다! 클로드가 그때 추수제 전까지 시정해 오라고 한 수식 때문에 뭘 좀 실험해 보려고 수장 할아버지의 의견을 구했지! 내 머리카락을 가지고 한참 방에 틀어박혀서 실험 중이라 도통 밖으로 나오지를 않아 얼굴 한 번 보기가 참 힘들었는데. 너무 늦지 않게 도움을 받을 수 있어서 다행이다.

"고마워요. 제 궁인이 안내하는 곳으로 옮겨 주세요."

"그러겠습니다."

그런데 나한테 준다는 게 그냥 자료인지, 아니면 실험 도구인지 알수가 없어서 일단 내 방은 말고 옆에 있는 빈방에 가져다 두기로 했다.

루카스는 나한테 또 한 번 정중히 인사한 뒤 뒤돌아 화원을 떠났다. 와, 그런데 루카스 쟤, 탑에서 제대로 일할 때도 있잖아? 심부름도 할 줄 알고! 난 매일 빈둥거리면서 놀고먹는 줄로만 알았는데 이것 참 의외…….

"아아, 고독한 검은 늑대님……!"

헉, 그리고 보니 당신도 지금 여기에 있었지! 나는 옆에서 들려오는 몽롱한 음성에 흠칫하며 고개를 돌렸다. 그러자 매우 아련한 눈망울을 한 채 루카스가 떠난 자리를 바라보고 있는 백합 소녀가 눈에 들어왔다. 나는 또 곧장 화들짝 놀라 시선을 움직였다.

앗, 다행이다! 루카스가 완전히 화원을 벗어났어! 그럼 저 고독한 검은 늑대란 소리를 못 들었겠지? 으앙, 백합 소녀, 당신은 방금 구사일생했어요!

"마법사님 너무 멋지세요!"

"마법사 복장 때문인지 평소 금욕적인 느낌인데, 왼쪽 눈 밑의 눈물점을 보면 은근히 섹시해서 가슴이 술렁술렁 두근두근하는 게······."

"제가 봤을 때는 앞으로 이삼 년만 더 지나면 분명히 알피어스 공자님 못지않게 오벨리아에서 최고로 근사해질 것 같아요."

루, 루카스. 너 영애들 사이에서 평가가 굉장히 후하구나.

"같은 황성에 있으니 공주님은 마법사님을 자주 만나시겠죠?"

"꼭 그렇지도 않아요. 그는 거의 탑에서만 생활하니까요."

물론 시도 때도 없이 내 방에 나타나긴 하지만, 그건 비밀이었다.

"하긴, 탑의 마법사님들은 속세를 떠나서 마법 연구에만 매진하신다고 들었어요."

"어마, 아쉬워라. 그럼 마법사님은 결혼도 안 하신단 말이에요?"

"으음, 꼭 그런 건 아닌데 그래도 대부분은 독신으로 지내는 것 같아요."

하기야 마법사들은 매일 탑에 틀어박혀 있으니까 결혼을 한다고 해도 그걸 제대로 된 결혼 생활이라고 할 수는 없지 않을까?

그러자 곧바로 영애들 사이의 분위기가 약간 어두워졌다. 루카스는 순식간에 '앞으로 2, 3년 후가 기대되는 멋진 마법사'에서 '2년 후든 3년 후든 아무리 눈앞에 알짱거려 봤자 못 먹는 감일 뿐인 쓸데없이 멋진 마법사'로 평가 절하되었다.

"아아, 역시 고독은 루카스 님의 숙명인 것을······!"

오직 백합 소녀만이 이루어질 수 없는 연정을 혼자서 더욱 불태우고 있을 뿐이었다.

"알피어스 공자님은 왜 약혼을 하지 않는 걸까요?"

"그러게요. 이미 혼기도 되었는데."

영애들은 다시 관심사를 바꿔 이제키엘에 대해 이야기하기 시작했다.

"마그리타 양은 그 이유를 아나요?"

"이제키엘은……."

나는 제니트의 시선이 한순간 나에게 닿은 것 같다고 느꼈지만 그것은 실로 찰나였다.

"아직 혼인할 생각이 없는 것 같아요."

"따로 마음에 둔 분이 있는 건 아니고요?"

기회를 놓치지 않고 어떤 영애가 물었다. 나는 다른 영애들의 귀까지 덩달아 쫑긋 세워지는 느낌을 받고 그만 그녀들이 귀여워 야트막하게 웃고 말았다.

"그의 속마음까지 알 수 있는 방법은 없지만."

제니트는 대답을 망설였던 아까와 달리 이번에는 멈추지 않고 말을 이었다.

"제가 알기로 지금까지 이제키엘과 가장 가까운 사람은 저니까요."

워낙 청아해 그저 조용히 읊조리기만 해도 노래하는 듯 들리는 제니트의 목소리가 화사한 꽃들 사이로 흘러들었다. 그러나 그녀의 말은 해석하기에 약간 모호한 감이 없잖아 있었다. 나는 영애들이 고개를 갸웃하며 서로서로 헷갈리는 눈빛을 교환하는 것을 발견했다.

"그러고 보니 지난주에도 알피어스 공자님과 마그리타 양이 밖에 있는 것을 누군가 보았다고 하던데요."

"네, 함께 외출했었어요."

"그런데 그날 디저트 카페에서 알피어스 공자님과 웬 여성분이 함께 있는 걸 본 사람도 있다고 하더라고요?"

바로 그 순간 찻잔을 옮기던 나와 제니트의 손이 나란히 멈칫했다.

"그 여성분은 누구인지 도무지 알 수가 없었다고 하던데 그냥 뜬소문일까요?"

다, 다행이다. 그날 이제키엘을 만난 직후 혹시 몰라서 인식 장애 마법도 같이 걸었는데. 아니었으면 아마 모르긴 몰라도, '알피어스 공자가 밖에서 아타나시아 공주를 닮은 묘령의 여인과 단둘이 데이트를 했더라!'라는 소문이 오벨리아의 온 시내를 휩쓸었겠지.

영애들의 의문 어린 얼굴을 보며 제니트도 고개를 갸웃했다.

"글쎄요, 그런 소문이 있었나요?"

"마그리타 양도 잘 모르시는군요?"

"네······. 아무리 가까이 있어도 제가 그에 대해 모든 걸 알 수는 없으니까요."

나는 테이블 위에 찻잔을 내려놓는 제니트에게 시선을 던졌다. 영애들이 곧 화제를 돌렸다.

제니트는 화사한 꽃을 등지고 앉아 잠시 그녀들이 하는 말을 가만히 듣기만 하다가 곧 자리에서 살며시 일어났다.

"잠시만 실례할게요."

이럴 경우는 세면실에 가는 경우가 대부분이었기 때문에 모두 자리를 떠나는 제니트에게 신경 쓰지 않았다.

"마그리타 양이 자리를 비웠으니 이제 좀 속 시원히 말을 꺼낼 수 있겠네요."

그런데 제니트가 화원에서 완전히 모습을 감춘 뒤, 어느 영애가 나를 향해 조심스럽게 물어 오는 것이었다.

"공주님, 혹시 알피어스 공자님이 공주님께 마음이 있는 게 아닌가요?"

"어머, 무슨 말씀이시죠······?"

나는 그 은근한 물음에 웃는 낯으로 고개를 기울이며 반문했다. 그러자 어째서인지 그런 우리 두 사람의 모습을 조용히 지켜보고 있던 영애들이 하나둘씩 입을 열기 시작했다.

"사실은 저도 그렇게 생각했어요. 바비드 영애의 생각도 저와 동일했군요?"

"네. 전부터 제 느낌은 그랬는데, 마그리타 양이 있으면 왜인지 이런 말을 꺼내기가 조금 그렇더라구요."

"맞아요. 아무래도 알피어스 공자님과 가장 근접한 거리에 있는 영애라서 그런 걸까요?"

"그런데 알피어스 공자님이 공주님께 마음이 있는 것 같다니요? 좀 더 자세히 이야기해 주세요."

"딱히 길게 이야기할 정도는 아니고…… 그냥 가끔씩 연회 때나 무도회장에서 보면 그런 느낌이 들어서요. 지난번 야유회 때도 그랬고요."

"아, 전 다른 일 때문에 야유회에 참석하지 못했는데 그날 알피어스 공자님이 그 자리에 방문하셨다는 이야기는 들었어요."

나는 약간 목에 가시가 걸린 것 같은 기분으로 영애들이 하는 말을 들었다.

"제가 보았을 때는, 알피어스 공자님이 공주님을 바라볼 때의 눈빛이 다른 이를 대할 때와 사뭇 다르던걸요."

그녀들은 상당히 궁금한 듯이 나를 쳐다보고 있었다. 평소 이제키엘과 이런 식으로 엮일 만한 일이 특별히 없었는데도 영애들이 저렇게 말하는 것이 나는 약간 신기했다. 내가 대답할 말은 이미 정해져 있었다.

"아쉽게도 알피어스 공자와 저 사이에는 여러분이 궁금히 여기실 만한 일이 하나도 없었답니다."

나는 처음 바비드 영애의 말을 들었을 때부터 한 치의 동요도 내비치지 않으며 여전히 웃는 낯을 한 채 말을 이었다.

"모두 아시다시피 그는 친절한 사람이라 제게도 할 수 있는 모든 예를 갖추어 행동했을 뿐이에요."

2년 전 흐드러지는 하얀 꽃들 사이에서 내 시야에 아스라이 번졌던 열띤 눈빛이 떠올랐지만 그것은 잠시뿐이었다.

"이런 오해를 받는 것을 알면 알피어스 공자가 상당히 곤혹스러워하겠네요."

나는 눈을 한 번 감았다 뜨는 것으로 머릿속에 떠오른 영상을 지워 버렸다. 영애들은 내가 조금도 동요하지 않은 채 웃어 보이자 약간 실망하는 눈치였다. 만약 이제키엘과 나 사이에 아무런 감정적 교류가 없는 것이 사실이라 해도, 하다못해 내가 수줍어하며 뺨을 붉히거나 조금이라도 당황스러워했다면 대화가 퍽 재미있게 진행되었을 텐데.

"그런데 오늘 마그리타 양이 입은 드레스가 정말 예쁘던데, 저도 다음에는 마담 티오렌의 숍에서……."

다시금 대화의 화제는 다른 것으로 옮겨졌다. 나도 영애들이 하는 말에 중간중간 화답하며 시간을 보냈다. 시야 가득 만발한 꽃. 귓가에 재잘거리는 맑은 목소리. 코끝에 감도는 달콤한 차향. 그 속에서 아무도 몰래 소리 없이 가슴에 일던 파문도 곧 잠잠히 가라앉았다. 그러다 어느 순간 문득 나는 화원의 입구 쪽으로 시선을 움직였다. 제니트가 생각보다 늦네……?

"네 오른쪽에 앉았던 여자지?"

"뭐가?"

"검은 늑대인지 뭔지, 너한테 거지 같은 소리 지껄인 인간 말이야."

"푸읍!"

갑작스러운 루카스의 말에 나는 마시고 있던 야채 주스를 입 밖으로 뿜었다. 으악, 이거 릴리가 나한테 몸보신하라면서 만들어준 특제 건강 주스인데! 나는 마력으로 바닥에 흘린 주스를 깨끗이 닦으며 더듬거렸다.

"가, 갑자기 그게 무슨 소리니?"

"그 여자 겁나 수상쩍었어."

이 자식, 쓸데없이 눈치만 빨라 가지고! 다과회장에 그냥 잠깐만 들렀다 간 것뿐이면서 도대체 그런 수상쩍음은 언제 감지한 거지? 호, 혹시 루카스가 떠나고 나서 백합 소녀가 검은 늑대란 호칭을 중얼거린 걸 들었나? 아냐…… 만약 들었으면 이놈이 지금처럼 말할 리가 없어.

"수상쩍긴 뭐가 수상쩍어?"

"네 손님 중에서 나한테 제일 관심이 지대해 보이던데?"

헉, 역시 숨길 수 없었구나! 하긴 백합 소녀의 순정도 어언 3년째! 이번 다과회 때도 루카스를 보고 대번에 하트 뿅뿅한 얼굴이 되었으니 애초에 숨기는 건 불가능한 일이었을지도 몰랐다. 그래도 나는 일단 백합 소녀를 보호하기 위해 튕겨 보았다.

"관심은 무슨!"

"그 헤롱헤롱한 얼굴 하며."

"헤롱헤롱은 무슨!"

"그 초롱초롱한 눈빛 하며."

"초롱초롱은 무슨!"

물론 루카스에게는 1만큼도 통하지 않았다. 그는 내 말이 같잖다는 듯 비웃었다.

"헬레나는…… 헬레나는 네가 아니라 마법에 관심이 있는 것뿐이야!"

"아아, 마법?"

"그래! 절대 너한테 관심이 있는 게 아니라고! 알겠냐, 이 왕자병아!"

그래도 나는 지레 찔려서 루카스에게 삿대질하며 외쳤다. 그러자 루카스가 소파의 팔걸이 부분에 걸터앉은 채로 용쓴다는 듯이 나를 쳐다보았다.

"근데 왜 그렇게 쫄아?"

"쫄다니, 내, 내가 언제!"

"지금 쫄아서 동공에 지진 났잖아."

"내가 언제!"

나는 필사적으로 부정했다.

"아, 그런데 생각해 보니까 이상하네."

루카스는 나를 추궁하다 말고 정말 궁금해졌다는 듯이 말을 이었다.

"그런 기억 없긴 한데 내가 언제 네 앞에서 다른 인간 죽인 적 있었나?"

주, 죽이다니. 그런 살벌한 소리를 뭐 이렇게 아무렇지 않게 한다지요?

"아니면 내가 언제 네 앞에서 다른 인간 족친 적 있어?"

어, 아니요. 그런 적은 없었던 듯한데.

"그런데 왜 쫄아?"

어라, 그러게…….

갑자기 루카스의 말을 듣고 보니 내가 그동안 왜 필요 이상으로 이놈의 앞에서 쫄았던 건지 의문이 들었다.

"와, 이제 보니까 생사람을 잡고 있네? 난 아무 짓도 안 했는데 잠재적 범죄자 취급을 하고 있었어?"

"아, 아니……."

"나처럼 무해하고 선량한 마법사가 또 어디에 있다고. 나 상처받았어. 어떻게 책임질 거야?"

뭐, 뭔가 일이 이상하게 돌아가고 있었다. 분명 나는 루카스의 추궁으로부터 백합 소녀를 지켜 주려고 했을 뿐인데 왜 도리어 내가 루카스에게 추궁을 당하고 있는 거지?

나는 불현듯 헉 숨을 들이켰다. 아냐, 지금 저기에 넘어가면 안 돼!

게다가 무해하고 선량한 마법사라니? 이게 어디서 약을 팔려고! 그러고 보니까 루비궁 후원에서 처음 봤을 때도 저런 헛소리를 했었지. 그때도 까망이 가지고 공갈 협박을 한 데다가 그 후로도 틈만 나면 먹어버린다, 없애 버린다, 지껄여 놓고는! 앗, 그러다가 나는 문득 우리의 살벌했던 첫 만남을 떠올렸다.

"맞아, 너 나 처음 만났을 때 그 이상한 비눗방울!"

"비눗방울?"

"그래! 네가 까망이 훔치러 왔을 때 나한테 날려 보낸 비눗방울 있잖아! 그거 나한테 이상한 짓 하려고 했던 거 아니야?"

"아, 맞다."

내 말에 눈매를 찡그리며 고개를 갸웃하던 루카스가 마침내 생각났다는 듯 무심코 반응했다. 그에 나는 흠칫해 버렸다. 잠깐만요…….
아, 맞다? 아, 맞다?! 너 지금 '아, 맞다'라고 했니?

"처음에는 기분 탓인 줄 알았는데 생각할수록 이상했어! 분명히 네가 날려 보낸 비눗방울 냄새를 맡으니까 숨이 막혔단 말이야!"

"무슨 소리야, 그냥 평범한 비눗방울이었어."

내가 분기탱천해서 따지자 루카스가 한순간 멈칫하더니 곧 나를 달래듯이 말했다.

"네가 촌뜨기처럼 마법 처음 본다고 하도 신기해하니까 내가 보여 준 거 아냐."

아하, 그래서 네가 나한테 공짜로 비눗방울 마술쇼를 보여 줬었다?

"웃기지 마. 내가 알기로 넌 7살짜리 애가 마법을 처음 봐서 신기해한다고 이유 없이 그런 선행을 베풀 애가 아니거든?"

"……."

그런데 내 반박에 짧은 침묵이 내려앉는 것이었다. 그런데 막상 루카스가 말문이 막힌 듯 보이자 덩달아 나도 당황스러워지기 시작했다.

루, 루카스……? 얘? 너 왜 아무 말도 안 하는 거니? 왠지 지금 네 표정이 겁나게 수상한데? 설마 그거 지금 '아, 들켰네' 내지는 '이것 참 곤란하게 되었군!' 하는 표정은 아니겠지?

그렇게 내가 두 눈을 흔들고 있을 때, 그런 나를 쳐다보던 루카스가 이윽고 분위기를 바꾸어 방긋 웃으며 입을 열었다.

"거짓말 아니야. 진짜 보통 비눗방울이었다니까."

"정말? 진짜로 진짜?"

"그렇다니까. 속고만 살았어?"

그런 건 아니지만 지금 네가 좀 수상했잖아!

"보통 비눗방울이 아니면 그게 뭔데? 내가 설마 비눗방울 가지고 널 죽이려 하기라도 했을까 봐? 지금 나한테 그런 심한 소리를 하는 거야? 와, 그럼 나 상처받는데."

그런데 짐짓 가련한 척을 하고 있는 녀석의 얼굴을 보자 이상하게 따져 묻기가 조금 어려워졌다. 난 미인에 약했고, 루카스도 속 알맹이는 어떻든 간에 겉모습만큼은 훌륭한 미소년이었기 때문에 그런 것 같았다. 물론 저 가증스러운 표정도 다 가짜인 게 뻔했지만. 앗, 그러고 보니 지금 이놈이 나한테 미인계를 쓰고 있는 건가!

"그리고 애초에 네가 잘 기억하고 있는 게 아닐 수도 있잖아. 그게 벌써 몇 년 전 일인데. 네가 숨 막힌다고 생각한 것도 그냥 비눗방울 잡는다고 펄쩍펄쩍 뛰면서 요란을 떠니까 숨이 차서 그랬던 거겠지."

"그게 아닌 것 같은데……."

그 말이 맞을 수도 있다는 생각도 들었지만 나는 그래도 의심의 끈을 놓지 않았다. 그러자 루카스가 어쩔 수 없다는 듯이 말했다.

"그럼 지금 다시 확인해 보면 될 것 아니야."

그가 허공에 손을 휘젓자 동글동글한 비눗방울이 눈앞에 나타났다. 앗, 이거 오랜만이다! 나는 10년 만에 보는 비눗방울에 약간의 반가움을 느꼈다.

"근데 잠깐만. 너무 얼굴 정면으로 보내지 마!"

"그래야 확인해 볼 거 아냐?"

루카스는 코웃음을 치며 그렇게 말했지만 이건 아무래도 날 물 먹이려고 이러는 것 같았다. 에튀튀! 비눗방울이 자꾸 내 얼굴로 날아와서 터지잖아!

"봐, 아무렇지도 않지? 그렇지?"

그래, 네가 그렇게 아니라고 하니까 믿어주마. 애초에 내가 널 의심해 봤자 어쩌겠니. 10년 전 일을 이제 와서 입증하라고 할 수도 없고. 게다가 그냥 진짜 보통 비눗방울이라고 생각하는 게 내 정신 건강에도 더 좋겠지, 으흑.

"이러고 있으니까 옛날 생각난다."

나는 방 안에 둥둥 떠다니는 비눗방울을 손가락으로 톡톡 터뜨리는데 금세 재미를 들렸다.

"그때 너 참 귀여웠는데 말이야."

"난 지금도 귀여워."

"헐."

나는 비눗방울을 터뜨리다 말고 루카스를 비웃어줄 생각으로 고개를 돌렸다. 하지만 다음 순간 내 눈에 들어온 것은 청소년 루카스가 아니었다!

"하, 내가 아무리 귀여워도 너무 반하지는 마. 인기 많은 것도 피곤하거든."

어느덧 10살가량의 어린애로 탈바꿈한 루카스가 입을 떡 벌린 나를 보며 거들먹거렸다. 그런데 평소라면 재수 없게 보이기만 했을 표정도, 또 잘난 척하며 머리를 쓸어 넘기는 동작도 왜인지 지금만큼은 하나도 얄밉지가 않았다.

이, 이것은 미니미 버전의 완전체! 그동안 잊고 있던 꼬꼬마 루카스의 귀여움이 나를 강타했다. 허헉, 저 올망졸망한 이목구비! 깨물어주고 싶은 앙증맞은 몸짓! 미니미한 루카스는 그야말로 살인적인 귀여움을 자랑하고 있었다. 하지만 그보다 더욱 강력하게 나를 치고 간 것은 학구적인 호기심이었다.

"나도 너처럼 신체 나이를 마음대로 바꿀 수 있을까?"

"네가?"

루카스가 내 초롱초롱한 눈동자를 보며 손으로 턱을 괴었다. 그러자 소매 밖으로 조그만 손가락이 빼꼼 튀어나왔다. 으헉, 저, 저런 동작까지 이렇게 깜찍할 필요는 없잖아요!

"어디 보자, 너 정도면……."

나는 그의 눈동자가 내 몸을 위아래로 훑는 모습을 두근두근하며 지켜보았다. 그리고 곧이어 이어진 말에 기대감이 푸시식 식는 것을 느꼈다.

"한 100살쯤 되면 가능하겠네."

100살? 100살이라굽쇼? 그 정도면 꼬부랑 할머니이다 못해 오늘 죽을까 내일 죽을까 할 나이인데 그때야 가능하다니! 으윽, 그래도 루카스 성격에 만약 죽어도 불가능할 것 같으면 그렇다고 곧이곧대로 말했을 게 분명했다. 그러니 100살 때 가능하다는 건 오히려 내 마법적인 재능을 입증하는 거라고 봐도 되는 게 아닐까? 어헝, 그래도 눈에서 짠내가…….

"넌 언제부터 가능했는데?"

"진짜 알고 싶어?"

루카스가 나를 가소롭다는 듯이 쳐다보았다. 마치 '지금 네 주제에 나랑 비교를 해?' 또는 '알게 되면 좌절할 텐데!'라고 말하는 듯한 눈빛이었다.

에잇! 나는 소파 위에 벌러덩 드러누웠다. 100살이라니, 100살이라니! 노망이 난 것도 아니고 호호 할머니가 되어서 저렇게 어린애 둔갑을 하는 건 좀 그렇잖아. 포기다, 포기! 그러고 보니까 루카스도 그렇고 어릴 때 제니트랑 이제키엘도 귀여웠는데. 물론 내가 귀여웠던 건 당연하고, 크흠.

"그러고 보니까 좀 이상했단 말이지."

나는 다과 시간에 보았던 제니트를 떠올렸다. 생각보다 오래 자리를 비웠다가 돌아온 제니트는 그 후로도 계속 웃는 표정을 유지했다. 하지만 그 얼굴에서 위화감을 느낀 것은 그냥 내 기분 탓이었을까?

"이상해? 뭐가?"

나는 내 혼잣말에 반문하는 루카스에게 시선을 움직였다. 그는 아직까지 어린아이 모습을 한 채로 고개를 비스듬히 기울이고 있었다.

나는 루카스의 얼굴을 빤히 쳐다보다가 아까부터 근질거렸던 손을 빛의 속도로 움직였다. 얍! 예전부터 나를 두근거리게 했던 너의 그 찹쌀떡 볼따구니!

"헉, 말랑말랑해!"

나는 아까부터 노리고 있던 루카스의 뺨을 양쪽으로 잡아당겼다. 내 손 안에서 미니미 루카스의 뺨이 찹쌀떡처럼 늘어났다. 내 기습을 미처 예상치 못했는지 루카스는 나한테 얼굴을 붙잡힌 채로 눈매를 구겼다.

"야, 우슨 지시야?"

"너 대체 뭘 먹고 뺨이 이렇게 말랑말랑한 거야? 이거 완전 사기!"

물론 나는 아랑곳하지 않고 놈의 뺨을 사정없이 주물럭거려 주었다. 이 기회가 아니면 내가 언제 또 미니미 루카스의 말랑거리는 뺨을 이렇게 원 없이 만져 보겠는가!

"조은 알로 할 대 이거 나라."

"어멋, 내 손이 네 뺨에 붙었나 봐! 떨어지지가 않아!"

네 뺨은 마약이야! 크으, 이 무서운 자식! 뺨 주물주물 한 방으로 날 중독시켜 버리다니! 놓으란 말을 들었다고 해서 바로 손을 뗀다면 그건 이 말랑말랑한 찹쌀떡 뺨에 대한 모욕이야! 게다가 뺨이 잡아당겨져서 혀 짧은 소리를 내는 미니미 루카스라니, 제법 귀엽잖아?

"하디 마. 당장 앙 나?"

"말랑말…… 헉!"

그런데 갑자기 미니미 루카스가 어른 루카스로 돌변했다!

"좋은 말로 할 때 놓으라고 했지?"

저음의 목소리가 귓가에 울렸다. 붉은 눈동자와 눈이 마주치는 순간 나는 흠칫해서 루카스의 뺨에서 얼른 손을 뗐다.

"왜, 방금처럼 또 멋대로 주물럭대 보시지?"

"피, 필요 없어! 지금은 찹쌀떡이 아니잖아!"

"주물러 보지도 않고 어떻게 알아."

"안 주물러 봐도 알아!"

"변태."

뭣!

루카스가 읊조린 말에 나는 발끈해서 어른이 된 루카스를 퍽퍽 때리기 시작했다.

"너 내가! 갑자기 이렇게! 변신하지 말라고 했지!"

"아, 네가 먼저 시작했잖아."

"시끄러!"

날 놀라게 한 죄를 네가 알렸다?! 에잇, 더 맞아라!

루카스가 웃기다는 듯이 항변했으나 나는 그러든 말든 그 후로도 한동안 더 루카스를 때려 댔다. 내 약점을 귀신같이 알아차린 루카스가 치사하게 다시 미니미 버전으로 돌아갈 때까지 말이다.

제14.5장
각자의 변화하는 마음

"시간이 늦었는데 지금 술을 마시려고요?"

"내가 아니라 아버지께서 찾으셔서."

늦은 저녁, 제니트는 물을 마시러 방에서 나왔다가 장식장에서 술병을 꺼내 드는 이제키엘을 맞닥뜨렸다. 진코냑 299년산. 로저 알피어스가 아끼는 알코올 도수가 높은 독한 브랜디였다.

"오늘 아저씨 기분이 좋으신가 봐요."

"원래 기복이 좀 있으시잖아."

야유회를 무사히 끝마친 후부터 알피어스 공작은 겉으로 드러나지 않으나 은근히 기분이 좋아 보였다. 알피어스 공작 부인은 제니트의 고집으로 혼자 주관하게 된 야유회에 크게 염려하고 있다가 오늘의 야유회가 매우 성공적이었다는 남편의 말을 곧이곧대로 믿고 안심한 눈치였다.

그러나 야유회 이후 제니트는 언젠가부터 아타나시아 공주를 만날 때마다 그래 왔듯이 이번에도 말로는 쉽게 형용할 수 없는 미묘한 기분에 젖어 있었고, 이제키엘은 무슨 생각을 하고 있는지 알 수 없는 얼굴을 한 채 돌아오는 마차 안에서 내내 창밖만 보고 있었다.

"저도 마시고 싶어요."

"넌 아직 어려서 안 돼."

제니트는 한 손에 술병을 들고 다른 한 손에는 잔 두 개를 쥔 채 걸음을 옮기는 이제키엘을 바라보았다. 그러다 문득 셔츠의 소매를 거의 팔꿈치까지 걷어 올린 이제키엘의 팔이 그녀의 눈에 들어왔다.

"그럼 잘 자, 제니트."

정확히 말하면 2년 전의 어느 날인가에 그녀 때문에 다친 적이 있던 그의 왼쪽 팔에 시선이 박혀 들었다. 시간이 흘러 이제키엘의 팔은 흉터 하나 남지 않고 말끔히 나아 있었지만 제니트는 마치 그 자리에 자신만이 볼 수 있는 흔적이라도 남은 것처럼 아직까지도 옛 상흔이 있던 자리를 신경 쓰고 있었다.

"내일 드레스를 새로 맞추러 외출하려고 해요. 같이 가 주시겠어요?"

제니트는 그녀에게 등을 보이고 걷는 사람을 향해 반쯤은 충동적으로 입을 열었다. 조용히 날아든 음성에 이제키엘의 걸음이 멈추었다. 그는 천천히 그녀를 뒤돌아보며 여느 때와 같은 대답을 들려주었다.

"네가 원한다면."

"당신은 원하지 않나요?"

이 상황에서 제니트가 반문하는 것이야말로 뜻밖의 전개였으리라. 제니트는 한순간이나마 이제키엘이 멈칫하는 것을 보고 곧 빙긋이 미소 지었다.

"고마워요. 내일 외출이 기대되네요."

그녀는 아무것도 아닌 것처럼 웃으며 뒤돌아섰다. 하지만 이제키엘을 등진 제니트의 얼굴은 그를 마주했을 때보다 확연히 흐려져 있었다.

늘 그렇게 말씀하시는군요. 제가 원해서 먼저 부탁하지 않는다면,

당신의 의지로는 단 한순간도 제게 허락하지 않을 것이라는 듯이. 등 뒤에 잠시 못 박혀 있던 발걸음 소리가 이윽고 다시금 멀어져 갔다. 제니트가 다시 뒤돌아보았을 때, 이미 그 자리에는 아무도 없었다. 그녀는 그 빈 자리를 조용히 바라보다가 느리게 걸음을 옮겼다.

'네가 원한다면.'

좀 더 어릴 때는 저 말이 다정함인 줄 알았다. 그래……. 저 잔인함을 한때는 다정함이라 착각했던 적이 있었다.

"잠시만 실례할게요."

제니트는 그렇게 말한 뒤 아타나시아 공주의 다과회 장소를 벗어났다. 바닥에 푹신하게 깔린 잔디 때문에 발소리는 거의 나지 않았다. 꽃이 만발해 있던 화원에서 멀어질수록 울렁거리던 속이 서서히 가라앉기 시작했다. 그러나 어찌 된 일인지 속이 잠잠히 가라앉을수록 뜻 모르게 술렁대는 마음은 더욱 강해져만 갔다.

제니트는 갑자기 자신이 왜 이러는 것인지 이유를 알 수가 없었다. 아, 이상해. 다과회는 즐겁고 영애들과의 대화는 재미있고 또 내가 좋아하는 공주님도 그 자리에 계시는데 왜 이렇게 나는 그곳에서 벗어나고 싶은 걸까?

"마그리타 양과 알퍼어스 공자님은 그저 오누이 같은 사이라고 했죠?"

잔디가 깔린 화원에서 벗어나자 또각또각 작게 울리는 발소리가 그녀의 귓가에 맴돌았다. 어째서인지 제니트는 2년 전 이 에메랄드궁에서 열렸던 아타나시아 공주의 15번째 생일 무도회를 떠올리고 있었다. 그때는 이제키엘의 팔이 다친 일로 참석을 거절했지만 사실 그녀는 그날, 무도회에 가지 못하게 된 것이 차라리 잘되었다고 생각하기도 했다.

이유는 모른다. 그저 그녀는 공주님을 보고 싶었지만 그와 동시에 또 보고 싶지 않았다. 스스로도 모순된 마음이란 것을 알고 있었으나 이런 마음이 어디에서 파생되는 것인지 도무지 알 수가 없었다. 왜인지 그날 만나게 될 아타나시아 공주는, 그녀와 함께 불꽃놀이를 보았던 그 아타나시아 공주가 아닐 것만 같았다. 그런데 어째서인지 방금 전의 다과회장 안에서 또 그때와 비슷한 생각이 들고 만 것이다.

"알피어스 공자님은 왜 약혼을 하지 않는 걸까요?"
"따로 마음에 둔 분이 있는 건 아니고요?"

그래, 알아. 바보 같은 생각이야. 공주님은 세상에 단 한 분뿐이고, 변함없이 내가 세상에서 가장 좋아하는 분 중에 하나인걸. 그러나 어느 순간부터 제니트는 날이 갈수록 화사하게 피어나는 아타나시아 공주를 볼 때마다 스스로도 알 수 없는 무언가에 쫓기는 듯한 기분이 들고 말았다.

"그런데 그날 디저트 카페에서 알피어스 공자님과 웬 여성분이 함께 있는 걸 본 사람도 있다고 하더라고요?"
"마그리타 양도 잘 모르시는군요?"

이유를 알 수 없게도 공연히 초조했다. 이런 자신을 누구에게도 들키고 싶지 않았다.

"네……. 아무리 가까이 있어도 제가 그에 대해 모든 걸 알 수는 없으니까요."

제니트는 에메랄드궁에 있는 궁인들의 눈을 피해 정처 없이 걸었다. 그러다 어느 순간, 그녀는 이내 자신이 너무 한참 동안이나 넋을 놓고 걸었다는 사실을 깨달았다. 주위를 둘러보자 그제야 낯선 풍경이 시야에 들어왔다. 에메랄드궁의 화원과는 사뭇 다른 분위기를 풍기고 있는 보라색의 꽃이 햇살을 받아 군데군데 밝은 자주색으로 물들어 있었다.

아무래도 길을 잘못 든 것 같은데, 이곳은 어디지? 제니트는 내심 당황했다. 여기까지 오는 길에 궁인을 한 명도 만나지 않은 것도 이상했고, 이렇게까지 정신을 빼놓고 하염없이 걷기만 했던 자신도 이상했다.

쏴아아.

하지만 바로 다음 순간, 제니트는 이 모든 이상한 상황이 어째서 지금 야기된 것인지 마침내 깨달을 수 있었다.

"넌 누구지?"

눈앞에서 진한 금색의 머리카락이 바람에 쓸려 반짝이며 흩날렸다. 그녀를 정면에서 꿰뚫고 있는 것은 찬연한 빛을 발하는 보석안이었다.

아, 그래. 나는 지금 이분을 만나기 위해 이곳에 왔던 거구나.

"황성을 멋대로 휘젓고 다니다니 겁이 없어도 너무 없군."

감정이 담기지 않은 나직한 음성이 잇따라 고막을 파고들었다. 제니트는 마주한 사람을 잠시 멀거니 바라보다가 이내 제 안의 격한 감정을 이기지 못해 입을 열고 말았다.

"저를……."

그 순간만큼은 머릿속에 아무런 생각도 들지 않았다.

"저를 기억하지 못하시나요?"

3년 전, 데뷔탕트날 딱 한 번 가까이에서 얼굴을 본 적이 있던 나의 아버지. 어쩌면 지금의 이 운명적인 만남과 마찬가지로 마치 영혼에 새겨지는 것처럼 인상 깊던 그날의 일을 기억하고 계시지는 않을까?

"짐이 그 얼굴을 따로 기억해야 할 이유가 있나?"

그러나 클로드는 그녀를 향해 방금 전보다 더욱 서늘히 읊조릴 뿐이었다. 제니트는 마주한 싸늘한 눈빛에 더 이상 아무 말도 하지 못하고 말았다.

"이 시간에 궁에 있는 외부인이라면 아타나시아의 다과회에 초대받은 손님이겠군."

그는 에메랄드궁이 있는 방향으로 한차례 시선을 둔 직후 혼잣말처럼 읊조렸다. 아타나시아 공주의 이름을 입에 담는 그의 눈동자는 방금 전 제니트를 향할 때와는 달리 부드럽게 풀어져 있었다. 제니트는 자신을 철저히 외부인으로만 대하는 클로드의 모습에 서서히 가슴이 아려 오는 것을 느꼈다.

"하면 오늘은 그냥 넘어가도록 하지."

그녀의 손이 잠시 머뭇거리다가 이윽고 자신의 손가락에 있는 반지로 뻗어졌다.

"운이 좋은 줄 알아라. 아타나시아의 손님이 아니라면 무슨 이유에서건 짐의 처소를 허락 없이 침입한 자를 지금처럼 고이 돌려보내 주지 않았을 테니."

그러나 결국 제니트는 자신의 보석안을 감춰 주고 있는 반지를 손에서 빼지 않았다. 곧 그녀의 손이 밑으로 투욱 떨어져 내렸다.

"하지만 다음은 없다. 또다시 오늘처럼 황성 안을 제멋대로 돌아다니다가 눈에 띄는 날에는 꽤 지독한 꼴을 당하게 될 것이다."

머리 위에서 이름을 알 수 없는 새가 짹짹 맑게 지저귀는 소리가 들렸다. 눈앞에 피어난 꽃은 화려한 보라색. 봄과 여름의 경계에 선 초목이 새뜻한 연두색으로 물들어 있었다.

"경고하지. 두 번 다시 짐의 눈에 띄지 마라."

그러나 귓가를 스치는 음성과 그녀를 스치는 눈빛만큼은 온기 한 점 깃들지 않은 차가운 푸른색이었다. 마지막까지 시리게 뒤돌아선 클로드의 등 뒤로 눈부신 햇살이 내려앉았다.

쨍쨍.

제니트는 어디인지 알 수 없는 미지의 장소에 홀로 남겨진 채 눈앞에 이지러지는 햇빛을 시야에 담았다. 눈앞은 온통 따사로운 색채의 향연이었는데도, 어째서인지 그녀 혼자만 겨울의 한복판에 덩그러니 내던져진 것 같은 느낌이었다.

……추웠다. 그리고 외로웠다.

그러나 이곳에는 그녀의 아린 속까지 따뜻하게 보듬어줄 사람이 결국 단 한 명도 없었다.

제니트는 손을 들어 눈앞을 가렸다. 생전 처음으로, 완전한 혼자라는 두려움이 그녀를 집어삼켰다.

한가로운 오후, 루카스는 문득 어제 있던 일을 떠올렸다.

"맞아, 너 나 처음 만났을 때 그 이상한 비눗방울! 그거 나한테 이상한 짓 하려고 했던 거 아니야?"

그에게 따져 묻던 목소리가 머릿속을 스쳐 지나갔다. 바로 그 순간 평평하던 루카스의 미간에 깊은 굴곡이 패였다.

"무슨 소리야. 그냥 평범한 비눗방울이었어."

그때 내가 왜 굳이 그런 거짓말을 했지?

루카스는 그런 심심한 의문을 느끼고 있었다. 사실 10년 전 황궁의 후원에서 신수를 쫓던 여자아이를 처음 보았을 때, 죽일 생각이었던 것이 맞았다. 그래야 신수를 훔쳐 가도 귀찮은 일이 없을 테니까. 그런데 마법을 처음 봤다며 신기해하는 해맑은 모습을 보니 그동안 자신에게 있는 줄도 몰랐던 양심의 가책이 느껴지는 것이었다. 그래서 그는 눈 앞에 있는 여자아이에게 특별히 마지막 고별 선물로 비눗방울 쇼를 보여 주었다.

물론 그것은 아타나시아가 예상했듯 보통의 마법이 아니어서, 아마 터진 비눗방울의 냄새를 계속 맡았다면 그녀는 산소 고갈로 죽었을 것이 분명했다. 그리고 그때 그의 계획을 막은 것이 바로 아타니시아의 신수였던 까망이었다.

루카스는 입맛을 다시며 생각했다. 진짜 살아 있는 짐승도 아닌 주제에 꽤 영특한 구석이 있었단 말이야? 아직 덜 여문 마력 덩어리였으면서도 건방지게 내 마법을 깨지를 않나. 물론 그때는 긴 잠에서 깨어난 직후라 많이 약해진 상태긴 했지만. 예전 같으면 사라진 신수를 아까워했을 테지만 이미 더 좋은 세계수 가지를 먹어서 그런지 이제는 그다지 아쉽지가 않았다.

아무튼, 요는 그것이었다. 왜 자신이 아타나시아에게 '그건 평범한 비눗방울이었다'고 거짓말을 했냐는 것.

루카스는 기본적으로 지금까지 제멋대로 막 나가는 인생을 살아왔기 때문에 필요에 의해 거짓말을 해본 적이 별로 없었다. 기껏 필요에 의해 거짓말을 한 경험이라고 해봤자 그 이유는 '재미있을 것 같아서' 아니면 '괜히 귀찮아질까 봐'인 경우가 대부분이었다.

그런데 어제의 그가 아타나시아에게 거짓말을 한 이유는 지금까지와 달랐다. 원래의 루카스였다면 어제의 상황에서 '어, 너 죽이려고 한 거 맞는데. 그걸 이제 알았어? 난 또 알고 있는 줄'이라거나 '응, 그런데 그때 너 죽이는 데 실패해서 솔직히 좀 아까웠어'라고 뻔뻔하게 대답하는 것이 맞았다. 그런데 '설마 아니지?'라는 듯이 그를 쳐다보는 눈동자를 마주하자 이상하게 '네 생각이 맞다'는 말이 나오지가 않았다. 그때 루카스는 자신이 어릴 적 아타나시아에게 했던 짓을 그녀가 몰랐으면 좋겠다고 생각했다.

"저기, 위층에서는 탑의 보수 작업을 한다고 야단인데요."

그렇게 루카스가 고개를 갸웃거리고 있을 때, 옆에서 알게 모르게 그의 눈치를 보고 있던 마법사가 마침내 입을 열었다.

"백지장도 맞들면 낫다고, 지금 같이 가서 하면 속도가 더 빨라지지 않을까요?"

하지만 애초에 마법사들이 귀차니즘을 이유로 수년간 미뤄 뒀던 탑의 보수 작업에 지금 갑자기 열혈인 이유가 무엇이었던가?

또다시 모습을 드러낸 검은 탑의 마법사가 혹여나 방문하지 않을까 싶어 설레발을 치는 것이 아니던가? 그런데 그 원숭이 같은 가짜 놈을 위해 루카스가 굳이 번거로움을 감수해야 할 이유가 없었다. 루카스는 여전히 탁자 위에 건방지게 다리를 꼬아 올린 자세로 심드렁하게 대답했다.

"띨띨이 1호. 너나 가서 해."

"내가 왜 1호입니까!"

곧바로 발끈한 목소리가 잇따랐다. 탑의 수장이 탑 소속 마법사들을 상대로 하도 '띨띨이'라는 소리를 달고 살았던 탓일까? 그는 1호라는 호칭에는 진저리를 치면서도 정작 띨띨이란 말에는 아무런 위화감도 느끼지 못하는 모양새였다.

"그리고 내가 가서 돕는 것보다 댁이 가서 돕는 게 훨씬 더 속도가 날 것 아닙니까?"

그는 재작년 탑에 새로 들어온 신입으로, 짬밥으로만 따지면 마법사 중에서도 막내인 셈이었다. 물론 대외적인 나이는 루카스가 17살로 가장 어렸지만 원래 마법사들에게 중요한 것은 신체적 나이가 아닌 마법적 성취였다.

하지만 그는 처음 탑에 들어온 직후 가장 나이가 어린 루카스를 무시하는 간 큰 짓을 저질러 버렸다. 그리고 방긋 미소 지은 얼굴을 한 루카스에게 '새로 만든 마법 수식의 연습 상대가 되어 달라'는 명목으로 곤죽이 되도록 혼쭐이 난 후 급격히 겸손해졌다. 물론 마지막 자존심은 남아서 루카스를 상대로는 어정쩡한 존칭을 쓰고 있긴 했지만 말이다.

지금도 옆에서 한가하게 농땡이나 부리는 루카스를 보며 그는 속으로 눈물을 삼켰다. 저 새파랗게 어린놈의 생글거리는 낯을 보고 다른 마법사들이 사색이 되어 덜덜 떨 때부터 알아봤어야 하는 건데! 어흑! 뒤늦게 후회했지만 이미 늦은 뒤였다.

그 직후 그는 루카스로부터 '띨띨이 1호'라는 명예로운 호칭을 습득하게 되었다. 에잉, 팍팍한 인생. 삶이란 너무나 부조리한 것! 마법사들의 성지인 탑에 들어와서 드디어 인생에 꽃길이 펼쳐지나 했더니 세상에는 그보다 더한 천재가 너무나 많았다. 그중 대표적인 것이 지금 눈앞에 있는 이 건방진 꼬맹이였고!

그는 심통이 난 채로 마법서를 획획 넘겼다.

"수장님도 이참에 마력 운용 연습이나 하라면서 탑의 보수는 전부 다 우리한테만 맡기고…… 구시렁. 내가 마법 공부하려고 여기 들어왔지 노가다나 하려고 들어왔나……. 얼마 전에 드디어 공주님의 머리카락을 받았다면서 신나 하시더니, 이렇게 혼자만 연구에 몰두하시고 말이야……."

"뭐? 누구의 뭘 받아?"

그리고 그가 연달아 투덜거리는 말에 루카스가 처음으로 관심을 보였다.

"공주님의 머리카락."

"어디서 났는데?"

"지난번에 공주님이 직접 주셨다나. 지금까지 공주님 마력을 연구하고 싶어 했던 마법사들이 탑에 한둘이 아니라 요즘 다들 관심을……."

"지금 연구실에 있댔지?"

"누구, 수장님?"

"그럼 내가 지금 공주님이 연구실에 있냐고 물은 거겠어?"

"수장님은 계속 연구실에 계시다고 내가 방금 말했잖아. 귀먹었어?"

"그새 말이 짧아지셨어?"

뜨끔!

은근슬쩍 루카스에게 말을 놓고 있던 띨띨이 1호가 어깨를 움찔 떨었다. 어느덧 루카스의 붉은 눈동자가 그를 지그시 바라보고 있었다. 위험 경보! 위험 경보! 이건 처음에 멋모르고 지금 눈앞에 있는 사람에게 덤볐다가 된통 당했을 때 느꼈던 불길한 느낌이었다! 띨띨이 1호는 재빨리 공손한 자세로 돌아가 변명했다.

"아니, 전 그러려고 그런 게 아니라…… 그냥 궁금해하신 걸 빨리 대답해 드리고 싶은 마음에……."

"현대인이 마음에 여유가 있어야지, 말할 때 어미 붙일 시간도 없으면 쓰나? 그러면 아예 말을 못 하는 몸으로 만들어주고 싶어지잖아. 안 그래, 응?"

"헉! 여유를 갖겠슴돠!"

"그래, 조심하자."

"옙."

루카스에게 공포의 어깨 다독임을 받은 띨띨이 1호는 급격히 노쇠해지는 느낌을 받으며 구석에 쭈그러졌다.

"그럼 가 봐야겠네."

그리고 뒤이어 자리를 털고 일어나는 루카스를 향해 반사적으로 묻고 말았다.

"어, 어디 가세요?"

"연구실."

방금 전까지 나누던 대화를 상기해 볼 때, 루카스가 간다는 연구실은 수장이 있는 곳이 분명했다. 띨띨이 1호는 조심스럽게 물었다.

"거기는 왜……?"

"내 걸 다른 사람이 가지고 있다고 하니까 거슬리잖아."

내 거라니, 도대체 뭐가?

등 뒤로 박히는 의문 어린 시선을 무시한 채 루카스는 방을 나섰다. 그리고 잠시 후, 검은 탑에서 커다란 굉음과 함께 영문을 알 수 없는 괴성이 울려 퍼졌다. 그 후 탑에서는 드디어 연구실 밖으로 뛰쳐나온 수장이 '루카스 그 죽일 놈 때문에 귀중한 연구 재료가 불에 타 버렸다'며 오열하는 소리가 일주일 내내 메아리쳤다고 한다.

3권에서 계속…